Weitere Titel der Autorin:

Im Land der weiten Fjorde
Töchter des Nordlichts
Insel der blauen Gletscher

Christine Kabus

DAS GEHEIMNIS DER MITTSOMMERNACHT

Norwegenroman

BASTEI LÜBBE TASCHENBUCH
Band 17 403

Dieser Titel ist auch als E-Book erschienen

Originalausgabe

Copyright © 2016 by Bastei Lübbe AG, Köln
Textredaktion: Ulrike Brandt-Schwarze, Bonn
Titelillustration: © Johannes Wiebel, punchdesign, München,
unter Verwendung von Motiven von Shutterstock/Cheryl Hill;
shutterstock/Galyna Andrushko; shutterstock/Galyna Andrushko
Umschlaggestaltung: Johannes Wiebel, punchdesign, München
Satz: Urban SatzKonzept, Düsseldorf
Gesetzt aus der Garamond
Druck und Verarbeitung: GGP Media GmbH, Pößneck
Printed in Germany
ISBN 978-3-404-17403-4

5 4 3 2 1

Sie finden uns im Internet unter
www.luebbe.de
Bitte beachten Sie auch: www.lesejury.de

Ein verlagsneues Buch kostet in Deutschland und Österreich jeweils überall dasselbe.
Damit die kulturelle Vielfalt erhalten und für die Leser bezahlbar bleibt,
gibt es die gesetzliche Buchpreisbindung. Ob im Internet, in der Großbuchhandlung,
beim lokalen Buchhändler, im Dorf oder in der Großstadt – überall bekommen Sie Ihre
verlagsneuen Bücher zum selben Preis.

Für meine Schwester

Bak skyene er himmelen alltid blå.

Hinter den Wolken ist der Himmel immer blau.

Figuren der Handlung

DIE FAMILIE ORDAL
Olaf Ordal, Rechtsanwalt
Clara Ordal, seine Frau
Paul Ordal, ihr Sohn
Sverre Ordal, ehemaliger Sägewerksbesitzer, Olafs Vater
Trude Ordal, seine Frau
Gundersen, ehemaliger Angestellter von Sverre Ordal

FAMILIE SVARTSTEIN
Røros, Norwegen
Ivar Svartstein, Direktor des Kupferwerks
Ragnhild Svartstein, Tochter von Roald und Toril Hustad,
    seine Frau
Sofie Svartstein, ihre jüngere Tochter
Silje Svartstein, ihre ältere Tochter
Randi Skogbakke, geb. Svartstein, Ivars ältere Schwester
Ullmann, Kammerdiener von Ivar Svartstein
Britt, Siljes Zofe
Eline, Hausmädchen

DIE FAMILIE HUSTAD
Trondheim, Norwegen
Roald Hustad, Vater von Ragnhild Svartstein
Toril Hustad, seine Frau
Sophus Hustad, ihr Sohn, Papierfabrikant
Malene Hustad, seine Frau

Bonn
Professor Dr. jur. Dahlmann und seine Frau
Ottilie, Clara Ordals beste Freundin, Hausmädchen bei den
Dahlmanns

Røros und Umgebung
Bodil, beste Freundin von Paul Ordal
Nils Jakupson, genannt »Fele-Nils«, ihr Vater
Fredrik Lund, Bankierssohn aus Trondheim
Moritz von Blankenburg-Marwitz, dt. Offizier
Major von Rauch, sein Begleiter
Mathis Hætta, Ingenieur
Siru, Hirtin
Frau Olsson, Pensionswirtin
Ole Guldal (1852–1922), Schuldirektor, Vorsitzender des
  Arbeitervereins
Per Hauke, Zimmermann, Mitglied des Arbeitervereins
Olaf Olsen Berg (1855–1932), Verleger der Zeitung »Fjell-Ljom«
Elmer Blomsted, Küster, Organist
Doktor Pedersen, Arzt
Berntine Skanke, Frau des Schneidermeisters
Gudrid Asmund, Frau des Bankdirektors
Ida Krogh, Frau des Postmeisters

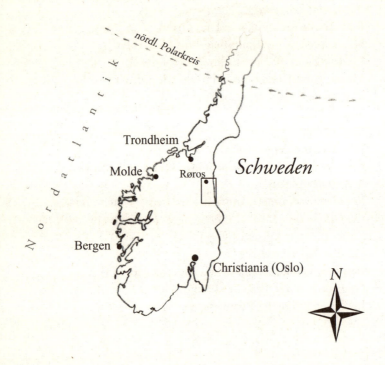

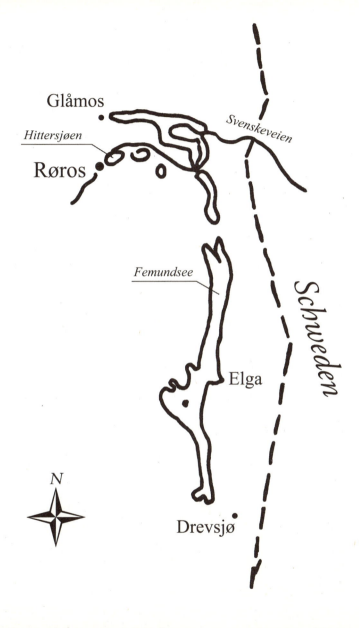

Prolog

Røros, Herbst 1893

Nie, nie, nie! Niemals will ich so enden!!! Lieber friste ich mein Dasein als Gouvernante!

Beim Setzen des letzten Ausrufezeichens stieß das Mädchen den Füllfederhalter so heftig auf die Seite ihres Tagebuchs, dass die Tinte herausspritzte. Das Mädchen verzog kurz den Mund, zuckte die Achseln und schrieb weiter.

Da sagen sie immer, wir sollen dankbar sein für das gute Leben, das wir haben. Dankbar, dass uns ein Schicksal wie das der Arbeiterfrauen erspart bleibt, die den ganzen Tag schuften müssen, um die hungrigen Mäuler ihrer unzähligen Kinder zu stopfen. Die ständig in Sorge um ihre Männer sind, ob sie am Ende der Woche gesund aus den Gruben zurückkehren und unterwegs nicht den mageren Lohn vertrinken – wenn er ihnen denn überhaupt ausgezahlt wurde. Und die ihre schwieligen Hände allenfalls beim Kirchgang am Sonntag in den Schoß legen können, wenn sie sich auf der Galerie neben ihre Leidensgenossinnen quetschen.

Aber ist dieses Los wirklich immer so viel härter als das der Damen der sogenannten besseren Gesellschaft? Wenn ich mir unsere Mutter ansehe, bezweifle ich das. Sie lebt zwar in einem behaglichen Heim, muss sich nie sorgen, dass die Vorräte ihrer gut gefüllten Speisekammer je zur Neige gehen könnten, beschäftigt Dienstboten und hat als Gattin eines der wichtigsten Männer der Stadt das Anrecht auf einen Sitzplatz ganz vorn in einer der Logen neben dem Altar.

Zugleich ist sie aber die unglücklichste Person, die ich kenne. Wenn ich die tiefen Sorgenfalten und den gequälten Ausdruck ihres lieben Gesichts sehe, krampft sich mir das Herz zusammen. Sie wagt ja vor Scham kaum noch, den Blick zu heben. Und jeden Monat schleicht sie aufs Neue wie ein geprügelter Hund durchs Haus, wenn wieder einmal ihre Hoffnung zerschlagen ist: dass ihr Leib endlich mit dem ersehnten Stammhalter gesegnet wurde. So abwegig es klingen mag, manchmal denke ich, dass Mutter ein Leben in Armut vorziehen würde. Vorausgesetzt natürlich, wenn sie dafür endlich den Wunsch unseres Vaters nach einem Sohn erfüllen könnte.

Wieso tut er ihr das an? Warum kann er nicht akzeptieren, dass Gott ihm nur Töchter geschenkt hat?

Erneut hielt das Mädchen inne und las den letzten Satz. Es schüttelte den Kopf, runzelte die Stirn und fuhr langsamer fort.

Warum dieses »nur«??? Warum sind Mädchen nicht ebenso wertvoll wie Jungen? Ist es nicht gotteslästerlich, diesen Unterschied zu machen? Wer sind wir, dem Allmächtigen zu unterstellen, er würde die Hälfte der Menschheit als minderwertig ansehen? Heißt das nicht, die Vollkommenheit seiner Schöpfung in Zweifel zu ziehen?

Sich nähernde Schritte ließen die Schreiberin zusammenzucken. Rasch klappte sie das Tagebuch zu und versteckte es hinter den Büchern, die auf einem schmalen Bord über ihrem Bett standen.

1

Bonn, Mai 1895 – Clara

Clara Ordal spürte, wie sich eine kleine Hand in ihre schob. Paul war neben sie getreten und schmiegte sich gegen ihre Hüfte. Sie umschloss die feingliedrigen Finger des Sechsjährigen und zog seinen schmalen Körper, der in einem frisch gebügelten Matrosenanzug steckte, näher an sich. Er hob den Kopf und suchte ihre Augen.

»Dauert das noch lang?«, flüsterte er kaum hörbar und deutete mit dem Kinn auf einen älteren Herrn mit ergrautem Backenbart, der vor wenigen Augenblicken begonnen hatte, eine Ansprache zu halten. Clara strich ihrem Sohn eine blonde Locke aus der Stirn, die unter seiner runden Matrosenmütze mit dem versteiften Teller hervorlugte, und zuckte mit einem bedauernden Lächeln die Schultern. Wenn Professor Dahlmann die Gelegenheit bekam, eine Rede zu halten, nutzte er dies weidlich aus. Pauls Geduld würde auf eine harte Probe gestellt werden.

Sie befanden sich auf der Veranda des schwimmenden Bootshauses, das der Bonner Ruderverein unweit der Fährgasse am Rheinufer sein Eigen nannte. Es war ein geräumiger Bau, der nicht nur dem umfangreichen Bootspark des Klubs Platz bot, sondern auch einem Saal für Festlichkeiten, in dem sich die Mitglieder, die großen Wert auf gesellige Zusammenkünfte legten, regelmäßig versammelten. An diesem Nachmittag hatte das schöne Wetter die kleine Gesellschaft, die sich zu Ehren von Olaf Ordal eingefunden hatte, nach draußen gelockt. Später würde man im Festsaal speisen, der Sektempfang und die Reden fanden jedoch unter freiem Himmel statt.

Eine auffrischende Brise ließ die blauen Dreieckswimpel mit

weißem Stern flattern, die an einer Girlande an der Front des Vereinshauses befestigt waren. Clara schloss kurz die Augen und sog tief die Luft ein, die nach feuchter Erde und dem Tang roch, der auf die vom Wasser umspülten Steine des Uferdamms angeschwemmt worden war. In diesen herben Geruch mischte sich die süße Note einer violett und weiß blühenden Flieder-hecke, die einen Garten nahe des Flusses umgab. Der Mai ließ sich in diesem Jahr ungewöhnlich mild an. Die Bäume der Ufer-promenade waren von zartem Grün bedeckt, und in den Blu-menrabatten hatte man die verblühten Tulpen und Narzissen längst gegen Pelargonien, Fuchsien und Löwenmäulchen aus-getauscht. Der Schrei einer Möwe, die über das Bootshaus flog, ließ Clara aufblicken. Die Sonnenstrahlen zauberten Lichtreflexe auf die Wellen des träge dahinfließenden Flusses und wurden von den glänzenden Seidenstoffen und den polierten Knöpfen der Damenkleider und den Perlen und Edelsteinen der Halsketten und Armbänder reflektiert.

Clara hatte sich für einen bodenlangen dunkelblauen Rock mit einer gestickten Zierborte entschieden und für eine hochgeschlos-sene Bluse mit aufgepufften Ärmeln, die wegen ihrer Form Ham-melkeulen genannt wurden. Bei manchen Damen waren diese so aufgebauscht, dass sie an Ballons erinnerten. Einige Frauen trugen leichte Capes oder kurze Umhänge, die bis zu den stark betonten Wespentaillen der trichterförmigen Röcke reichten. Die Herren waren teils in Uniform erschienen, ansonsten sah man viele graue und schwarze Anzugjacketts oder Gehröcke, verein-zelt auch modische Cutaways mit den typischen abgerundeten Vorderschößen. Die melonenförmigen Hüte und hohen Zylin-der der Männer bildeten in ihrer Nüchternheit einen auffälligen Kontrast zu der mit Seidenblumen und Federn geschmückten Pracht, die die Damen auf ihren Köpfen balancierten.

Clara, die sich an den Rand der Plattform hinter die rund zwei Dutzend Gäste gestellt hatte, suchte den Blick ihres Mannes, der neben dem Redner vor dem Eingang des Bootshauses stand. Olaf Ordal überragte den Professor um Haupteslänge. Wie sein Sohn Paul hatte er eine schmale Statur, die gleichen hellblauen Augen und blonden Haare, die sich bei Olaf jedoch bereits merklich lichteten und eine hohe Stirn freigaben. Gepaart mit dem nachdenklichen Gesichtsausdruck ließ sie ihn älter wirken als seine dreißig Jahre. Er schaute über die Köpfe der Anwesenden hinweg ins Leere, ohne Claras Blick zu bemerken. Was er wohl gerade dachte? Eine Frage, die sie sich oft stellte. Und auf die sie fast nie eine Antwort erhielt. Olaf Ordal pflegte die Dinge mit sich selbst abzumachen.

Am Anfang ihrer Ehe hatte Clara ihn manchmal gefragt, was ihn beschäftige, wenn er mit ernster Miene vor sich hin schwieg. Gab es Probleme bei der Arbeit? Hatte er Schwierigkeiten mit einem Kollegen? Drückten ihn Geldsorgen? Oder plagte ihn die Sehnsucht nach seiner Familie im fernen Norwegen? Wem, wenn nicht seiner Frau, hätte er seine Sorgen und Kümmernisse anvertrauen sollen? Olaf hatte jedes Mal freundlich geantwortet, dass alles in Ordnung sei und sie sich nicht unnötig den Kopf zerbrechen solle. Clara hatte ihre Versuche eingestellt und sich damit abgefunden, dass ihr Mann sie offensichtlich nicht ins Vertrauen ziehen wollte. Ihre Freundin Ottilie, der sie ihre Verunsicherung darüber gestanden hatte, fand das nicht weiter erstaunlich. Sie beruhigte Clara damit, dass die meisten Männer nicht mit ihren Ehefrauen über geschäftliche oder andere Probleme sprachen – teils aus Angst, als Schwächlinge dazustehen, teils aus der Überzeugung heraus, Frauen würden ohnehin nichts von Angelegenheiten außerhalb ihres häuslichen Dunstkreises verstehen.

»Warum machst du dir Sorgen?«, hatte Ottilie wissen wollen. »Dein Olaf ist doch grundsolide. Er begegnet dir mit Achtung, sorgt gut für euch und scheint keine Laster zu haben. Er ist eben einer von den Stillen. Und glaub mir, das sind nicht die Schlechtesten.«

Clara hatte ihrer Freundin nicht widersprochen, zumal diese damals gerade eine geplatzte Verlobung mit einem Schreinergesellen hinter sich hatte, der dem Alkohol verfallen war. Ottilie hatte im Münster eine dicke Kerze gespendet und ihrem Schutzengel gedankt, der ihr rechtzeitig die Augen geöffnet und sie vor einer Ehe mit einem Trunkenbold bewahrt hatte.

»Und so lassen wir ihn denn mit einem weinenden und einem lachenden Auge ziehen.«

Die tiefe Stimme von Professor Dahlmann drang in Claras Gedanken. Sie straffte sich und sah nach vorn.

»Mit einem weinenden Auge, weil wir mit ihm einen geschätzten Kollegen, tüchtigen Ruderer und treuen Freund verlieren. Es ist wohl nicht vermessen, wenn ich sage, dass er hier eine schmerzliche Lücke hinterlassen wird.«

Paul zupfte an Claras Ärmel. Sie beugte sich zu ihm hinunter.

»Warum flunkert er?«, flüsterte er. »Seine Augen sehen gleich aus. Keines von beiden weint!«

»Das ist eine Redensart. Das sagt man, wenn man gleichzeitig froh und traurig ist«, erklärte Clara.

Paul runzelte die Stirn. »Das verstehe ich nicht.«

»Das ist dir doch selber vor ein paar Wochen so ergangen. Weißt du noch? Als es immer wärmer wurde und die Sonne deinen schönen Schneemann weggeschmolzen hat«, sagte Clara. »Da warst du traurig. Gleichzeitig hast du dich aber gefreut, weil nun der Frühling kam und du wieder mit deinem Freund Karli draußen mit euren Reifen und Murmeln spielen konntest.«

Paul nickte und schaute sehnsuchtsvoll zu den Booten, die ein paar Schritte entfernt von ihnen am Anlegesteg vertäut waren. Clara konnte seine Gedanken förmlich hören. Seit sie beim Vereinshaus angekommen waren, fieberte Paul der Fahrt auf dem Rhein entgegen, die ihm sein Vater in Aussicht gestellt hatte. Seit Wochen lag er diesem in den Ohren, ihn einmal in dem schnittigen Renn-Vierer mitzunehmen, mit dem Olaf und seine Sportsfreunde regelmäßig trainierten. Paul stellte es sich herrlich vor, wie ein Pfeil übers Wasser zu schießen.

Aus diesem Traum würde auch an diesem Tag nichts werden. Stattdessen hatte Olaf seinem Sohn eine gemeinsame Runde in einem der breiteren Zweier-Skiffs versprochen, in denen man nebeneinandersitzen konnte. Die Freude über ein paar Augenblicke ganz allein mit dem vergötterten Vater überwog die Enttäuschung, wie Paul seiner Mutter versichert hatte, als sie ihn wegen der erneuten Verschiebung der Fahrt im Renn-Vierer trösten wollte. Angesichts seiner Reaktion hatte sich Clara nicht zum ersten Mal gefragt, ob ihr Sohn nicht zu ernst und abgeklärt für sein Alter war. Sie konnte sich nicht erinnern, in so jungen Jahren bereits ähnlich besonnen und vernünftig gewesen zu sein.

»Aber nicht nur Olaf Ordal werden wir sehr vermissen«, sagte der Professor und zog Claras Aufmerksamkeit auf sich, als er innehielt und eine galante Verbeugung in ihre Richtung machte.

»Auch seine liebe kleine Frau ist uns in all den Jahren ans Herz gewachsen.«

Clara spürte, wie ihr das Blut in die Wangen stieg. Es war ihr unangenehm, dass sich die Köpfe der anderen Gäste nach ihr umdrehten und so viele Augen auf ihr ruhten. Dazu nagte die Formulierung »liebe kleine Frau« an ihr. Schwang da Herablassung mit? Wohlwollende zwar, aber eben doch Herablassung? Clara schlug die Augen nieder. Nein, bei einem anderen hätte der Verdacht vielleicht standgehalten, nicht aber bei Professor Dahlmann. Er und seine Frau hatten Clara immer respektvoll behandelt und ihre Verwandlung vom mittellosen Dienstmädchen in die Ehefrau eines aufstrebenden Juristen mit aufrichtiger Freude begrüßt.

Die Erinnerung daran ließ Clara lächeln. Sie selbst hätte es vermutlich nie bemerkt, dass der norwegische Student ein Auge auf sie geworfen hatte. Gemeinsam mit einigen seiner Kommilitonen hatte sich Olaf zu den Debattierstunden eingefunden, zu denen der Professor jede Woche ausgewählte Studenten in seine Poppelsdorfer Villa einlud. Clara hatte es sich schlicht nicht vorstellen können, dass sie von den jungen Akademikern überhaupt als Person wahrgenommen würde. Sie war es gewohnt, weitgehend unsichtbar als dienstbarer Geist Mäntel und Hüte entgegenzunehmen, einen Imbiss zu servieren und dafür zu sorgen, dass das Feuer im Kamin der Bibliothek, in der der Professor seine Gäste um sich versammelte, nicht erlosch. Es war dem ebenso beherzten wie taktvollen Eingreifen der Frau des Hauses zu verdanken, dass aus dem schüchternen achtzehnjährigen Mädchen und dem zurückhaltenden Norweger vor sieben Jahren ein Paar geworden war. Frau Professor Dahlmann hatte es sich denn auch nicht nehmen lassen, für ihre ehemalige Angestellte als Trauzeugin aufzutreten und ihr bei der Einrichtung ihrer Wohnung in einem der schmucken neuen Miethäuser, die rund um die Universität gebaut wurden, mit Rat und Tat zur Seite zu stehen. Clara hob den Kopf und konzentrierte sich erneut auf die Worte des Professors.

»Nun verlässt Olaf Ordal mit seiner Familie das liebliche Rheinland mit seinen fruchtbaren Rebenbergen, den sagenumwobenen Burgen und ruhmreichen Städten, die sich in den Fluten des herrlichen Stromes spiegeln. Und bricht auf zu fernen Gestaden in der Südsee.«

Der Professor räusperte sich, hob eine Hand und zitierte einige Zeilen eines Gedichts, das den kolonialen Träumen in Übersee gewidmet war:

»Kreuz des Südens, deine Sterne
Glänzen ihm am Himmelszelt,
Und in weiter Erdenferne
Winkt ihm eine neue Welt.«

Der Professor lächelte, ließ die Hand sinken und sprach in normalem Ton weiter.

»Vor allem winkt ihm eine neue, bedeutende Aufgabe. Dies ist auch der Grund, aus dem wir ihn mit einem lachenden Auge ziehen lassen. Wir sind stolz, dass er von unserer Kanzlei abgeworben wurde, um fürderhin die rechtlichen Interessen der *Deutschen Handels- und Plantagen-Gesellschaft der Südsee-Inseln* auf Samoa zu vertreten.«

Einige Herren klatschten Beifall und nickten Olaf Ordal zu, der der Ansprache mit unbewegtem Gesicht lauschte. Einem Außenstehenden mochte er arrogant oder unbeteiligt erscheinen. Clara ahnte, dass ihm höchst unbehaglich zumute war. Es genierte ihn, in aller Öffentlichkeit gelobt zu werden. Zumal er nicht der Ansicht war, etwas Besonderes geleistet zu haben. Er bemühte sich nach Kräften, seine Aufgaben so gut wie möglich zu erfüllen, und rechnete es sich nicht als sein Verdienst an, dass man ihn für den Posten in Übersee ausgewählt hatte. Clara vermutete, dass diese Haltung seiner protestantischen Erziehung geschuldet war. Im Lauf der gemeinsamen Jahre hatte sich immer wieder gezeigt, wie tief sie in ihm verwurzelt war. Auch wenn er keinen großen Wert auf die Ausübung seines Glaubens legte, selten einen Gottesdienst besuchte und sich nicht daran störte, dass seine Frau der katholischen Kirche angehörte – dass der Beruf eine von Gott gestellte Aufgabe sei und der Mensch gehalten, seine Arbeit mit Fleiß auszuführen, war eine Überzeugung, an der es in den Augen von Olaf Ordal nichts zu rütteln gab. Einzig durch die Erfüllung der irdischen Pflichten konnte man das Wohlgefallen des Allerhöchsten erringen.

Nachdem der Beifall verklungen war, sprach der Professor weiter.

»Wir sind also sehr stolz auf die neue Stellung, die unser talentierter Kollege einnehmen wird. Denn – wie unser verehrter Kaiser kürzlich betonte: ›Das Deutsche Reich ist ein Weltreich geworden. Überall in fernen Teilen der Erde wohnen Tausende unserer Landsleute, deutsche Güter, deutsches Wissen, deutsche Betriebsamkeit gehen über den Ozean.‹ Olaf Ordal wird fortan seinen Teil dazu betragen, diese fruchtbaren Beziehungen auszubauen und zu festigen. Darum lasst uns nun die Gläser erheben und auf sein Wohl anstoßen!«

Mit diesen Worten beendete Professor Dahlmann seine Ansprache. Er faltete das Blatt zusammen, auf dem er sich Stichworte zu seiner Rede notiert hatte, steckte es in eine Tasche seines maßgeschneiderten Fracks und lächelte in die Runde. Seine etwa zwei Dutzend Zuhörer kamen der Aufforderung nach, traten näher und prosteten Olaf zu, der dem Professor die Hand schüttelte.

Frau Professor Dahlmann, die die Rede ein paar Schritte seitlich von ihrem Mann stehend verfolgt hatte, winkte Clara zu und ging zu ihr. Sie war fast ebenso alt wie ihr Gatte, wirkte aber mit ihren raschen Bewegungen, den wachen Augen und ihrem fröhlichen Naturell um einiges jünger als sechzig Jahre.

»Kommen Sie, meine Liebe, seien Sie nicht so schüchtern! Ihr Platz ist an der Seite Ihres Mannes, nicht hier hinten! Wir wollen doch auch auf Ihr Wohl trinken!«

Clara lächelte verlegen. Es fiel ihr nach all den Jahren immer noch schwer, sich unbefangen und selbstverständlich als Teil der »besseren« Gesellschaft zu sehen, in die sie durch die Heirat aufgestiegen war. Sie schluckte und nahm Paul an der Hand.

Frau Professor Dahlmann tätschelte ihm die Wange.

»Freust du dich schon auf die Südsee?«

Paul sah sie an und nickte mit leuchtenden Augen.

»Oh ja! Man kann das ganze Jahr im Meer schwimmen. Es gibt dort nämlich keinen Winter, nur eine Regenzeit. Deshalb wächst dort auch ein dichter Dschungel. Mit Kokospalmen und riesigen Farnen.« Paul unterbrach sich, runzelte die Stirn und fügte mit Bedauern hinzu: »Aber leider ohne Tiger.«

Frau Professor Dahlmann lachte.

»Na, das beruhigt mich aber. Und deine Mutter ist sicher auch froh, dass es auf der Insel keine wilden Tiere gibt.«

Während Paul voraus zu seinem Vater sprang, hakte sie Clara unter und folgte ihm langsam.

»Manchmal beneide ich die Kinder um ihre unbedarfte Furchtlosigkeit. Aber wie steht es mit Ihnen? Wie blicken Sie Ihrem Umzug entgegen?«

Clara hob die Schultern.

»Schwer zu sagen. Es fühlt sich so unwirklich an. Ich kann mir gar nicht vorstellen, wie sich unser Leben dort gestalten wird.«

»Wie sollten Sie auch. Es ist ja doch eine ganz fremde Umgebung.« Frau Professor Dahlmann stockte und musterte Clara aufmerksam. »Ehrlich gesagt, bewundere ich Sie.«

Clara zog die Augenbrauen hoch.

»Doch, wirklich. Ich weiß nicht, ob ich den Mut hätte, mein komfortables Heim zu verlassen und ans andere Ende der Welt zu ziehen. Allein das Klima dort stelle ich mir anstrengend vor.« Sie schüttelte den Kopf. »Und Sie mit Ihren rötlichen Haaren und dem zarten Teint müssen sich besonders vor der Sonne in Acht nehmen.«

Clara zuckte mit den Achseln. Dass sie bislang noch keinen Gedanken an ihre Haut verschwendet hatte und an den Schaden, den diese in den Tropen erleiden konnte, musste sie wohl als weiteren Beweis nehmen, wie wenig damenhaft sie war. Für sie gab es wichtigere Dinge. An erster Stelle stand die Frage, ob die Gesundheit ihrer kleinen Familie dort durch gefährliche Seuchen oder Unwetter bedroht war. Wie 1889, als auf Samoa ein furchtbarer Orkan gewütet und zwei deutsche Kriegsschiffe im Hafen von Apia samt Besatzung vernichtet hatte. Dazu kam die Ungewissheit, ob Paul, der nach Ostern eingeschult worden war, auf der abgelegenen Insel eine angemessene Bildung erhalten konnte.

»Ah, die holde Weiblichkeit!«, unterbrach Professor Dahlmanns Stimme Claras Überlegungen. »Sie kommen gerade im rechten Augenblick. Denn meine kleine Gabe ist für Sie beide gedacht«, fuhr er fort und hielt Clara und Olaf ein in rotes Leder eingebundenes Buch hin.

»Zur Einstimmung auf Ihre neue Heimat.«

Clara las die goldgeprägte Aufschrift auf dem Buchdeckel: *Samoa – Die Perle der Südsee* von Otto E. Ehlers.

Olaf kniff die Augen zusammen.

»Ehlers? ... Der Name kommt mir bekannt vor ...«

»Ja, natürlich!«, rief Clara. »Wir haben neulich einen Artikel in der Zeitung über ihn gelesen. Er ist mir in Erinnerung geblieben, weil er Jura studiert hat wie du.«

»Das ist richtig«, sagte der Professor. »Aber anders als Ihr Mann hat Ehlers meines Wissens nach nie als Anwalt gearbeitet, sondern sich schon früh auf die abenteuerlichsten Reisen in alle möglichen Teile der Welt begeben.«

Seine Frau nickte. »Er ist Erbe eines ansehnlichen Vermögens, das ihm diese Freiheit erlaubt. Zuletzt hat er in Südostasien versucht, den gesamten Bramaputra flussaufwärts zu fahren.«

»Ah, jetzt erinnere ich mich.« Olaf nickte Clara zu.

»Er musste die Expedition vorzeitig abbrechen«, erklärte Professor Dahlmann. »Ich glaube, er ist verwundet worden. Jedenfalls verbrachte er anschließend einige Monate auf Samoa und schrieb dort seine Eindrücke von Land und Leuten nieder.«

Der Professor tippte mit einem Finger auf das Büchlein. »Er schreibt sehr unterhaltsam und mit Liebe zum Detail. Sie erlauben?«, fragte er, nahm es Olaf aus der Hand, blätterte in den Seiten und las eine Stelle vor: »Alle Versuche, die Samoaner an regelmäßige Arbeit zu gewöhnen, scheiterten an der diesen liebenswürdigen Menschen angeborenen Trägheit. Sie verlangten unverhältnismäßig hohe Löhne für außerordentlich geringe

Leistungen und zeigten sich außerdem in jeder Hinsicht als unzuverlässig.«

»Oh weh«, sagte seine Frau mit einem Lächeln. »Ich weiß nicht, ob solche Lektüre dazu angetan ist, Herrn Ordal positiv auf seine neue Aufgabe einzustimmen.«

Clara pflichtete ihr insgeheim bei. Wie würde Olaf mit Menschen zurechtkommen, deren Arbeitsmoral sich so grundlegend von der seinen unterschied – sofern man dem Bericht des reiselustigen Autors Glauben schenken konnte? Zu ihrer Überraschung verzog sich der Mund ihres Mannes zu einem Lächeln. »Keine Sorge, gnädige Frau, es bedarf schon mehr als ein paar träge Eingeborene, um meine Vorfreude auf unser neues Leben zu schmälern«, sagte er und deutete eine Verbeugung gegen Frau Professor Dahlmann an.

Er kniff Paul, der dem Gespräch der Erwachsenen stumm zugehört hatte, zärtlich in die Wange und legte den anderen Arm um Clara. Die ungewohnte Geste trieb ihr erneut die Röte ins Gesicht. Es kam selten vor, dass Olaf Ordal ihr in aller Öffentlichkeit seine Zuneigung bekundete. Sie lehnte sich gegen ihn. Ein Gefühl der Zuversicht durchströmte sie. Alle Ängste und Zweifel fielen von ihr ab. Das neue Leben in der Südsee mochte unwägbare Strapazen und Widrigkeiten für sie bereithalten. Wenn Olaf dem so gut gelaunt entgegensah, wollte sie das alles gern ertragen. Die Aussicht, Europa zu verlassen, schien ihren Mann zu beflügeln. Selten hatte sie ihn so vergnügt erlebt – er war befreit von der Schwermut, die ihn sonst wie ein Schatten begleitete.

2

Røros, Mai 1895 – Sofie

Mit einem leisen Klacken fiel die Tür der Löwenapotheke hinter Sofie ins Schloss, gleichzeitig erklang die Ladenglocke. Sie hatte einen ungünstigen Zeitpunkt erwischt. Der kleine Verkaufsraum war voll. Vor ihr warteten bereits drei Damen darauf, an die Reihe zu kommen. Sie waren ins Gespräch vertieft und würdigten Sofie kaum eines Blickes. Vorne am Tresen wurde Küster Blomsted bedient. Die Neunzehnjährige unterdrückte ein Seufzen. Sie mochte den alten Herrn, der stets liebenswürdig und zuvorkommend war. In diesem Augenblick wünschte sie ihn jedoch weit weg. Seine umständliche Art hatte schon geduldigere Menschen als sie an den Rand der Verzweiflung gebracht.

»Sie meinen also, ich sollte es einmal mit Salbeitee versuchen?«, fragte er. Seine Stimme klang heiser.

»Das kann sicher nicht schaden«, antwortete der Apothekergehilfe. »Außerdem würde ich Ihnen empfehlen zu gurgeln. Mit ein paar Tropfen Propolistinktur, die Sie in lauwarmes Wasser geben.«

Er holte ein Fläschchen von dem Regal, das als Raumteiler hinter ihm bis zur Decke reichte.

»Hm, hm«, machte der Küster und wiegte nachdenklich den Kopf. »Ich weiß nicht so recht ... Heiße Milch mit Honig soll ja auch nicht schlecht ...«

»Gewiss«, sagte der Gehilfe. »Auch warme Halswickel helfen.«

Der Küster kratzte sich am Kinn und ließ seinen Blick über die Flaschen und Porzellandosen schweifen.

Sofie wippte von einem Bein auf das andere. Das konnte noch

ewig so weitergehen. Am liebsten hätte sie sich nach vorne gedrängt und dem alten Blomsted die Entscheidung abgenommen, mit welchem Mittel er seinen Halsschmerzen am besten zu Leibe rücken sollte.

Die drei Damen, die wie eine Wand vor ihr standen, schien die Warterei dagegen nicht zu stören. Sofie hatte sie im Verdacht, dass sie die Gelegenheit begrüßten, sich ausführlich über den neuesten Klatsch austauschen zu können.

Sie stellte sich vor einen Vitrinenschrank neben der Tür, in dem eine Sammlung getrockneter Heilpflanzen mit kleinen Erklärungstafeln ausgestellt war, und tat so, als ob sie in deren Betrachtung vertieft sei. Dabei lockerte sie den Schal, den sie sich mehrfach um den Hals gewickelt hatte, und knöpfte den obersten Knopf ihres mit Lammfell gefütterten Mantels auf. Nach dem schnellen Gehen in der Kälte war es ihr in dem gut beheizten Raum zu warm. Unten in den Tälern und an den Fjorden der Westküste hatte der Frühling gewiss schon längst Einzug gehalten. Hier oben auf der kahlen Hochebene mitten in den Skanden nahe der schwedischen Grenze war man dagegen den rauen Winden schutzlos ausgeliefert, die noch im Mai für frostige Nächte sorgten.

Sofie konnte verstehen, warum ihre Mutter sich oft nach ihrer alten Heimatstadt Trondheim sehnte und von den üppigen Gärten schwärmte, in denen es bereits Ende März grünte und blühte. Sie selbst konnte es kaum noch erwarten, bis es endlich milder wurde und sie nicht länger den größten Teil der Zeit im Haus verbringen musste. Wobei es sich in den Augen ihrer Eltern nicht gehörte, wenn sie ohne Begleitung draußen unterwegs war. Vorbei waren die Zeiten, in denen sie als kleines Mädchen stundenlang unbeaufsichtigt umhergestreift war oder es sich mit einem Buch am Ufer des Hitterelva gemütlich gemacht hatte, der das Zentrum von Røros umfloss. Seit ihrer Konfirmation wurde großer Wert darauf gelegt, dass sie sich in der

Öffentlichkeit schicklich verhielt und alles unterließ, was einem jungen Fräulein aus gutem Hause nicht ziemte. Sofie fügte sich diesem Gebot, nutzte aber jeden Vorwand, um sich allein auf den Weg zu machen. Den Gang in die Apotheke hatte sie Eline, dem damit beauftragten Dienstmädchen abgenommen, das dankbar zu dem riesigen Berg Bügelwäsche zurückgekehrt war, den es zu bewältigen hatte.

Sofie tastete nach dem Rezept in ihrer Manteltasche und fragte sich nervös, ob sie es rechtzeitig nach Hause zurückschaffen würde, bevor man dort ihre Abwesenheit bemerkte. Sie fürchtete nicht die Schelte, die ihr drohte, sondern machte sich Sorgen um Eline, der man Pflichtvergessenheit vorwerfen und vielleicht als Strafe ihren freien Nachmittag streichen würde. Nun, das würde sie nicht zulassen. Sie würde klarstellen, dass sie allein die Schuld trug. Der Gedanke war beruhigend. Sofie entspannte sich, richtete sich auf eine längere Wartezeit ein und fächelte sich mit dem Rezept Luft zu. Der stickige Raum wurde von den unterschiedlichsten Gerüchen durchzogen. Aromatische Kräuterdüfte mischten sich mit den scharfen Noten der ätherischen Öle und Desinfektionsmittel, dem säuerlichen Aroma von Borwasser und einem süßlichen Parfüm, das eine der drei Damen aufgelegt hatte.

Diese schienen ihre Anwesenheit schon wieder vergessen zu haben. Sie tratschten in unverminderter Lautstärke weiter und nahmen den Leichtsinn einer jungverheirateten Frau aufs Korn, die das Haushaltsgeld nicht – wie es sich gehörte – zusammenhielt und sparsam verwaltete, sondern mitten unter der Woche eine Torte gekauft hatte, um ihren Mann nach einer Geschäftsreise mit einer süßen Überraschung zu verwöhnen.

Sofie verstand die Aufregung nicht. Was war so verwerflich daran, wenn eine Ehefrau ihrem Mann eine Freude bereiten wollte? Es war doch ein schönes Zeichen ihrer Verliebtheit. Sie starrte auf die Spitzen ihrer Schnürstiefel, die unter dem Saum ihres Mantels hervorlugten, und überlegte weiter. War es vielleicht genau das, was den Unmut oder vielmehr den Neid der Tratschtanten erregte? Die Vorstellung, dass in einer Ehe Zuneigung und zärtliche Gefühle herrschen konnten? Sofie zog sich der Magen zusammen. Waren Liebesheiraten tatsächlich nur eine romantische Utopie, die den Anforderungen des Alltags kaum standhielten? Warum geisterten sie dann aber seit Jahrhunderten durch die Literatur? Und warum hätte Gott dem Menschen die Fähigkeit zu tiefer Liebe verleihen sollen, wenn diese angeblich unnütz oder gar schädlich war? Sie hatte schon länger den Verdacht, dass es vor allem enttäuschte Leute waren, die diese Überzeugung vertraten. Leute wie diese Klatschbasen, die die Liebe wohl nie kennengelernt hatten.

Während Sofie noch über diese leicht durchschaubare Missgunst nachdachte, bearbeiteten die drei Damen ein neues Opfer mit ihren spitzen Zungen. Ihre verschwörerisch gedämpften Stimmen ließen Sofie aufhorchen.

»Stellt Euch vor, wenn er nicht binnen vier Wochen seine Schulden begleicht, verliert er alles«, sagte Gudrid Asmund, eine knochige Mittfünfzigerin mit bleichem Teint und scharfen Falten, die ihrem Gesicht einen strengen Ausdruck verliehen.

So stellte sich Sofie die ausgemergelten Gesichter asketischer Fakire vor. Vor einigen Wochen war im Kirchenblatt ein Artikel über die norwegische Missionsstation beim Santal-Volksstamm im Nordosten Indiens erschienen. Die Berichte über die Arbeit und Erfolge der Missionare hatte Sofie nur überflogen, die anschaulichen Schilderungen eines Lehrers, der eine Reise durch dieses exotische Land unternommen hatte, dagegen regelrecht verschlungen und sich später mithilfe des Lexikons im Arbeitszimmer ihres Vaters weitere Informationen über Indien verschafft.

»Das ist ja furchtbar«, hauchte die Frau von Postmeister Krogh und jüngere Schwester von Frau Asmund.

Wie diese hatte sie eine schmale Figur, ihrem Gesicht fehlte aber deren Strenge. Blassblaue Augen, die oft in Tränen schwammen und blinzelnd in die Welt schauten, betonten ihr verhuschtes Wesen.

»Kann denn dein Mann nicht etwas für ihn ...«

Der Anblick der finsteren Miene ihrer Schwester ließ sie verstummen.

»Wo denkst du nur hin, Ida?«, zischte Frau Asmund.

»Ich dachte ... nun, äh ... als Bankdirektor hätte er schließlich die Möglichkeit ...«, antwortete Frau Krogh leise und verstummte.

»Als Bankdirektor hat er vor allem eine große Verantwortung gegenüber seinen Kunden!«, sagte ihre Schwester. »Er würde diese sträflich vernachlässigen, wenn er gegen jede Vernunft ihr Erspartes an einen Mann verleihen würde, der es mit beiden Händen zum Fenster hinauswirft. Mehr noch, er würde sich versündigen, wenn er diesem Treiben weiterhin Vorschub leistete.«

Sofie zog die Augenbrauen zusammen. Die Selbstgerechtigkeit von Frau Asmund stieß ihr bitter auf. Wie konnte man nur so hart und unbarmherzig urteilen? Und woher nahm sie überhaupt die Gewissheit, es handele sich um mutwillige Geldverschwendung? Auch unbescholtene Menschen konnten unversehens in Not geraten. Ihre eigenen Großeltern wären in den Achtzigerjahren um ein Haar in den Abgrund gerissen worden, als in Trondheim eine Konkurswelle Dutzende Kaufleute und Unternehmer überrollte, die gegenseitig füreinander gebürgt hatten und die hohen Wechsel der Banken nicht mehr bezahlen konnten. Der Vater ihrer Mutter, der selber nie Schulden gemacht hatte, sah sich von einem Tag auf den anderen am Rande des Ruins, weil er als Bürge für andere unterschrieben hatte.

»Seine Frau tut mir aufrichtig leid«, mischte sich die Gattin von Schneidermeister Skanke ins Gespräch und zupfte am Pelz-

30

besatz ihres Umhangs, der ihre füllige Erscheinung wie ein Zelt umgab. Der zufriedene Ton ihrer Stimme strafte diese Behauptung Lügen. Sofie hatte Berntine Skanke im Verdacht, dass es nur ein einziges Wesen gab, das ihr weiche Gefühle entlocken konnte: ihr Zwergpinscher Tuppsi, den sie wie gewohnt in einer eigens dafür genähten Tasche unter dem Arm bei sich trug.

Frau Krogh nickte und seufzte. »Ja, die arme Trude. Der Herr hat ihr wahrlich ein schweres Schicksal aufgebürdet.«

»Nun, mag sein. Aber bei allem Mitgefühl, letzten Endes hat sie sich das selbst zuzuschreiben«, sagte Frau Skanke und zuckte die Achseln.

»Wie meinst du das?«, fragte Frau Krogh.

Frau Skanke hob belehrend eine Hand. »Es ist nicht recht, den Platz, der uns zugewiesen wurde, zu verlassen. Da sieht man wieder einmal, wie wahr der Bibelspruch ist: Hochmut kommt vor dem Fall. Wäre Trude bei ihresgleichen geblieben, hätte sie heute gewiss ein gutes, wenn auch bescheidenes Auskommen. Aber sie musste ja unbedingt dem Sohn des Sägewerkbesitzers den Kopf verdrehen. Schlimm genug, dass *er* nicht mit Geld umgehen kann. Zur Katastrophe wurde es, weil *sie* den Anforderungen eines gehobenen Haushalts offenbar nicht gewachsen ist und nicht vernünftig wirtschaftet. Wenn er eine standesgemäße Partie gewählt hätte, eine Frau, die wie wir sorgfältig darauf vorbereitet wurde …«

Ein Quietschen unterbrach ihren Redefluss. In ihrem Eifer hatte Frau Skanke die Umhängetasche, in der Tuppsi steckte, an sich gepresst und ihrem Liebling ein schmerzerfülltes Jaulen entlockt.

»Ach, mein armer Tuppsi!«, rief sie und wandte sich ab, um den Pinscher zu beruhigen.

In diesem Moment hatte sich Küster Blomsted zu einer Entscheidung durchgerungen und ließ sich je eine Tüte Salbeitee und Kamillenblüten, ein Fläschchen Propolistinktur und eine

31

Dose mit Hustenpastillen einpacken. Mit einer förmlichen Verbeugung zu den Damen hin und einem freundlichen Lächeln in Sofies Richtung verließ er die Apotheke.

Sofie nutzte die Gelegenheit, trat einen Schritt nach vorn und reichte dem Gehilfen das Rezept, das sie für ihre Mutter einlösen sollte. Ihre Hoffnung, sofort bedient zu werden und ohne weitere Verzögerung nach Hause zurückkehren zu können, erfüllte sich nicht.

»Sofie! Gute Güte, warum schleichst du dich denn so an?«, rief Frau Asmund.

Es klang vorwurfsvoll. Als sei es Sofies Schuld, dass man ihre Anwesenheit ignoriert oder vergessen hatte. Frau Asmund räusperte sich und fuhr fort: »Nun, du kommst gerade recht. Ich hatte schon überlegt, später bei euch vorbeizuschauen, um mich nach dem Befinden deiner Mutter zu erkundigen. Aber nun kannst du mir ja Auskunft geben.«

»Es ist doch bald so weit, nicht wahr?«, setzte sie ungeduldig nach, als Sofie keine Anstalten machte zu antworten.

Bevor Sofie etwas sagen konnte, deutete Frau Krogh auf den Apothekergehilfen, der eben mit dem Rezept den Regalschrank, der als Raumteiler fungierte, umrundete und in den hinteren Bereich des Ladens entschwand.

»Eine Arznei für deine Mutter?«, fragte sie. »Ich hoffe, das ist kein schlechtes Zeichen! Wenn es irgendetwas gibt, das wir für sie tun können ...«

Sofie schüttelte energisch den Kopf. Das hatte gerade noch gefehlt, dass diese menschlichen Hyänen bei ihnen zu Hause aufkreuzten und sich unter dem Vorwand, ihr behilflich sein zu wollen, auf ihre Mutter stürzten und ihr den letzten Nerv raubten.

»Wie freundlich von Ihnen«, sagte sie. »Aber das ist nicht nötig! Meiner Mutter geht es gut. Sie ist nur ein wenig erschöpft. Und mit dem Rezept hat es nichts Beunruhigendes auf sich. Doktor Pedersen hat ihr lediglich eine Venensalbe verschrieben.«

»Ah, die Arme hat Krampfadern!«, rief Frau Skanke, die ihren Hund mit einem Keks getröstet hatte und sich nun wieder zu den anderen gesellte. »Die haben mir auch zu schaffen gemacht, als ich seinerzeit meine Kinder unter dem Herzen trug.« Sie schüttelte den Kopf. »Gott, wie lang ist das her! Nicht auszudenken, diese Strapazen in so hohem Alter noch einmal auf sich nehmen zu müssen.«

Sie warf den beiden anderen Damen einen vielsagenden Blick zu. Frau Asmund erwiderte ihn mit einem verständnisinnigen Nicken. Ihre Schwester schaute zu Sofie und biss sich auf die Unterlippe. Das Unbehagen über die Richtung, die das Gespräch nahm, war ihr deutlich anzusehen. Ihre Begleiterinnen schien das nicht anzufechten, sie redeten unbeirrt weiter.

»Ich bin auch froh, dieser Bürde entledigt zu sein«, verkündete Frau Asmund.

»Nun, wir haben unsere Aufgabe ja auch erfüllt«, sagte Frau Skanke.

Frau Asmund streckte ihren Brustkorb heraus. »Das kann man wohl sagen! Drei gesunde Jungen habe ich meinem Mann geschenkt. Dafür ist er nun so rücksichtsvoll, mir keine weiteren ehelichen Pflichten abzuverlangen.«

Frau Krogh hüstelte, stieß ihre Schwester in die Seite und deutete mit dem Kopf auf Sofie. »Gudrid, mäßige dich! Das ist nichts für so junge Ohren!«

Sofie senkte rasch die Augen und hoffte, dass das Gurgeln, das ihr in der Kehle steckte, als Zeichen mädchenhafter Verlegenheit gedeutet und nicht als das Kichern entlarvt wurde, das sie krampfhaft zu ersticken suchte. Die Vorstellung, dass der Bankdirektor seine Frau aus liebevoller Rücksichtnahme nicht mehr zur Erfüllung ihrer ehelichen Pflichten drängte – was auch immer man sich genau darunter vorzustellen hatte –, war zu

33

komisch. Die ganze Stadt wusste, dass sich Herr Asmund vor seiner ebenso knochigen wie streitsüchtigen Gattin fürchtete und dankbar jede Gelegenheit ergriff, ihrer Gegenwart zu entfliehen und ausgedehnte Geschäftsreisen nach Trondheim und Christiania zu unternehmen. Sofie ahnte, dass die getuschelten Andeutungen, er würde sich dort und anderswo als Mann schadlos halten, etwas mit den verruchten Etablissements zu tun hatten, gegen die der Pastor in seinen Predigten regelmäßig wetterte.

Sofie hätte einiges darum gegeben, mehr über diese Orte der Sünde zu erfahren. Vor allem aber beschäftigte sie die Frage, was es mit den Trieben der Männer auf sich hatte, die eine Frau im Handumdrehen ins Verderben stürzen konnten. Wie vertrug sich das mit der Behauptung, die Herren der Schöpfung seien vernünftiger und intelligenter als das sogenannte schwache Geschlecht, das angeblich seinen Emotionen hilflos ausgeliefert war, weil es ihm an Verstand und kühler Sachlichkeit mangelte? War das nicht ein Widerspruch? Einerseits Respekt und Gehorsam gegenüber Männern einzufordern, weil sie Autoritätspersonen mit mehr Rechten waren, und gleichzeitig vor denselben Männern als triebhaften Wesen zu warnen, vor denen man sich in Acht nehmen sollte. Und warum glaubte alle Welt, junge Frauen wie rohe Eier behandeln und vor schädlichem Wissen behüten zu müssen? Wäre es nicht besser, die Gefahren klar zu benennen und darauf zu vertrauen, dass die vermeintlich unsicheren und leicht beeinflussbaren Mädchen ihnen selbst aus dem Weg gingen? Führte nicht gerade diese Heimlichtuerei und Tabuisierung zu verhängnisvoller Ahnungslosigkeit?

»Fräulein Svartstein?«

Die Stimme des Apothekergehilfen riss Sofie aus ihren Gedanken. Sie hatte weder den halblaut gezischten Schlagabtausch zwischen Frau Krogh und ihren Begleiterinnen verfolgt, die sich über späten Kindersegen stritten, noch die Rückkehr des

Gehilfen an den Verkaufstresen bemerkt. Er reichte ihr einen Glastiegel.

»Damit kann sich Ihre Mutter die Beine drei Mal täglich einreiben«, erklärte er. »Soll ich den Betrag auf die Rechnung setzen?«

Sofie nickte. »Vielen Dank, das wäre sehr freundlich. Mein Vater begleicht sie dann wie immer am Ende des Monats.«

Sofie verstaute das Salbentöpfchen in ihrer Manteltasche, murmelte ein »Auf Wiedersehen« zu den Damen hin und schlüpfte aus der Tür, bevor diese sie mit weiteren Fragen löchern konnten. Sie sprang die drei Stufen hinab, die vom Eingang der Apotheke auf die Straße führten. Über der Tür des Eckhauses, das wie fast alle Gebäude des Städtchens aus Holz gezimmert war, prangte ein vergoldeter Löwe. Linkerhand ging es hinunter in die Hyttegata, eine der beiden parallelen Hauptstraßen von Røros, die hier an der Kreuzung zur Rau-Veta in die Mørktstugata überging, die Dunkle-Hütte-Straße, benannt nach dem Arresthaus weiter oben, einem fensterlosen Kasten.

Sofie hielt kurz inne und starrte, ohne etwas zu sehen, vor sich hin. Die Begegnung mit den Klatschbasen hatte sie in gemischte Gefühle gestürzt. Einerseits waren ihr diese Damen, die sich viel auf ihren gehobenen Gesellschaftsstatus einbildeten, ein steter Quell der Belustigung. Ihre bigotten Ansichten, Eifersüchteleien und Eitelkeiten amüsierten sie. Andererseits lösten ihre scharfzüngigen Verurteilungen und engstirnigen Normvorstellungen ein vages Unbehagen in ihr aus. In einer kleinen Stadt wie Røros konnte solches Getratsche einen guten Ruf vernichten und dem Betroffenen das Leben zur Hölle machen. Die Vorstellung, beständig auf der Hut sein zu müssen und keinen Anlass zu übler Nachrede zu geben, war beklemmend.

Sofie schüttelte sich und atmete tief ein – was sie im nächsten Augenblick bereute. Ein starker Hustenreiz trieb ihr die Tränen in die Augen. Die kühle Luft war geschwängert vom schwefeligen Gestank, den der auffrischende Wind in dichten Schwaden aus der nahegelegenen Schmelzhütte heranwehte. Sofie zog ihren Schal über ihre Nase, steckte ihre Hände in die Manteltaschen und lief die Storgata – die Große Straße, wie die Hyttegata im Volksmund genannt wurde – hinunter zum Haus ihrer Eltern.

In Gedanken war sie noch bei den drei Damen, die sie mit ihrem abrupten Aufbruch gewiss vor den Kopf gestoßen hatte. Sie malte sich aus, wie sie sich über ihr Betragen ereiferten, das sie bestenfalls mit Schüchternheit entschuldigen, wohl eher aber als ungezogen und schroff tadeln würden. Erst am vergangenen Sonntag hatte sie nach dem Gottesdienst eine Bemerkung aufgeschnappt, die die Frau des Pastors einer Bekannten zuraunte, als Sofie und ihre sieben Jahre ältere Schwester Silje an ihnen vorbeiliefen.

»Kaum zu glauben, dass die beiden Schwestern sind«, hatte sie gesagt. »Sie sind so unterschiedlich.« Ihre Gesprächspartnerin hatte diesen Eindruck bestätigt und die beiden Svartstein'schen Töchter als heiteren Sonnentag und finstre Nebelnacht bezeichnet.

Sofie hatte keine Sekunde gezweifelt, auf wen letzteres Bild gemünzt war. Seit sie denken konnte, wurden das gefällige Wesen ihrer Schwester, deren Sittsamkeit und Wohlerzogenheit gelobt. Sie selbst dagegen galt als verschlossen, grüblerisch und widerborstig. Was in den Augen ihrer Kritiker seinen äußeren Niederschlag in ihrer schlaksigen Figur, ihren widerspenstigen dunklen Locken, einer markanten Nase und den einen Tick zu weit auseinanderstehenden Augen fand. Siljes weibliche Rundungen, ihr ebenmäßiges Gesicht mit dem Kirschmund, ihr feines weizenblondes Haar und ihre kleinen Hände waren denselben Leuten ein Beweis dafür, das innere Schönheit sich sehr wohl im Aussehen eines Menschen spiegeln konnte. In den Chor der Bewunderer mischten sich allerdings zunehmend Stimmen, die diese Perfektion kritisch sahen und darüber diskutierten, ob sie vielleicht der Grund war, warum Silje Svartstein mit ihren sechsundzwanzig Jahren noch immer unverheiratet war. Weil sie und ihre Eltern zu hohe Ansprüche hatten, was einen passenden Ehemann betraf.

Sofie verzog das Gesicht. Wie konnte man sich nur über solche Nichtigkeiten den Kopf zerbrechen? Wo es doch so viel wichtigere Dinge gab. Zum Beispiel die bevorstehende Niederkunft ihrer Mutter. Sofies Behauptung, diese sei nur ein wenig erschöpft, davon abgesehen aber wohlauf, war die Version, die sie ihrer Mutter zuliebe nach außen verbreitete. In Wahrheit setzte die Schwangerschaft Ragnhild Svartstein sehr zu – auch wenn sie das nie zugeben würde. Sofie ließ sich von der Munterkeit, die sie an den Tag legte, nicht täuschen. Sie spürte die Angst ihrer Mutter so deutlich, als sei es ihre eigene. Wobei sie nicht hätte sagen können, wovor sich diese mehr fürchtete: noch ein Mädchen zu bekommen und endgültig als Versagerin vor ihrem Mann dazustehen. Oder vor der Geburt. Für Sofie stand fest, dass sie um das Leben ihrer Mutter bangte und den Tag verfluchte, an dem diese ihr unter Freudentränen eröffnet hatte, dass Gott ihren Leib nach all den Jahren vergeblichen Hoffens endlich wieder gesegnet hatte.

3

Bonn, Mai 1895 – Clara

Drei Wochen nach dem Empfang des Rudervereins waren Clara und Paul erneut auf dem Weg zum Rhein. Ihr Ziel war an diesem Nachmittag nicht das Bootshaus, sondern die weiter nördlich gelegene Anlegestelle der Fähre an der Josefstraße. Sie bot die einzige Möglichkeit, die Gemeinde Vilich und andere Ortschaften auf der anderen Flussseite zu erreichen. Seit einigen Jahren wurden im Bonner Stadtrat Pläne zum Bau einer Brücke gewälzt. Nicht nur, um des ständig wachsenden Verkehrsaufkommens zwischen den Ufern Herr zu werden, sondern auch, um künftig unbehindert von Nebel, Dunkelheit, Hoch- und Niedrigwasser oder Eisschollen im Winter den Strom überqueren zu können. Doch ein erbitterter Rechtsstreit mit den Fährleuten, die drastische finanzielle Einbußen befürchteten, verzögerte die Grundsteinlegung.

Clara war nicht traurig darüber. Sie liebte die gemächliche Passage über den Rhein auf dem flachen Boot, das an einer am Flussgrund verankerten Stahltrosse befestigt war. Diese wurde von einer Reihe mehrerer kleiner Boote an der Oberfläche gehalten. Auf diese Weise machte sich der Fährmann, der am Heck mit einem Steuerruder den Kurs korrigierte, den Druck des strömenden Wassers zunutze, um Passagiere und Lasten zum anderen Ufer zu befördern.

»Mama, fliegen wir jetzt los?«, fragte Paul aufgeregt, als sie ablegten, und zupfte an Claras Ärmel.

»Fliegen? Aber nein, wie kommst du denn darauf?«, entgegnete Clara und sah ihren Sohn überrascht an.

»Der Lehrer hat gesagt, dass das hier eine fliegende Brücke ist.«

Paul sah unsicher zu ihr auf. Es war ihm sichtlich unangenehm, dass der Lehrer etwas behauptete, von dem seine Mutter nichts wusste.

Clara stutzte und lachte auf. »Ach so, jetzt verstehe ich. Man nennt solche Seilfähren fliegende Brücken, weil sie sozusagen übers Wasser fliegen, ohne ein Segel oder einen Motor zu benötigen. Aber sich wie ein Vogel in die Luft schwingen, das können sie nicht.«

Paul schob die Unterlippe vor. »Schade. Ich wär so gern geflogen.«

Clara streichelte seine Wange. »Ich bin mir sicher, dass du das eines Tages tun wirst. Die Leute erfinden ständig die unglaublichsten Maschinen. Es dauert gewiss nicht mehr lange, bis sie ein Fluggerät bauen. In Berlin gibt es einen Mann, der Segelapparate konstruiert. Lilienthal heißt er, glaube ich.«

Pauls Augen leuchteten auf. »Oh ja! Der Mann, der sich Flügel gebaut hat. Papa hat mir Bilder davon gezeigt. Er hat versprochen, mir ein kleines Modell zu basteln. Wenn er mal Zeit hat.« Er ließ die Schultern hängen und fügte leise hinzu: »Er hat aber nie Zeit. Er hat immer sooo viel zu tun.«

»Das stimmt«, sagte Clara. »Vor unserer Abreise muss er noch einiges erledigen. Aber wenn wir erst einmal auf dem Dampfer sind, wird er mehr Zeit für dich haben. Wir werden nämlich viele Wochen unterwegs sein. Und während der Fahrt muss dein Vater nicht arbeiten.«

Mittlerweile hatte die Fähre das andere Ufer erreicht. Clara nahm Paul bei der Hand und lief mit ihm zur Hauptstraße, die sich durch Vilich zog. Paul zeigte auf einen stattlichen Kirchturm mit einem Helmdach, der in einiger Entfernung linker Hand von ihnen lag.

»Gehen wir dorthin?«, fragte er.

»Zur Pfarrkirche Sankt Peter? Nein, das hatte ich eigentlich nicht vor«, antwortete Clara. »Warum fragst du?«

»Da war ich schon mal mit Papa. In der Nähe ist eine alte Wasserburg. Die haben wir uns angesehen. Und danach sind wir auf einen großen Platz gelaufen. Da gab es ein Karussell. Und ein Puppentheater. Und Papa hat mir gebrannte Mandeln gekauft.«

»Du meinst Pützchens Markt. Dass du das noch weißt«, sagte Clara und zog die Augenbrauen hoch. »Das ist fast ein Jahr her.«

Paul hüpfte neben ihr auf und ab. »Darf ich wieder mit dem Karussell fahren?«

Clara schalt sich innerlich, dass sie nicht auf die Idee gekommen war, Paul könnte sich erinnnern. Nun würde sie ihn enttäuschen müssen. Sie fand es immer wieder erstaunlich, wie genau er sich Dinge merkte, die er mit Olaf unternommen hatte. Vermutlich, weil es stets etwas Besonderes für ihn war, wenn sich sein Vater ihm widmete.

»Es tut mir leid, aber der Jahrmarkt findet erst Anfang September statt. Da sind wir schon längst auf Samoa.«

»Gibt es da auch so einen Jahrmarkt?«

»Hm, also, äh … nein, ich glaube nicht«, antwortete Clara und schob rasch nach: »Aber wir werden dort einen großen Garten haben mit Palmenbäumen. Da hängen wir dir eine Schaukel auf.«

Clara war froh, ihrem Sohn die Erfüllung eines lang gehegten Wunsches in Aussicht stellen zu können.

»Au ja!«, rief Paul und strahlte sie an.

Schweigend setzten sie ihren Weg fort. Paul summte eine Melodie vor sich hin, Clara ging im Stillen die Dinge durch, die sie vor ihrer Abreise noch erledigen musste. Je näher diese rückte, desto unwirklicher kam ihr der Gedanke vor, in vierzehn Tagen ihrer Heimat den Rücken zu kehren. Sie hatte die Rheinprovinz noch nie verlassen. Bevor sie Olaf kennengelernt hatte, war ein Ausflug mit der Schulklasse nach Köln die weiteste Fahrt gewesen, die sie je unternommen hatte. Auch mit ihrem Mann war sie nie verreist. Das Gehalt des jungen Anwalts hatte ihnen ein gutes Auskommen und ein schönes Heim gesichert – für sommerliche Aufenthalte in einem der beliebten Seebäder oder gar einen Urlaub im Ausland reichte es nicht. Als Hochzeitsgeschenk hatte Professor Dahlmann ihnen eine Dampferfahrt rheinaufwärts nach Bingen spendiert, wo sie eine Nacht in einem Gasthof verbrachten, bevor es am nächsten Tag mit der Eisenbahn zurückging. Seither hatte Clara jede Nacht im eigenen Bett geschlafen.

Ob sie Bonn wohl jemals wiedersähe? Selbst wenn Olaf nach einigen Jahren einen anderen Posten annehmen und Samoa wieder verlassen würde, war es unwahrscheinlich, dass er mit seiner Familie in dieses Städtchen zurückkehrte. Für einen ehrgeizigen Juristen gab es interessantere Orte, an denen er seine Karriere vorantreiben konnte. Und je weiter diese von seinem Herkunftsland entfernt waren, desto anziehender waren sie für Olaf.

Clara hatte sich nie getraut, in ihn zu dringen, was in Norwegen vorgefallen war. Die Mischung aus Schmerz und Wut, mit der er sie angesehen hatte, als sie sich kurz vor der Trauung nach seiner Familie erkundigte, hatte sie zum Schweigen gebracht. Sie hatte das Thema nie wieder angeschnitten und sich die Frage verkniffen, ob sie seinen Eltern nicht wenigstens ein Bild von ihnen als Brautpaar schicken und sie über die Hochzeit ihres Sohnes informieren sollten. Ihre Enttäuschung über ihren geplatzten Traum hatte sie für sich behalten. Sie hatte sich so sehr danach gesehnt, durch die Ehe Teil einer richtigen Familie zu werden – selbst wenn diese weit entfernt in einem anderen Land lebte.

Mittlerweile hatten sie die Hauptstraße verlassen und die Gleise der rechtsrheinischen Eisenbahn überquert. Nun liefen sie auf der Hardtstraße nach Pützchen, dem Ziel ihres Ausflugs.

Die zwei- bis dreistöckigen Gebäude des Vilicher Ortskerns wurden von kleineren Wohnhäusern abgelöst, die inmitten großer Gärten zu beiden Seiten der Straße lagen. Der Himmel spannte sich wolkenlos über ihnen, Bienen summten in blühenden Obstbäumen und Blumenbeeten, und der süße, an Vanille erinnernde Duft frisch gemähten Grases lag in der Luft. Es waren nur wenige Fußgänger unterwegs, ab und zu rumpelte ein Pferdefuhrwerk vorbei, und eine Schar Spatzen, die sich um eine Brotrinde zankte, stob zeternd davon, als sie sich näherten. Nach einer guten Viertelstunde bogen sie auf den Adelheidisplatz ab, an dessen oberem Ende sich ein quadratischer Gebäudekomplex befand, dessen Flanke zur Straße hin von einer großen Kirche eingenommen wurde.

»So, da wären wir«, sagte Clara.

Paul folgte ihrem Blick und meinte: »Sie sieht ganz neu aus.«

»Das ist sie auch. Die alte Kirche ist zusammen mit dem ehemaligen Kloster vor ein paar Jahren abgebrannt. Danach hat man sie wieder aufgebaut.«

»Gehen wir hinein?«, fragte Paul.

»Nein, mein Schatz. Ich möchte dir etwas anderes zeigen«, antwortete Clara.

Sie hielt auf eine Öffnung in der Mauer zu, die das Gelände umgab, und lief in einen abgelegenen Teil des Grundstücks.

»Als ich ungefähr so alt war wie du, hat mich Schwester Gerlinde zum ersten Mal hierher mitgenommen«, sagte Clara und deutete auf eine kleine Kapelle in der Mauer.

Davor stand ein großes Kreuz aus dunklem vulkanischem Gestein. Im Sockel steckte ein kleines Rohr, aus dem Wasser in ein Becken floss.

»Das ist der Adelheidisbrunnen«, erklärte Clara. »Adelheid war eine Heilige, die vor vielen hundert Jahren hier gelebt und viel Gutes getan hat. Kennst du ihre Geschichte?«

Paul schüttelte den Kopf und sagte zögernd: »Der Lehrer

hat gesagt, dass Cassius und Florentius die Heiligen von Bonn sind.«

»Ja, vollkommen richtig. Das sind die Schutzpatrone der Stadt.«

Paul legte seine Stirn in Falten. »Ich verstehe das nicht. Wie können sie die Stadt beschützen, wenn sie sich selber nicht schützen konnten?«

»Was meinst du?«, fragte Clara.

»Sie wurden doch von einem bösen Mann getötet, weil sie ihm nicht gehorcht haben.«

Clara nickte. »Genau. Das war der römische Kaiser Maximian. Er war Heide und hat ihnen befohlen, Christen zu verfolgen, weil...«, sie unterbrach sich. »Weißt du, was ein Heide ist?«

»Ja, Heiden hassen Jesus und kommen in die Hölle«, antwortete Paul.

Clara lächelte über diese knappe Definition und fuhr fort: »Ich glaube, dieser Kaiser hat sich vor allem darüber geärgert, dass die Christen, also die Menschen, die an Jesus glauben, ihn nicht als Gott verehrt haben. Und deshalb hat er sie verfolgt. Und als Cassius und Florentius ihm nicht dabei helfen wollten, hat er sie töten lassen.«

»Aber wieso haben sie sich denn nicht gewehrt?«, fragte Paul. »Sie waren doch Soldaten und hatten Waffen. Warum haben sie nicht gekämpft?«

Er verstummte und sah Clara ratlos an. Sie erwiderte seinen Blick und suchte nach einer Antwort. Wie erklärte man einem Kind, was ein Märtyrer war? Und warum manche Menschen bereit waren, für ihren Glauben zu sterben?

»Du weißt doch, dass man Versprechen halten muss«, begann sie langsam.

Paul nickte.

»Cassius und Florentius hatten Jesus versprochen, dass sie

ihn und ihren Glauben an ihn nie verraten würden. Aber genau das hat dieser böse Kaiser von ihnen verlangt. Um ihre Treue zu Jesus zu beweisen, haben sie sich lieber töten lassen, als ihren Eid zu brechen.«

Pauls Miene erhellte sich. »So wie bei den Soldaten. Die schwören dem Kaiser Wilhelm, dass sie ihm immer treu dienen und alles tun, damit ihm nichts Schlimmes passiert. Das hat mir Karli erzählt. Sein älterer Bruder wird bald Soldat und hat den Eid auswendig gelernt, damit er ihn nicht falsch aufsagt.«

Zu Claras Erleichterung war Paul mit dieser Erklärung zufrieden.

»Erzählst du mir jetzt die Geschichte von Adelheid? Wurde sie auch getötet, weil sie an Jesus geglaubt hat?«, fragte er und zeigte auf die Kapelle.

»Nein, sie ist ganz friedlich gestorben. Sie war Äbtissin, also die oberste Nonne in einem Kloster, und hat sich viel um die Armen gekümmert. Man erzählt sich, dass sie hier an dieser Stelle ein Wunder bewirkt hat.«

»Ein Wunder?«

Pauls Augen weiteten sich. Er hing förmlich an Claras Lippen.

»Damals wurde die Gegend von einer furchtbaren Dürre heimgesucht. Es regnete monatelang nicht, die Felder der Bauern vertrockneten, und das Vieh verdurstete. Die verzweifelten Menschen flehten Adelheid an, ihnen zu helfen. Sie betete und stieß ihren Stab in die Erde – hier, an dieser Stelle. Und siehe da, ein Wasserstrahl schoss aus dem Boden und ...«

»Und die Menschen konnten ihre Felder gießen und den Tieren zu trinken geben«, beendete Paul den Satz und klatschte in die Hände.

»Seither heißt der Ort Pützchen«, sagte Clara. »Das stammt von dem lateinischen Wort *puteus* und bedeutet Brunnen oder

Wasserquelle.« Sie griff nach Pauls Hand. »Und jetzt sagen wir Adelheid Guten Tag.«

Sie lächelte zu ihm hinunter und sah sich selbst vor knapp zwanzig Jahren neben der vom Alter gebeugten Schwester Gerlinde herlaufen, die ihr mit fast denselben Worten von der Heiligen erzählt hatte. Als Clara damals wissen wollte, ob solche Wunder auch heute noch passierten, hatte die Ordensschwester ihr zugezwinkert.

»Wer weiß. Ich möchte gewiss nicht leugnen, dass es göttliche Wunder gibt. Aber Adelheid war eine sehr gebildete und kluge Frau. Ich könnte mir gut vorstellen, dass sie nicht zufällig ausgerechnet am Fuße des Ennert nach Wasser gesucht hat. Der Boden ist hier nämlich sehr lehmig, also wasserundurchlässig. Vielleicht hat Adelheid geahnt, dass sich das Wasser, das unterirdisch von den Hängen des Ennerts herabströmt, über dieser Tonschicht sammelt.«

Diese Vermutung hatte Clara in einen Zwiespalt gestürzt. Einerseits war sie ernüchtert über die Entzauberung des Wunders, andererseits imponierte ihr die Klugheit von Adelheid. Im Lauf der folgenden Jahre überwog dieser Aspekt. Die Äbtissin wurde Claras Vorbild. Adelheid hatte nicht nur Kranke gepflegt, den Mädchen in der Stiftschule Unterricht gegeben und zwei Klöster verwaltet, sondern auch stets ein offenes Ohr für alle gehabt, die sich mit ihren Sorgen und Nöten an sie wandten.

Clara erkor sie zu ihrer persönlichen Schutzpatronin, mit der sie innere Zwiesprache hielt, wenn sie nicht weiterwusste. In ihrer kindlichen Fantasie verschmolz das Bild der mittelalterlichen Nonne mit dem von Schwester Gerlinde, die wenige Monate nach ihrem Ausflug nach Pützchen gestorben war.

Sooft es ihr möglich war, suchte Clara die Adelheidiskapelle auf. An diesem Ort hatte sie das Gefühl, der geliebten Toten nahe zu sein – sehr viel mehr als in der Wallfahrtskirche oder gar der großen Kirche von Sankt Peter, in der der Sarkophag der Heiligen stand. Nur im September, wenn während des Jahrmarkts die Gläubigen zu Hunderten zum Adelheidisbrunnen pilgerten, dessen Wasser Heilkräfte gegen Augenleiden nachgesagt wurde, mied sie den Kirchhof. Auch wenn sie sich eingestehen musste, dass es unchristlich war und sie die tadelnde Stimme von Schwester Gerlinde zu hören meinte, mit der diese ihre Schützlinge bei selbstsüchtigen Anwandlungen zurechtgewiesen und sie zu Großzügigkeit und tätiger Nächstenliebe angehalten hatte: Clara wollte »ihre« Heilige nicht mit Fremden teilen.

An diesem Tag mitten unter der Woche hatten sie und Paul die Kapelle für sich allein. Durch die Seitenfenster strömte Sonnenlicht und tauchte den kleinen Raum in ein warmes Gelb. Clara benetzte ihre Finger mit dem Weihwasser in einem Schälchen neben der Tür, bekreuzigte sich und beugte ein Knie vor dem Altar. Paul sah ihr aufmerksam zu und tat es ihr nach. Gemeinsam traten sie vor die Figur der Heiligen, die in einer Nische über dem Altartisch auf ihren Äbtissinnenstab gestützt stand und mit mildem Lächeln auf einen Teller mit einem kleinen Brotlaib blickte, den sie in der anderen Hand hielt.

»Sie sieht freundlich aus«, flüsterte Paul nach kurzem Schweigen. »Hat sie das Brot selbst gebacken?«

»Ich glaube nicht. Dazu hatte sie zu viel anderes zu tun. Aber sie und ihre Nonnen haben es den Armen gegeben. Noch heute wird Adelheidisbrot zu ihrem Andenken gebacken und an die Wallfahrer verteilt, die hierherkommen.«

»Darf ich eine Kerze anzünden?«, fragte Paul und deutete auf einen Ständer, in den man dünne Opferkerzen stecken konnte.

»Natürlich«, sagte Clara. »Das wollte ich auch gerade vorschlagen.«

Sie steckte ein paar Münzen in den Opferstock und ließ Paul zwei Kerzen nebeneinander aufstellen. Ihre Hand zitterte ein wenig, als sie sie anzündete.

»Mama? Bist du traurig?«, fragte Paul und sah ihr aufmerksam ins Gesicht.

»Ein bisschen«, murmelte Clara.

Paul nahm ihre Hand. »Wir können doch ein Bild von Adelheid mit nach Samoa nehmen. Dann ist sie immer bei dir, auch wenn du sie hier nicht besuchen kannst.«

Clara legte einen Arm um seine Schultern und zog ihn an sich. Tiefe Dankbarkeit erfüllte sie. Es war einer dieser Momente, in denen sie es kaum fassen konnte, mit einem so einfühlsamen und liebevollen Kind beschenkt worden zu sein.

Sie sah zu der Statue und betete stumm: Ich werde alles tun, damit Paul glücklich wird. Halte deine Hand über ihn, und gib mir die Kraft, ihn vor Gefahren und Unbill zu schützen. Darum bitte ich dich von Herzen. Amen.

Claras Hals wurde eng. Erst in diesem Augenblick wurde der Abschied, der ihr bevorstand, wirklich spürbar. Sie würde die Erinnerung an Schwester Gerlinde in ihrem Herzen überallhin mitnehmen ebenso wie die tiefe Verbundenheit zur heiligen Adelheid. Diese unscheinbare Kapelle, die ihr wie kein anderer Ort das Gefühl von Geborgenheit vermittelte, würde ihr dennoch fehlen. Die Vorstellung, zum letzten Mal hier zu stehen, ließ ihre Augen feucht werden.

4

Røros, Mai 1895 – Sofie

Unter dem Geläut der Glocken versammelte sich die Trauergemeinde an der Mauer im unteren Teil des Friedhofs, der den betuchten und angesehenen Bürgern der Stadt vorbehalten war. Auch nach dem Tod blieben die Angehörigen ihrer jeweiligen Schicht unter sich: die Reichen wenige Schritte vom Portal der Kirche entfernt, die Ärmeren oberhalb des eigentlichen Kirchhofs auf einer mit Birken bestandenen Wiese.

Die Svartsteins betteten ihre Verstorbenen seit Generationen in einem Familiengrab zur letzten Ruhe, das von einem kunstvoll geschmiedeten Eisengitter umgeben war. An diesem Nachmittag lag es im Schatten von Bergstadens Ziir, dem imposanten achteckigen Kirchenbau, der in der Blütezeit des Kupferbergwerks zu »Gottes Ehre und zur Zierde der Bergbaustadt« errichtet worden war, wie es die Inschrift über dem Eingang verkündete.

Der wuchtige Turm ragte fünfzig Meter in den Himmel und war als Wahrzeichen von Røros weithin sichtbar. Von seinem Portal aus hatte man einen guten Blick über die Stadt, die im Westen von der Glåma umflossen wurde: Linker Hand breitete sich der Malmplass vor der Schmelzhütte aus, auf dem Brennholzstapel und Haufen von Gesteinsbrocken lagerten. Letztere wurden auf einer großen Waage gewogen, bevor man das Kupfer aus ihnen herausschmolz. Am Rand des Erzplatzes drängten sich die Arbeiterhütten, zwischen denen rötliche und dunkelbraune Schlackenhalden wie riesige Maulwurfshügel emporquollen. Rechter Hand erstreckten sich die beiden parallelen Hauptstraßen und zahlreiche Gassen mit Wohnhäusern, Läden, der Schule und anderen öffentlichen Gebäuden.

Noch zweihundertfünfzig Jahre zuvor war die Gegend dicht bewaldet gewesen. Ein paar Familien hatten hier gesiedelt und sich von Viehhaltung, Jagd und Fischerei ernährt. Die Entdeckung und Ausbeutung der Kupfervorkommen hatten der Landschaft ihren Stempel aufgedrückt. Binnen weniger Jahrzehnte waren Hunderte Bergleute, Handwerker und andere Arbeiter in die schnell wachsende Stadt gezogen. Der enorme Bedarf an Feuerholz und die giftigen Schwefelschwaden aus den Schmelzöfen hatten das Hochplateau nach und nach in eine unfruchtbare Mondlandschaft verwandelt, die wie eine hässliche Wunde inmitten einer von Birken- und Kiefernwäldern, Seen und Almwiesen geprägten Umgebung lag.

Sofie stand mit gesenktem Kopf neben ihrer Schwester Silje. Sie war froh, ihr Gesicht hinter dem dichten Schleier aus schwarzer Spitze verbergen zu können. Er bot ihr Schutz vor den Blicken der anderen, die sie nicht als Einzelpersonen wahrnahm, sondern als dunkle Masse, die sie wie eine Mauer umgab. Sie hatte ihre Augen auf den weißen Sarg geheftet, der unter einem Gesteck aus rosafarbenen Pfingstrosen verschwand, den Lieblingsblumen von Ragnhild Svartstein. Die Großeltern hatten sie aus Trondheim mitgebracht, als letzten Gruß aus dem Garten, den ihre Tochter so geliebt hatte. Sofie sah, wie der Pfarrer seinen Mund bewegte. Seine Aussegnungsrede drang wie ein entferntes Rauschen an ihr Ohr. Sie fühlte sich außerstande, ihre Bedeutung zu erfassen. Ihr Kopf war erfüllt von dem einen Wort, das seit Tagen unaufhörlich in ihr dröhnte: Warum? Warum hatte ihre Mutter sterben müssen?

Der Geistliche schlug ein Kreuz und gab den vier Trägern ein Zeichen, den Sarg in das tiefe Loch hinabzulassen, das im Erdreich klaffte. Während die Männer die Enden der Seile packten, stimmte er ein Lied an, in das die Umstehenden einfielen:

O bli hos meg! Nå er det
  aftentid,
og mørket stiger – dvel,
  o Herre blid!
Når annen hjelp blir støv
  og duger ei,
du, hjelpeløses hjelper,
  bli hos meg!

Oh, steh mir bei! Jetzt, wo der
  Abend kommt
und die Dunkelheit aufsteigt –
  bleib bei mir, gütiger Gott!
Wenn andere Hilfe nichtig ist
  und nichts taugt
du, der Helfer der Hilflosen,
  steh mir bei!

Langsam verschwand der Sarg in der Grube. Sofie griff sich an
den Hals. Alles in ihr schrie: Nein, nein, sie darf nicht da hinein,
nicht in diese schreckliche Dunkelheit! Nicht sie, die das Licht
so liebte! Gleichzeitig kam es ihr vollkommen absurd vor, dass
ihre Mutter in dieser Kiste liegen sollte. Zusammen mit dem
Kleinen, der sie nur um wenige Stunden überlebt hatte. Das
konnte nicht sein. Sofie stöhnte auf und schwankte. Ein Stoß in
ihre Seite ließ sie zusammenzucken. Silje hatte sie mit dem
Ellenbogen gepufft.

»Reiß dich gefälligst zusammen!«, zischte sie.

Sofie machte sich steif und krampfte ihre Hände so fest um
ihr Gesangbuch, dass die Kanten des Ledereinbandes in ihre
Ballen schnitten. Der Schmerz vertrieb den Schwindel. Sie
zwang sich, die Umstehenden anzusehen. Der Pfarrer stand mit
dem Rücken zur Mauer am Kopfende des Grabes, ihm gegenüber hatten die Honoratioren des Städtchens und Freunde der
Familie Aufstellung genommen. Die Angehörigen der Toten
hatten sich an den Längsseiten der Grube verteilt.

Neben Sofies Schwester Silje ragte die massige Gestalt ihres
Vaters Ivar, der mit ausdrucksloser Miene auf das Grabloch
starrte. Was ging in ihm vor? Schmerzte ihn der Verlust seiner
Frau? Trauerte er um seinen Sohn? Sofie hatte ihn seit seiner
Rückkehr von einer Inspektionsfahrt, zu der er kurz vor der

Niederkunft aufgebrochen war, keine Träne vergießen sehen oder kummervolle Worte äußern hören. Sofie richtete ihren Blick wieder auf den Sarg und durchlebte in Gedanken zum wiederholten Mal jene Szene, die sich kurz nach dem Tod ihrer Mutter in deren Schlafzimmer abgespielt hatte.

Sie hatte neben der aufgebahrten Leiche Totenwache gehalten, als ihr Vater noch im Mantel ins Zimmer gestürmt und ohne seine tote Frau eines Blickes zu würdigen zur Familienwiege gestürzt war, in der bereits er und seine Geschwister geschaukelt worden waren. Beim Anblick des leblosen Säuglings, der darin lag, hatte sich sein Gesicht verzogen – zu einer Maske des Zorns. Er hatte eine Faust geballt und mit Wucht auf die Frisierkommode seiner Frau gedonnert. Der Spiegel war gesprungen. Es hätte Sofie nicht gewundert, wenn ihr Vater in Verwünschungen ausgebrochen wäre und Gott verflucht hätte, der ihm den langersehnten Stammhalter entriss, kaum dass er ihn ihm endlich geschenkt hatte. Stattdessen hatte er sich stumm abgewendet und war aus dem Zimmer gestapft, in dem Ragnhild Svartstein drei Tage lang unter furchtbaren Schmerzen in Wehen gelegen hatte.

Bei der Erinnerung daran krampfte sich Sofies Magen zusammen. Ihre Mutter, deren Stimme selten laut geworden war, hatte geschrien und Laute von sich gegeben, die Sofie nie zuvor gehört hatte. Erfüllt von Grauen, panischer Angst und Wut, ihrer Mutter nicht helfen zu können, hatte sie ohne Unterbrechung an deren Seite ausgeharrt und alle Versuche abgewehrt, sie aus dem Zimmer zu entfernen.

Als sich der Muttermund endlich geöffnet hatte, rutschte das Kind nicht ins Becken. Die Herztöne wurden schwächer, der Sauerstoff knapp. Doktor Pedersens Miene war noch ernster geworden. Er sprach nicht länger von üblichen Komplikationen und glücklichem Ausgang. Sofie hatte verstanden, dass es um Leben und Tod ging. Mehrfach versuchte der Arzt vergebens, den Kopf des Ungeborenen mit einer Gebärzange zu erreichen. Es lag zu weit oben. Die Kräfte von Ragnhild schwanden, sie war kaum mehr in der Lage, die Wehen zu unterstützen. Als es dem Arzt zusammen mit der Hebamme schließlich gelungen war, die Löffel der Zange um das Köpfchen zu legen, bäumte sich die Gebärende ein letztes Mal auf und presste bei den folgenden Wehen mit. Sofie, die die ganze Zeit über ihre Hand hielt, hätte ihr am liebsten Einhalt geboten. Es kam ihr so vor, als presste ihre Mutter alle Lebenskraft aus sich heraus.

Der sorgenvolle Ausdruck in Doktor Pedersens Gesicht war nicht gewichen, als der kleine Junge zum Vorschein gekommen war. Ganz blau war er gewesen. Die Hebamme hatte scharf die Luft eingesogen und einen bedeutungsvollen Blick mit dem Arzt gewechselt, der kaum merklich den Kopf geschüttelt hatte. Sofie hatte das nur am Rande mitbekommen. Ihre ganze Aufmerksamkeit hatte ihrer Mutter gegolten, die bleich und schweißüberströmt in den Laken lag, die von ihrem Blut durchtränkt waren. Nie würde Sofie deren glückseliges Lächeln vergessen, mit dem sie das Neugeborene betrachtete – bevor sie für immer die Augen schloss.

Wenigstens war sie in der Gewissheit gestorben, nach all den Jahren endlich einen Sohn zur Welt gebracht zu haben. Der Makel des Versagens hatte nicht länger an ihr gehaftet. Sofie hoffte, dass ihre Mutter dort, wo sie jetzt war, nichts von den abfälligen Bemerkungen mitbekam, mit denen ihr Mann ihr genau das ankreidete. Für ihn war es die Schuld seiner Frau, dass sein Sohn nicht stark genug fürs Leben gewesen war. Die Erklärung von Doktor Pedersen, dass Sauerstoffmangel die Ursache für den Tod des Kindes gewesen war, änderte nichts an dieser Überzeugung – im Gegenteil, sie bestärkte sie noch. Dass Ragnhild die Geburt ebenfalls nicht überlebt hatte und verblutet war, weil sich der überstrapazierte Gebärmuttermuskel nach der Ablösung des Mutterkuchens nicht richtig zusammengezogen hatte, war in Ivars Augen eine gerechte Strafe. Sofie fröstelte beim Nachhall des eisigen Tonfalls, mit dem er diese ungeheuerliche Feststellung geäußert hatte. Rasch hob sie den Kopf und ließ ihre Augen über die anderen Trauergäste wandern.

Tante Randi, die ältere Schwester von Ivar, hatte sich bei diesem untergehakt. Ihr Mann und ihre beiden erwachsenen Kinder und deren Familien, mit denen sie von ihrem Hof bei Drevsjø nahe der schwedischen Grenze herübergekommen war, hatten sich hinter ihr gruppiert. Ivars Bruder Lars hatte einen Kondolenzbrief geschickt – aus Amerika, wohin er noch vor Sofies Geburt ausgewandert war.

Die Angehörigen der Familie Hustad drängten sich auf der anderen Seite des Grabes um die Eltern der Toten, als müssten sie sie schützen. Großvater Roald, der sich gerade wie eine Kiefer hielt und eine Vitalität ausstrahlte, die ihn um einiges jünger als seine fünfundsiebzig Jahre wirken ließ, hatte einen Arm um seine Frau gelegt, die er um einen Kopf überragte. Von ihm hatte Sofie die markante Nase und die weit auseinanderstehenden Augen geerbt. Viele der Verwandten mütterlicherseits hatte sie lange nicht gesehen, an manche Gesichter konnte sie sich gar nicht erinnern. Vertraut war das von Onkel Sophus, der seiner Schwester Ragnhild sehr ähnlich sah. Mit seinem feinen Haar, den schmalen Händen und den geschwungenen Augenbrauen kam er wie diese nach Großmutter Toril. Nur den hohen Wuchs und die kräftige Statur hatte Sophus von seinem Vater. Er war mit seinem ältesten Sohn aus Trondheim gekommen, seine Frau Malene war mit den kleineren Kindern zu Hause geblieben. Großmutter Toril stützte sich schwer auf ihren Gehstock, hatte ihren Schleier zurückgeschlagen und weinte lautlos. Die Tränen rannen unaufhörlich über ihre faltigen Wangen. Ab und zu führte sie ein besticktes Taschentuch an ihre Augen, ohne diese zu berühren.

Es war diese um Haltung bemühte Geste, die Sofie aus ihrer

Erstarrung löste. Ihr Hals wurde eng, und das Schluchzen, das sie die ganze Zeit über unterdrückt hatte, schüttelte ihren Körper. Ohne auf Siljes geflüsterte Ermahnung zu achten, zwängte sie sich durch die Reihen der hinter ihr Stehenden und rannte in den oberen Teil des Kirchhofs. Stolpernd erklomm sie die kleine Anhöhe, fiel hin, rappelte sich wieder hoch und lief auf der Wiese zwischen einfachen Grabsteinen und Holzkreuzen weiter. Schwarze Punkte tanzten vor ihren Augen. Keuchend blieb sie unter einer Birke stehen. Das enge Mieder schnürte ihr die Luft ab. Sofie rang nach Atem, zog sich den Schleier vom Kopf und streckte Halt suchend einen Arm nach dem Stamm aus. Glatt und kühl schmiegte sich die Rinde in ihre Hand. Sofie legte ihre Stirn an den Baum und schloss die Augen. Das Brausen des Blutes in ihren Ohren wurde leiser. Sie hörte das feine Säuseln des Windes in den Blättern über ihr und von ferne den Abschlusspsalm, mit dem die Zeremonie am Grab ihrer Mutter beendet wurde.

»Entschuldigung, aber ich glaube, das gehört Ihnen.«

Sofie zuckte zusammen, öffnete die Augen und schrie auf. Zwei Schritte von ihr entfernt stand ein schwarzer Mann. Er sah aus wie der leibhaftige *fanden*, jene teuflische Gestalt aus den Volksmärchen, mit der ihr das Kindermädchen früher gedroht hatte, wenn sie unartig war. Alles an ihm war schwarz: seine ausgebeulte Joppe, die zerschlissene Hose, die klobigen Schuhe, die Schirmmütze. Und das Gesicht. Erst auf den zweiten Blick erkannte Sofie, dass es rußverschmiert war. Darin leuchteten blaue Augen, in denen nichts Diabolisches zu entdecken war. Vermutlich arbeitete der Mann in der Schmelzhütte oder in einer der Kupferminen, hatte gerade seine Schicht beendet und befand sich auf dem Heimweg.

Sofie richtete sich auf, bemühte sich um einen gelassenen Gesichtsausdruck und nahm das Gesangbuch, das er ihr hinhielt. Sie musste es auf ihrer Flucht fallengelassen haben.

»Danke, das war sehr aufmerksam von Ihnen . . .« Ihre Stimme klang brüchig. Sie verstummte und schluckte die Tränen herunter, die in ihr aufstiegen.

Der Mann streckte eine Hand aus, als wolle er ihren Arm berühren, hielt inne und ließ sie wieder sinken. Seine Augen verschatteten sich. Er deutete mit dem Kinn zum unteren Friedhof hin, den die Trauergemeinde mittlerweile verlassen hatte, um der Einladung zu dem Umtrunk zu folgen, den Ivar Svartstein in seinem Hause zum Gedenken an die Verstorbene ausrichtete.

»Wenn uns ein Elternteil verlässt, ist auch ein Stück Kindheit in uns verloren«, sagte er leise. »Angeblich heilt die Zeit alle Wunden. Aber sie kann die Lücke, die Ihre Mutter hinterlässt, nicht füllen. Die bleibt für immer.« Er tippte sich mit einer Hand an die Mütze und schaute ihr in die Augen. Sofie stockte der Atem. Sein Blick strahlte Anteilnahme aus und war zugleich so eindringlich, als könne er bis auf den Grund ihrer Seele sehen. »Ich wünsche Ihnen viel Kraft in dieser schweren Zeit.«

Der Mann nickte ihr zu, drehte sich um und lief mit federnden Schritten Richtung Mørkstugata.

Sofie sah ihm mit gerunzelter Stirn nach. Was für ein seltsamer Mensch. Soweit sie es beurteilen konnte, war er nicht viel älter als sie. Der Schmutz in seinem Gesicht erschwerte eine genaue Einschätzung. Seine Stimme hatte jung geklungen, seine Bewegungen waren kraftvoll und geschmeidig. Seine Worte dagegen wirkten lebensklug, ja philosophisch. Zumal aus dem Munde eines einfachen Arbeiters. Wie kam er dazu, so unverblümt und schonungslos darauf hinzuweisen, dass der Schmerz lange andauern würde? Das gehörte sich nicht, auch wenn es die Wahrheit war. Nicht einmal enge Freunde erlaubten sich solche Bemerkungen, wenn sie einem Trauernden kondolierten. Die meisten begnügten sich mit nichtssagenden Floskeln in gedämpftem Ton und fanden Trost bei dem Gedanken, dass die Verstorbene nun bei Gott sei.

55

Sofie hätte nicht sagen können, wie oft sie in den letzten Tagen Phrasen wie »Ich erlaube mir, meine aufrichtige Teilnahme an dem schweren und unersetzlichen Verlust, der Sie betroffen hat, ganz ergebenst auszusprechen« gehört hatte. Die Erinnerung daran brachte sie in die Gegenwart zurück. Höchste Zeit, sich wieder der Trauergesellschaft anzuschließen. Sie steckte das Gesangbuch in die Manteltasche, legte sich den Schleier wieder über den Kopf und machte sich auf den Weg in die Hyttegata.

Wenige Minuten später schlüpfte Sofie durch die mit einer Girlande aus Tannengrün geschmückte Tür des stattlichen Wohnhauses, das der Urgroßvater von Ivar Svartstein einst gebaut hatte. Es war aus Holz, nur das Fundament bestand aus unverputzten Steinen. Seit zehn Jahren zierten geschnitzte Fensterrahmen die Fassade. Damals war an einer Seite auch ein Balkon angebracht worden – im Schweizer Stil, der sich bei den Bürgern der Städte im Süden und an der Küste schon länger großer Beliebtheit erfreute. Seit Røros 1877 an die Bahnlinie angeschlossen worden war, die die Hauptstadt Christiania mit Trondheim verband, fanden aktuelle modische Strömungen ihren Weg auch in diesen abgelegenen Ort. Wer es sich leisten konnte, folgte dem neuesten Trend nicht nur bei der Wahl seiner Kleidung, sondern auch bei der Gestaltung seines Heims.

Aus der Wohnstube und dem anschließenden Speisezimmer drangen Stimmen und Gläserklirren. Rasch entledigte sich Sofie ihres Mantels, hängte ihn an die Garderobe und richtete ihre Frisur vor dem mannshohen Spiegel neben der Treppe, die links von der Haustür in die obere Etage führte. Bläuliche Schatten lagen unter ihren vom Weinen geröteten Augen und zeugten von den zahllosen Nächten, in denen sie sich ohne Schlaf zu finden in ihrem Bett gewälzt hatte – erst aus Sorge um ihre Mutter, dann aus Kummer über ihren Tod.

Sofie fühlte sich mit einem Mal unendlich müde. Am liebsten

wäre sie direkt auf ihr Zimmer hinaufgegangen, ohne sich unter die Gäste zu mischen. Sie hatte bereits einen Fuß auf die unterste Stufe der Treppe gesetzt, als sich die Tür zum Wohnzimmer öffnete. Unwillkürlich drückte sich Sofie in die Nische neben dem Garderobenschrank und lugte um die Ecke. Eine zierliche Frau um die fünfzig mit ebenmäßigen Gesichtszügen und dunklen Augen kam heraus, gefolgt von Ivar Svartstein. Sofie hatte sie noch nie im Haus ihrer Eltern gesehen, sie gehörte nicht zum Freundes- oder Bekanntenkreis der Familie. Sie war ihr ab und zu bei Gottesdiensten oder auf der Straße begegnet. Und erst vor Kurzem war ihr Name gefallen: Trude, die Frau des Sägewerksbesitzers Sverre Ordal, über die sich die Klatschbasen in der Apotheke das Maul zerrissen hatten.

»Hast du schon Nachricht erhalten?«, fragte Ivar leise.

Trude schüttelte den Kopf. »Ich bin mir aber ganz sicher, dass er kommt«, antwortete sie. Ihre Stimme hatte einen flehenden Unterton.

Während sich Sofie fragte, warum die beiden sich duzten, hörte sie ihren Vater sagen: »Besser wäre es!«

»Ich bitte dich, gib uns noch ein wenig Zeit.«

Ivar zögerte einen Moment. »Na gut, warten wir noch. Ein oder zwei Wochen mehr oder weniger spielen für mich keine Rolle.«

»Ich danke dir«, hauchte die Frau, zog das schwarze Schultertuch enger um sich und eilte zum Ausgang.

Sofie sah zu ihrem Vater und blinzelte überrascht. Noch nie hatte sie einen solchen Ausdruck in seinem Gesicht gesehen. So gequält und verletzlich, voller Schmerz und Sehnsucht.

5

Bonn, Mai 1895 – Clara

Clara stand im Schlafzimmer ihrer Wohnung und verstaute den Inhalt der Wäschekommode in zwei geräumigen Korbtruhen. Sie hatte sich die Ärmel ihrer Bluse hochgekrempelt und die Haare mit einem Tuch zurückgebunden. Als Erstes hatte sie an diesem Morgen in der Küche die meisten Töpfe und Pfannen, die Kaffeemühle, diverse Messer, Bratenwender, Quirle, Schaumkellen, Kartoffelstampfer, Reibeisen, Gemüseraffeln und viele andere Geräte verpackt und das »gute« Geschirr und die silberne Kaffeekanne – ein Hochzeitsgeschenk – in mit Holzwolle gepolsterte Kisten gebettet. Nun sortierte sie die Handtücher, Bettbezüge, Tischdecken und Servietten, die sie in ihr neues Heim auf Samoa begleiten sollten. Ihre Bücher, Pauls Spielzeug – ein Anker-Baukasten, eine Ritterburg, Zinnsoldaten und mehrere Brettspiele – waren bereits zusammen mit Kleidungsstücken, Schuhputzzeug, Nähkästchen und Bügeleisen in riesige Schrankkoffer gewandert. Die drei gerahmten Fotografien, auf denen Olaf und sie im Hochzeitsstaat posierten, Paul als Kleinkind auf einem Schaukelpferd ritt und zwischen seinen stolzen Eltern mit einer riesigen Schultüte stand, hatte sie als Letztes in Zeitungspapier eingewickelt und zwischen Olafs Anzügen verstaut.

Es war spät am Vormittag, bald würde Paul von der Schule nach Hause kommen. Mit Olaf rechnete Clara nicht, er schaffte es in diesen hektischen Tagen vor der Abreise in die Südsee selten zum Mittagessen mit seiner Familie. Clara war das nicht unrecht. Es ersparte ihr aufwendige Kocherei. Für Paul und sie genügten Pellkartoffeln mit Kräuterquark oder die von ihrem Sohn heiß geliebten Pfannkuchen mit Zucker und Zimt.

Das Klingeln der Türglocke entlockte ihr ein erschrockenes »Oh nein!«. War das schon der Spediteur, der das Gepäck mit den Sachen, die sie nicht auf der Überfahrt benötigen würden, abholen und zur Verschiffung nach Hamburg bringen sollte? Clara wischte sich mit einem Taschentuch über ihr erhitztes Gesicht, eilte in den Gang und öffnete die Tür.

»Ottilie!«, rief sie. »Was machst du denn hier? Mitten am Tage?«

Vor ihr stand ihre beste Freundin, mit der sie im Waisenhaus in der Gangolfstraße hinter dem Münster bei den Schwestern vom armen Kinde Jesu aufgewachsen war. Ottilie, eine dralle Brünette mit rosigen Wangen und kirschroten Lippen, strahlte sie an und wedelte mit einem Brief. Sie trug ihre Arbeitskleidung: ein dunkelblaues Kattunkleid mit weißer Schürze und eine kleine Haube, die auf den zu einem geflochtenen Kranz um den Kopf gelegten Haaren thronte.

»Die Frau Professor schickt mich«, erklärte sie. »Und sie meinte, dass ich mich nicht beeilen brauche.« Sie zwinkerte Clara zu.

»Das ist aber nett!«

»Ja, die Dahlmanns sind wirklich *ne joode* Herrschaft. Ich dank dem *leeven Herrjott* jeden Tag, dass ich bei ihnen arbeiten kann«, sagte Ottilie im singenden Tonfall der Rheinländer.

Die frommen Schwestern, die größten Wert darauf legten, dass ihre Schützlinge korrektes Hochdeutsch sprachen, hatten ihn ihr nie abgewöhnen können. Während Clara als Neugeborenes von den Nonnen aufgenommen worden war, hatte Ottilie die ersten Lebensjahre in ihrer Familie verbracht. Als ihr Vater bei einem Arbeitsunfall getötet wurde, hatte sich die Mutter außerstande gesehen, die neun Kinder allein großzuziehen. So war Ottilie ins Waisenhaus gekommen. An ihre Familie hatte sie kaum noch Erinnerungen. Nur ihr Singsang beim Reden zeugte von jener Zeit. Clara verstand nicht, warum es so verpönt war,

Dialekt zu sprechen. Sie liebte das melodische *Bönnsch* und freute sich, wenn ihrer Freundin gelegentlich mundartliche Ausdrücke herausrutschten.

»Wenn ich da an *dat Jertrud* denke, *dat ärm Minsch* ...«, fuhr Ottilie fort.

Clara verzog mitfühlend das Gesicht. Das Schicksal ihrer ehemaligen Mitschülerin Gertrud, die ebenfalls eine Anstellung bei einer bürgerlichen Familie gefunden hatte, bedrückte sie. Zumal sie selbst und Ottilie leicht in eine ähnliche Situation hätten geraten können. Gertrud war als Mädchen für alles bei einer Handwerkerfamilie gelandet, wo sie tagein, tagaus fünfzehn Stunden, manchmal auch länger schuftete. Zu den täglichen Arbeiten wie Betten machen, flicken, Schuhe putzen, Feuer anschüren, Öfen reinigen, Essen zubereiten und servieren kamen noch zusätzliche Aufgaben. Ein Wochenplan legte fest, wann große oder kleine Wäsche gemacht, die Teppiche geklopft, Türdrücker, Ofentüren und Fenster geputzt, Waschgeschirre geseift, Lampen gereinigt, Betten neu bezogen und die einzelnen Zimmer gründlich gesäubert werden sollten. Dazu mussten Einkäufe und Botengänge erledigt und drei kleine Kinder betreut werden. Ein solches Arbeitspensum war nicht ungewöhnlich in Haushalten, die sich nur ein einziges Dienstmädchen leisten konnten oder wollten und dieses oft genug wie eine Leibeigene behandelten.

Gertrud hatte nicht einmal eine eigene Kammer, sondern musste zum Schlafen auf einen Hängeboden über der Küche kriechen. Bescheiden wie sie war, schätzte sie sich noch glücklich, dass sie nicht mit minderwertigem Essen abgespeist wurde. Besonders in wohlhabenderen Haushalten wurden die Mahlzeiten häufig dazu missbraucht, die Bediensteten ihren niedrigen Gesellschaftsstatus spüren zu lassen. An ihrem freien Nachmittag, der ihr alle vierzehn Tage zustand, war Gertrud damit beschäftigt, sich um ihre eigene Kleidung zu kümmern. Und zu schlafen. Sie war immer müde und erschöpft. Als Clara und Olaf sie einige Wochen zuvor beim Kirchgang getroffen hatten, war sie erschrocken, wie abgehärmt und kränklich Gertrud aussah. Olaf hatte nicht glauben wollen, dass sie wie seine Frau erst fünfundzwanzig Jahre alt war.

Bei den Dahlmanns herrschte dagegen ein freundliches Klima. Die Angestellten wurden mit Respekt behandelt, anständig entlohnt und waren in schlichten, aber behaglichen Zimmern unter dem Dach untergebracht. Ottilie war überglücklich gewesen, als sie Claras Stelle nach deren Hochzeit übernehmen konnte. Ein Gefühl, das Frau Professor Dahlmann teilte. In den vergangenen Jahren hatte sie Clara mehrfach zu verstehen gegeben, wie zufrieden sie mit Ottilie sei und halb scherzend, halb ernsthaft ihre Hoffnung ausgedrückt, diese werde nicht so bald dem Beispiel ihrer Freundin folgen und heiraten.

»Ich soll dir übrigens *ne schöne Jrooß* von der Frau Professor ausrichten«, fuhr Ottilie fort. »Ich soll mich in aller Ruhe von dir verabschieden, hat sie gesagt. Weil ich meinen nächsten freien Nachmittag erst hab, wenn ihr schon unterwegs seid.« Sie verzog den Mund. »Ich kann *et nit jlööve*, dass du bald weg bist.«

»Ich auch nicht. Je näher unsere Abreise rückt, desto weniger« antwortete Clara. »Aber komm doch rein. Ich brüh uns einen Kaffee auf.« Sie machte eine einladende Handbewegung und ging Ottilie voran in die Küche.

Nachdem sie Wasser in einen Kessel auf dem Herd gefüllt hatte, setzte sie sich zu ihrer Freundin, die an dem Tisch unter dem Fenster Platz genommen hatte.

»Was ist das für ein Brief?«, fragte sie und deutete auf den Umschlag, den Ottilie mitgebracht hatte.

»Für deinen Mann. Aus Norwegen, glaub ich«, antwortete diese und tippte mit dem Finger auf die Briefmarke. Sie zeigte ein kreisrund gebogenes Posthorn mit einer Krone. Darüber stand *Norge*.

Clara nickte. »Ja, *Norge* heißt Norwegen.«

Der Brief war an Olaf Ordal adressiert und an die juristische Fakultät der Universität Bonn geschickt worden.

Sie legte ihre Stirn in Falten. »Olaf hat noch nie Post aus seiner Heimat bekommen. Der Absender weiß offensichtlich nicht, wo genau er wohnt oder arbeitet.«

»Stimmt, die scheinen zu glauben, dass er noch studiert. Oder eine Stelle an der Universität hat«, sagte Ottilie. »Leider kann man den Absender nicht lesen. Die Schrift ist verwischt.«

Clara drehte den Umschlag herum. Ottilie hatte recht, die mit Tinte geschriebenen Buchstaben waren unleserlich.

»Was da wohl drin steht?« Ottilie sah Clara auffordernd an.

Clara zuckte mit den Achseln und stand auf, um den Brief auf die Ablagefläche des Büfettschranks zu legen. Anschließend trat sie zum Herd, wo der Kessel zu pfeifen begonnen hatte, und goss das kochende Wasser in eine Kaffeekanne.

»Bist du denn gar nicht neugierig?«, fragte Ottilie und rutschte auf ihrem Stuhl nach vorn.

»Doch, natürlich«, antwortete Clara. »Aber der Brief ist für Olaf. Da muss ich mich eben noch ein bisschen gedulden, bis er nach Hause kommt.«

»Du könntest doch schon mal *reinspinxen*«, sagte Ottilie und nickte zu dem Kessel hin.

»Du meinst, ich soll den Umschlag über Wasserdampf öffnen?« Clara sah ihre Freundin ungläubig an. »Also wirklich ... wie kannst du nur ... so was würde ich nie tun!«

Ottilie grinste schief. »'tschuldige, war nicht bös gemeint. Kennst mich doch. Ich krieg die Pimpernellen, wenn ich auf was warten muss.« Ihr Gesicht erhellte sich. »War so oder so eine dumme Idee. Wir würden ja gar nicht verstehen, was drinsteht.«

Clara lächelte. Die lockere Art ihrer Freundin war erfrischend. Auch wenn es Situationen gab, in denen sie innerlich den Kopf über Ottilies unbekümmerten Umgang mit heiklen Themen schüttelte – unterm Strich überwog das Bedauern darüber, dass ihr selbst diese Gabe nicht in die Wiege gelegt worden war.

»Wann genau geht's denn nun los?«, fragte Ottilie.

»Die Überfahrt nach Samoa beginnt erst in zwei Wochen«, antwortete Clara. »Aber wir brechen schon früher nach Hamburg auf. Olaf muss da noch ein paar wichtige Gespräche mit seinem neuen Arbeitgeber führen. Und er will die Gelegenheit nutzen, Paul und mir diese Stadt zu zeigen.«

»Ach, ich beneide dich!«, rief Ottilie. »Ich würd so gern auch mal was von der Welt sehen.« Sie beugte sich zu Clara und sah sie eindringlich an. »Versprich mir, dass du mir schreibst!«

»Aber natürlich! Das wollte ich dir auch ans Herz legen«, antwortete Clara. »Ich werde nämlich gewiss großes Heimweh bekommen und dich sehr vermissen.«

»Das will ich doch hoffen«, sagte Ottilie mit einem verschmitzten Lächeln. »Ich meine, dass du mich vermisst. Aber Heimweh? Nee, das kann ich mir nicht vorstellen. Denk nur, was für wundervolle Orte du kennenlernen wirst!« Sie sah verträumt vor sich hin. Nach einer Weile blitzten ihre Augen auf. »*Weißte wat?* Man hört doch immer wieder, dass es da in Übersee viele Junggesellen gibt. Vielleicht findest du ja einen für mich, der sich nach einer deutschen Ehefrau sehnt.«

»Ich werd die Augen offenhalten!«, versprach Clara. »Ach, Ottilie, am liebsten würd ich dich gleich mitnehmen. Ehrlich gesagt, graut mir schon ein bisschen davor, in dieses ferne Land zu ziehen. Was ist, wenn wir uns dort nicht wohlfühlen?«

Ottilie drückte Claras Arm. »Mach dir nicht so viele Gedanken. *Et kütt, wie et kütt!*« Sie stand auf. »Jetzt muss ich mich aber sputen. Ist ja gleich Mittag, da sollte ich nicht zu spät kommen.«

Clara nickte. »Ja, ich erinnere mich gut. Unpünktlichkeit bei den Mahlzeiten mag die Frau Professor gar nicht.«

Sie folgte Ottilie in den Gang und warf im Vorbeigehen durch die offene Tür des Wohnzimmers einen Blick auf die Tischuhr, die dort auf einem niedrigen Bücherschrank stand. Die Zeiger auf dem Emailziffernblatt standen auf halb eins. Das Nussbaumholz des Gehäuses schimmerte warm. Clara liebte es, mit einem weichen Tuch eine nach Bienenwachs duftende Pflegecreme aufzutragen und die Messingfüßchen auf Hochglanz zu polieren. Einmal in der Woche durfte Paul die Uhr mit einem Vierkantschlüssel aufziehen. Ob dem guten Stück das Südseeklima bekommen würde? Sollten sie es vielleicht besser zusammen mit den Möbeln einlagern und in Deutschland zurücklassen? Clara unterdrückte ein Seufzen. Es gab noch so viel zu bedenken und zu organisieren.

Der Rest des Tages verflog im Nu. Kurz nachdem sie sich von Ottilie verabschiedet hatte, war Paul von der Schule nach Hause gekommen, und am späten Nachmittag tauchte der Spediteur mit einem Gehilfen auf. Kaum waren die beiden mit den letzten Kisten verschwunden, stand Olaf im Wohnungsflur.

»Auf, auf, Ihr beiden. Wir essen heute auswärts. Das Wetter ist viel zu schön, um drinnen zu bleiben«, rief er noch im Mantel.

Während Paul mit einem Jubelschrei aus seinem Zimmer stürzte, in dem er Hausaufgaben gemacht hatte, trat Clara aus der Wohnstube, wo sie die leeren Schubladen und Fächer des Bücherschranks und einer Kommode ausgewischt hatte. Olaf zauste seinem Sohn die Haare und stellte seine Aktenmappe neben der Garderobe ab. Er lächelte gelöst. Das tut er viel zu selten, schoss es Clara durch den Kopf. Nein, das ist nicht ganz richtig. Seit er den Posten auf Samoa in Aussicht hat, ist seine Stimmung oft heiter. Es ist aber immer noch so ungewohnt. Zumal ich ihn in den letzten Tagen kaum zu Gesicht bekommen habe.

»Wohin gehen wir denn?«, fragte Paul.

»Ich dachte an den Gasthof *Unter den Linden* drüben in Plittersdorf«, antwortete Olaf und suchte Claras Blick. »Das ist dir doch recht? Oder hast du hier noch zu viel zu tun?«

»Nein, das kann bis morgen warten. Deine Idee ist wunderbar. Von der Terrasse hat man einen herrlichen Blick über den Rhein und aufs Siebengebirge.«

»Vor allem gibt's da einen hervorragenden Sauerbraten«, sagte Olaf mit einem Augenzwinkern. »Wer weiß, wann wir das nächste Mal einen echten rheinischen bekommen.«

Clara nickte und lächelte ihm zu. Beim Gedanken an mürbzartes Fleisch in sämiger Sauce mit Rosinen lief ihr buchstäblich das Wasser im Munde zusammen.

»Darf ich Reibekuchen mit Apfelmus?«, fragte Paul mit einem leichten Zittern in der Stimme und sah seinen Vater unsicher an.

Der Junge war kein großer Fleischesser und machte sich nichts aus den Sonntagsbraten, Koteletts oder Schnitzeln, die Olaf so gern aß. Insbesondere vor Sauerbraten grauste es ihn, da dieser traditionell mit Pferdefleisch zubereitet wurde. Aber auch die Vorstellung, dass Kühe, Schweine oder Hühner sterben mussten, um auf seinem Teller zu landen, peinigte Paul. In diesem Punkt haderte er mit seinem Vater, dem solche Überlegungen fremd, ja suspekt waren. In Olafs Augen waren das Zimperlichkeiten, die er weder verstand noch tolerierte. Paul hatte dankbar zu sein, dass im Hause Ordal mehrmals wöchentlich und in guter Qualität Fleisch auf den Tisch kam – nicht zuletzt, weil es seinen Sohn »groß und stark« machen würde. Paul hatte Clara einmal flüsternd gestanden, dass er sehr gern klein und schwach bliebe, wenn dafür fortan seinetwegen kein Tier mehr geschlachtet würde.

»Du darfst dir heute bestellen, was du willst«, antwortete Olaf.

Beim Anblick von Pauls dankbarem Gesichtsausdruck zog sich Claras Magen zusammen. Ob Olaf bemerkte, wie sehr sich Paul um seine Gunst bemühte? Wie viel es ihm bedeutete, vor ihm zu bestehen? Und wie sehr er darunter litt, wenn er ihn enttäuschte – und sei es nur, weil er kein Fleisch essen mochte?

»Ich zieh mich nur rasch um.« Clara eilte zum Schlafzimmer. »Ach, Olaf, fast hätte ich es vergessen«, sagte sie über die Schulter. »Auf der Anrichte in der Küche liegt ein Brief für dich.«

Wenige Minuten später klopfte es zaghaft an der Schlafzimmertür.

»Ich bin gleich fertig«, rief Clara und setzte sich einen geflochtenen Strohhut mit einem breiten dunkelgrünen Samtband auf, das vom Farbton gut zu dem Blumenmuster ihres Kleides passte.

Die Klinke wurde hinuntergedrückt. Paul steckte den Kopf ins Zimmer. Er sah bleich und verstört aus.

»Paul! Was ist passiert?«, rief Clara und stürzte zu ihm.

»Ich weiß nicht. Papa ist so ... so ...«, stammelte er, griff nach Claras Hand und zog sie zur Küche.

Olaf stand schwer atmend und mit Schweißperlen auf der Stirn an den Büfettschrank gelehnt und starrte mit glasigen Augen auf den Brief in seiner Hand.

»Olaf?«, sagte Clara. Ein banges Gefühl kroch in ihr hoch.

Er reagierte nicht. Erst als sie ihn vorsichtig am Arm berührte, hob er den Kopf und sah sie an.

»Von wem ist der Brief? Was steht darin?«, fragte sie.

»Von meiner Mutter. Sie liegt im Sterben und will mich noch einmal sehen«, antwortete Olaf tonlos.

6

Røros, Mai 1895 – Sofie

»Komm zu mir, Kind.«

Die leise Stimme, die aus dem Boudoir ihrer Mutter kam, ließ Sofie innehalten. Ein Schauer überlief sie. War das ein Spuk? Sie war auf dem Weg zu dem Zimmer, das sie sich im Obergeschoss des Svartstein'schen Wohnhauses mit ihrer Schwester Silje teilte. Nachdem ihr Vater zu der Trauergesellschaft in die Wohnstube zurückgekehrt war, hatte sie sich die Treppe hochgeschlichen. Die Vorstellung, sich unter die Gäste mischen und Konversation machen zu müssen, war abschreckender als die Sorge, für ihren Rückzug gerügt zu werden. Vermutlich würde man sie ohnehin nicht vermissen.

Sofie hielt die Luft an und drehte langsam den Kopf zu der einen Spaltbreit offenstehenden Tür, die zu den beiden Räumen führte, in denen ihre Mutter sich die meiste Zeit aufgehalten hatte. Erleichtert atmete sie aus, als sie ihre Großmutter entdeckte, die auf dem Lieblingssessel von Ragnhild vor dem Fenster saß. Torils Augen waren gerötet, ihre blassen Wangen tränennass. Der Dutt, den sie sich aus ihrem nach wie vor vollen Haar aufgesteckt hatte, war verrutscht und in Auflösung begriffen. Dieses kleine Detail ging Sofie besonders nahe. Sie konnte sich nicht erinnern, ihre Großmutter jemals anders als perfekt frisiert gesehen zu haben.

Es muss furchtbar sein, wenn das eigene Kind vor einem stirbt, dachte sie. Wie kann man so einen Verlust verkraften? Womit soll sich Großmutter trösten? Sie hatte noch nicht einmal die Möglichkeit, sich von ihrer Tochter zu verabschieden. Und es war so lange her, dass sich die beiden gesehen hatten.

Sofie lief zu Toril und setzte sich neben sie auf den niedrigen Schemel, der mit demselben hellen Samtstoff wie der Sessel bezogen war. Unzählige Male hatte sie so zu Füßen ihrer Mutter gekauert, ihr eines der romantischen Lieder vorgesungen, die Ragnhild so gern hörte, oder ihrer sanften Stimme gelauscht, wenn sie in Jungenderinnerungen schwelgte. Toril streichelte ihr über den Scheitel. Sofie spürte das Zittern der Hand. Ihr Hals schnürte sich zu.

»Ach *mormor*, ich vermisse sie so«, flüsterte sie.

»Ich auch, mein Kind. Ich weiß, wie viel sie dir bedeutet hat«, sagte Toril. »Und wie sehr sie an dir gehangen hat«, fügte sie leise hinzu.

Sofie schluchzte auf, schmiegte ihre Wange an die Knie ihrer Großmutter und schloss die Augen. Ein zartes Duftgemisch aus Gesichtspuder, Rosenwasser und Wäschestärke umhüllte sie. Zum ersten Mal seit dem Tod ihrer Mutter fühlte sie sich ein wenig getröstet. In diesem Moment wurde ihr bewusst, wie allein sie mit ihrem Schmerz war. Weder ihr Vater noch ihre Schwester schienen ihn zu teilen. Sofie hätte nicht sagen können, ob Silje um ihre Mutter trauerte. Ob sie sie vermisste und sich wie sie selbst nichts sehnlicher wünschte, als sie wieder bei sich zu haben.

Silje war von klein auf ein ausgesprochenes Vaterkind gewesen. Sofie hatte sie zuweilen im Verdacht gehabt, mit einer gewissen Geringschätzung auf ihre Mutter herabzuschauen. Deren nachgiebige Art und melancholische Anwandlungen waren Silje fremd. Auch wenn sie darauf achtete, nach außen das Bild einer bescheidenen, wohlerzogenen jungen Frau zu präsentieren – Silje hatte sehr genaue Vorstellungen von dem, was ihr ihrer Meinung nach zustand. Sie war weder bereit, sich die sprichwörtliche Butter vom Brot nehmen zu lassen und freiwillig auf etwas zu verzichten, noch kam es ihr in den Sinn, mit ihrer Meinung hinterm Berg zu halten. Ivar Svartstein, der zwar wie die meisten seiner Freunde und Bekannten der Meinung war, dass Frauen sittsam und zurückhaltend aufzutreten hatten, war insgeheim stolz auf das Selbstbewusstsein seiner Ältesten. Ihr ließ er so manches durchgehen, das er bei anderen nie geduldet hätte, und erfüllte die anspruchsvollen Wünsche, die sie hinsichtlich ihrer Garderobe hatte. Was er sonst als überflüssigen Schnick-Schnack und modischen Firlefanz verdammte, schaffte er für seine Silje ohne Murren an.

Sofie dagegen schien er kaum wahrzunehmen. In seiner Gegenwart kam sie sich oft vor, als hätte sie eine Tarnkappe aufgesetzt. In ihrer Kindheit hatte sie sein Verhalten zutiefst verunsichert und verletzt. Als Heranwachsende hatte sie oft über die möglichen Gründe gegrübelt und war schließlich zu dem Schluss gekommen, dass er enttäuscht von ihr war. Nicht von ihr persönlich oder von ihrem Verhalten. Sondern von ihrem Geschlecht. Wäre sie als Junge auf die Welt gekommen, hätte er sie akzeptiert. Vielleicht wäre sie sogar sein Liebling geworden und hätte ihre ältere Schwester von dem Thron in seinem Herzen verdrängt. War das der Grund, warum Silje ihrem Vater ständig beweisen wollte, dass sie willensstark, selbstbewusst und kämpferisch war? Versuchte sie, ihm den Sohn zu ersetzen, den er sich so sehnlich wünschte?

Mit zunehmendem Alter hatte Sofie die Vorteile zu schätzen gelernt, die ihre Rolle als unsichtbares Wesen mit sich brachte – verschaffte sie ihr doch ungeahnte Freiräume. Im Gegensatz zu Silje, die selten ein Buch zur Hand nahm, hatte Sofie früh die Welt der Romane für sich entdeckt. Zu Geburtstagen und Weihnachten wünschte sie sich ausschließlich Bücher und verbrachte viel Zeit im Laden *Amneus Boghandel* in der Kirkegata, wo sie in den Regalen stöberte. Sie liebte es, in fremde Existenzen einzutauchen, interessante historische Personen kennenzulernen, mit den Helden ferne Länder zu bereisen, mit ihnen exotische Speisen zu kosten, an ihrer Seite aufregende Abenteuer zu erleben, mit ihnen Liebeskummer und andere Schicksalsschläge zu erleiden und sich anschließend in endlosen Spekulationen zu verlieren, wie es ihnen wohl nach dem Ende der Geschichte ergehen mochte.

»Ich würde mich sehr freuen, wenn du deinen Großvater und mich nach Trondheim begleiten und eine Weile bei uns bleiben würdest.«

Torils Stimme holte Sofie aus ihren Gedanken in die Gegenwart zurück. Sie öffnete die Augen und lächelte strahlend.

»Liebend gern!« Sie richtete sich auf und umarmte ihre Großmutter.

»Du weißt gar nicht, was für eine Freude du uns machst«, sagte diese leise.

Sofie stand auf. »Ich werde Vater um Erlaubnis fragen, sobald die Gäste gegangen sind.«

»Erlaubnis wofür?«

Sofie schrak zusammen und drehte sich zur Tür. Im Rahmen stand Silje und musterte sie mit tadelnder Miene.

Sofie konnte ihre Gedanken förmlich hören: Warum bist du hier und nicht unten bei der Gesellschaft, wie es sich gehört? Du wirst wohl nie lernen, was sich ziemt. Du bist wirklich ein hoffnungsloser Fall.

»Ich habe deine Schwester gebeten, mit uns nach Trondheim zu fahren«, antwortete die Großmutter an Sofies Stelle.

Siljes Gesicht erhellte sich. »Das ist mal eine gute Idee! Wir waren schon viel zu lange nicht mehr dort.« Sie sah an sich hinunter. »In Trondheim ist es auch leichter, sich neu einzukleiden. Jetzt, wo wir eine Trauergarderobe brauchen.« Sie lächelte Toril zu. »Ich denke, Vater kann mich hier entbehren. Ich bespreche das gleich mit ihm.«

Sie drehte sich zum Gehen. Sofie zog die Augenbrauen hoch. Wie konnte Silje jetzt nur an etwas Nichtiges wie Kleidung denken? Oder war das ihre Art, mit ihrer Trauer umzugehen? Fand sie Trost darin, sich mit solchen alltäglichen Dingen zu beschäftigen? Half es ihr, sich von ihrem Schmerz abzulenken?

»Was stehst du da noch herum?«, zischte Silje über die Schulter gewandt Sofie zu und machte eine Handbewegung, ihr zu folgen. »Du musst dich wenigstens von unseren Gästen verabschieden, wenn du ihnen schon keine Gesellschaft geleistet hast. Du bist schließlich kein kleines Kind mehr, sondern eine erwachsene Frau. Auch wenn du dich offenbar schwertust, dich so zu verhalten.« Mit diesen Worten rauschte sie davon.

Sofie kniff die Lippen zusammen und senkte den Blick. Es war ihr unangenehm, dass Silje sie vor ihrer Großmutter getadelt hatte. Selber schuld, flüsterte ein Stimmchen in ihr. Du hast ihr weiß Gott Grund genug gegeben, dich auszuschimpfen.

»Nimm's dir nicht so zu Herzen«, sagte Toril leise. »Für deine Schwester ist es offenbar sehr wichtig, jederzeit einen tadellosen Eindruck zu machen. Das geht vielen Menschen so. Die Anstandsregeln geben ihnen Halt. Auch wenn es ein oberflächlicher ist.«

Sofie hob den Kopf und atmete tief durch.

»Danke, *mormor*. Ich wünschte nur, Silje würde sich nicht immer in alles einmischen und sich in den Vordergrund drängen. Sie hat dich überhaupt nicht gefragt, ob es dir ...«

Toril hob eine Hand. »Ich hätte sie natürlich auch eingeladen.« Sie lächelte verschmitzt. »Und sieh das Gute daran: Wenn Silje euren Vater fragt, können wir sicher sein, dass er seine Zustimmung gibt.«

Sofie sah ihre Großmutter überrascht an.

Diese zwinkerte ihr zu. »Oder liege ich falsch?«

Sofie grinste. »Nein, es wäre tatsächlich das erste Mal, dass Silje ihn nicht um den Finger wickelt«, antwortete sie und eilte ihrer Schwester hinterher.

Silje stand bereits in der Eingangshalle neben ihrem Vater und plauderte mit den Besuchern, die aus dem Wohnzimmer strömten und auf ihre Mäntel und Umhänge warteten, die ihnen von Ullmann, dem Kammerdiener von Ivar Svartstein, und Siljes Zofe Britt gebracht wurden. Sofie richtete sich auf und trat zu ihnen. Zu wissen, dass ihre Großmutter auf ihrer Seite stand, stärkte ihr den Rücken. Mit angemessen ernster Miene bedankte sie sich für tröstende Worte und Beileidsbekundungen, die an sie gerichtet wurden, schüttelte Hände, küsste Wangen und wünschte weiter entfernt Wohnenden eine gute Heimreise.

»Na, geht doch«, flüsterte Silje, als sich die Halle geleert hatte, und drückte kurz ihren Arm. »Gut gemacht!«

Sofie sah sie an. War das ironisch gemeint? Silje nickte ihr mit einem anerkennenden Lächeln zu und eilte zu ihrem Vater, der zu seinem Schwiegervater und ein paar anderen Verwandten, die über Nacht bleiben würden, ins Wohnzimmer zurückkehren wollte. Verblüfft über das unerwartete Lob ihrer Schwester verharrte Sofie neben der Eingangstür und beobachtete, wie Silje halblaut auf ihren Vater einredete. Dieser hörte zunächst mit gerunzelter Stirn und vor der Brust verschränkten Armen zu. Nach einer Weile hob er die Hände zu einer Geste der Ergebung und verschwand im Wohnzimmer. Silje drehte sich zu Sofie, formte lautlos die Worte »Wir dürfen« und folgte Ivar. Sofie lächelte in sich hinein. Großmutter hatte mit ihrer Vorhersage richtig gelegen. Dank Silje stand einer Reise nach Trondheim nichts mehr im Wege.

Bereits drei Tage nach der Trauerfeier brachen sie auf. Mit der Rørosbahn ging es am Flussbett der Gaula entlang über Støren in nordwestlicher Richtung in die etwa einhundertsechzig Kilometer entfernte Provinzhauptstadt von Sør-Trøndelag. Die drittgrößte Stadt Norwegens war auf einer Halbinsel des Flusses Nidelva erbaut, der hier in den Trondheimfjord mündete. Trotz dessen nördlicher Lage – er teilte denselben Breitengrad wie Grönland – blieb sein Wasser das ganze Jahr eisfrei, was den Hafen der Stadt von alters her zu einem wichtigen Anlaufpunkt von Handelsschiffen machte und ihren Kaufleuten ein reiches Auskommen bescherte.

Am Bahnhof wurden Sofie und ihre Großeltern von deren Kutscher abgeholt. Sie hatten ihm ihre Ankunftszeit telegrafiert, damit er sie zum außerhalb des Zentrums liegenden Gutshof der Hustads brachte.

Silje nahm eine Droschke zum Stadthaus der Familie. Onkel Sophus, der nach der Beerdigung seiner Schwester noch eine Weile in Røros bleiben wollte, um geschäftliche Termine mit dort ansässigen Waldbesitzern wahrzunehmen, die seine Papierfabrik mit Holz belieferten, hatte seine Nichten herzlich aufgefordert, seine Frau Malene und die Kinder zu besuchen und bei ihnen zu wohnen, solange sie wollten. Silje hatte diese Einladung begeistert angenommen. Ihr stand der Sinn nicht nach beschaulichem Landleben. Sie wollte die Stadt in vollen Zügen auskosten. Sofie war insgeheim erleichtert über ihren Entschluss gewesen und hatte ihr aufrichtig viel Vergnügen gewünscht. Das verständnislose Kopfschütteln, mit dem Silje ihre Weigerung kommentiert hatte, ebenfalls in der Stadt zu wohnen, hatte sie kaltgelassen. Mochte ihre Schwester sie ruhig für langweilig und menschenscheu halten.

Sofie hatte den Solsikkegård größer in Erinnerung. Das Landhaus ihrer Großeltern, das einige Kilometer von der Altstadt entfernt auf der Halbinsel Lade im Trondheimfjord lag, schien seit ihrem letzten Besuch vor gut neun Jahren geschrumpft zu sein. Dabei war es durchaus ein stattliches Anwesen, das inmitten eines riesigen Parks auf einer Anhöhe stand, von der aus man einen weiten Blick über die umliegenden Felder, Wäldchen, Bauernhöfe und den Meeresarm hatte. Mit ihren damals zehn Jahren war Sofie jedoch allein das Wohnhaus mit seinen Türmchen, Erkern und Balkonen wie ein veritables

Schloss vorgekommen – umgeben von einem kleinen Königreich. Dass dieses nur in ihrer Einbildung existiert hatte und in
Wahrheit nichts anderes war als ein – wenn auch umfang-
reiches – Gutshofensemble, wurde ihr erst an diesem sonnigen
Nachmittag bewusst.

Als sie im offenen Landauer die breite Ahornallee entlang-
fuhren, in die sie von der Uferstraße auf die Ländereien der
Familie Hustad abgebogen waren, schien es Sofie, als würde sie
die vertraute Gegend ohne den verträumten Schleier sehen, der
in ihrer Kindheit darüber ausgebreitet gewesen war. In ihrer
Fantasie hatte sie sie mit sprechenden Tieren und den Figuren
der Märchen und Sagen bevölkert, die sie sich so gern vorlesen
oder erzählen ließ. Jederzeit konnte ein Ritter vorbeigaloppie-
ren – auf dem Weg zur Drachenhöhle, wo eine schöne Prinzessin ihrer Befreiung entgegenschmachtete. Hinter jedem Baum
konnte ein übellauniger Troll lauern, unter den Büschen und
Hecken an den Rändern der Wiesen lebten Elfen und Kobolde,
und in jeder einfachen Kate hatte die kleine Sofie das Zuhause
des *Askeladd* vermutet, jenes armen Burschen, der in den Augen
seiner älteren Brüder nur dazu taugte, das Feuer zu hüten und in
der Asche zu stochern. Doch der Schein trog, denn mit List und
Beharrlichkeit gelang es ihm, die beiden zu überflügeln und sein
Glück zu machen.

Aufmerksam betrachtete Sofie die kleinen Häuser für die
Gärtner, Kutscher, Landarbeiter und anderen Bediensteten, die
außerhalb der Villa beschäftigt wurden, die Stallungen für
Pferde, Milchkühe, Schweine und Federvieh, die Scheunen, Re-
misen, Vorratsspeicher, Werkstätten und Geräteschuppen, das
Waschhaus, einen gemauerten Ofen und weitere Gebäude,
deren Zweck sich ihr nicht erschloss. Manche sahen neu aus.

»Du wirst einiges verändert vorfinden«, sagte Großvater
Roald, als hätte er ihre Gedanken gelesen. Er saß neben seiner
Frau, Sofie hatte ihnen gegenüber Platz genommen. »Es ist ja

schon eine ganze Weile her, seit du das letzte Mal hier draußen warst.«

Sofie nickte und dachte: Es ist überhaupt viel zu lange her, dass ich bei *mormor* und *morfar* war. In den ersten zehn Jahren ihres Lebens hatte sie mit ihrer Mutter und Silje jeden Sommer einige Wochen auf dem Solsikkegård verbracht, während ihr Vater auf Geschäftsreisen war. Seit er einen Angestellten seines Vertrauens immer stärker in seine verschiedenen Unternehmungen eingebunden hatte, überließ er diesem weitgehend die auswärtigen Erledigungen. Reiselust und Fernweh waren Empfindungen, die Ivar Svartstein nicht kannte. Wenn es sich einrichten ließ, blieb er zu Hause. Seit das Bergbaustädtchen ans Eisenbahnnetz angeschlossen war, gab es in Ivars Augen noch weniger Anlass, Røros zu verlassen. Der Zugverkehr hatte das Sortiment der Kaufmannsläden und anderer Geschäfte bereichert, man konnte sich alles, was das Herz begehrte, aus entlegenen Orten und Ländern liefern lassen, und weiter entfernt wohnende Freunde und Verwandte waren jederzeit eingeladen, die Familie zu besuchen.

Nachdem er zehn Jahre zuvor einige Kilometer südwestlich des Zentrums ein Grundstück erworben hatte, auf dem er eine kleine Villa erbauen ließ, konnte Ivar den Seinen außerdem eine behagliche Unterkunft im Sommer bieten. Das Gelände lag am Kongeveien an einem Hang über der Glåma, bis zu deren Ufer es sich erstreckte. Vom Haus oben nahe der Straße hatte man eine weite Aussicht über die umliegenden Wälder, Gipfel und Hochebenen, die Luft war rein, und Bäume und Büsche boten schattige Plätze zum Verweilen.

Da Ivar wie selbstverständlich davon ausging, dass seine Frau und seine Töchter seine Abneigung gegen das Reisen teilten, bedurfte es guter Gründe und geduldiger Überredungskunst, wenn sie wegfahren wollten. In den vergangenen neun Jahren hatten Sofie und Silje ihre Mutter ein paar Mal in ihre alte Heimatstadt zu Festen begleitet, die Ragnhilds Bruder Sophus und seine Frau Malene anlässlich von Taufen oder Konfirmationen ihrer zahlreichen Kinder ausgerichtet hatten. Bei diesen Gelegenheiten hatten sie im Stadthaus der Familie Quartier genommen. Dort hatten auch die Großeltern gelebt, bis Roald 1887 die Leitung der Hustad'schen Papierfabrik seinem Sohn übertragen hatte und mit seiner Frau auf das Landgut gezogen war, das bis zu diesem Zeitpunkt hauptsächlich als Sommerfrische genutzt wurde.

»Dein Großvater hat sich auf seine alten Tage zu einem leidenschaftlichen Gärtner entwickelt«, unterbrach Torils Stimme Sofies Erinnerungen. Sie deutete auf zwei niedrige Gewächshäuser, deren Glasdächer einige Meter von der Allee entfernt im Sonnenlicht glänzten. »Das ist seine neueste Errungenschaft. Er hat es sich in den Kopf gesetzt, Orchideen zu züchten.« Sie bedachte ihren Mann mit einem liebevollen Kopfschütteln.

Roald schmunzelte. »Ich weiß, meine Liebe, du hältst mich für verschroben.« Er wandte sich mit leuchtenden Augen an Sofie. »Aber die Orchideen sind nur eine Nebensache. Ich kann es kaum erwarten, dir den neuen Gemüsegarten zu zeigen. Und die Beerenplantagen.«

Toril lehnte sich an ihn. »Ja, die sind wirklich beeindruckend. Letztes Jahr ist die Ernte an Himbeeren, Johannis- und Stachelbeeren so reichlich ausgefallen, dass wir der Saftfabrik Knoff in der Kjøpmannsgata mehrere hundert Kilo verkaufen konnten.«

»Mussten trifft es besser«, warf ihr Mann ein. »Unsere Köchin und ihre Mädchen, die daraus Gelee und Marmeladen kochen sollten, haben vor den Massen schlichtweg kapituliert.«

Sofie kicherte bei der Vorstellung, wie das Küchenpersonal unter Bergen von Beeren begraben wurde. Sie ließ ihre Augen wieder über die vorbeiziehende Landschaft gleiten. Mittlerweile hatten sie das Ende der Allee und damit den Gutshof fast erreicht.

»Ich kann verstehen, warum Mutter immer solche Sehnsucht nach diesem Ort hatte. Er ist wirklich ein kleines Paradies«, sagte sie nach kurzem Schweigen.

Die Großeltern tauschten einen Blick. Sofie bemerkte, wie Roald seiner Frau aufmunternd zunickte.

»Kind, darf ich dich etwas fragen?« Torils Stimme zitterte.

Sofie nickte und beugte sich nach vorn.

»War Ragnhild . . . war sie sehr unglücklich?«

Sofie stutzte. Nicht ob, sondern wie sehr, wollte ihre Großmutter wissen. Sie schlug die Augen nieder und verknotete die Finger ihrer Hände ineinander. Was sollte sie nur darauf antworten? Die Wahrheit? Dass ihre Mutter der unglücklichste Mensch gewesen war, den sie kannte? Dass sie sich jeden einzelnen Tag nach ihrem Elternhaus verzehrt hatte, nach der Zeit, die sie dort unbeschwert und behütet verbracht hatte? Nein, das konnte sie unmöglich sagen. Ihre Mutter hätte nicht gewollt, dass ihre Eltern es erfuhren.

»Das hatte ich befürchtet«, sagte Roald leise.

Sofie hob den Kopf und begegnete seinen Augen, die sich röteten. Seine Frau streichelte seinen Arm.

»Verzeih, Liebes«, sagte sie zu Sofie, »wir wollten dich nicht in Verlegenheit bringen. Es ist nur . . . wir haben uns immer gefragt . . . ob wir Ragnhild nicht . . . ob diese Ehe das Ri . . .« Ihre Stimme wurde brüchig.

»Wir wollten es lange nicht wahrhaben«, fuhr Roald an ihrer Stelle fort. »Aber deine Mutter war wie eine zarte Rose. Man hätte sie nicht in diese raue Gegend verpflanzen dürfen und mit diesem . . .«

Er unterbrach sich und öffnete den Wagenschlag des Landauers, der auf dem mit Kies bestreuten Platz vor dem Haupthaus angehalten hatte. Während der Kutscher herbeieilte, um Großmutter Toril beim Aussteigen behilflich zu sein, fragte sich Sofie, was ihr Großvater noch hatte sagen wollen. Warf er sich vor, seine Tochter zur Ehe mit Ivar Svartstein gedrängt zu haben? Soviel Sofie wusste, war der Kontakt ihrer Eltern über Roald zustande gekommen. Dieser besaß Anteile am Kupferwerk in Røros und hatte den jungen Ivar, der dort als Sohn eines anderen Anteilseigners am Beginn einer aussichtsreichen Karriere als Bergbauingenieur stand, seiner Tochter vorgestellt.

Toril hakte sich bei Sofie unter und deutete auf die fünf breiten Stufen, die zum Haupteingang des Wohnhauses führten. »Mir ist so, als sei es erst gestern gewesen. Als deine Mutter dort oben stand in ihrem Hochzeitskleid. Sie hat so gestrahlt und ...«

»... sah aus wie ein Engel«, setzte Roald ihren Satz fort und wischte sich über die Augen.

»Das glaube ich sofort«, sagte Sofie und drückte seine Hand. »Es ist ein zeitlos schönes Kleid. *Mamma* hat es oft aus der Truhe geholt und betrachtet. Sie war euch sehr dankbar, dass sie es sich nach ihren Wünschen schneidern lassen durfte.«

Ihr Großvater erwiderte ihren Händedruck und wandte sich rasch ab. Toril seufzte tief und murmelte: »Er macht sich solche Vorwürfe.«

Sie löste sich von Sofie, ging zu ihrem Mann und legte einen Arm um seine Hüfte. Gemeinsam stiegen sie die Treppe hinauf. Sofie sah ihnen nach.

Ragnhild hatte Sofie einmal anvertraut, dass sie dem Werben Ivars aus zwei Gründen nachgegeben hatte: zum einen, weil sie es ihren Eltern recht machen wollte. Und zum anderen, weil sie von einer prächtigen Hochzeit träumte, seit sie ein kleines Mädchen war. Wie ihr Alltag nach diesem Fest aussehen würde, hatte sie sich nie ausgemalt.

Ach, *mamma*, du warst eine hoffnungslose Schwärmerin, dachte Sofie und folgte ihren Großeltern ins Haus.

7

Norwegen, Juni 1895 – Clara

»Paul, wach auf. Wir müssen aussteigen«, flüsterte Clara ihrem Sohn ins Ohr.

Er hatte sich im Schlaf an sie gekuschelt, sein Kopf war in ihren Schoß gesunken, und einen Arm hatte er fest um sie geschlungen. Sie strich ihm die Haare aus dem Gesicht. Blinzelnd öffnete er die Augen und setzte sich auf.

»Sind wir da?«

»Nein. Tut mir leid. Wir müssen noch einmal umsteigen«, antwortete Clara, stand auf und zog sich ihren Mantel an.

Paul verzog unwillig das Gesicht und gähnte herzhaft. Clara konnte es ihm nicht verdenken. Seit ihrer Abreise aus Hamburg waren sie über dreißig Stunden pausenlos unterwegs gewesen. Zunächst waren sie mit einem Schnellzug über Flensburg hinauf nach Dänemark gefahren, wo sie von Frederikshavn mit einem Postdampfer zum schwedischen Göteborg übergesetzt hatten. Von dort war es im Nachtzug zur norwegischen Hauptstadt Christiania weitergegangen, wo sie nach kurzem Aufenthalt in die Dovre-Bahn gestiegen waren, die sie über Eidsvoll zum Mjøsa-See brachte.

Paul drückte seine Nase gegen die Fensterscheibe des Zugabteils, spähte nach draußen und zeigte auf ein Schild.

»Wir sind in ... Ha... m... ar«, buchstabierte er und drehte sich zu Clara.

»Genau. Jetzt haben wir es bald geschafft. Von hier aus fahren wir mit einer Schmalspurbahn direkt nach Røros. Das ist die Stadt, aus der dein Vater kommt«, sagte sie und hielt ihm seine Jacke hin.

Clara sehnte sich nach einem ausgedehnten Spaziergang. Ihre Gelenke fühlten sich steif an nach der ewigen Sitzerei, ihre Lunge gierte nach frischer Luft und ihr Kreislauf nach Bewegung. Sie bedauerte die Hast, mit der sie den Weg in den Norden zurücklegen mussten, nachdem sie in Hamburg das große Gepäck auf den Weg nach Samoa gebracht und ihre Reise dorthin umgebucht hatten. Wie gern hätte sie die Gelegenheit genutzt, all die fremden Städte und Gegenden, durch die sie fuhren, zu erkunden. Unter anderen Voraussetzungen, korrigierte sie sich. Jetzt könnte ich mich gar nicht darauf einlassen. Von Olaf ganz zu schweigen. Von daher ist es gut, dass wir so schnell reisen.

Der Gedanke an ihren Mann bereitete ihr Sorgen. Seit dem Eintreffen des Briefes seiner Mutter war er wie ausgewechselt. Alle Leichtigkeit und Vorfreude auf die neue Arbeitsstelle waren verflogen und hatten einer düsteren Stimmung Platz gemacht. Er sprach seither nur das Nötigste und war innerlich weit weg, irgendwo, wo Clara ihn nicht erreichen konnte. Auch Paul schien er kaum wahrzunehmen. Auf der Fahrt hatte er die meiste Zeit blicklos aus dem Fenster gestarrt oder sich hinter einer Zeitung verschanzt, stundenlang, ohne umzublättern.

Clara würde drei Kreuze schlagen, wenn sie den unfreiwilligen Abstecher nach Norwegen beendet hätten und auf dem Weg nach Southampton wären. Dort wollten sie die *Lübeck* erreichen, ein Schiff der *Kaiserlich-Deutschen Reichspostdampfer-Linie,* auf dem sie die dreiwöchige Passage nach Singapur gebucht hatten. Nach einigen Tagen Aufenthalt hatten sie dort Anschluss zu ihrem Ziel in der Südsee. Von Trondheim bot die *Wilson-Linie* regelmäßige Überfahrten nach England an, die vor allem von norwegischen Auswanderern genutzt wurden, die von dort weiter nach Amerika reisten.

»Wo ist Papa?«

Pauls Frage riss Clara aus ihren Gedanken. Sie setzte ihren Hut auf und griff nach ihrer Handtasche.

»Er besorgt uns rasch etwas zu essen. In wenigen Minuten geht es nämlich schon weiter. Und in dem anderen Zug gibt es kein Restaurant.«

Eine halbe Stunde später saßen sie in der Rørosbahn auf den gepolsterten Bänken des Wagens zweiter Klasse, der hinter dem sogenannten Salonwagen und vor zwei Waggons der dritten Klasse gespannt und von einer grün gestrichenen Lokomotive langsam bergan gezogen wurde. Immer wieder boten sich Ausblicke auf den Mjøsa, an dessen Ostufer sie in den letzten Stunden entlanggefahren waren. Sanft ansteigende Ufer mit saftigen Wiesen, Birkenhainen und fruchtbaren Äckern, in denen kleine Dörfer mit bunten Holzhäusern und weißen Kirchlein lagen, verliehen der Landschaft einen lieblichen Anstrich. Laut *Baedeker's Handbuch für Reisende – Schweden und Norwegen* war der Mjøsa mit rund dreihundertsechzig Quadratkliometern der größte See des Landes, weshalb ihn der deutsche Geologe Leopold von Buch einst »das innere Meer Norwegens« genannt hatte.

Clara sandte ein stilles Dankeschön an Frau Professor Dahlmann, die ihr kurz vor dem überstürzten Aufbruch aus Bonn das rote Büchlein geschenkt hatte. »Damit Sie sich wenigstens einen oberflächlichen Eindruck von der Heimat Ihres Mannes verschaffen können«, hatte sie gesagt. »Ich weiß ja, dass er wenig darüber erzählt. Wenn Sie nun, wenn auch nur kurz, Norwegen besuchen, ist so ein Reiseführer vielleicht von Nutzen.«

Bald schwand der See aus ihrem Blickfeld. Der Zug fuhr eine gute Stunde durch dichten Nadelwald. Noch nie hatte sich Clara in einer solchen Einöde befunden. Im *Baedeker's* stand, dass die Gegend sehr dünn bevölkert sei, sich abseits der Dörfer oft meilenweit keine menschliche Behausung finde und kaum zwei Einwohner auf einen Quadratkilometer kämen. Zum Vergleich wurden die deutschen Alpen angeführt, die es immerhin auf dreißig Menschen brachten. Unwillkürlich atmete Clara auf, als die ersten Häuser von Elverum erschienen, wo der Zug das Tal der Glåma erreichte, des längsten Flusses in Norwegen, dessen Quelle im Gemeindegebiet von Røros lag. Nachdem sie und Paul den kurzen Aufenthalt zu einem Besuch der Toiletten im Stationsgebäude genutzt hatten, ging die Fahrt im Østerdal weiter. Die Bahngleise folgten der Glåma zunächst an den Hängen des östlichen Ufers.

Seit ihrer Abfahrt aus Hamar hatte Olaf kaum zehn Worte gesprochen und hing seinen Gedanken nach, die seiner Miene nach zu urteilen dunkel und schwermütig waren. Clara traute sich nicht, ihn anzusprechen oder zu berühren. Es schmerzte sie, dass er keinen Trost bei ihr suchte und in den vergangenen Tagen all ihre Versuche ignoriert hatte, ihm ein wenig Halt zu geben und das Gefühl, nicht allein zu sein. Zu dem Mitleid, das sie für ihn empfand, gesellte sich zunehmend leiser Groll – so sehr sie sich für diese Anwandlung auch schämte. Olafs Rückzug erschien ihr egoistisch. Er war nicht der Einzige, den die Situation belastete, die Ungewissheit, wie es um seine Mutter stand und ob sie sie noch lebend antreffen würden. Claras Vorschlag, seinem Vater ihre Ankunftszeit zu telegrafieren und sich nach dem Befinden der Mutter zu erkundigen, hatte er mit einem schroffen Kopfschütteln beantwortet und Clara einmal mehr ratlos zurückgelassen. Sie musste sich eingestehen, dass sie ihn nicht verstand. Was war zwischen Olaf und seinen Eltern vorgefallen? Warum wollte oder konnte er nicht mit ihr darüber sprechen? Warum glaubte er, alles mit sich allein abmachen zu müssen? Wenn er sich schon nicht um ihre Gefühle scherte – auf die seines Sohnes hätte er in Claras Augen ein wenig mehr Rücksicht nehmen müssen.

Paul war zutiefst verunsichert. Clara hatte ihm mehrfach erklärt, dass sein Vater wegen der schlechten Nachrichten aus seiner Heimat so unnahbar war – und nicht etwa, weil Paul etwas falsch gemacht und so seinen Unmut erregt hatte. In Zeiten wie diesen wünschte sich Clara, ihr Sohn wäre weniger sensibel und nicht allzeit bereit, die Schuld für Verstimmungen anderer bei sich zu suchen.

»Möchtet ihr vielleicht ein belegtes Brot?«, fragte sie. »Es ist schon weit über Mittag.«

Sie zog den Korb mit dem Proviant zu sich und holte zwei eingewickelte Päckchen heraus. Paul sah scheu zu seinem Vater.

»Nein, danke«, antwortete dieser, lehnte den Kopf an die Rückenlehne seines Sitzes und schloss die Augen.

»Ich hab auch keinen Hunger«, sagte Paul leise.

Clara unterdrückte ein Seufzen und legte die Brote zurück. Sie verzichtete darauf, ihren Sohn zu ein paar Bissen zu nötigen. Auch wenn die letzte Mahlzeit viele Stunden zurücklag und sich der ohnehin schmächtige Junge noch im Wachstum befand – Clara hielt nichts davon, ihn zum Essen zu zwingen. Zumal sie selbst keinen Appetit verspürte.

Was hatte Schwester Gerlinde immer gesagt, wenn einer ihrer Zöglinge von Heimweh oder anderem Kummer geplagt in einer Mahlzeit stocherte? »Heiterkeit würzt jede Mahlzeit.« Im Gegensatz zu der strengen Stiftsdame, die die Aufsicht im Speisesaal führte und nicht müde wurde, die Kinder zu ermahnen, brav und dankbar alles aufzuessen, was auf dem Teller lag, hatte sich Schwester Gerlinde bemüht, die Ursache der Appetitlosigkeit zu lindern. Sie hatte gern den schottischen Schriftsteller Sir Walter Scott zitiert, dessen Romane sie in ihren seltenen Mußestunden verschlang: »Fleisch ohne Frohsinn gegessen ist schwer verdaulich.« Woraufhin sie eine spannende Ballade aufsagte oder eine lustige Anekdote zum Besten gab, was in den meisten Fällen zum Erfolg führte. Die Schwermut verflog – zumindest für den Augenblick –, und der Appetit kehrte zurück.

»Weißt du, wie man die Bauern in dieser Gegend nennt?«,

fragte Clara ihren Sohn und tippte auf den Reiseführer. »*Sofabønder*. Also Sofa-Bauern.«

Paul runzelte die Stirn. »Sitzen die den ganzen Tag auf dem Sofa?«

»Das könnten sie. Sie sind nämlich so reich, dass sie viele Knechte und Mägde haben, die die Arbeit für sie erledigen.«

»Die müssen sich also nicht krumm schuften wie Bauer Kunze, bei dem du immer die Kartoffeln kaufst?«

Clara schüttelte den Kopf und lächelte bei der Erinnerung an das gebeugte Männlein, das einmal in der Woche aus seinem Dorf mit einem Pferdekarren nach Bonn fuhr, um dort Gemüse und Kartoffeln zu verkaufen. Mit einer Handglocke kündigte er sein Kommen an – und Minuten später wurde sein Fuhrwerk von Hausfrauen, Köchinnen und Dienstmädchen umringt, die sich mit frisch geerntetem Grünzeug eindeckten und die Gelegenheit für ein Schwätzchen nutzten.

»Ist Bauer Kunze arm?«, fragte Paul.

»Nein, das nicht. Aber die Bauern hier haben nicht nur Milchvieh und saftige Wiesen, sondern besitzen vor allem viel Wald. Sie fällen die Bäume, flößen sie auf den Flüssen in die großen Städte und verkaufen dort das Holz. Damit kann man viel Geld verdienen.«

Paul nickte. »So wie der Holländer-Michel.«

»Holländer-Michel?« Clara sah ihren Sohn einen Moment lang ratlos an. »Ach, du meinst den aus dem Märchen! Ja, genau so.«

Paul liebte die Geschichten, die sich die Reisenden in Wilhelm Hauffs *Wirtshaus im Spessart* gegenseitig nächtens erzählten, um sich wach zu halten vor dem bevorstehenden Überfall einer Räuberbande. Das Märchen *Das kalte Herz* hatte es ihrem Sohn besonders angetan. Das Schicksal des armen Kohlenmunk-Peters, der tief in der Einsamkeit des Schwarzwaldes Holzkohle herstellte und von einer Karriere als Glasbläser oder

Flößer träumte, um es zu Reichtum und Ansehen zu bringen, regte seine Fantasie an. Nicht zuletzt, weil der Köhler in einer Gegend lebte, die Paul fremd und geheimnisvoll erschien.

Er sah aus dem Fenster, an dem das dunkle Grün der Fichtenwälder vorbeizog. Nach ein paar Atemzügen drehte er sich zu Clara und fragte: »Gibt es hier auch ein Glasmännlein?«

Clara hob vage die Schultern. »Vielleicht. Ich könnte mir gut vorstellen, dass es hier ähnlich aussieht wie im Schwarzwald. Von daher …«

Pauls Wangen röteten sich. Aufgeregt rutschte er von seinem Sitz.

»Mama, vielleicht kann ich es rufen! Ich bin doch an einem Sonntag geboren! Und dann erfüllt es mir drei Wünsche.«

Bevor Clara antworten und ihm zu bedenken geben konnte, dass ein norwegischer Waldgeist vielleicht nicht in der Lage war, einen deutschen Jungen zu verstehen, zitierte Paul mit andächtiger Miene den Spruch aus dem Märchen: »Schatzhauser im grünen Tannenwald, bist schon viel hundert Jahre alt. Dir gehört all Land, wo Tannen stehn – lässt dich nur Sonntagskindern sehn.«

Clara beschloss, Pauls Glaube an die Sagengestalt nicht zu zerstören. Zu groß war ihre Freude über seine wiedererlangte Lebhaftigkeit. Zu kostbar war ihr der Anblick seiner leuchtenden Augen. Er würde noch früh genug aus der magischen Kinderwelt gerissen werden und sich mit der sogenannten Realität der wissenschaftlich nachprüfbaren Tatsachen herumschlagen müssen, auf die man in diesen modernen Zeiten so großen Wert legte.

»Was würdest du dir denn vom Glasmännlein wünschen?«, fragte sie stattdessen.

Paul sah sie ernst an. »Ich bin nicht so dumm wie der Kohlenmunk-Peter.«

»Nein, das bist du sicher nicht.« Clara lächelte ihn an und

dachte an Pauls aufrichtige Empörung über den Helden des Hauff'schen Märchens, der einen Wunsch damit vertan hatte, fortan der beste Tänzer weit und breit sein zu wollen. Dieses in seinen Augen törichte Ansinnen hatte Paul lange beschäftigt.

»Immer genug Geld zu haben ist schon gut«, überlegte er laut weiter.

»Stimmt«, sagte Clara. »Aber gesund zu sein ist noch viel wichtiger. Und gute Freunde zu haben oder ...«

»Oder Verstand, wie es das Glasmännlein dem Peter geraten hat«, fiel ihr Paul ins Wort.

Clara nickte und wickelte beiläufig ein Käsebrot aus, das sie ihrem Sohn reichte. Er setzte sich wieder neben sie, biss mit nachdenklicher Miene in die Stulle und brütete kauend über der Frage, was er sich wünschen könnte.

Nach etwa zwei Stunden Fahrt überquerte die Eisenbahn auf einer langen Brücke die Glåma und fuhr am östlichen Ufer weiter hinauf in die Berge. Mancherorts erweiterte sich der Fluss zu seenartigen Abschnitten, auf deren ruhigen Wasseroberflächen sich der blassblaue Himmel und ein paar weiße Wölkchen spiegelten, an anderen Stellen teilte er sich in mehrere Arme, die von flachen Kiesstränden gesäumt waren. Wenn man dem *Baedeker's* Glauben schenken durfte, waren die Glåma und ihre Nebenflüsse mit ihren großen Beständen an Forellen, Hechten, Barschen, Rotaugen und anderen Fischen ein wahres Paradies für Petrijünger. Zuweilen rückten die Berghänge näher ans Flussbett, fielen steiler ab und verliehen dem Tal einen alpinen Charakter.

Am frühen Abend erreichten sie den Bahnhof von Koppang, der letzten Station an diesem Tag. Schnaufend kam die Lokomotive zum Stehen und ließ zischend den verbliebenen Dampf aus dem Kessel. Sie musste vor ihrer Weiterfahrt am nächsten

Morgen gewartet werden. Die Kolbenschieber des Steuerzylinders würden geschmiert, der Brennstoffvorrat und der Wassertank aufgefüllt und die Fenster vom Ruß befreit werden. Die Reisenden hatten die Wahl zwischen drei Wirtshäusern, in denen sie zu Abend essen und die Nacht verbringen konnten. Olaf hatte für seine Familie in *Hansens Hotell* ein Zimmer reserviert, einem stattlichen Anwesen im Stil eines Schweizer Chalets.

Während Clara mit Paul an der Hand ihrem Mann dorthin folgte, atmete sie in tiefen Zügen ein und aus. Nach den langen Stunden in der stickigen Atmosphäre des Waggons, dessen Fenster man während der Fahrt peinlich geschlossen gehalten hatte, um die Rauchschwaden der Lokomotive abzuhalten, war die frische Brise eine Wohltat, die von den Kiefernwäldern der umliegenden Berghänge herüberwehte. Die Luft war erfüllt vom Geruch nach Baumharz und frisch gehacktem Holz, in den sich der Duft würziger Wiesenkräuter und die kräftige Note angebratener Zwiebeln mischten, die wohl gerade in einer der Wirtshausküchen brutzelten. Clara schluckte und merkte, wie hungrig sie war. Die Aussicht auf eine warme Mahlzeit beschleunigte ihre Schritte.

Bis zum Abendbrot, das alle Gäste an zwei langen Tischen im Speisesaal gemeinschaftlich einnehmen würden, war es jedoch noch eine gute Stunde hin. Nachdem sich Clara mithilfe der Waschschüssel in ihrem Zimmer vom gröbsten Reisestaub gesäubert hatte, beschloss sie, sich ein wenig die Beine zu vertreten. Olaf war nach der Ankunft in Koppang aus seiner Starre erwacht und hatte seinem Sohn vorgeschlagen, den Eisenbahnern bei ihren Wartungsarbeiten an der Lokomotive zuzusehen. Clara ahnte, dass er ihr und einem Gespräch aus dem Weg gehen wollte. Als hätte er gespürt, dass sie genau darauf gehofft hatte – war es doch die erste Gelegenheit seit ihrer Abreise aus Deutschland, ungestört unter vier Augen zu sprechen. In dem Blick, den er ihr beim Abschied zugeworfen hatte, hatte eine stumme Bitte gelegen, die ihren Unmut über sein Ausweichen vertrieb. Zu erkennen, dass es ihm nicht gleichgültig war, wie sein Verhalten auf sie wirkte, versöhnte sie – nicht zuletzt wegen Pauls Freude über den Vorschlag seines Vaters.

Clara trat aus dem Haus, sah sich um und ließ den Anblick auf sich wirken, den das schmucke Ensemble aus Stationsgebäude, Gasthöfen, einem großen Dienstbotenhaus und anderen Nebengebäuden bot. Er wurde von einem kleinen Park abgerundet, der entlang der Gleise angelegt war. Mit seinen Kieswegen, einem von sorgfältig beschnittenen Büschen umstandenen Rondell und verschiedenen Bäumen, die man eigens aus anderen Gegend hierhertransportiert hatte, bildete er einen deutlichen Kontrast zu dem dichten Wald, der ringsum wuchs.

Ein diffuses Gefühl der Bedrohung machte sich in Clara breit. Es mutete sie seltsam an, mitten in dieser Einöde eine Gartenanlage anzutreffen. Es kam ihr vor wie ein kläglicher Versuch, der Wildnis etwas entgegenzusetzen, eine letzte Bastion vor den unendlichen Weiten zu schaffen, in denen man verloren gehen konnte, ohne eine Spur zu hinterlassen. So stellte sie sich die unwegsamen Gebiete Nordamerikas und Kanadas vor, in die jedes Jahr Tausende Glücksjäger aus aller Herren Länder aufbrachen auf der Suche nach Gold, kostbaren Pelztieren und anderen Schätzen und dabei oft genug ihr Leben verloren. Von einem Schauer erfasst, wandte sie sich fröstelnd ab und kehrte auf ihr Zimmer zurück.

8

Trondheim, Juni 1895 – Sofie

Ruhig flossen die Tage auf dem Solsikkegård dahin. Die namengebenden Sonnenblumen, die entlang des Zauns wuchsen, der den alten Gemüsegarten neben dem Gesindehaus umgab, waren noch klein mit kaum sichtbaren Knospen. Die Bienenvölker, die in einem lang gestreckten Holzbau gehalten wurden, fanden dennoch genug Nahrung. Milde Temperaturen, viele Sonnenstunden und zwischendurch immer wieder kräftige Regenschauer boten den zahlreichen Sträuchern, Hecken, Stauden und Blumen auf den Beeten, Wiesen und in den Gartenanlagen ideale Bedingungen. Überall leuchteten bunte Blüten, die einen süßen Duft verströmten und von den Nektarsammlerinnen umsummt wurden.

Sofie verbrachte die meiste Zeit draußen und streifte durch die vertraute und zugleich fremd gewordene Welt ihrer Kindheitssommer. Der Park hinter dem Wohnhaus war eine harmonisch komponierte Oase mit Laubengängen, kleinen Teichen und plätschernden Bächlein. Bänke im Schatten hoher Buchen luden zum Verweilen ein – begleitet von den sphärischen Klängen der Windglocken, die in manchen Baumkronen hingen. Großvater Roald hatte sie eigens aus Nøstetangen, Norwegens erstem Glaswerk, liefern lassen.

Sofie genoss die beschauliche Atmosphäre und das Zusammensein mit ihren Großeltern, bei denen sie sich geborgen und wahrgenommen fühlte. Auf den Spuren ihrer geliebten Mutter zu wandeln, in deren ehemaligem Jugendzimmer sie untergebracht war, machte ihr den Aufenthalt auf dem Gutshof besonders kostbar.

Als Sofie am fünften Tag von ihrem Spaziergang zurückkehrte und auf die Terrasse hinter dem Wohnhaus trat, auf der
sich ihre Großmutter wie jeden Nachmittag Kaffee und Gebäck
servieren ließ, hielt ihr diese mit einem Ausdruck des Bedauerns
ein Telegramm hin.

»Für mich?«, fragte Sofie erstaunt. »Es ist doch hoffentlich
nichts Schlimmes passiert?«

Toril schüttelte den Kopf. »Nein, so klingt es nicht ... aber du
musst wohl ...«

Während sie sprach, überflog Sofie den knappen Text und
runzelte die Stirn.

Komm in die Stadt. Brauche dich hier. Erwarte dich morgen
mit Mittagszug. Silje
P.S. Gruß an Großeltern!

Sofie legte das Telegramm auf den Tisch und ließ sich auf einen
Stuhl sinken. »Warum sie mich wohl so dringend braucht?«

Toril hob die Schultern. »Ich fürchte, das wirst du erst herausfinden, wenn du sie siehst.«

Sofie schob die Unterlippe vor. »Eigentlich habe ich nicht die
geringste Lust, in die Stadt zu fahren.« Und mich von Silje he-
rumkommandieren zu lassen, fügte sie im Stillen für sich hinzu.

»Ich gestehe, dass dies einer der seltenen Momente ist, in
denen ich mir so einen Telefonapparat wünsche«, sagte Toril.
»Ich habe ja eigentlich nicht viel für diese neumodischen Erfindungen übrig, aber jetzt wäre er doch sehr nützlich. Dann
könntest du deine Schwester direkt fragen, warum du zu ihr
kommen sollst.«

Sie beugte sich zu Sofie und tätschelte ihr den Arm. »Aber
abgesehen davon freuen sich Malene und die Kinder, wenn du

sie besuchst. Es wäre sehr egoistisch von mir, dich die ganze Zeit hierzubehalten.«

Sofie richtete sich auf und lächelte. »Ich bin ja nicht weit weg. Was auch immer Silje von mir will, es kann nicht ewig dauern. Und dann komme ich wieder zu euch.«

Die Bemerkung *Wenn Vater uns nicht vorher zurück nach Røros beordert* schluckte sie ungesagt herunter. Der Gedanke an ihr Zuhause ohne ihre Mutter war beklemmend. Sie mochte sich nicht vorstellen, wie sich das Leben dort in Zukunft gestalten würde.

Am Mittag des darauffolgenden Tages saß Sofie ihrer Schwester in einem Zweispänner gegenüber. Mit der Meråkerbahn war sie zuvor von der Halbinsel Lade in knapp zwanzig Minuten zum Bahnhof am neuen Hafen von Trondheim gefahren. Nachdem sie auf einer Brücke den Kanalhafen überquert hatten, ging es zunächst an diesem auf der Fjordgata entlang, bevor sie in die Munkegata einbogen – eine der beiden Hauptstraßen der Altstadt, an deren Ende der Dom aufragte. Die Spitze des Hauptturms fehlte. Eine provisorische Holzummantelung schützte ihn vor Regen und Wind. Sofie hatte die Kirche bei ihren Besuchen noch nie ohne Gerüste oder Absperrungen gesehen. 1869 hatte man mit der Renovierung des teilweise verfallenen Gebäudes begonnen, die sich noch über Jahre hinziehen würde. Man wollte das Wahrzeichen der Stadt nicht nur instand setzen, sondern ihm sein ursprüngliches mittelalterliches Aussehen zurückgeben – was umfangreiche Rekonstruktionen und Rückbauten neuerer Ergänzung erforderlich machte.

In Trondheim hatten im Lauf der Jahrhunderte immer wieder Feuersbrünste gewütet. Nach einem verheerenden Brand im Jahre 1681, bei dem nur zwei steinerne Kirchen verschont geblieben waren, wurden beim Wiederaufbau breite und gerade

Straßenzüge als Feuerschneisen angelegt. Der Plan sah zwei Hauptachsen vor, die sich auf dem Marktplatz kreuzten. Der Rest der Straßen wurde in einem Schachbrettmuster angelegt, das sich jedoch nicht gänzlich durchsetzen konnte. Nach wie vor gab es die aus dem Mittelalter stammenden *veiten*, verwinkelte Gassen mit kleinen Häusern, die immer wieder auf den Fundamenten ihrer abgebrannten Vorgänger errichtet wurden.

Der Kutscher hatte das Verdeck zurückgeschlagen und saß vergnügt vor sich hin pfeifend auf dem Bock. Ein lauer Wind wehte vom offenen Meer her und spielte mit den schwarzen Federn, die Siljes Hut schmückten. Offenbar hatte diese die Zeit in Trondheim bislang hauptsächlich damit verbracht, sich neu einzukleiden. Sofie kannte weder den Umhang aus dunklem Taft noch das mit schwarzer Spitze reich verzierte Kleid, das ihre Schwester trug. Seit sie Sofie in Empfang genommen hatte, erzählte Silje ihr ohne Pause von den Einkäufen und Bestellungen, die sie in den letzten Tagen getätigt oder aufgegeben hatte. Sofie hatte zunächst auf Durchzug geschaltet. Sie teilte weder Siljes Begeisterung für modische Neuheiten, noch konnte sie nachvollziehen, was diese so beglückend daran fand, sich Dinge wie Nähkästchen, eine Garnitur Haarbürsten und Kämme, Stickgarn oder Stoffe für Vorhänge anzuschaffen.

»... bei *Bruun* in der Tryggvasonsgata zwei mit Eiderdaunen gefüllte Bettdecken in Auftrag gegeben und...«, sagte Silje gerade.

Sofie blinzelte und fiel ihrer Schwester ins Wort: »Bettdecken? Wozu um alles in der Welt brauchst du denn zwei neue Bettdecken?«

Silje zog die Augenbrauen hoch. »Hörst du mir überhaupt zu? Das hatte ich dir doch gerade erklärt.«

Ertappt murmelte Sofie: »Entschuldige, ich war wohl etwas abgelenkt.«

»Ts, ts, ts«, machte Silje und schüttelte den Kopf. »Du bist und bleibst eine Träumerin. Also, Vater hat mich aufgefordert, meinen Aufenthalt hier zu nutzen und meine Aussteuer zu komplettieren.«

»Aussteuer? Aber das bedeutet ja ... äh ... soll das etwa heißen, dass du heiratest?«

Sofie sah ihre Schwester überrascht an. Lag Silje dieses eine Mal mit ihren Vorwürfen richtig? Es wäre kein gutes Zeichen, wenn sie so sehr in ihre eigene Welt versponnen war, dass sie etwas derart Wichtiges nicht mitbekam. In Sofies Kopf schwirrten die unterschiedlichsten Fragen durcheinander.

»Mit wem bist du denn verlobt? Und ist eine Hochzeit jetzt überhaupt möglich? So kurz nach Mutters Tod? Und wa ...«, sprudelte sie hervor.

Silje hob eine Hand und unterbrach sie. »Nun mal langsam! Ich hab nicht gesagt, dass ich verlobt bin.«

»Äh, bist du nicht?« Sofie runzelte die Stirn. »Aber warum sollst du dann deine Aussteuer vervollständigen?«

»Vater hat angedeutet, dass er einen geeigneten Kandidaten für mich ...«, begann Silje.

»Angedeutet?«, rief Sofie. »Soll das heißen, du weißt gar nicht, wer es ist?«

Silje hob die Schultern. »Jetzt komm mir bitte nicht wieder mit deinem weltfremden Gefasel von Liebe als einzig wahrem Heiratsgrund. Außerdem wird Vater mich sicher nicht zwingen, wenn ich denn an seiner Wahl etwas auszusetzen haben sollte.«

Ihrem Ton entnahm Sofie, dass Silje Letzteres für ausgeschlossen hielt. Sie schien ihrem Vater blind zu vertrauen. Wenn er der Meinung war, einen guten Mann für sie gefunden zu haben, dann gab es für sie offenbar keine Zweifel. Sofie verstand nicht, warum ihre sonst so eigenwillige Schwester ausgerechnet eine so folgenreiche Entscheidung nicht selbst treffen wollte. Sie verzichtete jedoch auf eine weitere Diskussion. In der Vergangenheit hatte sie immer wieder festgestellt, dass ihre und Siljes

Vorstellungen von einem glücklichen Leben und ihrer Rolle als Frau meilenweit auseinanderlagen.

»Du hast mir noch gar nicht verraten, warum du mich hier so dringend brauchst«, sagte sie und ließ sich in das Polster der Kutsche zurücksinken.

»Übertreib doch nicht immer so. Von dringend war nie die Rede«, seufzte Silje. »Ich war nur der Ansicht, dass es dir auch ganz guttäte, ein wenig unter Menschen zu gehen und auf andere Gedanken zu kommen. Du hast dich lang genug verkrochen. Außerdem gehört es sich nicht, Tante Malene zu übergehen.«

Sofie sog scharf die Luft ein. Die Empörung über Siljes anmaßendes Verhalten trieb ihr das Blut in die Wangen. War sie in ihren Augen eine Art Dienstbotin, die man nach Lust und Laune herumschubsen konnte? Sie hielt es ja noch nicht einmal für angebracht, ihr eine Erklärung zu geben. Eine demütigende Erfahrung. Sofie kniff ihre Lippen zusammen. Eine Stimme in ihr flüsterte: Jetzt, wo *mamma* nicht mehr da ist, gibt es niemanden mehr, der Silje Einhalt gebietet. Jetzt kann sie sich endgültig als das aufspielen, was sie sich insgeheim schon immer gewünscht hat: Herrin im Hause zu sein. Sofie stutzte. Es muss ja nicht unser Haus sein! Wenn Vaters Pläne aufgehen, ist sie bald unter der Haube und kann andere tyrannisieren. Ein breites Lächeln erschien auf ihrem Gesicht.

»Du hast vollkommen recht. Ich darf mich nicht die ganze Zeit verkriechen. Und womöglich Tante Malene vor den Kopf stoßen.«

Silje warf ihr einen misstrauischen Blick zu und setzte zu einer Bemerkung an.

»So, da wären wir«, sagte der Kutscher und zügelte die Pferde vor einem großen Haus. Sofie hatte nicht bemerkt, dass sie bereits den Marktplatz überquert, die Munkegata verlassen und nach rechts in die Erling Skakkes Gata eingebogen waren, in der an der Kreuzung zur Prinsensgata das Anwesen der Familie Hustad lag. Wie die meisten Bürgerhäuser der Stadt war es aus Holz erbaut und besaß zwei Stockwerke. Die Fassade, die mit langen Paneelen verschalt war, hatte einen frischen Anstrich und glänzte weiß im Sonnenlicht. Die Rahmen der Fenster hatten kleine Giebeldächer, und über der zweiflügeligen Tür wand sich eine geschnitzte Blumengirlande.

Kaum waren Sofie und Silje in die Eingangshalle getreten, wurden sie von einer Kinderschar umringt, die sie mit großem Hallo begrüßte. Zwei der Größeren erkannte Sofie wieder, drei Kleinere sah sie zum ersten Mal. Tante Malene, die fünfundvierzigjährige Frau von Ragnhilds Bruder Sophus, hatte bereits neun Kinder zur Welt gebracht, als sie zu Beginn des Jahres ihrem vorläufig letzten Sohn das Leben schenkte. Mit diesem auf dem Arm eilte sie aus dem Seitentrakt herbei, in dem sich die Küche befand. Sie trug ein einfaches Hauskleid und die Haare zu einem Zopf geflochten. Oberflächlich betrachtet war sie eine unscheinbare Person. Die Lebendigkeit und Wärme, die sie ausstrahlte, verliehen ihr jedoch in Sofies Augen eine besondere Schönheit. Malene drückte einem etwa zwölfjährigen Mädchen den Säugling in die Hand und umarmte Sofie.

»Herzlich willkommen! Ich freue mich, dass du gekommen bist und deine Schwester heute Abend begleiten wirst. Mir ist das leider nicht möglich. Und unsere Älteste, die das sicher liebend gern übernommen hätte, besucht gerade ihre Patentante auf Inderøy und ... Nein! Nicht diese Tischdecke! Die mit den blauen Blümchen.«

Mit diesem Ruf drehte sich Malene zu einem Hausmädchen, das mit einem zusammengefalteten Tuch durch den Raum Richtung Speisezimmer ging. Gleichzeitig erschien die Köchin im Gang zum Haushaltstrakt.

»Der Metzgermeister wäre jetzt da und wartet auf Ihre Bestellung.«

Malene nickte ihr zu und sagte zu Sofie und Silje: »Entschuldigt mich bitte. Ihr seht ja, was hier los ist. Wir sehen uns nachher bei Tisch.«

Sie nahm den Säugling wieder an sich, schickte eine Tochter nach der Amme, die sich des Kleinen annehmen sollte, beauftragte einen etwa vierzehnjährigen Jungen, Sofies Koffer nach oben zu tragen, und kehrte mit einem über die Schulter gerufenen »Wir essen um fünf!« in die Küche zurück.

Silje rümpfte die Nase. »So geht das den ganzen Tag«, flüsterte sie Sofie zu. »Immer hat sie irgendwas zu tun. Dabei hätte sie es nun weiß Gott nicht nötig, sich selbst um alles zu kümmern. Onkel Sophus hat ihr wohl schon mehrfach vorgeschlagen, eine weitere Zugehfrau einzustellen. Aber sie will davon nichts wissen.«

Sofie zuckte die Achseln und folgte ihrer Schwester ins erste Obergeschoss, wo sie einquartiert waren. Sie konnte ihre Tante gut verstehen. Es mochte wohl anstrengend sein, einen großen Hausstand zu leiten und selbst dabei tätig zu sein. Doch die Zufriedenheit, die Malene buchstäblich ins Gesicht geschrieben stand, war gewiss genau diesem Umstand zu verdanken. Es musste sich gut anfühlen, Verantwortung zu übernehmen, gebraucht zu werden und über das Wohlergehen seiner Lieben zu wachen.

»Wohin werde ich dich eigentlich heute Abend begleiten?«, fragte sie.

Silje scheuchte die Kinder, die ihnen gefolgt waren, mit einer Handbewegung aus dem Zimmer und schloss die Tür.

»Es wird dir gefallen«, antwortete sie. »Wir gehen ins Tivoli.«

»In das Varieté-Theater? Nur wir beide? Ist das nicht ein wenig … nun … gewagt?«

»Warum gewagt? Der *Hjorten* ist schließlich nicht irgendein zweitklassiges Tingel-Tangel-Etablissement, sondern ein Veranstaltungsort von bestem Ruf. Es ist überhaupt nichts dabei, wenn wir dorthin gehen. Du hast ja selbst gehört, dass Tante Malene es ihrer Tochter ohne Weiteres erlaubt hätte.«

»Mag sein«, sagte Sofie. »Es ist nur ... also, ich kann mir nicht helfen, aber von dir hätte ich so ein Vorhaben nun am allerwenigsten erwartet ...« Sie stockte und fuhr fort: »Ich meine, gehört sich das denn? Wir sind doch in Trauer.«

Silje zuckte mit den Achseln. »Ich weiß nicht, was du auf einmal hast. Du scherst dich doch sonst nicht um das, was sich gehört. Außerdem kennt uns doch hier niemand. Tante Malene findet es in Ordnung. Sie ist überzeugt, dass man auch in Trauer durchaus ein Recht hat, sich zu zerstreuen. Und unsere Mutter hätte sicher nichts dagegen gehabt. Im Gegenteil, sie hat uns doch immer vom Tivoli vorgeschwärmt. Wir gehen also sozusagen zu ihrem Gedenken dorthin.«

»Und Vater? Wäre er wohl einverstanden?«, bohrte Sofie weiter. Sie hatte das Gefühl, dass Silje ihr etwas verschwieg.

»Auf jeden Fall!«, platzte diese heraus. »Äh ... ich gehe davon aus. Schließlich hat er es quasi arrangiert, dass ...«

»Dass was?«

»Ach nichts«, antwortete Silje und wich Sofies Blick aus.

»Ah, verstehe!«, rief Sofie. »Wir gehen nicht allein.«

»Nun ja, mal sehen ... ich habe lediglich eine lose Verabredung ...«

»Und brauchst nun einen Anstandswauwau, weil diese Verabredung von einem männlichen Wesen vorgeschlagen wurde«, vervollständigte Sofie ihren Satz. »Deshalb hast du mich also hergerufen.«

Silje überging ihre Bemerkung und wandte sich dem Spiegel über der Frisierkommode zu, die den beiden Betten gegenüber an einer Wand stand.

»Was soll ich bloß heute Abend anziehen? Wenn wir nur nicht dieses leidige Schwarz tragen müssten. Es macht meinen Teint so blass.«

»Wieso ist das wichtig?«, fragte Sofie.

»So eine Frage kannst auch nur du stellen«, antwortete Silje mit einem Kopfschütteln. »Nur weil wir in Trauer sind, muss ich doch nicht wie eine Vogelscheuche herumlaufen.«

Sofie ließ sich von ihrem herablassenden Ton nicht beeindrucken.

»Wem willst du denn heute Abend gefallen? Mit wem treffen wir uns?«

»Wie gesagt, es ist gar nicht sicher ...«, murmelte Silje.

Sofie verschränkte die Arme vor der Brust und sah ihre Schwester auffordernd an. Diese seufzte übertrieben und verdrehte demonstrativ die Augen nach oben.

»Also gut, damit du endlich Ruhe gibst. Ich war gestern auf der Sparebank, um einen Wechsel einzulösen, den Vater mir mitgegeben hat. Außerdem sollte ich Bankdirektor Lund persönlich einen Brief von ihm übergeben. Der ließ sich aber entschuldigen. Stattdessen hat mich sein Sohn Fredrik empfangen und ...«

»Und die Gelegenheit ergriffen, um sich für heute Abend mit dir zu verabreden«, fiel Sofie ihr ins Wort und musterte sie aufmerksam.

Silje errötete. Sofie verengte ihre Augen. Es kam selten vor, dass ihre Schwester verlegen war. Dieser Fredrik musste großen Eindruck auf sie gemacht haben. Sie stutzte.

»Was hast du eigentlich damit gemeint, dass Vater das arrangiert hat? Glaubst du etwa, er hat eure Begegnung eingefädelt?«

»Ganz sicher bin ich natürlich nicht. Aber ob es wirklich nur ein Zufall war, dass Direktor Lund ausgerechnet diesen Termin nicht selbst wahrnehmen konnte ...« Silje hob die Schultern.

Sofie nickte. Das sah ihrem Vater ähnlich. Er liebte solche Ränkespiele. Ob der junge Bankier der Bräutigam in spe war, den er für seine Älteste ins Auge gefasst hatte? Er wäre eine angemessene Partie. Hatte er Silje deswegen so bereitwillig nach Trondheim fahren lassen?

»Ein bisschen merkwürdig finde ich es aber schon«, meinte sie. »Wie kann er so kurz nach Mutters Tod solche Pläne schmieden?«

Silje zuckte die Achseln: »Warum nicht? Das Leben geht schließlich weiter. Abgesehen davon wissen wir ja gar nicht, ob Vater tatsächlich dahintersteckt.« Sie griff nach einer Bürste und hielt sie Sofie hin: »Hilfst du mir mit den Haaren? Die Zofe hier hat zwei linke Hände, wenn sie überhaupt frisieren kann. Du hast ja gesehen, wie Tante Malene herumläuft.«

Sofie verkniff sich die Bemerkung, dass ihre Tante wohl einfach keinen Wert auf eine perfekt sitzende Haarpracht legte und auch gar keine Zeit hatte, sich stundenlang bürsten und aufwendige Frisuren auf den Kopf zaubern zu lassen. Während sie ihrer Schwester den Dutt löste und begann, ihre langen Flechten zu kämmen, kamen ihr erneut Zweifel, ob Silje ernsthaft trauerte. Tat sie sich wirklich so leicht mit dem Verlust ihrer Mutter? Hatte sie nur ihr Aussehen und das Schäkern mit jungen Männern im Kopf? Sie das zu fragen, traute sich Sofie nicht. Sie fürchtete sich vor der Antwort.

Um acht Uhr abends fuhren Sofie und Silje im Zweispänner ihrer Gastgeber nach Ila, dem Vorort, in dem das Tivoli seinen Sitz hatte. Es war noch taghell. Eine jener Sommernächte lag vor ihnen, in der die Sonne erst gegen elf Uhr unterging, nachdem sie knapp zwanzig Stunden lang geschienen hatte. Auf den Straßen herrschte geschäftiges Treiben. Das schöne Wetter lockte zahlreiche Spaziergänger zum Flanieren auf die breiten Bürgersteige, Kutschen, Karren und Reiter tummelten sich auf den Fahrbahnen, und ab und zu rasselte ein zweistöckiger Pferdeomnibus vorüber.

Wenn es nach Sofie gegangen wäre, hätten sie den Weg in einem solchen Gefährt zurückgelegt. Zu gern hätte sie auf dem Dach des großen Wagenkastens gesessen und sich an dem Ausblick, den die erhöhte Warte bot, erfreut. Silje hatte ihren Vorschlag mit einem verächtlichen Naserümpfen abgewiesen und Sofie zu verstehen gegeben, dass es absolut unter ihrer Würde war, sich in ein solch proletarisches Fahrzeug zu quetschen, wo sie womöglich auf engstem Raum mit ungewaschenen Individuen durchgeschüttelt würde.

Silje hatte den Kutscher angewiesen, einen Schlenker zur Kjøpmannsgata zu machen und von dort die Kongensgata in ihrer gesamten Länge nach Westen stadtauswärts zu nehmen. Sie verlief parallel zur Erling Skakkes Gata, auf der man ebenfalls bis zur neugebauten Kirche von Ila und dem erst 1891 angelegten öffentlichen Ila-Park durchfahren konnte, an dessen Ende das Vergnügungslokal lag. Sofie begriff schnell, warum ihre Schwester auf diesem Umweg bestand. Zum einen genoss sie es sichtlich, sich herumkutschieren zu lassen. Zum anderen hatten an der Kongensgata, der zweiten Hauptachse der Stadt, zahlreiche städtische und andere Institutionen prachtvolle Palais errichtet, die teilweise aus Stein gebaut waren – was in Siljes Augen weltläufiger wirkte und »mehr hermachte« als hölzerne Häuser.

Als die Kutsche die Kreuzung zur Prinsensgata erreichte, mussten sie kurz anhalten, um einen berittenen Trupp des zweiten trondheimschen Regiments vorbeizulassen. Silje bewunderte die schmucken Uniformen, Sofie ließ ihre Augen über die Passanten auf dem Gehweg wandern. Eine schnelle Bewegung, die sie aus den Augenwinkeln wahrnahm, ließ sie den Kopf drehen. Ein junger Mann war die Stufen vor dem Eingang des Gebäudes heruntergesprungen, vor dem sie standen. Sie schaute direkt in seine Augen und zuckte zusammen. Dieses intensive Blau kam ihr bekannt vor. Während sie noch darüber grübelte, wo sie den Mann schon einmal gesehen haben konnte, tippte dieser grüßend mit zwei Fingern an seine Schiebermütze und nickte ihr kurz zu.

»Was hast du mit einem Sozialisten zu schaffen?«, fragte Silje und sah Sofie misstrauisch an.

»Gar nichts, natürlich. Was ist denn das für eine Frage? Und woher kennst du seine politische Gesinnung?«

Silje deutete auf den Schriftzug über dem Eingangsportal. In großen Lettern stand dort: *Arbeiderforening.* Sie befanden sich vor dem Gebäude des Arbeitervereins, in dem auch die Sparbank der Arbeiter untergebracht war.

»Also, wieso hat dich dieser Bursche gegrüßt?«

»Ich habe nicht die geringste Ahnung«, antwortete Sofie. »Eine Verwechslung vermutlich. Schließlich kenne ich hier niemanden.«

Die Reiterbrigade war mittlerweile vorbeigeritten, der Kutscher schnalzte mit der Zunge, und die Pferde setzten sich wieder in Bewegung.

Sofie schaute zu dem Mann und begegnete erneut seinen Augen. Sie erschauerte und wandte den Kopf ab, während er mit ausholenden Schritten die Straße in die entgegengesetzte Richtung hinunterlief. Seinen Blick spürte sie noch, als sie bereits mehrere Häuserblocks passiert hatten. Niemals zuvor hatte jemand sie so angesehen. Es war nicht einer dieser bewundernden, verlangenden oder schmachtenden Blicke gewesen, wie Silje sie häufig erntete. Es hatte etwas anderes darin gelegen. Eine Aufforderung. Als sähe er etwas in ihr, das sie selbst nicht erkannte und von dem er wollte, dass sie es wahrnahm.

Während sie das dachte, fühlte sich Sofie mit einem Mal auf den Friedhof von Røros versetzt. Dort hatte sie die blauen Augen gesehen! Am Tag der Beerdigung ihrer Mutter. Sie gehörten dem schwarzen Mann, der ihr Gebetbuch aufgehoben hatte.

9

Røros, Juni 1895 – Clara

Kurz vor Mitternacht war Clara in einen unruhigen Schlaf gesunken, aus dem sie keine drei Stunden später wieder erwachte. Es war noch dunkel. Die Sonne würde gegen halb vier aufgehen – zwei Stunden früher als in Bonn. Clara lauschte. Es war still. Absolut still. Durch das geöffnete Fenster drang kein Geräusch. Der Wind hatte sich gelegt, das feine Sausen in den Nadeln der Kiefern war verstummt. Clara hielt unwillkürlich die Luft an. Sie konnte sich nicht erinnern, jemals eine solche Lautlosigkeit erlebt zu haben. Sie war ihr unheimlich. Wieder kroch das Gefühl einer diffusen Bedrohung in ihr hoch. Die Angst, sich in dieser Stille aufzulösen.

»Kannst du auch nicht schlafen?«, fragte Olaf leise.

Clara atmete schwer aus und spürte eine Welle der Erleichterung. Die Stimme ihres Mannes vertrieb die Vision, sich in einer gottverlassenen Einöde zu befinden, die einen aufsaugen und verschlucken konnte, wenn man nicht achtgab.

»Es tut mir leid«, sagte Olaf und griff nach ihrer Hand, die auf der Bettdecke lag.

Clara umfasste seine Finger und drückte sie. Die Berührung tat so gut – nach den endlos scheinenden Tagen, die Olaf wie ein Fremder neben ihr verbracht hatte.

»Sagst du mir, was passiert ist?«, flüsterte sie nach einer Weile. Ihr Herz klopfte in ihrem Hals. War der Vorstoß zu schnell? Würde Olaf sich wieder in sein Schneckenhaus zurückziehen?

Er räusperte sich. Seine Stimme klang rau. »Ich hatte gehofft, das alles hinter mir zu lassen. Ihm entfliehen zu können. Aber es steckt zu tief in mir. Ich nehme es überallhin mit. Auch nach

Samoa würde es mich begleiten. Es war dumm von mir, zu glauben ...«

Er verstummte. Sacht löste Clara ihre Hand aus seiner und streichelte seinen Arm.

»Ich weiß, was du meinst. Ich habe auch lange versucht, etwas zu vergessen. Den Schmerz darüber, von niemandem gewollt zu werden. Ins Waisenhaus abgeschoben worden zu sein und nicht zu wissen warum. Das war das Schlimmste. Ich kam mir so wertlos vor.«

Clara hörte, wie Olaf scharf Luft holte.

»Das wusste ich nicht«, sagte er. »Ich meine, dass du so gelitten hast. Du hast auf mich immer so stark gewirkt und den Eindruck erweckt, trotz allem eine glückliche Kindheit ... Wenn ich geahnt hätte ...«

»Wie hättest du das ahnen sollen?«, unterbrach Clara ihn. »Ich hab es ja nie erzählt.« Um seiner Frage zuvorzukommen, die er unweigerlich stellen würde, fuhr sie rasch fort: »Nicht, weil ich es dir nicht anvertrauen wollte. Sondern weil Schwester Gerlinde mein Leben verändert hat – viele Jahre, bevor wir beide uns kennenlernten. Sie hat mir ihre Liebe geschenkt und mir geholfen, meine Geschichte nicht länger als Makel anzusehen.«

Dass sie dennoch immer wieder mit Minderwertigkeitsgefühlen zu kämpfen hatte und in schwarzen Stunden darüber grübelte, warum ihre Eltern sie als Neugeborenes ohne einen Hinweis auf ihre Identität vor das Waisenhaus gelegt hatten, verschwieg Clara. Es ging jetzt nicht um sie.

Sie drehte sich auf die Seite und stützte sich auf einen Ellenbogen. Ihren Mann, der auf dem Rücken neben ihr lag, ahnte sie mehr, als dass sie ihn sah. Im Schutze der Dunkelheit getraute sie sich, die Frage zu stellen, die ihr seit Jahren auf der Seele brannte. Sie hoffte, dass die Finsternis es auch Olaf erleichterte, endlich darauf zu antworten.

»Was hat dich und deine Eltern entzweit? Warum hast du den Kontakt zu ihnen abgebrochen?«

»Letztendlich war es meine Weigerung, in die Fußstapfen meines Vaters zu treten und das Sägewerk zu leiten«, sagte er nach kurzem Schweigen. »Das konnten sie weder verstehen, noch wollten sie sich damit abfinden. Aber eigentlich haben wir uns gar nicht entzweit. Das kann man nur, wenn man zuvor miteinander verbunden war.«

»Und das wart Ihr nicht?«, fragte Clara.

»Ich weiß, es klingt unglaublich«, sagte Olaf, der wohl den Zweifel in ihrer Stimme wahrgenommen hatte. »Du kennst meine Eltern nicht. Sie sind gewiss keine schlechten Menschen. Aber sie kreisen so sehr um sich selbst, dass sie niemand anderen wahrnehmen … Sie hätten nie ein Kind bekommen dürfen. In ihrem kleinen Universum ist einfach kein Platz für einen Dritten.«

Er unterbrach sich. Clara verharrte reglos und hoffte, dass er weitererzählen würde. Sich diese uralte Last von der Seele reden würde, die er schon viel zu lange mit sich herumschleppte.

»Als ich meinen Eltern sagte, dass ich in Deutschland studieren und Jurist werden wollte, sahen sie mich an, als wäre ich vollkommen übergeschnappt. Meine Mutter fiel aus allen Wolken. Sie hatte es sich so schön ausgemalt: Ich würde Vater die Arbeit und vor allem Verantwortung abnehmen, der er sich im Grunde nie gewachsen gefühlt hatte. Ich sollte ihm ein sorgenfreies Leben ermöglichen. Sie hat das ganz selbstverständlich von mir erwartet. Es war für sie unvorstellbar, dass ich andere Pläne haben könnte.«

»Weil sie selbst alles tun würde, um deinen Vater glücklich zu machen«, murmelte Clara.

»Genau! Alles andere war ihr gleichgültig«, sagte Olaf. In seiner Stimme schwang Bitterkeit. Und Trauer. »Als sie merkte, dass ich es ernst meine, war ich für sie nicht mehr existent. Sie hat sich nicht einmal von mir verabschiedet.«

»Und dein Vater?«

»Er hat mir alles Gute gewünscht und im selben Atemzug klargemacht, dass ich keinerlei Unterstützung erwarten durfte.«

»Und seitdem hast du nie mehr ...«

»Doch. Einmal hab ihnen geschrieben. Als ich mich in Bonn an der Universität immatrikuliert und dank Professor Dahlmann ein Stipendium bekommen hatte. Ich dachte, es würde sie vielleicht stolz machen und ihnen zeigen, dass es der richtige Weg für mich war.«

»Aber sie haben dir nie geantwortet«, stellte Clara mehr fest, als dass sie es fragte.

Olaf drehte sich zu ihr. »Ich bin dir sehr dankbar, wie liebevoll du dich um unseren Paul kümmerst. Du bist die beste Mutter, die ich mir vorstellen kann!«

Clara legte ihren Kopf auf seine Brust. »Ich hoffe sehr, dass du mit deiner Mutter Frieden machen kannst, bevor ...«

»Ich verspreche dir, dass ich das tun werde«, fiel Olaf ihr ins Wort und küsste sie auf die Stirn. »Und dann beginnen wir ein neues Leben in der Südsee.«

Clara schloss die Augen und betete still: »Heilige Adelheid, bitte, bitte lass uns nicht zu spät kommen!«

Die letzte Etappe ihrer Reise führte sie am darauffolgenden Tag immer weiter ins Gebirge hinein. Durch endlose Wälder schlängelten sich die Bahngleise nach Nordosten an der Glåma entlang, die immer wilder durch ihr schmaler werdendes Bett rauschte. Nach einigen Stunden wichen die Bäume zurück und wurden von einer spärlichen Vegetation abgelöst. Schließlich erreichten sie eine etwa sechshundert Meter über dem Meer gelegene Ebene mit einem ausgedehnten Torfmoor, das am Horizont von einem riesigen, weiß schimmernden Hügel begrenzt

wurde. Davor thronte eine mächtige Kirche über einem Städtchen, das von dunklen Geröllbergen umringt war.

»Seht mal!«, rief Paul und deutete aus dem Fenster. »Dahinten liegt noch ganz viel Schnee.«

»Das ist kein Schnee. Das ist die Wanderdüne Kvitsanden.
Das bedeutet weißer Sand«, erklärte Olaf.

»Sanddüne?«, sagte Clara und beugte sich zum Fenster. »Wie
kommt die denn hierher? Ich dachte, die gibt es nur in der
Wüste.«

»Das sollte man meinen. Man vermutet, dass diese hier am
Ende der letzten Eiszeit entstanden ist, als der Wind das feinere
Material aus den Geröllmassen der abschmelzenden Gletscher
geblasen und dorthin geweht hat«, sagte Olaf.

Clara sah wieder aus dem Fenster. »Ist das Røros?«, fragte sie
und zeigte auf den Ort, auf den die Eisenbahn zuhielt.

Olaf nickte und stand auf, um ihre Koffer aus dem Gepäck-
netz zu heben. Clara spürte, wie sich ihr Magen zusammenzog.
Bang fragte sie sich, was sie in den nächsten Stunden erwarten
würde. Paul hüpfte aufgeregt von seinem Sitz und zupfte seinen
Vater am Ärmel.

»Da hast du gelebt, bevor du Mama geheiratet hast?«

Olaf nickte, sah auf seine Taschenuhr und setzte sich mit
einem Seufzen wieder hin. Bis zu ihrer Ankunft würde es noch
eine halbe Stunde dauern. Clara spürte seine Anspannung.

»Verrätst du uns, warum Røros ausgerechnet in dieser Einöde erbaut wurde?«, fragte sie, um ihn abzulenken.

Olaf warf ihr einen Blick zu, lächelte unmerklich und wandte
sich an Paul.

»Als ich so alt war wie du, hat uns unser Lehrer einmal in die
Kirche geführt. Dort hängen viele Bilder von wichtigen Leuten,
darunter den Männern, die für die Gründung der Stadt eine
bedeutende Rolle gespielt haben. Aber wenn man es ganz genau
nimmt, war es eigentlich ein Rentier, dem wir Røros verdanken.«

»Ein Renntier?«, fragte Paul und runzelte die Stirn. »Rennen die besonders schnell?«

»Ren, mit langem e, nicht Renn«, antwortete Olaf. »Obwohl das auch nicht verkehrt wäre. Schließlich können Rene tatsächlich sehr schnell laufen. Aber das Wort stammt von dem altnordischen *hreinn*. Das bedeutet Geweih tragendes oder gehörntes Tier. Rene sind nämlich eine Hirschart, die hier oben im Norden lebt.«

Paul nickte und fragte: »Und was hat dieses Reeentier gemacht?«

»Also, die Geschichte geht so: Vor langer, langer Zeit wohnten hier nur ein paar Bauern, die Rinder, Ziegen und Schafe züchteten und nebenbei Fische fingen und auf die Jagd gingen. In einem Gehöft lebte Hans Olsen Aasen mit seiner Familie. Eines Tages hatte er Lust auf einen saftigen Braten und ging in den Wald, um sich ein Rentier zu schießen.«

»In den Wald?«, unterbrach Paul seinen Vater und verzog zweifelnd das Gesicht. »Ich seh gar keine Bäume.«

Olaf lachte auf. »Stimmt, heute ist alles kahl. Aber früher wuchsen hier viele Kiefern und Birken. Sie wurden alle gefällt, weil man das Holz zum Bauen der Häuser und vor allem zum Befeuern der Öfen brauchte.«

Paul murmelte »Ach so« und drehte sich vom Fenster weg.

»Jedenfalls spürte der Bauer ein Rentier auf und erlegte es«, erzählte Olaf weiter. »Im Todeskampf strampelte es mit den Beinen und brach einen rötlich schimmernden Stein aus der Erde. Weil er so schön glänzte, steckte Hans Aasen ihn in seinen Proviantbeutel und nahm ihn mit nach Hause. Einige Wochen später bekam er Besuch von Lorentz Lossius, einem Bergmann, der ungefähr hundert Kilometer von hier entfernt in einer kleinen Kupfermine arbeitete. Ursprünglich stammte er übrigens aus Deutschland, wo es damals die besten Bergleute gab. Als unser Bauer ihm seinen Fund zeigte, erkannte Lossius sofort, dass es sich um Kupfer von hoher Qualität handelte. Er ließ sich am Storvola zu der Stelle im Wald führen, wo das Rentier den Stein aus der Erde gewühlt hatte, und stellte fest, dass sich darunter ein großes Erzvorkommen befand.«

»Das war Mitte des siebzehnten Jahrhunderts, nicht wahr?«, warf Clara ein und klopfte auf den Buchdeckel des *Baedeker's*, in dem sie sich kurz zuvor über Røros informiert hatte. »Damals wurden hier die ersten Kupferminen in die Berge gegraben.«

»Genau«, sagte Olaf. »Der dänische König Christian der Vierte, der auch über Norwegen herrschte, ordnete die Gründung eines Kupferwerkes samt Siedlung für die Bergleute an, die von nah und fern herbeiströmten, um hier zu arbeiten. Er verlieh dem Ort den Status einer Bergstadt und damit besondere Rechte, Steuervergünstigungen und andere Privilegien, die den Erzabbau fördern sollten.«

»Und wie ging es mit Hans Aasen weiter?«, fragte Paul ungeduldig. »Wurde er ein reicher Sesselbauer?«

Olaf zog die Augenbrauen hoch und sah ihn fragend an.

»Ich hatte ihm von den Bauern im Østerdal erzählt, die durch den Verkauf von Holz so reich geworden sind, dass sie kaum noch arbeiten müssen und es sich gemütlich machen können«, sagte Clara.

»Ihr meint die *sofabønder*«, sagte Olaf und schmunzelte. »Ja, das sollte man meinen. Tatsächlich wurde unser Bauer aber böse übers Ohr gehauen. Lossius behauptete nämlich, er hätte das Kupfer als Erster entdeckt, und war nicht bereit, Hans Aasen eine Belohnung zu zahlen, geschweige denn, ihn am Gewinn zu beteiligen.«

»Wie gemein!«, rief Paul.

»Ja, das war gemein«, bestätigte Olaf. »Aber genutzt hat es Lossius nichts. Er wurde zwar der erste Direktor des Kupferwerkes, aber schon wenige Jahre später verlor er seinen Posten wieder. Ein anderer Mann, dem der König viel Geld schuldete, hatte sich nämlich das Recht gesichert, das Kupfer zu verkaufen, und drängte Lossius aus seinem Amt.«

»Und hat der neue Direktor dem Bauern etwas abgegeben?«, erkundigte sich Paul.

»Nein, hat er nicht. Aber wenigstens hat Hans Aasen später das Grundstück, auf dem sein Hof stand, geschenkt bekommen. Und das Recht, es an seine Kinder zu vererben.«

Paul verzog den Mund. Er knabberte sichtlich daran, dass dem Bauern so übel mitgespielt worden war.

»Den Aasengård, also den Aasenhof, gibt es übrigens heute noch«, sagte Olaf. »Er ist das älteste Gebäude von Røros.«

Wie aufs Stichwort ertönte die Dampfpfeife, mit der der Lokomotivführer ihre Ankunft im Bahnhof der Bergstadt ankündigte. Wenige Minuten später standen sie vor dem Stationsgebäude, das zu Füßen des Ortes lag. Clara hatte erwartet, dass sie eine der beiden parallel verlaufenden Hauptstraßen nehmen würden, die gegenüber vom Bahnhof hinauf zur Schmelzhütte und zur Kirche führten. Olaf lief jedoch rechter Hand auf einen kleinen Fluss zu, dessen tiefes Bett Røros durchschnitt. Nachdem sie ihn überquert hatten, folgten sie seinem Lauf etwa hundert Meter, bevor sie in eine schmale Straße abbogen, die von einstöckigen Häusern gesäumt war. Die meisten bestanden aus rohen Holzbalken, die so dunkel waren, als wären sie angekokelt. Der Eindruck wurde durch einen brenzlig-metallischen Geruch verstärkt, der in der Luft lag.

Paul sah sich neugierig um und fragte: »Warum sind die Häuser so schwarz?«

»Das liegt vor allem am schwefelhaltigen Rauch, der aus der Schmelzhütte kommt«, antwortete Olaf. »Er hat die Holzbalken im Lauf der Jahrzehnte durchdrungen und regelrecht imprägniert. Sieht ziemlich düster aus, nicht wahr? Hat aber den Vorteil, dass das Holz schwerer anzuzünden ist. Wenn also ein Feuer ausbricht, breitet es sich nicht so leicht aus.«

Er blieb vor einem stattlichen, zweigeschossigen Haus stehen, dessen Fassade mit ockergelb gestrichenen Paneelen verkleidet war. Die Fensterrahmen, die Eingangstür und ein großes Tor, das an einer Seite in den Innenhof führte, waren rotbraun angemalt, das Dach war mit Schindeln gedeckt.

»So, da wären wir«, sagte Olaf und stellte die beiden Koffer ab. Er straffte sich, stieg die drei Stufen zur Tür hinauf und betätigte den bronzenen Klopfer, der in ihrer Mitte befestigt war. Clara fasste nach Pauls Hand und starrte mit angehaltenem Atem auf die Tür. Nach wenigen Augenblicken wurde sie geöffnet. Eine ungefähr fünfzig Jahre alte Frau erschien.

Sie ist schön, schoss es Clara durch den Kopf. So könnte Schneewittchen in späteren Jahren ausgesehen haben: ebenmäßige Gesichtszüge mit nahezu faltenloser Haut, die schwarzen Haare von ein paar weißen Fäden durchzogen, volle, kirschrote Lippen und große dunkle Augen unter fein gewölbten Brauen.

Die Frau zuckte zusammen. Sie hob eine Hand vor den Mund und machte mit der anderen eine abwehrende Bewegung.

Olaf wurde bleich und schwankte. »*Mor?*«, flüsterte er.

Die Frau sah an ihm vorbei zu Clara und Paul und rief: »*Nå er alt forbi! Nå er alt håp ute!*«

10

Trondheim, Juni 1895 – Sofie

An diesem lauen Samstagabend zog es viele Trondheimer und Touristen hinaus nach Ila. Sofie hatte den Eindruck, dass die halbe Stadt das gleiche Ziel hatte wie sie und Silje. Auf der Straße entlang des Parks, an dessen Ende der *Hjorten* lag, mussten sie sich einer langen Reihe dahinzuckelnder Fahrzeuge aller Art anschließen. Ab und zu wurden sie von Reitern überholt, die an der Kutschenkarawane vorbeitrabten. Es lag eine fröhliche Stimmung in der Luft. Die geschäftige Hektik der Stadt war einer gelassenen Gemächlichkeit gewichen. Grußworte wurden getauscht und Hüte geschwenkt, Fußgänger auf den Gehwegen winkten Bekannten zu, aus dem Park hörte man Gelächter, freudiges Kindergeschrei und Hundegebell, und irgendwo pfiff jemand eine beschwingte Melodie.

Sofie lächelte unwillkürlich. Vorfreude auf den Abend keimte in ihr auf. Gleichzeitig rührte sich ihr Gewissen, weil sie sich so kurz nach dem Tod ihrer geliebten Mutter amüsieren wollte. Sie biss sich auf die Lippe. Bevor sie darüber nachdenken konnte, ob das pietätlos war, zügelte ihr Kutscher die Pferde und forderte sie auf, auszusteigen. Sie hatten vor einem weiß gestrichenen Holzhaus angehalten. Silje hakte sich bei Sofie unter und lief mit ihr zu einem Tor, durch das man neben dem Wirtshaus in den Garten des Anwesens gelangte.

Bereits in den 1870-er Jahren hatte sich das ehemalige Restaurant mit Kegelbahn unter Hans Lemvig Christiansen, der ihm den Namen *Hjorten* – Hirschen – gab, zu einem beliebten Vergnügungslokal mit Freiluftbühne gemausert. Nach seinem Tod hatte seine Witwe vergeblich versucht, an seinen Erfolg anzuknüpfen und den Betrieb aufrechtzuerhalten. Die Artisten blieben aus – und mit ihnen das Publikum. 1888 war die Kasse endgültig leer, und das heruntergewirtschaftete Lokal wurde auf einer Zwangsversteigerung verkauft. Den Zuschlag bekam Rudolf Gehe, ein deutscher Einwanderer, der zuvor im vornehmen *Britannia Hotel* als Portier gearbeitet hatte. Nach umfassenden Renovierungsarbeiten öffnete der *Hjorten* wieder seine Pforten und erlebte eine neue Blütezeit. Dank seiner guten Kontakte zur Hamburger und Berliner Kleinkunst-Szene und führenden Opernhäusern gelang es Rudolf Gehe regelmäßig, namhafte Sänger, Akrobaten, Schauspieler, Tanzgruppen und andere Varietékünstler von internationalem Renommee zu verpflichten und im Sommer zu Gastauftritten nach Trondheim zu holen.

Silje blieb am Rand des mit Kies bestreuten Platzes stehen und ließ ihre Augen über die vielen Tische und Stühle wandern, die in mehreren Reihen vor der überdachten Bühne aufgestellt waren. Diese befand sich an einem Ende des lang gezogenen Areals. Gegenüber dem Restaurant und einiger niedriger Anbauten an einer der Längsseiten waren Bäume und Büsche angepflanzt, in denen bunte Lampions hingen. In der Mitte des Gartens stieg eine hohe Wasserfontäne aus einem runden Becken in den Himmel. Ihr Plätschern mischte sich mit den Tönen eines flotten Marsches, den ein zehnköpfiges Orchester im hinteren Bereich der Bühne spielte.

»Welch reizende Überraschung! Fräulein Svartstein!«

Ein Herr von etwa dreißig Jahren war zu ihnen getreten und zog den Hut vor Silje.

»Ah, Herr Lund«, antwortete diese und hielt ihm ihre behandschuhte Rechte hin.

Das ist er also, dachte Sofie und musterte den Sohn des Bankdirektors, der mit seinem akkurat gezogenen Seitenscheitel und dem gestutzten Backenbart, den manikürten Fingernägeln und dem wie angegossen sitzenden Gehrock ein makelloses Erscheinungsbild bot.

»Ich hatte gar nicht mit Ihrem Erscheinen zu rechnen gewagt«, fuhr er fort, ergriff Siljes Hand und beugte sich zu einem angedeuteten Kuss darüber.

Silje lächelte huldvoll und sagte: »Ich konnte es einrichten.«

Fredrik Lund bot ihr seinen Arm und deutete auf einen Tisch, der einige Meter entfernt von ihnen in der Nähe der Bühne stand. Daran saßen vier Herren, die in ihre Richtung sahen.

»Darf ich Sie zu unserer kleinen Gesellschaft führen?«

Silje nickte und hakte sich bei ihm ein. Mit der anderen Hand fasste sie Sofie am Ellenbogen und zog sie neben sich. Fredrik Lund streifte sie mit einem flüchtigen Blick.

»Das ist meine Schwester Sofie«, sagte Silje. »Sie wollte unbedingt mitkommen. Ich hoffe, es inkommodiert Sie nicht?«

Sofie runzelte die Stirn. Das war der Gipfel! Silje war unmöglich! Sie erst herzubeordern, ohne zu fragen, ob ihr das recht war, und dann so zu tun, als hätte sie sich als Begleitung aufgedrängt. Als wäre sie ein lästiges kleines Mädchen, das so lange gequengelt hatte, bis es seinen Willen bekam und mit den Erwachsenen mitgehen durfte.

Fredrik Lund drückte Siljes Arm und säuselte: »Aber ich bitte Sie! Wie könnten Sie mir Ungelegenheiten bereiten!« Er lüftete seinen Hut vor Sofie und sagte lahm: »Es ist mir eine Freude.«

Sofie zwang sich zu einem Lächeln und folgte den beiden zu dem Tisch mit den vier Herren. Sie waren alle ungefähr im gleichen Alter wie Fredrik Lund, trugen maßgeschneiderte Anzüge und blank gewienerte Lederschuhe. Als Silje und Sofie näher kamen, sprangen sie auf und zogen ihre Homburger, dunkle Filzhüte mit hochgebogenen Krempen.

Gefangen in ihrem Ärger über Siljes dreiste Lüge und die Gleichgültigkeit, mit der der junge Bankier sie begrüßt hatte, konnte sich Sofie zunächst schwer darauf konzentrieren, als dieser ihr seine Freunde vorstellte. Zwei waren offenbar Brüder und betrieben gemeinsam ein Handelsunternehmen. Sie hatten die gleichen heiseren Stimmen und sahen sich mit ihren spitz zulaufenden Kinnbärtchen und den länglichen Gesichtern sehr ähnlich. Sofie taufte sie für sich *brødrene geitebukk* – die Gebrüder Ziegenbock. Der dritte trug einen schwarzen Schnäuzer, dessen Enden nach oben gezwirbelt waren. Sein blasser Teint und der kunstvoll um seinen Hals drapierte Schal gaben ihn das Aussehen eines englischen Dandys oder Bohemiens. So stellte sich Sofie diese Spezies zumindest vor. Sie war fast ein wenig enttäuscht, dass er sich als Juniorchef einer Glasfabrik entpuppte. Beim letzten, einem schlanken Braunhaarigen mit lebhaften dunklen Augen und einem kleinen Oberlippenbart, geriet Fredrik Lund ins Stocken.

»Moritz von ... äh ... Plu... äh ... Pla... Ma...«

»Moritz von Blankenburg-Marwitz«, kam ihm dieser zu Hilfe.

Sofie bemerkte, wie Silje aufhorchte und sich dem Mann zuwandte, den Sofie etwas jünger als die anderen, also auf etwa Mitte zwanzig, schätzte.

»Das ist ein deutscher Name, nicht wahr?«, fragte Silje.

Fredrik Lund nickte. »Ja, da vermuten Sie richtig. Er ist auf der Durchreise und logiert im Hause meiner Eltern.«

Im selben Moment sagte der andere mit einem harten Akzent: »Entschuldigung. Ich spreche nicht Norwegisch.«

»Das muss Ihnen nicht leidtun«, rief Silje stockend auf Deutsch und schenkte ihm ein Lächeln. »So kann ich endlich wieder einmal Ihre schöne Sprache verwenden.«

Sofie hob die Augenbrauen. Wenn sie sich richtig erinnerte, hatte Silje nie eine besondere Vorliebe für Deutsch an den Tag gelegt, das in der Schule als erste Fremdsprache gelehrt wurde. Ganz im Gegenteil. Sie hatte sich über die komplizierten Ausnahmen und verschachtelten Sätze beschwert und wäre nie wie ihre Schwester auf die Idee gekommen, freiwillig ein deutsches Buch im Original zu lesen.

Fredrik Lund räusperte sich, beugte sich zu Silje hinunter, die er um einen Kopf überragte. »Ich weiß nicht, wie es Ihnen geht«, sagte er halblaut. »Aber diese deutschen Namen sind die reinsten Zungenbrecher. Vor allem die adligen sind eine Zumutung. Wer um Himmels willen soll sich denn diese Wortungetüme merken?« In seiner Stimme schwang Missbilligung.

Sofie unterdrückte ein Glucksen. Offenbar ging Fredrik Lund blind davon aus, dass Silje seine Vorbehalte gegen Adelstitel im Allgemeinen und deutsche im Besonderen teilte. Wenn der wüsste, wie falsch er damit liegt, dachte sie. Mit seiner Bemerkung hat er Silje mit ihrem Faible für Von-und-Zus nun erst recht auf diesen Moritz neugierig gemacht. Sie spürte, wie sich Heiterkeit in ihr ausbreitete. Der Abend versprach amüsant zu werden.

Nachdem man Silje und Sofie Stühle zurechtgerückt und sich alle gesetzt hatten, eilte ein Schankkellner herbei, um sich nach den Wünschen der Neuankömmlinge zu erkundigen. Sofie, die zwischen den *brødrene geitebukk* Platz genommen hatte, bestellte ein Glas Limonade. Ihre Schwester, die auf der anderen Tischseite von Fredrik Lund und dem jungen Deutschen flankiert wurde, studierte umständlich die Getränkekarte.

»Darf ich Sie vielleicht zu einem Glas Champagner einladen?«, fragte Fredrik Lund.

»Das ist ganz reizend«, antwortete Silje. »Aber ich weiß nicht so recht...« Sie schaute erneut in die Karte und wandte sich an Moritz von Blankenburg-Marwitz zu ihrer Linken. »Es gibt hier deutsches Bier vom Fass! Ob ich das einmal probiere?«

Bevor dieser antworten konnte, deutete der Glasfabrikant, der am Kopfende saß, auf sein Glas und sagte: »Wenn ich eine

Empfehlung aussprechen dürfte? Der Sherry ist ganz ordentlich.«

»Entschuldige, wenn ich widerspreche, Eilert, aber das Fräulein sollte besser unserer Wahl folgen«, entgegnete einer der Ziegenbockbrüder. »Der schwedische Punsch wird hier besonders wohlschmeckend zubereitet.«

Sein Bruder nickte und nahm wie zur Bestätigung einen kräftigen Schluck dieses kalt genossenen Getränks, das aus schwarzem Tee, Arrak und Weißwein gemischt wurde.

Silje zuckte geziert mit den Achseln und ignorierte das Hüsteln des Kellners, der auf den Fußballen auf und ab wippte und mit seinem Bleistift auf den Bestellblock tippte. Wie sie es genießt, im Mittelpunkt zu stehen und die vier gegeneinander auszuspielen, dachte Sofie. Am liebsten hätte sie ihr auf den Fuß getreten. Das Getue ihrer Schwester war ihr peinlich.

»Ich nehme auch einen Rotwein«, verkündete Silje schließlich und zeigte auf das bauchige Glas mit einer dunkelroten Flüssigkeit, das vor dem Deutschen stand.

»Ein Bordeaux darf es also sein«, sagte der Kellner, notierte die Bestellung und hastete zu einem anderen Tisch, von dem aus man ihm wiederholt ungeduldige Zeichen gegeben hatte.

Sofie bemerkte, dass Fredrik Lund den Mund verzog und Moritz von Blankenburg-Marwitz mit einem finsteren Blick bedachte. Auch die anderen Herren schienen ihren unzufriedenen Mienen nach zu urteilen Siljes Getränkewahl als Affront aufzufassen, den sie dem Deutschen zu verdanken hatten. Sofie schaute unauffällig zu ihm und zuckte zusammen. Falls er sich von Siljes Bemühungen um seine Aufmerksamkeit geschmeichelt fühlte, wusste er das gut zu verbergen. Er lehnte entspannt in seinem Stuhl und ließ seine Augen auf ihr ruhen. Nicht auf Silje. Auf ihr! Sofies Mund wurde trocken. Bildete sie sich das nur ein, oder hatte er ihr gerade zugezwinkert? Nein, das konnte nicht sein. Noch nie hatte jemand in Siljes Gegenwart mit ihr geflirtet. Sie war es gewohnt, neben ihrer Schwester kaum oder gar nicht wahrgenommen zu werden.

Rasch griff sie nach einem der Programmhefte, die auf den Tischen ausgelegt waren, und schlug es auf. Den Auftritt der *Bellona-Ritter*, eines Damentrios, das mit Degen bewaffnet eine Art Schwertertanz aufführte, hatten sie bereits verpasst, ebenso die Kunststücke eines Jongleurs. Bis zum großen Feuerwerk, das gegen elf Uhr den Höhepunkt des Abends bilden sollte, wartete aber noch eine abwechslungsreiche Revue auf sie. Sofie ertappte sich dabei, dass sie dem radebrechenden Verhör lauschte, dem ihre Schwester Moritz von Blankenburg-Marwitz unterzog.

»Was hat Sie denn nach Trondheim geführt? Sind sie geschäftlich hier?«

»Gewissermaßen«, antwortete der Deutsche. »Mein Onkel ist ein leidenschaftlicher Sammler norwegischer Landschafts- und Marinemalerei. In den letzten Sommern ist er selber regelmäßig in den Norden gereist, um die Künstler oder ihre Galeristen aufzusuchen und Bilder zu kaufen. Im hiesigen Kunstverein hat er vor einigen Jahren Direktor Lund kennengelernt, dessen Gastfreundschaft ich nun genießen darf.« Er deutete eine Verneigung in Fredrik Lunds Richtung an und fuhr fort: »Die Folgen eines schweren Reitunfalls fesseln meinen Onkel derzeit leider ans Bett. Darum hat er mich gebeten, an seiner Stelle weitere Werke zu erwerben und gegebenenfalls neue Talente zu entdecken.«

»Eigentlich hätten Sie dazu Ihr Land gar nicht verlassen müssen«, mischte sich Fredrik Lund ins Gespräch.

»Warum nicht?«, fragte Silje.

»Herr Lund spielt vermutlich darauf an, dass es viele skandinavische Maler zur Ausbildung an die Akademien nach Deutschland zieht. Manche haben ihren Wohnsitz sogar dauerhaft dorthin verlegt und …«

»Genau«, fiel Fredrik Lund dem anderen ins Wort. »Wenn Sie allein an diejenigen denken, die dem Kreis der Düsseldorfer Malerschule angehören. Wie zum Beispiel Hans Gude, Anders Askevold oder Morten Müller. Um nur ein paar wenige zu nennen. Sie alle können mit Fug und Recht für sich in Anspruch nehmen, der norwegischen Genremalerei auf internationalem Parkett zu dem ihr gebührenden Ansehen verholfen zu haben.«

»Ich wusste gar nicht, dass du auf diesem Gebiet so gut bewandert bist, Fredrik«, brummte Eilert, der Glasfabrikant, und unterdrückte ein Gähnen.

Sofie hob den Kopf und musterte den Bankier, der sie mit seiner feurigen Rede ebenfalls überrascht hatte. Diese hatte wohl vor allem seiner Tischnachbarin gegolten, denn, an Silje gewandt, beantwortete er die Frage seines Freundes.

»Mein Vater hat einige Landschaften und Städteansichten in Öl für die Bank angeschafft. Er ist – wie ich übrigens auch – der Meinung, dass eine norwegische Institution sich zu ihrer Nationalität bekennen sollte. Und wenn wir schon nicht unsere reine Flagge zeigen dürfen, sondern nur die mit dem unsäglichen Heringssalat ...«

»Ich bitte dich, Fredrik! Verschone uns wenigstens heute Abend mit deinen politischen Tiraden!«, rief Eilert.

»Wie kannst du eine so brisante Frage bloß abtun?«, zischte der eine Ziegenbock und funkelte den Glasfabrikanten an. »Findest du es denn nicht unerträglich, dass wir gezwungen sind, auf unserer Fahne diesen Mischmasch aus schwedischen und norwegischen Farben zu zeigen?«

Er war offenbar der Wortführer der Brüder. Der andere beschränkte seine Beteiligung am Gespräch darauf, ihm durch Kopfnicken beizupflichten und je nach geäußerter Meinung die Lippen zu einem Lächeln zu verziehen oder unwillig zusammenzupressen.

»Ich tue die Frage nicht ab«, widersprach Eilert. »Aber da wir diesen leidigen Flaggenstreit hier und jetzt nicht lösen werden, möchte ich dafür plädieren, ihn von der Tagesordnung zu streichen. Zumal wir doch unsere charmante weibliche Gesellschaft«, er zog den Hut vor Silje, »nicht langweilen wollen.«

Diese hatte der verbalen Rangelei ihrer Landsleute keine Beachtung geschenkt, sondern ihre Befragung des Deutschen fortgesetzt.

»Und was tun Sie, wenn Sie nicht gerade im Auftrag Ihres Onkels Kunstwerke einkaufen? Können Sie denn überhaupt so lange von Ihren Gütern fernbleiben? Ich nehme doch an, dass Sie in Ihrer Stellung viele Verpflichtungen haben?«

Sofie sah, wie es um die Lippen des jungen Adligen zuckte. Die Bemühungen ihrer Schwester, ihm auf den Zahn zu fühlen und herauszufinden, ob er eine lohnende Partie war, belustigten ihn sichtlich. Für Silje bedeutete es offenbar keinen Widerspruch, neben einem von ihrem Vater anvisierten Schwiegersohn zu sitzen und ihre Fühler gleichzeitig in andere Richtungen auszustrecken. Sie war wohl der Meinung, dass es nicht schaden konnte, mehrere Eisen im Feuer zu haben.

Bevor Moritz von Blankenburg-Marwitz ihre Neugier befriedigen konnte, verkündete ein Tusch der Musikkapelle den nächsten Programmpunkt. Aller Augen richteten sich auf die Bühne, auf der sich ein Mann in schwarzem Frack und hohem Zylinder verneigte und mit salbungsvollen Worten seiner Freude Ausdruck verlieh, dass sich nun die berühmte Sopranistin Olefine Moe die Ehre geben und das geneigte Publikum mit einigen Arien verwöhnen werde, mit denen sie sich nicht nur im skandinavischen Raum einen Namen gemacht hätte. Unter lautem Applaus betrat eine mittelgroße Frau mit unauffälligen Gesichtszügen die Bühne. Sie trug ein hochgeschlossenes Kleid mit kleinem Ausschnitt und schwarzen Spitzenärmeln und entsprach nicht im Entferntesten dem Klischee einer Operndiva, das Sofie im Kopf herumspukte.

Sobald sie jedoch den Mund öffnete und die ersten Takte einer Arie der Marie aus Gaetano Donizettis *Die Regimentstochter* anstimmte, wurde Sofie in den Bann ihrer Darbietung gezogen. Sie schloss die Augen und sah ihre Mutter vor sich, die vom Silberklang dieser Stimme geschwärmt hatte, die sie einst auf ihrer Hochzeitsreise kurz nach dem Debüt der jungen Olefine Moe in Christiania gehört hatte. Ragnhild Svartstein hatte seitdem den Werdegang der Sopranistin, die wie sie 1850 geboren worden war, mit großer Anteilnahme verfolgt.

Olefine Moe hatte ihre Karriere in Stockholm fortgesetzt, war aber nach dem frühen Tod ihres Mannes, eines schwedischen Pianisten, mit ihren beiden kleinen Kindern in ihre norwegische Heimat zurückgekehrt. Dort hatte sie mit einer Freundin das erste ständige Opernhaus in Christiania gegründet, in dem sie als Intendantin, Regisseurin und Sängerin der meisten Hauptrollen fungierte. Trotz guter Kritiken und einem begeisterten Publikum blieb der wirtschaftliche Erfolg aus. Olefine Moe musste das Haus nach wenigen Jahren wieder schließen und verdiente den Lebensunterhalt für ihre Kinder und sich fortan mit Gastspielen und als Gesangslehrerin. Sofies Mutter hatte die Gleichaltrige sehr bewundert. Nicht nur wegen ihres Talents, sondern vor allem wegen ihrer Unabhängigkeit und Tatkraft, die sie bei sich selbst vermisste, wie sie ihrer Tochter einmal anvertraut hatte.

Sofies Hals wurde eng. Mittlerweile ertönte eine Arie der Mignon aus der gleichnamigen Oper des Franzosen Ambroise Thomas. Eingehüllt in die Klänge der schwermütigen Romanze *Kennst du das Land, wo die Zitronen blühn*, fühlte sich Sofie ihrer Mutter nah und vermisste sie gleichzeitig so sehr, dass es sie körperlich schmerzte. Sie schluckte, öffnete die Augen und erschrak. Moritz von Blankenburg-Marwitz hatte seinen Blick auf sie geheftet. Wie lange er sie wohl schon so unverblümt anstarrte – mit dieser Mischung aus Wohlgefallen und Begehren? Lange genug offenbar, um ihre Schwester vor den Kopf zu stoßen. Silje hatte sich von dem Deutschen abgewandt und tauschte flüsternd Bemerkungen mit Fredrik Lund, der übers ganze Gesicht strahlte.

Sofie senkte den Kopf und versuchte, sich erneut auf den Gesang zu konzentrieren. Es gelang ihr nicht. Ihr Herz hämmerte gegen ihre Rippen wie nach einem schnellen Lauf. Oder vor Angst? Der Blick des jungen Adligen brannte wie Feuer auf ihrem Scheitel, fraß sich wie glühende Lava durch ihren Körper und entflammte ein Verlangen in ihr, von dem sie nicht geahnt hatte, dass es in ihr schlummerte. War das das teuflische Gelüst, vor dem der Pfarrer seine Schäfchen so oft warnte? Die Versuchung, der man um keinen Preis nachgeben durfte, wollte man nicht auf ewig ins Verderben stürzen?

11

Røros, Juni 1895 – Clara

»Ist das meine Oma?«, flüsterte Paul und hob den Kopf zu Clara.

»Ich glaube schon«, antwortete sie.

»Sie sieht aber gar nicht krank aus«, stellte Paul fest und musterte die Frau, die nach ihrem entsetzten Aufschrei wie angewurzelt in der Tür stand und sich am Rahmen festhielt.

»Warum ist sie so erschrocken?«

»Ich weiß es nicht«, sagte Clara und rief: »Olaf? Ist das deine Mutter?«

Ihr Mann drehte sich zu ihnen um und nickte wie in Trance. Alle Farbe war aus seinem Gesicht gewichen, und feine Schweißperlen bedeckten seine Stirn und Oberlippe. Clara fürchtete, er könnte jeden Moment ohnmächtig werden.

»Was hat sie gesagt?«, fragte sie.

»Dass nun alles aus ist und jede Hoffnung dahin«, antwortete er tonlos.

»Trude? *Hvem er det?*«, rief eine tiefe Stimme aus dem Inneren des Hauses.

Einen Augenblick später tauchte ein Mann hinter Olafs Mutter auf, die er um anderthalb Köpfe überragte. Es fiel Sofie schwer, sein Alter zu bestimmen. Seinem vollen, hellbraunen Haar, dem straffen Körper und den faltenlosen Händen nach zu urteilen, schätzte sie ihn auf höchstens Mitte fünfzig. Die tiefe Furche zwischen seinen Brauen, der resignierte Ausdruck seiner Augen und die leicht gebeugte Haltung ließen ihn jedoch älter erscheinen.

»Olaf!«, rief er und hob eine Hand vor den Mund.

Er ist vollkommen überrumpelt, dachte Clara, als sie die Verwunderung auf seinem Gesicht sah. Aber wieso? Er muss doch mit dem Erscheinen seines Sohnes gerechnet haben. Und wie konnte Olafs Mutter vor ihnen stehen, die sie schwer krank auf dem Sterbebett wähnten? Was ging hier vor? Clara legte einen Arm um Paul, trat mit ihm neben Olaf, nahm dessen Hand und nickte seinen Eltern mit einem schüchternen Lächeln zu.

»*Familien din?*«, fragte der Mann.

Sofies Berührung löste Olaf aus seiner Erstarrung. Sie spürte, wie ihn ein Schauer durchlief. Er holte tief Luft und sagte mit fester Stimme: »Ja, das sind meine Frau Clara und mein Sohn Paul. Da sie kein Norwegisch verstehen, bitte ich euch, Deutsch mit ihnen zu sprechen. Wollt Ihr uns nicht hereinlassen?«, fuhr er mit einer Kopfbewegung zu ein paar Passanten, die stehengeblieben waren und tuschelnd die Szene beobachteten, fort. »Es ist wohl besser, dieses Gespräch drinnen fortzusetzen.«

Seine Eltern gaben stumm den Eingang frei. Olaf nahm die beiden Koffer und folgte ihnen mit Clara und Paul im Schlepptau in das Haus, das er zehn Jahre zuvor verlassen hatte.

Der Eindruck eines wohlhabenden Anwesens, den die schmucke Außenfassade vermittelte, wurde im Inneren Lügen gestraft. Als sich Claras Augen an das schummrige Licht im Flur gewöhnt hatten, bemerkte sie an der rissigen Tapete helle Stellen, an denen bis vor Kurzem große Bilder oder Spiegel gehangen haben mussten. Auch die Dielen waren an den Rändern dunkler – ein Anzeichen, dass sie früher von einem Teppich bedeckt gewesen waren. Die Luft war kühl und roch leicht modrig, als wäre lange nicht mehr ordentlich durchgeheizt worden, um die Feuchtigkeit aus den Wänden zu vertreiben.

Am oberen Absatz der Treppe, die ins erste Stockwerk führte, erschien ein junges Mädchen in einem schlichten Hauskleid mit Schürze. Es stellte einen Metalleimer und einen Scheuerbesen ab, beugte sich neugierig übers Geländer und machte Anstalten, herunterzukommen.

»*Nei, bli der! Dette klarer vi alene*«, rief Olafs Mutter und schüttelte den Kopf.

Offenbar hat sie dem Mädchen zu verstehen gegeben, dass seine Dienste nicht benötigt werden und wir allein zurechtkommen, dachte Clara. Es zuckte mit den Schultern und verschwand mit den Putzsachen aus Claras Blickfeld.

Trude deutete auf einen Garderobenständer und sagte zu Olaf: »*Vi er i stua ovenpå*«, und ging zur Treppe, auf der ihr Mann bereits nach oben gestiegen war.

Olaf nahm Clara den Mantel ab. Als er ihn aufhängen wollte, tauchte ein grauhaariger Mann mit fadenscheiniger Joppe und ausgebeulten Hosen aus dem hinteren Teil des Ganges auf, der sich längs durch das Haus zog. Er hatte eine kleine Leiter geschultert und trug eine Werkzeugkiste. Seine Hände waren mit Schwielen bedeckt, an seiner Rechten fehlten die oberen Glieder des kleinen Fingers und des Ringfingers. Er tippte sich grüßend an seine Mütze und wollte an ihnen vorbei zum Hinterausgang gehen, der in den Innenhof führte, als sein Blick auf Paul fiel.

Er hielt inne, blinzelte und murmelte: »*Lille-Olaf? Nei, det er ikke mulig!*«

Die Leiter glitt polternd zu Boden, der Werkzeugkasten folgte mit einem dumpfen Knall. Mit hängenden Armen stand der Mann da und starrte Paul an.

Clara sah, wie sich die Augen ihres Mannes weiteten. »Gundersen?«

Der Mann wandte sich von Paul ab und musterte Olaf. Ein Strahlen ging über sein zerfurchtes Gesicht.

»Olaf!«

»*Ja, det er meg!*«, antwortete dieser und ging mit ausgestreckter Hand auf Gundersen zu, die dieser packte und heftig schüttelte. Mit der anderen wischte er sich über die Augen, aus denen Tränen schossen. Olaf drehte sich zu Paul, winkte ihn zu sich und stellte ihn auf Deutsch vor.

Gundersen gab ihm die Hand und sagte in holprigem Deutsch: »*Hei* Paul! Ich freue mich, dich kennenzulernen. Du erinnerst mich sehr an deinen Vater, als er so alt war wie du.«

Er beugte sich zu ihm, deutete auf Clara und fragte. »Und das ist deine Mutter?«

Paul nickte scheu.

»Sie sieht sehr nett aus«, fuhr Gundersen fort und lächelte Clara zu.

»Tut das weh?«, fragte Paul leise, der die ganze Zeit gebannt auf die verstümmelten Finger schaute.

»Nein, überhaupt nicht.«

»Wie ist es passiert?«

»Früher habe ich im Sägewerk deines Großvaters gearbeitet. Einmal hab ich nicht aufgepasst, und schwupps! hat die gefräßige Säge zugebissen«, erklärte Gundersen und zwinkerte Paul zu.

Olaf beobachtete die beiden und sagte halblaut zu Clara: »Dass ich Gundersen noch einmal wiedersehe! Als er von Røros fortgegangen ist, um sich um seine kranke Mutter zu kümmern, war das der schwärzeste Tag meiner Kindheit.«

Seine Stimme klang belegt. Clara drückte seinen Arm.

»Er war mir wie ein Vater«, setzte Olaf hinzu.

»Das kann ich mir gut vorstellen«, sagte Clara. »Er macht einen sehr sympathischen Eindruck.«

Gundersen strich Paul über die Wange. »Komm mich doch bald mal besuchen. Dein Vater weiß, wo du mich finden kannst. Dann zeig ich dir, wo er früher am liebsten gespielt hat.« Er richtete sich auf und sagte zu Olaf: »Ich wohne wieder in meiner alten Kammer.«

Er hob die Leiter und die Kiste auf und ging zum Hinterausgang. Clara, Olaf und Paul hängten rasch ihre Mäntel und

Jacken an die Garderobe. Olaf öffnete eine Tür gegenüber dem Eingang.

»Wartet bitte einen Augenblick«, sagte er. »Ich möchte gern kurz klären, was hier los ...«

»Aber natürlich«, fiel Clara ihm ins Wort. »Ich denke auch, dass es besser ist, wenn ihr euch erst einmal zu dritt ausssprecht. Zumal ich ohnehin nichts verstehen würde.«

»Danke«, sagte Olaf und fügte grimmig hinzu. »Es wird nicht lange dauern.«

Während er nach oben zu seinen Eltern ging, betraten Clara und Paul ein kleines Esszimmer. Es war spärlich möbliert. Um einen Tisch standen drei unterschiedliche Stühle, deren Polsterung teilweise zerschlissen war. Ein Büfettschrank war bis auf ein paar angeschlagene Krüge und einfache Trinkgläser leer, und helle Flecken an den Wänden und zerkratzte Stellen auf dem Boden wiesen auch in diesem Raum auf das Fehlen von Bildern und weiteren Möbeln hin, die hier einst gehangen und gestanden hatten. Die Holzvertäfelung, ein mit bunten Rosen bemalter Kachelofen und das Sonnenlicht, das durch die bleigefassten Scheiben fiel, verliehen der Stube dennoch eine behagliche Atmosphäre.

Paul lief zum Fenster, das zum Innenhof hinausging.

»Sieh mal, Mama, dahinten! Das ist sicher die böse Säge, die die Finger von äh ... von ...«

»Gundersen«

»Genau, von Gundersen abgebissen hat.«

Clara trat zu ihm und schaute hinaus. Das Grundstück grenzte direkt an den Hitterelva, den bereits die ersten Arbeiter des Schmelzwerkes um 1670 umgeleitet und reguliert hatten, um mit seinem Wasser die Räder der Pochmühlen anzutreiben, mit denen die erzhaltigen Gesteinsbrocken zerkleinert wurden. Im Betrieb der Ordals wurde die Kraft des Flusses für die Sägen genutzt, die in einer geräumigen, an den Seiten offenen Halle untergebracht waren. Davor lagerten Baumstämme in verschiedenen Stadien der Bearbeitung – mit Rinde, geschält oder bereits in Bretter zerteilt. Der große Hof war ordentlich gefegt und menschenleer. Das Wasserrad und alle Maschinen standen still. Nichts deutete darauf hin, dass hier in der letzten Zeit gearbeitet worden war.

Zornige Wortfetzen rissen Clara aus ihren Betrachtungen. Es dauerte einen Moment, bis sie die Stimme ihres Mannes erkannte. Noch nie hatte sie sie so laut und ungehalten gehört. Eine hellere Stimme schrie zurück. Paul sah nach oben und drückte sich an Clara.

»Warum streiten sie sich?«

»Ich weiß es nicht, mein Liebling.«

»Freuen sie sich denn gar nicht, dass ihr Sohn gekommen ist?«

»Ich verstehe das auch nicht«, sagte Clara und streichelte Pauls Schulter.

Polternde Schritte ertönten, die Stimmen wurden lauter. Paul begann zu zittern. Clara nahm ihn an der Hand und lief hinaus in den Flur. Oben an der Treppe erschien Olaf, gefolgt von seiner Mutter, in deren Gesicht Wut und Verzweiflung miteinander rangen. Letztere überwog. Mit einer flehenden Geste streckte sie einen Arm nach Olaf aus.

»Du må hjelpe oss!«

Olaf schüttelte den Kopf, wich vor ihr zurück und rang mühsam nach Luft. Er schwankte, machte einen weiteren Schritt nach hinten und verfehlte die oberste Treppenstufe. Ein erschrockenes Gurgeln entfuhr Clara. Olaf geriet ins Straucheln, ruderte mit den Armen und griff Halt suchend um sich. Schließlich prallte er seitlich gegen das Geländer, an dem er sich mit beiden Händen festkrallte. Das alles geschah innerhalb weniger Sekunden – die sich für Clara hinzogen, als seien es Minuten. Alles schien seltsam verzögert.

Gerettet, dachte sie und atmete erleichtert aus. Krachend gab das morsche Holz nach. Olafs Mund öffnete sich zu einem Schrei. Mit panisch aufgerissenen Augen stürzte er in die Tiefe und blieb reglos auf dem Rücken liegen.

Stille. Wie eingefroren standen Trude und ihr Mann, der hinter ihr aufgetaucht war, am Ende der Treppe und schauten hinunter. Ohne es zu merken, presste Clara die Hand von Paul so fest, dass er wimmerte. Das Geräusch brachte sie zu sich. Sie ließ sich neben Olaf auf die Knie fallen, beugte sich über ihn und hielt ihr Ohr dicht über seinen Mund. Ein leiser Hauch verriet ihr, dass er atmete.

Sie hob den Kopf und rief: »Schnell! Holt Hilfe!«

Olafs Eltern verharrten wie Standbilder, ohne sich zu rühren. Angelockt durch den Lärm rannte das Dienstmädchen herbei, erfasste die Situation mit einem Blick und verließ mit den Worten *»Jeg henter Doktor Pedersen«* das Haus.

Clara traute sich nicht, Olaf zu bewegen und in eine bequemere Lage zu bringen. Sie befürchtete, seinen Zustand zu verschlimmern, falls sein Rückgrat verletzt war. Zu gut erinnerte sie sich an ihr Entsetzen, als sie als Kind einem aus dem Nest gefallenen Amseljungen das Genick gebrochen hatte. Sie hatte das hilflos unter einem Baum liegende Vögelchen aufgehoben und damit sein Schicksal besiegelt. Nächtelang hatte sie sich mit Schuldgefühlen geplagt. Schwester Gerlinde hatte sie kaum trösten können. Deren Versicherung, bei der schlimmen Verletzung des Kleinen wäre jede Hilfe zu spät gekommen, hatte Clara nicht überzeugt. Sie machte sich bittere Vorwürfe und kam lange nicht über ihren missglückten Rettungsversuch hinweg.

Erneut beugte sich Clara über Olaf, der nach wie vor bewegungslos dalag. Kaltes Grauen stieg in ihr hoch, als sie seinen Atem nicht spürte. Sie legte ihre Finger an seinen Hals und betete um ein Lebenszeichen. Ganz sacht und unregelmäßig pochte es unter ihren zitternden Fingern. Sie sandte einen stummen Dank gen Himmel.

Schneller als gehofft kehrte das Dienstmädchen mit Doktor Pedersen zurück, der in der Nähe des Ordal'schen Hauses in der Nedre-Flanderborg einen Krankenbesuch gemacht hatte. Er war ein hünenhafter Mann von etwa sechzig Jahren. Zu Claras Erleichterung sprach er gut Deutsch, da er einst in Berlin Medizin studiert hatte. Sein Erscheinen löste Olafs Eltern aus ihrer Starre und minderte Claras Panik. Mit ruhiger Stimme gab der Arzt Anweisungen. Er schickte den alten Gundersen, den er und die Magd unterwegs getroffen und mitgebracht hatten, nach einer Matratze, auf die man Olaf vorläufig betten konnte. Als er Paul bemerkte, der verstört in einer Ecke kauerte, winkte er ihn zu sich und bat ihn, für seinen Vater ein Glas frisches Wasser zu holen. Clara rechnete es ihm hoch an, dass er Pauls desolaten Zustand erkannt hatte und ihn mit seinem Auftrag ablenkte. Unauffällig gab Doktor Pedersen dem Dienstmädchen ein Zeichen, den Jungen zu begleiten und sich Zeit zu lassen, bevor er sich seinem Patienten zuwandte.

Olaf war nach wie vor ohne Bewusstsein. Der Arzt tastete ihn behutsam ab und nahm seinen Puls.

»Ist er schwer verletzt?«, fragte Clara leise.

»Soweit ich das beurteilen kann, sind weder sein Schädel noch die Wirbelsäule ernsthaft zu Schaden gekommen«, antwortete er. »Sehr viel mehr Sorgen macht mir sein Herz.«

»Sein Herz? Was ist damit?«

»Es droht stehenzubleiben«, antwortete Doktor Pedersen.

»Aber ... ich verstehe das nicht ... warum?«, stotterte Clara.

Während Doktor Pedersen seinen Arztkoffer öffnete, sah er von Clara zu Olafs Eltern, die die Treppe heruntergekommen waren und das Geschehen wortlos verfolgten.

»Er hat von Geburt an eine Herzmuskelschwäche.«

Er holte ein hölzernes Stethoskop heraus, das aus einer Röhre bestand, die sich unten zu einem Trichter weitete. Rasch knöpfte er Olafs Weste und Hemd auf und setzte das Hörrohr auf seine Brust. Claras Magen zog sich zusammen, als sie seine sorgenvolle Miene bemerkte.

»Ich wusste nicht, dass er herzkrank ist«, flüsterte sie. »Was bedeutet das? Er wird doch wieder …«

Der Blick des Arztes ließ sie verstummen. Er legte das Stethoskop beiseite, kniete sich hinter Olafs Kopf, drückte und schob mit beiden Händen das Zwerchfell nach links oben, ließ es los und wiederholte diese Massage in regelmäßigen Abständen.

Clara biss sich auf die Lippe und ließ die Hände von Doktor Pedersen nicht aus den Augen.

»Heilige Adelheid, steh uns bei!«, murmelte sie leise und bekreuzigte sich.

Sie hätte nicht sagen können, wie lange sich der Arzt abmühte. Eine Minute? Zwei? Es kam ihr vor wie eine Ewigkeit. Endlich begannen Olafs Lider zu flattern. Doktor Pedersen ließ von ihm ab. Clara schluchzte auf, nahm Olafs Hand und streichelte mit der anderen seine Wange.

»Olaf, hörst du mich?«

Er öffnete mühsam die Augen und versuchte, Clara zu fixieren.

»Es ist so dunkel. Und kalt«, murmelte er.

Clara sprang auf, riss ihren Mantel von der Garderobe und deckte Olaf damit zu.

»Clara. Versprich mir …«

»Alles, was du willst. Aber jetzt musst du dich schonen«, unterbrach sie ihn.

»Nein … keine Zeit …«

Er schloss kurz die Augen, holte tief Luft und sah sie eindringlich an. Er weiß, dass es zu Ende geht, schoss es Clara durch den Kopf. Wieder stieg nackte Angst in ihr hoch. Du darfst dich jetzt nicht gehen lassen, mahnte eine Stimme in ihr. Du musst jetzt stark sein. Krampfhaft schluckte sie die Tränen herunter.

»Bitte … sorg dafür, dass … Paul …« Olafs Stimme versagte.

Clara nahm seine Hand in ihre beiden und legte sie an ihre Brust.

»Ich schwöre dir bei meinem Leben, dass ich alles tun werde, damit er glücklich wird!«

Der zerquälte Ausdruck in Olafs Augen verschwand. Seine Hand erschlaffte, seine Lider fielen zu, sein Kopf rollte zur Seite.

»Hier ist das Wasser«, sagte ein dünnes Stimmchen in ihrem Rücken.

Clara drehte sich zu ihrem Sohn um, der ihr ein Glas hinhielt. Sie nahm es ihm ab, stellte es auf den Boden, schlang ihren Arm um ihn und zog ihn an sich.

»Schläft er?«, fragte Paul.

Wieder kämpfte Clara gegen die Tränen, gegen das schier übermächtige Verlangen, ihre Verzweiflung herauszuschreien. Wieder nahm sie sich zusammen. Diesmal für ihren Sohn.

»Ja, dein Vater ist für immer eingeschlafen.«

»Wann wacht er wieder auf?«

»Hier wird er nicht mehr wach«, antwortete Clara und unterdrückte ein Schluchzen. »Seine Seele ist jetzt beim lieben Gott. Wir können sie nicht sehen. Aber er kann uns sehen. Und er wird immer auf dich aufpassen.«

»Ist er jetzt mein Schutzengel?«

»Ja, mein Liebling«, flüsterte Clara mit erstickter Stimme und schloss ihren Sohn fest in die Arme.

12

Trondheim, Juni 1895 – Sofie

Als Sofie und Silje gegen Mitternacht vom Tivoli zurückkehrten, fanden sie das Hustad'sche Haus in der Erling Skakkes Gata hell erleuchtet vor. Sie hatten damit gerechnet, dass sich Tante Malene und die Kinder längst zur Ruhe begeben hatten und allenfalls ein Bediensteter auf den Beinen war, um sie in Empfang zu nehmen. Ihre Ankunft wurde kaum bemerkt. Nachdem ihnen das Hausmädchen die Tür geöffnet hatte, hastete es – beladen mit einem Stapel Bettwäsche – in die erste Etage, bevor Sofie und Silje es nach dem Grund für die späte Betriebsamkeit fragen konnten. Dem Gepolter, Gelächter und Geschrei nach zu urteilen, das von oben herunterschallte, waren die Kinder auf den Beinen und nicht gewillt, der Stimme ihrer Mutter Folge zu leisten, die sie ermahnte, nun endlich Ruhe zu geben und ins Bett zu gehen.

Während sich Silje abwechselnd über Tante Malenes nachgiebigen Erziehungsstil und die Ungezogenheit der Zofe empörte, die keine Anstalten gemacht hatte, ihnen ihre Mäntel abzunehmen oder nach etwaigen Wünschen zu fragen, entdeckte Sofie mehrere Koffer, die in einer Ecke der Eingangshalle standen.

»Anscheinend ist Onkel Sophus wieder zu Hause«, sagte sie.

Silje zog die Augenbrauen hoch. »Seltsam. Tante Malene hat gar nicht gesagt, dass sie ihn heute erwartet.« Sie zuckte mit den Achseln. »Vermutlich ist es ihr entfallen. Kein Wunder bei dem Chaos, das hier herrscht.«

Aus dem Rauchersalon links neben dem Speisezimmer drangen erregte Stimmen.

Sofie stutzte. »Aber das ist doch ...«

»Ullmann!«, rief Silje. »Was machen Sie denn hier?«

Sofie drehte sich um und sah den Kammerdiener ihres Vaters, der eben aus dem Küchentrakt kam. Er verbeugte sich grüßend, lief zu Silje, half ihr aus dem Mantel und sagte:

»Ich bin mit Ihrem Vater gekommen, Fräulein Svartstein.«

»Unser Vater ist hier?«, fragte Silje.

»Das wollte ich dir gerade sagen«, meinte Sofie und nickte zum Rauchersalon hin. »Ich hab seine Stimme erkannt.«

»Aber warum ... Was um alles in der Welt hat ...«, Silje unterbrach sich. »Danke, Ullmann«, fuhr sie fort, sichtlich um einen gefassten Ausdruck bemüht. »Sie können dann gehen.«

»Ich wünsche eine angenehme Nachtruhe«, antwortete er, nahm zwei der Koffer und lief zur Treppe.

Sofie unterdrückte den Impuls, ihn am Ärmel zu packen und auszufragen. Sie verstand nicht, warum Silje es unter ihrer Würde fand, sich bei Ullmann nach dem Grund für die unerwartete Reise ihres Vaters zu erkundigen. Es musste ein gewichtiger Anlass sein, der ihn aus Røros hierhergetrieben hatte.

»Bist du denn gar nicht neugierig, was Vater hier macht?«, flüsterte sie Silje zu, nachdem Ullmann verschwunden war. »Wollen wir nicht wenigstens Tante Malene suchen und fragen?«

»Wir werden es noch früh genug erfahren«, antwortete Silje. »Du musst wirklich lernen, dich zu beherrschen. Außerdem ist es höchste Zeit, ins Bett zu gehen.«

Dabei warf sie einen begehrlichen Blick auf die Tür zum Rauchersalon, der ihr zur Schau getragenes Desinteresse Lügen strafte.

Sofie grinste in sich hinein und gähnte herzhaft. »Du hast recht. Morgen ist schließlich auch noch ein Tag.«

Eine halbe Stunde später schlüpfte sie aus dem Gästezimmer, in dem sie und Silje untergebracht waren. Ihre Schwester war sofort eingeschlafen, nachdem sie die Kerze auf ihrem Nachttisch gelöscht hatte. Es war Sofie ein Rätsel, wie ihr das nach einem so ereignisreichen Abend möglich war. Schon auf dem Rückweg vom Tivoli war ihr klar gewesen, dass sie selbst viel zu aufgekratzt zum Schlafen war und sich stundenlang in ihrem Bett herumwälzen würde – aufgewühlt von den Blicken des deutschen Adligen, der sie den ganzen Abend über nicht aus den Augen gelassen hatte. Diese ungewohnte Aufmerksamkeit hatte sie in einen Zustand der Euphorie versetzt, gepaart mit einer diffusen Furcht, deren Grund sie nicht benennen konnte – was die Sache keineswegs besser machte. Das unverhoffte Auftauchen ihres Vaters war nun ein weiterer Anlass für endlose Spekulationen. In diesem Fall hatte sie jedoch die Möglichkeit, den Grund herauszufinden. Dass ihr kleiner Spionageausflug ihr womöglich einen Informationsvorsprung gegenüber Silje verschaffte, war ein weiterer Anreiz. Sofie war es leid, von ihrer großen Schwester ständig als unwissende Träumerin belächelt zu werden.

Auf dem Flur war Ruhe eingekehrt. Ihre Cousinen und Cousins lagen wohl brav in ihren Betten – zumindest war aus ihren Zimmern nichts zu hören. Nur unter der Tür zum elterlichen Gemach schimmerte Licht. Sofie zögerte, ob sie anklopfen und ihre Tante nach dem Grund für das überraschende Auftauchen ihres Vaters fragen sollte. Nein, sie wollte Malene nach ihrem anstrengenden Tag nicht stören. Sie würde es auch so herausfinden.

Sie band sich den Morgenmantel zu, den sie über ihr bodenlanges Nachthemd gezogen hatte, und lief in ihren Filzpantoffeln lautlos zur Treppe. Am unteren Absatz verharrte sie, vergewisserte sich, dass die Luft rein war, und huschte quer durch die Eingangshalle zum Speisesaal. Nachdem sie ihn betreten hatte, blieb sie einen Moment stehen, um ihre Augen an das diffuse Dämmerlicht zu gewöhnen. Zweiflügelige Schiebetüren an den Kopfenden des länglichen Raumes führten zu den angrenzenden Zimmern. Die polierte Oberfläche des ovalen Tisches, an dem gut zwanzig Personen Platz fanden, glänzte im Schein des Mondes, der durch die hohen Fenster schien. Sein Licht ließ auch die Glasornamente des von der Decke hängenden Kronleuchters schimmern, den Tante Malene einst von ihrer Hochzeitsreise aus Italien mitgebracht hatte.

Sofie schlich zur Tür zum Rauchersalon, schob sie behutsam einen Spaltbreit auf und spähte hinein. In vier mit Leder bezogenen Ohrensesseln, die im Halbkreis vor einem offenen Kamin standen, saßen ihr Vater, Onkel Sophus, Großvater Roald und ein ungefähr vierzigjähriger Mann mit sorgfältig gekämmtem Backenbart, den Sofie nicht kannte. Die vier waren in bläuliche Schwaden gehüllt, die den Zigarren der drei jüngeren Herren und der Pfeife ihres Großvaters entstiegen. Dazu tranken sie Cognac, der in einer bauchigen Karaffe auf einem Rolltisch bereitstand. Der ernste Ausdruck ihrer Gesichter und die Spannung, die in der Luft lag, jagten Sofie einen Schauer über den Rücken.

»Es wäre leichtsinnig, das Säbelrasseln der Schweden als bloße Drohgebärde abzutun«, sagte Ivar Svartstein gerade an seinen Schwager gewandt.

»Und deshalb sollen wir nachgeben? Wieder einmal?« Onkel Sophus, der nervös mit seinen schlanken Fingern auf der Armlehne seines Sessels herumtrommelte, schnaubte unwillig.

»Das habe ich nicht gesagt«, antwortete Ivar. »Ich halte es allerdings für gefährlich, wenn unsere Regierung um jeden Preis auf ihrer Forderung beharrt.«

Der Backenbart sog heftig an seinem Stumpen und stieß hervor: »Es ist aber doch längst nicht mehr einzusehen, warum uns das Recht auf eigene Konsulate verwehrt wird, obwohl wir über die Hälfte der Kosten für das Außenministerium bestreiten.«

»Meine Rede!«, rief Sophus. »Zumal man sich dort wenig um die norwegischen Interessen schert.«

»Das stört mich auch«, sagte Ivar. »Aber man muss das ganz nüchtern betrachten. Wir sind schlichtweg nicht in der Lage, Schweden militärisch die Stirn zu bieten. Zumindest zum gegenwärtigen Zeitpunkt nicht.«

Großvater Roald räusperte sich. »Willst du damit andeuten, dass du eine Aufrüstung gegen unseren Unionspartner für eine Option hältst?« In seiner Stimme schwang Missbilligung.

»Ich bin ganz allgemein der Überzeugung, dass eine starke Wirtschaftsmacht wie die unsrige über angemessene Mittel verfügen sollte, sich zu verteidigen«, antwortete Ivar mit einem verbindlichen Lächeln.

»Und vergiss nicht, Vater, dass allein unsere Handelsflotte mehr als dreimal so groß ist wie die schwedische«, warf Sophus ein.

»Das mag ja sein«, antwortete Roald. »Aber das ist noch lange kein Grund, dem König die Gefolgschaft zu kündigen und sich gegen ihn zu erheben.«

»Blinde Treue auf Gedeih und Verderb? Ohne mich! Die könnte er vielleicht einfordern, wenn er *alle* seine Untertanen gleich behandeln würde«, brummte Sophus und nahm einen tiefen Schluck aus seinem Glas.

»Genau!«, sagte der Backenbart und prostete ihm zu. »Und er macht die Sache nicht besser, ausgerechnet jetzt einen Kriegstreiber wie Ludvig Douglas zum Außenminister zu ernennen.«

Sofie schwirrte der Kopf. Wer war dieser Douglas? Und warum weigerte sich der König, den Norwegern eigene Konsulate zuzugestehen? Beschämt gestand sie sich ein, dass sie wenig über die Union mit dem Nachbarland wusste. Und warum Norwegen kein souveräner Staat war.

»In diesem Punkt stimme ich mit euch überein«, sagte Roald und rieb sich die Stirn. »Douglas zu berufen war kein guter Schachzug.«

»Der Mann macht nun wirklich keinen Hehl daraus, dass er nichts von den Norwegern hält und hart durchgreifen wird, wenn wir nicht spuren«, knurrte der Backenbart.

Roald seufzte. »Ich begreife nicht, warum der König Lewenhaupts Rücktrittsgesuch stattgegeben hat. Der war ja durchaus gewillt, uns entgegenzukommen und mehr Eigenbestim…«

»Ich bitte dich, Vater. Mach dir doch nichts vor! Genau aus diesem Grunde musste er doch seinen Hut nehmen«, fiel Sophus ihm ins Wort. »Oscar der Zweite mag ein gebildeter und ganz reizender Mensch sein. Durchsetzungskraft ist seine Stärke aber nicht. Er würde es nie wagen, sich den Scharfmachern in seiner Regierung entgegenzustellen. Und wenn die in Norwegen einmarschieren wollen, wird er ihnen sicher keinen Einhalt gebieten.«

Sofie schluckte. Hatte sie das richtig verstanden? Rechnete man hier mit einer kriegerischen Auseinandersetzung mit Schweden? Der Disput, der früher am Abend zwischen Fredrik Lund und seinen Freunden entflammt war, fiel ihr wieder ein. Hing die Frage, ob Norwegen die »reine« Flagge verwenden durfte oder nicht, damit zusammen? Für Sofie hatte es sich nach einer rein symbolischen Angelegenheit angehört. In Verbindung mit der Forderung nach eigenen Auslandsvertretungen barg sie jedoch eine ungeahnte Sprengkraft. Das roch nach Rebellion und letztlich nach Unabhängigkeitsgelüsten. Da war es nicht weiter erstaunlich, dass die Schweden solche Tendenzen im Keim und notfalls gewaltsam ersticken wollten.

Sofie schloss kurz die Augen. Wenn ihr Vater, der so ungern reiste, spontan hierhergefahren war, um die Lage zu erörtern, musste diese sehr bedrohlich sein. Von Røros waren es nur wenige Kilometer bis zur Grenze. Vage Erinnerungen an den

Heimatkundeunterricht blitzten in ihr auf. Die Bergstadt war in früheren Feldzügen der Schweden mehrmals ausgeplündert und niedergebrannt worden. Für Sofie und ihre Mitschüler waren das Anekdoten aus fernen Zeiten gewesen. Nichts, was sie selbst einmal betreffen konnte.

»Ich hoffe natürlich nicht, dass es so weit kommen wird«, sagte ihr Vater, als hätte er ihre Gedanken gehört. »Der König mag zwar ein paar angriffslustige Hitzköpfe als Berater um sich haben. Letztendlich hört er bei wichtigen Angelegenheiten aber auf seine Frau. Eigentlich halte ich ja nichts davon, dass er es ihr gestattet, zu allem ihre Meinung zu äußern. Aber in diesem Fall täte er gut daran, ihrem Rat zu folgen. Denn die Königin ist ausdrücklich gegen eine militärische Lösung des Konflikts.«

»Du erstaunst mich immer wieder, Ivar«, sagte Sophus und betrachtete seinen Schwager mit hochgezogenen Augenbrauen. »Aus deinem Munde hätte ich nun kein Lob dieser weiblichen Einmischung in die hohe Politik erwartet. Du findest ja schon den Gedanken obszön, das Frauenwahlrecht einzuführen.«

Ivar zuckte die Achseln und schenkte sich Cognac nach. »Mein lieber Sophus, das Eine hat doch mit dem Anderen nicht das Geringste zu tun. Frauen haben selbstredend nichts in der Politik verloren. Wo kämen wir denn da hin! Aber abgesehen davon bin ich durchaus willens, auch einer Frau gesunden Menschenverstand zuzugestehen. Und nichts anderes benötigt man, um Vorbehalte gegen kriegerische Auseinandersetzungen zu haben.«

Sofie biss sich auf die Unterlippe. Es verletzte sie, ihren Vater so herablassend über Frauen reden zu hören. Warum ging er blind davon aus, dass nur Männer imstande waren, politische Entscheidungen zu treffen? Wärest du denn dazu in der Lage?, flüsterte ein Stimmchen in ihr. Wenn du ehrlich bist, haben dich politische Themen nie sonderlich interessiert. Du könntest doch nicht einmal sagen, um was genau es bei diesem Gespräch hier geht. Seit wann dieser Konsulats-Konflikt schwelt, wer wie darüber denkt und wie deine eigene Meinung dazu aussieht. Dabei wäre es ein Leichtes, sich auf dem Laufenden zu halten. Du müsstest nur regelmäßig die Zeitung lesen. Warum bin ich noch nie auf die Idee gekommen?, fragte sich Sofie verblüfft und gab sich im gleichen Moment selbst die Antwort: Weil alle Frauen in meinem Umfeld – allen voran *mamma* – das als unschicklich betrachtet hätten.

»... den Russen Tür und Tor«, drang Großvater Roalds Stimme in ihre Gedanken.

»Mit Verlaub, das Gerede von russischen Invasionsplänen ist doch eine haltlose Spekulation«, rief der Backenbart. »Damit werden Ängste geschürt und diejenigen mundtot gemacht, die Norwegens Unabhängigkeit ...«

»Na, na, na«, unterbrach Ivar Svartstein den Mann, der rot angelaufen war und erregt mit den Händen fuchtelte. »So abwegig ist das nicht. Schließlich schielt der Zar schon lange auf einen eisfreien Hafen. Tromsø oder eine andere unserer nördlichen Seestädte wären aus russischer Sicht sehr verlockend.«

»Zugegeben«, sagte Sophus. »Aber wie wahrscheinlich ist ein solches Szenario? Der Zar würde damit ja nicht nur Norwegen brüskieren, sondern unter anderem auch England, das um seine Vormachtstellung im Atlantik bangen müsste und als Gegenzug sehr wahrscheinlich Bergen an der Westküste besetzen würde.«

Ivar machte eine abwehrende Handbewegung. »Ich kenne die Gerüchte. Sie werden vor allem von deutscher Seite geschürt. Kaiser Wilhelm soll ja mit dem Gedanken spielen, im Falle von russischen und englischen Interventionen selber aktiv zu werden und sich ein Stück des Kuchens an unserer Südküste zu sichern.«

»Aber nur als äußerste Maßnahme. Er bevorzugt ganz eindeutig einen Erhalt der Union. Deshalb bedrängt er König

Oscar geradezu vehement, die Separatisten in ihre Schranken zu weisen«, sagte Sophus.

Der Backenbart zog die Mundwinkel herunter. »Wundert mich nicht. Sind ihm natürlich höchst suspekt mit ihrer demokratischen Gesinnung. Und damit steht er ja weiß Gott nicht allein.«

Sofies Magen zog sich zusammen. Die Erwähnung der deutschen Interessen hatten das Bild von Moritz von Blankenburg-Marwitz heraufbeschworen. Wie er wohl zu diesen Fragen stand? Und teilte er die Meinung ihres Vaters, was die Rolle von Frauen in Politik und Gesellschaft betraf? Unwillkürlich wanderten ihre Augen zu diesem. Zwischen Ivar Svartsteins Brauen hatte sich eine steile Falte gebildet. Er warf dem Backenbart einen scharfen Blick zu und atmete tief durch.

»Sei es, wie es wolle«, sagte er betont ruhig. »Wir sollten uns jetzt darauf besinnen, dass wir in erster Linie in unserer Eigenschaft als Partizipanten des Werks hier sind. Und als ein solcher wären Sie gut beraten, mäßigend auf Ihren Abgeordneten einzuwirken. Es kann nicht in Ihrem Interesse sein, dass die Schweden einmarschieren und sich die Gruben unter den Nagel reißen.«

Dieser Appell verfehlte seine Wirkung nicht. Fasziniert beobachtete Sofie, wie der kämpferische Ausdruck auf dem Gesicht des Backenbarts einem geschäftsmäßigen wich. Mit der Erinnerung an seine Position als Partizipant, also als Miteigentümer des Kupferwerks und Besitzer einer Mine oder Teilhaber an einer der Gruben, hatte Ivar offenbar genau das richtige Argument ins Treffen geführt. Der Backenbart richtete sich auf und sagte feierlich: »Ich werde mein Bestes geben, um ihn umzustimmen.«

»Das ist löblich«, sagte Großvater Roald und zog die Stirn kraus. »Aber Jacob Lindboe in diesem Punkt zum Einlenken zu bewegen, halte ich für ein ebenso aussichtsreiches Unterfangen, wie sich einem wütenden Stier mit bloßen Händen in den Weg zu stellen, um ihn aufzuhalten.«

»Er ist zum Glück nicht der einzige Abgeordnete, der darüber zu entscheiden hat«, sagte Ivar. Er verneigte sich leicht vor seinem Schwiegervater. »Aber natürlich ist es nicht verkehrt, sich auf das Schlimmste gefasst zu machen.«

Roald straffte sich. Er sah müde aus. »Lasst uns zu Bett gehen. Morgen können wir uns dann mit den anderen Partizipanten weiter beraten.«

Sophus wandte sich an den Backenbart. »Wann kommt das Parlament zusammen?«

»Übermorgen«, antwortete dieser. »Ich fahre morgen nach Christiania.«

Ivar stand auf, nahm sein Glas und prostete den anderen zu. »Möge die Vernunft den Sieg davontragen!«

Während im Rauchersalon die Gläser klirrend aneinandergestoßen wurden, trat Sofie hastig den Rückzug an. Kaum war sie die Treppe hinaufgelaufen, hörte sie, wie die vier Herren in die Eingangshalle traten. Mit klopfendem Herzen kehrte sie in das Gästezimmer zurück und tastete sich zu ihrem Bett.

Auf die Frage, warum ihr Vater nach Trondheim gekommen war, hatte sie nun eine Antwort: Die Zuspitzung des Konflikts mit Schweden bedrohte seine Heimatstadt und die Zukunft des Kupferwerks, dessen Oberdirektorat in Trondheim saß und die Anteilseigner zu einer Krisensitzung einberufen hatte. An die Stelle dieser einen Frage, die sie ursprünglich zum Lauschen nach unten gelockt hatte, waren nun ein Dutzend anderer getreten, auf die sie keine Antwort hatte. Wie hatte sie es nur all die Jahre ertragen, so ahnungslos zu sein? Es war beschämend. Sofie kuschelte sich in ihre Decke und nahm sich fest vor, ihre Wissenslücken so rasch wie möglich zu schließen.

13

Røros, Juni 1895 – Clara

Die kleine Prozession, die zum Läuten einer Kirchenglocke vom Ordal'schen Anwesen in der Flanderborg zur Kirkegata zog, wurde vom alten Gundersen angeführt. Mit feierlicher Miene trug er einen *marskalkstav* vor sich her, einen mit schwarzem Trauerflor umwickelten Stab mit einem Kreuz an der Spitze. Ihm folgten vier Männer, die den Sarg geschultert hatten. Clara lief dicht hinter ihnen und hatte die Hand ihres Sohnes fest umschlossen, der verschüchtert neben ihr herstolperte.

Paul war das Bindeglied zur realen Welt, die es irgendwo noch geben mochte. Ohne ihn an ihrer Seite hätte Clara sich verloren in dem Albtraum, in dem sie sich seit dem tödlichen Sturz von Olaf befand. Waren seither wirklich erst drei Tage vergangen? Drei endlose Tage an einem Ort, in dem ihr jeder Stein entgegenrief: Verschwinde, wir wollen dich hier nicht haben! Du gehörst nicht hierher, du sprichst unsere Sprache nicht, teilst unseren Glauben nicht, bist keine von uns. Wie hatte sie nur hoffen können, Olafs Familie werde sie mit offenen Armen empfangen? Oder wenigstens Paul freundlich aufnehmen?

Trude und Sverre Ordal hielten einige Schritte Abstand, als wollten sie noch nach dem Tod ihres einzigen Kindes demonstrieren, dass das Band zwischen ihnen zerrissen war und sie mit seiner Witwe und seinem Sohn nichts zu schaffen hatten. Was hatten sie ihnen getan, dass sie sie so feindselig behandelten? Clara zog die Schultern hoch und heftete ihren Blick auf die beiden jungen Burschen, die den Sarg flankierten. Sie trugen die *lysskjold*, die während der Totenwache neben der Bahre gestanden hatten. Es waren aus Blech gefertigte ovale Schilde, die

Clara an Adelswappen erinnerten. Gundersen hatte zwei alte Exemplare aufgetrieben und ihnen einen frischen Anstrich verpasst. In die Mitte hatte er mit kunstvollen Schnörkeln Olafs Initialen und das Jahr seines Todes gemalt. An den Seiten waren verschiedene Ornamente angebracht: rechts ein Lilienblatt als Symbol des Lebens, links eine Sense, die den Tod verkörperte. Oben diente ein Totenschädel mit einem stilisierten Siegeskranz als Kerzenhalter.

Seit Gundersen einen alten Volksglauben erwähnt hatte, demzufolge es Unglück brachte, wenn eine der Kerzen während der Totenwache, auf dem Weg zum Gottesdienst oder später bei der Zeremonie am Grab erlosch, schielte Clara immer wieder nach den beiden Lichtern. Bei jedem Flackern der Flammen hielt sie den Atem an. Angeblich waren die Tage eines Mannes gezählt, wenn die rechte Kerze ausging, während eine Frau sterben musste, wenn es die linke traf. Wie es wohl zu dieser Zuordnung gekommen war? Und ob es Beweise dafür gab?

Clara schalt sich für ihre törichten Überlegungen. Schwester Gerlinde hätte ihr tüchtig den Kopf gewaschen, wenn sie sie dabei erwischt hätte. Abergläubischer Mumpitz, wie sie es nannte, war eines der wenigen Dinge, bei denen ihre Duldsamkeit an ihre Grenzen gestoßen war. Vermutlich hätte sie aber durchschaut, dass ihr ehemaliger Schützling gar nicht ernsthaft an einer Antwort interessiert war, sondern sich aus einem anderen Grund in diesen Tagen gehäuft mit solchen Fragen ablenkte: Sie halfen Clara, sich vor der einen Frage zu drücken, die wirklich von Belang war, der sie sich jedoch nicht gewachsen fühlte: Wie sollte es mit ihr und Paul weitergehen? Wie sollten sie nach Olafs Tod ihr Leben fristen? Und wo? Ach, Schwester Gerlinde, seufzte sie stumm. Was gäbe ich nicht darum, wenn du jetzt hier wärst. Ich bin so allein! »Aber Kind, du bist doch gar nicht ganz verlassen«, hörte sie die alte Nonne sagen.

Das stimmt, dachte Clara und schaute auf den breiten Rücken

des alten Gundersen. Er war der Einzige, der ihr und ihrem Sohn ohne Vorbehalte und hilfsbereit begegnete. Als er erfahren hatte, dass Clara Hals über Kopf abreisen und Olafs Leichnam nach Deutschland überführen lassen wollte, hatte er ihr diese Kurzschlusshandlung ausgeredet. Nicht von oben herab, sondern voller Mitgefühl und Verständnis.

Nach ihrem verzweifelten Aufschrei »Aber ich kann ihn doch hier nicht zurücklassen! Ausgerechnet hier, wohin er niemals mehr zurückkehren wollte!« hatte Gundersen ihr vor Augen geführt, dass Olaf es nicht geduldet hätte, wenn sie sich verschuldete, um die immensen Kosten dafür aufzubringen. Mit Tränen in den Augen hatte er ihr feierlich versprochen, sich um Olafs Grab zu kümmern wie um das eines eigenen Sohnes. Und er hatte ihr zu bedenken gegeben, dass sie ihren Mann später umbetten lassen konnte, wenn sie für sich und ihren Sohn eine neue Existenz aufgebaut hatte.

Clara senkte den Kopf und legte einen Arm um Paul. Ihnen folgte ein knappes Dutzend Leute, die sich am Morgen nach und nach im Haus der Ordals eingefunden hatten. Clara wusste nicht, ob es sich um Verwandte, Freunde der Familie oder ehemalige Angestellte des Sägewerks handelte. Niemand hatte es für nötig befunden, sie ihr vorzustellen oder sich selbst mit ihr bekannt zu machen. Gundersen, der sich für das unfreundliche Gebaren seiner Mitbürger schämte und diese Gelegenheit, sie an die Regeln des Anstands zu erinnern, gewiss nicht ungenutzt gelassen hätte, war unterwegs gewesen, um zum Trauergottesdienst einzuladen und die Sargträger zu holen.

Als diese unvermittelt stehen blieben, hob Clara den Kopf und sah, dass sie den Eingang zum Friedhof erreicht hatten. Vor ihnen ragte der quadratische Turm der Kirche auf, die als einziges Gebäude von Røros vollständig aus Stein erbaut war. Ganz oben über dem Ziffernblatt der Uhr erkannte Clara die gekreuzten Bergmannszeichen Schlägel und Eisen. Sie waren unter einem Kreis mit nach unten zeigendem Kreuz platziert. Clara kniff die Augen zusammen. Was hatte die stilisierte Darstellung des Spiegels der heidnischen Liebesgöttin Venus dort verloren? Wieder erschien es ihr ungeheuer wichtig, diese Frage zu klären.

Sie schloss kurz die Augen und hörte die Stimme ihrer Naturkundelehrerin, deren heimliches Steckenpferd die Schriften der Naturphilosophen des Mittelalters und der frühen Neuzeit gewesen war. Sie hatte ihren Schülerinnen erklärt, dass im antiken Griechenland Spiegel aus poliertem Kupfer hergestellt worden waren. Für die Alchemisten, die die Metalle verschiedenen Himmelskörpern zugeordnet hatten, stand Kupfer für den Planeten Venus. In jener Zeit war dieses Symbol für das Metall übernommen worden und hatte seinen Platz im Wappen des Kupferwerks von Røros gefunden.

Nachdem Gundersen die Tür geöffnet hatte, setzte sich der Zug wieder in Bewegung und begab sich in die Kirche. Dort hatten sich bereits etliche Gottesdienstbesucher eingefunden, deren Köpfe sich nun neugierig zum Mittelgang drehten. Clara sah sich erstaunt um. Der lichtdurchflutete Raum mit den blaumarmorierten Säulen und weiß gestrichenen Geländern, den zahlreichen goldgerahmten Porträts im Chor, den weißen Vorhängen vor den Logen und zwei kunstvoll bestickten Fahnen, die die Arbeiter der Schmelzhütte und die Angehörigen des Freiwilligen Bergkorps gestiftet hatten, verströmte eine heitere Ausstrahlung und hatte nichts von der Kahlheit und Strenge, die sie in einem evangelischen Gotteshaus erwartet hätte. So wie in der Kreuzkirche in Bonn, die ein Jahr nach Claras Geburt 1871 eingeweiht worden und innen sehr schlicht gehalten war.

In Bergstadens Ziir thronte direkt in der Mitte über dem Altarbild, das das letzte Abendmahl Jesu darstellte, eine prächtige Kanzel. Darüber war eine schmucke Barockorgel angebracht. Die Akkorde eines Präludiums, die zum Einzug der Trauergemeinde erklangen, kamen jedoch nicht von dort, sondern von einer zweiten Orgel an der linken Seitengalerie.

Clara hatte gelesen, dass das Gotteshaus von Røros nach der Kirche von Kongsberg und dem Dom von Trondheim das drittgrößte Norwegens war und eintausendsechshundert Sitzplätze hatte. Erst in diesem Moment wurde ihr klar, wie überdimensioniert die Ausmaße waren – im Verhältnis zu den rund viertausendfünfhundert Einwohnern des Städtchens. Als die Kirche Ende des achtzehnten Jahrhunderts erbaut worden war, hatte sogar die gesamte Bevölkerung im achteckigen Schiff, an dessen Seiten auf den zweistöckigen Galerien und in den Logen über dem Eingang und im Chor Platz gefunden.

Während die vier Männer den Sarg vorn beim Altar absetzten, blieb Clara stehen, machte einen tiefen Knicks und bekreuzigte sich. Aufgebrachtes Gemurmel in ihrem Rücken ließ sie zusammenzucken.

»*Hun er katolsk!*«, zischte eine Stimme, in der Befremden und Abscheu schwangen.

Der Pfarrer, der vor dem Altartisch wartete, runzelte die Stirn und presste den Mund zu einem Strich zusammen. Clara biss sich auf die Lippe und beeilte sich, mit Paul einen Platz links des Mittelgangs zu suchen, der Seite, die für die Frauen bestimmt war. Der Angriff hatte sie überrumpelt. Für Olaf hatte es nie eine Rolle gespielt, dass Clara katholisch getauft und erzogen worden war. Er respektierte ihren Glauben, den er selbst nicht hatte teilen können. Es war ihm nie ein Bedürfnis gewesen, Teil einer kirchlichen Gemeinde zu sein oder regelmäßig Gottesdienste zu besuchen.

Als Professor Dahlmann einmal die norwegische Verfassung als eine der liberalsten der Welt lobte, die allen Bürgern Grundrechte wie Meinungsfreiheit und Rechtssicherheit zusagte, hatte Olaf spöttisch das Gesicht verzogen und gesagt: »Sie hat nur einen bizarren Makel: Es gibt keine Religionsfreiheit.«

Damals hatte Clara zum ersten Mal erfahren, dass in seiner Heimat die evangelisch-lutherische Konfession Staatsreligion war und der Katholizismus als ebenso suspekt empfunden und abgelehnt wurde wie das Judentum. Auch im deutschen Kaiserreich gab es viele Protestanten, die starke Vorbehalte gegen die »Papsthörigen« hegten. Im überwiegend katholisch geprägten Rheinland war Clara jedoch nie mit solchen Anfeindungen konfrontiert worden.

Während die Gemeinde einen Choral anstimmte, stieg der Pfarrer auf die Kanzel. Als er zu sprechen begann, brach der Damm, den Clara um ihre Verzweiflung gemauert hatte. Wie ein wildes Tier, das tagelang auf diesen Moment gelauert hatte, riss sie sich los und hieb ihre scharfen Zähne in Claras Leib. Sie krümmte sich zusammen und stöhnte auf. Die unverständlichen Worte, die aus dem Mund des Geistlichen quollen, hörten sich bedrohlich an und verkündeten ihr: Du bist auf dich allein gestellt. Du bist hier nicht willkommen! Scher dich weg! Clara fühlte sich so verloren wie nie zuvor. Der Augenblick, vor dem sie sich gefürchtet hatte, war gekommen. Die Schonfrist war abgelaufen. Es war ihr nicht länger möglich, Olafs Tod zu verdrängen.

Unmittelbar nach seinem Unfall hatte sich ein Teil von ihr geweigert, diese Tatsache zu akzeptieren. Sie hatte ihr Fassungsvermögen überstiegen. Gerade hatte sie noch seine Stimme gehört, die Wärme seines Körpers gespürt und in seine Augen gesehen. Wie konnte es sein, dass er nun für immer aus ihrem Leben verschwunden sein sollte? Der starre Leichnam mit dem abweisenden Gesicht, der zunächst in einem Zimmer neben der Wohnstube aufgebahrt wurde, war nicht der Mann, mit dem sie sieben Jahre zusammen verbracht hatte. Während der Totenwache hatte sie immer wieder mit angehaltenem Atem nach dem

Klang der vertrauten Schritte gelauscht und zur Tür geschaut, wo Olaf erscheinen und sie und Paul, der erschöpft in einem Sessel eingeschlafen war, aus diesem Albtraum befreien würde. Je länger sie auf einem Schemel am Fußende des schmalen Bettes gesessen hatte, desto unwirklicher hatte sie die Situation angemutet. Eine abergläubische Anwandlung hatte sie starr verharren lassen. Als würde das Grauen erst Wirklichkeit, wenn sie sich bewegte und es zuließ, dass die Zeit weiterging und sie sich ihrer Lage stellen musste, die sich binnen Minuten von Grund auf geändert hatte. Von einer gut versorgten Ehefrau mit rosigen Zukunftsaussichten war sie zu einer nahezu mittellosen Witwe geworden, fern ihrer Heimat unter fremden Menschen. Gewiss meinten die Leute diesen Zustand, wenn sie sagten, man habe jemandem den Boden unter den Füßen weggezogen.

Am Morgen nach Olafs tödlichem Unfall hatte eine hitzige Debatte, die vor der Kammer geführt wurde, Clara aus ihrer Betäubung geholt. Steif vom stundenlangen Sitzen hatte sie sich erhoben und war auf den Flur getreten, wo ihr Erscheinen Olafs Mutter und den alten Gundersen aufgeschreckt hatte. Trude Ordal hatte sich mit einem feindseligen Blick auf sie zurückgezogen, was Gundersen ein missbilligendes Brummen entlockte. Sichtlich verlegen hatte er Clara erklärt, dass Olafs Eltern sich außerstande sahen, ihrem Sohn ein angemessenes Begräbnis auszurichten. Allein die Kosten für einen Sarg, Glockengeläut und Chorgesang überstiegen ihre finanziellen Möglichkeiten, ganz zu schweigen von den Gebühren für ein Einzelgrab, einen Grabstein, Kränze, Blumenschmuck und andere Aufwendungen, die bei einer standesgemäßen Beerdigung anfielen.

Clara hatte weder nach den Gründen für die Geldnot der Ordals gefragt noch zu ergründen versucht, warum diese ihren Sohn unter Vorspiegelung falscher Tatsachen nach Hause gelockt hatten oder, worum es in dem Streit nach seiner Ankunft gegangen war. In diesem Moment zählte nur eins: ihrem Mann mit einem würdevollen Begräbnis die letzte Ehre zu erweisen. Die Verzweiflung und den Schmerz über seinen Verlust hatte sie während der Nacht an seinem Totenlager tief in sich eingekapselt. Sie durfte dem jetzt keinen Raum geben.

»Nur nicht daran denken, nur nicht daran denken.«

Wie eine Beschwörungsformel hatte sie diesen Satz immer und immer wieder gemurmelt – wobei sie nicht hätte benennen können, an was genau sie nicht denken wollte. Wie eine Automatenpuppe, die man mittels eines Vierkantschlüssels aufzog, hatte Clara sich daran gemacht, die notwendigen Dinge zu erledigen. Alles stand und fiel mit der Beschaffung ausreichender Geldmittel. Nach der Prüfung von Olafs Barschaft, die ernüchternd ausfiel, hatte sich Clara von Gundersen den Weg zur Sparebank in der Kirkegata erklären lassen. Dort hatte sie mit einem Selbstbewusstsein, das sie bei sich nie vermutet hätte, auf der Bewilligung eines Kredits bestanden. Als Sicherheit hatte sie die Erstattungskosten ihrer Reisebilletts nach Samoa angeboten. Außerdem ihren Schmuck bis auf ihren Ehering und das Geld, das der Verkauf ihrer eingelagerten Möbel in Deutschland bringen würde, den sie umgehend in Auftrag geben wollte. Den Einwand des Bankangestellten, dass die Aussicht auf mögliche Rückzahlungen oder Verkaufserlöse alles andere als seriöse Sicherheiten und ihre Schmuckstücke zwar hübsch gearbeitet, aber relativ wertlos wären, hatte Clara mit einem Blick beantwortet, der den Mann schweigend zu einem Formular hatte greifen lassen, das sie wenige Minuten später an der Kasse vorlegte. Ausgestattet mit einem Guthaben von vierhundert Kronen hatte sie mit Gundersens Hilfe, der ihr mit Rat und Tat zur Seite stand, alles Weitere in die Wege geleitet. Große Sprünge konnte sie sich mit den umgerechnet vierhundertfünfzig Mark nicht erlauben. Nach Abzug der Kosten für die Beerdigung samt Grabstätte und einem Kreuz aus Gusseisen blieben ihr noch etwa zweihundert Kronen. Wie lange würden sie und Paul wohl damit auskommen?

Für die Dreizimmerwohnung in Bonn, die mit fließendem Wasser und einem eigenen Badezimmer sehr komfortabel ausgestattet gewesen war, hatten sie zuzüglich der Nebenkosten vierzig Mark pro Monat bezahlt, was sie sich mit Olafs Jahresgehalt von knapp dreitausend Mark ohne Weiteres hatten leisten können. Ebenso wie qualitätvolle Lebensmittel und gute Kleidung. Clara war zu Sparsamkeit erzogen worden und stellte selbst keine hohen Ansprüche an ihre Garderobe oder ihren Speiseplan. Sie hatte es aber sehr genossen, ihrem Mann seine geliebten Koteletts, Schnitzel und Sonntagsbraten servieren zu können, immer gute Butter, Bohnenkaffee und Wein im Hause zu haben und Paul ab und an mit einer Tafel Schokolade oder einem Eis zu verwöhnen. Würde sie – auf sich allein gestellt – auch künftig in der Lage sein, ihrem Sohn ein sorgenfreies Leben und eine gute Schulbildung zu ermöglichen? Clara hatte die Frage beiseitegeschoben und sich auf die unmittelbar anstehenden Erledigungen konzentriert, die ihre ganze Kraft erforderten.

Die beiden Tage bis zum Trauergottesdienst hatte sie wie hinter einem dichten Schleier erlebt. Alles, was nicht mit der Organisation der Beerdigung zu tun hatte, nahm sie kaum zur Kenntnis. Nur Paul, der ihr wie ein Schatten auf Schritt und Tritt folgte. Still und mit großen Augen, deren Blick nach innen gekehrt war. Eine Stimme in Clara hatte sie gemahnt, mit ihrem Sohn zu sprechen, ihn zu trösten und nicht durch ihr Schweigen noch mehr zu verstören. Später, später, wenn alles vorbei ist, hatte sie sich vorgenommen und mit stummer Abbitte nach seiner Hand gegriffen oder einen Arm um ihn gelegt.

Während Clara ihren Gedanken nachhing, hatte der Gottesdienst seinen Lauf genommen. Nach der Begrüßung durch den Pfarrer hatte die Gemeinde ein Lied angestimmt und sich danach zu einem Gebet erhoben, bevor ein älterer Mann Texte aus der Bibel verlas, woraufhin der Geistliche wieder das Wort ergriff und seine Predigt hielt. Clara nahm die Stimmen und Klänge wie ein fernes Rauschen wahr. Die fremde Sprache schloss sie aus der Gemeinschaft aus, ließ sie keinen Anteil an den Worten des Gedenkens, des Trostes und der Bitten haben, mit denen Olafs Abschied von der irdischen Welt begangen wurde. Die Augen auf den Rücken der Frau geheftet, die in der Reihe vor ihr saß, folgte sie deren Auf und Ab, stand auf, setzte sich wieder und bewegte stumm den Mund, wenn gesungen oder gebetet wurde. Paul tat es ihr nach. Sein verängstigter Gesichtsausdruck schnitt Clara ins Herz. Als sie sich nach einem weiteren Gebet niederließen, beugte sie sich zu ihm.

»Wir haben es bald überstanden«, flüsterte sie. »Dann verlassen wir diese schreckliche Stadt und kehren nach Deutschland zurück.«

Pauls Unterlippe begann zu zittern. Eine große Träne kullerte über seine Wange. Clara tupfte sie mit ihrem Taschentuch weg und strich ihm über den Kopf.

»Ich verspreche es dir. Morgen um diese Zeit sitzen wir schon im Zug.«

Der Satz kam ihr wie von selbst über die Lippen. Sie hatte davor keine Pläne geschmiedet, wie es nach der Beerdigung weitergehen sollte. Die Aussicht, Røros den Rücken zu kehren, erleichterte sie. Auch wenn sie keine Vorstellung davon hatte, wie sie in Zukunft für Paul und sich sorgen und ihren Lebensunterhalt verdienen sollte. Hauptsache, sie mussten nicht länger als nötig an diesem unwirtlichen Ort ausharren. Wenn sie die Zugfahrt nach Deutschland dritter Klasse antraten, blieben immer noch gut einhundertfünfzig Mark als kleines Startkapital für ihr neues Leben. Aber wo sollte dieses stattfinden? Nicht in Bonn – das stand für Clara fest. Obwohl es eine verlockende Aussicht war, ihre Freundin Ottilie in der Nähe zu wissen. Auch Professor Dahlmann und seine Frau würden ihr gewiss bereitwillig unter die Arme greifen. Doch das war zugleich eines der beiden Argumente, die gegen Bonn sprachen: Sie wollte nicht als mittellose Bittstellerin dorthin zurückkehren. Und sie stellte sich ein Leben in der Stadt, in der sie alles an die Jahre mit Olaf erinnern würde, unerträglich vor – zumindest in naher Zukunft. Aber in welche Gegend sollte sie stattdessen ziehen? Clara presste ihre gefalteten Hände zusammen. Kommt Zeit, kommt Rat, hörte sie Schwester Gerlinde sagen. Mit Gottes Hilfe wirst du die richtige Entscheidung treffen. Clara atmete tief durch und stand auf, als der Pfarrer die Gemeinde ein letztes Mal aufforderte, sich zu erheben.

Fader vår, du som er i himlene!
Helliget vorde ditt navn;
komme ditt rike;
skje din vilje, som i himmelen så og på jorden!
Gi oss i dag vårt daglige brød;
og forlat oss vår skyld, som vi òg forlater våre skyldnere;
og led oss ikke inn i fristelse,
men fri oss fra det onde.
For ditt er riket
og kraften og herligheten i evighet. Amen.

Bei der ersten Zeile des Gebets lief ein Schauer durch Clara. Kein Zweifel, das war das Vaterunser! Wie ein warmer Windhauch hüllten die vertrauten Worte sie ein und vertrieben die Fremdheitsgefühle. Sie sprach sie leise auf Deutsch mit und spürte, wie Tränen in ihr aufstiegen. Als der Organist nach dem Segen des Pfarrers das Postludium intonierte, zu dessen Klängen der Sarg hinaus auf den Friedhof getragen wurde, betete Clara stumm weiter: Bitte, lass mich nicht verzagen! Gib mir die Kraft, mein Versprechen einzulösen und für Pauls Glück zu sorgen.

Sie bekreuzigte sich und drehte sich zu ihrem Sohn, um sich mit ihm den Sargträgern anzuschließen. Ihr Herz machte einen Satz. Der Platz neben ihr war leer. Paul war verschwunden. Clara sah sich um. Sie konnte ihn weder im Mittelgang zwischen den Trauergästen entdecken, die dem Ausgang zustrebten, noch am Rand der Bankreihe oder unter den Sitzen. Es sah ihm nicht ähnlich auszubüxen. Claras Herz begann, schneller zu schlagen. Sie raffte ihren Rock und hastete nach draußen.

14

Trondheim, Juni 1895 – Sofie

Als Sofie aufwachte, wusste sie für einen Moment nicht, wo sie sich befand. Verwirrt blinzelte sie zu den blauen Musselinvorhängen, die sich vor dem geöffneten Fenster im Wind bauschten. Im ehemaligen Zimmer ihrer Mutter auf dem großelterlichen Solsikkegård hatten Fensterläden die Helligkeit der Sommernächte abgehalten. Sie gähnte und drehte sich zur anderen Seite. Als ihr Blick auf das Bett an der gegenüberliegenden Wand fiel, in dem Silje lag, kam die Erinnerung an den vergangenen Tag zurück. Wie spät es wohl sein mochte? Im Gegensatz zu ihrer Schwester, die gern lange ausschlief, war Sofie für gewöhnlich früh auf den Beinen. An diesem Morgen stand die Sonne bereits hoch am Himmel. Sie setzte sich auf, schwang die Beine über die Bettkante und tapste zur Frisierkommode, auf der eine Emailschüssel mit Wasser stand. Während sie sich das Gesicht wusch, hörte sie leises Kichern und Getuschel vor der Tür. Vorsichtig wurde die Klinke heruntergedrückt.

»Silje schläft noch«, flüsterte eine helle Stimme. »Wir müssen sie wecken.«

»Lieber nicht. Dann schimpft sie wieder mit uns«, antwortete ein anderes Kind.

»Aber wenn sie nicht aufsteht, schimpft Onkel Ivar.«

Sofie schmunzelte. Die beiden befanden sich wahrlich in einer Zwickmühle. Siljes schlechte Laune zu ertragen, wenn man sie aus dem Schlaf riss, war kein Pappenstiel. Den Unmut ihres Vaters zu erregen aber mindestens ebenso wenig.

»Was ist mit Sofie?«, wisperte das zweite Kind.

»Ich kann ihr Bett nicht sehen.«

Sofie trocknete sich rasch ab und drehte sich um. Die Tür wurde weiter geöffnet. Ein etwa achtjähriges Mädchen und ein sechsjähriger Junge steckten ihre Köpfe herein. Erschrocken fuhren sie zurück, als sie Sofie vor sich stehen sahen. Sie zwinkerte ihnen zu, deutete auf ihre Schwester.

»Ich übernehme das«, flüsterte sie.

Die beiden Kinder nickten erleichtert, erwiderten ihr verschwörerisches Lächeln und verschwanden. Sofie ging zu dem Bett und beugte sich über Silje, die nach wie vor in tiefem Schlaf lag.

»Silje, aufwachen!«

Keine Reaktion. Sofie zog die Bettdecke ein Stück weit herunter. Schlaftrunken griff ihre Schwester danach und zog sie wieder hoch.

»Silje, es tut mir leid, aber du solltest wirklich aufstehen.«

Silje vergrub ihren Kopf tiefer im Kissen. Sofie rüttelte sanft an ihrer Schulter.

»Lass mich«, knurrte Silje und schlug nach Sofies Hand.

»Vater hat nach dir geschickt.«

»Hat er nicht«, murmelte Silje. »Er ist gar nicht hi…«

Silje fuhr hoch. »Oh nein! Er ist ja gestern …« Sie sprang aus dem Bett und starrte Sofie vorwurfsvoll an. »Warum hast du mich nicht schon viel früher geweckt?«

»Ich bin auch erst gerade aufgewacht.«

Silje schnaubte und begann hektisch mit ihrer Morgentoilette. Sofie wandte sich ab, um ihre Erheiterung zu verbergen. Die Verwandlung ihrer Schwester von einem verschlafenen Morgenmuffel in ein hellwaches Energiebündel war zu komisch. Rasch schlüpfte Sofie in das schwarze Ensemble aus einem bodenlangen Glockenrock und einer schlichten, hochgeschlossenen Bluse, das sie seit dem Tod ihrer Mutter tagsüber trug, und steckte sich die Haare hoch.

Als sie wenig später die Eingangshalle durchquerten, warf

Sofie einen Blick auf die Standuhr, die in einer Ecke stand. Es war kurz nach zehn Uhr. Kein Wunder, dass ihr Vater nach ihnen hatte schicken lassen. Ihm als Frühaufsteher, der noch dazu mit wenig Nachtruhe auskam, war langes Ausschlafen suspekt. Zu Hause duldete er es nur in Ausnahmefällen. Seiner Meinung nach verschwendete man damit kostbare Zeit und wurde anfällig für verderblichen Müßiggang.

Im Speisezimmer saß er an einem Ende des langen Tisches Großvater Roald gegenüber. Zwischen ihnen standen ein Stövchen mit einer silbernen Kaffeekanne, mehrere Gläser mit selbst gemachten Konfitüren, ein Korb mit aufgeschnittenem Weizenbrot, ein Schälchen Sauerrahm, eine Platte mit verschiedenen Käse- und Wurstsorten und ein Teller mit Waffeln. Roald hatte sein Frühstück bereits beendet und lehnte entspannt in seinem Stuhl. Ivar starrte mit versteinertem Gesicht auf seinen Teller, auf dem eine appetitlich duftende Scheibe gekochten Schinkens unberührt neben einem Spiegelei lag, in dem er mit seiner Gabel herumstocherte.

Unbemerkt von den beiden Männern traten die Schwestern in den Raum. Sofie presste ihre Hände zusammen. Die düstere Miene ihres Vaters verhieß nichts Gutes. Was hatte ihm wohl derart die Laune verdorben? Am Abend zuvor hatte er in der Diskussion über die angespannte politische Lage ernst gewirkt, aber nicht verdrossen. Was war seither geschehen? Oder hatte seine Verstimmung persönliche Gründe und war nicht über Nacht aufgetreten? Sofie hatte es schon immer imponiert, wie scheinbar mühelos ihr Vater private und geschäftliche Angelegenheiten voneinander trennen konnte. Als würden sich zwei Menschen seinen Körper teilen: der Bergwerksdirektor und der Familienvater.

»Das arme Ei kann nichts dafür, dass sich deine Pläne zerschlagen haben«, sagte Roald mit mildem Vorwurf in der Stimme. »Es war doch ohnehin fraglich, ob sie überhaupt Aussicht auf Erfolg gehabt hätten. Wenn ich das richtig verstanden habe, hatte der Gute nicht die geringste Ahnung, dass er Silje ...«

Roald entdeckte seine Enkelinnen, stand auf und nickte ihnen mit einem freundlichen Lächeln zu.

»Guten Morgen, Ihr Lieben.«

»*Morfar*«, sagte Silje. »Ich wusste gar nicht, dass du auch hier bist.«

Sofie lief zu ihrem Großvater und gab ihm einen Kuss auf die Wange. »Wie schön, dich so bald wiederzusehen. Ist *mormor* auch da?«

»Nein, sie ist auf dem Solsikkegård geblieben. Ich bin auch nur kurz in der Stadt und fahre bald zurück.«

Sofie rückte sich den Stuhl neben ihm zurecht. Als Silje sich an ihre Seite setzen wollte, schüttelte Ivar den Kopf, deutete auf den Platz neben sich und hielt ihr eine Karte hin. »Hättest du die Güte, mir das zu erklären?«

Sofie sah, wie Silje sich versteifte.

»Was meinst du, Vater?«

»Die wurde vorhin für dich abgegeben. Von einem jungen Mann.«

Silje nahm die Karte und überflog sie. Ihre Wangen röteten sich. Sie hüstelte.

»Nun, äh ... sie ist von Fredrik Lund und ...«

»Ich kann lesen«, fiel Ivar ihr ins Wort. »Und ich weiß auch, wer er ist. Was ich dagegen nicht weiß: Wie kommt er dazu, dich zu einer Kutschfahrt mit seinen Freunden ins Grüne einzuladen?«

»Äh, also ... ich dachte ...« Silje unterbrach sich und fuhr mit fester Stimme fort: »Wäre das nicht in deinem Sinne? Immerhin hast du doch dafür gesorgt, dass wir uns kennenlernen.«

Sofie hielt den Atem an. Sie selbst hätte es niemals gewagt, ihrem Vater mit einem Gegenangriff in die Parade zu fahren. Ivars Brauen senkten sich tief über seine Augen.

»Wie darf ich das nun wieder verstehen?«

»Du hattest mir doch einen Brief für Fredriks Vater mitgegeben. Und als ich ihn ...«

Ivar schlug mit der Hand auf den Tisch. »Genug! Ich will gar nicht wissen, was du dir da zurechtgesponnen hast. Du wirst diesen Fredrik jedenfalls nicht mehr treffen!«

Sofie zuckte zusammen. Noch nie hatte sie ihren Vater in so scharfem Ton mit Silje sprechen hören. Sie sah, wie diese erbleichte und den Mund zu einer Entgegnung öffnete. Sofie stieß sie unter dem Tisch mit der Fußspitze an und formte lautlos die Worte: »Lass es!«

Silje senkte den Kopf und schwieg. Sofie war überrascht. Sie hatte nicht damit gerechnet, dass ihre Schwester ihre Warnung beherzigen und ihrem Vater nicht weiter die Stirn bieten würde.

»Was spricht denn gegen einen Ausflug der jungen Leute?«, fragte Großvater Roald, der den Schlagabtausch schweigend verfolgt hatte. »Es ist doch ein harmloses Vergnügen.« Er deutete auf die Karte. »Und Lund junior scheint ein respektabler Bursche mit guten Aussichten zu sein.« Silje sah auf und lächelte ihm dankbar zu.

Ivar bedachte seinen Schwiegervater mit einem finsteren Blick. »Mag sein. Ich will es trotzdem nicht.«

Er zerrte die Serviette von seinem Schoß, stand auf und verließ mit schweren Schritten das Zimmer. Silje sah ihm nach und wandte sich an ihren Großvater.

»Was ist nur in ihn gefahren? Was hat er gegen Fredrik Lund?«

Roald zuckte die Achseln. »Ich glaube nicht, dass er etwas gegen ihn persönlich hat. Er hatte aber wohl einen anderen Heiratskandidaten für dich im Auge.«

»Hatte?«, fragte Silje.

»Kurz vor seiner Abfahrt nach Trondheim hat dein Vater erfahren, dass er gestorben ist.«

158

»War er denn so alt?«, platzte Sofie heraus und ging in Gedanken den Bekannten- und Freundeskreis ihres Vaters nach alleinstehenden Herren durch, die als gute Partie für Silje in Frage kamen. Die Auswahl war weder groß noch verlockend.

»Nein, er war gerade mal dreißig. Es war wohl ein tragischer Unfall«, antwortete Roald.

»Weißt du, wer es war?«, fragte Silje.

»Ein gewisser Opdal oder so ähnlich. Mir sagte der Name nichts.«

Sofie sah Silje ratlos an. Diese runzelte die Stirn.

»Hm, Opdal? Ich wüsste nicht, wer das...« Sie kniff die Augen zusammen und fragte nach kurzem Nachdenken: »Hieß er vielleicht Ordal?«

»Gut möglich«, meinte Roald. »Doch ja, jetzt fällt es mir wieder ein. Olaf Ordal war sein Name.«

Silje zog die Augenbrauen hoch. »Das halte ich für unwahrscheinlich.«

»Wieso? Kennst du diesen Olaf etwa?«, fragte Sofie.

»Kennen ist zu viel gesagt. Aber es kann sich eigentlich nur um den Sohn von Trude und Sverre Ordal handeln. Und der hat Røros vor gut zehn Jahren verlassen.«

»Dann war er es ziemlich sicher«, sagte Roald. »Euer Vater hat nämlich erwähnt, dass er erst vor ein paar Tagen aus Deutschland angereist ist.«

Silje schüttelte den Kopf. »Ich kann trotzdem nicht glauben, dass Vater mich mit Olaf verheiraten wollte.«

»Warum nicht?«, fragte Sofie.

»Na, weil seine Familie bankrott ist«, antwortete Silje. »Sag bloß, du hast das nicht mitbekommen!«

»Doch, doch, hab ich«, entgegnete Sofie und sah sich wieder in der Löwenapotheke stehen, in der sich einige Wochen zuvor die drei Klatschbasen über Trude Ordal das Maul zerrissen hatten, die aus kleinen Verhältnissen stammte und in ihren Augen nicht in ihre gehobenen Kreise gehörte. Dabei hatte Frau Asmund, die Gattin des Direktors der Røros Sparebank erzählt, dass das Sägewerk von Sverre Ordal hoch verschuldet und das Ehepaar vom Verlust seines gesamten Hab und Guts bedroht war.

»Dann siehst du sicher ein, dass Olaf unmöglich Vaters Wunschkandidat gewesen sein kann«, sagte Silje. »Er war schließlich mittellos.«

»Vielleicht hat er ja gut verdient?«, wandte Sofie ein.

Silje schnaubte. »Ich bitte dich! Und selbst wenn – er hätte weder Grundbesitz noch das Sägewerk besessen. Eine gute Partie sieht anders aus.«

»Ich habe nicht den Eindruck, dass ein großes Vermögen das entscheidende Kriterium für deinen Vater ist«, sagte Roald. Bevor Silje weiter in ihn dringen konnte, stand er nach einem Blick auf seine Taschenuhr auf und ging zur Tür. »Ihr müsst mich nun entschuldigen. Sosehr ich eure Gesellschaft genieße, die Pflicht ruft.« Mit einem freundlichen Nicken verabschiedete er sich und verließ das Speisezimmer.

»Welche Pflicht?«, fragte Silje. »Er hat doch die Geschäfte seinem Sohn übertragen.«

»Sie müssen alle zu einer außerordentlichen Versammlung der Partizipanten«, antwortete Sofie.

Silje runzelte die Stirn. »Wie kommst du denn darauf?«

»Ich weiß es eben«, antwortete Sofie und fuhr rasch fort: »Was meinte *morfar* wohl damit, dass es für Vater keine Rolle spielt, ob sein künftiger Schwiegersohn vermögend ist oder nicht?«

»Ich weiß es nicht. Wahrscheinlich hat er da etwas falsch verstanden. Oder kannst du dir vorstellen, dass Vater ernsthaft einen Habenichts für mich auswählen würde?«, antwortete Silje. Sie verzog ärgerlich das Gesicht. »Wo bleibt denn nur der Diener? Ich möchte Eier im Glas.«

»Wir sind spät dran. Er hat jetzt vermutlich andere Aufgaben zu erledigen«, sagte Sofie und schob ihrer Schwester den Brotkorb hin. »Hier stehen doch mehr als genug leckere Sachen.«

Silje brummte etwas Unverständliches und nahm sich eine Waffel, auf die sie einen Klacks Sauerrahm und Erdbeerkonfitüre löffelte. Sofie belegte sich eine Brotscheibe mit würzigem Jarlsbergkäse und grübelte über die Anspielung ihres Großvaters nach. Im Gegensatz zu Silje war sie nicht der Ansicht, dass er ihren Vater falsch verstanden hatte. Warum aber war dessen Wahl ausgerechnet auf diesen Olaf gefallen? Sofie biss nachdenklich in ihr Käsebrot.

In der Vergangenheit hatte ihre Familie keinen Umgang mit den Ordals gepflegt. Weder geschäftlich noch gesellschaftlich. Sie hatten sich gegenseitig keine Besuche abgestattet oder zu Anlässen wie Konfirmationen, Geburtstagen oder Jubiläumsfeiern eingeladen. Auch bei Festlichkeiten in anderen Familien war Sofie den Ordals nie begegnet. Ein merkwürdiger Umstand. In einer kleinen Stadt wie Røros war die Schicht der sogenannten guten Gesellschaft sehr dünn. Man lief sich ständig über den Weg. Sofie schenkte sich Kaffee ein, in den sie einen Schuss Milch rührte. Vorsichtig nippte sie an dem heißen Getränk.

Was hatte die Ordals zu Außenseitern werden lassen? Hatte man es Sverre nicht verziehen, dass er nicht standesgemäß geheiratet hatte? Nein, das konnte nicht der entscheidende Punkt sein. Dazu gab es zu viele andere Männer, die sich des gleichen Vergehens schuldig gemacht hatten. War es ihre prekäre finanzielle Lage, die die Ordals ins Abseits katapultiert hatte? Auch das bezweifelte Sofie. Sverre und seine Frau waren schon, seit sie denken konnte, Außenseiter. Das Sägewerk war jedoch erst in den letzten zwei, drei Jahren in die roten Zahlen geraten. Warum eigentlich? Sofie starrte auf die tanzenden Lichtreflexe, die von den geschliffenen Glasornamenten des

Kronleuchters an die Wand geworfen wurden. War tatsächlich Trude Ordals schlechte Haushaltsführung schuld, wie Berntine Skanke damals in der Apotheke unterstellt hatte? Sofie musste sich eingestehen, dass sie wenig darüber wusste, welche Summen ein gehobener Hausstand verschlang. Aber konnte es wirklich sein, dass Trude Ordal derart verschwenderisch mit Geld umging, dass sie ein florierendes Unternehmen in den Ruin getrieben hatte? Von Onkel Sophus wusste Sofie, dass die Preise für Holz konstant hoch waren, denn es war nicht nur als Bau- und Brennstoff begehrt, sondern bildete auch für die Papier- und Möbelindustrie eine unentbehrliche Grundlage.

»Sofie? Bist du taub? Oder gibt es einen anderen Grund, warum du mir die Butter nicht geben willst?«

Siljes ungehaltene Stimme drang in Sofies Bewusstsein.

»Entschuldige«, murmelte sie und reichte ihrer Schwester das Gewünschte.

Diese funkelte sie an: »Du solltest wirklich ...«

Sofie verdrehte die Augen und unterbrach sie. »Ja, ich weiß, ich weiß! Eine wohlerzogene Dame ist stets aufmerksam und hilfsbereit. Es kommt nicht wieder vor.«

»Besser wäre es!«

Sofie zuckte zusammen. Der schneidende Ton und die Worte beschworen eine Erinnerung in ihr herauf. Wie hatte sie das nur vergessen können? Es war gar nicht so lange her, dass sie Trude Ordal gesehen hatte. Nicht zufällig auf der Straße oder in der Kirche. Sondern in ihrem Elternhaus. Am Tag der Beerdigung. Im Gespräch mit ihrem Vater. Die beiden hatten sich geduzt. Trude hatte mit flehender Miene etwas versichert, woraufhin er mit bedrohlichem Unterton »Besser wäre es!« geantwortet hatte. Was verband ihn mit Trude Ordal? Sofie spürte, wie sich die Härchen auf ihren Unterarmen aufstellten. Ein diffuses Bauchgefühl sagte ihr, dass sie einem Geheimnis auf der Spur war, das tief in der Vergangenheit ihres Vaters verborgen lag.

15

Røros, Juni 1895 – Clara

Clara zwängte sich im Vorraum an den Sargträgern vorbei und sah sich vor der Kirche um. Keine Spur von Paul. Nach einem Blick auf die Kirkegata, die verlassen vor ihr lag, eilte sie zum hinteren Teil des unteren Friedhofs. Auch bei der Grube, die dort für Olaf ausgehoben worden war, konnte sie ihren Sohn nicht entdecken. Sie machte kehrt und lief der Prozession entgegen, die eben um die Ecke der Kirche bog. Keuchend stürzte sie zum alten Gundersen, der neben dem Pfarrer den Zug anführte. Dieser musterte sie empört und machte eine herrische Handbewegung, mit der er sie auf ihren Platz hinter dem Sarg verwies. Clara schenkte ihm keine Beachtung. Es war ihr gleichgültig, ob sie gegen die Regeln von Sitte und Anstand verstieß. Die Sorge um Paul war größer als das Unbehagen, durch ihr ungebührliches Verhalten den Geistlichen und seine Gemeinde zu düpieren. Sie fasste Gundersen am Arm.

»Haben Sie Paul gesehen?«

Gundersen zog die Brauen hoch und schüttelte den Kopf. Nach einem Blick in ihr Gesicht trat er einen Schritt beiseite und ließ den Trauerzug an sich vorbeilaufen.

»Er ist verschwunden«, schluchzte Clara. Das Mitgefühl in Gundersens Augen ließ ihre mühsam aufrechterhaltene Beherrschung wanken. »Wo kann er nur sein?«

Gundersen drückte einem vorbeigehenden Mann den *marskalkstav* in die Hand.

»Ich suche ihn«, sagte er leise zu Clara. »Vermutlich ist er an einem der Orte, an denen sich sein Vater früher gern aufgehalten hat. Ich hab sie ihm ja alle gezeigt.«

»Ich komme mit und . . .«

Gundersen schüttelte den Kopf und schob Clara sanft zur Trauergemeinde zurück.

»Nein, geleiten Sie Ihren Mann auf seinem letzten Weg. Ich finde Paul, versprochen!«

Von der Zeremonie am Grab bekam Clara kaum etwas mit. Nervös trat sie von einem Fuß auf den anderen und reckte immer wieder den Kopf, um zu sehen, ob Gundersen mit Paul auftauchte. Sie verwünschte ihre kleine Statur und den hohen Wuchs vieler Trauergäste, die ihr die Sicht versperrten. Deren vorwurfsvolle Blicke prallten an ihr ab. Was hatte sie mit ihnen zu schaffen? Es scherte sie nicht, was sie von ihr hielten. Endlich gab der Geistliche den Trägern das Zeichen, den Sarg ins Grab hinabzusenken, und sprach:

»*Av jord er du kommet, til jord skal du bli, av jord skal du atter oppstå.*«

Clara konnte zwar die einzelnen Worte nicht verstehen, war aber sicher, dass es sich um den Bibelvers »Von Erde bist du genommen, zu Erde sollst du werden, von der Erde sollst du wieder auferstehen« handelte, als der Pfarrer eine Schaufel von dem Aushub neben der Grube auf den Sarg schippte. Während die Umstehenden einen Psalm anstimmten, bekreuzigte sich Clara, bat Olaf stumm um Vergebung, dass sie seinem Abschied nicht die gebührende Aufmerksamkeit widmen konnte, und schlüpfte zwischen den Gemeindemitgliedern hindurch. So schnell sie konnte, rannte sie zum Vorplatz der Kirche, wo ihr der alte Gundersen von der Straße her außer Atem entgegenkam. Ohne Paul. Clara hob eine Hand vor den Mund und erstickte einen Aufschrei.

»Tut mir leid, ich hab mich getäuscht. Ich war sicher, dass er am Fluss oder auf dem Speicher im Lagerhaus ist«, sagte Gundersen.

»Um Gottes willen, vielleicht ist er ins Wasser gefallen«, stieß Clara hervor.

»Nein, ich denke, er ist noch hier. Er ist doch erst ganz am Ende des Gottesdienstes weggelaufen. Keiner, den ich unterwegs getroffen habe, hat einen kleinen Jungen gesehen.«

Clara bemühte sich, die Hysterie, die in ihr hochkroch, im Keim zu ersticken.

»Ich werde in der Kirche nach ihm sehen.«

Gundersen nickte. »Ich suche auf dem Friedhof.«

Clara kehrte in das Gotteshaus zurück und blieb lauschend im Mittelgang stehen. Es war still. Von draußen drang kaum ein Laut herein, der Gesang der Trauergemeinde war nur wie ein fernes Säuseln zu hören. Clara ging weiter zum Altar und hielt abermals inne. Ein Geräusch erregte ihre Aufmerksamkeit. Es kam vom rechten Rand des Chorraums aus einer Loge, deren Vorhänge zugezogen waren. Clara lief hin, schob die Gardine ein Stück weit auf und spähte hinein. Ein Seufzer der Erleichterung entfuhr ihr. In einer Ecke kniete Paul mit dem Rücken zu ihr und sah an der Wand hoch. Er murmelte kaum hörbar etwas vor sich hin – unterbrochen von Schluchzern, die seinen ganzen Körper durchschüttelten. Clara folgte seinem Blick.

Über der Loge hing ein Gemälde, das im Lauf der Jahrhunderte vom Ruß der Kerzen nachgedunkelt war. Es zeigte einen Mann mit grau meliertem Bart und schulterlangem Haar in einem blauen Kittel. In der linken Hand hielt er ein Gewehr, in der rechten einen rötlichen Stein. Er stand im Freien vor einem Baum, im Hintergrund sprang ein Hirsch einen Berghang hinauf. Nein, kein Hirsch. Ein Rentier. Es musste das Bild vom Bauern Hans Aasen sein, der einst auf der Jagd die reichen Kupfervorkommen der Gegend entdeckt hatte. Olaf hatte Paul kurz vor ihrer Ankunft in Røros davon erzählt.

Clara streckte den Arm aus und streichelte Paul über die Schulter. Er fuhr herum und starrte sie aus geröteten Augen an. Die Angst darin versetzte Clara einen Stich.

»Paul, mein Liebling«, flüsterte sie.

Sie wagte es nicht, ihn in ihre Arme zu nehmen. Paul stand auf und lehnte sich mit dem Rücken gegen die Wand. Als würde er sich unter den Schutz von diesem Hans Aasen stellen, schoss es Clara in den Sinn.

»Paul, du musst dich nicht fürchten«, sagte sie und hielt ihm eine Hand hin. »Komm zu mir.«

Er schüttelte den Kopf und verschränkte die Arme. »Ich geh nicht weg von hier!«

Clara sah ihn ratlos an. Was war nur in ihn gefahren? »Aber warum nicht? Was willst du denn hier?«

»Ich lass Papa nicht allein. Ich will bei ihm bleiben.«

Clara biss sich auf die Zunge. Am liebsten hätte sie gerufen: Aber er ist tot! Wir müssen nicht an diesem Ort bleiben, den er selber nie wieder betreten wollte!

Sag jetzt nichts Unüberlegtes, ermahnte sie sich. Vergiss nicht, dass Paul ein Kind ist. Du selbst kannst es doch im Grunde nicht fassen, dass Olaf nicht mehr da ist. Wie soll da ein kleiner Junge begreifen, was der Tod ist?

»Darf ich reinkommen?«, fragte sie und öffnete die Tür zur Loge, die im Geländer eingelassen war. »Ich bin ein bisschen erschöpft und möchte mich kurz setzen«, erklärte sie, als Paul sie misstrauisch beäugte.

Es tat ihr weh, dass er sie als Bedrohung wahrnahm. Sie ließ sich auf der Bank nieder, wobei sie darauf achtete, ihm nicht zu nahe zu kommen. Sie lehnte sich zurück, schloss die Augen und sammelte ihre Gedanken. Ganz selbstverständlich war sie davon ausgegangen, dass Paul ihr fraglos überallhin folgen würde. Wie er es immer getan hatte. Sie war schließlich seine Mutter und wusste, was gut für ihn war. Er war doch gar nicht in der Lage, langfristige Pläne zu schmieden, vorausschauend die Konsequenzen von Entscheidungen einzuschätzen und die Folgen seiner trotzigen Weigerung abzusehen.

Kannst du das denn?, meldete sich die Stimme des Zweifels in ihr zu Wort. Wenn du ehrlich bist, hast du doch selber jeden Halt verloren – wie ein Baum, den man entwurzelt hat. Natürlich ist es einfacher, in Deutschland eine neue Existenz zu gründen. Allein schon wegen der Sprache. Aber du kannst unmöglich wissen, ob es dir gelingt, dort ein gutes Leben für Paul und dich aufzubauen.

Vor ihrem inneren Auge sah Clara sich als Dienstmädchen oder Gouvernante in einem fremden Haushalt oder von früh bis spät in einer der vielen Fabriken schuften, die überall aus dem Boden schossen. Für Paul würde da kaum Zeit bleiben. Wenn sie sehr sparsam war, konnte sie ihn vielleicht auf ein Internat schicken und ihm wenigstens eine gute Schulbildung ermöglichen. Allein die Vorstellung, monatelang von ihm getrennt zu sein, schnürte ihr die Kehle zu. Vielleicht fand sie ja auch bald einen neuen Mann, der ihnen materielle Sicherheit bieten konnte. Aber würde er Paul als Sohn annehmen und gut behandeln?

Hatte sie nicht geschworen, alles zu tun, um ihren Sohn glücklich zu machen? Offensichtlich fand er im Augenblick Trost darin, in der Nähe des Grabs seines geliebten Vaters zu sein und sich in der Umgebung aufzuhalten, in der dieser aufgewachsen war. Wenn sie ihr Versprechen ernst meinte, musste sie darauf Rücksicht nehmen. Zumindest eine Weile, bis der schlimmste Schmerz abgeklungen war. Sie konnte nicht von ihm erwarten, dass er sich danach richtete, was »vernünftig« war oder nicht. Seine Seele brauchte Zeit, um hinterherzukommen und die Ereignisse zu bewältigen, die sich in den letzten Tagen regelrecht überschlagen hatten. Wenn sie ihm die Gelegenheit gab, in Ruhe Abschied von seinem Vater zu nehmen, wäre er vielleicht in zwei, drei Wochen bereit, diesen Ort zu verlassen, und könnte verstehen, dass Olaf immer in ihren Herzen sein würde, egal, wo sie lebten. Sie öffnete die Augen und sah ihren Sohn an.

»Wenn du willst, bleiben wir noch ein paar Wochen hier. Dann können wir deinen Vater jeden Tag auf dem Friedhof besuchen.«

Pauls Gesicht entspannte sich. Er kam zu ihr und schlang seine Arme um sie.

»Danke, Mama«, flüsterte er und legte seinen Kopf an ihre Brust. Clara drückte ihn an sich und wiegte ihn sanft hin und her.

Als sie wenig später die Kirche verließen, liefen sie dem alten Gundersen in die Arme, der nach ihnen Ausschau gehalten hatte. Erleichtert zauste er Pauls Haare und kehrte mit ihnen zum Haus der Ordals in der Flanderborg zurück. Unterwegs erzählte ihm Clara von ihrem Entschluss, vorerst in Røros zu bleiben. Mit einem Kopfnicken zu Paul hin, der ihnen vorauslief, sagte sie halblaut: »Er braucht jetzt das Gefühl, seinem Vater nahe zu sein. Deshalb ist er weggelaufen. Er hatte Angst, dass ich ihn von hier wegbringe.«

»Hab mir so was schon gedacht«, sagte Gundersen. »Aber für Sie ist das bestimmt nicht leicht.«

Clara zuckte mit den Schultern. »Ich gebe zu, dass ich lieber heute als morgen abreisen würde. Aber Paul braucht Zeit, um den Schock zu verdauen. Mir war nicht bewusst, dass ihm der Gedanke, seinen Vater hier zurückzulassen, derart zusetzt.«

»Ja, Kinder gehen anders mit Trauer um«, sagte Gundersen.

Clara nickte und sagte leise: »Außerdem hat er Verwandte hier.«

Wer weiß, vielleicht besinnen sich Olafs Eltern ja und öffnen wenigstens ihrem Enkel ihre Herzen, fügte sie im Stillen hinzu. Ich würde es ihm so sehr wünschen, dass er eine Familie bekommt.

Gundersen brummte etwas Unverständliches.

Clara schluckte. »Ich bin mir bewusst, dass Olafs Eltern mich ablehnen. Auch wenn ich mir nicht erklären kann, warum. Aber vielleicht können sie doch ihren Enkel ...« Clara brach ab, als sie Gundersens skeptische Miene sah.

»Es tut mir sehr leid. Ich hoffe, dass ich mich irre. Aber allzu große Hoffnungen sollten Sie sich nicht machen«, sagte er. »Wobei es sich vielleicht ganz von allein ergibt, dass sie Paul und auch Ihnen näherkommen«, fuhr er fort. »Schließlich wohnen Sie unter einem Dach.«

Clara nickte. Die Tage seit ihrer Ankunft hatten sie und Paul in Olafs ehemaligem Kinderzimmer geschlafen. Mehrmals war sie drauf und dran gewesen, das Haus, in dem man ihr mit so unverhohlener Abneigung begegnete, zu verlassen und mit Paul ein Zimmer in einem Gasthaus oder einer Pension zu suchen. Die Sorge um ihre schmelzenden Geldmittel hatte sie davon abgehalten. Wenn sie nun länger als geplant in Røros blieben, konnte sie sich ein Hotelzimmer erst recht nicht leisten.

»Ob ich wohl die Ordals fragen kann, ob sie uns noch ein wenig länger bei sich beherbergen?«, fragte Clara.

»Ich wüsste nicht, was dagegen spricht. Es gibt schließlich mehr als genug Platz«, antwortete Gundersen. Er lächelte ihr zu. »Ich bewundere Sie. Nicht viele würden das auf sich nehmen, um ihrem Sohn zu helfen.«

Clara spürte, wie sie errötete. Das unerwartete Lob machte sie verlegen. Gleichzeitig tat es gut zu wissen, dass es hier einen Menschen gab, der sie verstand. Der nachvollziehen konnte, wie unangenehm es für sie war, ihre Schwiegereltern um etwas bitten zu müssen.

Mittlerweile hatten sie den Hitterelva überquert und waren in die Flanderborg eingebogen. Paul rannte in den Innenhof des Sägewerks. Auf der Straße vor dem Anwesen der Ordals stand ein Pferdekarren, der mit Koffern, Körben und Kisten beladen war. Sverre Ordal schleppte gerade eine hölzerne Truhe aus dem Haus, als Clara und Gundersen ankamen. Trude eilte ihrem Mann hinterher und redete in bittendem Ton auf ihn ein. Sverre schüttelte den Kopf und wuchtete die Truhe zu den anderen Sachen.

»*La meg snakke med Ivar en gang til*«, rief Trude und fasste ihn am Arm.

Sverre schüttelte ihre Hand ab. »*Nei! Vi er ingen tiggere! Jeg vil aldri be Ivar om en almisse!*«

»Was geht hier vor?«, fragte Clara an Gundersen gewandt. »Worüber streiten die beiden?«

»Offenbar will Sverre nicht, dass seine Frau Ivar Svartstein um etwas bittet«, erklärte er. »Er will nicht als Bettler dastehen, der um Almosen fleht.«

»Wer ist dieser Svartstein?«

»Der Direktor des Kupferwerks. Ein sehr einflussreicher und vermögender Mann.«

»Aber warum packen sie ihre Sachen?«

»Einen Augenblick«, sagte Gundersen und ging zu Sverre und Trude.

Beklommen beobachtete Clara, wie sich auf seinem Gesicht Bestürzung und Ratlosigkeit ausbreiteten, als er ihren Erklärungen lauschte. Nach einer Weile drehte sich Sverre mit einem entschuldigenden Ausdruck um. Er stieg auf den Wagen, reichte seiner Frau die Hand, zog sie zu sich auf den Kutschbock, ergriff die Zügel und ließ sie auf den Rücken des Pferdes schnalzen. Mit hängenden Schultern sah Gundersen dem Karren nach.

»Warum fahren sie weg?«, fragte Paul, der in diesem Moment aus dem Tor auf die Straße lief.

Clara ging zu ihm und sah Gundersen fragend an. Dieser stieß einen tiefen Seufzer aus.

»Ich wusste nicht, dass Ivar Svartstein ihr Hauptgläubiger ist. Sie hätten ihm diese Woche ihre Schulden zurückzahlen sollen. Da sie dazu nicht in der Lage sind, gehört nun alles ihm.«

»Wie furchtbar«, rief Clara. »Aber wieso ziehen sie so überstürzt aus?«

»Sverre ist überzeugt, dass Svartstein sie hinauswerfen wird, sobald er von seiner Geschäftsreise zurück ist. Dem will er zuvorkommen.«

»Hat dieser Svartstein denn kein eigenes Haus?«, fragte Paul, der ihnen mit geweiteten Augen zuhörte.

»Doch, ein sehr schönes sogar«, antwortete Gundersen.

»Aber wozu braucht er dann noch eins?« Er legte seine Stirn in Falten. »Ist er ein böser Mann?«

»Hm, eigentlich nicht«, antwortete Gundersen. »Zumindest habe ich ihn nie hartherzig erlebt. Aber vielleicht hab ich mich getäuscht.« Er sah Clara an. »Irgendwas muss da vorgefallen sein. Ich hab die beiden noch nie so erlebt.«

»Wo werden sie denn nun wohnen?«, fragte sie.

»Bei Trudes Bruder Bjørn. Oben hinter der Schmelzhütte«, sagte Gundersen.

»Mama, gehen wir da auch hin?«

Bevor Clara ihrem Sohn antworten konnte, sagte Gundersen: »Bjørn und seine Frau haben nur ein kleines Haus. Da wird es schon sehr eng, wenn jetzt deine Großeltern dazukommen. Für euch beide ist da leider kein Platz mehr.«

Paul drückte sich an Clara. »Aber was wird dann aus uns?«

»Nun, es spricht doch sicher nichts dagegen, wenn wir heute Nacht noch einmal hier schlafen«, sagte Clara und sah Gundersen fragend an.

»Das denke ich auch«, antwortete er und lächelte Paul zu. »Komm, ich hab eine Überraschung für dich.«

»Oh, was denn?«, fragte Paul und nahm seine Hand.

»Das wirst du gleich sehen.«

Er nickte Clara zu und ging mit Paul ins Haus. Clara folgte ihnen langsam. Wieder hatte sich binnen Minuten ihre Lage vollkommen geändert. Hatte sie eben noch damit gehadert, ihre Schwiegereltern um Obdach bitten zu müssen, stand sie nun im wahrsten Sinne des Wortes auf der Straße. Ihr wurde kalt. Nahmen die Hiobsbotschaften denn gar kein Ende? Sie ballte ihre Hände zu Fäusten. Nein, ich lasse mich nicht unterkriegen! Das wäre doch gelacht!

16

Trondheim, Juni 1895 – Sofie

Am Freitag, den siebten Juni 1895, rang sich das norwegische Parlament nach einer hitzig geführten Debatte dazu durch, die Verhandlungen mit Schweden wieder aufzunehmen und den Kampf um eigene Konsulate vorerst auf Eis zu legen. Ivar Svartsteins Hoffnung hatte sich bestätigt: Die Stimmen derjenigen hatten überwogen, die angesichts der überlegenen schwedischen Militärmacht zu Besonnenheit aufriefen. Die Zeitungsjungen, die die Neuigkeit am frühen Abend herausposaunten, waren von Menschentrauben umstellt, die ihnen die druckfrischen Ausgaben der Nachrichtenblätter förmlich aus den Händen rissen.

Sofie, die eine ihrer jüngeren Cousinen vom Klavierunterricht abholte, ergatterte ein Exemplar der *Trondheimer Adresseavis*, auch wenn sie es für sehr unwahrscheinlich hielt, es in absehbarer Zeit lesen zu können. Im Haus von Sophus und Malene war es schier unmöglich, ein ruhiges Plätzchen zu finden und ungestört einer stillen Beschäftigung nachzugehen. Dazu kam, dass Sofie ihrer Tante, so gut sie konnte, zur Hand ging und die Stelle der ältesten Tochter einnahm, deren Abwesenheit eine spürbare Lücke hinterlassen hatte.

Mehrfach hatte Malene durchblicken lassen, dass sie sich gar nicht ausmalen wollte, wie sie eines Tages ohne Torbjørg zurechtkommen sollte, wenn diese nicht nur für ein paar Wochen auf Verwandtenbesuch war, sondern ihr Elternhaus für immer verlassen würde, um zu heiraten und eine eigene Familie zu gründen. Sofie, die in den vergangenen beiden Tagen unablässig Hausaufgaben betreut, verhunzte Strickarbeiten ausgebessert, Tränen getrocknet, Schürfwunden verarztet, Streitigkeiten geschlichtet und Klavierübungen überwacht hatte, verkniff sich die Bemerkung, dass Torbjørg es vielleicht gar nicht erstrebenswert finden könnte, sich vom Regen in die Traufe zu begeben.

Während sie hinter dem kleinen Mädchen herlief, das vor ihr herhüpfte – froh dem strengen Regiment seiner Klavierlehrerin entronnen zu sein –, wanderten Sofies Gedanken zu Torbjørg. Als sie ihrer Cousine etwa ein Jahr zuvor auf der Hochzeit eines entfernten Onkels begegnet war, hatte diese ihr anvertraut, dass sie liebend gern studieren würde. Sofie hatte nicht den Eindruck gewonnen, dass Torbjørg möglichst schnell unter die Haube wollte. Anders als ihre Mutter sehnte sie sich nach einem eigenständigen Leben jenseits von den Aufgaben und Pflichten einer Ehefrau. Ihr Traum war es, einmal auf eigenen Beinen zu stehen und finanziell nicht von einem Mann abhängig zu sein. Sofie hatte ihre Cousine für deren Ziele bewundert und sich insgeheim eine ähnliche Klarheit für ihre eigenen Zukunftsvisionen gewünscht.

Offenbar war es für Torbjørg aber schwer, ihre Vorstellungen umzusetzen. Ob Malene überhaupt von den Plänen ihrer Tochter wusste? Und wenn ja, was dachte sie darüber? Sofie hielt ihre Tante zwar für aufgeschlossen und sehr auf das Wohlergehen ihrer Kinder bedacht. Würde sie sich aber vielleicht genau aus diesem Grund Torbjørgs Wunsch entgegenstellen? Aus Angst, diese könnte gesellschaftlich absinken, vereinsamen und unglücklich werden? Sofie hätte dafür Verständnis gehabt. Im Bekannten- und Freundeskreis ihrer Familie gab es keine einzige berufstätige, unverheiratete Frau. Selbst Witwen, denen es ein Gesetz seit einigen Jahren erlaubte, die Geschäfte ihrer verstorbenen Männer weiterzuführen – was viele mit großem Sachverstand und Erfolg bewerkstelligten –, strebten überwiegend danach, sich nach der Trauerzeit rasch wieder zu verheiraten. In den höheren Kreisen gehörte es für eine ehrbare Frau zum guten Ton, an der Seite eines Mannes den ihr zugedachten Platz im Leben einzunehmen.

Während Sofie noch darüber nachsann, wieso das so war, erreichten sie das Hustad'sche Haus. Die Kleine verschwand oben in einem der Kinderzimmer. Sofie begab sich in den Küchentrakt, um ihrer Tante beim Arrangieren von Blumengestecken zu helfen, mit denen die Wohnräume zum Wochenende geschmückt werden sollten.

Bei der Hauptmahlzeit am frühen Abend, zu der sich alle um den großen Tisch im Speisezimmer versammelten, drehte sich die Unterhaltung am oberen Ende der Tafel um die vorläufige Beilegung des Unionskonflikts. Onkel Sophus, der am Kopf des Tisches saß, diskutierte lebhaft mit seinem Schwager und seinem Schwiegervater, die zu seiner Linken und Rechten Platz genommen hatten. Sofie, die zwischen ihrer Schwester und einem ihrer Vettern in der Mitte der Tafel saß, bemühte sich vergebens, zumindest ein paar Fetzen des Gesprächs aufzuschnappen.

Da man im Hause Hustad nichts davon hielt, den Kindern bei Tisch das Sprechen zu verbieten, herrschte ein fröhliches Stimmengewirr. Tante Malene und ihr Mann waren sich darin einig, dass diese Gelegenheit, sich auszutauschen und etwas über das Befinden ihrer Sprösslinge zu erfahren, zu kostbar war, um sie ungenutzt verstreichen zu lassen. Die verbreitete Sitte, Kindern im Beisein von Erwachsenen den Mund zu verbieten und ihnen allenfalls das Wort zu erteilen, um sie auswendig Gelerntes aufsagen oder Fragen zu schulischen Erfolgen beantworten zu lassen, fanden sie unsinnig.

Sofie gefiel diese Einstellung. An diesem Abend hätte sie es jedoch begrüßt, wenn ihre zahlreichen Cousinen und Cousins ein wenig leiser mit ihren Bestecken hantiert und sich nicht gegenseitig mit Neckereien zu Gelächter oder lautstarkem Protest angestachelt hätten. Zu gern hätte sie die Unterhaltung der drei Männer verfolgt, die mit ernsten Mienen über die Neuigkeiten aus Christiania debattierten.

»Glaubst du, dass die Krise nun überwunden ist?«, fragte sie ihre Schwester.

»Welche Krise?«, brummte Silje, die verdrossen das Gemüse und die Kartoffeln um die Bratenscheibe auf ihrem Teller herumschob, ohne davon zu essen.

»Na, die mit Schweden.«

»Ist mir doch egal.«

»Was wohl Fredrik Lund von diesem Abstimmungsergebnis hält?«, fuhr Sofie fort. »Ihn und seine Freunde dürfte es doch sehr wurmen, dass die norwegischen Abgeordneten klein beigegeben haben.«

Siljes Miene versteinerte. Sie warf Sofie einen vorwurfsvollen Blick zu. »Macht es dir Freude, mich zu piesacken?« Bevor Sofie antworten konnte, stand Silje auf und ging zu ihrer Tante, die am anderen Kopfende des Tisches bei den kleineren Kindern saß. »Entschuldige mich. Ich habe Kopfschmerzen.

»Ach, das tut mir leid«, sagte Malene.

»Ich denke, ich lege mich ein wenig hin«, fuhr Silje fort.

»Tu das, meine Liebe. Ich schicke nachher das Mädchen hinauf. Es soll dir Pfefferminzöl bringen. Das hilft gut. Ich reibe mir immer die Schläfen damit ein, wenn mir der Kopf wehtut.«

Silje rang sich ein Lächeln ab und verließ das Speisezimmer. Sofie sah ihr nach und drängte ihr schlechtes Gewissen zurück. Silje hatte nicht so verkehrt gelegen mit ihrem Vorwurf. Sofie hatte Fredrik Lund mit Absicht erwähnt. Sie wollte ihre Schwester aus der Reserve locken und in Erfahrung bringen, ob sie mittlerweile Kontakt zu ihrem Verehrer aufgenommen hatte. Noch brennender interessierte es sie, ob Silje versuchen wollte, ihren Vater umzustimmen und seine Erlaubnis für die Teilnahme an dem Ausflug mit Fredrik und seinen Freunden zu bekommen.

Ob Moritz von Blankenburg-Marwitz wohl mit von der Partie sein würde? Oder hatte er seinen Aufenthalt in Trondheim bereits beendet und war weitergereist, um an anderen Orten nach Kunstwerken für seinen Onkel zu suchen? In dem Fall war es mehr als unwahrscheinlich, dass sie den jungen Deutschen jemals wiedersah. Sofie ertappte sich dabei, dass sie – wie eben noch ihre Schwester – das Essen auf ihrem Teller hin- und herschob, ohne es zum Munde zu führen.

Peinlich berührt von der Richtung, in die ihre Gedanken abgeschweift waren, kehrte sie in ungefährlichere Gewässer zurück. Seit dem Ausbruch ihres Vaters, bei dem er Silje jeden weiteren Umgang mit Fredrik Lund untersagt hatte, versuchte Sofie, eine einleuchtende Erklärung für seine heftige Reaktion zu finden. Von außen betrachtet war der Sohn des Bankdirektors ein Schwiegersohn, den sich viele Eltern für ihre Töchter gewünscht hätten. Er würde einst seinem Vater auf dessen Posten folgen, war Erbe eines stattlichen Vermögens, hatte tadellose Umgangsformen und konnte einer Frau ein angenehmes Leben bieten. Auch die langjährige enge Geschäftsbeziehung, die Ivar Svartstein mit Lund senior verband, sprach für Fredrik. Und nachdem Olaf Ordal, den ihr Vater ursprünglich für Silje auserkoren hatte, gestorben war, gab es keinen nachvollziehbaren Grund für seine Vorbehalte gegen Fredrik.

Sofie tunkte ein Kartoffelstück in die Bratensoße, schob die Gabel in den Mund und überlegte kauend weiter. Weiß Vater vielleicht etwas über Fredrik, das das positive Bild trübt? Vor ihrem inneren Auge sah sie den Sohn des Bankdirektors bei Nacht und Nebel im Hafen von Trondheim mit Schmugglern und Hehlern Geschäfte machen, in Spielhöllen riesige Geldsummen verzocken oder sich in anrüchigen Etablissements mit leichten Mädchen vergnügen.

Sofie verscheuchte die Bilder und schnitt einen Bissen von ihrer Bratenscheibe ab. Nein, dachte sie. Wenn der Ruf des jungen Lund ramponiert wäre, würde Vater es sagen. Er pflegt in solchen Dingen kein Blatt vor den Mund zu nehmen. Stört ihn eventuell dessen politische Gesinnung? Schließlich machte Fredrik kein Geheimnis daraus, dass er für eine Auflösung der Union mit Schweden war und sich ein unabhängiges Norwegen wünschte. Während ihr Vater für eine gemäßigte Politik eintrat, die die wirtschaftlichen Beziehungen zwischen Røros und schwedischen Unternehmern nicht beeinträchtigte.

Unwillkürlich wanderten ihre Augen zum oberen Ende des Tisches, wo nach wie vor lebhaft disputiert wurde. Wenn ihr Vater noch immer von der schlechten Laune geplagt wurde, die ihm am Tag zuvor das Frühstück verdorben hatte, ließ er sich das nicht anmerken. Mit ruhiger Stimme brachte er seine Argumente vor und lauschte denen seines Schwagers und Schwiegervaters mit aufmerksamem Blick. Sofie schüttelte unwillkürlich den Kopf. Man konnte ihrem Vater in vielen Dingen Sturheit bis hin zum Starrsinn vorwerfen – seine politische Meinung gehörte nicht dazu. Er verfocht sie zwar mit Nachdruck, blieb aber sachlich und war offen für die Auffassung der Gegenseite. Ihm war es allemal lieber, mit einem Gegner konfrontiert zu sein, mit dem er sich streiten konnte, als mit einem Menschen ohne feste Überzeugung oder – schlimmer noch – einem Feigling, der sein Fähnchen in den Wind hängte und einflussreichen Männern nach dem Mund redete. Fredrik Lunds abweichende Meinung war also gewiss kein Grund, ihn als Schwiegersohn auszuschließen. Sie drehte sich im Kreis. Es fuchste sie, dass sie sich keinen Reim auf das Verhalten ihres Vaters machen konnte.

Mit einem Nicken dankte Sofie dem Diener, der ein Schälchen mit Grießpudding und Erdbeersauce vor sie hinstellte. Abwesend löffelte sie ihr Dessert. Wie es Silje wohl ging? Es kam nicht oft vor, dass sie Mitleid mit ihrer älteren Schwester hatte. Als Vaters Liebling musste diese selten um etwas kämpfen oder ein Verbot hinnehmen. Wenn Sofie in der Vergangenheit wegen irgendeines Vergehens getadelt oder schlicht ignoriert worden war, während sich Silje im Schein seiner Aufmerksamkeit sonnte, hatte sie sich manchmal gewünscht, ihre Schwester würde den Unmut ihres Vaters erregen und von ihrem hohen Ross stürzen.

Jetzt, wo der Fall eingetreten war, blieb das Gefühl der Genugtuung aus. Silje hatte so unglücklich ausgesehen, als ihr Vater sie zurechtgewiesen hatte. Erst in jenem Moment hatte Sofie begriffen, dass sich ihre Schwester wohl ernsthaft verliebt hatte. Oder zumindest große Hoffnungen in die Verbindung mit Fredrik Lund setzte. Wenn sie seine Frau würde, konnte sie das in ihren Augen kleinkarierte Røros verlassen, in Trondheim ein großes Haus führen und ein abwechslungsreiches gesellschaftliches Leben genießen.

Sofie verengte ihre Augen. War das der Grund, warum für ihren Vater diese Verbindung nicht in Frage kam? Weil der Bräutigam nicht in Røros lebte? Und damit nicht in seinem unmittelbaren Einflussbereich? War er auf der Suche nach einem Nachfolger, der in seine Fußstapfen treten konnte? Der die Stelle des Sohnes einnehmen würde, den ihm das Schicksal verweigert hatte? Aber natürlich! Das war die einzig schlüssige Erklärung! Sofie schalt sich für ihre Begriffsstutzigkeit. Im Nachhinein fragte sie sich, wie sie so lange das Offensichtliche hatte übersehen können. Sie schürzte die Lippen. Warum war es eigentlich für ihren Vater – wie für die allermeisten Menschen in ihrer Umgebung – vollkommen undenkbar, eine Tochter als Erbin eines Unternehmens, Geschäfts oder eines Bauernhofes einzusetzen?

»Sofie? Darf ich dich ein weiteres Mal um deine Hilfe bitten?«

Malenes Frage unterbrach Sofies Gedanken. Als sie sich zu ihrer Tante drehte, bemerkte sie, dass sich die Tischgesellschaft in Auflösung befand. Die drei Herren waren aufgestanden und begaben sich durch die zweiflügelige Glastür auf die Veranda, um dort im Schein der Abendsonne ihre Zigarren zu genießen.

Einige der kleineren Kinder stürzten johlend an ihnen vorbei in den Garten und rangelten um den begehrten Platz auf der Schaukel, die an einem Ast eines mächtigen Ahornbaumes befestigt war. In der Tür zum Speisezimmer stand das Kindermädchen mit dem jüngsten Spross der Familie auf dem Arm. Der Kleine weinte und nuckelte an seinem Händchen, das er zur Faust geballt hatte.

»Er hat Hunger«, sagte Malene, die ihre Kinder nie einer Amme zum Stillen überlassen hätte. »Könntest du die kleinen Rabauken da draußen einsammeln und ins Bett schicken, solange ich mich um ihn kümmere?«

Sofie stand auf. »Aber natürlich.«

»Tausend Dank! Ich komme dann später zum Beten und Gute-Nacht-Sagen.«

Malene nahm dem Kindermädchen den Säugling ab und ging mit ihm nach oben.

Zwei Stunden später ließ sich Sofie mit einem Seufzer der Erleichterung auf ihr Bett sinken und fächelte sich mit der Hand Luft in ihr erhitztes Gesicht. Silje saß, in ihren Morgenmantel gehüllt, in einem Sessel am Fenster, blätterte in einem Modejournal und musterte Sofie mit hochgezogenen Brauen.

»Bist du um die Wette gelaufen?«

»So ähnlich. Ich hab Tante Malene geholfen, die Kleinen ins Bett zu bringen.«

»Ts, ts, ts«, machte Silje. »Ich begreife wirklich nicht, warum Onkel Sophus nicht endlich ein Machtwort spricht und ausreichend Personal einstellt. Das ist doch kein Zustand! Und es zeugt nicht gerade von Tante Malenes Qualitäten als Gastgeberin, wenn sie dich ständig für Erledigungen einspannt.«

Sofie richtete ihren Oberkörper auf und stützte sich auf einen Ellenbogen.

»Ich helfe gern. Es ist für mich einfach ungewohnt, so viele temperamentvolle Kinder um mich zu haben.«

»Verzogen trifft es besser«, schnaubte Silje. »Ein bisschen mehr Strenge täte denen ganz gut.«

Sofie zuckte mit den Achseln. Sie verspürte keine Lust, mit ihrer Schwester eine Diskussion über Erziehungsmethoden zu führen.

»Wie auch immer, ich bewundere es, wie Tante Malene diesen großen Hausstand führt. Und je länger ich sie dabei beobachte, umso mehr würde es mich interessieren, warum Tätigkeiten im Haushalt nicht als Arbeit, sondern lediglich als Liebesdienst an der Familie gesehen werden.«

»Es ist nun einmal die Bestimmung der Frau, für ein trautes Heim zu sorgen und ...«, begann Silje in belehrendem Ton.

»Ich bitte dich! Das kannst du unmöglich ernst meinen!«, rief Sofie und setzte sich auf. »Komm mir jetzt bloß nicht damit, dass es die Natur des Mannes ist, im öffentlichen Bereich zu wirken, weil nur Männer angeblich über die dafür erforderlichen Eigenschaften wie Intelligenz, Unternehmergeist und Tüchtigkeit verfügen. Warum sollte eine Frau sich im Berufsleben und auch auf politischem Parkett nicht ebenso bewähren können?« Silje runzelte die Stirn und öffnete den Mund zu einer Entgegnung, aber Sofie ließ sie nicht zu Wort kommen. »Überleg doch mal: Was unterscheidet eine Frau wie Tante Malene denn groß von dem Chef eines Unternehmens? So wie er muss sie gut organisiert sein, das Wohl vieler Menschen im Blick haben, darauf achten, dass die Angestellten ihre Arbeit ordentlich verrichten und miteinander auskommen. Außerdem muss sie gut mit Geld umgehen können, die anfallenden Ausgaben und Kosten vernünftig kalkulieren und in der Lage sein, schnell und flexibel Entscheidungen zu treffen. Das erfordert Einfühlungsvermögen, Durchsetzungskraft und einen kühlen Verstand.« Sie sah ihre Schwester triumphierend an.

Silje verschränkte ihre Arme vor der Brust. »Du redest wie eine von diesen verbohrten Frauenrechtlerinnen.«

Sofie spürte, wie ihr das Blut in die Wangen schoss. Klang sie tatsächlich wie eine fanatische Suffragette, über die sich ihr Vater so gern lustig machte? Für ihn waren sie allesamt alte Jungfern, die keinen Mann abbekommen hatten und aus lauter Frustration darüber für die sogenannten Frauenrechte kämpften. Sofie erinnerte sich gut an seinen Kommentar zu einem Zeitungsartikel, in dem über eine Versammlung des NSK, des norwegischen Frauenstimmrechtsvereins, berichtet worden war.

»Wofür sollen diese Rechte denn gut sein?«, hatte ihr Vater gefragt. »Habt ihr Frauen denn nicht alles, was ihr braucht? Warum solltet ihr euch mit den oft so abstoßenden und unschönen Dingen beschäftigen, die wir Männer euch ersparen, indem wir uns mit der rauen Arbeitswelt und der Politik herumschlagen?«

Damals hatte Sofie es nicht gewagt, ihm zu widersprechen oder auch nur einzuwenden, dass das doch nur für eine kleine privilegierte Schicht gelte. Was war mit den unzähligen Arbeiterinnen, Bäuerinnen, Kleinbürgerinnen und anderen Frauen, die sich keine Diener leisten konnten und häufig selbst arbeiten mussten, um ausreichend Haushaltsgeld für ihre in der Regel kinderreichen Familien zu erwirtschaften? Warum sollten sie sich krumm schuften, ohne Aussicht auf gleichen Lohn oder Mitspracherecht in Belangen, die sie genauso angingen wie ihre Männer, Brüder oder Väter?

»Na und?«, antwortete sie und sah Silje trotzig an. »Dann rede ich eben so. Immer noch besser, als sich kleinzumachen und so zu tun, als könne man nicht zwei und zwei zusammenzählen. Nur damit die Herren der Schöpfung keine Angst um ihre Vormachtstellung haben müssen.«

Die Worte kamen wie von selbst aus Sofies Mund. Silje starrte sie an wie ein gefährliches Insekt, das plötzlich aufgetaucht war und sie stechen wollte. Sofie legte sich wieder hin, drehte ihrer Schwester den Rücken zu und lauschte dem Klopfen ihres Herzens. Der Gedanke, den sie eben laut ausgesprochen hatte, erschreckte sie selbst. Er hatte etwas Ketzerisches. Und den Geschmack der Rebellion.

17

Røros, Juni 1895 – Clara

Vier Tage nach Olafs Beerdigung saß Clara in der Wohnstube des Ordal'schen Hauses. Sie hatte einen der abgewetzten Sessel vor das Fenster gezogen und stopfte im Schein der Morgensonne einen Strumpf. Paul war gleich nach dem Frühstück in den Hinterhof gerannt, wo er mit einem geschnitzten Wagen samt Pferdchen und einer Ladung Miniatur-Baumstämme spielte. Das Fuhrwerk war Teil der Überraschung gewesen, die der alte Gundersen ihm angekündigt hatte: eine Kiste mit Spielzeug und Büchern aus Olafs Kindertagen. Trude Ordal hatte die Sachen beim Packen und Ausmisten ihres Haushaltes auf dem Dachboden gefunden und Gundersen beauftragt, sie wegzuwerfen. Stattdessen hatte er sie für Paul aufgehoben.

Während Clara den Faden mit einem Scherchen abschnitt, die geflickte Socke beiseitelegte und nach einem von Pauls Hemden griff, an dem eine Naht aufgegangen war, plante sie ihren Tag. Sobald das Postamt öffnete, wollte sie die Briefe aufgeben, die sie am Wochenende an ihre Freundin Ottilie und Frau Professor Dahlmann geschrieben hatte. Vor allem aber musste sie an das Buchungsbüro der *Kaiserlich-Deutschen Reichspostdampfer-Linie* telegrafieren. Sie hatte im Schock über Olafs tödlichen Unfall nicht mehr an die Überseekoffer gedacht, die sie von Hamburg aus auf die Reise nach Samoa geschickt hatten. Es war höchste Zeit, sie nach Europa zurückzuholen. Je nachdem, wo sie sich gerade befanden und wie schnell sie umdirigiert werden konnten, würden mindestens zwei bis drei Wochen verstreichen, bis sie einen der beiden Heimathäfen der Schiffsgesellschaft erreichten. Aber wohin sollte diese das Gepäck weiterleiten? Hierher nach Røros? Oder sollte sie es erst einmal in Bremen oder Hamburg einlagern lassen, bis sie wusste, wo Paul und sie ihr neues Leben beginnen würden?

Clara ließ die Handarbeit sinken und sah durch das Fenster hinauf in den Himmel, der sich blassblau über dem Hof des Sägewerks wölbte. Ach, Olaf, dachte sie. Solche Fragen hast du immer für uns beantwortet. Was soll ich bloß tun? Ich habe solche Angst, die falsche Entscheidung zu treffen. Werde ich der großen Verantwortung, die jetzt auf mir liegt, standhalten? Am liebsten würde ich den Kopf in den Sand stecken ... Clara schloss die Augen. Reiß dich zusammen!, befahl sie sich. Du kannst dir jetzt solche Anwandlungen nicht erlauben. Sie presste ihre Lippen aufeinander und beschloss, die Koffer erst einmal nach Deutschland zu beordern. Wenn sie dort eingetroffen waren, konnte sie sie direkt abholen oder weitere Anweisungen geben – je nachdem, wie sich ihre Lage bis dahin entwickelt hatte. Clara rieb sich die Schläfe und konzentrierte sich wieder auf die Hemdnaht.

»Trude?«

Der leise, zärtliche Ruf einer Männerstimme schreckte Clara wenig später auf. War ihr Schwiegervater auf der Suche nach seiner Frau ins Haus zurückgekehrt? Sie drehte sich zur Tür. Auf der Schwelle stand eine massige Gestalt. Sie schrie auf und starrte den Eindringling an. Es war ein gut gekleideter Herr, den sie auf Anfang fünfzig schätzte. Unter seinen buschigen Augenbrauen funkelten graublaue Augen, die sich nun verengten. Enttäuschung, Verwirrung und aufkeimender Ärger spiegelten sich auf seinem Gesicht.

»*Hvem er De?*«

Clara stand auf. »Ich ... äh ... *jeg er* Clara Ordal.«

»Ah, die Deutsche«, knurrte der Mann und zog die Brauen noch enger zusammen. Er ging ein paar Schritte auf sie zu und musterte sie von oben bis unten. Clara hielt sich an der Lehne des Sessels fest und rang nach Luft. Er strahlte etwas Bedrohliches aus, das ihr die Kehle zuschnürte.

»Tu meiner Mama nichts!«

Mit diesem Schrei stürzte Paul ins Zimmer und stellte sich mit in die Seiten gestemmten Fäusten vor Clara.

Der Mann schaute zu ihm hinunter. Seine Gesichtszüge wurden weicher, seine Brauen hoben sich. »Du bist ja mal ein tapferer Bursche. Aber wieso denkst du, dass ich deiner Mutter etwas antun will?«

Paul schob die Unterlippe vor. »Ich weiß, wer du bist! Du bist der Holländer-Michel!«

Clara stutzte. Aber natürlich, ihr Sohn hatte recht. Das musste Ivar Svartstein sein, bei dem Sverre und Trude hohe Schulden hatten, und dem ihr Haus nun gehörte. Dieser runzelte die Stirn und sah Paul ratlos an.

»Scheint ein übler Geselle zu sein, dieser Michel. Aber ich versichere dir, dass ich nichts Böses im Schilde führe. Ich bin nur erstaunt, dass ihr hier seid.« Er drehte sich zu Clara.

Bevor er etwas sagen konnte, raffte sie ihr Nähzeug zusammen, nahm Paul an der Hand und ging zur Tür. »Entschuldigen Sie, dass wir noch geblieben sind. Wir gehen sofort.«

Ivar Svartstein schien etwas entgegnen zu wollen, überlegte es sich anders und gab den Weg frei.

Eine Viertelstunde später standen Clara und Paul in einer schmalen Gasse vor einem unscheinbaren Haus – der Pension Olsson. Auf der Suche nach einer Unterkunft hatte sich der *Baedeker's* als wenig hilfreich erwiesen. Das dort erwähnte Hotel *Fahlstrøm,* das laut dem Reiseführer behaglichen Komfort bot, kam für Claras schmalen Geldbeutel nicht infrage. Im Bahnhof, der in Sichtweite lag, hatte sie sich nach einer erschwinglicheren Bleibe erkundigt und war an die Pension verwiesen worden. Deren Wirtin entpuppte sich als eine dralle Sechzigjährige mit rosiger Haut und sorgfältig ondulierten

Löckchen. Mit einem bedauernden Lächeln erklärte sie ihnen, ausgebucht zu sein. Als Clara resigniert nickte und sich verabschiedete, zerrte Paul an ihrer Hand.

»Mama, was wird nun aus uns?«, flüsterte er ängstlich. »Wo sollen wir denn hin? Oma und Opa wollen uns doch auch nicht.«

Frau Olsson, die sich bereits ins Haus zurückzog, hielt inne, legte ihre Stirn in Falten und fragte: »Wie war noch gleich Ihr Name? Ordal?«

Clara nickte.

»Etwa die Frau von Olaf Ordal, der vorige Woche bestattet wurde?«

»Ja, die bin ich«, sagte Clara leise.

Die Wirtin sah sie mitfühlend an. »Mein herzliches Beileid! Ich weiß, wie schwer ein solcher Verlust ist. Als mein Mann von mir gegangen ist ...« Sie schüttelte den Kopf, wischte sich mit einer resoluten Bewegung über die Augen.

»Weißt du was?«, sagte sie zu Paul. »Wir finden schon ein Plätzchen für euch!« An Clara gewandt fuhr sie fort: »Wenn es Ihnen nicht zu unbequem ist: Ich hab da noch ein Kämmerchen unter dem Dach, das ich eigentlich nicht vermiete. Man kann es nicht beheizen, und es ist recht eng ... Dafür kostet es natürlich nicht viel und ...«

»Das wäre wundervoll!«, rief Clara. »Ich weiß gar nicht, wie ich Ihnen danken soll ...«

»Ach was, das tue ich gern. Wir Witwen müssen doch zusammenhalten«, sagte die Wirtin und winkte sie ins Haus.

In den folgenden Tagen sandte Clara immer wieder stille Dankgebete an ihre Schutzheilige Adelheid, die ihre Schritte zur Pension von Frau Olsson gelenkt hatte. Diese bot ihr und Paul nicht nur ein Dach über dem Kopf, sondern vor allem ein Stück Geborgenheit. Gern hatte sie Claras Angebot angenommen, ihr als Gegenleistung für die günstige Miete und die Mahlzeiten beim Putzen und Kochen zu helfen – und sorgte auf diese Weise dafür, dass Clara sich endlich wieder als nützlicher Teil einer Gemeinschaft fühlte. Auch Paul verlor rasch seine anfängliche Scheu, hielt sich gern in Frau Olssons Nähe auf und erfreute diese mit seinen Liedern, die er oft halblaut vor sich hin sang.

In der Pension fand Clara die Kraft, sich der drängenden Frage zu stellen, wie ihr und Pauls Leben weitergehen sollte. Anlass war ein Kassensturz ihrer finanziellen Mittel. Mit Entsetzen stellte sie fest, dass diese bis auf einen kümmerlichen Rest aufgebraucht waren. Die Notwendigkeit, ihre Garderobe um Trauerkleidung zu erweitern und andere Kosten, die durch die Beerdigung entstanden waren, hatten ihre ursprüngliche Einschätzung, wie lange sie mit dem Guthaben von vierhundert Kronen auskommen konnte, zunichtegemacht. Mit aufkeimender Panik zählte Clara immer und immer wieder die Geldscheine und Münzen, die sie in ihrem Portemonnaie und in einem Umschlag verwahrte. Es gab nichts daran zu rütteln: Der Betrag würde mit Ach und Krach ausreichen, um nach Deutschland zurückzufahren. Von einem Polster zur Überbrückung der Zeit, bis Clara dort eine Arbeit und eine erschwingliche Unterkunft gefunden hätte, konnte keine Rede sein. Sie würde vollkommen mittellos dastehen und gezwungen sein, Schulden zu machen oder die Dahlmanns um Hilfe zu bitten.

Die Vorstellung, als verarmte Witwe nach Bonn zurückzukehren und auf die Unterstützung des Professors und seiner Frau angewiesen zu sein, von denen sie sich wenige Wochen zuvor als ebenbürtige Standesgenossin verabschiedet hatte, war unerträglich. Unerträglicher als der Gedanke, noch länger in Røros zu bleiben, eine Verdienstmöglichkeit zu suchen und binnen zwei, drei Monaten ein kleines Startkapital für den Neuanfang in Deutschland zusammenzusparen.

Als sie mit ihren Überlegungen an diesen Punkt gelangt war,

atmete Clara tief durch und machte sich auf die Suche nach Frau Olsson, um sie zu fragen, wie und wo sie Arbeit finden konnte. Es war höchste Zeit, ihre Geschicke selbst in die Hand zu nehmen. Gott hilft denen, die sich selbst helfen, hätte Schwester Gerlinde sie ermutigt und sie darin bestärkt, sich nicht abhängig von der Mildtätigkeit anderer zu machen. Auch Frau Olsson, die in der Küche Gemüse für einen Eintopf klein schnippelte, lobte Claras Entschluss. Diese setzte sich zu ihr, griff nach einem Messer und begann, die Enden der grünen Bohnen, die in einem Haufen vor ihr lagen, abzuschneiden und die seitlichen Fäden zu entfernen.

»Nun, lassen Sie uns mal nachdenken«, sagte Frau Olsson und zog ihre Stirn in Falten. »Um diese Jahreszeit in einem der wohlhabenden Haushalte als Zofe oder Gouvernante angestellt zu werden ist sehr unwahrscheinlich. Die meisten Betuchten verbringen den Sommer in ihren Anwesen außerhalb der Stadt oder verreisen ins Ausland.«

»Ich habe gesehen, dass Frauen in der Schmelzhütte als Sortiererinnen der Erzbrocken arbeiten. Ich könnte doch dort...«

»Oh, nein, nein, das kommt gar nicht infrage!«, unterbrach die Wirtin sie. »Das ist eine sehr harte und wenig einträgliche Plackerei. Noch dazu im Schichtbetrieb. Sie würden sich im Handumdrehen Ihre Gesundheit ruinieren – und damit wäre nun wirklich niemandem geholfen!«

Frau Olsson versank erneut in Nachdenken und zerstückelte eine Karotte.

»Hm, vielleicht könnten Sie als Verkäuferin bei ... ach nein, dazu müssten Sie Norwegisch ... Aber natürlich, wie konnte ich das vergessen!«, rief sie, legte das Messer beiseite und sah Clara mit leuchtenden Augen an. »Nach dem Gottesdienst letzten Sonntag kam ich mit der Frau des Bergschreibers ins Gespräch. Offenbar sucht ihr Mann händeringend eine zusätzliche Schreibkraft.«

Clara zog die Augenbrauen hoch. »Aber da müsste ich doch erst recht Norwegisch beherrschen.«

»Eben nicht. Zumindest nicht notwendigerweise«, sagte Frau Olsson. »Wenn ich das nämlich richtig verstanden habe, sollen bereits vorhandene Akten kopiert werden. Und dazu sind Sie auf jeden Fall in der Lage.«

Clara drückte Frau Olssons Hand und lächelte sie dankbar an. »Ich werde mich gleich morgen erkundigen, ob die Stelle noch frei ist.«

Am Abend lieh sich Clara nach dem Abwasch ein großes Holztablett aus und zog sich in ihre Dachkammer zurück. Bevor sie sich unter das schräge Fenster setzte, warf sie einen Blick hinunter in den kleinen Innenhof, der zwischen dem Haus und den Wirtschaftsgebäuden lag. Die Gestaltung des Anwesens war typisch für Røros und geprägt von den deutschen Bergleuten, die im siebzehnten Jahrhundert nicht nur ihr Wissen als Grubeningenieure aus den Zechen im Harz und im Erzgebirge mitgebracht hatten, sondern auch die Bauweise ihrer Unterkünfte: Die Wohnhäuser lagen zur Straße hin und hatten alle einen Hinterhof, auf dem sich Scheunen, Stallungen, Waschküchen und Vorratsräume befanden.

Von jeher waren die Bergleute von Røros zugleich auch Kleinbauern, die Kühe, Ziegen, Schafe und Hühner hielten, um ihren Familien zumindest eine Grundversorgung mit Milch und Fleisch zu sichern – überlebenswichtig in einer Stadt, die fast vollständig von der Einfuhr von Nahrungsmitteln, Brennstoff und anderen unverzichtbaren Dingen für den alltäglichen Bedarf abhängig war. Auch die Pensionswirtin servierte ihren Gästen Schinken, Milch, Butter, Käse und Eier aus eigener Haltung und Herstellung.

Der Hinterhof lag verlassen unter einem leicht bewölkten

Himmel. Eine Magd hatte eben die Schüssel mit Spülwasser entleert und war wieder aus Claras Blickfeld verschwunden. Aus einem Stall drang Wiehern. Ein schwedischer Kaufmann hatte seine Kutschpferde dort untergestellt. Auf dem Dach eines Schuppens umbalzte ein Täuberich eine Taube, die ihm die kalte Schulter zeigte, was ihn in seinen Bemühungen erst recht anfeuerte. Gurrend umtippelte er die Angebetete, die schließlich davonflog. Der Täuberich richtete sich das Gefieder und versuchte sein Glück bei einer anderen Taube.

Der idyllische Eindruck wurde von dem beißenden Schwefelgeruch gestört, den der Wind von der Schmelzhütte und den Schlackenhalden heranwehte. Clara schloss das Fenster, setzte sich und hob das Tablett auf ihre Knie, das ihr als Schreibunterlage diente. Sie legte einen Briefbogen darauf, spitzte einen Bleistift und begann zu schreiben:

Sonntag, den 16. Juni 1895

Liebe Ottilie,

entschuldige bitte, dass ich erst jetzt dazu komme, Dir ausführlicher zu schreiben. Ich habe in den letzten Tagen oft an Dich gedacht und viel Trost aus Deinen Zeilen geschöpft. Es tut unendlich gut, eine Freundin wie Dich zu haben, auch wenn uns zurzeit so viele Kilometer voneinander trennen.

Clara wischte sich eine Träne weg. Die letzten Worte verstärkten das Verlassenheitsgefühl, das ihr ständiger Begleiter war. Sie sehnte sich so sehr nach einem vertrauten Gesicht! Bei aller Dankbarkeit, die sie für Frau Olsson empfand, Ottilie konnte sie ihr nicht ersetzen.

Zunächst einmal möchte ich mich ganz herzlich für Dein liebes Päckchen bedanken, mit dem Du Paul und mir eine unbeschreibliche Freude bereitet hast! Als wir vor einigen Tagen

Deine Gaben auspackten, wehte ein Hauch von Heimat durch unser kleines Stübchen, in dem wir seit fast einer Woche hausen.

Du hast wohl geahnt, dass aus einer schnellen Rückkehr nach Deutschland nichts wird und wir entgegen meinen ursprünglichen Plänen noch eine Weile in Røros bleiben. Wenn Du nur mit eigenen Augen sehen könntest, wohin es uns verschlagen hat! Einen größeren Kontrast zu unserem lieblichen Rheinland kannst Du Dir kaum ausmalen. Und damit Du nicht denkst, dass ich voreingenommen bin und übertreibe, lasse ich den Reiseführer sprechen, in dem Røros übrigens nur als Durchfahrtsstation mit kurzem Aufenthalt auf dem Weg nach Trondheim erwähnt wird: »Vom Bahnhof sieht man die niedrigen, rasengedeckten Häuser der Stadt, die in einer öden Sandwüste (Gletscherschutt) liegt, einer der rauesten und unfreundlichsten Gegenden des Landes (sic!); hier reift kein Getreide mehr, im Winter gefriert das Quecksilber, und auch der Wald ringsum ist in Folge der Kupferschmelzen vernichtet.«

Länger als nötig möchte ich gewiss nicht hierbleiben. Ich habe aber nach reiflicher Überlegung beschlossen, mir zunächst hier eine Arbeit zu suchen und erst am Ende des Sommers nach Deutschland zurückzukehren, wenn ich ein kleines Startkapital zusammengespart habe. Ich denke, dass ich dann nach Köln gehen werde. Dort kann ich mich unbefangener bewegen als in Bonn, wo ich ständig an mein altes Leben erinnert würde. Dennoch könnten wir beide uns regelmäßig sehen, da die Städte ja nicht sehr weit voneinander entfernt liegen.

Aber, wie gesagt, zunächst einmal muss ich meinen gähnend leeren Geldbeutel füttern. Gleich morgen früh werde ich mich um eine Stelle als Schreibkraft bei der Bergwerksgesellschaft bewerben. Meine Wirtin, eine tüchtige Frau, die nach dem Tod ihres Mannes die Pension eröffnet hat und sich damit leidlich über Wasser hält, hat mir sozusagen von Schicksalsgenossin zu

Schicksalsgenossin diesen Rat gegeben. Aus demselben Grund sind Paul und ich auch in dieser Kammer untergekommen, die sie uns zu einem sehr günstigen Preis überlässt. Ich schätze mich sehr glücklich, Madam Olsson kennengelernt zu haben! (Nicht dass Du dieses Madam *nun falsch verstehst und die gute Witwe Olsson verdächtigst, einem zwielichtigen Etablissement vorzustehen: Frauen aus der Mittelschicht werden hier als* Madam *tituliert, gehobenere Damen mit* Frue *angesprochen.) Die gute Seele hat mir angeboten, ein Auge auf Paul zu haben, während ich arbeite. So weiß ich ihn in guter Obhut – auch ein Grund, der für Røros spricht. In Deutschland wäre es bedeutend schwieriger, eine Lösung für Paul zu finden, wenn ich nicht für ihn da sein kann, zumal dort ja nun auch bald die Sommerferien beginnen.*

Clara hielt inne und sah zu ihrem Sohn, der zu ihren Füßen auf dem Dielenboden kauerte und mit Buntstiften ein Bild für Ottilie malte. Eine seiner Backen war gewölbt. Darin steckte eines der Karamellbonbons, die Ottilie eigens für ihn gemacht und in einer hübschen Blechdose in das Päckchen gelegt hatte.

»Paul.«

»Ja, Mama«, antwortete er und sah zu ihr hoch.

»Würde es dir etwas ausmachen, wenn Frau Olsson in der nächsten Zeit auf dich aufpasst?«

Paul verzog das Gesicht. »Musst du denn fort?« Es klang ängstlich.

»Nein, nein! Es ist nur so … jetzt, wo Papa nicht mehr für uns sorgen kann, muss ich Geld verdienen und mir eine Arbeit suchen.«

Paul nickte und kaute nachdenklich auf seiner Unterlippe. Nach kurzem Schweigen weiteten sich seine Augen.

»Wir bleiben also hier?«

»Ja, mein Schatz. Den Sommer werden wir hier verbringen.«

»Juchu!«, rief Paul und sprang auf. »Darf ich dann auch in die Schule gehen?«

Clara sah ihn überrascht an. »Also, ich weiß nicht recht. Es sind ja bald Ferien. Und du würdest nicht viel verstehen.«

»Ach bitte, Mama. Ich will so gerne! Ich will Papas Sprache lernen. Dann kann ich die Bücher lesen, die in seiner Kiste liegen.«

»Na gut, dann fragen wir morgen in der Schule nach. Ich denke, sie werden nichts dagegen haben, wenn du bis zu den Ferien am Unterricht teilnimmst.«

Paul schlang seine Arme um Clara. »Du bist die liebste Mama auf der Welt!« Er setzte sich wieder auf den Fußboden und betrachtete das Bild für Ottilie, auf dem er das Haus von Frau Olsson gemalt hatte. Aus den Fenstern schauten die Wirtin, Clara und er selbst. »Ich male noch die Schule dazu.«

»Das ist eine gute Idee. Dann weiß Ottilie, dass du fleißig lernst. Und bald kannst du ihr selber einen Brief schreiben und ihr danken, wenn sie uns wieder etwas schickt«, sagte Clara und sah ihre Freundin vor sich, wie diese das Päckchen für sie zusammengestellt hatte.

Neben den Karamellen und einem aufziehbaren Blechfrosch für Paul waren ein Stück feine Seife, ein einfaches Klappmesser und *Meyers Sprachführer Dänisch-Norwegisch – Konservations-Wörterbuch* für Clara darin gewesen. In dem handlichen Büchlein hatte ein Zettel gesteckt mit den Worten: *Damit Du Dich in diesem abgelegenen Nest wenigstens halbwegs mit den rauen Nordmännern verständigen kannst.*

Der Satz hatte Clara das erste Mal seit Olafs Tod ein unbeschwertes Lächeln entlockt. Zum einen tat ihr die zupackende Hilfsbereitschaft Ottilies gut, die sie nicht mit leeren Phrasen abspeiste, sondern überlegte, was ihr in ihrer Situation von Nutzen sein konnte. Die Postkarte von der Adelheidiskapelle in

Pützchen, auf die Ottilie einen kurzen Gruß geschrieben hatte, spendete Clara mehr Trost, als es ein ellenlanger Beileidsbrief vermocht hätte. Es hatte sie tief berührt, dass Ottilie sich daran erinnerte, welche Bedeutung dieser Ort für sie hatte.

Zum anderen erheiterte sie das Bild, das ihre Freundin offenbar von den Bewohnern von Røros hatte. Sie schien sie für wilde, ungezügelte Burschen zu halten, gegen die sich eine Frau notfalls wehren können musste, und die weder auf die Begegnung mit Ausländern vorbereitet waren noch über Errungenschaften der Zivilisation wie Seife verfügten. Clara drehte das Blatt um und schrieb weiter.

Gerade hat die Kirchenglocke zehnmal geschlagen – dennoch ist es draußen immer noch nicht dunkel. Bei Euch ist die Sonne bereits seit einer guten halben Stunde untergegangen, hier scheint sie noch bis kurz vor halb zwölf. Die ungewohnt hellen Nächte machen Paul und mir zu schaffen, wir finden nur unruhigen, kurzen Schlaf und sind entsprechend müde. Die Ereignisse und Aufregungen der letzten Tage tun ein Übriges. Ich kann gar nicht glauben, dass wir erst sechs Tage in der Pension wohnen – es kommt mir vor wie ein Monat. Nach der Beerdigung haben wir ja zunächst noch in Olafs Elternhaus genächtigt, das nun aber dem Mann gehört, bei dem die Ordals bis über beide Ohren verschuldet sind. Wie es dazu kam, weiß ich nicht. Nach wie vor gehen mir meine Schwiegereltern konsequent aus dem Weg. Und wenn sie mir zufällig begegnen, weigern sie sich, Deutsch mit mir zu sprechen. Obwohl sie es wie die meisten Rørosinger mit einer höheren Schulbildung als erste Fremdsprache in der Schule gelernt haben. Ich habe außerdem festgestellt, dass Olaf nicht der einzige Norweger war, der zum Studium nach Deutschland gegangen ist. Hierzulande gibt es kaum Universitäten. Angehende Juristen, Ingenieure, Ärzte und andere Akademiker verbringen daher oft einige Semester an englischen oder deutschsprachigen Hochschulen, wenn sie nicht sogar ihr gesamtes Studium im Ausland absolvieren.

Aber ich schweife ab … Warum Olafs Eltern mir so feindlich gesinnt sind? Ich kann es mir nicht erklären. Sie scheinen mir für irgendetwas die Schuld zu geben. Auch der gute alte Gundersen, der sich so rührend um Paul und mich gekümmert hat, konnte mir nicht sagen, was der Grund dafür sein könnte. Ich möchte aber nichts unversucht lassen, das Eis zwischen uns doch noch zu brechen oder wenigstens zu erreichen, dass sie ihren Enkel annehmen. Auch das ist ein Grund, warum ich noch etwas länger in Røros bleiben werde.

Wie es Gundersen wohl geht?, fragte sich Clara. Seit ihrem Auszug aus dem Ordal'schen Haus hatte sie nichts mehr von ihm gehört. Sie hatte insgeheim gehofft, dass er in der Stadt bleiben würde. Es tat ihr gut, in ihm einen Verbündeten und Ratgeber zu haben. Als er sich verabschiedete, um eine Anstellung in einem anderen Sägewerk zu suchen, hatte sie sich beschämt eingestanden, dass sie kaum etwas über ihn wusste. Wo kam er ursprünglich her? Hatte er Verwandte in der Gegend? Wo hatte er die Jahre verbracht, in denen er nicht bei den Ordals gearbeitet hatte? Über ihre Fragen war er mit einem vagen Lächeln hinweggegangen, hatte aber versprochen, sich zu melden, sobald er eine neue Bleibe habe. Clara hatte ihm viel Erfolg gewünscht und sich zugleich bang gefragt, ob er in seinem Alter noch eine gute Stelle finden konnte. Er war zwar rüstig, aber eben nicht mehr der Jüngste. Und nach seiner abgetragenen Kleidung zu urteilen, hatte er keine nennenswerten Rücklagen, mit denen er eine längere Durststrecke überstehen konnte. Für die Ordals hatte er in den letzten Monaten nur für Kost und Logis gearbeitet – sie waren nicht mehr in der Lage gewesen, ihm Lohn zu bezahlen.

Was um alles in der Welt hatte sie bloß in den Ruin getrieben? Clara starrte auf die letzten Zeilen ihres Briefes und seufzte. Das, was ihr in Wahrheit schlaflose Nächte bereitete, war weder die Frage, warum Olafs Eltern sie ablehnten, noch die Helligkeit, sondern ein bohrendes Schuldgefühl. Es war an der Zeit, es sich von der Seele zu schreiben. Wenn es ihr schon verwehrt war, sich in einer Beichte einem Seelsorger anzuvertrauen und anschließend das Abendmahl zu empfangen. Ein Umstand, der sie zunehmend peinigte. Dass sie als Katholikin in Røros ein bunter Hund war, der mit Misstrauen beäugt wurde, war unangenehm. Keine Möglichkeit zu haben, an einer katholischen Messe teilzunehmen oder zu beichten, belastete sie dagegen schwer. Sie hatte nie zu den Leuten gehört, die wegen jeder Nichtigkeit zum Pfarrer rannten und glaubten, der Herrgott würde ihnen ihre kleinen Verfehlungen persönlich übel nehmen und sie einst dafür bestrafen, wenn sie nicht Buße taten. Sich regelmäßig vor den Ohren eines Geistlichen selbst Rechenschaft darüber abzulegen, ob sie sich mit Anwandlungen von Neid oder anderen Verstößen gegen die christlichen Gebote schuldig gemacht hatte, war ihr jedoch immer ein Bedürfnis gewesen. Sie empfand die Beichte als reinigendes Ritual, als Gelegenheit, in sich hineinzuhorchen und ehrlich mit sich ins Gericht zu gehen. Clara presste die Lippen zusammen und beugte sich wieder über ihren Brief.

Ach, Ottilie, ich halte mich ja selbst für schuldig! Ich bereue es bitterlich, Olaf dazu gedrängt zu haben, der Aufforderung seiner Mutter nachzukommen und hierherzufahren. Ich dachte, er würde es sich nie verzeihen, wenn er sie vor ihrem Tod nicht noch einmal gesehen hätte. Wie konnte ich denn ahnen, dass sie weder sterbenskrank ist noch bereit, endlich Frieden mit ihrem einzigen Sohn zu schließen? Wenn ich doch Olaf nicht so sehr ins Gewissen geredet hätte! Dann säßen wir jetzt alle drei auf dem

Dampfer nach Samoa und würden uns auf unsere neue Heimat in der Südsee freuen. Immer wieder quält mich die Frage, ob ich nicht schuld an seinem Tod bin.

Clara sackte ein wenig in sich zusammen, steckte den Stift in den Mund und kaute darauf herum.

Jenoch! Dat et esu kumme sollt, wor net ding Schold, hörte sie ihre Freundin sagen und sah sie mit liebevollem Vorwurf den Kopf schütteln. Du hast alles richtig gemacht. Zerfleische dich nicht mit nutzlosen Vorwürfen, sondern schau nach vorn! Du brauchst deine Kraft jetzt für wichtigere Dinge. Clara richtete sich auf. Die innere Zwiesprache mit Ottilie tat ihr gut.

Solche Gedanken suchen mich immer wieder heim. Aber ich sehe ein, dass sie zu nichts führen. Das Geschehene kann ich nicht mehr ändern. Im Gegensatz zu meiner momentanen Situation. Drück mir die Daumen, dass meiner Bewerbung morgen Erfolg beschieden ist.

So, nun ist der Briefbogen zu Ende, und ich schließe mit den innigsten Grüßen an Dich. Sei nochmals herzlich bedankt für Dein Päckchen! Alles Liebe,
Deine Clara

18

Røros, Juni 1895 – Sofie

Bereits sechs Tage nach Ivar Svartsteins unverhofftem Erscheinen im Stadthaus der Hustads waren er und seine Töchter wieder nach Røros zurückgekehrt. Wenn es nach Sofie gegangen wäre, hätte sie ihren Besuch in Trondheim gern um einige Wochen verlängert, am liebsten bei ihren Großeltern. Viel zu schnell waren die Tage auf dem Landgut auf der Halbinsel Lade verflogen, viel zu wenige Gelegenheiten hatte es gegeben, mehr über die Kindheit ihrer Mutter zu erfahren und gemeinsam mit Roald und Toril der lieben Verstorbenen zu gedenken. In Røros würde Sofie mit ihrer Trauer wieder allein sein.

Auch Silje hatte auf die Anordnung ihres Vaters, ihn unverzüglich nach Hause zu begleiten, mit nur mühsam kaschierter Enttäuschung reagiert – beraubte er sie damit doch nicht nur des von ihr geschätzten gesellschaftlichen und kulturellen Angebots der großen Stadt, sondern vor allem der Möglichkeit, ihrem Verehrer Fredrik Lund zu begegnen und ihre Bekanntschaft zu vertiefen. Sofie vermutete, dass ihr Vater genau dies verhindern wollte. Als Tante Malene ein gutes Wort für ihre Nichten eingelegt und erklärt hatte, sie seien ihr weiterhin von Herzen willkommen, hatte Ivar das Gesicht verzogen und etwas gebrummt, das wie »keine weiteren Flausen erlauben und auf dumme Gedanken bringen« geklungen hatte.

Ob er aus diesem Grund auch die Einladung seines Schwiegervaters Roald ausgeschlagen hatte, ihm auf den Solsikkegård zu folgen, wo die Familie zwei Wochen später mit Nachbarn und Freunden in der Nacht auf den vierundzwanzigsten Juni die Sommersonnenwende feiern würde, bezweifelte Sofie dagegen. Zumindest war das nicht das entscheidende Motiv. Ihr Vater hegte, seit sie denken konnte, eine tiefe Abneigung gegen den Sankthans-Tag. Sein Gemüt pflegte sich in den Tagen um Mittsommer zu verdüstern, der kleinste Anlass ließ ihn aus der Haut fahren, und man war gut beraten, ihn in seinem Vor-sich-hin-Brüten nicht zu stören.

Umso verlockender wäre die Aussicht auf ein fröhliches Fest im weitläufigen Park des großelterlichen Anwesens oder am Ufer des Trondheimfjords gewesen. Sofie hatte diese *Jonsok*-Feiern zu Ehren von Johannes dem Täufer, an denen sie als Kind mehrfach mit ihrer Mutter teilgenommen hatte, in lebhafter Erinnerung. Sie hatte es geliebt, um das große Feuer zu tanzen, der Musik der Fiedelspieler zu lauschen und von den vielen guten Speisen zu naschen, die die Diener in unzähligen Picknickkörben herbeischafften. Wenn sie müde wurde, hatte sie sich in den Schoß ihres Großvaters gekuschelt und ihn gebeten, ihr eine der alten Sagen zu erzählen, die sich um die Johannisnacht rankten.

In diesem Jahr war Ivars Laune besonders finster. Wie eine Gewitterwolke waberte sie durch das große Haus in der Hyttegata, ließ die Bediensteten so leise wie möglich hantieren und sprechen und versetzte alle in einen Zustand ängstlichen Wartens: Wann würde der Blitz zuschlagen? Wen würde er treffen? Silje verkroch sich in ihrem Zimmer und träumte sich zu rauschenden Bällen, Theaterbesuchen und anderen gesellschaftlichen Ereignissen – mithilfe von Modemagazinen und mehreren Ausgaben der Damenzeitschrift *Dagmar*.

»Ich weiß gar nicht, warum ich sie noch immer abonniert habe. Ich komme doch nie zum Lesen«, hatte Tante Malene gesagt und ihr einen kleinen Stapel in die Hand gedrückt.

Sofie hielt es zu Hause nicht aus. Zu der angespannten Atmosphäre kam die Abwesenheit ihrer Mutter, an die sie auf Schritt und Tritt erinnert wurde. Jedes Möbelstück, jedes Bild, jeder noch so unscheinbare Gegenstand erzählte von seiner Verbindung zu Ragnhild und erfüllte Sofie mit einer Sehnsucht, die ihr die Luft zum Atmen nahm. Zum ersten Mal in ihrem Leben war es ihr nicht möglich, sich der Situation zu entziehen, indem sie ein Buch las und sich in eine fremde Geschichte entführen ließ. Während sie am Tag nach ihrer Heimkehr ruhelos durch die Flure und Zimmer streifte, kam sie sich nutzlos und überflüssig vor. Sie beneidete die Köchin, die Zimmermädchen, Diener und anderen Angestellten um ihre Aufgaben und Arbeiten, die ihren Tagen Struktur und Sinn gaben.

Als sich Sofie am Abend in ihr Bett legte, stand ihr Entschluss fest: Sie würde sich eine Tätigkeit suchen, die ihr möglichst viele Stunden außerhalb des Hauses bescherte. Eine bezahlte Stellung kam für sie nicht infrage. Allein der Gedanke an den Wutausbruch ihres Vaters, mit dem er ein solches Ansinnen im Keim ersticken würde, ließ Sofie fröstelnd die Daunendecke bis unters Kinn ziehen. Gegen ein ehrenamtliches Engagement dagegen konnte er schwerlich etwas einwenden. Viele Damen aus ihren Kreisen waren in diversen Vereinen und gemeinnützigen Organisationen tätig.

Vor Sofies Augen tauchten die ehrenwerten Gattinnen von Schneidermeister Skanke, Bankdirektor Asmund, Postmeister Krogh und von anderen Honoratioren der Stadt auf, die sich regelmäßig zu Handarbeitskränzchen trafen. An diesen Nachmittagen bestickten sie Tischdecken und häkelten Topflappen für die Tombola des Kirchenbasars, flochten Girlanden für Gemeindefeste und strickten den Kindern des Waisenhauses zu Weihnachten und Ostern Strümpfe, die sie ihnen nebst Heftchen mit erbaulichen Texten austeilten. Bei diesen Zusammenkünften wurde selbst gebackener Kuchen gereicht, den man ebenso genüsslich in sich hineinspachtelte wie die neuesten Klatschgeschichten der Stadt. Außerdem nutzte man die Treffen, um Rezepte gegen Hühneraugen und für eine gute Verdauung auszutauschen, anstehende Festivitäten zu planen und sich gegenseitig sein Leid über diverse Zipperlein und den Verfall von Sitte und Moral bei der heutigen Jugend zu klagen.

Sofie drehte sich auf die Seite. Nein, das war nichts für sie. Sie hatte gut nachvollziehen können, warum ihre Mutter, die ein paar Mal an diesen Kränzchen teilgenommen hatte, sich sooft es ging wegen Unpässlichkeit oder wichtiger anderweitiger Verpflichtungen hatte entschuldigen lassen. Es mochte erheiternd sein, Bertine Skanke mit ihrem verzogenen Schoßhund Tuppsi zu beobachten und ihr und ihren Freundinnen eine Weile zuzuhören – ganze Nachmittage in ihrer Gesellschaft zu verbringen war dagegen eine Vorstellung, die Sofie ein herzhaftes Gähnen entlockte.

Sie starrte auf die Ritzen im Fensterladen, durch die der Schein der hellen Sommernacht schimmerte. Die Erinnerung an die drei Tratschtanten beschwor ein anderes Gesicht in Sofie herauf. Das des alten Küsters Blomsted, der sie stets so liebenswürdig grüßte. Sie war sicher, dass er Rat wusste, wie sie sich ehrenamtlich in der Gemeinde einbringen konnte. Zufrieden schloss sie die Augen und schlief rasch ein.

Eine Woche später saß Sofie am Dienstagvormittag in einem Nebenraum der Sakristei und schrieb ein Lied ins Reine, das Elmer Blomsted für den von ihm geleiteten Kirchenchor komponiert hatte. Mit ihrer Vermutung, der Küster könnte ihr bei ihrer Suche nach einer sinnvollen Beschäftigung behilflich sein, hatte sie ins Schwarze getroffen. Nachdem er sich vergewissert hatte, dass es ihr ernst damit war, hatte er ihre Hände ergriffen und gerufen: »Sie schickt der Himmel!«

Es stellte sich heraus, dass nicht nur Elmer Blomsted selbst, sondern vor allem die kleine Volksbibliotek gegenüber der Kirche dringend Unterstützung benötigte. Seit einigen Jahren waren die Bücher in der Raukassa, dem Schulgebäude, untergebracht. Nachdem der Bibliothekar Christen Evensen 1891 sein Amt niedergelegt hatte, gestaltete sich die Suche nach einem Nachfolger schwierig. Der Küster tat sein Bestes, um den Ausleihbetrieb zumindest sporadisch aufrecht zu erhalten, Buchspenden zu sichten und mit den von der Regierung für öffentliche Büchereien bewilligten Zuschüssen neuen Lesestoff einzukaufen. Mit einem verlegenen Lächeln hatte er Sofie gestanden, dass ihn diese Aufgabe überforderte. Die Erfüllung seiner eigenen Pflichten brachte den älteren Herrn oft genug an seine Grenzen – was Sofie keineswegs erstaunte. Seine umständliche Art und seine Scheu, Entscheidungen zu treffen und sich festzulegen, standen ihm oft im Wege.

Sofie hatte sich mit Feuereifer in ihre neue Aufgabe gestürzt. Als sie das erste Mal den kleinen Raum betreten hatte, in dem sich die Bibliothek befand, hatte sie nur mit Mühe ein entsetztes Gurgeln unterdrückt. Wie Kraut und Rüben hatten die Bücher in zwei Regalen gestanden, sich in schiefen Stapeln auf dem Boden getürmt und unausgepackt in Kisten gelegen. Mit einem resoluten Lächeln hatte sie den Küster, der ihr zur Hand gehen wollte, aus dem Zimmer komplimentiert und sich an die Arbeit gemacht. Binnen dreier Tage hatte sie alle Bände katalogisiert, mit Nummern versehen und nach Genres unterteilt in den Regalen verstaut.

In den Anfangsjahren hatte man in erster Linie Sachliteratur angeschafft, die die Allgemeinbildung fördern und die christliche Moral stärken sollten: Erdkunde- und Geschichtsbücher, naturwissenschaftliche Abhandlungen, Ratgeber für Gesundheit und Hygiene, religiöse Schriften und Gesetzestexte. Um die Leselust insbesondere der Jugend anzufachen, kamen im Lauf der Zeit Reisebeschreibungen und Romane dazu. Neben Klassikern wie *Onkel Toms Hütte* hatte Sofie einige Werke zeitgenössischer norwegischer Schriftsteller entdeckt. An diesem Nachmittag wollte sie im *Amneus Boghandel* weitere Bücher kaufen und – falls sie nicht vorrätig waren – bestellen. Küster Blomsted hatte ihr bei der Auswahl freie Hand gelassen mit der Bemerkung, sie würde den Geschmack der jüngeren Leser gewiss sehr viel besser treffen als er. Sein Vertrauen in sie tat Sofie gut. Lange hatte sie über ihrer Liste gebrütet. Die bescheidenen Mittel des Bibliotheksetats ließen keine großen Sprünge zu. Schließlich hatte sie sich für einen Band mit Henrik Ibsens Dramen, Erzählungen von Bjørnstjerne Bjørnson, dem erst vor kurzem erschienenen *Dschungelbuch* von Rudyard Kipling und Arthur Conan Doyles *Abenteuer von Sherlock Holmes* entschieden. Sofie hoffte, dass sie die Neuzugänge am Ende der Woche präsentieren konnte, wenn sie die Bibliothek zum ersten Mal öffnen und interessierten Lesern die Gelegenheit bieten würde, das aktualisierte Sortiment zu sichten und Bücher auszuleihen.

Die Turmuhr schlug elf Mal. Sofie beeilte sich, die letzten Noten zu entziffern, die der Küster auf einen Zettel gekritzelt hatte, und sie auf das Blatt zu übertragen, auf dem sie mit einem Lineal Notenlinien gezogen hatte. Die fünf Strophen des Liedes hatte sie bereits abgeschrieben und steckte sie nun zusammen mit dem Notenblatt in einen Pappdeckel. Rasch stand sie auf, verließ die Sakristei und lief hinunter zum Gebäude der lokalen Zeitung *Fjell-Ljom*, die vier Jahre zuvor in eine ehemalige Schreinerei am Hitterelva gezogen war. Die dem Fluss zugewandte Seite stand auf Stelzen im Wasser und bot so einem Mühlrad Platz, mit dem die moderne Schnellpresse angetrieben wurde.

Da die Zeitung nur dienstags und donnerstags erschien, nahm der Verleger zwischendurch gern andere Druckaufträge an, mit denen er sein Gehalt aufbesserte. Es war Sofies Idee gewesen, die Noten und Liedertexte auf diese Weise vervielfältigen zu lassen und sie nicht länger mit der Hand abzuschreiben. Die Bedenken wegen der dadurch entstehenden Kosten hatte Sofie dem Küster schnell ausgeredet. Die enorme Zeitersparnis leuchtete ihm ein.

»Wie bin ich nur jemals ohne Sie zurechtgekommen?«, hatte er gesagt und Sofies Arm getätschelt.

In ihre Gedanken versunken war Sofie die Lorentz Lossius Gata parallel zum Hitterelva hinabgelaufen, hatte diesen auf der Höhe der Finnveta überquert und war in den Stigersveien eingebogen, an dem das *Fjell-Ljom*-Zeitungshaus stand. Im oberen Stockwerk wohnte der Verleger mit seiner zweiten Frau und einer großen Kinderschar, im Erdgeschoss waren das Redaktionsbüro, ein Papierhandel und die Presse und Setzkästen untergebracht.

Sofie rückte sich ihren Hut zurecht, den der Wind in ihren Nacken geweht hatte, und betrat die Druckerei. Sie war menschenleer. Aus einem Nebenzimmer hörte sie gedämpfte Geräusche. Ein Geruchsgemisch aus Ruß, Harz und warmem Maschinenöl drang in ihre Nase. Sie sah sich in dem Raum um, der von einer großen Apparatur beherrscht wurde. Das musste die Schnellpresse sein, die seit einiger Zeit die alte Handpresse ersetzte. Interessiert betrachtete sie die in ihren Augen kompliziert aussehende Konstruktion aus Zahnrädern, Walzen, Gestängen und Platten.

»Sie interessieren sich für unsere *Nibiolo*-Druckmaschine?«

Sofie schreckte hoch und entdeckte auf der Schwelle zum Nebenraum den Verleger Olaf Olsen Berg, einen stattlichen Mann um die vierzig Jahre. Sie hatte ihn nur selten gesehen. Er nahm nicht am Gemeindeleben teil und blieb den Gottesdiensten fern, nachdem er aus der Staatskirche ausgetreten war. Als bekennender Methodist erregte er den Argwohn der strenggläubigen Lutheraner. Den überwiegend königstreuen und konservativ eingestellten Großbürgern war darüber hinaus die explizit linksliberale Gesinnung seiner Zeitung ein Dorn im Auge. Auch ihr Vater boykottierte das »Schmierblatt der *Venstre*«, wie er die *Fjell-Ljom* nannte. Neben der landesweit erscheinenden Wochenausgabe der *Aftenposten*, die er aus Christiania bezog, dem *Berliner Tageblatt und Handelzeitung* und der englischen *Financial Times*, hatte er die *Dovre* abonniert, die seit einem Jahr in Røros herausgegeben wurde. Diese Tageszeitung des rechten Lagers befürwortete ausdrücklich den Fortbestand der Union mit Schweden und wetterte gegen die Rufe, die in letzter Zeit nach einem allgemeinen Stimmrecht verlangten.

»Wie funktioniert sie?«, platzte Sofie heraus, ohne zu grüßen oder sich vorzustellen.

Olsen Berg schien sich weder an ihrer undamenhaften Neugier zu stören noch an ihrem Mangel an gutem Benehmen. Stumm griff er nach einem großen Blatt Papier, das in einer Kiste neben der Presse stand.

»Per, legst du bitte den Riemen auf!«, rief er zur offenen Tür des Hinterzimmers und legte das Blatt oben auf ein Brett.

Einen Augenblick später begannen sich die Rollen zu drehen, die unter der Decke aufgehängt waren und den Transmissionsriemen bewegten, der zu der Druckmaschine hinunterführte und deren Mechanismus in Gang setzte. Im unteren Teil der Presse fuhr eine flache Eisenplatte auf Schienen hin- und her. Das Papier wurde mittels einer Rutsche auf diese Platte transportiert.

»Danke!«, rief Olsen Berg.

»Das ist der Karren mit dem Drucksatz, dem sogenannten Fundament. Wie Sie sehen, liegt bei dieser Flachpresse die druckgebende Seite oben«, erklärte er Sofie.

Sie nickte und deutete auf eine Walze, die darüber befestigt war. »Und damit wird die Farbe aufgetragen?«, fragte sie mit erhobener Stimme, um das rhythmische Rattern und Surren der Zahnräder zu übertönen.

»Genau, das ist der Druckzylinder mit den Auftragwalzen.«

Aus den Augenwinkeln bemerkte Sofie eine Bewegung. Sie drehte den Kopf und zuckte zusammen. Aus dem Hinterzimmer war der unsichtbare Gehilfe getreten, den der Verleger gebeten hatte, den Treibriemen mit dem Mühlrad zu verbinden.

Sie kannte ihn. Zuletzt hatte sie ihn in Trondheim vor dem Gebäude des Arbeitervereins gesehen. Und davor auf dem Friedhof, am Tag, als ihre Mutter beerdigt worden war.

»Wir können zwei Seiten gleichzeitig drucken«, fuhr Olsen Berg fort, begab sich zur Rückseite der Maschine und winkte Sofie, ihm zu folgen. Mechanisch setzten sich ihre Beine in Bewegung. Sie hörte den Verleger sprechen, ohne den Sinn seiner Worte zu begreifen.

»Im ersten Durchgang sind nun die erste und die vierte Seite nebeneinander gedruckt worden.«

Er unterbrach sich und folgte Sofies Blick, die immer wieder zu dem jungen Mann mit den strahlend blauen Augen linste, der entspannt an einem hüfthohen Setzkasten lehnte und ihnen zusah. Er machte sie nervös. Bevor sie über die Gründe dafür nachdenken konnte, lächelte Olsen Berg ihm zu.

»Ah, Per, du kommst wie gerufen. Könntest du die Druckplatte austauschen? Ich gebe gerade ein wenig mit unserer Errungenschaft aus Italien an.« Er zwinkerte Sofie zu. »Das gute Stück hat nämlich einen weiten Weg hinter sich.«

Bereitwillig kam Per zu ihnen. Er sah ihr direkt in die Augen und nickte kaum merklich mit dem Kopf. Sofie spürte, wie ihr das Blut in die Wangen stieg. Was war nur los mit ihr? Warum verunsicherte sie dieser ungehobelte Bursche, der so unverschämt selbstbewusst auftrat? Wer glaubte er denn zu sein? Sie straffte sich, drehte Per den Rücken zu.

»Ich weiß. Sie erwähnten ja, dass dies eine Nebiolo-Presse ist«, sagte sie betont kühl zu Olsen Berg. »Also nehme ich an, dass sie im gleichnamigen Ort im Piemont gefertigt wurde. Mein Vater lässt sich ab und zu Weine von dort kommen. Man keltert dort eine vorzügliche Spätlese.«

»Ich bin beeindruckt«, sagte der Verleger trocken.

Du klingst wie Silje, schoss es Sofie durch den Kopf. Von dir eingenommen und besserwisserisch.

»Gut möglich, dass Giovanni Nebiolo, der Gründer der Maschinenfabrik, tatsächlich aus diesem Ort kommt. Sein Unternehmen ist allerdings in Turin ansässig. Und ob die Rebsorte Nebbiolo nach dem piemontesischen Dorf Nibiola benannt ist, weiß man nicht so genau. Die Traube könnte ihren Namen eher dem weißlichen Belag verdanken, der sich auf den reifen Beeren bildet. Er erinnert an Nebel, was auf Italienisch *nebbia* heißt.«

Olsen Bergs Erklärung klang sachlich, hatte keinen rechthaberischen oder auftrumpfenden Ton. Sofie fühlte sich beschämt. Was mussten die beiden von ihr denken! Sicher hielten sie sie für eine dieser hochnäsigen Puten, die sie selbst so unausstehlich fand. Sie senkte den Kopf und wünschte sich weit weg. Ihr Versuch, einen weltläufigen Eindruck zu machen, war kläglich gescheitert.

»So, jetzt kommen die anderen beiden Seiten an die Reihe«, sagte Per, der während des kurzen Schlagabtausches der Bitte des Verlegers nachgekommen war und den Drucksatz ausgewechselt hatte. Er legte den einseitig bedruckten Bogen wieder oben auf das Auslegebord.

»Ich danke dir«, sagte Olsen Berg. Während die Rückseite bedruckt wurde, lenkte er Sofies Aufmerksamkeit auf eine Art schwenkbaren Rost, der das Papier auf ein großes Brett legte. »Zum Schluss wird er jetzt mit dieser Falzvorrichtung«, er deutete auf einen schmalen Stab, der sich mittig auf den fertig bedruckten Bogen herabsenkte, »zweimal gefaltet – und fertig ist die aktuelle Ausgabe der *Fjell-Ljom*.«

Mit einer leichten Verbeugung überreichte er Sofie die Zeitung. Sofie murmelte ein Dankeschön und wollte die Druckerei verlassen. Olsen Berg hob die Brauen.

»Ich nehme doch an, dass Sie nicht nur hergekommen sind, um die Funktionsweise der Druckpresse zu ergründen, oder?«

»Äh, nein … natürlich nicht.« Sofies Hände wurden feucht. Das Bedürfnis, sich in Luft aufzulösen, steigerte sich. Sie zog die

Abschrift des Liedes aus dem Pappdeckel und hielt sie ihm hin. »Küster Blomsted bräuchte dreißig Exemplare davon.«

Der Verleger nahm die Blätter und runzelte die Stirn. »Die Texte sind kein Problem. Die können Sie bereits morgen abholen. Für die Noten dagegen muss ich eine Autografie, also einen Umdruck, anfertigen … Wann benötigt Herr Blomsted sie denn?«

»Es eilt nicht«, antwortete Sofie. »Die nächste Chorprobe findet erst Ende der Woche statt.«

»Gut, bis dahin sind die Drucke auf jeden Fall fertig. Vielen Dank für den Auftrag.«

Sofie nickte grüßend und lief zur Tür. Als sie die Klinke herunterdrückte, hörte sie Per dem Verleger etwas zuflüstern.

»Ach, verzeihen Sie bitte«, rief dieser ihr zu. »Ich erfahre gerade, dass Sie eine Tochter von Ivar Svartstein sind.«

Sofie drehte sich um.

»Sie wissen nicht zufällig, was Ihr Vater mit dem Sägewerk vorhat?«

»Was für ein Sägewerk?«

Sofie sah ihn verständnislos an.

Olsen Berg und Per tauschten einen kurzen Blick.

»Ach, nicht wichtig«, sagte der Verleger. »Ich möchte Sie nicht länger aufhalten.«

Sofie schluckte die Frage herunter, warum er annahm, ihre Familie besäße ein Sägewerk, riss die Tür auf und stolperte ins Freie. Selten hatte sie sich binnen kurzer Zeit so oft blamiert. Jetzt stand sie nicht nur als eingebildete Schnepfe da, sondern obendrein als völlig ahnungslos, was die Geschäfte ihres Vaters betraf. Es war so demütigend! Und als Tüpfelchen auf dem i war ausgerechnet dieser dreiste junge Arbeiter Zeuge ihres peinlichen Auftritts gewesen.

19

Røros, Juni 1895 – Clara

Am Montagmorgen erwachte Clara keuchend und mit feuchter Stirn. Im Traum hatte sie mit Paul einen Spaziergang zur Wanderdüne vor der Stadt unternommen. Aus dem anfänglich harmlosen Ausflug war ein Kampf um Leben und Tod geworden. Sie waren in tückischen Treibsand geraten, der sie in die Tiefe zu ziehen drohte. Mit aller Kraft hatte sich Clara dem Sog entgegengestemmt. Zu ihrem Entsetzen hatte Paul ihre Hand losgelassen. Doch er versank nicht, sondern flog wie ein Vogel über ihr und forderte sie auf, ihm zu folgen. Verzweifelt hatte Clara versucht, sich ebenfalls in die Luft zu erheben. Es war ihr nicht gelungen. Bevor die Sandmassen sie verschluckten, war sie aus dem Schlaf aufgeschreckt.

Sie sprang aus dem Bett, beugte sich über die Waschschüssel, die auf einem Hocker stand, und spritzte sich kaltes Wasser ins Gesicht, um die Bilder des Albtraums zu verscheuchen. Es war nicht das erste Mal seit ihrer Ankunft in Røros, dass sie sich im Schlaf auf dem Kvitsanden befunden hatte. Warum entführten ihre Träume sie nicht in freundlichere Gefilde? Warum konnte sie nicht am Rhein promenieren, durch Bonns Straßen bummeln oder nach Pützchen zum Adelheidisbrunnen wandern? Clara seufzte, löste ihren Zopf und bürstete ihr rötlichbraunes Haar, bis es glänzte.

Nach dem Frühstück lief sie mit Paul die Kirkegata hinauf zur Schule. Deren Direktor, Ole Guldal, ein Mittvierziger mit schütterem Haar und üppigem Schnauzbart, war zu Pauls Freude gern bereit, ihn als Gast an seinem Unterricht teilnehmen zu lassen. Während Clara noch mit ihrem Unbehagen kämpfte, ihren Sohn sich selbst zu überlassen, winkte ihr dieser fröhlich zu und folgte Ole Guldal, der ihn ins Klassenzimmer brachte.

Clara verließ das Schulgebäude und machte sich auf den Weg in den unteren Teil der Hyttegata. Ihr Ziel, der Bergskrivergården, war ein lang gezogenes einstöckiges Gebäude, das Ende des achtzehnten Jahrhunderts im damals vorherrschenden klassizistischen Stil erbaut worden war. Die Fassade war mit weißen Holzpaneelen verschalt, über den Fenstern im Erdgeschoss waren kleine Giebel angebracht, und über der Tür, zu der eine Treppe mit Geländer führte, entdeckte Clara das Emblem des Kupferwerkes – Schlägel und Eisen samt Venussymbol – umrankt von Girlanden und Blumendekor. In diesem Teil der Straße gab es viele solcher Gebäude, die im Vergleich mit den kleinen Hütten der Tagelöhner und den einfachen Höfen der Arbeiter stattlich wirkten – sich in Claras Augen, die an die mehrstöckigen Steinhäuser Bonns gewöhnt war, jedoch recht bescheiden ausnahmen.

Sie zog das kleine Wörterbuch aus ihrer Jackentasche, überzeugte sich noch einmal, dass Büro *kontor* beziehungsweise *amtsstua* auf Norwegisch hieß, und stieg mit klopfendem Herzen die vier Stufen hinauf. Nachdem sie eine stumme Bitte um gutes Gelingen an die heilige Adelheid gesandt hatte, öffnete sie die Tür. Bei einem hageren Mann, der ihr unter dem Gewicht eines hohen Aktenstapels wankend auf dem Gang entgegenkam, erkundigte sie sich nach der Amtsstube und wurde in den zweiten Stock verwiesen. Da es nur eine Etage gab, nahm Clara an, dass man in Norwegen die Stockwerke anders zählte und dass das Parterre als erstes Geschoss galt.

Der Verwaltungssitz der Bergwerksgesellschaft bot nicht nur dem Büro des Bergschreibers und dessen Wohnung Platz, sondern auch einem Gerichtssaal und einem Versammlungsraum für die Anteilseigner, wenn sie sich in Røros aufhielten.

Clara fand die Schreibstube verwaist vor und sah sich unschlüssig um. Der Raum war mit einem großen Schreibtisch, der vor dem Fenster stand, einem kleineren Klappsekretär und mehreren Aktenschränken möbliert und verströmte eine nüchterne Atmosphäre. Die Zuversicht, mit der Clara am Tag zuvor ihrer Freundin von ihrer bevorstehenden Arbeitssuche geschrieben hatte, verflüchtigte sich von Sekunde zu Sekunde. Nach einer gefühlten Ewigkeit hörte sie sich nähernde Schritte, und einen Augenblick später trat der Mann ein, der ihr den Weg erklärt hatte. Er trug eine dunkelblaue Jacke mit silbernen Knöpfen, hatte schütteres Haar und eine tiefe Falte zwischen den Augenbrauen.

Nachdem Clara sich vergewissert hatte, dass er Deutsch verstand, nannte sie ihren Namen und brachte ihr Anliegen vor. Der Mann hörte ihr mit ausdrucksloser Miene zu. Die Falte auf seiner Stirn verlieh seinem Gesicht einen strengen Ausdruck, der Clara einschüchterte. Verunsichert verstummte sie. Hatte sich die Pensionswirtin getäuscht? War die Stelle nicht mehr vakant? Oder wollte man keine Frau beschäftigen? Noch dazu eine, die des Norwegischen nicht mächtig war?

»Aus welcher Gegend in Deutschland kommen Sie?«, fragte der Mann.

»Äh ... aus dem Rheinland«, antwortete Clara und sah ihn verdutzt an.

Ein Lächeln breitete sich auf seinem Gesicht aus.

»Gestatten, Bergschreiber Dietz«, sagte er und hielt ihr die Hand hin. »Mein Großvater stammte aus dem Siegerländer Erzrevier. Er hat dort in der Petersgrube gearbeitet. Die liegt in der Nähe von Altenkirchen. Vermutlich sagt Ihnen das nichts ...«

»Oh doch!«, unterbrach ihn Clara. »Das ist gar nicht so weit von meiner Heimatstadt Bonn entfernt. Wir haben mit unserer Lehrerin einmal einen Ausflug in den Westerwald gemacht und sind dabei auch durch Altenkirchen gekommen«, sagte sie und erwiderte den Händedruck.

»Nein, wer hätte das gedacht. Eine Landsmännin sozusagen!« Herr Dietz strahlte und deutete auf den Stuhl, der vor dem größeren Schreibtisch stand. »Nehmen Sie doch bitte Platz.« Er setzte sich hinter den Tisch. »Also, Frau Ordal, Sie möchten uns bei unserer Schreibarbeit unterstützen?«

Clara nickte. Herr Dietz schob ihr einen Papierblock hin, schraubte einen Füllfederhalter auf, schlug ein Buch auf und legte es vor sie auf den Tisch. »Wenn ich Sie um eine Schriftprobe bitten dürfte.«

Clara nahm den Stift und kopierte die ersten Zeilen.

§ 49. Folket udøver den lovgivende makt ved Storthinget, der består av to avdelinger, et Lagthing og et Odelsthing.
§ 50. Stemmeberettigede ere kun de norske Borgere, som have fyldt 25 Aar, have været bosatte i Landet i fem Aar, opholde sig der, og enten:

1) ere, eller have været, Embedsmænd;
2) paa Landet eie, eller, paa længre Tid end fem Aar, have bygslet matriculeret Jord;
3) ere Kjøbstadsborgere, eller i Kjøbstad eller Ladested eie Gaard eller Grund.

Es war ungewohnt, einen Text zu schreiben, dessen Bedeutung ihr verschlossen war. Die Paragraphenzeichen vor den einzelnen Absätzen, die zuweilen noch in Unterpunkte aufgegliedert waren, deuteten auf einen juristischen Inhalt hin. Einige Wörter wie *folket, makt* und *landet* konnte sie direkt übersetzen: Volk, Macht und Land. Manche klangen vertraut, ihren Sinn glaubte Clara zu verstehen. So vermutete sie, dass *stemmeberettig* stimmberechtigt hieß und *opholde sig* sich aufhalten.

»Vielen Dank, das reicht vollkommen.«, sagte der Bergschreiber nach wenigen Augenblicken.

Oje, ich hab's vermasselt, dachte Clara und machte sich steif. »Verstehe«, murmelte sie und schraubte den Füllfederhalter zu, ohne Herrn Dietz anzusehen.

»Sie haben eine sehr klare, gut leserliche Schrift«, fuhr dieser fort. »Ich wäre hocherfreut, Sie als neue Mitarbeiterin gewinnen zu können.«

Clara hob den Blick und starrte ihn ungläubig an.

»Oder haben Sie es sich anders überlegt?«, fragte er, während sie gleichzeitig stammelte: »Heißt das ... Sie meinen, ich bekomme die Stelle?«

»Aber unbedingt!«, sagte Herr Dietz. »Sie glauben ja nicht, welche – verzeihen Sie den Ausdruck – Sauklauen ich in den letzten Tagen bewundern durfte.«

»Und es stört Sie nicht, dass ich kein Norwegisch spreche?«, fragte Clara.

»Ach woher denn! Ich bin mir sicher, dass Sie das schnell lernen werden. Und für's Erste ist mir schon ungemein damit geholfen, wenn Sie einfach nur Texte abschreiben. Kurz bevor ich im vorigen Jahr diesen Posten bekam, gab es hier einen Wasserschaden, der einen Teil unserer Bergbücher in Mitleidenschaft gezogen hat. Gottlob werden von jeher sogenannte Gegenbücher angefertigt. Mit ihrer Hilfe können wir die beschädigten Exemplare rekonstruieren.«

Clara spürte, wie sich ihre Anspannung löste. Insgeheim hatte sie nicht damit gerechnet, so schnell und reibungslos eine Arbeitsstelle zu finden. Nie hätte sie gedacht, dass sie sich eines Tages voller Dankbarkeit an die endlosen Schönschreibaufgaben erinnern würde, über die Ottilie und sie als Schülerinnen so oft gestöhnt hatten.

»Könnten Sie schon morgen mit der Arbeit beginnen?«, fragte Herr Dietz.

»Ja, sehr gern!«, antwortete sie.

Der Bergschreiber lächelte zufrieden. Clara schluckte. Seine Formulierung »fürs Erste« und die Überzeugung, sie werde schnell Norwegisch lernen, deutete darauf hin, dass er keine Aushilfe für eine befristete Zeit suchte, sondern eine dauerhafte Schreibkraft. Auch wenn sie Gefahr lief, dass er sein Angebot zurückzog – es wäre nicht recht, ihn darüber im Unklaren zu lassen, dass sie in absehbarer Zeit nach Deutschland zurückkehren wollte.

»Ich sollte Ihnen noch sagen ... also, ich werde nur eine Weile in Røros bleiben und ... Wenn Sie nur an einer langfristigen ...«

Herr Dietz hob eine Hand. »Es stimmt schon, dass ich auf Dauer eine tüchtige Mitarbeiterin gut gebrauchen könnte. Aber, wie gesagt, momentan benötige ich in erster Linie eine Art Feuerwehr, die mir möglichst rasch die beschädigten Bergbücher kopiert. Ich denke, dass das ungefähr acht bis zehn Wochen in Anspruch nehmen wird. Denken Sie, dass Sie so lange ...«

»Auf jeden Fall!«, fiel Clara ihm ins Wort. »Ich verspreche Ihnen, dass ich erst gehe, wenn ich die Bücher abgeschrieben habe.«

Der Bergschreiber erhob sich und hielt ihr mit feierlicher Miene seine Rechte hin. »Wunderbar! Ich werde den Vertrag vorbereiten und sehe Sie dann morgen um acht Uhr.«

Clara stand auf und schüttelte seine Hand. »Verraten Sie mir noch, was ich da geschrieben habe?«, fragte sie mit Blick auf das Buch, aus dem sie ein paar Zeilen kopiert hatte.

»Einige Sätze aus unserem Grundgesetz«, antwortete er und begann, die Abschnitte zu übersetzen, die Clara als Vorlage gedient hatten: »Das Volk übt die gesetzgebende Gewalt durch das Storting aus, also das Parlament, das aus zwei Abteilungen besteht, dem Lagting und dem Odelsting.« Er unterbrach sich. »Sollte ich das vielleicht ein wenig erläutern?«

»Das wäre sehr freundlich«, antwortete Clara, die spürte,

welche Freude es ihm bereitete, ihr diese Dinge zu erklären.

»Also, zunächst einmal zum Storting. Das Wort setzt sich aus *stor* für groß und dem altnordischen Begriff *ting* zusammen. Bei den Germanen war das *thing* die Volks- und Gerichtsversammlung. Von den dort verhandelten Rechts-*Sachen* leitet sich übrigens das Wort Sache beziehungsweise das englische *thing* oder das deutsche Ding ab, das sich auch ...«

»Jetzt begreife ich das endlich!«, rief Clara. »Ich habe mich immer über die Bezeichnung gewundert und ...«

Der Bergschreiber sah sie fragend an.

»Äh, verzeihen Sie bitte«, sagte Clara, »bei uns im Rheinland gibt es große Güter, die Dinghöfe genannt werden. Bis ins vorige Jahrhundert hatten deren Herren das Recht, jährlich Gerichte über Alltagsdelikte abzuhalten. Dank Ihnen weiß ich nun endlich, wie es zu dem Namen kommt.«

Herr Dietz lächelte geschmeichelt und fuhr fort: »Auch die Begriffe *odelsting* und *lagting* haben eine lange historische Tradition. *Odal* bedeutete in alter Zeit Land, das vererbt wird. Odel ist also landwirtschaftliches Stammgut, das seit vielen Generationen in Familienbesitz ist und jeweils an das älteste Kind vererbt wird. Die Odalsbauern hatten in der germanischen Thingversammlung und im Rechtsleben den höchsten Rang inne. In der Verfassung von 1814 wurde dieses Odalsrecht gestärkt und die Besitzer solcher Erbgüter mit dem Privileg ausgestattet, neue Gesetze vorzuschlagen. Sie haben Dreiviertel der insgesamt einhundertneunundsechzig Sitze im Parlament. Das Lagting wiederum ...«

Der Bergschreiber verstummte und sah Clara betreten an. »Entschuldigung, ich wollte Ihnen keinen Vortrag halten. Es ist nur ... unsere Geschichte ist mein Steckenpferd. Da vergesse ich manchmal Raum und Zeit und ...«

»Sie müssen sich doch nicht entschuldigen!«, sagte Clara.

»Ich finde Ihre Ausführungen sehr spannend!« Zu ihrer eigenen Überraschung stellte sie fest, dass das noch nicht einmal geflunkert war. Die Höflichkeit, aus der heraus sie anfangs zugehört hatte, war längst echtem Interesse gewichen. »Welche Funktion hat das Lagting?«, fragte sie.

Herr Dietz lächelte sie an. »Es stimmt über die Gesetzesvorschläge des Odelstings ab.«

»Und wer wählt das Stortinget?«

Der Bergschreiber tippte auf das Papier mit Claras Abschrift und übersetzte den Rest: »Stimmberechtigt sind nur norwegische Bürger, welche das fünfundzwanzigste Jahr vollendet haben, im Lande für fünf Jahre wohnhaft gewesen sind und erstens Beamte sind oder gewesen sind; zweitens Landbesitz haben oder länger als fünf Jahre solchen gepachtet haben, und drittens Bürger einer Handelsstadt sind oder in einer Kauf- oder Landstadt einen Grundbesitz haben.«

Clara bedankte sich und dachte an Olaf, dem einige Bestimmungen der Verfassung seines Heimatlandes übel aufgestoßen waren. Neben der mangelnden Religionsfreiheit war das vor allem das eingeschränkte Wahlrecht gewesen, das nicht nur Frauen ausschloss, sondern auch Männer, die nicht vermögend waren.

»Gehören sie nicht auch zum Volk? Tragen sie nicht ebenso ihren Teil zum Gelingen der Gemeinschaft und deren Wohlstand bei?«, hatte er aufgebracht gefragt.

Clara hatte ihm zugestimmt, sich aber nicht ernsthaft mit dem Thema beschäftigt, das sie als abstrakt empfunden hatte.

Auch jetzt wischte sie diese Fragen beiseite. Für sie zählte im Moment nur, dass sie ihr Auskommen sichern und Paul helfen konnte, den Verlust seines Vaters zu überwinden. Ist aber nicht genau diese Haltung dafür verantwortlich, dass sich an den ungleichen Verhältnissen nichts ändert?, meldete sich ein leises Stimmchen in ihr. Geht es wirklich nur darum, Paul jetzt ein gutes Leben zu ermöglichen? Müsstest du nicht auch etwas dafür tun, dass die Welt, in der er groß wird, ein Stück weit gerechter wird? Ja, vielleicht, gab sie sich zur Antwort. Aber was kann ich schon ausrichten? Ich muss ja schon froh sein, wenn ich hier geduldet werde.

Am Samstagmittag lief Clara nach ihrer Arbeit im Bergskriver-gården zur Schule hinauf, um Paul abzuholen. An seinem ersten Schultag hatte sie sich mit einem mulmigen Gefühl gefragt, wie ihr schüchterner Sohn unter lauter Fremden zurechtkommen würde, deren Sprache er nicht beherrschte. Ihre Sorge hatte sich verflüchtigt, als er ihr nach dem Unterricht mit einem Lächeln entgegengesprungen kam. Er hatte zwar nicht viel von dem verstanden, was der Lehrer und die anderen Schüler sagten, die Rechenaufgabe, die ihnen gestellt wurde, hatte er aber fehlerlos gemeistert. Noch stolzer war er darauf, die Strophe eines Liedes gelernt zu haben, die er später Frau Olsson vorsang. Die Melodie war Clara vertraut, es war die von »Alle Vögel sind schon da«, der norwegische Text hatte aber deutliche Abweichungen vom deutschen Original.

Alle Vögel sind schon da,
alle Vögel, alle.
Welch ein Singen, Musiziern,
Pfeifen, Zwitschern, Tiriliern!
Frühling will nun einmarschiern,
kommt mit Sang und Schalle.

Das zeigte sich, als Frau Olsson die norwegische Version wörtlich übersetzte:

Alle fugler små, de er
kommet nå tilbake!
Gjøk og sisik, trost og stær
synger alle dage.
Lerker jubler høyt i sky,
ringer våren inn på ny
Frost og snø de måtte fly.
Her er sol og glede!

Alle kleinen Vögel
sind nun zurückgekommen!
Kuckuck und Zeisig, Drossel und Star
singen jeden Tag.
Lerchen jubilieren hoch am Himmel
läuten den Frühling ein aufs Neue.
Frost und Schnee müssen weichen.
Hier sind Sonne und Freude!

In den darauffolgenden Tagen hatte sich bereits eine Routine
bei Clara und ihrem Sohn eingeschliffen: Sie wartete vor dem
Eingang zum Friedhof, der dem Schulgebäude gegenüberlag,
auf das Ertönen der Klingel, die das Ende des Unterrichts verkündete. Kurz darauf ergoss sich ein Schwarm durcheinander-
schreiender und lachender Kinder auf die Straße, die in alle
Richtungen zu ihren Elternhäusern auseinanderstoben. Clara
und Paul statteten dem Grab von Olaf einen Besuch ab, bevor
sie sich zur Pension von Frau Olsson begaben. Dort aßen sie mit
den anderen Gästen zu Mittag, anschließend setzte sich Paul an
seine Hausaufgaben, während Clara ihrer Wirtin beim Abwasch zur Hand ging. Später lernte sie mithilfe von Pauls ABC-
Buch Norwegisch und eilte kurz vor drei Uhr wieder in die
Schreibstube, wo sie bis sechs Uhr Texte kopierte.

Ihr Vorgesetzter, Bergschreiber Dietz, hatte vor allem zwei wichtige Funktionen. Zum einen führte er bei den Verhandlungen des Berggerichts Protokoll. Zum anderen trug er die Urkunden, die das Bergamt verlieh, in das sogenannte Bergbuch ein. Dort wurden zudem alle Nachweise über Abgaben, Besitz-, Betriebs- und Vermögensverhältnisse der verschiedenen Gruben aufgeführt. Es war Sofies Aufgabe, diese Informationen anhand der Gegenbücher zu rekonstruieren und die beschädigten Originale zu ersetzen.

Paul blieb derweil in Frau Olssons Obhut zurück, die den Jungen rasch in ihr Herz geschlossen hatte. Für sie war er das Enkelkind, das sie sich immer sehnlich gewünscht hatte. Dass seine leiblichen Großeltern ohne ersichtlichen Grund den Kontakt zu ihm und Clara verweigerten, verstand sie nicht. Es überstieg ihr Fassungsvermögen, wie jemand so liebenswürdigen Familienzuwachs von sich stoßen konnte.

Clara tat diese Einstellung unendlich wohl. Nachdem der alte Gundersen die Stadt verlassen hatte, waren die Pensionswirtin und der Bergschreiber die einzigen Personen, die ihr freundlich und hilfsbereit begegneten und das Gefühl der Verlassenheit minderten, das sie seit Olafs Tod verspürte. Auch der geregelte Tagesablauf trug dazu bei, nicht in das schwarze Loch der Verzweiflung zu stürzen, das sein Verlust in ihr aufgerissen hatte. Wobei sie mit einem leisen Schuldgefühl feststellte, dass es nicht so sehr Olaf als Ehemann war, den sie vermisste, sondern die Geborgenheit und Sicherheit, die er ihr geschenkt hatte. Der Gedanke verwirrte und verunsicherte sie. Hatte sie Olaf nicht richtig geliebt? Wusste sie überhaupt, was »Liebe« war? Die zwischen Mann und Frau, die in zahllosen Gedichten und Liedern besungen und verherrlicht wurde? Ohne die es tausende Romane, Theaterdramen und Opern nicht geben würde? Oder war das nur vergängliche Leidenschaft, die kein stabiles Fundament für eine Ehe bot?

An der Liebe zu ihrem Sohn hatte Clara dagegen keine Zweifel. Die Vorstellung, ihn zu verlieren, war unerträglich. Ihr Leben würde des Wertvollsten beraubt, das ihr je geschenkt worden war. Von Olaf. Dafür würde sie ihm bis ans Ende ihrer Tage dankbar sein.

An diesem Tag hielt Clara vergebens nach Paul Ausschau. Er war nicht mit seinen Mitschülern herausgelaufen. Als sie gerade die Schule betreten und nach ihm suchen wollte, erschien er in der Tür. Clara griff sich an den Hals und rang nach Luft. Aus Pauls Nase tropfte Blut, und sein linkes Auge war zugeschwollen und rötlich verfärbt.

»Um Himmels willen, was ist passiert?«, rief sie, kniete sich vor ihn hin, holte ein Taschentuch hervor und tupfte ihm vorsichtig das Blut weg.

»Das würde ich auch gern wissen«, sagte eine tiefe Stimme.

Clara schaute auf und sah Ole Guldal, den Direktor der Schule. Mehr besorgt als verärgert blickte er durch seinen Zwicker auf Paul hinab, der trotzig die Arme vor der Brust verschränkt hatte und angestrengt auf seine Schuhe starrte. Clara stand auf. Ole Guldal reichte ihr grüßend die Hand.

»Es gab wohl eine Rauferei mit einigen seiner Kameraden. Diese behaupten, Paul habe sie ohne Grund angegriffen und sich in irgendetwas eingemischt, das ihn nichts angehe.«

Clara schüttelte den Kopf. »Das kann nicht sein! Mein Sohn hat noch nie eine Prügelei angefangen.«

Der Direktor zuckte die Achseln. »Ich hatte bisher eigentlich auch nicht den Eindruck, dass er zu Handgreiflichkeiten neigt. Im Unterricht ist er sehr brav und noch nie durch ungebührliches Verhalten aufgefallen. Allerdings finde ich es merkwürdig, dass er zu dem Vorfall schweigt. Wenn er ein gutes Gewissen hätte ...« Ole Guldal hob die Schultern. »Am besten, Sie reden in Ruhe mit ihm und machen ihm klar, dass so etwas in Zukunft nicht mehr vorkommen darf. Dieses Mal will ich darüber hinwegsehen. Schließlich macht der Junge gerade eine schwere Zeit durch.«

Der Direktor nickte Clara zu, drückte Pauls Schulter und verschwand wieder im Schulgebäude. Clara sah ihm mit einer Mischung aus Dankbarkeit und Empörung nach. Einerseits war sie froh über seine verständnisvolle Art. Viele andere Lehrer hätten Paul eine Tracht Prügel verpasst, ohne groß danach zu fragen, ob er im Recht oder Unrecht war. Andererseits ärgerte es sie, dass er ihrem Sohn weniger Glauben schenkte als den anderen Schülern. Nun, er kennt ihn ja erst seit wenigen Tagen, gab sie sich zu bedenken. Woher soll er also wissen, ob Paul die Wahrheit sagt? Ich kann es ja selbst nicht mit Sicherheit behaupten. Seit Olafs Tod ist es so schwer, an ihn heranzukommen.

Sie legte einen Arm um ihren Sohn und lief mit ihm zum Friedhof. Mit gesenktem Kopf trottete er neben ihr her. Kurz bevor sie Olafs Grab erreichten, holte Clara tief Luft.

»Paul, stimmt es, was Herr Guldal sagt?«, fragte sie.

Paul presste die Lippen aufeinander. Clara blieb stehen und beugte sich zu ihm hinunter.

»Haben die Jungen dich gehänselt? Hast du sie deshalb verhauen?«

Paul wich ihrem Blick aus.

»Paul, bitte! Ich möchte dir doch helfen. Wenn du dich hier nicht wohlfühlst, können wir wieder zurück nach ...«

»Nein, nein, ich will nicht weg!«, fiel Paul ihr ins Wort.

»Aber warum hast du dich denn geprügelt?«

Paul zuckte die Schultern und sah zu Boden.

»Bitte, ich will doch nur verstehen, was passiert ist. Ich werde nicht mir dir schimpfen, versprochen!«, sagte Clara.

In Pauls Gesicht arbeitete es. Er öffnete den Mund, schloss ihn wieder und trat von einem Bein auf das andere.

»Ich darf es nicht sagen«, flüsterte er schließlich kaum hörbar. »Ich hab's versprochen.«

20

Røros, Juni 1895 – Sofie

»Ist das nicht die Katholsche?«

Die halblaut gezischte Bemerkung der Gattin von Bankdirektor Asmund ließ Sofie den Kopf heben. Sie saß im Bibliothekszimmer hinter einem Tisch, auf den sie einen Kasten mit Karteikarten gestellt hatte, und trug die Namen der Leser ein, die an diesem Samstagmittag gekommen waren, um sich Bücher auszuleihen. Der erste Öffnungstermin, bei dem sie das neusortierte Angebot präsentierte, fand guten Anklang. In der ersten halben Stunde waren einige Schulkinder gekommen, die sich nach dem Ende ihres Unterrichts mit Abenteuer- und Märchenbüchern versorgt hatten. In diesem Moment stand ein älterer Herr vor ihr, der sich eine Abhandlung über Hügelgräber mit nach Hause nehmen wollte. Hinter ihm warteten Frau Asmund und ihre Schwester darauf, an die Reihe zu kommen.

Ida Krogh, die in dem Buch blätterte, das sie ausgewählt hatte, schaute auf, sah aus dem Fenster und nickte. »Ja, das ist die Witwe vom jungen Ordal.«

»Wieso ist die immer noch da?«, fragte Frau Asmund. »Sie passt nicht hierher. Nicht mal ihre Schwiegereltern wollen etwas mit ihr zu tun haben.«

»Warum eigentlich nicht?«, fragte Frau Krogh.

Sofie, die den älteren Herrn mittlerweile fertig bedient hatte, erhob sich von ihrem Stuhl und spähte aus dem Fenster. Aus dem Tor in der Kirchhofsmauer kam gerade eine schwarz gekleidete Frau, die einen Arm um einen kleinen Jungen gelegt hatte. Das war also die Deutsche, die Olaf Ordal ohne das Wissen seiner Eltern geheiratet hatte. Aus der Entfernung konnte

Sofie nicht viel erkennen. Die Frau, die sie auf Mitte zwanzig schätzte, hatte einen sehr hellen Teint. Unter der schwarzen Haube spitzten einige rötliche Haarsträhnen hervor. Sie war nicht sehr groß und wirkte in ihrer schlichten Garderobe eher unscheinbar. Die Art, wie sie ihren Sohn hielt – beschützend, aber nicht besitzergreifend –, löste ein warmes Gefühl in Sofie aus.

»Wie kannst du das nur fragen?«, sagte Frau Asmund zu ihrer Schwester. »Diese Person hat den Untergang der Ordals besiegelt.«

»Aber Gudrid! Sie kann doch nichts dafür, dass das Sägewerk Bankrott gemacht hat«, wandte Ida Krogh zaghaft ein.

Frau Asmund rümpfte die Nase und sah der jungen Frau nach, die mit dem Jungen die Kirkegata hinunterlief und aus ihrem Blickfeld verschwand.

»Oh doch! Wenn sie nicht wäre, hätte es eine Rettung gegeben, und zwar durch...« Ihr Blick fiel auf Sofie. Sie zuckte zusammen, verschluckte den Rest des Satzes und fuhr fort: »Wie dem auch sei, Rothaarigen kann man nicht über den Weg trauen. Sie bringen Unglück!«

Ida Krogh schauderte und hauchte: »Du hast recht. Genau wie die *lavskriker!* Diese Unglücksvögel haben ja auch rote Federn.«

Sofie schüttelte unwillkürlich den Kopf. Es erstaunte sie immer wieder, wie abergläubisch viele Leute waren, insbesondere solche, die sich selbst für gebildet und aufgeklärt hielten. Warum man ausgerechnet den possierlichen Vögeln, die in den flechtenbehangenen Fichtenwäldern nisteten und sie mit ihrem munteren Treiben belebten, den Namen Unglückshäher gegeben hatte und sie verdächtigte, mit den unterirdischen Dämonen in Verbindung zu stehen, hatte Sofie nie verstanden. Ebenso wenig wie die Vorurteile, die über rothaarige Menschen kursierten.

»Ich möchte gern das hier ausleihen«, sagte Frau Asmund und schob Sofie einen Band mit Reisebeschreibungen aus Italien hin. »Wir wollen nämlich im Herbst nach Venedig, Florenz und Rom fahren«, erklärte sie mit selbstgefälligem Lächeln. »Mein Mann hat geschäftlich dort zu tun. Und da dachte ich mir: Warum nutzen wir nicht die Gelegenheit zu einer kleinen Bildungsreise und studieren die berühmten Kunstwerke und die vielen Zeugnisse der antiken Vergangenheit.«

Ida Krogh zog skeptisch die Stirn kraus.

»So eine Reise kann ich dir auch nur empfehlen«, fuhr ihre Schwester pikiert fort. »Auf diese Weise erweitert man seinen kulturellen und geistigen Horizont, entflieht dem garstigen Herbstwetter hier und kann die kulinarischen Köstlichkeiten des Südens genießen.«

Und dein Mann freut sich gewiss auf die Genüsse, die die holde italienische Weiblichkeit zu bieten hat, fügte Sofie für sich hinzu und fragte sich, wie der Bankdirektor wohl reagiert hatte, als ihm seine Frau eröffnete, dass sie ihn begleiten würde. Sofie hätte eine Krone darauf gewettet, dass er rein gar nichts davon hielt und sich auf ein paar Wochen als Strohwitwer gefreut hatte.

Frau Krogh schüttelte den Kopf. »Nein, Gudrid, das wäre nichts für mich. Hast du denn keine Bedenken, dich so lange in einem Land aufzuhalten, in dem die Menschen ohne Ausnahme erzkatholisch sind?«

»Fürchtest du um meine Standhaftigkeit im Glauben?«, fragte Frau Asmund und musterte ihre Schwester mit einem indignierten Blick.

»Nein, natürlich nicht. Aber unheimlich ist es doch, so mutterseelenallein unter all den Papsttreuen ...«

Sofie verkniff sich ein Grinsen. Sah Ida Krogh ihre Schwester und deren Mann in Gefahr, von blutrünstigen Italienern in unterirdische Katakomben verschleppt und dort bei teuflischen

Ritualen hingeschlachtet zu werden, weil sie sich weigerten, ihrem protestantischen Glauben abzuschwören? Für die Frau des Postmeisters schien es keinen großen Unterschied zwischen Katholiken und menschenfressenden Wilden zu geben. Vermutlich hielt sie Letztere sogar für harmloser, weil sie es nicht auf das Seelenheil ihrer Opfer abgesehen hatten.

Sofie setzte sich wieder hin und suchte im Karteikasten nach der passenden Buch-Karte, während sie versuchte, sich einen Reim aus den nebulösen Andeutungen der Bankiersgattin und anderen Bemerkungen über die Ordals zu machen, die sie in der letzten Zeit aufgeschnappt hatte: die Unterhaltung mit Großvater Roald am Frühstückstisch in Trondheim, bei der sie erfahren hatte, dass ihr Vater Olaf als Schwiegersohn für Silje auserkoren hatte. Und erst Anfang der Woche die verwirrende Frage des *Fjell-Ljom*-Verlegers, was ihr Vater mit dem Sägewerk vorhatte. Offenbar war es in seinen Besitz übergegangen. Also hatte sich Sverre Ordal bei ihm verschuldet und nicht bei der Bank, wie Sofie geglaubt hatte. Und seine Frau Trude hatte am Tag der Beerdigung von Sofies Mutter um einen Aufschub bei der Rückzahlung gebeten und gesagt: »Ich bin mir ganz sicher, dass er kommt.« Damit konnte sie nur ihren Sohn Olaf gemeint haben. War das also der Handel gewesen? Ihr Vater hätte den Ordals ihre Schulden erlassen, wenn Olaf sein Schwiegersohn geworden wäre? Blieb die Frage, warum es unbedingt dieser junge Mann sein musste, den er doch kaum kannte. Weil er Trudes Sohn war, schoss es Sofie durch den Kopf. Sie sah wieder den sehnsuchtsvollen Ausdruck im Gesicht ihres Vaters, mit dem dieser Trude Ordal nach jenem Gespräch angesehen hatte.

»Hättest du vielleicht die Güte, auch das Buch meiner Schwester einzutragen?«

Die ungehaltene Stimme von Frau Asmund riss Sofie aus ihren Überlegungen.

»Selbstverständlich, entschuldigen Sie bitte!«

Ida Krogh reichte ihr eine Gedichtsammlung des national-romantischen Lyrikers Johan Sebastian Welhaven.

»Ich bin sehr froh, dass die Bücherei nun wieder geöffnet ist. Und ich muss sagen, du hast alles vorbildlich organisiert. Unser guter Küster ist voll des Lobes über dich.« Sie drehte sich zu ihrer Schwester. »Nicht wahr, Gudrid?«

Frau Asmund verzog abschätzig den Mund und murmelte »Na ja, der arme Mann ist wohl leicht zufriedenzustellen.«

Sofie gab vor, die Bemerkung nicht gehört zu haben. »Vielen Dank, das freut mich sehr«, sagte sie und fügte nach einer winzigen Pause mit sittsam niedergeschlagenen Augen hinzu: »Ein Lob aus Ihrem Munde bedeutet mir sehr viel.«

Die Bankiersgattin lächelte geschmeichelt. »Es ist immer schön, wenn sich die Jugend in die Gemeinschaft einbringt. Das gerät ja leider zunehmend aus der Mode. Und jetzt, wo deine Mutter – möge sie in Frieden ruhen – nicht mehr ist, seid du und deine Schwester umso mehr gefordert, euren Teil beizutragen. So wie auch ich so vieles auf mich nehme.« Sie seufzte wie unter einer schweren Last. »Aber ich tue es gern, es ist schließlich meine Christenpflicht.«

Während sich Sofie noch fragte, was Gudrid Asmund angeblich alles auf sich nahm, fuhr diese fort: »Apropos: Du kannst dich jederzeit an mich wenden, wenn du einen mütterlichen Rat brauchst.«

Sie steckte ihr Buch in einen gehäkelten Beutel, hakte sich bei Ida Krogh unter und rauschte zur Tür.

Eher beiße ich mir die Zunge ab, du alte Schreckschraube, dachte Sofie und schüttelte sich.

Etwa eine Stunde später schloss Sofie den Deckel des Karteikastens, stellte ihn in eins der Regale und verließ das Bücherzimmer. Auf dem Gang kam ihr Ole Guldal entgegen. Der Schuldirektor hatte sich sehr gefreut, dass sein alter Freund Elmer Blomsted tatkräftige Unterstützung gefunden hatte und die Bibliothek auf Vordermann gebracht wurde. Er hatte Sofie einen Stapel Bücher aus seinem eigenen Besitz zur Verfügung gestellt und ihr Anregungen für künftige Neuerwerbungen gegeben.

»Da komme ich ja gerade noch rechtzeitig«, sagte er und streckte ihr seine Hand hin. »Ich wollte schon früher vorbeischauen und mich erkundigen, wie es Ihnen geht. Ich hoffe, Sie sind zufrieden mit ...«

»Oh ja!«, fiel Sofie ihm ins Wort und strahlte ihn an. »Es herrschte ein regelrechter Andrang. Ich habe mich schon gefragt, ob es ausreicht, die Bücherei nur samstags zu öffnen. Vielleicht sollte ich unter der Woche an einem Abend zusätzlich kommen, was meinen Sie?«

Ole Guldal strich sich über seinen Schnauzbart und lächelte. »Ich freue mich sehr über Ihr Engagement! Vielleicht sollten wir darüber nachdenken, Verstärkung für Sie ins Boot zu holen. Ich denke da an ...«

»Ich komme schon allein zurecht«, unterbrach ihn Sofie. »Und es wird mir gewiss nicht zu viel«, schob sie rasch nach.

Sie verschränkte die Arme. Der zweifellos gut gemeinte Vorschlag löste Abwehr in ihr aus. Sie wollte »ihre« Bücherei mit niemandem teilen. Zumindest nicht sofort. Es war das erste Mal, dass sie allein für etwas die Verantwortung trug. Ein Gefühl, das sie mit ungeahnter Befriedigung erfüllte. Der Schuldirektor hob beschwichtigend die Hände.

»Das wollte ich gewiss nicht andeuten! Ganz im Gegenteil ...« Er rückte den Zwicker auf seiner Nase zurecht. »Um ehrlich zu sein, habe ich selber einen Anschlag auf Ihre Zeit und Hilfsbereitschaft vor.«

Sofie ließ die Arme sinken und kam sich wegen ihres Ausbruchs ein wenig lächerlich vor.

»Wie Sie wissen, bin ich Vorsitzender des hiesigen Arbeitervereins«, begann Ole Guldal. »Auch in diesem Herbst planen einige unserer Mitglieder eine kleine Theateraufführung. Es handelt sich um eine Komödie mit Gesang in drei Akten. Bisher durften wir immer auf die musikalische Unterstützung von Küster Blomsted zählen, der uns auf dem Harmonium begleitet hat. Doch dieses Jahr hat er mich gebeten, mich nach Ersatz für ihn umzusehen. Und dabei fiel Ihr Name.«

Er hielt inne und sah sie erwartungsvoll an. Sofie zog die Augenbrauen hoch.

»Sie meinen, ich soll . . .«

»Ich weiß, das ist viel verlangt, und wenn Sie keine Zeit . . .«

Sofie schüttelte den Kopf. »Nein, nein, darum geht es nicht. Aber . . . ich glaube nicht, dass ich die Richtige . . . ich fürchte, Sie überschätzen meine Fähigkeiten . . . also, ich bin nicht so . . . und außerdem . . . ich, äh . . . ich habe noch nie öffentlich . . .«, stotterte sie und spürte, wie ihr heiß wurde.

Der Schuldirektor hatte sie überrumpelt. Es schmeichelte ihr, dass er sie um Hilfe bat. Gleichzeitig war ihr sein Ansinnen ein Graus. Seit je bescherte ihr allein die Vorstellung, vor mehr als drei Menschen ein Gedicht aufsagen, ein Lied singen oder Klavier spielen zu müssen, Magengrummeln und feuchte Hände.

Ole Guldal warf ihr einen prüfenden Blick zu. Hielt er sie für eine dieser heuchlerischen Zimtzicken, die sich zierten und in falscher Bescheidenheit ihr Talent kleinredeten? Die es genossen, sich ewig bitten zu lassen und anschließend ausgiebig im Beifall sonnten, der ihren Darbietungen zuteilwurde? Sofie fand solches Gehabe albern. Sie sang gern und spielte leidlich Klavier, hielt sich aber nicht für besonders talentiert. Die Bereitschaft ihrer Schwester, bei geselligen Anlässen in die Tasten zu greifen, brachte sie selbst selten in die Verlegenheit, vor Publikum spielen zu müssen. Dafür war sie Silje dankbar und gönnte dieser den Applaus ohne Neid.

»Ich würde Ihnen wirklich gern helfen«, sagte sie. »Aber ich sage Ihnen ganz ehrlich, dass ich furchtbares Lampenfieber habe. Es wäre Ihnen sicher nicht damit gedient, wenn ich vor lauter Aufregung falsch spiele und die Aufführung verhunze.«

Ole Guldals Miene entspannte sich. »Ach, machen Sie sich deswegen keine Sorgen. Wir sind doch kein Staatstheater. Wir sind Laien. Und unsere Zuschauer erwarten keine Perfektion, sondern vergnügliche Unterhaltung. Sie werden sehen, es macht vor allen Dingen großen Spaß.«

Sofie verknotete ihre Hände ineinander. Der Gedanke, Teil einer Gruppe zu sein und gemeinsam mit anderen ein Theaterstück vorzubereiten, war verlockend. Vor das Bild von ihr inmitten einer fröhlichen Schar junger Leute schob sich das grimmige Gesicht ihres Vaters. Sie konnte sich beim besten Willen nicht vorstellen, dass er es ihr gestatten würde, mit dem »sozialdemokratischen Gesindel«, wie er es nannte, gemeinsame Sache zu machen.

Seit seiner Gründung 1889 war ihm der Arbeiterverein von Røros ein Dorn im Auge. Dass ausgerechnet der von ihm geschätzte Schuldirektor dessen Vorsitz übernommen hatte, machte die Sache nicht besser. Ivar Svartstein sah in Zielen wie besserer Bildung, Versicherungsschutz und gerechter Entlohnung vorgeschobene Argumente, hinter denen er umstürzlerische Absichten witterte. Für ihn befand sich der Verein in gefährlicher Nähe zu den Kommunisten, die all diejenigen Werte bedrohten, die ihm wichtig waren.

Sie unterdrückte ein Seufzen und sagte: »Sie haben sicher recht. Aber ich fürchte, mein Vater wird mir seine Erlaubnis nicht geben.«

Sie senkte den Kopf. Das Eingeständnis war demütigend.

»Ich wollte Sie nicht in Verlegenheit bringen«, sagte Ole Guldal leise. »Ich hätte das bedenken sollen, bevor ich an Sie herantrat. Schließlich ist mir bekannt, dass Ihr Vater unserer Vereinigung recht misstrauisch gegenübersteht.«

Sofie sah ihn an. Ihr Kampfgeist erwachte. »Ich werde ihn trotzdem fragen. Mehr als Nein sagen kann er ja nicht. Außerdem, wie bedrohlich kann eine Veranstaltung in seinen Augen sein, die von Küster Blomsted unterstützt wird?«

Um die Mundwinkel des Schuldirektors zuckte es. »Nein, der gute Elmer steht nun wirklich nicht im Verdacht, mit Anarchisten und anderen staatsfeindlichen Kräften unter einer Decke zu stecken.«

Sofie grinste und stellte sich vor, wie der Küster revolutionäre Pamphlete verteilte, mit feurigen Reden Arbeiter zur Rebellion aufwiegelte und eigenhändig Barrikaden für den Straßenkampf errichtete. »Ich werde meinen Vater sobald wie möglich darauf ansprechen«, sagte sie.

»Wunderbar!« Ole Guldal lächelte. »Es eilt nicht so sehr. So richtig loslegen werden wir erst am Ende des Sommers.«

Gleich nach ihrer Rückkehr zu Hause hatte Sofie Gelegenheit, ihr Versprechen einzulösen. Ihr Vater ließ sich gerade von seinem Kammerdiener Ullmann in den Mantel helfen, als sie die Eingangshalle ihres Elternhauses betrat. Er nickte ihr abwesend zu. Sie stellte sich ihm in den Weg.

»Kann ich kurz etwas mit dir besprechen?«

»Jetzt nicht. Du siehst doch, dass ich auf dem Sprung bin.«

Sofie zwang sich, stehen zu bleiben. »Es dauert nicht lang.«

Ivar Svartstein runzelte die Stirn. »Um was geht es denn? Kannst du das nicht mit Silje ...?«

Sofie schüttelte den Kopf.

»Also gut«, sagte er und sah sie mit kaum verhohlener Ungeduld an.

Sofie, die sich auf dem Weg von der Schule eine flammende Rede zurechtgelegt hatte, in der sie ihr Engagement für die

Theatergruppe des Arbeitervereins rechtfertigte und Gegenargumente ihres Vaters entkräftete, holte tief Luft.

»Ich wollte fragen«, begann sie, »ob es dir recht ist, wenn ich Küster Blomsted bei den Proben zu einer kleinen Aufführung am Klavier vertrete.«

Ivar Svartstein zuckte mit den Schultern. Es hätte sie nicht erstaunt, wenn er geantwortet hätte: Was? Damit belästigst du mich? Für solche Nichtigkeiten habe ich nun wirklich keine Muße.

»Ja, warum nicht? Solange du die Pflichten, die du hier im Hause hast, nicht vernachlässigst«, brummte er, nahm den Hut, dem ihn der Diener hinhielt, setzte ihn auf und verließ das Haus.

Sofie biss sich auf die Lippe. In das Gefühl der Erleichterung über den kampflos errungenen Sieg mischte sich Unbehagen. Früher oder später würde ihr Vater herausfinden, was es mit dieser Aufführung auf sich hatte. Vielleicht aber auch nicht, meldete sich eine trotzige Stimme in ihr zu Wort. Es interessiert ihn doch gar nicht, was ich mache. Es hätte ihn keine Minute gekostet, sich zu erkundigen. Aber nicht einmal so viel Zeit nimmt er sich für mich. Die Erkenntnis, derart unwichtig für ihren Vater zu sein, versetzte Sofie einen Stich. Der Freiraum, den sie diesem Desinteresse zu verdanken hatte, war nur eine unzureichende Entschädigung. Die Sehnsucht nach ihrer Mutter, ihrer Anteilnahme und Wärme, schnürte ihr fast die Luft ab. Wie sollte sie es nur ohne sie aushalten?

21

Røros, Juni 1895 – Clara

Am Sonntagvormittag beschloss Clara, ihre Schwiegereltern zu besuchen. Ihre Hoffnung, sie bei zufälligen Begegnungen in ein Gespräch verwickeln und das Eis zwischen sich und ihnen brechen zu können, war in den zurückliegenden vierzehn Tagen mehrfach enttäuscht worden. Vielleicht würde diesem Versuch mehr Erfolg beschieden sein. Irgendwann mussten die beiden doch einsehen, dass sie ihnen nichts Böses wollte. Clara konnte nicht glauben, dass sie nicht wenigstens ihren Enkel kennenlernen wollten.

Vom Bergschreiber, der ein Verzeichnis mit allen Adressen der Angestellten der Hüttengesellschaft hatte, wusste sie, dass Trude Ordals Bruder Bjørn Berse im Sleggveien – dem Schlackenweg – wohnte. Sie bat Frau Olsson, ihre Küche benutzen zu dürfen, und buk ein Blech mit Rosinenstütchen, wie die süßen Hefebrötchen im Rheinland genannt wurden. Sie legte sie in einen Korb, rief Paul, der im Hof spielte, und machte sich mit ihm auf den Weg hinauf zum Sleggveien, der gegenüber der Schmelzhütte oberhalb des Flanderborgs verlief.

Zwischen hoch aufragenden Abraumbergen duckten sich die Häuser der einfachen Bergarbeiter. Sie waren aus rohen, vom Rauch schwarz gebeizten Baumstämmen gezimmert und mit Schotter oder Erdsoden gedeckt. Der Sonnenschein verstärkte den trostlosen Eindruck der Szenerie. Im hellen Licht wirkten die Behausungen besonders armselig. Unschlüssig blieb Clara in der Mitte des ungepflasterten Sträßchens stehen. Die Häuser hatten keine Nummern, auch nach Namensschildern hielt sie vergebens Ausschau.

»Ich glaube, wir müssen jemanden fragen, wo deine Großeltern jetzt wohnen«, sagte sie zu Paul und steuerte auf einen alten Mann zu, der ihnen, auf einen Krückstock gestützt, entgegenkam. Auf ihre Frage nach Björn Berse deutete er stumm auf ein Häuschen ein paar Schritte weiter. Clara dankte ihm, atmete tief durch und klopfte an die Tür, die sich an der Schmalseite befand. Nichts rührte sich. Sie klopfte erneut. Paul ließ ihre Hand los, rannte um die Ecke und spähte durch eines der beiden Fenster, die zur Straße zeigten.

Er kehrte zu Clara zurück und flüsterte: »Ich glaub, da drin ist jemand. Da hat sich was bewegt.«

Clara klopfte ein drittes Mal und rief: »*Her er Paul og Clara Ordal. Vi vil besøke Trude og Sverre.*«

Keine Reaktion. Clara legte ihr Ohr an die Tür und lauschte. Kein Geräusch war zu hören. Sie wandte sich zu Paul, der sie gespannt beobachtete. »Tut mir leid, aber wir haben wohl kein Glück.«

Paul verzog den Mund und ließ die Schultern hängen. Clara stellte den Korb mit den Rosinenbrötchen auf die Schwelle und holte einen kleinen Notizblock aus ihrer Manteltasche.

»Weißt du was«, fuhr sie fort. »Wir lassen ihnen den Korb einfach da und schreiben eine Nachricht, wo wir jetzt wohnen.«

Pauls Miene hellte sich auf. »Das wird Oma und Opa freuen. Die sind sooo lecker«, sagte er und warf einen sehnsüchtigen Blick auf die Stütchen. Clara lachte und gab ihm eines. »Dann hoffen wir mal, dass sie deinen Großeltern so gut schmecken wie dir.«

Und dass sie endlich über ihren Schatten springen und zugänglicher werden, fügte sie im Stillen hinzu.

Einige Stunden später stand Clara in der Tür zur Küche von Frau Olsson, in der es nach geschmortem Fleisch, Wacholderbeeren und Thymian duftete.

»Soll ich schon mal den Tisch decken?«, fragte sie.

Die Wirtin stand vor einem gusseisernen Herd, auf dem in einem Topf Pellkartoffeln kochten, die es zu dem Sonntagsbraten geben sollte. Nachdem sie mit einer Gabel in eine Knolle gepiekst hatte, zog sie den Topf vom Feuerloch und drehte sich zu Clara.

»Das wäre nett. Aber nur für sieben Personen. Der Kaufmann aus Schweden ist gleich nach dem Frühstück abgereist.«

Clara nickte und ging zu dem Büfettschrank, in dem das Geschirr aufbewahrt wurde. Als sie die Teller herausnahm, zählte sie leise auf Norwegisch mit: »*En, to, tre, fire, fem, seks* ... äh ...«

»*Sju*«, kam ihr Frau Olsson zu Hilfe.

»*Takk*«, antwortete Clara und griff nach dem letzten Teller. »*Sju.*«

Die Wirtin lächelte ihr zu und deutete nacheinander auf die Kartoffeln, den Herd und die Töpfe, die über diesem auf einem Bord standen.

»*Poteter*«, sagte Clara. »*Komfyr og gryter.*«

»*Fint!*«

Frau Olsson setzte das Zeigespiel fort. Nachdem Clara auch Messer und Gabel (*kniv og gaffel*), Pfanne und Sieb (*panne og sil*) sowie Schöpfkelle und Nudelholz (*øsekar og kjevle*) richtig benannt hatte, klatschte die Wirtin in ihre Hände und rief: »Bravo! Sie machen schöne Fortschritte.«

Clara hob eine Hand. »Danke für das Kompliment. Aber wenn ich sehe, wie schnell mein Sohn die neue Sprache lernt ...«

»Kinder tun sich da nun mal leichter.«

Frau Olsson goss die Kartoffeln ab und schüttete sie in eine bauchige Schüssel. Clara nahm ein Tablett, stellte Teller und Trinkgläser darauf, legte Besteck dazu und brachte es in die Wohnstube, in der zwei aneinandergeschobene Tische als Speisetafel dienten. Den bunt zusammengewürfelten Stühlen sah man an, dass der Haushalt ursprünglich nicht auf so viele Menschen ausgelegt gewesen war. Die Ehe der Olssons war kinderlos geblieben. Nach dem Tod ihres Mannes besserte seine Witwe die bescheidene Hinterbliebenenrente auf, indem sie Logiergäste aufnahm. In der Regel vermietete sie drei Zimmer.

Die meisten Gäste stiegen regelmäßig bei Frau Olsson ab und kamen bereits seit vielen Jahren. Es waren Fuhrleute, die Waren aus weiter entfernt liegenden Orten und Tälern nach Røros brachten, Wanderprediger, Händler aus Schweden und Holzflözer, die Baumstämme vom Femundsee oder einem der anderen größeren Gewässer der Umgebung herbeischafften, die inmitten riesiger Wälder lagen. Der Bedarf an Feuerholz war in der Schmelzhütte nach Inbetriebnahme der Rørosbahn zwar zurückgegangen – zugunsten von preiswertem Koks aus England. Für die Stützpfeiler und Stollenwände in den Gruben sowie den Bau von Häusern und Möbeln wurde das heimische Holz jedoch weiterhin in großen Mengen benötigt.

Clara breitete ein weißes Leinentuch über die Tische, verteilte Teller, Gläser und Besteck und holte die Servietten aus einem Wandschränkchen. Ein Klopfen ließ sie zusammenzucken.

»*Unnskyld! Hvor finner jeg Madam Olsson?*«

Clara drehte sich zur Tür, in der ein junger Mann stand. Er war hochgewachsen und etwas älter als sie selbst. Verwegen war das erste Wort, das Clara bei seinem Anblick einfiel. Unter seinen hohen Wangenknochen spross ein Dreitagebart, seine Nase war schmal und gerade, und die dunklen Haare und Brauen betonten zusammen mit der sonnengebräunten Haut das Strahlen seiner graublauen Augen. Er trug einen hellen Staubmantel und einen grauen Borsalino, den er nun lüftete. Neben ihm stand ein großer Koffer.

»Ähm ... *Madam Olsson er i* ... Küche ... äh ... *kjøkken*«, antwortete Clara und wies mit der Hand den Flur hinunter.

»*Vet De kanskje om jeg kan få et rom?*«, fragte er.

Clara verzog bedauernd das Gesicht, fischte in ihrer Jackentasche nach dem Wörterbuch, blätterte darin und sagte: »*Jeg forstår Dem ikke. Jeg snakker ikke norsk.*«

Der Mann sah sie überrascht an. Vermutlich hatte er sie für ein einheimisches Hausmädchen gehalten.

»*Do you speak English?*«

Clara hob die Schultern. »*A little bit.*«

»Wissen Sie vielleicht, ob ich ein Zimmer bekommen kann?«, fragte der Mann langsam auf Englisch.

»Ich denke schon. Heute Morgen ist eines frei geworden«, antwortete Clara. »Aber Sie fragen am besten Frau Olsson.«

»Das werde ich«, sagte er, griff nach dem Koffer, lächelte ihr zu und verschwand in die angegebene Richtung.

Zehn Minuten später erschien er an der Seite der Wirtin wieder und setzte sich auf einen freien Stuhl zu den übrigen Gästen, die sich in der Zwischenzeit zur spätnachmittäglichen Hauptmahlzeit des Tages um den Tisch versammelt hatten. Nachdem Frau Olsson am Kopfende Platz genommen hatte, stellte sie den Neuankömmling vor. Clara verstand nur, dass er Mathis Hætta hieß und auf der Durchreise war. Während dieser von seinen Tischnachbarn, einem Kornhändler aus Rakkestad und einem Kunstschlosser aus dem Setesdal, in ein Gespräch verwickelt wurde, beugte sich Frau Olsson zu Clara, die mit Paul bei ihr über Eck saß.

»Dieser junge Mann da ist weit gereist«, erklärte sie sichtlich beeindruckt. »Hat in England studiert und kommt jetzt geradewegs aus Amerika. Drei Jahre hat er da als Ingenieur beim Bau eines riesigen Wasserkraftwerks bei den Niagarafällen mitgearbeitet. Im August geht es in Betrieb. Deshalb ist er jetzt wieder in seine alte Heimat zurückgekehrt und hat sich bei der Kupfergesellschaft beworben, die oben am Aursunden ein Wasserkraftwerk baut. Morgen fängt er dort an.«

»Amerika«, flüsterte Paul und sah Mathis Hætta mit offenem Mund an.

Dieser bemerkte seinen Blick, deutete auf Pauls zugeschwollenes Auge, das mittlerweile eine blau-violette Färbung angenommen hatte, und machte ein anerkennendes Daumen-hoch-Zeichen.

»*Imponerende! Håper det var en rettferdig kamp.*«

Paul sah fragend zu Clara, die die Schultern zuckte. Frau Olsson kam ihr zu Hilfe.

»Herr Hætta findet dein blaues Auge beeindruckend und hofft, dass es ein fairer Kampf war.«

Paul schüttelte den Kopf. »*Nei, tre mot en*«, sagte er leise.

Mathis zog die Augenbrauen hoch und sagte auf Englisch zu Clara: »Drei gegen einen! Ihr Sohn ist ein mutiger Junge.«

Bevor sie darauf reagieren konnte, zupfte Paul sie am Ärmel und flüsterte: »Kannst du ihn fragen, ob er Indianer gesehen hat?«

Zu Pauls Entzücken hatte Mathis Hætta einen echten Sioux-Häuptling kennengelernt und eine Weile bei dessen Stamm verbracht. Bereitwillig beantwortete Mathis alle weiteren Fragen des Jungen. Die anderen Gäste zeigten sich ebenfalls interessiert an seinen Erfahrungen in der Neuen Welt und ermunterten den jungen Ingenieur, ihnen ausführlich davon zu berichten. Frau Olsson übersetzte für Paul und Clara.

Seit der Prügelei in der Schule, über deren Anlass er sich nach wie vor ausschwieg, erlebte Clara ihren Sohn zum ersten Mal wieder entspannt und unbeschwert. Seine Begeisterung, mit der er zunächst die Schule besucht hatte, war abgekühlt. Er war zwar nach wie vor begierig, die neue Sprache zu lernen, und machte täglich Fortschritte. Clara hatte aber den Eindruck, dass er seinen Mitschülern aus dem Weg ging. Nach wie vor wollte er ihr den Grund dafür nicht verraten – obwohl er sichtlich schwer daran trug, ein Geheimnis vor seiner Mutter zu haben. Vergeblich zerbrach Clara sich den Kopf, wem er dieses hartnäckige Schweigen versprochen hatte. Er kannte doch kaum jemanden in Røros. Frau Olsson, der Clara sich anvertraut hatte, war der Überzeugung, dass kein Anlass zu ernster Beunruhigung vorlag. Energisch hatte sie Claras Frage verneint, ob sie ihrem Sohn zu viel durchgehen ließ und strenger durchgreifen sollte. Sie hielt nichts von einer »harten Hand« und der angeblichen Notwendigkeit, den Willen eines Kindes zu brechen, um die elterliche Autorität zu beweisen.

»Sie machen das goldrichtig, meine Liebe«, hatte sie gesagt. »Wenn Sie ihn zwingen, sein Versprechen zu brechen, setzen Sie sein Vertrauen aufs Spiel.«

Nicht nur Paul hing förmlich an Mathis Hættas Lippen. Auch die übrige Tischgesellschaft ließ sich von seinen Schilderungen mitreißen. Neben seiner Tätigkeit als Maschinenbaukonstrukteur hatte er sich Zeit für ausgedehnte Reisen kreuz und quer durch die Vereinigten Staaten genommen und dabei unzählige Eindrücke und Erlebnisse gesammelt. Er hatte die Gabe, diese so sinnlich und bildhaft wiederzugeben, dass Clara sich in das ferne Land versetzt fühlte und seine Abenteuer hautnah miterlebte: Sie tauchte in den Trubel der großen Städte, in denen das Leben Tag und Nacht pulsierte, spürte den Wind über den endlosen Weiten der Prärie und das Beben der Erde, wenn eine Herde wilder Mustangs vorbeigaloppierte, erklomm die Gipfel der Rocky Mountains, ließ sich mit einem Raddampfer den Mississippi hinunterschippern, stand in einem Obsthain in Florida und schmeckte die Süße von frisch geernteten Orangen, roch den schweren, aromatischen Duft der Tabakfelder bei Sonnenuntergang und lauschte dem Gesang der schwarzen Arbeiter auf den Baumwollplantagen von South Carolina.

Es fiel Clara schwer, sich Mathis Hætta über Baupläne gebeugt oder stundenlang an Reißbrettern technische Konstruktionen zeichnend vorzustellen. Er war für sie die Verkörperung des ungebundenen Abenteurers, der ohne bestimmtes Ziel umherstreifte, Gefahren aller Art furchtlos die Stirn bot und stets bereit war, sich auf Begegnungen mit fremden Menschen und ihren Gebräuchen einzulassen und unbekannte Speisen und Getränke auszuprobieren. Zu gern hätte sie gewusst, was ihn zu seiner Rückkehr nach Norwegen bewogen hatte. Ob er jetzt wohl vorhatte, sich hier auf Dauer niederzulassen?

Frau Olsson schien ihre Gedanken zu teilen. Ihre Frage: »Hvor lenge vil De bli her?«, verstand Clara ohne Dolmetscher: »Wie lange werden Sie hierbleiben?«

Sie erwischte sich dabei, dass sie gespannt auf seine Antwort wartete. Rasch senkte sie den Blick und zupfte ihre Serviette auf ihrem Schoß zurecht. Was ging es sie an, wie lange Mathis Hætta in der Gegend sein würde? Warum beschäftigte es sie, ob sie ihn wiedersehen würde? Es war ohnehin höchst unwahrscheinlich. Erstens, weil seine Baustelle gut zwölf Kilometer von Røros entfernt lag, und zweitens, weil ihre und Pauls Tage in dieser Stadt gezählt waren.

»Bis Winteranfang werde ich wohl draußen in Glåmos sein«, sagte Mathis. Auf Englisch.

Clara hob den Kopf und sah direkt in seine klaren Augen. Ein Schauer lief ihr den Rücken hinunter. Es war ihr, als würde sie in einen Abgrund schauen, in dem etwas Verlockendes und zugleich Verbotenes lauerte. Es gelang ihr nicht, ihren Blick abzuwenden.

»Und der ist hier oben ja schon im Oktober«, fuhr Mathis leise fort. »Dann werden die Bauarbeiten eingestellt und ich ... nun, mal sehen ... es kann ja so vieles geschehen ...«

»Mama, darf ich noch von der Trollcreme?«

Pauls geflüsterte Frage brach den Bann. Clara schob ihrem Sohn ihr eigenes Dessertschälchen hin. Ihre Kehle war wie zugeschnürt, sie würde keinen weiteren Bissen der luftigen Nachspeise aus geschlagenem Eiweiß, Zucker und eingemachten Preiselbeeren herunterbringen.

Kurz darauf hob Frau Olsson die Tafel auf. Bevor sich die Tischgesellschaft zerstreute, schlug der Kornhändler vor, später am Abend gemeinsam zum Sankthans-Fest zu gehen, bei dem ein gewaltiger Scheiterhaufen entzündet werden sollte.

»Ich weiß nicht, ob Sie diese Sitte aus Ihrer Heimat kennen?«, wandte sich die Wirtin an Clara.

»Doch, auch bei uns werden zu Ehren von Johannes dem Täufer Feuer entfacht«, antwortete sie.

Ihre Gedanken flogen zu Schwester Gerlinde, die ihren Schülerinnen mit einem Augenzwinkern von den praktisch veranlagten Kirchenoberen im Mittelalter berichtet hatte. Da es diesen nicht gelang, alte heidnische Bräuche wie die Sonnenwendfeiern auszumerzen, hatten sie sie kurzerhand in christliche Festtage umgemünzt. Und so wurde aus dem für Kelten und Germanen wichtigen Mittsommerfest, bei dem sie die lebensspendende Kraft der Sonne feierten, der Geburtstag von Johannes dem Täufer, dem Mann, der den Lichtbringer Jesus ankündigte – dessen Wiegenfest zum Zeitpunkt der Wintersonnenwende mit Weihnachten gedacht wurde.

»Kommt ihr nachher mit?«, fragte Mathis Hætta, stand auf und sah Clara erwartungsvoll an.

Frau Olsson schüttelte den Kopf. Sie trat zu ihm und sprach halblaut auf ihn ein. Clara schnappte die Worte *dødsfall*, *sorg* und *enke* – Todesfall, Trauer und Witwe – auf. Mit betroffener Miene drehte sich Mathis zu Clara.

»Bitte entschuldigen Sie. Ich wollte Sie nicht in Verlegenheit bringen. Ich wusste nicht, dass Sie erst vor kurzem einen furchtbaren Verlust erlitten haben. Es tut mir aufrichtig leid!« Er deutete eine Verbeugung an und verließ das Zimmer.

Frau Olsson sah ihm nach. »Was für ein angenehmer Mann! So taktvoll. Dazu noch gut aussehend und tüchtig.« Sie ließ ihren Blick zu Clara wandern und legte den Kopf schief. »Zu schade, dass Sie vorerst nicht ... Aber daran ist natürlich noch gar nicht zu denken.« Sie verstummte mit einem bedeutungsvollen Augenaufschlag.

Clara tat so, als habe sie die Anspielung nicht verstanden, und begann, den Tisch abzuräumen. Was Frau Olsson wohl von mir halten würde, wenn sie in mich hineinsehen könnte?, dachte sie. Wenn sie erkennen würde, dass meine Trauer um Olaf gar nicht so tief ist und ich für einen Moment ganz vergessen hatte, dass es sich für mich als Witwe nicht schickt, an fröhlichen Festen teilzunehmen.

»Nun, meine Liebe, diese schwere Zeit wird vergehen«, sagte Frau Olsson und legte ihre Hand auf Claras Arm. »Ich weiß, wovon ich rede. Als mir mein Mann genommen wurde, sah die ganze Welt schwarz und hoffnungslos aus. Aber es kommen auch wieder hellere Tage. Das kann ich aus Erfahrung sagen.«

»Ich danke Ihnen«, sagte Clara. »Ich weiß Ihre Anteilnahme sehr zu schätzen.«

Im Grunde war sie froh, sich mit Hinweis auf ihre Trauer dem Fest entziehen zu können. Sie war müde. Die Woche war anstrengend gewesen, und am nächsten Morgen musste sie wieder früh aus den Federn. Das Wetter war im Laufe des Tages umgeschlagen, es war kühl und wolkig – und entsprach so gar nicht dem idyllischen Bild, das sie von lauen Mittsommernächten hatte, in denen Glühwürmchen über Blumenwiesen tanzten und das Zirpen der Grillen die Luft erfüllte. Die Aussicht, ihren Schwiegereltern oder anderen Leuten zu begegnen, die ihr nicht wohlgesinnt waren, war ein weiteres Argument.

Den wahren Grund hätte Clara nicht einmal ihrer besten Freundin Ottilie anvertraut: Mathis Hætta. Besser gesagt das Gefühl, das er in ihr auslöste. Es durfte nicht sein, dass ein anderer Mann so kurz nach dem Tod von Olaf ihr Interesse weckte! Das war nicht recht! Was war bloß in sie gefahren? Es verunsicherte sie und erschütterte das Bild, das sie von sich selbst hatte. Nur gut, dass der junge Ingenieur nur eine Nacht in Røros blieb. Zum ersten Mal in ihrem Leben erhielt die Gebetszeile »Und führe uns nicht in Versuchung« für Clara einen persönlichen Sinn.

22

Engerdalen, Sommer 1895 – Sofie

Die Sommermonate sollten Sofie und Silje bei der Schwester ihres Vaters verbringen, die mit ihrer Familie bei Drevsjø in der Gemeinde Engerdalen nahe der schwedischen Grenze lebte. Ivar Svartstein hatte beschlossen, die Villa am Kongeveien, die seiner Familie in den vergangenen Jahren als Sommerfrische gedient hatte, in diesem Jahr nicht zu nutzen – hätte das doch bedeutet, mit einem Teil des Haushalts und der Dienerschaft dorthin umzuziehen. In seinen Augen stand der Aufwand in keinem vernünftigen Verhältnis zum Nutzen, zumal er selbst kaum Gelegenheit haben würde, sich dort aufzuhalten. Die nach wie vor angespannte politische Lage mit dem schwedischen Unionspartner, die Planung großer Bauvorhaben der Kupfergesellschaft und andere geschäftliche Aufgaben erforderten seine Anwesenheit in Røros. Die Villa außerhalb der Stadt nur für seine Töchter bewirtschaften zu lassen kam für ihn nicht infrage. Ebenso wenig wie Siljes Vorschlag, Sofie und sie den Juli und August auf dem Solsikkegård bei den Großeltern verbringen zu lassen.

Mit einem harschen »Nein!« hatte er ihr das Wort abgeschnitten und sich jede weitere Diskussion verbeten. Sofie war sicher, dass er seiner Ältesten keine Gelegenheit geben wollte, ihre Bekanntschaft mit Fredrik Lund zu vertiefen und hinter dem Rücken ihres Vaters Pläne zu schmieden, die er nicht gutheißen würde. Seine Töchter in die Femundsmarka zu schicken war aus seiner Sicht zweifelsohne die optimale Lösung: Unter der Aufsicht seiner Schwester würden sie in einer Gegend, die berühmt für gute Luft und Ruhe war, Erholung finden – fernab von allen städtischen Verlockungen, die ihnen Flausen in den Kopf setzen konnten.

Aus Siljes Sicht hätte er sie ebenso gut in die Wildnis Lapplands schicken können. Für sie kam seine Anordnung einer Verbannung in ein besonders unwirtliches Exil gleich. Sofie fand das zwar übertrieben, gestand sich jedoch ein, dass sie ähnlich empfand. Die Aussicht, wochenlang bei Tante Randi und ihrer Familie zu wohnen, war nicht sehr erhebend. Nicht so sehr wegen der einsamen Lage ihres Anwesens. Es war die streng protestantische Gesinnung ihrer Verwandten, die Sofie Bauchgrummeln bescherte. Ihre Mutter Ragnhild hatte einmal die Vermutung geäußert, ihre Schwägerin sei so streng im Glauben geworden, weil sie die meisten ihrer Kinder verloren hatte. Zwei waren tot geboren worden, fünf hatten die ersten drei Lebensjahre nicht überstanden. Ein Junge war kurz nach seiner Konfirmation von einer Hirnhautentzündung dahingerafft worden. Nur ein Sohn und eine Tochter hatten das Erwachsenenalter erreicht.

Randi war zwei Jahre älter als Ivar und hatte vor dreißig Jahren Egil Skogbakke, den Erben eines stattlichen Gehöfts geheiratet, dessen Vorfahren es als Besitzer ausgedehnter Waldgebiete mit dem Verkauf von Holz und Kohle zu beachtlichem Wohlstand gebracht hatten. Egil hatte diesen weiter vermehrt durch den Handel mit Leder und wertvollen Pelzen. Seine Wälder waren die Heimat unzähliger Elche, Rentiere, Biber, Otter, Bären, Füchse, Vielfraße und anderer Tiere, die sein Geschäft zuverlässig mit Nachschub versorgten. Mittlerweile beschäftigte er ein Dutzend Jäger, die ihm die begehrten Felle beschafften. Sein Sohn betrieb eine Gerberei, in der die Häute zu Leder für Schuhe, Arbeitskleidung, Taschen und Koffer bearbeitet wurden, sein Schwiegersohn war Kürschner und veredelte mit seinen Mitarbeitern die Tierfelle zu Pelzen für Mäntel, Mützen, Handschuhe und andere Kleidungsstücke. Wegen der unangenehmen Gerüche hatte man diese Manufakturen in einiger Ent-

fernung vom alten Hof an einem kleinen Fluss in der Nähe von
Drevsjø erbaut. Das Sommerhaus der Familie lag noch weiter
außerhalb des Weilers auf einer Insel am südlichen Ende des
Femundsees.

Das letzte Mal war Sofie mit ihren Eltern und Silje 1891 zur
Hochzeit ihrer Cousine Merit, die den Kürschnermeister geheiratet hatte, in Drevsjø gewesen. Damals hatten sie die etwa einhundertzwanzig Kilometer in zwei Tagen mit der eigenen Kutsche zurückgelegt und unterwegs bei einem befreundeten
Großbauern übernachtet. Da Ivar die Kalesche in den kommenden Wochen selbst benötigen würde, traten Sofie und Silje die
erste Etappe ihrer Reise mit einem *skyds*-Wagen an.

In Norwegen gab es kaum Postkutschen, die Personen trans-
portierten. Gegenden, die nicht mit der Eisenbahn zu erreichen
waren, wurden von einem Netz von *skyds*-Stationen überzogen. Ursprünglich bezeichnete *skyds* die auf bestimmten Bau-
ernhöfen lastende Verpflichtung, reisende Beamte und andere
offizielle Personen zu jeder Zeit und zu festgelegten, mäßigen
Preisen weiterzubefördern. Mittlerweile gab es zahlreiche feste
skyds-Stationen mit Gasthöfen, an denen mehrere Pferde gehalten wurden, um dem steigenden Andrang von Touristen und
anderen reisenden Privatleuten gewachsen zu sein. In entlege-
neren Gebieten war man dagegen nach wie vor auf sogenannte
Ansagestationen angewiesen, bei denen man seinen Bedarf an
Pferden und Wagen vorher per Postkarte oder durch andere
Reisende anmelden musste.

Sofie und Silje ließen sich mit einer *stolkjærre*, dem charakte-
ristischen Vehikel der ländlichen Bevölkerung, zum nördlichen
Zipfel des Femundsees bringen. Diese Stuhlkarren boten zwei
Personen Platz, der Kutscher lenkte von einem erhöhten Sitz
hinter ihnen das Pferd. Silje, die bis kurz vor ihrer Abfahrt darauf gehofft hatte, ihren Vater umzustimmen und die nächsten
Wochen doch in Trondheim verbringen zu dürfen, starrte mit

zusammengekniffenem Mund auf ihre Schuhspitzen und schenkte weder der Umgebung noch den Versuchen ihrer Schwester, sie in ein Gespräch zu verwickeln, Beachtung.

Sofie gab ihre Bemühungen bald auf und genoss die Fahrt. Rasch hatten sie Røros mit seinem Gestank und Lärm hinter sich gelassen. Die schmale Straße führte durch lichten Kiefernwald, der immer wieder den Blick auf lang gezogene Gewässer und Wiesen freigab, auf denen Schafe, Ziegen und zierliche Røroskühe weideten. Letztere waren robuste und genügsame Tiere, meist weiß mit schwarzen Ohren und Nasen, die gut mit unwegsamem Gelände, magerer Kost und langen Wintern zurechtkamen. Ab und an erspähte Sofie kleine Almhöfe, die von Sankthans bis Mitte September bewirtschaftet wurden. Der Duft würziger Kräuter lag in der Luft und vermischte sich mit dem Rauch der Köhlermeiler, in denen Holzkohle gebrannt wurde.

Nach knapp drei Stunden erreichten sie den Langensgård, ein altes Gehöft, das seit einigen Jahren als *skyds*-Station diente und eine Gastwirtschaft eröffnet hatte. Nach kurzer Pause ging es weiter nach Synnervika, wo Sofie und Silje in den Holzdampfer *Fæmund* umstiegen, der seit 1887 die Bauernhöfe und Dörfer am See anfuhr und Personen, Vieh, Waren und Post transportierte. Mit seinen gut sechzig Kilometern Länge war der Femund das drittgrößte Binnengewässer des Landes. Um von einem Ende zum anderen zu gelangen, benötigte das Schiff bei ruhigem Wellengang sechs Stunden.

An diesem sonnigen Tag war die *Fæmund* voll besetzt. Neben zahlreichen Tagesausflüglern drängten sich ein Scherenschleifer, eine Bäuerin mit einem Korb voller Hühner und ein Mann, der zwei gesattelte Pferde beaufsichtigte, auf dem Deck. Silje ergatterte einen der wenigen Sitzplätze im Heck des Schiffes und vertiefte sich in die Lektüre der aktuellen Ausgabe des *Illustreret Familie-Journal*. Sofie hatte sich vorn an die Reling gestellt und konnte sich nicht sattsehen am Spiel der auf dem Wasser tanzenden Sonnenstrahlen, die sich funkelnd an den Wellen brachen. Ab und zu ließ sie ihre Augen über die teils bewaldeten, teils felsigen Ufer wandern, an denen an manchen Stellen helle Sandstrände aufleuchteten. Dahinter erstreckte sich auf der östlichen Seite eine endlose, nahezu unberührte Wildnis bis weit nach Schweden hinein. Über den spärlich bewachsenen Hügeln und Mooren der Hochebene erhoben sich die Gipfel von Elgåhogna und Store Svuku, die knapp eintausendfünfhundert Meter hoch waren. Sofie versuchte, sich vorzustellen, wie die Welt wohl von dort oben aussah. Sie legte den Kopf in den Nacken, beschattete ihre Augen mit einer Hand und verfolgte den Flug eines Seeadlers, der über ihr kreiste.

»Ja, wenn man so fliegen könnte!«, sagte eine vertraute Stimme auf Deutsch.

Sofie versteifte sich. Das war unmöglich! Doch noch bevor sie den Kopf drehte, wusste sie, dass Moritz von Blankenburg-Marwitz neben sie getreten war. Sein Rasierwasser hatte ihn verraten. Entspannt lehnte er an der Reling und betrachtete den Adler durch ein Fernglas. Mit einer kleinen Verbeugung reichte er es ihr.

»Damit können Sie diesen prachtvollen Burschen noch besser sehen.«

Keine Begrüßung, kein Ausruf des Erstaunens, sie hier zu treffen. Sprachlos griff Sofie nach dem Feldstecher und hob ihn vor die Augen. Sie war versucht, sich selbst auf den Fuß zu treten. Litt sie unter Wahnvorstellungen? Wie um alles in der Welt kam der junge Adlige hierher? Und was hatte er in dieser Einöde verloren? Sie schielte verstohlen zu ihm hin. Den maßgeschneiderten Anzug, den er im Tivoli in Trondheim getragen hatte, hatte er gegen ein Ensemble aus einer schmal geschnittenen Reithose, hohen Lederstiefeln und einem kurzen Mantel aus robustem Tweedstoff getauscht.

»Ich wusste gar nicht, dass es hier in der Gegend Kunstgalerien gibt«, sagte sie betont beiläufig und tat so, als sei sie vollkommen vom Flug des großen Greifvogels gefesselt, der sich in weiten Kreisen immer höher in den Himmel schraubte.

Moritz lachte auf. »Meine Interessen sind vielfältig.«

Sofie setzte das Fernglas ab und gab es ihm zurück. Seine Finger strichen wie zufällig über ihren Handrücken. Sie spürte, wie sich die Härchen auf ihren Unterarmen aufstellten und ihr Mund trocken wurde. Sie schlug die Augen nieder.

»Und wohin sind Sie unterwegs?«, fragte er.

»Moritz! Kommst du? Wir sind gleich da«, rief eine tiefe Stimme.

Ein drahtiger Mann mit kurz geschorenen Haaren, der neben den Pferden einige Meter von ihnen entfernt stand, winkte dem Deutschen zu. Die *Fæmund* hatte mittlerweile ungefähr die Hälfte der Strecke zurückgelegt und steuerte den Anlegesteg von Elgå an, einem aus einer Hand voll roter und gelber Holzhäuser bestehenden Dorf am Ostufer.

Moritz nickte Sofie zu, hängte sich den Feldstecher um den Hals und zitierte leise: »Lass mein Aug den Abschied sagen, den mein Mund nicht nehmen kann!«

Sophie sah ihn an und erschauerte. Sein Blick war wie eine Berührung.

»Auf bald!« Mit diesen Worten ließ er sie stehen und lief zu seinem Bekannten und den Pferden.

Sofie rieb sich benommen die Stirn. Wenige Augenblicke später gingen die beiden Männer von Bord, saßen auf und ritten Richtung Berge davon. Als die *Fæmund* wieder ablegte, begab Sofie sich zum Heck, um ihnen nachzusehen. Erleichtert bemerkte sie, dass Silje in ihrem Stuhl eingenickt war und nichts von dem Intermezzo mitbekommen hatte. Als Sofie wieder auf die Stelle schaute, wo sie Moritz und seinen Begleiter zuletzt gesehen hatte, waren sie bereits aus ihrem Blickfeld verschwunden. Wie ein Spuk.

Sie starrte auf das langsam vorbeiziehende Ufer und rang um Fassung. Die kurze Begegnung hatte sie aufgewühlt und verunsichert. Warum löste dieser Deutsche, den sie kaum kannte, solche starken Emotionen in ihr aus? Warum hatte sie in seiner Gegenwart das Gefühl, sich in großer Gefahr zu befinden? Und gleichzeitig den Wunsch, ihm nahe zu sein? So nahe, wie sie noch nie einem Menschen gewesen war?

In den folgenden Wochen hatte Sofie viel Zeit, über diese Fragen zu grübeln. Das Landhaus der Familie Skogbakke erfüllte alle Ansprüche, die ein vom Getriebe einer Großstadt erschöpfter Mensch an ein Urlaubsdomizil stellen mochte: Mit seiner Lage auf einer kleinen, ansonsten unbewohnten Insel, die von Birken und Kiefern bewachsen war, bot es ungestörte Ruhe. Die nächste menschliche Behausung, der Gasthof bei der Dampfer-Anlegestelle Femundsenden, war per Ruderboot in einer Stunde zu erreichen. Von dort benötigte man eine weitere Stunde mit der Kutsche, um nach Drevsjø zu gelangen. Die Fahrt dorthin, die Tante Randi mit ihren Gästen jeden Sonntag zum Gottesdienst in der Dorfkirche unternahm, war der Höhepunkt der Woche.

Die restlichen Tage atmeten Gemächlichkeit – die für Siljes Geschmack die Grenze zur tödlichen Langeweile streifte. Ihr Lichtblick war Valda, die Frau ihres Cousins, die mit ihrer dreijährigen Tochter Line den Sommer auf der Insel verbrachte, während ihr Mann mit seinem Vater auf Geschäftsreise war. Randis Tochter Merit war mit ihrem Gatten zu dessen Eltern gefahren, die in Lillehammer lebten.

Nachdem Silje und Valda ihre gemeinsame Leidenschaft für Mode und Gesellschaftsklatsch entdeckt hatten, steckten sie die meiste Zeit, über Schnittmuster und Damenmagazine gebeugt, zusammen und ließen sich nur zu den Mahlzeiten blicken. Die kleine Line wurde derweil von einem Kindermädchen betreut –

sehr zum Missfallen von Tante Randi. Ihre Schwiegertochter ließ deren Vorwürfe, sie vernachlässige ihre Mutterpflichten und gebe sich verderblichem Nichtstun hin, ungerührt an sich abperlen. Ebenso ungehört verhallten Randis Appelle, sich im Haushalt nützlich zu machen oder wenigstens Handarbeiten für wohltätige Zwecke anzufertigen. Valda war wie Silje der Meinung, ihr unfreiwilliger Aufenthalt im Haus auf der Insel, in dem es weder gesellige Anlässe gab noch die Möglichkeit, Nachbarn zu besuchen oder Ausflüge zu interessanten Orten zu unternehmen, sei Zumutung genug.

Auch Sofie machte die Eintönigkeit zu schaffen. Im Gegensatz zu Silje und Valda ging sie ihrer Tante willig zur Hand. Sie half beim Einkochen von Marmelade und Kompott, säumte zwanzig neue Servietten und bestickte sie mit den Initialen der Familienmitglieder, schrieb einen großen Stapel Einladungen für das Erntedankfest, zu dem Randi den gesamten Sprengel zu einem Festessen in ihrem Anwesen in Drevsjø zu versammeln pflegte, und häkelte unzählige Zierdeckchen, die bei der Gelegenheit auf dem anschließenden Kirchenbasar verlost werden sollten. Wenn sie damit nicht der Köchin und den Dienstmädchen zu nahe getreten wäre, hätte Sofie auch den Abwasch übernommen, Schuhe geputzt, Staub gewischt und andere sogenannte niedere Tätigkeiten verrichtet. Alles wäre ihr recht gewesen, was sie von ihren Grübeleien ablenkte, für die ihr immer noch mehr als genug Zeit blieb. Gab es im Haus nichts für sie zu tun, streifte sie über die Insel, pflückte Beeren oder setzte sich auf eine Bank am Ufer und las. Meist ließ sie das Buch nach wenigen Seiten sinken und blickte übers Wasser zu den fernen Bergen im Osten hin, wo sie Moritz von Blankenburg-Marwitz vermutete.

Stundenlang zerbrach sie sich den Kopf darüber, was er im unwegsamen Grenzland zwischen Norwegen und Schweden suchte. Dutzende Male ließ sie ihre kurze Begegnung auf dem

Dampfer Revue passieren, klopfte jeden Blick, jedes Wort und jede Geste des Deutschen nach verschlüsselten Botschaften ab und landete jedes Mal bei der einen Frage: Was hatte sein Abschiedsgruß »Auf bald!« bedeutet? Welchen Zeitraum meinte er damit? Tage? Wochen? Wie kam er überhaupt darauf, dass sie sich noch einmal über den Weg laufen würden? Oder war es eine nichtssagende Floskel gewesen?

Die Vorstellung, Moritz wiederzusehen, versetzte Sofie in einen Zustand ängstlicher und zugleich freudiger Erregung. Sie malte sich ein Tête-à-Tête mit ihm in den rosigsten Farben aus – wie er Hand in Hand mit ihr durch eine helle Sommernacht spazierte, sie in seine Arme zog und küsste und sich schließlich auf ein Knie niederließ und sie bat, seine Frau zu werden. Die vernünftige Stimme in ihr verhöhnte diese Fantasien als romantischen Unfug und versetzte ihnen einen Dämpfer mit dem Argument, dass es höchst unwahrscheinlich war, Moritz ein weiteres Mal zufällig zu begegnen. Da sie keine Gelegenheit gehabt hatte, ihm ihren Aufenthaltsort zu nennen, konnte er sie auch nicht gezielt aufsuchen. Ganz zu schweigen davon, dass sie gar nicht wusste, ob er wirklich ein ernsthaftes Interesse an ihr hatte.

Wenn Sofie mit ihren Überlegungen an diesem Punkt angelangt war, versprach sie sich selbst, das Thema ad acta zu legen und keinen Gedanken mehr daran zu verschwenden – ein Vorsatz, der nicht lange Bestand hatte. Sofie, die sich niemandem anvertrauen konnte und wollte und es nicht wagte, dieses Thema in ihrem Tagebuch zu erwähnen, fand sich selbst bald unerträglich. Sie sehnte sich nach einer erfüllenden Beschäftigung und zählte die Tage, bis sie Mitte August wieder nach Røros zurückkehren würde, wo die Bibliothek auf sie wartete und später die Proben für die Theateraufführung des Arbeitervereins beginnen würden.

23

Røros, Sommer 1895 – Clara

Die Wochen nach dem Mittsommerfest ließen sich für Clara und Paul, der Schulferien hatte, ruhig an. Ihre Tätigkeit im Bergschreiberkontor empfand Clara als angenehm. Das Kopieren der amtlichen Bücher war zwar zuweilen etwas eintönig, die freundliche Behandlung durch ihren Vorgesetzten und dessen nie erlahmende Bereitschaft, ihr unbekannte Wörter und Zusammenhänge zu erklären, wogen in ihren Augen aber schwerer. Auch die Tatsache, dass ihr neben der Arbeit ausreichend Zeit blieb, ihrer Wirtin im Haushalt zu helfen, Norwegisch zu lernen und mit ihrem Sohn die Umgebung zu erkunden, erfüllte Clara mit Dankbarkeit.

Ihre Befürchtung, Paul würde sich vernachlässigt fühlen, wenn sie so viele Stunden nicht für ihn da war, bewahrheitete sich nicht. Er machte einen ausgeglichenen Eindruck und war nicht mehr so verschreckt wie in den ersten Tagen. Wenn es regnete, zog er sich mit der Kiste mit Olafs alten Büchern und Spielsachen zurück oder machte sich in der Pension nützlich, wo er für Frau Olsson den Hof fegte, die Hühner fütterte und Feuerholz für den Küchenofen aus einem Schuppen holte. Bei gutem Wetter stromerte er durch den Ort, besuchte oft das Grab seines Vaters und spielte auf dem verwaisten Gelände des Ordal'schen Anwesens.

Entgegen Claras Erwartung machte dessen neuer Besitzer keine Anstalten, das Sägewerk wieder in Betrieb zu nehmen oder das Wohnhaus zu nutzen. Seit ihrer Begegnung kurz vor ihrem Umzug in die Pension hatte sie Ivar Svartstein nicht zu Gesicht bekommen. Auch ihre Schwiegereltern schienen wie vom Erdboden verschluckt. Auf ihre Nachricht, die sie ihnen mit den Rosinenbrötchen hatte zukommen lassen, erhielt sie keine Antwort. Clara dachte viel über die möglichen Ursachen dafür nach. Hatte es am Ende gar nichts mit ihr als Person zu tun? Konnte es sein, dass sich Trude und Sverre ihrer desolaten Lage wegen schämten und sich zurückzogen, weil sie alles verloren hatten? War also verletzter Stolz der eigentliche Grund? Clara konnte das verstehen – bis zu einem gewissen Grad. Sie wollte die Hoffnung nicht aufgeben, dass Trude und Sverre zumindest Paul einen Platz in ihrem Leben gewähren würden.

Wie es Frau Olsson vorhergesagt hatte, war Røros im Juli wie ausgestorben. Die betuchteren Einwohner waren ins Ausland verreist oder verbrachten den Sommer an einem Fjord oder im Süden des Landes an der sogenannten norwegischen Riviera. Die Arbeiter der Gruben und der Kupferhütte nutzten den *fyrmåned*, um Heu zu ernten und andere Arbeiten in ihren kleinen landwirtschaftlichen Betrieben und Gärten zu erledigen. Als Clara sich nach der Bewandtnis dieses Feuermonats erkundigte, hatte Bergschreiber Dietz geschmunzelt und erklärt, dass *fyr* in diesem Fall nicht Feuer bedeutete, sondern auf das deutsche Wort Feier zurückging.

Bevor er erläuterte, was es mit dem Feiermonat auf sich hatte, holte er kurz aus, um Clara den Aufbau des Bergkalenders zu erklären: Das Ende Februar, Anfang März beginnende Bergjahr hatte dreizehn Monate zu je achtundzwanzig Tagen und gliederte sich in vier Bergquartale, die Abrechnungszeiträume der Kupfergesellschaft. Jedes Quartal hatte dreizehn Wochen, das gesamte Jahr also nur dreihundertvierundsechzig Tage, was zu Verschiebungen gegenüber dem Kalenderjahr führte. Um die stetig wachsende Diskrepanz wieder auszugleichen, wurden von Zeit zu Zeit sogenannte Nebenquartale eingeschoben.

Das Bergrecht sicherte den Angestellten des Kupferwerks einen Monat zu, in dem sie sich ganz ihrem bäuerlichen Nebenerwerb widmen konnten. Es war eine Art bezahlter Urlaub, den die Kupfergesellschaft in ihrem eigenen Interesse gewährte. Zum einen konnten sich die Männer bei der Arbeit im Freien an der frischen Luft von den ungesunden Verhältnissen erholen, denen sie unter Tage und an den heißen Öfen in der Schmelzhütte ausgesetzt waren, und hatten dabei Gelegenheit, Zeit mit ihren Familien zu verbringen, die sie während des Jahres oft kaum zu Gesicht bekamen. Zum anderen sicherten sie sich so eine Grundversorgung mit Lebensmitteln für den langen Winter.

In früheren Zeiten war in diesen vier Wochen die Arbeit in den Minen und der Kupferhütte vollständig zum Stillstand gekommen. Wachsendes Profitstreben und die Befürchtung, nicht konkurrenzfähig zu bleiben, hatten dieses Privileg ins Wanken gebracht und schließlich dazu geführt, dass die Lohnfortzahlung nicht mehr gewährt wurde. Viele Kumpel konnten es sich nicht länger leisten, den *fyrmåned* in Anspruch zu nehmen – ein Umstand, der für großen Unmut sorgte. Besorgte Stimmen warnten vor dem sozialen Sprengstoff, den diese Verschlechterung der ohnehin schweren Lebensbedingungen der Arbeiter lieferte.

Clara fand Gefallen daran, die fremde Welt des Bergbauwesens kennenzulernen und nach und nach deren Gesetze, geschichtliche Hintergründe und Besonderheiten zu ergründen. Bergschreiber Dietz, der jahrelang als Bergmeister die Gruben der Umgebung kontrolliert hatte, war gern bereit, ihre Neugier zu befriedigen. Besondere Freude bereitete es ihm, ihr deutsche Wurzeln von Wörtern oder Gebräuchen zu enthüllen. Abgesehen von Fachausdrücken aus dem Bergbau hatten auch alltägliche Bezeichnungen Eingang in die Sprache der Rørosinger gefunden. So verwendeten sie das deutsche Wort Ross für *hest* (Pferd) und Kirchspiel für *kirkesokn* (Kirchengemeinde), nannten die Dunkelheit (*mørke*) Finsternis und hatten den Ausdruck Katzenjammer übernommen.

Als Clara an einem Nachmittag Anfang August in die Pension zurückkehrte, rannte ihr Paul entgegen und winkte aufgeregt mit einem Briefumschlag.

»Sieh mal, Mama, was ich gefunden habe!«

»Gefunden? Ist er nicht mit der Post gekommen?«

»Nein, er war in einem von Papas Büchern«, antwortete Paul und hielt ihr den Brief hin.

Der Umschlag war zerknittert und vor mehreren Monaten in Molde abgestempelt worden. Er war an Olaf Ordal, Flanderborg, Røros adressiert. Der Name der Absenderin, Ernestine Brun, sagte Clara nichts. Ratlos drehte sie den Brief in ihren Händen.

»Machst du ihn nicht auf?«, fragte Paul, der ungeduldig neben ihr auf und ab wippte.

»Ich weiß nicht recht ...«

»Vielleicht ist es was Wichtiges.«

Paul ließ nicht locker. Clara verzog unschlüssig den Mund. Es war ihr unangenehm, einen fremden Brief zu öffnen. Auch wenn dessen Empfänger tot war und sie seine Witwe und rechtmäßige Erbin.

»Bitte, Mama! Ich bin sooo neugierig!«

»Er ist aber gewiss auf Norwegisch geschrieben, und ich kann noch nicht so gut ...«

»Du kannst doch Frau Olsson fragen, ob sie ihn uns vorliest«, fiel ihr Paul ins Wort und sah erwartungsvoll zu ihr auf. Clara gab sich geschlagen, strich ihm über den Kopf und nickte.

»Das ist eine gute Idee!«

Zehn Minuten später saßen sie ihrer Wirtin gegenüber auf einer Bank in einer Ecke des Innenhofs, die diese im Sommer mit etlichen Blumentöpfen in ein gemütliches Plätzchen zum Verweilen verwandelte. Frau Olsson hatte ihre Bügelarbeit gern unterbrochen, um Claras Bitte nachzukommen. Sie fühlte sich geehrt, dass Clara sie ins Vertrauen zog und den Brief von ihr übersetzen lassen wollte. Bevor sie den Umschlag öffnete, legte sie ihre Stirn in Falten.

»Hm, Ernestine ...«, murmelte sie. »Der Name kommt mir irgendwie bekannt vor ...« Sie kniff die Augen zusammen und rief nach kurzem Schweigen: »Aber natürlich! Ernestine Ordal! Das war die Tante von Sverre, also von Olafs Vater. Als ich ein kleines Mädchen war, hat sie Thor Brun, den Besitzer einer Möbelmanufaktur geheiratet, und ist zu ihm nach Molde an die Westküste gezogen.«

»Warum hat sie wohl an Olaf geschrieben?«, fragte Clara. »Mein Mann hat niemals eine Großtante erwähnt und ...«

Sie stockte. Olaf hatte überhaupt nichts von seiner Familie erzählt. Sie wusste nicht einmal, wie viele Verwandte er hatte.

»Nun, finden wir es heraus«, sagte Frau Olsson, schlitzte den Umschlag mit einem Messer auf, holte zwei Papierbögen heraus und warf einen kurzen Blick darauf.

»Ich lese zuerst den Brief«, verkündete sie und begann mit der Übersetzung, bevor Clara fragen konnte, was es mit dem zweiten Blatt auf sich hatte.

Molde, den 3. Oktober 1894

Lieber Olaf,

zu meinem Leidwesen war es mir nie vergönnt, Dich kennen-zulernen. Ich muss gestehen, dass ich an dieser bedauerlichen Tatsache selber ein Stück weit die Schuld trage. Schließlich habe auch ich mich von Deinem Vater abgewendet, als er gegen den Willen der Familie Deine Mutter zur Frau genommen hat. Im Lauf der Zeit habe ich begonnen, diese unversöhnliche Haltung als zutiefst unchristlich zu empfinden. Es wurde mir zu einem Herzensbedürfnis, Deine Eltern um Vergebung zu bitten.

Meinem Versuch, an Sverre heranzutreten und den Kontakt wieder aufzunehmen, war jedoch bislang leider kein Erfolg be-schieden. Vermutlich ist die Verletzung auf seiner Seite zu tief –

jedenfalls hat er nie auf meine Briefe geantwortet. Da ich seit geraumer Zeit ans Bett gefesselt bin, kann ich nicht selbst die Reise nach Røros antreten. In meiner Not habe ich einen Freund meines verstorbenen Mannes gebeten, der in Eurer Stadt geschäftliche Dinge zu erledigen hatte, persönlich bei Deinen Eltern vorzusprechen und ihnen mein Anliegen vorzutragen. Er kam unverrichteter Dinge zurück und überbrachte ihre unmissverständliche Botschaft, ich möge sie künftig nicht mehr behelligen. Bei allem Schmerz, den mir diese Antwort bereitet, muss ich diese Entscheidung Deiner Eltern hinnehmen.

Meine Hoffnung ruht nun auf Dir, der Du vielleicht willens und in der Lage bist, Dich von dem Zwist und den Animositäten loszusagen und Deiner alten Großtante die Hand zu reichen. Da ich nicht weiß, wie viele Tage mir noch auf Erden vergönnt sind, möchte ich Dir schon heute als Zeichen, dass es mir ernst ist, mein Vermächtnis zukommen lassen. Es würde mich überglücklich machen, von Dir zu hören oder gar Dich persönlich zu treffen. Mein Haus steht Dir zu jeder Zeit offen!

Gott segne Dich! Herzliche Grüße sendet Dir
Deine Großtante Ernestine

Frau Olsson ließ den Brief sinken und tauschte einen Blick mit Clara, die ihr mit wachsender Erschütterung zugehört hatte.

»Du meine Güte, was für Abgründe! Ich möchte Ihnen gewiss nicht zu nahe treten, meine Liebe, aber in der Familie Ihres Mannes scheint es von Sturköpfen nur so zu wimmeln.«

»Das kann man wohl sagen.« Clara schüttelte den Kopf. »Ich verstehe das nicht. Wenn Olafs Vater so sehr darunter gelitten hat, dass ihn seine Familie verstoßen hat, warum hat er dann das Gleiche mit seinem Sohn getan? Warum konnte er es ihm nicht zugestehen, seinen eigenen Weg zu gehen? Gerade er hätte doch Verständnis für ihn aufbringen müssen.«

»Ja, das sollte man meinen«, sagte Frau Olsson. »Aber oft genug sind ausgerechnet solche Menschen blind dafür, dass sie anderen genau das antun, was ihnen selbst widerfahren ist.«

»Es ist wie ein Fluch«, flüsterte Clara.

»Mama, können wir nicht die Großtante besuchen?«, fragte Paul, der ihr Gespräch sichtlich ratlos verfolgte. »Sie ist doch sehr nett, oder?«

Clara lächelte ihn an. »Das stimmt. Und ich bin sicher, dass sie sich riesig freuen würde, dich kennenzulernen.«

Währenddessen hatte Frau Olsson den zweiten Briefbogen überflogen und wandte sich nun an Paul. »Du hast recht, Frau Brun ist sogar sehr nett.«

»Was meinen Sie?«, fragte Clara.

Frau Olsson tippte auf das Papier. »Das ist ein Testament, in dem sie Olaf Ordal ein Haus vermacht.«

»Ein Haus? In Molde?«

»Nein, hier. Am Hittersjøen. Das ist ein kleiner See etwas außerhalb von Røros.«

»Offenbar wusste Olafs Großtante nicht, dass er Røros schon vor vielen Jahren verlassen hat«, sagte Clara nach kurzem Schweigen.

Frau Olsson nickte. »Und weil seine Eltern den Brief einfach ungeöffnet weggelegt haben, muss sie annehmen, dass auch Olaf nichts mit ihr zu tun haben wollte.«

Clara strich über den Brief. »Wie furchtbar. Und jetzt muss ich der armen Frau mitteilen, dass sie ihn überlebt hat.«

»Sie sollten nicht zu lange damit warten. Sie scheint sich ja leider nicht der besten Gesundheit zu erfreuen.«

»Stimmt«, sagte Clara. »Ich werde ihr sofort ein Telegramm schicken.«

Frau Olsson zog eine Taschenuhr, die einst ihrem Mann gehört hatte, aus ihrer Kittelschürze und warf einen Blick darauf.

»Das Postamt schließt in einer halben Stunde. Wenn Sie sich sputen ...«

Clara sprang auf. »Komm, Paul, vielleicht lernen wir bald eine nette Verwandte von deinem Vater kennen.«

Vor ihrem inneren Auge sah sie sich mit Paul nach Molde reisen, wo Ernestine Brun sie in einem stattlichen Haus empfing – in einen Liegesessel gebettet und überglücklich, wenigstens die kleine Familie ihres Großneffen in die Arme schließen zu können. Vielleicht würde sie sie einladen, eine Weile bei ihr zu wohnen. Sie könnten der alten Dame an ihrem einsamen Lebensabend Gesellschaft leisten, sich um sie kümmern und ihr so ihre Liebenswürdigkeit vergelten. Vielleicht würden Paul und sie in Molde das finden, was ihnen hier versagt war: den Anschluss an Olafs Familie. Die Aussicht, nicht mehr auf sich allein gestellt das Wohlergehen ihres Sohnes sichern zu müssen, sondern jemanden an ihrer Seite zu haben, dem sein Glück ebenso am Herzen lag, erleichterte Clara. Und machte ihr bewusst, wie sehr die Bürde dieser Verantwortung auf ihr lastete. Ein hoffnungsvolles Stimmchen in ihr flüsterte: Wenn Ernestine Brun so zugänglich und großherzig ist, wie es ihr Brief vermuten lässt, wird sie sich gern mit mir zusammen um Pauls Wohlergehen kümmern, ohne das als Zumutung zu empfinden. Beschwingt von dieser Vorstellung machte sich Clara auf den Weg zur Post.

Fünf Tage später ließ der Brief eines Anwalts aus Molde die rosigen Träume platzen. Der rechtliche Berater von Ernestine Brun setzte Clara über deren Ableben drei Monate zuvor in Kenntnis. Gleichzeitig bestätigte er die Gültigkeit des Testaments seiner Mandantin und beglückwünschte Clara zum Haus am Norduferufer des Hittersjøen, das nach der Erledigung einiger Formalitäten in ihren Besitz übergehen würde.

»Was soll ich denn mit diesem Haus?«, rutschte es Clara heraus, nachdem Frau Olsson den Brief des Anwalts vorgelesen hatte. »Bitte, halten Sie mich nicht für undankbar. Aber mir wäre es tausendmal lieber gewesen, wenn Olafs Großtante noch leben würde. Es ist doch wie verhext. Als solle es nicht sein, dass wir jemanden aus seiner Verwandtschaft kennenlernen.«

»Ich verstehe Sie, meine Liebe«, sagte Frau Olsson. »Aber es wäre sicher nicht im Sinne der Verstorbenen, wenn Sie das Erbe ausschlagen.«

»Gewiss nicht«, antwortete Clara. »Es ist nur . . .«

»Wenn Sie nicht selber darin wohnen möchten, könnten Sie es verkaufen«, antwortete die Wirtin.

Clara ließ sich gegen die Lehne ihres Stuhls sinken. Erst jetzt sickerte langsam in ihr Bewusstsein, dass sie Besitzerin eines Hauses war. Sie, das Waisenmädchen Clara, das nie etwas sein Eigen hatte nennen können. Sie, die Witwe Ordal, die der Tod ihres Mannes erneut in schwere finanzielle Bedrängnis gestürzt hatte. Wenn sie es verkaufte, hätte sie auf einen Schlag ein schönes Sümmchen zur Verfügung, mit dem sie nach Deutschland zurückkehren und eine neue Existenz aufbauen könnte.

»Das wäre natürlich eine Möglichkeit«, sagte sie. »Wobei ich mir ja erst mal ansehen muss, in welchem Zustand das Haus ist. Wenn es lange leergestanden hat, ist es vielleicht baufällig.«

»Mag sein. Obwohl ich das nicht glaube. Die meisten Häuser hier sind sehr robust und halten den widrigen Witterungsbedingungen gut stand. Aber selbst wenn das Gebäude keinen Pfifferling mehr wert sein sollte, allein das Grundstück würde einen guten Preis erzielen«, sagte Frau Olsson. »Der See ist nämlich nur ein paar Kilometer von hier entfernt, liegt aber weit genug außerhalb, dass man dort vor dem Lärm und Gestank der Schmelzhütte geschützt ist. Außerdem verläuft entlang des nördlichen Ufers der Svenskveien die Landstraße nach Schweden, die direkt nach Røros führt. Das Haus ist also gut zu erreichen.«

Sie griff nach dem Brief des Anwalts und tippte auf die Zeile mit der Adresse.

»Wenn mich nicht alles täuscht, befindet sich die Bjørkvika, also die Birkenbucht, ungefähr in der Mitte des Sees. Zu Fuß brauchen Sie ungefähr eine dreiviertel Stunde dorthin, mit einer Kutsche oder im Winter mit dem Schlitten geht's entsprechend schneller.«

»Das klingt wirklich gut«, sagte Clara. »Ich könnte Bergschreiber Dietz bitten, mir beim Verkauf behilflich zu sein. Er kennt sich hervorragend aus mit allem, was Verträge angeht.«

»Und er kann Ihnen sicher Kontakte zu möglichen Interessenten vermitteln«, sagte Frau Olsson.

Clara nickte und strich sich nachdenklich eine Haarsträhne hinters Ohr, die sich aus ihrem Dutt gelöst hatte. In die Erleichterung über die unverhoffte Geldquelle mischte sich ein diffuses Unbehagen. Die Worte »im Sinne der Verstorbenen« hallten in ihr nach. Ernestine Brun hatte sich in ihren letzten Jahren nichts so sehr gewünscht wie eine Versöhnung mit Olafs Eltern. Wie furchtbar musste sie sich gefühlt haben, als sie erkannte, dass sie das nicht mehr erleben würde.

»Es gäbe da noch eine andere Möglichkeit, was ich mit dem Haus machen kann«, murmelte sie mehr zu sich als zu Frau Olsson. Diese sah sie fragend an.

»Ich könnte meinen Schwiegereltern anbieten, darin zu wohnen. Sie leben ja derzeit sehr beengt bei Trudes Bruder. Wenn sie nun das Haus von Sverres Tante zur Verfügung hätten, können sie vielleicht ihren Frieden mit ihr machen – wenn auch bedauerlicherweise erst jetzt, nachdem sie tot ist.«

Frau Olsson zog die Augenbrauen hoch. »Entschuldigung, aber geht das nicht ein bisschen zu weit? Diese Leute haben Sie – mit Verlaub – bisher behandelt wie eine Aussätzige. Und jetzt wollen Sie sie auch noch dafür belohnen und sie kostenfrei in Ihrem Haus wohnen lassen?«

»So gesehen klingt es tatsächlich verrückt«, sagte Clara und lächelte schief. »Ich tue es aber beileibe nicht ohne eigennützige Hintergedanken. Ich gestehe, dass ich damit die Hoffnung verbinde, endlich Zugang zu ihnen zu bekommen.«

Frau Olsson warf Clara einen forschenden Blick zu. »Ich glaube, ich weiß, was Sie meinen. Eine Familie zu haben ist wichtiger als Geld. Vor allem für Sie als alleinstehende Mutter. Es wäre beruhigend, wenn Paul künftig auf seine Großeltern zählen dürfte.«

Clara drückte Frau Olssons Hand. »Danke! Es tut mir gut zu wissen, dass Sie mich verstehen.« Sie stieß die Luft aus. »Jetzt kann ich nur hoffen, dass meine Schwiegereltern das auch tun.«

Frau Olsson tätschelte Claras Oberarm. »Sie müssten schon sehr verbohrt und hartherzig sein, wenn sie diese großzügige Geste nicht rührt.«

24

Røros, August 1895 – Sofie

Am Tag nach ihrer Rückkehr vom Femundsee konnte Sofie es kaum erwarten, in die Schule zu eilen und die Bibliothek zu öffnen. Küster Blomsted hatte ihr eine Nachricht geschickt. Nachdem er umständlich seiner Hoffnung Ausdruck verliehen hatte, dass sie gut erholt und bei bester Gesundheit sei, berichtete er von den zahlreichen Anfragen, die während ihrer Abwesenheit an ihn gerichtet worden waren. Er war selbst erstaunt, wie viele lesebegeisterte Einwohner in seiner Gemeinde lebten, die darauf brannten, sich Bücher auszuleihen. *Und das ist ohne Zweifel vor allem Ihr Verdienst! Dank Ihres Engagements und Ihrer ordnenden Hand dürfen wir uns nun als Besitzer einer gut sortierten Bücherei beglückwünschen,* hatte er seinen Brief beendet und sie gebeten, sich so bald als möglich bei ihm zu melden und ihm mitzuteilen, wann sie ihre ehrenamtliche Tätigkeit wieder aufnehmen konnte.

Nachdem Sofie seiner Bitte nachgekommen war, hatte der Küster die aktuellen Öffnungszeiten der Bibliothek in den Buschfunk eingespeist – der in diesem Fall aus dem Bibelkreis und dem Kirchenchor bestand. Von deren Mitgliedern verbreitet, machte die Information in Windeseile im gesamten Städtchen die Runde. Als Sofie zehn Minuten vor dem ersten Termin am Samstagnachmittag das Schulgebäude betrat, warteten bereits ein Dutzend Leute im Gang vor dem Bücherzimmer. Die Freude über diesen Andrang ließ ihr Herz schneller schlagen. Wie hatte sie es vermisst, einer sinnvollen Tätigkeit nachzugehen, die ihr selbst Spaß machte und anderen von Nutzen war!

Sofie trug gerade zwei englische Romane in ihre Liste ein, die ein junges Mädchen ausgewählt hatte, als eine sanfte Frauenstimme stockend fragte: »*Unnskyld* … Äh, *har De* … vielleicht… ähm, *en norsk utgave av* Grimm'sche Märchen? … Ich meine … *eventyr?*«

Sofie hob den Kopf und sah, dass die junge Witwe Ordal mit ihrem kleinen Sohn vor dem Tisch stand. Zum ersten Mal sah sie die Frau, die die Pläne ihres Vaters zunichtegemacht hatte, aus der Nähe. Diese katholische Fremde, über deren rötliche Haare sich vor den Ferien die Schwestern Ida Krogh und Gudrid Asmund das Maul zerrissen und sie als Unglückshäher beschimpft hatten.

Frau Ordal war etwa einen halben Kopf kleiner als sie selbst und ungefähr in Siljes Alter. Im Gegensatz zu dieser hatte sie eine sanftmütige Ausstrahlung. Beim Blick in ihre grünbraunen Augen wurde Sofie warm ums Herz. Ihr Mund verzog sich wie von selbst zu einem Lächeln.

»Ja, die haben wir«, antwortete sie auf Deutsch und stand auf. »Sogar ein besonders schönes Buch mit vielen Bildern.« Sie zwinkerte dem Jungen zu, der sie scheu ansah. Sie fühlte sich an sich selbst in diesem Alter erinnert: neugierig, schüchtern und ein wenig verträumt. »Welches ist denn dein Lieblingsmärchen?«

Der Kleine schluckte und wurde rot.

»Als Kind habe ich mir von meiner Mutter immer *Askepott*, also Aschenputtel, vorlesen lassen. So oft, dass ich es irgendwann auswendig konnte«, fuhr Sofie fort.

»Die weiße Schlange«, sagte er leise. »Das mag ich am liebsten.«

»Ja, das gefällt mir auch gut. Die Vorstellung, dass man die Sprache der Tiere verstehen kann, finde ich wunderbar.«

Seine Mutter, die das Gespräch lächelnd verfolgte, sagte: »Noch wunderbarer wäre es, wenn man sich andere Menschensprachen über Nacht aneignen könnte. Ich muss gestehen, dass ich mich mit dem Norwegischen schwertue. Obwohl es ja dem Deutschen verwandt ist.«

»Ich weiß, was Sie meinen«, sagte Sofie. »Gerade weil sich die beiden Sprachen so nahe sind, gibt es viele Fallstricke.«

Frau Ordal rollte mit den Augen. »Oh ja, wem sagen Sie das! Ich finde es nach wie vor verwirrend, dass *øl* Bier heißt, *fløte* Sahne und *blødkake ...*«

Paul kicherte. »Blödkacke?«

»Eben nicht. Es bedeutet wörtlich weicher Kuchen, also Torte«, antwortete seine Mutter und zauste sein Haar. »Jedenfalls denke ich, dass es eine gute Übung ist, die vertrauten Märchen auf Norwegisch zu lesen.«

»Das ist eine ausgezeichnete Idee«, sagte Sofie. »Einen Augenblick bitte, ich hole Ihnen das Buch.«

»Moment! Zuerst suchst du mir die religiösen Gedichte von Jørgen Moe heraus«, fuhr eine resolute Stimme auf Norwegisch dazwischen.

Sofie hatte nicht bemerkt, dass Bertine Skanke den Raum betreten hatte und sich nun vor Frau Ordal und ihren Sohn drängte. Sie sieht aus wie eine Fregatte unter vollen Segeln, schoss es Sofie durch den Kopf. Die Gattin des Schneidermeisters hatte einen voluminösen Seidenumhang an, der sich um ihre füllige Gestalt bauschte. Zwergpinscher Tuppsi steckte in einer Tasche, die aus demselben Stoff genäht war.

Sofie spannte ihre Bauchmuskeln an. Um einen freundlichen Ton bemüht sagte sie: »Guten Tag, Frau Skanke. Ich bin gleich für Sie da. Aber jetzt bediene ich erst einmal Frau Ordal und ...«

Frau Skankes Gesicht lief rot an. »Sofie Svartstein!«, zischte sie. »Ich verbitte mir diese Unverschämtheit! Du wirst mich doch nicht wegen dieser Dahergelaufenen warten lassen! Mich, die Frau von ...«

»Ich weiß sehr gut, wer Sie sind«, fiel Sofie ihr ins Wort. »Das ändert aber nichts an der Tatsache, dass Sie erst nach Frau Ordal an der Reihe sind.«

Frau Skankes Gesichtsfarbe wechselte ins Purpurne. Sie starrte Sofie an und schnappte nach Luft. Ihr Hund schnupperte derweil an den Fingern des Jungen, die dieser ihm zur Begrüßung hinhielt, bevor er ihn hinter den Ohren kraulte. Tuppsi schmiegte seinen Kopf in die Hand des Kleinen und schloss die Augen. Mit einer brüsken Bewegung riss Bertine Skanke die Tasche weg und drehte sich zur Seite.

»Pfui, Tuppsi!«, fuhr sie den Pinscher an, der erschrocken aufjaulte. »Von so einem lässt du dich nicht streicheln! Wer weiß, was er mit seinen dreckigen Händen alles angefasst hat.«

Der Junge schaute verwirrt zu seiner Mutter, die ratlos die Schultern zuckte. Offenbar hatte sie den Wortlaut der Anfeindung nicht verstanden. Wohl aber den Tenor. Clara Ordal sah Frau Skanke direkt in die Augen.

»Sagen Sie es doch einfach, wenn Sie es eilig haben«, sagte sie betont höflich. »Ich lasse Ihnen gern den Vortritt. Da, wo ich herkomme, gehört es zum guten Ton, sich anderen gegenüber freundlich und rücksichtsvoll zu verhalten.« Sie drehte sich zu Sofie: »Bedienen Sie ruhig erst diese ungeduldige Dame. Wir können warten.«

»Oh nein! Kommt gar nicht infrage!«, antwortete Sofie, schaute die Gattin des Schneidermeisters streng an und ging zu einem Bücherregal.

»Du wirst deine Frechheit noch bereuen!« Mit dieser Drohung rauschte Frau Skanke aus der Bibliothek und schleuderte im Vorbeigehen einen wutentbrannten Blick auf Frau Ordal.

Diese sah ihr kopfschüttelnd nach. »Es tut mir leid, wenn Sie meinetwegen Ungelegenheiten ...«

Sofie hob eine Hand. »Bitte, machen Sie sich keine Gedanken. Ich habe es sehr genossen, dieser Schreckschraube endlich einmal Paroli zu bieten.«

Frau Ordal lächelte verschmitzt. »Ja, sie scheint ein wahres Prachtexemplar dieser Gattung zu sein.«

Sofie verdrehte die Augen und nickte. Mit einem Lächeln reichte sie dem Jungen das Märchenbuch. »So, jetzt müssen wir nur noch eure Namen eintragen, dann könnt ihr es mitnehmen.«

»Meine Mama heißt Clara, und ich heiße Paul«, antwortete er.

Sofie setzte sich wieder hinter den Tisch und beugte sich über die Ausleihliste.

»Und du bist Sofie Svartstein?«, fragte er.

»Ja, genau. Du hast aber gut aufgepasst!«

Paul zog die Stirn kraus und sah sie forschend an. »Du bist sehr nett und freundlich«, stellte er fest.

»Äh, danke, das ist lie...«, begann Sofie.

»Obwohl du die Tochter vom Holländer-Michel bist.«

»Was meinst du damit? Wer ist denn ...«

Clara Ordal beugte sich zu ihrem Sohn hinunter und sagte leise: »Es gibt hier vielleicht mehrere Leute, die Svartstein heißen.«

Sofie schüttelte den Kopf. »Nein, Ihr Sohn hat schon recht. In Røros ist mein Vater der einzige Svartstein. Mein Onkel ist ausgewandert.« Sie wandte sich an Paul. »Erklärst du mir, wer der Holländer-Michel ist?«

Bevor Clara Ordal es verhindern konnte, platzte Paul heraus: »Der Holländer-Michel ist sehr groß und stark. Er ist der reichste Mann von allen. Aber er hat ein Herz aus Stein, ist grausam und kennt kein Mitleid.«

Sofie schluckte und sah den Jungen betroffen an. Seine Mutter errötete.

»Entschuldigen Sie bitte! In Pauls Kopf hat sich die Person

Ihres Vaters mit einer Märchenfigur vermischt. Er meint es nicht so und ...«

»Es muss Ihnen nicht peinlich sein. Ihr Sohn liegt gar nicht so falsch. Mein Vater wirkt zuweilen sehr hart und unnachgiebig.« Sie räusperte sich und sagte zu Paul. »Aber er hat kein Herz aus Stein. Ich glaube eher, dass sein Herz vor langer Zeit gebrochen wurde. Und seitdem fällt es ihm schwer, liebevolle Gefühle zu entwickeln.«

Paul schaute sie ernst an. »Der Arme! Er ist sicher schrecklich traurig. Und einsam.«

Sofie suchte den Blick seiner Mutter, deren Augen mitfühlend auf ihr ruhten. Sie empfand ein tiefes Vertrauen zu dieser jungen Frau, die sie ohne viele Worte zu verstehen schien.

Die Bemerkung des Jungen beschäftigte Sofie noch, als sie eine Stunde später die Bibliothek verließ und in die Hyttegata zurückkehrte. Ihre Vermutung, was den Grund für das barsche Auftreten ihres Vaters anging, hatte sie, ohne nachzudenken, geäußert. Sie hatte sich noch nie eingehender damit beschäftigt, ob sich möglicherweise hinter der kalten Fassade, die ihr Vater meistens zur Schau trug, ein unglücklicher Mensch verbarg, der sich nach Wärme und Liebe sehnte. Sie war stets davon ausgegangen, dass er kein Bedürfnis danach verspürte. Dass ihm Dinge wie Macht, wirtschaftlicher Wohlstand und gesellschaftliches Ansehen wichtiger waren.

Ob er sich seinem Liebling Silje öffnete und sie hinter seine Mauer blicken ließ? Nein, das konnte Sofie sich nicht vorstellen. Ihre Schwester hätte es sich nicht nehmen lassen, mit Andeutungen über ihr exklusives Wissen anzugeben und Sofie einmal mehr ihre Bedeutungslosigkeit vor Augen zu führen. Sie war sich sicher, dass auch Silje keine Vorstellung davon hatte, was ihren Vater im Innersten bewegte und quälte.

Sofies Überlegungen gingen in dem Trubel unter, der sie zu Hause erwartete. Eline, die ihr in der Eingangshalle mit einem auf Hochglanz polierten Messingleuchter und einem Stapel ebenso glänzender Aschenbecher auf dem Weg zum Rauchersalon entgegenkam, entlockte sie, dass der Herr des Hauses zum Abendessen Besuch mitbringen würde – was er erst eine halbe Stunde zuvor kundgetan hatte. Sofie schüttelte innerlich den Kopf. War ihrem Vater auch nur im Entferntesten bewusst, was er mit solchen Überraschungen auslöste? Welch hektisches Getriebe sich in der Küche breitmachte, wo sich die Köchin in diesem Augenblick vermutlich verzweifelt die Haare raufte und sich fragte, wie sie in der kurzen Zeit ein angemessenes Menü zaubern sollte.

Nun, selbst wenn er es wusste, es scherte ihren Vater nicht. In seinen Augen war es eine Selbstverständlichkeit, dass seine Angestellten jederzeit für ein reibungsloses Funktionieren seines Haushaltes sorgten. Auf welche Weise sie das bewerkstelligten, interessierte ihn nicht. Er erfüllte seinen Part als Arbeitgeber ja ebenso fraglos: Er entlohnte die Dienstboten anständig, stellte ihnen einfache, aber trockene und warme Schlafkammern zur Verfügung, sparte nicht an guter Verköstigung und gewährte ihnen zusätzlich zu dem üblichen halben freien Tag pro Woche drei Urlaubstage im Jahr.

Sofie stieg rasch die Treppe hinauf und eilte in ihr Zimmer. Dort fand sie ihre Schwester im Hausmantel vor der Frisierkommode sitzend, vor sich eine Schachtel mit Haarnadeln, Bändern und Zierkämmen. Silje steckte eine mit dunklem Strass besetzte Haarspange in ihren Dutt und stand auf.

»Du kommst genau richtig«, sagte sie und winkte Sofie zu sich. »Hilfst du mir, mein Korsett zu schnüren?«

»Gern. Aber ich bin darin nicht so geschickt wie deine Zofe«, antwortete Sofie. »Warum schickst du nicht nach ihr?«

»Britt muss mein Kleid aufbügeln und einen Saum annähen«, sagte Silje und hielt Sofie das Mieder hin.

Während Sofie sich daranmachte, ihre Schwester in Form zu bringen, wie sie es bei sich nannte, fragte sie: »Für welch illustren Besuch wirfst du dich denn so in Schale?«

»Vater erwartet wohl wichtige Leute, mit denen er und ein paar andere Anteilseigner sich in den nächsten Tagen beraten wollen. Heute bewirtet er sie bei uns, damit sie sich in ungezwungener Atmosphäre kennenlernen können.«

»Klingt geheimnisvoll«, sagte Sofie und zog an den Bändern des Korsetts. »Über was wollen sie sprechen? Und was für wichtige Leute sind das?«

Silje zuckte die Achseln. »Vater war ja kürzlich auf der Baustelle des Wasserkraftwerks. Vielleicht hat es damit zu tun. Oder mit der politischen Lage. Ist auch nicht von Bedeutung. Hauptsache, ich blamiere mich nicht in der Rolle als Hausherrin.«

»Du weißt also nicht, wer genau kommt und um was es bei diesen ominösen Beratungen geht«, stellte Sofie fest.

»Das werden wir früh genug erfahren«, antwortete Silje und forderte Sofie auf, die Taille noch enger zu schnüren.

Silje hatte mit ihrer Annahme, was die Gründe für die Einladung ihres Vaters anging, richtig gelegen. Als sie und Sofie das Speisezimmer betraten, stellte ihr Vater gerade zwei Anteilseignern des Kupferwerks einen jungen Mann namens Mathis Hætta vor. Er war ihm begegnet, als er sich einige Wochen zuvor über die Fortschritte der Bauarbeiten am Kuråfossen bei Glåmos ein Bild gemacht hatte.

Beeindruckt vom Fachwissen und Ideenreichtum des frisch angestellten Ingenieurs, hatte er ihn gebeten, als technischer Berater an den Gesprächen teilzunehmen, die er mit einigen Partizipanten und einem hochrangigen Angehörigen des norwegischen Verteidigungsministeriums über die Befestigung der Grenze zu Schweden im Allgemeinen und dem Schutz von

Røros und seinen Kupferminen im Besonderen führen wollte. Die Krise mit dem Unionspartner war Anfang Juni zwar entschärft worden, vom Tisch war sie aber keineswegs. Um mit den Schweden künftig auf Augenhöhe verhandeln und der eigenen Position mehr Nachdruck verleihen zu können, hatte das norwegische Stortinget beschlossen, Heer und Marine deutlich aufzurüsten.

Während Silje und Sofie die Besucher begrüßten, kündigte Kammerdiener Ullmann einen weiteren Gast an. Der kahlköpfige Mann in Uniform, dessen kompakte Statur Sofie an einen gusseisernen Etagenofen denken ließ, entpuppte sich als General Verge.

»Setzen Sie sich doch bitte«, forderte Ivar Svartstein die Anwesenden auf. Er deutete auf zwei überzählige Gedecke. »Die beiden Herren, die ich noch erwarte, haben telegrafiert, dass sie sich verspäten. Wir werden daher ohne sie mit dem Essen beginnen.«

Sofie bemerkte, wie ihr Vater beiläufig dafür sorgte, dass Silje, die ihm gegenüber auf dem ehemaligen Stuhl ihrer Mutter am anderen Kopfende der Tafel saß, Mathis Hætta als Tischnachbarn bekam. Sie selbst saß zwischen den Partizipanten Herrn Hagstrøm, einem älteren Bekannten ihres Vaters, und dem Backenbart, dessen Unterhaltung mit ihrem Großvater, Vater und Onkel Sophus sie in Trondheim belauscht hatte. Er war damals damit beauftragt worden, mäßigend auf einen der Abgeordneten im Parlament einzuwirken und die norwegische Regierung zum Einlenken in der Konsulatsfrage zu bewegen. Erst jetzt erfuhr Sofie, dass er Einar Bredde hieß. An der anderen Längsseite saß über Eck zu ihrem Vater General Verge neben den beiden leeren Plätzen.

Während eine kräftige Fleischbrühe mit Reis und kleinen Speckklößchen aufgetragen wurde, beantwortete der Backenbart, wie ihn Sofie nach wie vor bei sich nannte, die Frage von

Herrn Hagstrøm nach der Finanzierung der geplanten Aufrüstung des norwegischen Militärs: »In Christiania hat man eingesehen, dass man den Etat des Verteidigungsressorts kräftig aufstocken muss. Am fünfundzwanzigsten Juli wurde deshalb beschlossen, außerordentliche Mittel für den Bau neuer beziehungsweise für die Verstärkung der vorhandenen Befestigungsanlagen entlang der Grenze zu Schweden bereitzustellen sowie in den Kauf von Kriegsschiffen zu investieren.«

Der General, der diese Ausführungen aufgeschnappt hatte, erhob sein Weinglas, prostete Silje und Sofie zu.

»So ist es. Es sei jedoch darauf hingewiesen, dass das erste Torpedoboot, das wir gerade bei der deutschen Schiffswerft Schichau bauen lassen, mit Geldern bezahlt wird, die unsere Frauen landesweit gesammelt und gespendet haben. Ihnen zu Ehren wird es den Namen *Valkyrjen* tragen.«

Nachdem die Tischgesellschaft auf das Wohl der wackeren Patriotinnen und das *Damenes Krigsskib* angestoßen hatte, bemerkte Sofie, dass Silje sich zu Mathis Hætta beugte und ihm mit einem Kichern etwas zuflüsterte. Er lachte auf und erwiderte etwas, das Siljes Heiterkeit verstärkte. Ivar Svartstein, der den Erläuterungen des Generals zu weiteren Einzelheiten der geplanten Aufrüstung lauschte, beobachtete die beiden mit einem zufriedenen Gesichtsausdruck.

Sofie beschlich der Verdacht, dass ihr Vater den Ingenieur nicht nur wegen seines technischen Wissens zu dieser Runde eingeladen hatte. Wollte er die Gelegenheit nutzen, ihm als möglichem Heiratskandidaten für Silje auf den Zahn zu fühlen, und gleichzeitig herausfinden, wie diese auf den jungen Mann reagierte?

Wenn Sofies frühere Vermutung zutraf, dass er nach einem Schwiegersohn Ausschau hielt, den er formen konnte, um ihn dereinst als seinen Nachfolger und Verwalter seines Lebenswerkes zu etablieren, war Mathis Hætta – soweit sie das nach so kurzer Zeit einschätzen konnte – eine gute Wahl. Er trat selbstbewusst auf, ohne dabei aufzutrumpfen oder sich in den Vordergrund zu spielen, verfügte offenbar über große Fachkompetenz, liebte seine Arbeit, hatte tadellose Manieren und sah obendrein gut aus. Ob er aus einer angesehenen Familie stammte, vermögend war oder Aussicht auf ein bedeutendes Erbe hatte, wusste sie nicht. Sie war aber überzeugt, dass das für ihren Vater keine Rolle spielte.

Mittlerweile hatte man Koteletts mit Erbsen, Kartoffelplätzchen und einer schmackhaften Pilz-Sahne-Sauce verzehrt und wartete auf die Nachspeise. Herr Hagstrøm befragte Sofie zur Bibliothek, die seine Enkelin in den höchsten Tönen gelobt hatte, und erkundigte sich, mit welchen Büchern sie in Zukunft den Bestand erweitern wollte. Offenbar gefiel ihm ihre Wahl, denn er stellte ihr mit einem freundlichen Lächeln eine Spende in Aussicht.

Als Nachspeise hatte die Köchin eine Zitronentorte gezaubert, deren fruchtig-säuerliche Creme Sofie besonders gern mochte. Sie hatte sich gerade eine Gabel voll in den Mund geschoben, als sich die Tür zum Flur erneut öffnete und Ullmann die verspäteten Gäste hineinführte. Die Dessertgabel glitt ihr aus der Hand und fiel mit einem Klirren auf den Teller. Sofie verschluckte sich an dem Bissen und kämpfte mit einem Hustenreiz. Das letzte Mal hatte sie die beiden Männer auf dem Dampfer gesehen, mit dem sie am Anfang des Sommers über den Femundsee zum Sommerhaus von Tante Randi gefahren war: Moritz von Blankenburg-Marwitz und seinen drahtigen Begleiter mit den kurz geschorenen Haaren, den Ullmann als Major von Rauch präsentierte.

Ihr Vater sprang auf und schüttelte den Neuankömmlingen herzlich die Hände. Zu seinen anderen Gästen gewandt sagte er: »Ich freue mich, Ihnen nun zwei Herren vorstellen zu dürfen, die die letzten Wochen damit verbracht haben, das Grenzgebiet

272

zu erkunden, günstige Plätze für Festungsanlagen zu finden und Strategien für sinnvolle Verteidigungsmaßnahmen zu entwickeln, falls es zu kriegerischen Auseinandersetzungen kommen sollte.«

Die Worte ihres Vaters und die anschließenden Begrüßungsfloskeln der anderen drangen wie aus weiter Ferne an Sofies Ohr. Sie griff nach ihrem Wasserglas und nahm einen tiefen Schluck. Der Hustenreiz ließ nach. Die Röte, die er ihr in die Wangen getrieben hatte, hielt an. Er ist da, er ist gekommen!, jubilierte es in ihr. Sie hatte nur Augen für Moritz von Blankenburg-Marwitz, der reihum die Honneurs machte.

»In meinen Adern welches Feuer! In meinem Herzen welche Glut! Dich sah ich, und die milde Freude floss von dem süßen Blick auf mich«, flüsterte er kaum hörbar, als er sich schließlich über ihre Hand beugte.

Sofies Mund wurde trocken. Sie brachte keinen Ton heraus. Stumm nickte sie ihm zu und hoffte, dass niemand ihren inneren Aufruhr bemerkte.

25

Røros, August 1895 – Clara

Ihren Schwiegereltern ihr Angebot zu unterbreiten erwies sich als schier undurchführbares Vorhaben. Nachdem Clara die offizielle Bestätigung in den Händen hielt, die sie als Besitzerin des Anwesens am Hittersjøen auswies, war sie zweimal zum Haus von Trudes Bruder gelaufen, hatte dort vor der verschlossenen Tür gestanden und musste unverrichteter Dinge wieder von dannen ziehen. Als sie am Samstag nach dem Bibliotheksbesuch einen dritten Versuch unternahm, erfuhr sie von einer Nachbarin, dass Bjørn Berse und seine Frau den Sommer auf ihrer Almhütte verbrachten, wo sie ihre Kuh und einige Ziegen weideten, Käse für den Winter herstellten und Heu mähten. Trude und Sverre waren in Røros geblieben, ließen sich aber nur selten blicken, was die Nachbarin mit einem geknurrten »Halten sich wohl für was Besseres und wollen nichts mit uns zu tun haben« kommentiert hatte.

Clara beschloss, ihr Glück nach dem Sonntagsgottesdienst zu versuchen, an dem die meisten Rørosinger regelmäßig teilnahmen. Sie selbst hatte die Kirche seit Olafs Beerdigung nicht mehr betreten. Sie wollte sich nicht erneut den missbilligenden Blicken des Pfarrers und den getuschelten Boshaftigkeiten vieler seiner Gemeindemitglieder aussetzen, die sie damals geerntet hatte. Am späten Vormittag wartete sie mit Paul etwas abseits des Haupteingangs auf dem Friedhof auf das Ende der Messe. Wieder wurde ihre Hoffnung enttäuscht. Ihre Schwiegereltern waren nicht unter den Kirchenbesuchern, die nach dem Schlusschoral aus dem Gotteshaus strömten.

Auf dem Rückweg zur Pension, die in einer schmalen Gasse

zwischen den beiden Hauptstraßen lag, rief Paul: »Schau mal, da ist Großmutter!«

Clara folgte seinem ausgestreckten Arm und sah Trude Ordal, die einige Meter von ihnen entfernt die Hyttegata entlanglief und im Bergskrivergården verschwand.

»Was macht sie da drin?«, fragte Paul.

»Ich weiß es nicht«, antwortete Clara. »Ich weiß nur, dass ich mir die Gelegenheit nicht entgehen lasse, mit ihr zu sprechen. Komm, wir folgen ihr.«

Nachdem sie die Eingangstür hinter sich ins Schloss gezogen hatte, verharrte Clara einen Moment und lauschte. Im Erdgeschoss des Verwaltungsgebäudes herrschte Stille, der Flur lag verlassen da. Aus dem oberen Stockwerk drangen leise Stimmen. Clara nahm Pauls Hand und stieg mit ihm die Treppe hinauf. Die Tür zum Versammlungssaal der Bergwerksgesellschafter stand offen. »*Ikke gå!*«, hörte Clara eine männliche Stimme sagen.

Geh nicht! Wer wollte nicht, dass ihre Schwiegermutter ging? Clara schlich auf Zehenspitzen näher und lugte durch den Türspalt. Vor einem großen Tisch, der mit Plänen und Landkarten bedeckt war, standen Trude Ordal und Ivar Svartstein.

»*Jeg må!*«, antwortete Trude.

Ivar Svartstein machte einen Schritt auf sie zu. Seine Worte klangen vorwurfsvoll und bittend zugleich. »*Ikke gå! Når har du tenkt å forlate denne taperen? Hvorfor blir du hos ham? Nå som han har mistet alt? Kom til meg! Jeg kan tilby deg det livet du fortjener.*«

Clara verstand, dass er Trude aufforderte, ihren Mann zu verlassen, der alles verloren hatte. Und stattdessen zu ihm kommen sollte, der ihr das Leben bieten konnte, das sie verdiente.

Ihre Schwiegermutter schüttelte den Kopf und erwiderte freundlich, aber bestimmt: »*Du har aldri forstått det. Jeg giftet meg ikke med Sverre fordi han hadde noe å tilby meg. Jeg elsker ham. Uansett om han er rik eller fattig.*«

Ein Wispern lenkte Claras Aufmerksamkeit auf Paul, der neben ihr das Gespräch gebannt verfolgte. Zu ihrer Überraschung übersetzte er leise die Antwort von Trude: »Du hast es noch nie verstanden. Ich habe Sverre nicht geheiratet, weil er mir etwas zu bieten hatte. Ich liebe ihn. Ganz egal, ob er reich oder arm ist.«

Clara blieb keine Zeit, sich über diesen neuerlichen Beweis der bemerkenswerten Fortschritte zu wundern, die ihr Sohn in den letzten Wochen beim Erlernen der norwegischen Sprache gemacht hatte. Trude wandte sich zum Gehen. Rasch trat Clara den Rückzug an und eilte mit Paul hinaus auf die Straße. Sie wollte nicht als heimliche Zuhörerin dieses Gesprächs ertappt werden, das ein neues Licht auf die Beziehung von Ivar Svartstein und ihrer Schwiegermutter warf. Die beiden verband sehr viel mehr als die Schulden, die Trudes Mann bei Ivar Svartstein hatte.

Vor ihrem inneren Auge sah sie diesen und Sverre in jungen Jahren um die Gunst ihrer Schwiegermutter buhlen, die zwar aus ärmlichen Verhältnissen stammte, aber so schön und liebreizend war, dass sie den beiden Söhnen aus gutem Hause den Kopf verdreht hatte. Offenbar hatte es der Bergwerksdirektor nie verwunden, dass Trude dem Sohn des Sägewerkbesitzers den Vorzug gegeben hatte.

»Mama, warum will der Holländer-Michel, dass Großmutter zu ihm kommt?«, unterbrach Paul ihre Gedanken.

Bevor sie antworten konnte, öffnete sich die Tür des Bergskrivergården, und Trude kam heraus. Clara stellte sich ihr in den Weg und begrüßte sie. Trudes Gesicht versteinerte, und Clara machte sich darauf gefasst, dass sie ihr ausweichen und wortlos weitergehen würde. Nach einem kurzen Augenblick entspannten sich Trudes Züge, und sie erwiderte den Gruß.

»Eigentlich ist es gut, dass wir uns treffen«, sagte sie. »So kann ich mich von euch verabschieden.«

»Verabschieden?«, fragte Clara.

»Ja, wir verlassen Røros. Hier kommen wir auf keinen grünen Zweig mehr. Wir haben ja noch nicht einmal ein eigenes Dach über dem Kopf.«

»Deswegen wollte ich mit euch sprechen«, sagte Clara. »Ich habe nämlich ...«

Trude ließ sie nicht ausreden. »Wir gehen nach Christiania. Man hat Sverre dort eine gute Arbeit angeboten.«

»Aber ich habe ein Haus für euch!«

Trude zog die Augenbrauen zusammen und sah Clara skeptisch an. »Du? Ein Haus für uns? ... Nun, selbst wenn es so wäre. Unser Entschluss steht fest. Wir gehen. Das hätten wir schon viel früher tun sollen.«

Clara versteifte sich und öffnete den Mund. Trude hob eine Hand.

»Lass es bitte. Du bist ein guter Mensch. Aber es hat keinen ... Unter anderen Umständen vielleicht ...«, sie brach ab und zuckte mit den Achseln.

Clara fasste Paul an den Schultern und sagte mit erstickter Stimme: »Liegt dir denn gar nichts an deinem Enkel? Willst du wirklich sang- und klanglos aus seinem Leben verschwinden?«

Trude streifte Paul mit einem flüchtigen Blick. »Was hätte er wohl von Großeltern wie uns?«

»Eine Familie!«, antwortete Clara. »Etwas, das ich ihm nicht bieten kann. Ich bin im Waisenhaus groß geworden.«

»Das tut mir leid für dich. Aber ich kann dir nicht helfen.« Sie hielt Clara ihre Hand hin. »Ich wünsche dir und deinem Sohn alles Gute.«

Clara nahm die Hand. »Lasst ihr uns wissen, wie es euch in Christiania geht und wo ihr wohnt?«

Trude machte eine vage Kopfbewegung, drehte sich um und lief die Straße hinauf.

»Wieso mag sie mich nicht? Ich hab ihr doch gar nichts getan«, sagte Paul leise.

Clara beugte sich zu ihm hinunter und legte einen Arm um ihn. »Ich glaube, es gibt nur einen einzigen Menschen, den sie wirklich liebt. Und das ist ihr Mann.« Paul verzog den Mund und wollte etwas erwidern, aber Clara fuhr rasch fort. »Ich weiß, es ist schwer zu verstehen. Dein Vater hat mal gesagt, dass deine Großeltern nur um sich selbst kreisen. Es ist so, als würden sie ganz allein auf einer kleinen Insel leben und die anderen Menschen um sich herum gar nicht sehen. Als wären sie in einen dichten Nebel gehüllt.«

Paul nickte mit ernstem Gesicht. Clara zwickte ihn zärtlich in die Wange.

»Was hältst du davon, wenn wir einen Spaziergang machen und unser Haus ansehen, das uns Großtante Ernestine vererbt hat?«

Pauls Miene hellte sich auf. »Au ja!«

»Gut. Wenn ich Frau Olsson richtig verstanden habe, müssen wir einfach diese Straße hochlaufen und kommen so direkt zum Svenskveien.«

Paul nahm Claras Hand und lief in tiefes Nachdenken versunken neben ihr her.

»Gibt es eigentlich glückliche Familien?«, sagte er nach einer Weile.

Clara, der ein »Aber natürlich, wie kannst du nur fragen« auf der Zunge lag, biss sich auf die Lippe.

Mittlerweile hatten sie die Hyttegata verlassen und liefen auf einem breiten Weg stadtauswärts. Die Schlackenberge wichen zurück, und bald waren sie von grünen Wiesen umgeben, an deren Rändern Büsche und niedrige Bäume wuchsen.

»Ich denke schon. Ich hoffe es«, sagte sie.

Paul hob den Kopf und sah sie forschend an. »Kennst du eine?«

Clara rieb sich die Stirn. Die Frage hatte es in sich. »Ähm ... vielleicht die Familie von deinem Freund Karli?«

Pauls Miene erhellte sich. »Ja, da sind alle nett zueinander. Seine Oma backt ihm immer seinen Lieblingskuchen und strickt ihm Jacken. Und sein Onkel hat ihn in den Zirkus mitgenommen. Und seine Tante würde ihn niemals schlagen oder verkaufen ...« Paul schlug sich eine Hand vor den Mund und blinzelte erschrocken.

»Wie kommst du denn auf so schreckliche Ideen?«, fragte Clara.

Paul lief rot an. Clara drang nicht weiter in ihn. Seit der Prügelei in der Schule rutschten ihm immer wieder solche Bemerkungen heraus. Clara nahm an, dass sie mit dem Geheimnis zu tun hatten, das er um den Grund für seinen Streit mit seinen Mitschülern machte. Anfangs hatte sie befürchtet, dass ihn ein Erwachsener unter Druck setzte und ihm Strafe androhte, sollte er sein Schweigen brechen. Doch Paul wirkte nie ängstlich oder bedrückt. Im Gegenteil, im Lauf des Sommers wurde er zunehmend selbstsicher und fröhlich. Mittlerweile war Clara überzeugt, dass er ein anderes Kind schützte und diesem versprochen hatte, niemandem etwas zu verraten. Pauls letzte Anspielung bestärkte sie in dieser Annahme. Was mochte diesem Kind widerfahren sein?

»Schau, Mama, der Hittersjøen!«, rief Paul und zeigte auf ein lang gezogenes Gewässer, das sich vor ihnen erstreckte. Die Landstraße führte dicht am linken Ufer entlang.

»Jetzt dürfte es nicht mehr weit sein«, sagte Clara und wich einem Fuhrwerk aus, das ihnen entgegenrumpelte.

Ein leichter Wind, der die Oberfläche des Sees kräuselte, ließ sie tief einatmen. Die Luft roch würzig nach Kräutern. Der Himmel wölbte sich, von zarten Wolkenschleiern bedeckt, über ihnen, Mücken tanzten im milden Licht der Sonne, und ab und zu verriet ein Rascheln in der Böschung die Anwesenheit von

Feldmäusen. Eine Schar Enten flog über sie hinweg und landete platschend und schnatternd auf dem See. Paul ließ Claras Hand los und rannte zu einem schmalen Kiesstreifen. Er suchte sich flache Steine, die er über das Wasser springen ließ. Clara sah sich um, ob niemand sie beobachtete, und gesellte sich zu ihrem Sohn.

»Zeigst du mir, wie das geht?«

Paul gab ihr einen Kiesel und machte ihr vor, wie sie ihn aus dem Handgelenk heraus wegschleudern sollte. Clara folgte seiner Anleitung. Der Stein plumpste in den See. Clara kicherte, bückte sich zu einem weiteren Kiesel und versuchte es erneut. Nach mehreren Anläufen dotzte ihr Stein drei Mal auf, bevor er in den Tiefen versank. Paul klatschte in die Hände.

»So, nun lass uns weitergehen«, sagte Clara und steckte ihren Hut fest, der beim Spiel auf die Seite gerutscht war.

Nach einem Kilometer verbreiterte sich der Streifen zwischen Straße und See zu einer Halbinsel. Hinter einigen Birken entdeckte Clara an einer Bucht ein zweistöckiges Haus, dessen Fensterläden verschlossen waren.

»Das muss die Bjørkvika sein.«

Eine hüfthohe Mauer aus unbehauenen Feldsteinen umschloss das Grundstück. Clara drückte ein verwittertes Holztor auf und lief mit Paul durch hohes Gras zu dem Holzhaus, dessen ockerfarbener Anstrich an mehreren Stellen abblätterte. Es stand auf einem gemauerten Sockel, das Dach war mit Schieferschindeln gedeckt. Soweit Clara es auf den ersten Blick beurteilen konnte, machte das Gebäude einen etwas ramponierten, aber keineswegs baufälligen Eindruck. Ein paar Meter abseits standen mehrere kleinere Gebäude, in denen Clara Schuppen und Ställe vermutete. Sie kramte den Schlüssel, den der Anwalt ihr geschickt hatte, aus ihrer Tasche, stieg die drei Stufen zur Haustür hoch und steckte ihn in das Schloss. Nach kurzem Widerstand gab es nach, die Tür schwang mit einem Quietschen auf, und ein Schwall abgestandener Luft strömte aus dem Inneren. Zögernd setzte Clara einen Fuß über die Schwelle und spähte vorsichtig in den dämmrigen Flur. Ihr Herz begann schneller zu schlagen. Sie konnte es nicht fassen, dass sie die Besitzerin eines Hauses samt großem Grundstück in bester Lage sein sollte. Hätte Ernestine Brun das gutgeheißen? Schließlich hatte sie ihr Eigentum ihrem Großneffen vermacht, nicht ihr, einer vollkommen Unbekannten. Durfte sie überhaupt darüber verfügen? Stand es ihr zu? Es hätte sie nicht gewundert, wenn jemand auftauchte, der sie empört wegschickte und sie des Einbruchs bezichtigte.

»Es schläft«, flüsterte Paul, der ihr folgte. »Vielleicht ist es verwunschen. So wie das Schloss von Dornröschen.«

Clara musste über diesen Vergleich lächeln. Ein Schloss war dieses Haus nun wirklich nicht. Gleichzeitig hatte Paul ihr eigenes Empfinden ausgedrückt. Sagte man nicht, dass Häuser eine Seele besäßen? Während sie die Zimmer erkundeten, unter die weißen Laken schauten, mit denen die wenigen Möbel abgedeckt waren, Fensterläden öffneten und die knarzenden Stufen der Treppe ins obere Stockwerk hinaufliefen, kam es Clara vor, als erwache das Haus aus seinem Schlummer und hieße sie willkommen. Wieder war es Paul, der ihre Gedanken aussprach:

»Ich glaube, es mag uns. Vielleicht wohnt der Geist von Großtante Ernestine hier.«

Es klang nicht ängstlich, sondern hoffnungsvoll.

»Schon möglich«, antwortete Clara, der die Vorstellung von einem guten Hausgeist gefiel.

»Werden wir hier wohnen?«, fragte Paul.

»Äh... wohl nicht. Wir wollten doch im Herbst wieder nach Deutschland.«

Pauls Mundwinkel wanderten nach unten. »Schade«, sagte er leise.

Einige Stunden später wurde Clara kurz nach Mitternacht unsanft geweckt.

»Mama, Mama, wach auf!«

In den angstvollen Ruf ihres Sohnes mischte sich das helle Bimmeln einer Glocke. Clara fuhr aus dem Schlaf hoch und riss die Augen auf. Paul stand neben ihrem Bett und rüttelte an ihrer Schulter. Durch die Dachluke fiel ein flackernder Schein, der die Schatten der Möbel tanzen ließ.

»Was ist denn? Was ist passiert?«, fragte sie und setzte sich auf.

»Das Sägewerk brennt!«

»Das Sägewerk? Woher weißt du ...?«

Clara sprang aus dem Bett und eilte zum Fenster. Auf der anderen Seite des Hitterelva, drüben in Flanderborg, leuchtete der Himmel rot, und eine dunkle Rauchfahne wurde vom Wind herübergeweht.

»Zwei Männer haben es auf der Straße gerufen«, antwortete Paul, fasste Claras Hand und zerrte sie Richtung Tür. »Schnell Mama! Wir dürfen nicht zu spät kommen!«

»Zu spät? Ich bin sicher, die Feuerwehr ist schon auf dem Weg. Wir beide können da wenig ausrichten«, wandte Clara ein. »Und Schaulustige können die dort nicht gebrauchen. Die stehen nur im Weg herum und ...«

»Bitte, Mama!«

Die Verzweiflung in seiner Stimme machte Clara stutzig.

»Bodil ist dort!«, schrie er und lief zur Tür.

Clara rannte ihm nach und packte ihn am Kragen. »Zieh dir Schuhe an. Und deine Jacke. Es ist kalt draußen.«

Während Paul ihrem Befehl folgte, warf Clara sich ihren Mantel über das Nachthemd und schlüpfte in ihre Schnürstiefel, die sie in fliegender Hast zuband.

»Wer ist Bodil?«, fragte sie, als sie wenige Augenblicke später die Treppe hinunterstolperten und das Haus verließen.

»Meine Freundin.«

»Warum denkst du, dass sie im Sägewerk ist?«

»Sie wohnt dort.«

Das klingt vollkommen verrückt. Was tue ich hier eigentlich?, schoss es Clara durch den Kopf. Ich renne kaum bekleidet durch die Nacht, weil mein Sohn Angst um ein Mädchen hat, das außer ihm noch nie jemand gesehen hat.

Mittlerweile hatten sie die Finneveta erreicht, auf der man zur unteren der beiden Brücken gelangte, die über den Hitterelva führten. Von dort konnten sie das ehemalige Grundstück der Ordals sehen, das direkt ans Ufer grenzte. Das Wohnhaus schien noch von den Flammen verschont zu sein, die Halle mit den Sägen und dem Holzlager dagegen brannte lichterloh. Clara und Paul rannten weiter und erreichten kurz darauf den Hof, der von schwarzen Gestalten bevölkert war. Einige bekämpften das Feuer mit einer Pumpspritze, die auf einem Karren installiert war, andere bildeten eine Eimerkette und schöpften Wasser aus dem Fluss, eine weitere Gruppe stand auf dem Dach des Wohnhauses und schlug mit Äxten Schindeln los, die sich durch den Funkenflug entzündet hatten.

Clara lief zu einem Mann, der den anderen Befehle zurief und die Löscharbeiten dirigierte.

»Entschuldigen Sie, haben Sie ein kleines Mädchen gesehen? Wir befürchten, dass es sich auf dem Gelände befand, als das Feuer ausbrach.«

Der Mann schüttelte den Kopf. »Nein, gottlob war keine Menschenseele hier. Und nun gehen Sie bitte, es ist zu gefährlich!«

»Nein, nein, sie ist sicher da!«, rief Paul und zeigte auf den oberen Teil der Halle. Dort war ein Zwischenboden eingezogen, auf dem Werkzeuge aufbewahrt wurden. Außerdem bot er drei Kammern Platz, in denen früher der alte Gundersen und andere Angestellte geschlafen hatten.

»Woher willst du das denn so genau wissen?«

»Weil ich Bodil das Versteck zu Beginn der Ferien gezeigt habe!«, antwortete Paul. »Seitdem wohnt sie dort.«

»Hat sie denn kein Zuhause? Keine Eltern?«

Clara musterte Paul skeptisch. War diese Bodil vielleicht ein Produkt seiner Fantasie? Eine imaginäre Gestalt, die er als Gefährtin erfunden hatte, um nicht so einsam zu sein?

»Doch, sie hat einen Vater. Aber der ist nicht da«, antwortete Paul. »Bitte, wir müssen ihr helfen!«

»Vielleicht ist sie ja rechtzeitig aufgewacht und weggelaufen«, sagte Clara.

»Nein!« Paul schluchzte auf. »Sie schläft immer ganz fest. Sie ist ganz bestimmt noch da drin!«

Clara biss sich auf die Lippe und sah unschlüssig zu ihm hinunter.

Paul starrte mit angstgeweiteten Augen auf das Feuer. »Sie verbrennt!«, schrie er und lief auf die Halle zu.

Clara packte ihn am Arm, zog ihn zur Seite und sagte: »Ich hole Bodil. Du bleibst hier und rührst dich nicht von der Stelle! Versprich mir das!«

Paul nickte.

»Gib mir dein Taschentuch.«

Paul zog es aus der Jacke.

»Wo schläft Bodil?«

»In der äußersten Kammer über dem Holzlager«, antwortete Paul und deutete auf ein kleines Fenster an der Schmalseite der Sägehalle.

Clara eilte zu den Männern, die das Wasser aus dem Fluss schöpften, nahm einen vollen Eimer, tränkte das Tuch darin und schüttete ihn anschließend über sich aus. Bevor jemand reagieren konnte, rannte sie zur Halle mit den Kreissägen, die an der Längsseite offen war. Sie band sich das nasse Tuch vor Mund und Nase, verengte die Augen zu Schlitzen, spähte durch den

Rauch und entdeckte rechter Hand vor dem Holzlager die Leiter zum Zwischenboden.

Die nächsten Sekunden erlebte Clara wie einen Traum. Sie bewegte sich mit schlafwandlerischer Sicherheit. Wie von selbst liefen ihre Beine zur Leiter, wichen glühenden Balken aus, die auf dem Boden lagen, sprangen zur Seite, kurz bevor ein Stützpfeiler sich ächzend zur Seite neigte, und kletterten schließlich die Sprossen hinauf. Erleichtert stellte Clara fest, dass das Feuer, das sich vom anderen Ende der Halle her ausbreitete, die Kammern noch nicht erreicht hatte. Die Flammen züngelten aber bereits am Geländer, das den schmalen Gang vor den Türen sicherte. Clara zog den feuchten Mantel enger um sich und eilte ans Ende der Galerie. Die Tür der letzten Kammer war verschlossen. Mit aller Kraft warf sie sich dagegen, immer und immer wieder. Endlich gab das Schloss nach. Clara taumelte in den kleinen Raum, der von Rauch erfüllt war. Schemenhaft nahm sie eine Pritsche wahr, auf der ein schmaler Körper lag. Keuchend rang sie nach Luft, hustete, sah Punkte vor ihren Augen tanzen. Jetzt bloß nicht ohnmächtig werden! Clara tastete sich zum Fenster und riss es auf. Der Wind fegte herein, lichtete kurz die Rauchschwaden und fachte wie ein gigantischer Blasebalg die Glutnester an, die mittlerweile am Türrahmen glommen. Der Schreck fuhr Clara wie eine geballte Faust in den Magen. Der Rückweg war versperrt. Sie konnte unmöglich unversehrt durch das Inferno gelangen, das vor der Kammer tobte.

Clara hob das leblose Kind hoch und lief zum Fenster.

»Hallo! Hilfe!«, schrie sie so laut sie konnte.

Ein paar Männer in der Eimerkette wurden auf sie aufmerksam. Entsetzte Schreie gellten über den Hof und mischten sich mit dem Knacken und Sausen des Feuers. Clara sah in nach oben gewandte Gesichter, die sich vor Schreck verzerrten. Aufgeregt beratschlagten die Feuerwehrleute. Der Kommandant eilte herbei, gab gestikulierend Befehle. Zwei Burschen rannten zu dem Spritzenwagen und kehrten mit einem zusammengefalteten Tuch zurück, das sie zusammen mit ungefähr einem Dutzend anderer Männer entfalteten. Sie nahmen unter dem Fenster Aufstellung und riefen Clara etwas zu. Sie verstand die Worte nicht, wohl aber den Sinn: Sie sollte springen.

Vorsichtig schob sie das Mädchen, das nach wie vor ohne Besinnung war, über das Fensterbrett, lehnte sich mit ihrer Last so weit es ging nach draußen und ließ die Kleine fallen. Sie plumpste in die Mitte des Tuchs und wurde umgehend in Sicherheit getragen. Wieder stellten sich die Männer mit dem Tuch in Position. Clara bekreuzigte sich und kletterte auf das Fenstersims. Der Blick nach unten ließ sie erzittern. Was, wenn sie das Tuch verfehlte? Sie würde sich alle Knochen brechen. Sie wich zurück. Die Hitze in ihrem Rücken wurde unerträglich. So mochte sich Odysseus gefühlt haben, als er auf seiner Irrfahrt zwischen die Meeresungeheuer Skylla und Charybdis geraten war.

»Mama!«

Pauls verzweifelter Schrei löste ihre Erstarrung. Sie schloss die Augen, murmelte: »Adelheid hilf!«, und stieß sich vom Rahmen ab.

Sie musste kurz das Bewusstsein verloren haben. Das Nächste, was sie wahrnahm, waren mehrere Hände, die nach ihr griffen und sie aufhoben. Ihre Lider flatterten. Sie wurde sanft auf den Boden abgelegt. Etwas warf sich auf sie, klammerte sich an sie.

»Mama!«, rief Paul und schmiegte sein Gesicht an ihren Hals. »Ich hatte solche Angst!«

»Was ist mit Bodil?«, fragte Clara. Ihre Stimme war heiser vom Rauch.

Paul löste sich von ihr. Seine Wangen waren nass von Tränen.

»Du hast sie gerettet!«

26

Røros, August 1895 – Sofie

Der Sonntag zog sich in Sofies Augen schier endlos in die Länge. Ihr Vater hatte sich in den Bergskrivergården zurückgezogen, wo er Landkarten und Grundstückspläne sichtete und sich im Lauf des Tages mit weiteren Anteilseignern der Kupfergesellschaft zu Beratungen zusammensetzen wollte. Ihre Schwester schlief lange aus, ließ sich das Frühstück ans Bett bringen und schrieb einen ellenlangen Brief an ihre angeheiratete Cousine Valda, mit der sie sich während des Aufenthalts bei Tante Randi angefreundet hatte. Vermutlich erzählte sie ihr brühwarm von Mathis Hætta, der am Vorabend unverhofft als neuer Heiratskandidat die Bühne betreten hatte – auch wenn er das selbst vermutlich noch gar nicht ahnte.

Sofie strich ruhelos durchs Haus, suchte nach Ablenkung, fand nichts, das den Gedankenkreisel unterbrechen konnte, der sich in ihrem Kopf drehte, seit sie nach dem Essen am Abend zuvor zu Bett gegangen war. Die Nacht hatte sie weitgehend schlaflos damit verbracht, über Moritz von Blankenburg-Marwitz nachzugrübeln. Wer war dieser Mann?

In Trondheim war er ihr als kunstsinniger Neffe eines betuchten Adligen vorgestellt worden, in dessen Auftrag er norwegische Gemälde erwerben sollte. Nun hatte sich herausgestellt, dass dies nur ein Vorwand war, der den eigentlichen Zweck seiner Reise verschleiern sollte: eine geheime Mission als militärischer Berater des norwegischen Verteidigungsministeriums. Geheim, weil der deutsche Kaiser in dem Konflikt der beiden Unionspartner zwar offiziell nicht Stellung bezog, hinter vorgehaltener Hand jedoch keinen Hehl daraus machte, dass er vom schwedischen König ein hartes Durchgreifen gegenüber den norwegischen Rebellen erwartete, die die Unabhängigkeit ihres Landes anstrebten.

Wenn Sofie es richtig verstanden hatte, gab es in Deutschland aber viele hochrangige Angehörige der Regierung und anderer einflussreicher Kreise, die das Erstarken des nationalen Bewusstseins Norwegens begrüßten und den Wunsch nach einem souveränen Staat gut nachvollziehen konnten. Moritz, der im Generalstab des kaiserlichen Heeres eine wichtige Position innehatte, gehörte zu dieser Fraktion und war bereitwillig der Einladung gefolgt, zusammen mit dem Kurzgeschorenen, einem renommierten Festungsbauer, die Grenze zu Schweden aus strategischer Perspektive unter die Lupe zu nehmen und das norwegische Militär mit seinem Wissen zu unterstützen.

An diesem Morgen waren die beiden Deutschen mit Mathis Hætta nach Glåmos hinausgeritten, um sich von dem jungen Ingenieur die Baustelle des Wasserkraftwerks zeigen zu lassen. Sofie hätte viel darum gegeben, für einen Tag ein Mann zu sein und sie zu begleiten. Sie stellte es sich herrlich vor, auf dem Rücken eines Pferdes über die mit niedrigen Birken und Sträuchern bewachsene Hochebene zu galoppieren und sich von der frischen Luft durchpusten zu lassen, in der in der Früh bereits eine frostige Note schwang, die vom Winter kündete. Ganz zu schweigen davon, wie wunderbar es sein musste, einen ganzen Tag lang ungezwungen die Gesellschaft des Mannes zu genießen, der von ihrem Denken und Empfinden Besitz ergriffen hatte.

Ihr einziger Trost war die Aussicht, Moritz bereits am folgenden Tag wiederzusehen. Zumindest hoffte sie, dass sich eine Gelegenheit dazu ergeben würde. Während Mathis Hætta am Kuråfossen, dem Wasserfall, der dem Kraftwerk einst die Energie liefern sollte, bleiben und seine Arbeit wieder aufnehmen würde, waren die beiden Deutschen am Montag mit Ivar Svartstein verabredet. Den Grund kannte Sofie nicht – diese geschäftlichen Angelegenheiten waren später am Abend bei Zigarren und Portwein unter Ausschluss der holden Weiblichkeit im Rauchersalon besprochen worden. Stundenlang ging Sofie die Möglichkeiten durch, wie sie unauffällig eine Begegnung mit Moritz herbeiführen konnte, falls ihr Vater ihn nicht ein weiteres Mal bei ihnen zu Hause bewirten würde.

In der Nacht zum Montag wälzte sich Sofie erneut lange in ihren Kissen, bis sie schließlich erschöpft einschlief. In ihren Träumen irrte sie durch eine Bibliothek, die sich in ein gigantisches Labyrinth verwandelte, dessen Ausgang sie nur erreichen würde, wenn sie das Buch mit dem Gedicht fand, aus dem Moritz zitiert hatte. In die Grabesstille, die zunächst in dem verwinkelten Gebäude herrschte, drangen Rufe und das helle Läuten einer Glocke. Die Szenerie wandelte sich. Sofie war nun Teil einer Menschenmenge, die in Panik eine Straße hinunterlief. Sofie, die nicht wusste, wovor die Leute flohen, drehte sich um und erblickte Moritz, der ihr zuwinkte. Erleichtert blieb sie stehen und rief den Vorbeihastenden zu, dass keine Gefahr bestand. Ohne sie zu beachten, rannten die Menschen weiter. Sofie wollte zu Moritz laufen. Er saß nun auf einem Pferd und ritt auf sie zu. Sie streckte die Hand aus, damit er sie ergreifen und zu sich auf den Sattel ziehen konnte. Er trabte an ihr vorüber. Sofie wollte seinen Namen rufen, konnte ihren Mund aber nicht öffnen.

Nach Luft japsend wachte sie auf und brauchte einige Atemzüge lang, bis sie das Gefühl ohnmächtiger Hilflosigkeit abschütteln konnte, das sie im Traum übermannt hatte.

Silje schlief noch tief, als Sofie sich später ankleidete, leise das Zimmer verließ und sich nach unten in den Speisesaal begab. Erstaunt stellte sie fest, dass das Gedeck ihres Vaters unberührt auf dem Frühstückstisch stand. Die Pendeluhr in der Ecke neben dem Büfettschrank zeigte acht Uhr. An einem Werktag pflegte Ivar Svartstein spätestens um halb acht den Morgenkaffee zu sich zu nehmen.

»Wünschen Sie Rührei oder Spiegeleier?«

Kammerdiener Ullmann hatte das Zimmer lautlos betreten und schenkte Sofie eine Tasse Kaffee aus einer Kanne ein, die auf einem Stövchen stand.

»Weder noch, vielen Dank!«, sagte Sofie. »Ist mein Vater schon außer Haus?«

Ullmanns Gesicht verzog sich kaum wahrnehmbar. Konnte es sein, dass sie einen Hauch von Missbilligung in seinen Zügen entdeckte, deren Undurchschaubarkeit für gewöhnlich einem Pokerspieler zur Ehre gereicht hätte?

»Er ist inkommodiert und hütet das Bett.«

Ein Außenstehender hätte keinen Verdacht geschöpft und angenommen, dass Ivar Svartstein erkrankt sei. Sofie, die Ullmann seit vielen Jahren kannte, sah sich durch den reservierten Ton seiner Antwort bestätigt: Ihr Vater hatte etwas getan, das sein Kammerdiener nicht guthieß. Dieser kam weiteren Fragen Sofies zuvor.

»Haben Sie bereits Kenntnis von dem Brand erhalten?«

»Dem Brand?«

»Heute Nacht ist im Sägewerk drüben am Flanderborg ein Feuer ausgebrochen«, erklärte Ullmann.

Die Glocke, die in ihrem Traum geläutet hatte, war also real gewesen. Mit ihr hatte man die Feuerwehr alarmiert.

»Wie furchtbar! Wurde jemand verletzt?«

»Gott sei Dank nicht«, antwortete er. »Ich habe aber gehört, dass eine junge Frau unter dramatischen Umständen ein Kind aus den Flammen gerettet hat.«

»Ich dachte, da wohnt niemand mehr?«, fragte Sofie, der erst jetzt klar wurde, dass es sich um das ehemalige Grundstück der Ordals handeln musste, nach dem sich der Zeitungsverleger bei ihr erkundigt hatte.

»Oder hat mein Vater es zwischenzeitlich verkauft?«

»Davon ist mir nichts bekannt. Das Kind war auch nicht im Wohnhaus, sondern in der Halle mit den Sägen.«

»Seltsam«, sagte Sofie. »Was es dort wohl mitten in der Nacht gemacht hat? Zum Glück ist ihm nichts passiert!«

Ullmann nickte und verließ mit einer Verbeugung das Zimmer. Sofie folgte ihm wenig später, nachdem sie appetitlos eine halbe Scheibe geröstetes Brot mit Frischkäse verzehrt hatte. Im Flur standen Britt, die Zofe ihrer Schwester, und das fünfzehnjährige Dienstmädchen Eline und steckten die Köpfe zusammen.

»... sternhagelvoll!«, sagte Britt gerade. »Er konnte sich kaum noch auf den Beinen halten. Ullmann hat ihn mit Ach und Krach ins Bett bugsiert.«

Eline schlug die Hand vor den Mund. »Unser Herr? Besoffen? Das kann ich mir gar nicht vor ...«

»Psst!«, machte Britt, die Sofie bemerkt hatte.

Errötend stob das Dienstmädchen davon. Britt grüßte Sofie und enteilte ebenfalls. Nachdenklich sah diese ihnen nach. Während sie sich noch fragte, warum ihr Vater, den sie noch nie angeheitert, geschweige denn total betrunken erlebt hatte, zu tief ins Glas geschaut haben mochte, ertönte die Hausglocke. Sofie lief in die Eingangshalle, wo Ullmann gerade die Tür öffnete. Ihr Herz machte einen Sprung. Moritz von Blankenburg-Marwitz und Major von Rauch, der Festungsbauer, standen vor dem Haus und fragten nach Ivar Svartstein, der nicht zum verabredeten Zeitpunkt im Bergskrivergården erschienen war. Bevor Ullmann etwas sagen konnte, stellte sich Sofie an seine Seite.

»Zu seinem großen Bedauern kann mein Vater heute leider nicht zu Ihrer Verfügung stehen. Er wurde in einer dringlichen Angelegenheit, die keinen Aufschub erlaubt, in der Früh weggerufen. Es tut ihm sehr leid, dass er Sie versetzt hat. Er hofft auf Ihr Verständnis und lässt fragen, wann Sie den Termin nachholen wollen.«

Die Worte kamen Sofie wie von selbst über die Lippen. Aus den Augenwinkeln nahm sie wahr, dass in Ullmanns Gesicht Erleichterung aufblitzte. Und Anerkennung. Er bestätigte ihre Ausführungen mit einem Nicken.

Die beiden Deutschen wechselten einen Blick. Major von Rauch hob die Schultern.

»Wir sind noch zwei bis drei Tage in der Stadt. Wenn es Ihrem Vater passt, können wir ihn morgen treffen. Richten Sie ihm bitte aus, dass er uns eine Nachricht zukommen lassen soll. Wir sind im Proviantskrivergården einquartiert.« Er tippte grüßend an sein Käppi und wandte sich zum Gehen.

»Einen Moment!«, sagte Moritz. »Vielleicht kann uns ja Fräulein Svartstein die Schanze zeigen.« Er deutete eine Verbeugung in Sofies Richtung an. »Wenn es Ihre Zeit erlaubt.«

Sein Begleiter verzog unwillig das Gesicht und setzte zu einer Entgegnung an.

»Es wäre mir ein Vergnügen«, sagte Sofie rasch. »Ich hole nur meinen Hut, dann können wir los.«

Erschrocken und zugleich beglückt von ihrer Geistesgegenwart gesellte sich Sofie wenige Augenblicke später zu den beiden Männern und wies ihnen den Weg hinauf zur Rau-Veta, einer Gasse, die zur oberen Brücke führte. Auf der anderen Seite des Hitterelva liefen sie zur Korthaugen Skanse, die, umringt von Schutthalden, auf einer kleinen Anhöhe lag. Von der ehemaligen Befestigungsanlage war nur noch das steinerne Magazinhaus erhalten, in dem die Berggesellschaft den Sprengstoff lagerte, der für die Arbeit in den Kupferminen benötigt wurde.

Sofie ging stumm neben Moritz her, den der Major in ein Gespräch über die Vor- und Nachteile einer Festung innerhalb einer Stadt verwickelte. Er nahm ostentativ keine Notiz von ihr und bestätigte Sofies Eindruck, dass er nichts von Moritz' Vorschlag, sie herumzuführen, hielt. Dieser ließ sich davon nicht beeindrucken. Er bot Sofie seinen Arm und bedeckte ihre Hand mit seiner. Die Berührung versetzte Sofies Magen in Aufruhr. Sie konnte vor Aufregung kaum atmen und wagte nicht, den Kopf zu heben. Sie fürchtete, vollends die Fassung zu verlieren, wenn sie Moritz in die Augen sah.

Auf der Schanze angekommen, löste sie sich von ihm, stellte sich vor die beiden Männer, kramte ihre Erinnerungen an den Heimatkundeunterricht hervor und erklärte im Ton eines Fremdenführers: »Während des Großen Nordischen Krieges Anfang des achtzehnten Jahrhunderts haben die Anteilseigner der Berggesellschaft den Bau einer Festung in Auftrag gegeben. Sie befürchteten nämlich aus gutem Grund, dass die Schweden die Stadt angreifen und sich die Gruben und Kupfervorräte unter den Nagel reißen wollten. Es wäre nicht das erste Mal gewesen. Schon 1675 hatte man daher ein freiwilliges Bergmannskorps gegründet, das in Krisenzeiten durch Berufsoffiziere und reguläre Truppenteile verstärkt wurde.«

Ihre Stimme, die zu Anfang noch etwas zittrig gewesen war, festigte sich. Sofie fand Gefallen an der Rolle, die ihr ihre Gelassenheit zurückgab. Moritz hörte ihr mit einem amüsierten Lächeln zu, Major von Rauch zog skeptisch eine Augenbraue hoch.

»Es fällt schwer, sich vorzustellen, dass hier einmal Hunderte von Soldaten stationiert gewesen sein sollen«, brummte er.

»Nun, damals lag dieser Hügel außerhalb der Stadt und war von allen Seiten frei zugänglich. Die Schlackenhaufen und Häuser sind ja erst in den letzten Jahrzehnten immer näher herangerückt«, entgegnete Sofie.

Moritz sah sich um und fragte: »Und wie sah diese Festung aus?«

Sofie holte tief Luft und fuhr salbungsvoll fort: »Meine Herren, Sie stehen auf dem Platz, der einst von einem Mauerwall mit vier abgerundeten Bollwerken umgeben war. An der Stelle des Pulverhauses befand sich ein Wachturm. Er wurde 1711 zusammen mit einem weiter unten angelegten fünfeckigen Außenwerk erbaut, das ein Waffenmagazin und ein Brunnenhaus schützte. Außerdem waren auf den vorspringenden Bastionen Kanonen installiert, mit denen man Eindringlinge unter Beschuss nehmen konnte.«

»Sieh an, in Ihnen schlummert ein Festungsspezialist!«, sagte Moritz mit einem Zwinkern. »Ich hätte nicht gedacht, dass sich eine junge Dame für so ein martialisches Thema erwärmen könnte.«

»Unsere Heimatstadt war schon immer das Objekt fremder Begehrlichkeiten«, antwortete Sofie. »Da wäre es töricht, sich keine Gedanken über ihre Verteidigung zu machen.«

Moritz musterte sie eindringlich, bevor er die Augen über das Areal wandern ließ.

»Offensichtlich hat *diese* Festung dem Ansturm der Feinde nicht standgehalten. Wurde sie lange belagert? Oder war es ein kurzes, hitziges Gefecht? Oder hat sie sich gar ohne Gegenwehr ergeben?«

Sofie schluckte. Warum wurde sie das Gefühl nicht los, dass Moritz nicht über das Schicksal der Korthaugen Skanse sprach?

»Es ist ein bisschen peinlich«, antwortete sie, um einen neutralen Ton bemüht, »aber der Befehlshaber, der Røros 1718 verteidigen sollte, hat sich nicht gerade mit Ruhm bekleckert. Als er hörte, dass ein schwedisches Heer unter General de la Barre im Anmarsch war, hat er die Schanze schleifen lassen und sich mit seinen Soldaten aus dem Staub gemacht.«

»Na, großartig. Was nützt die schönste Festung, wenn man sie einem Feigling anvertraut«, rief Major von Rauch und zog die Brauen zusammen. »Nach allem, was Sie erzählt haben«, er nickte Sofie zu, »war die Anlage gut durchdacht und hätte ohne Weiteres verteidigt werden können. Zumindest eine Zeit lang.«

Sofie zuckte mit den Schultern. »Wir werden es nie erfahren. So war Røros jedenfalls ohne jeden Schutz, und die Schweden konnten geradewegs hineinspazieren und das Kupfer beschlagnahmen. Man hat es ihnen bereitwillig ausgehändigt, da die Stadt andernfalls gebrandschatzt worden wäre.«

Moritz warf ihr einen vielsagenden Blick zu. »Manchmal ist Kapitulation nicht die schlechteste Lösung. Verteidigung um jeden Preis ist nicht immer der Weg zum Glück.«

»Entschuldige, was redest du denn da für einen Unsinn?«, fragte sein Begleiter. »Weg zum Glück? Ich muss mich doch sehr über dich wundern!«

Sofie, die Moritz keine Gelegenheit für weitere zweideutige Anspielungen geben wollte, sagte rasch: »Die Schweden konnten diesen Erfolg nicht lange genießen. Im Gegenteil, die meisten zahlten mit ihrem Leben dafür.«

Major von Rauch runzelte die Stirn. »Spielen Sie auf den Todesmarsch der Karoliner an?«

Sofie nickte. »Genau! Dann wissen Sie ja, was ich meine.«

Zum ersten Mal verzog sich der Mund des Majors zu einem wohlwollenden Lächeln.

»Aber ich nicht«, sagte Moritz.

Der Major brummelte ein »Wundert mich nicht« und forderte Sofie mit einer Handbewegung auf, mit ihren Ausführungen fortzufahren.

»Der Feldzug fand im Winter statt«, begann sie. »Nach den Weihnachtstagen zog General de la Barre mit seinen Männern ab, um sich nördlich von Røros mit der Armee von General Armfeldt zu vereinigen. Als sie dort vom Tod ihres Königs erfuhren, der bei der erfolglosen Belagerung der norwegischen Festung Fredrikshald gefallen war, traten sie den Rückzug an. Auf einer Hochebene gerieten sie in einen schrecklichen Schneesturm, in dem tausende Soldaten erfroren, sich verirrten und verhungerten. Nur ein Bruchteil der Truppen erreichte die Heimat.«

Der Major schüttelte den Kopf. »Es ist immer wieder frustrierend, wie viele Männer in einem Krieg nicht in der Schlacht sterben, sondern weil sie unfähige Vorgesetzte haben, die nicht vorausschauend planen, Umstände wie Witterung oder unwegsames Gelände außer Acht lassen und ihre Untergebenen vermeidbaren Gefahren aussetzen.«

»So wie Napoleon in Russland«, sagte Sofie. »Er hat ja auch einen Großteil seiner Armee verloren, weil er den harten Winter dort unterschätzt hat.«

»Sehr gutes Beispiel!«, entgegnete der Major.

»Um den endgültigen Sieg davonzutragen, muss man rücksichtslos sein!«, warf Moritz, der ihr Gespräch mit einem spöttischen Grinsen verfolgt hatte, ein und hob in gespielter Abwehr die Hände, als der Kurzgeschorene ihn entrüstet anfunkelte. »Das hat Napoleon gesagt. Und unterm Strich hatte er recht damit.«

Sofie sah ihn aufgebracht an. »Aber es ist doch ungerecht, dass die Befehlshaber in der Regel unbeschadet und ohne Bestrafung aus dem Schlamassel herauskommen, das sie angerichtet haben. Sogar die beiden schwedischen Generäle wurden später mehrfach befördert und ausgezeichnet. Das können Sie doch unmöglich gutheißen!«

Moritz zuckte mit den Achseln. »Auf der Welt geht es nun einmal ungerecht zu. Und um es ein weiteres Mal mit dem großen Bonaparte zu sagen: Im Krieg und in der Liebe ist alles erlaubt.« Er neigte sich zu Sofie und fügte halblaut hinzu: »Und: Nur die Hartnäckigen gewinnen die Schlachten.«

Er suchte ihren Blick und fasste nach ihrer Hand. Sie erschrak. Hatte er die Frage, die sie in seinen Augen las, laut gestellt? Sie schielte zum Major. Nein, er war in die Betrachtung der Umgebung vertieft und schenkte ihnen keine Beachtung. Nimm dich in Acht!, flehte eine Stimme in ihr. Sei vorsichtig! Du weißt doch gar nicht, was Moritz für Absichten hat. Ach was, hielt sie der inneren Zweiflerin entgegen. Er hat mich erwählt! Mich, nicht Silje oder eine andere Schönheit. Warum soll ich mein Glück zurückstoßen?

Sie erwiderte seinen Blick und gab ihm mit einem Senken der Lider die Antwort.

27

Røros, August 1895 – Clara

Als Clara wieder aufstehen konnte, hatte der Hauptmann der Feuerwehr zwei seiner Leute abkommandiert, die sie und Paul zur Pension zurückbrachten. Einer stützte Clara, die nach dem Sprung aus dem Fenster etwas wackelig auf den Beinen war, der andere trug Bodil, die noch immer ohne Bewusstsein war. Frau Olsson empfing sie, richtete in der guten Stube ein Lager für das Mädchen her und schickte nach Doktor Pedersen. Nachdem der Arzt die Kleine untersucht hatte, beruhigte er Paul, der ihn voller Sorge beobachtete und nicht von Bodils Seite wich.

»Deine kleine Freundin hat zwar einiges von dem bösen Rauch eingeatmet. Zum Glück aber nicht so viel, dass ihre Lunge ernsthaft geschädigt ist.«

Um Paul zu überzeugen, ließ Doktor Pedersen ihn selber mit dem Hörrohr Bodils Brust abhorchen und erklärte ihm, dass ihre Atmung rasselnd und mühsamer vonstattenginge, wenn sie eine schlimme Rauchvergiftung hätte.

»Im Schlaf holen wir nicht so tief Luft«, erklärte er. »Das war ihr Glück. Vor allem aber, dass deine Mutter sie rechtzeitig aus dem Feuer geholt hat.«

Den kurzen Rest der Nacht verbrachten Clara und Paul an Bodils Lager. Clara wollte nicht, dass das Mädchen aufwachte und vielleicht in Panik davonlief, wenn es sich unverhofft in einer fremden Umgebung wiederfand. Sie selbst fühlte sich einerseits erschöpft und wie zerschlagen, andererseits war sie aufgedreht und viel zu unruhig, um Schlaf zu finden. Frau Olsson, der es ähnlich ging, leistete ihnen Gesellschaft und servierte ihnen eine kräftige Hühnerbrühe zur Stärkung.

Nachdem sie ihre Tassen geleert hatten, kuschelte sich Paul auf dem Sofa an Clara. Frau Olsson legte zwei Holzscheite in das Kaminfeuer, nahm in ihrem Ohrensessel Platz und beugte sich zu Paul.

»Verrätst du mir, wer Bodil ist und warum sie allein in dem Sägewerk gewohnt hat?«, erkundigte sie sich und kam Clara zuvor, der dieselbe Frage auf der Zunge lag.

Sie schaute zu dem Mädchen, das auf dem zweiten Sofa schlief. Von seiner geringen Größe und der schmächtigen Statur her schätzte sie es auf etwa fünf Jahre. Bodil hatte verfilzte braune Haare, trug ein mehrfach geflicktes Kittelkleid und eine löchrige Strickjacke. Ihre bloßen Füße waren von einer dicken Hornhaut bedeckt, ihre Wangen waren eingefallen, und die sichtbare Haut an Hals, Armen und Beinen war von Dreck und Rauch geschwärzt. Sie erinnerte Clara an ein zerzaustes, halb verhungertes Vögelchen, das aus seinem Nest gefallen war.

Paul rang kurz mit sich, bevor er stockend zu sprechen begann. »Ihre Mutter ist im Himmel. Ihr Vater ist mit seinem Wagen unterwegs zusammen mit ihren beiden älteren Brüdern. Im Winter kommen sie wieder nach Røros zurück.«

»Warum haben sie Bodil denn nicht mitgenommen?«, fragte Clara.

»Das wollten sie ja. Aber dann wurde sie sehr krank. Und da hat ihr Vater sie zu einer Cousine gebracht, damit sie auf Bodil aufpasst, solange er nicht da ist.«

»Aha, und warum ist sie nicht mehr dort?«

»Der Mann von der Cousine ist ein schlechter Mensch. Bodil sagt, dass er nicht arbeitet, sondern den ganzen Tag trinkt. Und weil er kein Geld hat, wollte er Bodil an einen Bauern verkaufen. Für den sollte sie arbeiten. Die Cousine hat gesagt, dass der Mann Bodil nicht weggeben darf. Da hat er furchtbar getobt und sie geschlagen. Und Bodil ist weggelaufen.«

Frau Olsson und Clara sahen sich betroffen an.

»Mein Gott, das arme Ding!«, rief Frau Olsson. »Leider hört man immer wieder von solchen Fällen. Viele mittellose Familien verkaufen ihre Kinder als Arbeitskräfte, weil sie nicht ein noch aus wissen und die vielen hungrigen Münder nicht sattkriegen. Es ist ein Elend! Und Bodil ist noch so klein! Wie alt ist sie eigentlich?«, fragte sie Paul.

»Sieben«, antwortete er.

Frau Olsson zog die Augenbrauen hoch. »Ich hätte sie jünger geschätzt.«

Clara nickte ihr bestätigend zu und befragte Paul weiter: »Und du hast Bodil an dem Tag getroffen, an dem du dich mit den anderen Schülern geprügelt hast?«

Paul richtete sich auf. In seinen Augen blitzte Wut. »Ja! Sie haben sie mit Steinen beworfen und gerufen, dass sie eine dreckige Zigeunerin wäre und sich zum Teufel scheren soll.«

»War sie denn in der Schule?«, fragte Clara.

»Nein, aber in der Nähe. In der Straße hinter der Schule gibt es so kleine Häuser. In einem wohnt Bodils Familie, wenn sie im Winter in Røros ist. Da hatte sie sich versteckt.«

»Und dann hast du ihr die Kammer im Sägewerk gezeigt«, sagte Clara.

Paul nickte. »Sie wusste nicht, wohin sie gehen sollte.«

»Aber warum hast du mir nie etwas gesagt?«

»Ich hab Bodil versprochen, niemandem von ihr zu erzählen. Sie hat solche Angst, dass sie ins Waisenhaus muss. Dabei hat sie ja einen Papa.«

Frau Olsson legte ihre Stirn in Falten. »Weißt du, wie ihr Vater heißt?«

Paul schüttelte den Kopf.

»Oder was er macht? Womit verdient er sein Geld?«

»Er spielt Geige und verkauft Pferde. Und er repariert Töpfe.«

»Dann könnte es Fele-Nils sein«, sagte Frau Olsson.

Clara sah sie fragend an. »Fehlenils? Das ist ja ein merkwürdiger Name.«

»*Fele* bedeutet Geige oder Fiedel«, erklärte Frau Olsson. »Viele der fahrenden Leute, die wir hier *tatere* nennen, sind sehr begabte Musiker. Und Fele-Nils, also Fiedel-Nils, ist bekannt für sein wunderbares Geigenspiel. Außerdem ist er Pferdehändler und *fortinner*. Die beschichten Kupfergefäße mit einer Zinnschicht, die sie vor dem Anlaufen schützt.«

Clara nickte. »Bei uns gibt es auch Zigeuner. Sie ziehen als Kesselflicker, Scherenschleifer, Hausierer mit Kurzwaren, Korbflechter und so weiter auf dem Land umher. Sie haben nicht gerade den besten Ruf.«

»Bei uns auch nicht«, sagte Frau Olsson und zupfte an den Stirnlöckchen, die unter ihrer Haube hervorlugten. »Dabei sind es in der Regel anständige Leute. Zumindest für Fele-Nils würde ich meine Hand ins Feuer legen. Er ist sehr hilfsbereit, achtet peinlich darauf, dass sich seine Kinder nichts zuschulden kommen lassen, und ist tief gläubig. Ich bin mir außerdem sicher, dass er nichts von dem trunksüchtigen Ehemann seiner Cousine weiß. Er hätte ihr seine Tochter sonst niemals anvertraut.«

Paul nickte eifrig. »Ja, das hat Bodil auch gesagt. Sie war früher schon mal bei der Cousine. Bevor die geheiratet hat. Damals hat es Bodil sehr gut bei ihr gefallen.«

»Wie gesagt, Fele-Nils ist ein sehr verantwortungsbewusster und liebevoller Vater«, sagte Frau Olsson. »Da könnten sich manche sogenannte ehrbare Bürger, die voller Verachtung auf die angeblich unzivilisierten *tatere* herabschauen, eine Scheibe von abschneiden.«

Clara gestand sich ein, dass sie nur vage Kenntnisse über Zigeuner hatte. In Bonn hatte sie selten Angehörige dieser beargwöhnten Minderheit gesehen, denen man magische und wahrsagerische Fähigkeiten, einen diebischen und verlogenen

Charakter und andere negative Eigenschaften nachsagte. Allerdings war Clara nie jemandem begegnet, der diese Vorurteile aus eigenem Erleben bestätigen konnte. Ihr eigenes Bild speiste sich zum einen aus einem Volkslied:

Lustig ist das Zigeunerleben,
faria, faria ho.
Brauch'n dem Kaiser kein Zins zu geben,
faria, faria, ho.
Lustig ist's im grünen Wald,
wo des Zigeuners Aufenthalt.
Faria, faria, faria,
faria, faria, faria ho.

Sollt uns mal der Hunger plagen,
Tun wir uns ein Hirschlein jagen:
Hirschlein nimm dich wohl in Acht,
Wenn des Zigeuners Büchse kracht.

Sollt uns einmal der Durst sehr quälen,
Gehn wir hin zu Wasserquellen,
Trinken das Wasser wie Moselwein,
Meinen, es müsste Champagner sein.

Wenn uns tut der Beutel hexen,
lassen wir unsre Taler wechseln,
Wir treiben die Zigeunerkunst,
Da kommen die Taler wieder all zu uns.

Wenn wir auch kein Federbett haben,
Tun wir uns ein Loch ausgraben,
Legen Moos und Reisig 'nein,
Das soll uns ein Federbett sein.

Zum anderen bezog Clara ihre Vorstellungen von Frau Professor Dahlmann, die ihr ausführlich von einer Opernaufführung der »Carmen« berichtet hatte. Die Figur der stolzen Zigeunerin, die nicht davor zurückschreckte, Männer zu bezirzen, um sie für ihre Zwecke einzuspannen, und die lieber sterben wollte, als auf ihr freies Leben zu verzichten, hatte Clara imponiert und irritiert. Sie hatte sie als geheimnisvoll und fremdartig empfunden, zugleich aber Mitleid mit ihr gehabt. Sie stellte sich Carmen als eine einsame Frau vor, die wegen ihrer selbstbewussten Haltung keinen Mann fand, der ihr ebenbürtig war oder bereit, ihren Drang nach Selbstbestimmung zu akzeptieren.

»Mama? Was wird denn nun aus Bodil?«

Pauls Frage unterbrach Claras Grübeleien.

»Muss sie jetzt ins Waisenhaus?«

Clara sah unschlüssig zu dem Mädchen. Das wäre zweifellos die einfachste Lösung, stellte die vernünftige Seite in ihr fest. Dort wäre sie gut aufgehoben, und alles hätte seine Ordnung und Richtigkeit. Schließlich sind die Behörden in solchen Fällen zuständig.

»Du, Mama ... ich ... ich hab doch bald Geburtstag ...«, sagte Paul zögernd.

»Ja, warum?«, fragte Clara und wusste im selben Augenblick, was nun folgen würde.

»Ich will dieses Jahr gar keine Geschenke«, fuhr Paul fort und schaute sie treuherzig an. »Ehrlich, du musst mir nichts kaufen! Ich will noch nicht mal einen Geburtstagskuchen. Ich habe nur einen einzigen Wunsch.« Er holte tief Luft und stieß hervor: »Ich will, dass Bodil bei uns bleiben darf, bis ihr Papa wiederkommt.«

Clara unterdrückte ein Seufzen.

»Bitte, bitte, Mama!«, flehte er. »Sie kann in meinem Bett schlafen. Ich kann mich auf den Boden legen. Und sie braucht auch nicht viel zum Essen. Und ...«

Clara lachte auf und sagte: »Du hast ja schon alles ganz genau geplant.«

Paul nickte eifrig und sah hoffnungsvoll zu ihr auf. Clara lehnte sich zurück und rieb sich die Stirn.

Der amtliche Weg wäre der einfachste, setzte sie ihre innere Zwiesprache fort, die Paul mit seiner Bitte unterbrochen hatte. Aber Bodil will offenbar um nichts in der Welt ins Heim, widersprach ein leises Stimmchen. Sie würde gewiss bei der ersten sich bietenden Gelegenheit ausreißen. Und was dann? In den Nächten wird es jetzt schon sehr kalt, obwohl wir erst Mitte August haben. Du würdest es dir nie verzeihen, wenn ihr etwas zustößt. Du hast sie doch nicht unter Lebensgefahr aus den Flammen geholt, damit sie jetzt krank wird oder elendiglich erfriert!

Nein, aber wenn ich mich ihrer annehme, wird nichts aus unserer baldigen Rückkehr nach Deutschland, gab die Vernunft zu bedenken. Dann müssen wir länger in Røros bleiben. Zumindest bis Bodils Vater wieder auftaucht. Und wer weiß, wann das sein wird.

Wäre das denn so schlimm? Auf ein paar Wochen mehr oder weniger kam es doch nun wirklich nicht an. Und war es nicht ein Wink des Schicksals, dass sie ausgerechnet jetzt ein Haus geerbt hatte? Sie hatte Bedenken, ob es ihr zustand. Was, wenn es ihr gegeben wurde, damit sie in der Lage war, einem hilflosen Kind eine Heimstatt zu bieten?

»Mama?«, fragte Paul leise. »Darf Bodil bleiben?«

Clara suchte Frau Olssons Blick. Diese zuckte mit den Schultern. »An mir soll's nicht liegen. Aber auf Dauer ist es in Ihrem Kämmerchen da oben viel zu eng.«

»Ich weiß. Es wäre auch nur vorübergehend. Bis ich das Haus am Hittersjøen einigermaßen wohnlich hergerichtet habe«, sprach Clara den Gedanken laut aus, der sich während ihres inneren Dialogs in ihrem Hinterkopf gebildet hatte. »Auch wenn es ein wenig in die Jahre gekommen ist und einiges repariert werden müsste – ein Dach überm Kopf hätten wir dort allemal. Und beheizbar ist es auch, im Gegensatz zu unserem Zimmer hier.«

Paul strahlte Clara an, sprang vom Sofa, lief zu Bodil und fiel neben ihrem Lager auf die Knie.

»Du darfst bei uns bleiben!«, flüsterte er ihr ins Ohr.

Das Mädchen stöhnte im Schlaf. Paul streichelte ihm über den Kopf.

»Alles wird gut. Du wirst sehen. Ich habe die beste Mama der Welt. Sie wird für dich sorgen.«

Clara beobachtete die beiden und fragte sich, ob sie nicht zu viel versprochen hatte. Was, wenn die Behörden sich querstellten und darauf bestanden, Bodil ins Waisenhaus zu stecken? Ich werde Herrn Dietz um Rat fragen, beschloss Clara. Und außerdem: Was sollte dagegen sprechen, dass ich mich des Kindes annehme? Man wird vermutlich sogar froh sein, dass sie nicht auf Kosten der Gemeinde versorgt werden muss.

Frau Olsson, die sich mit einem Tüchlein die Augen abtupfte, suchte Claras Blick.

»Sie tun das Richtige«, sagte sie mit belegter Stimme. »Und ich werde Sie dabei unterstützen, so gut ich kann.«

»Ach, Sie haben uns schon so viel geholfen«, antwortete Clara. »Ich weiß gar nicht, was ich ohne Sie täte!«

»Aber das ist doch selbstverständlich«, widersprach Frau Olsson. »Es ist mir ein Anliegen.« Sie beugte sich nach vorn und drückte Claras Hand. »Sie und Paul sind mir ans Herz gewachsen. Es macht mir große Freude, wenn ich mich ein wenig um euch kümmern darf.«

Clara umschloss Frau Olssons Hand. »Ich bin Ihnen so dankbar! Mehr als ich es mit Worten auszudrücken vermag!«

Die Aussicht, länger als geplant in Norwegen zu bleiben, hatte zum ersten Mal nichts Bedrückendes. Im Gegenteil, Clara wäre der Abschied von Frau Olsson schwergefallen.

28

Røros, August 1895 – Sofie

Am Dienstag gab es im Städtchen nur ein Thema: den Brand im Sägewerk. Auch in der Bibliothek, die Sofie am Nachmittag für zwei Stunden öffnete, drehten sich die Gespräche der Besucher um das Feuer, das dank des raschen Eingreifens der Feuerwehr und der Nachbarn nicht auf andere Häuser übergegriffen und nur die Halle mit den Sägen zerstört hatte. Sofie schenkte den halblaut geäußerten Vermutungen über die Ursache des Feuers, den Berichten über den Verlauf der Löscharbeiten und die wagemutige Rettung des Kindes, die bereits Kammerdiener Ullmann erwähnt hatte, zunächst kaum Beachtung. Zu sehr kreisten ihre Gedanken um Moritz von Blankenburg-Marwitz.

Während sie nach außen hin ruhig auf ihrem Stuhl saß, Bücher in die Ausleihliste eintrug oder zurückgegebene Bände ausstrich, Fragen beantwortete und bei der Suche nach bestimmten Lektürewünschen behilflich war, verging sie innerlich vor Ungeduld und schielte alle paar Minuten zur Tür. Das Warten wurde zunehmend unerträglich. Die Redewendung, jemanden auf die Folter spannen, wurde für Sofie eine persönliche Erfahrung. Die Vorfreude auf das Wiedersehen mit Moritz wich quälenden Fragen: Hatte der junge Deutsche beim Abschied am Tag zuvor ihren geflüsterten Hinweis, wo sie heute außerhalb ihres Elternhauses zu finden sei, nicht verstanden? War er überraschend verhindert und konnte nicht kommen? Oder wollte er sie nicht sehen? Sofie fiel es immer schwerer, still zu sitzen und die Ungewissheit auszuhalten.

»… vom Pech verfolgt. Erst stirbt seine Frau – und mit ihr der einzige Sohn. Dann verunglückt der Mann, den er als

Schwiegersohn für seine Älteste auserkoren hatte. Und jetzt geht sein Sägewerk in Flammen auf.«

Die getuschelte Bemerkung ließ Sofie aufhorchen. Sie sah vom Ausleihbuch auf, auf das sie seit Minuten starrte, ohne etwas wahrzunehmen. Der Apothekergehilfe, ein Kaufmann und zwei Frauen, die sie zuletzt bedient hatte, waren gegangen. In einer Ecke standen Berntine Skanke – dieses Mal ohne ihren Pinscher Tuppsi – und Gudrid Asmund. Sofie senkte hastig den Kopf und tat so, als sei sie in ihre Liste vertieft.

»Ja, der Herr hat ihm eine schwere Last aufgebürdet«, sagte Frau Asmund und fügte mit gedämpfter Stimme hinzu: »Findest du es nicht auch merkwürdig, dass die Katholsche dort war? Wenn sie auftaucht, bringt sie Unglück über die Svartsteins.«

»Das Gleiche habe ich meinem Mann auch schon gesagt«, antwortete die Gattin des Schneidermeisters. »Ich glaube jedenfalls nicht, dass sie zufällig beim Sägewerk war.«

»Ich auch nicht! Was hätte sie da auch mitten in der Nacht zu schaffen gehabt?«

Frau Skanke beugte sich näher zu ihrer Freundin. Sofie hielt den Atem an, um ihr Flüstern zu verstehen.

»Wenn du mich fragst: Ich bin mir sicher, dass die junge Ordal das Feuer gelegt hat!« Frau Asmund griff sich an die Brust und riss die Augen auf. Berntine Skanke nickte gewichtig. »Diese Rothaarigen sind doch alle Feuerteufel und ...«

»Entschuldigen Sie, aber das ist blanker Unsinn!«

Die resolute Stimme ließ Sofie zusammenzucken. Auch die beiden Klatschbasen fuhren herum und starrten zur Tür, in der eine zierliche Frau Anfang vierzig stand. Sie trug einen auf Taille geschnittenen dunkelgrünen Mantel und einen farblich dazu passenden Samthut, der mit Straußenfedern und einer breiten Schleife geschmückt war.

»Frau Dietz!«, sagte Frau Skanke und musterte die Frau des

Bergschreibers empört. »Darf ich erfahren, was Sie zu Ihrer Behauptung veranlasst?«

Frau Dietz erwiderte den Blick mit eisiger Miene. »Gern! Abgesehen davon, dass Frau Ordal nicht den geringsten Grund gehabt hätte, den Brand zu entfachen: Sie ist nachweislich erst lange nach Ausbruch des Feuers im Flanderborg erschienen und hat ein Kind gerettet, das von den Flammen eingeschlossen war.«

Frau Asmund lief rot an und sah betreten zu Boden.

»Selber schuld, wenn sie nicht auf ihren Balg achtgibt und ihn nachts herumstreunern lässt«, schnaubte Berntine Skanke und verschränkte ihre Arme vor der Brust.

»Es war nicht ihr Sohn, sondern ein kleines Mädchen«, sagte Frau Dietz.

Frau Skanke öffnete den Mund, schloss ihn wieder und verzog unwillig das Gesicht. Sofie grinste in sich hinein. Es war zu köstlich, das Lästermaul sprachlos zu sehen. Sie erhob sich lautlos und ging mit einem Buch zu dem Regal, hinter dem die drei Damen standen. Sie schenkten ihr keine Beachtung. Sofie rückte die Bände in den Fächern gerade und lauschte dem Gespräch, dem das Auftauchen von Frau Dietz eine pikante Note verliehen hatte.

»Was für ein Mädchen?«, fragte Frau Asmund.

»Eine Tochter von Fele-Nils«, antwortete die Frau des Bergschreibers.

»Dem Zigeuner! Auch so zwielichtiges Gesindel«, murmelte Frau Skanke.

Frau Asmund nickte. »Denen ist alles zuzutrauen! Wahrscheinlich hat sie gezündelt.«

Frau Dietz schüttelte den Kopf. »Wohl eher nicht. Über die Brandursache ist noch nichts bekannt. Da die Kleine in einer der Kammern über dem Holzlager schlief, das Feuer aber in der Sägehalle ausbrach, kann man davon ausgehen, dass das Kind nicht verantwortlich ist.«

Sie schaute die beiden streng an. Frau Skanke schob ihre Unterlippe nach vorn, verzichtete jedoch auf eine Erwiderung. Frau Asmund wiegte nachdenklich den Kopf. Auf ihren bleichen Wangen erschienen rote Flecken, aufgeregt schnappte sie nach Luft und stieß hervor: »Ich möchte gewiss keine falschen Anschuldigungen in die Welt setzen. Aber im Grunde gibt es nur einen Menschen, der einen triftigen Grund hatte, das Sägewerk zu zerstören.«

Sie hielt inne und sah die anderen Damen auffordernd an. Frau Dietz zuckte ratlos die Schultern. Berntine Skanke rollte mit den Augen.

»Nun mach es nicht so spannend!«, sagte sie.

»Überleg doch mal: Wem hat das Sägewerk vorher gehört? Wer hat alles verloren und kein Dach mehr über dem Kopf?« Frau Asmund blinzelte wissend.

»Du meinst doch nicht etwa Sverre Ordal?«

»Wen sonst?«, trumpfte Frau Asmund auf.

Sofie sah, dass Frau Dietz nachdenklich die Stirn runzelte.

»Das würde zusammenpassen«, murmelte sie.

»Was meinen Sie?«, fragte Frau Skanke.

»Mein Mann hat mir erzählt, dass Sverre Ordal und seine Frau am Sonntag die Stadt verlassen wollten. Er hat sich vor ein paar Tagen bei ihm abgemeldet.«

»Aber es hat doch erst in der Nacht zum Montag gebrannt«, sagte Frau Asmund.

»Sverre Ordal könnte sich ohne Weiteres zurückgeschlichen haben. Er hatte ja hier nichts mehr zu verlieren«, sagte Berntine Skanke.

»Das stimmt«, pflichtete ihr Frau Asmund bei. »Ich könnte mir gut vorstellen, dass er einen gewaltigen Groll gegenüber dem Mann hegt, der ihm alles genommen hat.«

»Und das alles nur, weil Trude damals beiden den Kopf verdreht hat. Dabei hätte es weiß Gott genug standesgemäße Töchter aus guten Familien gegeben ...«, sagte Frau Skanke und nickte ihrer Freundin mit einem vielsagenden Blick zu.

Sofie unterdrückte ein Glucksen. Sie stellte sich vor, wie Berntine Skanke und Gudrid Asmund vor über fünfundzwanzig Jahren um Sverre und ihren Vater herumscharwenzelt waren und grün vor Neid feststellen mussten, dass die Objekte ihrer Begierde nur Augen für die schöne Trude hatten.

»Worauf spielen Sie an?«, fragte Frau Dietz.

»Ach, das war vor Ihrer Zeit«, antwortete Frau Skanke. »Sie sind ja erst vor fünfzehn Jahren hergezogen.«

Überheblichkeit schwang in ihrer Stimme, Genugtuung darüber, die Frau des Bergschreibers als »Zugezogene« abzustempeln, die nicht würdig war, in die Geheimnisse der Gesellschaft eingeweiht zu werden. Sofie war drauf und dran, Frau Skanke die Lächerlichkeit ihrer Haltung aufzuzeigen. Røros war bis auf ein paar alteingesessene Bauernfamilien seit den ersten Kupferfunden eine Ein- und Zuwanderungsgemeinde. Schneidermeister Skankes Vorfahren waren vor circa hundertfünfzig Jahren aus dem schwedischen Jämtland gekommen, ihre mütterliche Familie stammte aus Stavanger und war erst wenige Jahre vor Berntines Geburt nach Røros gezogen.

Nachdem die drei Damen ihre Bücher gewählt und die Bibliothek kurz vor ihrer Schließung verlassen hatten, beschloss Sofie, noch eine halbe Stunde zu bleiben und auf Moritz zu warten. Sie schnappte sich den Katalog von *Amneus Boghandel* und durchforstete ihn nach weiteren interessanten Romanen, die sie für künftige Bestellungen vormerken konnte.

Feste Schritte auf dem Gang vor der Tür lenkten Sofies Aufmerksamkeit kurz darauf ab. Endlich!, schoss es ihr durch den Kopf. Sie überprüfte den Sitz ihrer Frisur, befeuchtete ihre Lippen und zupfte die Schleife ihrer Bluse zurecht. Nur mit Mühe gelang ihr ein Lächeln, als einen Moment später Schuldirektor Ole Guldal das Zimmer betrat. Ihm folgte der junge Arbeiter, dem Sofie zuletzt im Zeitungshaus des *Fjell-Ljom* begegnet war. Wenn sie sich richtig erinnerte, hieß er Per mit Vornamen.

»Guten Tag, Fräulein Svartstein«, sagte Ole Guldal. »Hätten Sie vielleicht kurz Zeit? Wir wollen uns den Raum ansehen, in dem die Proben stattfinden werden. Dann können Sie uns sagen, wo wir das Harmonium aufstellen sollen, das uns Küster Blomsted freundlicherweise zur Verfügung stellt.«

Sofie nickte und stand auf. Per lehnte entspannt im Türrahmen und bedachte sie mit diesem forschenden Blick, der sie bereits in der Vergangenheit irritiert hatte. Der Schuldirektor fasste sich an die Stirn.

»Entschuldigen Sie bitte, ich habe Sie ja noch gar nicht miteinander bekannt gemacht.«

Er legte eine Hand auf Pers Schulter und lächelte ihn wohlwollend an.

»Per, darf ich dir Fräulein Svartstein vorstellen. Ich habe dir ja bereits erzählt, dass sie die musikalische Begleitung unserer Aufführung übernehmen wird.«

Per tippte grüßend an seine Schiebermütze. Ole Guldal wandte sich an Sofie.

»Das ist Per Hauke. Er wird uns bei unserer Theaterarbeit unterstützen und das Bühnenbild gestalten. Und eine Rolle übernehmen.«

Sofie nickte steif. Das hatte ihr gerade noch gefehlt. Das heitere Bild von Proben in fröhlicher Runde trübte sich ein. Dieser Per machte sie befangen und unsicher. Die Aussicht, in den kommenden Wochen regelmäßig einige Stunden in seiner Gesellschaft zu verbringen, versetzte ihrer Begeisterung für das Theaterprojekt einen Dämpfer. Nun, es sollte doch nicht so schwer sein, ihn zu ignorieren, redete sie sich selbst gut zu und folgte den beiden Männern aus dem Büchereizimmer.

Als sie zehn Minuten später den Raum, in dem die Laiengruppe das Stück vorbereiten würde, wieder verließen, stand

Moritz von Blankenburg-Marwitz auf dem Gang. Bei ihrem Anblick ging ein Strahlen über sein Gesicht, das Sofie einen wohligen Schauer durch den Leib jagte. Hastig verabschiedete sie sich von Ole Guldal, der sich in sein Büro zurückzog, und lief zu Moritz. Per machte keine Anstalten, die Schule zu verlassen. Im Vorbeigehen bemerkte sie, dass er den Deutschen mit zusammengezogenen Brauen musterte. Bildete sie sich das ein, oder streckte er tatsächlich einen Arm nach ihr aus, als ob er sie aufhalten wollte?

Moritz schien einen ähnlichen Eindruck gewonnen zu haben. Er beugte sich über ihre Hand und fragte leise: »Komme ich ungelegen?«

»Aber nein, ganz und gar nicht!«, antwortete Sofie.

»Ich weiß nicht, der grimmige Bursche dahinten scheint anderer Ansicht zu sein«, flüsterte Moritz mit verschwörerischem Unterton. »Er sieht so aus, als hätte ich ihm seine Leibspeise vom Teller geschnappt.«

»Ich weiß nicht, was Sie meinen. Ich kenne ihn nur ganz flüchtig.«

»So, so«, murmelte Moritz. »Na, wie auch immer, wir sollten ihm nicht länger die Gelegenheit geben, uns mit seinen Blicken zu durchlöchern. Ich komme mir schon vor wie ein Schweizer Käse.«

Er verbeugte sich übertrieben galant, hielt ihr seinen Arm hin und fragte: »Mein schönes Fräulein, darf ich wagen, meinen Arm und Geleit Ihr anzutragen?«

Sofie kicherte verlegen. Es war ein ebenso ungewohntes wie erhebendes Gefühl, dass Moritz wähnte, einen Nebenbuhler zu haben. Gleichzeitig war es ihr peinlich, dass er ausgerechnet diesen ungehobelten jungen Arbeiter dafür hielt. Das Stimmchen in ihr, das ihr Überheblichkeit und Dünkel vorwarf, überhörte sie. Sie griff nach Moritz' Arm, streckte die Brust heraus und schritt, ohne Per anzusehen, an ihm vorbei Richtung Eingang.

Als sie auf die Straße traten, stellte Sofie mit einem Blick auf die Kirchturmuhr fest, dass ihr wenig Zeit bis zum Abendessen blieb. Wenn sie sich verspätete, lief sie Gefahr, Fragen gestellt zu bekommen, auf die sie nicht antworten wollte. Sie bewegte sich ohnehin auf dünnem Eis. Erst jetzt dämmerte ihr, dass sie jederzeit von Bekannten der Familie gesehen werden konnte. In ihrer Euphorie hatte sie nicht darüber nachgedacht, was passieren würde, wenn ihr Vater herausfand, dass sie sich allein mit einem jungen Mann traf. Sophie zog ihren Hut tiefer ins Gesicht und strebte auf den Friedhof zu. Moritz musterte sie amüsiert von der Seite.

»Das ist mal ein ungewöhnlicher Ort für ein Rendezvous.«

»Äh, nun ja ... äh ... Ich habe leider nicht viel Zeit. Und dort gibt es ein nettes Fleckchen, das ich Ihnen zeigen wollte«, stammelte Sofie und biss sich auf die Unterlippe.

Bist du von allen guten Geistern verlassen?, fragte die Vernunftstimme in ihr. Du solltest auf der Stelle umkehren und nach Hause gehen! Bevor noch etwas passiert, das du später bereust. Du kennst ihn doch kaum. Was, wenn er die Situation ausnutzt?

Moritz drückte ihren Arm.

»Ich verstehe schon. Ich möchte auf keinen Fall, dass Ihr guter Ruf leidet. Vielleicht ist es ohnehin besser, wenn wir uns jetzt trennen. In einem kleinen Städtchen wie diesem kommt man schnell ins Gerede.«

Sofie atmete erleichtert aus. Siehst du, er ist ein Gentleman, hielt sie der strengen Stimme entgegen. Er würde nichts tun, was mich kompromittiert.

»Ich weiß Ihre Sorge sehr zu schätzen«, antwortete sie. »Aber für einen kurzen Moment können wir es wohl wagen.«

Sie bog vor dem Kirchenportal links ab und führte Moritz zu einer Kapelle im unteren Bereich des Friedhofs. Das kleine Gebäude war mit roten Holzpaneelen verschalt, die weiße Frontseite im Rokokostil prächtig gestaltet. Über der zweiflügeligen Eingangstür saß zwischen einer Sense und einer Sanduhr – den Symbolen für Tod und Vergänglichkeit – ein nacktes Kind in einer Muschel, das in der einen Hand einen Totenschädel hielt und mit der anderen einen Knochen wie ein Zepter schwang – als Zeichen für das ewige Leben. Die Kapelle war von einer mannshohen weiß getünchten Mauer umgeben. Im schmiedeeisernen Torbogen, durch den man auf das kleine Grundstück gelangte, stand in vergoldeten Lettern der Name des Stifters: Peder Hjort, der 1789 neben anderen Angehörigen seiner Familie in der Krypta seine letzte Ruhe gefunden hatte. Als Kind hatte Sofie bei einer der seltenen Gelegenheiten, bei denen die Gruft geöffnet wurde, mit einer Mischung aus Grausen und Faszination den einbalsamierten Leichnam des einstigen Direktors der Kupferhütte betrachtet, den man in einem schwarzen Bergmannskittel samt Säbel und Bergmannsstab, einer Art Spazierstock, in einen verglasten Sarg gebettet hatte.

Im Konfirmationsunterricht hatte der Pastor ihn als leuchtendes Beispiel für christliche Gesinnung und intelligente Mildtätigkeit gepriesen. Da er keine Kinder hatte, vermachte Peder Hjort sein Vermögen einer Stiftung zugunsten der notleidenden Einwohner von Røros. Es war ihm ein Anliegen, Bedürftige nicht einfach nur finanziell oder materiell zu unterstützen, sondern sie zu befähigen, ihre Lage aus eigener Kraft zu verbessern. Er verfügte, dass die Stiftung jedes Jahr Schafswolle erwerben sollte, die an die Armen verteilt wurde. Daraus fertigten diese in Heimarbeit warme Kleidung und Decken, die ihnen die Stiftung abkaufte. Anschließend wurden diese Erzeugnisse an die Bedürftigen verteilt. Auf diese Weise bekamen viele, die zuerst Lohn für ihre Arbeit erhalten hatten, die Textilien als milde Gabe wieder zurück – ganz im Sinne Peder Hjorts, der in seinem Testament geschrieben hatte: *Dadurch sei die Arbeitsamkeit gefördert, und wer in den Genuss kommen will, muss sich dies durch Arbeit verdienen.*

Sofie öffnete das Eisentor. Ihre Hoffnung, den kleinen Kapell-Garten um diese späte Nachmittagsstunde für sich allein zu haben, erfüllte sich. Moritz sah sich um und steuerte auf eine Bank zu, die an der Mauer stand.

»Eine hervorragende Wahl. Hier sind wir geschützt vor neugierigen Blicken.«

Sofie nickte und setzte sich neben ihn.

»Seit jenem Abend im Tivoli habe ich auf diesen Moment gewartet«, flüsterte Moritz und sah ihr tief in die Augen.

Sofies Mund wurde trocken, ihr Herz schlug hart gegen ihr Mieder, und ihr Atem beschleunigte sich. Moritz griff nach ihren beiden Händen und führte sie nacheinander an seinen Mund. Die flüchtige Berührung seiner Lippen auf der nackten Haut am Gelenk zwischen Handschuh und Ärmel löste ein Ziehen in ihrem Magen aus. Moritz fasste sie unters Kinn, hob ihren Kopf ein wenig an und küsste sie auf den Mund. Sofie zuckte zurück. Er legte einen Arm um ihre Taille und zog sie an sich.

»Sollte ich mich getäuscht haben?«

»Nein ... es ist nur ... ich ... «, stotterte Sofie und schlug die Augen nieder.

Jetzt hält er dich für ein dummes Gänschen, das sich ziert, dachte sie und spürte, wie ihr die Röte ins Gesicht stieg.

»Hab keine Angst«, flüsterte er ihr ins Ohr. »Hör auf dein Herz! Meines schlägt nur für dich, seit meine Augen dich das erste Mal erblickten.«

Sofie sah ihn an. »Meines auch«, hauchte sie und bot ihm ihre Lippen dar. Sanft drückte er seinen Mund auf sie, löste sich aber schnell wieder von ihr.

Sofie widerstand der Versuchung, sich an ihn zu schmiegen und einen längeren Kuss einzufordern. Sie richtete sich auf und stellte die Frage, die ihr seit Tagen auf der Seele brannte: »Hat unsere Liebe denn eine Zukunft?«

Bevor er antworten konnte, legte sie ihm einen Finger auf den Mund.

»Entschuldige, wenn ich so geradeheraus frage. Ich mag zwar unerfahren sein, aber ich bin nicht naiv. Sage mir ehrlich: Bist du frei? Kannst du selbst über dich entscheiden? Würde es deine Familie gutheißen, wenn du eine Bürgerliche heiratest?«

Moritz erwiderte ihren Blick mit ernster Miene. »Ich bin froh, dass du so direkt fragst. Das zeigt mir, wie tief deine Gefühle für mich sind. Und das macht mich zum glücklichsten Menschen unter der Sonne.« Er rutschte von der Bank, ließ sich auf ein Knie nieder und deklamierte:

»Du gefällst mir so wohl, mein liebes Kind,
und wie wir hier beieinander sind,
So möcht ich nimmer scheiden;
Da wär es wohl uns beiden.«

Moritz nahm ihre Rechte und drückte sie zärtlich. »Ich verspreche dir, dass ich alles tun werde, um unser Glück zu vollenden.«

Sofie erwiderte den Druck seiner Hand und strahlte ihn an. »Das Versprechen gebe ich gern zurück.«

»Nun solltest du nach Hause gehen, bevor man sich dort noch Sorgen macht«, sagte Moritz und stand auf.

Sofie stellte sich vor ihn. »Ja, aber nicht ohne einen Abschiedskuss.«

Er beugte sich zu ihr und legte seine Lippen auf ihren Mund. Mit einem Arm umfasste er ihren Oberkörper, mit der anderen Hand streichelte er ihren Hals. Sofie schloss die Augen. Die Welt bestand nur noch aus Moritz' herbem Duft, in den sich ein Hauch Rasierseife und eine Ahnung von Tabakrauch mischte, und der Wärme seines Körpers. Sein kleiner Schnauzbart kitzelte ihre Nase. Seine Zungenspitze begann, ihre Mundwinkel zu erkunden. Wie von selbst öffneten sich ihre Lippen und pressten sich fester an seine. Ein Schwindel erfasste sie. Sie drehte den Kopf ein wenig zur Seite und rang nach Luft. Wieder meldete sich die warnende Stimme: Tu es nicht! Komm zur Besinnung. Du darfst dich nicht vergessen und alles aufs Spiel setzen!

»Hab keine Angst«, raunte Moritz in ihr Ohr. »Ich werde nichts tun, was du nicht auch willst.«

Was ist schon Schlimmes an einem Kuss, dachte Sofie und gebot der Mahnerin in sich zu schweigen.

Moritz drückte sie enger an sich. Ihre Münder verschmolzen. Ein nie gekanntes Verlangen durchpulste Sofies Körper. Moritz löste sich ein wenig von ihr.

»Genug«, flüsterte er mit rauer Stimme. »Du raubst mir den Verstand. Geh jetzt, bevor wir uns vergessen.«

Aber ich will nicht weg von dir, ich will bei dir sein, für immer, schrie es in Sofie. Hör auf ihn, hielt die Vernunftstimme dagegen. Du kannst dich glücklich schätzen, dass er so besonnen ist. Und dass er es wirklich ernst meint mit dir.

»Wann sehen wir uns wieder?«, fragte sie.

»Major von Rauch und ich sind morgen früh noch einmal mit deinem Vater zu einer Besprechung verabredet. Danach sind wir bei euch zu einem Gabelfrühstück eingeladen.«

»Gabelfrühstück?«, fragte Sofie, die den Ausdruck noch nie gehört hatte.

»Ein herzhafter Imbiss«, erklärte Moritz.

Sofie verzog das Gesicht. »Vermutlich hat mein Vater nicht vor, meine Schwester und mich daran teilnehmen zu lassen. Aber ich werde es schon irgendwie einrichten, dass wir uns über den Weg laufen.«

Sie lächelte schief und fuhr leise fort: »Immerhin werden wir uns sehen. Das ist besser als nichts. Viel lieber wäre ich aber allein mit dir.«

Moritz strich ihr über die Wange. »Da sind wir schon zu zweit.«

Sofie lächelte, drehte sich zum Gehen und warf ihm eine Kusshand zu.

»Ich vermisse dich schon jetzt«, rief er, als sie den Kapell-Garten verließ.

Er liebt mich, er liebt mich, jubelte es in Sofie. So fühlt es sich also an, wenn man vor Freude platzen könnte. Ihr Körper lechzte nach Bewegung. Sie hob mit einer Hand ihre Röcke an, hielt mit der anderen ihren Hut fest und rannte los.

29

Røros, August 1895 – Clara

Am Montag ging Clara nicht zur Arbeit in der Amtsstube. Bergschreiber Dietz ließ ihr eine Schachtel kandierte Früchte und einen Brief bringen, in dem er ihr zu ihrem Mut gratulierte und sie bat, sich nach ihrem heldenhaften Einsatz wenigstens einen Tag lang zu erholen. Des Weiteren hatte er geschrieben:

Es ist mir eine Ehre, Ihre Bekanntschaft gemacht zu haben und mit Ihnen zusammenzuarbeiten. Unsere Gemeinde hat in Ihnen – wenn auch leider nur auf Zeit – eine wertvolle Mitbürgerin gewonnen und ein leuchtendes Vorbild für zupackende Hilfsbereitschaft und umsichtiges Eingreifen in höchster Not. Ich bin – wenn ich mir diese Bemerkung erlauben darf – sehr stolz auf Sie!

Die freundlichen Worte bestärkten Clara in ihrem Entschluss, länger als geplant in Røros zu bleiben und sich mit Paul und Bodil am Hittersjøen häuslich niederzulassen. Sie nahm sich vor, sich noch am selben Tag zum Anwesen in der Bjørkvika zu begeben und dort eine Bestandsaufnahme der Schäden, dringenden Reparaturen und notwendigen Anschaffungen in Angriff zu nehmen.

Bodils Zustand hatte sich zusehends gebessert. In den Morgenstunden war ihr Schlaf ruhiger geworden, und die fahle Farbe ihrer Wangen hatte sich in ein zartes Rosa verwandelt. Doktor Pedersen hatte empfohlen, die kleine Patientin möglichst viel ruhen und den Schlaf als bestes Heilmittel wirken zu lassen. Am späten Vormittag trug Clara das Mädchen hinauf in ihre Kammer und legte sie in ihr Bett. Paul folgte ihnen und schlummerte erschöpft von den Aufregungen der Nacht neben seiner kleinen Freundin ein.

Frau Olsson packte Clara belegte Brote und eine Flasche mit Wasser in einen Korb und versprach, ein Auge auf die beiden Kinder zu haben, solange sie unterwegs war. Die Bewegung an der frischen Luft weckte Claras Lebensgeister. Beschwingt lief sie auf dem Svenskveien am Ufer des Hittersjøen entlang und genoss den weiten Blick, den sie dank der klaren Luft bis zu den fernen Berggipfeln im Osten hatte, die bereits von Neuschnee bestäubt waren.

Die zweite Besichtigung ihres Hauses fiel gründlicher aus und bescherte Clara einige ernüchternde Momente. Ihr erster Eindruck, dass die Bausubstanz solide war, bestätigte sich. Es gab jedoch viele Mängel, die behoben werden mussten, bevor an ein bequemes Wohnen zu denken war. Teile des Dachs waren undicht. Die eingedrungene Feuchtigkeit hatte die Dielen in einer Ecke des Speichers aufquellen und bersten lassen. Die Wasserpumpe in der Küche funktionierte nicht – wobei Clara nicht hätte sagen können, ob das an der Mechanik lag, oder ob die Leitung, die vom See zum Haus verlegt war, marode war. Ein Fenster war gesprungen, mehrere Läden hingen schief in ihren verrosteten Halterungen, und alles war von einer dichten Staubschicht bedeckt. Ob der Küchenherd, der Kamin in der Wohnstube und ein weiterer Ofen im oberen Stockwerk noch intakt waren, konnte Clara nicht beurteilen. Sie wagte nicht, sie anzuschüren. Zu groß schien ihr das Risiko, dass der Schornstein verrußt oder verstopft war und in Brand geriet.

Alles deutete darauf hin, dass das Haus schon seit geraumer Zeit nicht mehr bewohnt worden war. Es gab nur wenige Möbel. Vorhänge, Teppiche, Bettzeug und andere Textilien fehlten, und in der Küche zeugten nur eine verbeulte Pfanne, zwei

Töpfe und ein zerkratztes Holzbrett davon, dass hier einst Mahlzeiten zubereitet worden waren. Zwei Stunden lang sah sich Clara alles gründlich an, bevor sie sich auf die oberste Treppenstufe vor der Eingangstür in die Sonne setzte. Sie nahm sich ein mit kaltem Braten belegtes Brot aus Frau Olssons Korb und plante die nächsten Schritte, die sie zur Instandsetzung des Hauses unternehmen musste. Nach dem Essen hielt sie ihre Überlegungen auf einem Notizblock fest.

Es wurde eine lange Liste. Einige Posten entlockten ihr ein Seufzen. Die Reparatur des Daches und der beschädigten Dielen, ein neues Fenster, die Inspektion und eventuelle Instandsetzung des Schornsteins und der Öfen, die Erneuerung der Wasserleitung – all das würde ihren schmalen Geldbeutel empfindlich belasten. Ebenso die Anschaffung von warmen Decken, Matratzen, Feuerholz und den nötigsten Utensilien für die Küche.

Wämme well, kamme vell – wenn man will, kann man viel, hörte sie ihre Freundin Ottilie sagen. Ein Lächeln breitete sich auf Claras Gesicht aus. Stimmt, dachte sie. Und außerdem bin ich doch gar nicht so mittellos. Ich muss mir nur die Überseekoffer und Kisten schicken lassen, die mittlerweile in Hamburg eingetroffen sind – dann haben wir zumindest ausreichend Wäsche, Geschirr und viele andere nützliche Dinge für den Haushalt.

Clara stand auf, klopfte sich die Krümel von ihrem Rock und verschloss die Tür. Sie legte einen Moment lang ihre Hand auf das von der Sonne erwärmte Holz und sah an der Fassade des Hauses empor.

»Wir werden es gut miteinander haben, das spüre ich«, sagte sie leise.

Auf dem Rückweg in die Stadt verlockte sie ein schmaler Pfad, der die Böschung und auf eine kleine Anhöhe hinaufführte, zu einem Umweg über die Wiesen rechts neben der

Straße. In einem Wäldchen stieß sie auf Blaubeersträucher, die vor Früchten nur so strotzten. Die nächste halbe Stunde verbrachte Clara damit, den Korb von Frau Olsson zu füllen, und sah Pauls glückliches, saftverschmiertes Gesicht vor sich, das er nach dem Verzehr der süßen Beeren haben würde.

Lautes Rascheln und Geschrei rissen Clara aus ihrer Versunkenheit. Sie richtete sich auf und sah sich einer Hand voll Kindern im Alter zwischen fünf und zehn gegenüber, die von einem Halbwüchsigen angeführt wurden, der vierzehn Jahre alt sein mochte. Sie hatten ein paar Schritte von ihr entfernt Aufstellung genommen. Ihren verzerrten Mienen und dem gehässigen Ton ihrer Stimmen nach zu schließen, waren sie nicht in freundlicher Absicht erschienen. In einer Art Singsang riefen sie abwechselnd:

»Fyrheks! Fyrheks!«
»Lavskrike, lavskrike!«
»Pigg av! Dra til helvete!«

Clara versteifte sich und ballte ihre Hände zu Fäusten. Was hatten diese Kinder gegen sie? Warum nannten sie sie Feuerhexe? Das Wort *lavskrike* kannte sie nicht, die anderen bedeuteten: »Hau ab! Scher dich zum Teufel!

Der Anführer kam näher und fuchtelte mit den Armen, als wollte er ein lästiges Insekt vertreiben. Clara unterdrückte den Impuls, wegzurennen, verschränkte ihre Arme vor der Brust und sah ihm direkt in die Augen. Er spuckte vor ihr aus und trat mit einem Fuß nach dem Korb, der auf dem Boden stand. Die Beeren kullerten heraus. Mit Gejohle stürzten die anderen Kinder auf einen Wink des Vierzehnjährigen herbei und trampelten auf den Früchten herum.

»Hvorfor gjør dere det?« Warum tut ihr das?, rief Clara und ging einen Schritt auf die Gruppe zu.

Die Kinder wichen zurück, begannen, um sie herumzutanzen, und stimmten erneut ihren Singsang an:

»*Fyrheks! Fyrheks!*«

»*Lavskrike, lavskrike!*«

»*Pigg av! Dra til helvete!*«

Clara schluckte krampfhaft die Tränen herunter, die in ihr hochstiegen. Nur jetzt keine Blöße zeigen!, ermahnte sie sich. Die Kinder kamen ihr vor wie Kobolde, bösartig und unberechenbar. Was sollte sie tun? Wegrennen? Nein, das war keine gute Idee. Mit ihren Röcken würde sie sich im Unterholz verfangen und Gefahr laufen zu stürzen. Nicht auszudenken, was dann passieren konnte. Clara sah sich bereits unter ihren Verfolgern begraben, die sie mit ihren kleinen Fäusten bearbeiteten, sie traten und bissen.

Die Augen eines Mädchens weiteten sich. Es verstummte und zeigte mit ausgestrecktem Arm auf etwas hinter Clara. Die anderen Kinder folgten seinem Blick. Sie schrien auf und stoben davon. Ihr Anführer schüttelte eine Faust in Claras Richtung und schloss sich den Flüchtenden an. In seinen Augen sah sie Entsetzen und Furcht. Sie drehte sich um. Einige Meter hinter ihr stand eine Frau, die ungefähr ihre Größe hatte. Sie trug einen weiten Mantel, Stiefel und einen Männerhut mit breiter Krempe. Sie stützte sich auf einen langen Stab, der oben gebogen war, und hatte einen Lederbeutel geschultert. Es fiel Clara schwer, ihr Alter zu schätzen. Ihre aufrechte Haltung, die leuchtenden Augen und die vollen Lippen vermittelten einen jugendlichen Eindruck. Die sehnigen Hände, die weißen Strähnen in ihren braunen Haaren, die sie zu einem Zopf geflochten hatte, und die feinen Fältchen um Mund und Augen deuteten darauf hin, dass sie die vierzig schon weit überschritten hatte. Die Frau lächelte Clara zu.

»Mach dir nichts draus«, sagte sie und machte eine Handbewegung zu den Bäumen hin, hinter denen die Kinder verschwunden waren. »Wissen es nicht besser. Haben dumme Eltern. Sagen, dass der *lavskrike* ein Unglücksbote ist. Dabei weiß bei uns jedes Kind, dass diese Vögel Glück bringen.«

Clara starrte die Frau an, die sie wie selbstverständlich duzte. Auf sie wirkte sie nicht furchteinflößend. Ein wenig seltsam vielleicht. Aber nicht unheimlich. Warum hatten die Kinder solche Angst vor ihr?

Als hätte die Frau ihre Gedanken gelesen, erklärte sie: »Glauben, ich bin eine Hexe.« Sie kicherte. »Ist ganz nützlich. Hält sie mir vom Leib.«

»Mich halten sie auch für eine Hexe«, sagte Clara.

Die Frau nickte. »Ich weiß. Hast die Kleine aus den Flammen gerettet. Hat auch hier draußen die Runde gemacht.«

»Aber warum beschimpfen sie mich deshalb als Feuerhexe?«

»Manche glauben, dass Rothaarige wie du mit dem Teufel im Bund stehen und ihnen das Feuer deshalb nichts anhaben kann.«

Clara zog die Augenbrauen hoch. »Das ist verrückt!«

Die Frau zwinkerte ihr zu. »Sag ich doch, sind dumm, die Leute.« Sie hob grüßend die Hand. »Muss weiter. Hat mich gefreut, dich zu treffen.«

»Ich danke Ihnen für Ihre Hilfe«, sagte Clara.

»Hab ja nichts weiter getan«, antwortete die Frau, tippte sich an die Krempe ihres Hutes und ging davon.

Erst jetzt bemerkte Clara zwischen den Stämmen der niedrigen Birken, die die Blaubeerlichtung umstanden, zahlreiche Schafe und Ziegen. Die Frau steckte zwei Finger in den Mund. Ein schriller Pfiff ertönte, ein zottiger Hund sprang herbei und trieb zusammen mit seiner Herrin die Herde auf den Rücken der Anhöhe.

Clara kehrte zur Landstraße zurück. Die Begegnung mit den Kindern und der Hirtin hatte sie aufgewühlt. Binnen eines Tages hatte sie Anerkennung und Lob, Feindseligkeit und Ablehnung und zuletzt Hilfe und freundliche Zuwendung erfahren – ein wahres Wechselbad der Gefühle. Was würde in den nächsten Wochen und Monaten überwiegen? Wie würden die

Leute darauf reagieren, dass sie sich um das Zigeunermädchen kümmerte? Würde sie Schwierigkeiten mit den Behörden bekommen, die vielleicht darauf bestanden, Bodil ins Waisenhaus zu stecken? Und wie würde es ihrem Sohn ergehen? Würde er nach den Ferien in der Schule akzeptiert oder als Fremdkörper beschimpft und ausgestoßen werden?

Diese Frage trieb Clara schon länger um. Paul war wie sein Vater evangelisch getauft. Olaf, der wenig Wert auf die Ausübung seines Glaubens gelegt und in Bonn nie einen protestantischen Gottesdienst besucht hatte, war immer damit einverstanden gewesen, dass Clara ihrem Sohn ihre religiösen Vorstellungen weitergab. An hohen Feiertagen wie Weihnachten, Ostern und Pfingsten hatte er sie zur Messe begleitet und war auch gelegentlich sonntags mitgekommen, wenn Clara und Paul in die Kirche gingen. Ihm war es wichtig, dass Paul christliche Moralvorstellungen vermittelt bekam – unter welchem Vorzeichen dies geschah, interessierte ihn nicht.

Clara ahnte, dass er mit dieser Haltung eine Ausnahme bildete. Für Frau Olsson und Bergschreiber Dietz mochte es ebenfalls keine Rolle spielen, welcher Konfession sie angehörte. Die überwiegende Mehrheit der Rørosinger schien Vorbehalte nicht nur gegen Andersgläubige, sondern generell gegen Menschen zu haben, die einen von ihren Normen abweichenden Lebensstil pflegten. Clara verzog den Mund. Das war wohl überall so und kein besonderes Merkmal dieser Gegend. Warum fiel es den meisten Leuten so schwer, andere Überzeugungen, Religionen oder Gebräuche hinzunehmen frei nach dem rheinländischen Spruch: *Levve un levve losse?*

Mittlerweile hatte sie das Ende des Hittersjøen und die ersten Häuser der Stadt erreicht. Sie atmete tief durch und hob den Kopf. Nein, sie würde sich nicht von Kleingeistern vergraulen lassen. Solange sie Menschen wie Frau Olsson und Bergschreiber Dietz an ihrer Seite wusste, kam sie mit Anfeindungen und abergläubischem Geschwätz zurecht. Schwester Gerlindes Worte fielen ihr ein, mit der sie sie einst getröstet hatte, als sie von zwei Mädchen im Kommunionsunterricht als minderwertige Waise gehänselt worden war, die keiner haben wolle.

»Hör nicht auf sie«, hatte sie gesagt. »Wenn sie so garstige Dinge über dich behaupten, bedeutet das nicht, dass du weniger wert bist als sie. Sondern es zeigt, wie kleingeistig und unsicher sie selber sind. Sie hacken auf dir herum, um sich selber besser zu fühlen. Im Grunde verdienen sie dein Mitleid.«

In der Pension servierte Frau Olsson ihren Gästen gerade die Hauptmahlzeit des Tages, als Clara am späten Nachmittag zurückkam. Paul und Bodil hatten sich noch nicht blicken lassen und geschlafen, als die Wirtin das letzte Mal nach ihnen gesehen hatte. Clara stellte drei Teller mit Lammeintopf auf ein Tablett und trug es nach oben in ihre Dachkammer. Sie fand die beiden Kinder einträchtig nebeneinander auf ihrem Bett sitzend vor, die Köpfe über ein Bilderbuch gesenkt.

»Mama!«

Während Clara das Tablett abstellte, sprang Paul auf. Er rannte zu ihr und umarmte sie. Clara drückte ihn an sich und sah zu Bodil, die sich ans Ende des Bettes schob und sie argwöhnisch ansah. Clara beugte sich zu Paul.

»Stellst du mir deine Freundin vor?«

Paul löste sich von ihr, lief zu Bodil, nahm sie an der Hand und zog sie vom Bett.

»Das ist meine Mama. Du musst keine Angst vor ihr haben!«

Clara ging in die Hocke. »Du kannst Paul glauben. Ich tue dir nichts! Und ich werde dich auch nicht ins Waisenhaus bringen. Wenn du willst, kannst du bei Paul und mir wohnen, bis dein Papa wiederkommt.«

Bodils Züge entspannten sich ein wenig. Sie musterte Clara eindringlich mit ihren dunkelgrauen Augen, über denen sich die Brauen in feinen Bögen wölbten. So sollte kein Kind schauen, dachte Clara. So ernst und vorsichtig. Aber kein Wunder bei den schrecklichen Erfahrungen, die sie in ihrem kurzen Leben bereits machen musste.

»So, und nun stärken wir uns erst einmal«, fuhr sie fort und deutete auf die dampfenden Teller, denen ein würziger Duft entströmte.

Im Nu hatten die beiden Kinder ihre Portionen verdrückt. Clara lächelte und schlug vor, gemeinsam einen Ausflug in die Küche zu unternehmen.

»Mir war so, als hätte Frau Olsson Griesschnitten zum Nachtisch gebacken. Ich bin mir sicher, dass noch welche für uns übrig sind.«

Und danach geht es in die Badewanne, fügte sie im Stillen hinzu. Bodil starrte geradezu vor Dreck. Hoffentlich sträubte sie sich nicht. Eine Wasserschlacht mit dem wendigen Mädchen, das sich vielleicht mit Kratzen und Beißen zur Wehr setzen würde, war nach diesem ereignisreichen Tag keine erbauliche Vorstellung.

Claras Befürchtungen erfüllten sich nicht. Im Gegenteil, Bodil konnte es kaum erwarten, bis die Zinkwanne mit dem Wasser gefüllt war, das Clara in zwei großen Töpfen auf dem Herd erhitzte. Mit einem wohligen Seufzen ließ sich das Mädchen ins Bad gleiten, nachdem es Paul aus der Küche geschickt hatte. Clara durfte bleiben. Während sie Bodils Haare wusch, blinzelte diese durch die Schwaden, die über dem heißen Wasser waberten. Clara spürte, wie sich der schmale Körper versteifte.

Bevor sie fragen konnte, ob sie Bodil aus Versehen wehgetan hatte oder ihr Seife in die Augen geraten war, flüsterte das Mädchen: »Der Rauchmann war bei den Sägen. Hat er das Feuer angezündet?«

Clara stutzte. »Was meinst du damit?«

Bodil drehte den Kopf zu ihr. »Am Abend, bevor es gebrannt hat. Da hab ich ihn gesehen.«

»Wen denn? Weißt du seinen Namen?«

»Nein, ich hab ihn nicht erkannt. Es war zu dunkel.«

»Warum nennst du ihn den Rauchmann?«

»Weil um ihn rum Rauch war.«

»Bist du ihm vorher schon mal begegnet?«

Bodil schüttelte den Kopf. Clara griff nach einem Schwamm und begann, ihren Rücken zu schrubben. Wen hatte das Mädchen gesehen? Tatsächlich den Brandstifter? Oder war dieser Rauchmann ein Produkt seiner Fantasie – inspiriert von einer der Sagenfiguren, von denen diese Gegend im Volksglauben bevölkert war? Clara nahm sich vor, Bergschreiber Dietz zu fragen, der die Mythen und Legenden seiner Heimat sammelte. Sie musste auf jeden Fall verhindern, dass Gerüchte entstanden und vielleicht jemand zu Unrecht beschuldigt wurde.

»Solange wir nicht wissen, wen du gesehen hast, bleibt das unser Geheimnis, einverstanden?«, sagte sie und legte Bodil eine Hand auf die Schulter.

Bodil erwiderte ihren Blick und nickte.

30

Røros, August 1895 – Sofie

Sofies Vermutung erwies sich als zutreffend: Ihr Vater legte keinen Wert auf die Gegenwart seiner Töchter bei dem Essen, zu dem er die beiden Deutschen nach der geschäftlichen Besprechung einlud. Silje nahm das gleichgültig, ja mit einer gewissen Erleichterung zur Kenntnis – enthob es sie doch der Verantwortung, die sie als Dame des Hauses für das Wohlbefinden von Gästen trug. So gern sie diese Rolle seit dem Tod ihrer Mutter einnahm, Silje ging nicht mit Haut und Haar darin auf. Sie prüfte sehr genau, bei wem sich der Aufwand lohnte und wann sie sich getrost ihrer neuen Verpflichtung entziehen konnte, ohne den Unmut ihres Vaters zu erregen. In diesem Fall war die Lage eindeutig: Ivar Svartstein, dessen Laune seit dem Wochenende an einem Tiefpunkt angelangt war, hatte keinen Zweifel aufkommen lassen, dass er mit Ausnahme seines Kammerdieners, der den Herren aufwarten sollte, keine weitere Gesellschaft wünschte.

Im Grunde war auch Sofie froh, ihrem Vater aus dem Weg gehen zu können. Der kleinste Anlass reichte aus, ihn aus der Haut fahren zu lassen. An diesem Morgen war es sein Zigarrenschneider, der sich nicht in seinem Etui befand, als er es in seine Anzugtasche stecken wollte. Mit dem aus Stahl gefertigten, etwa fünfzehn Zentimeter langen Werkzeug, dessen Seiten mit Hirschhorn verschalt waren, pflegte er eine V-förmige Kerbe in seine Havannas zu stanzen. In Sofies Augen stand der Groll ihres Vaters, der sich auf Ullmann entlud, in keinem Verhältnis zum Wert dieses zweifellos nützlichen, aber nicht besonders kostbaren Gegenstandes. Ihr tat der Kammerdiener leid. Wenigstens verfiel ihr Vater nicht darauf, ihn oder einen anderen Dienstboten des Diebstahls zu bezichtigen. Ullmann hastete bleich durchs Haus, befragte das Dienstmädchen Eline und die Zofe Britt, ob sie das vermisste Utensil in der Wäsche oder anderswo bemerkt hätten, unterzog alle Schubladen und Schränke einer eingehenden Untersuchung und scheute nicht davor zurück, auf allen vieren unter den Sesseln des Rauchersalons nachzusehen.

Sofie verzweifelte indes an der Frage, wie sie es – ohne Argwohn zu erregen – schaffen sollte, Moritz wenigstens kurz zu sprechen. Sie wusste nicht, wie lange er noch in Røros bleiben würde. Major von Rauch hatte am Montag von zwei bis drei Tagen gesprochen. Was, wenn Moritz abreisen musste, ohne sie noch einmal zu treffen? Wie sollten sie dann klären, wie es mit ihnen weitergehen sollte?

Nachdem es ihr nicht gelungen war, ihn beim Betreten des Hauses abzufangen, und sie befürchten musste, dass er es nach dem Imbiss verlassen würde – ohne Gelegenheit, mit ihr zu reden und ein Wiedersehen zu vereinbaren, griff sie zu einer List. Sie stieg hinauf auf den Dachboden und suchte die Kiste, in der ihre alten Schulsachen lagerten. Zwischen Lesefibeln, Aufsatzheften, Lehrbüchern zu Geografie, Naturkunde und Geschichte, einem Katechismus und einer Kladde mit Liedern fand sie das schmale Bändchen mit Anekdoten aus der Vergangenheit von Røros. Ihr Heimatkunde-Lehrer, dem die Bewahrung des historischen Erbes seiner Stadt am Herzen lag, hatte das von ihm verfasste Werk all seinen Schülern in der Hoffnung geschenkt, seine Leidenschaft in die Herzen seiner jungen Schützlinge pflanzen zu können und so die Erinnerung an die bewegte Geschichte ihrer Heimat lebendig zu erhalten.

Sofie kicherte in sich hinein, als sie nach dem Büchlein griff, und dachte: Wenn der gute Mann wüsste, welchem Zweck sein Werk heute dient. Sie riss ein leeres Blatt aus einem Rechenheft,

nahm einen Bleistift aus einem länglichen Holzkästchen mit
Schiebedeckel, das ihr in der Schule zur Aufbewahrung ihrer
Schreibutensilien gedient hatte, und schrieb:

Amneus Boghandel um zwei Uhr.

Sie steckte das zusammengefaltete Papier wie ein Lesezeichen an
die Stelle im Buch, wo der glücklose Feldzug der schwedischen
Armee im Winter 1718/1719 beschrieben war, und machte sich
auf die Suche nach Ullmann. Sie fand den Kammerdiener in der
Küche, wo er eben eine Kanne mit frisch gebrühtem Kaffee holte.
Sofie wartete auf dem Flur auf ihn, vergewisserte sich, dass sie
keine Zuhörer hatten und fragte:
    »Darf ich Sie um einen Gefallen bitten?«
    Ullmann runzelte leicht die Stirn.
    »Keine Sorge, ich werde Sie nicht von Ihren Pflichten abhal-
ten«, sagte Sofie und deutete mit dem Kinn auf die Kanne. »Ich
möchte Sie lediglich bitten, dieses Buch Herrn von Blankenburg-Marwitz auszuhändigen. Ich hatte die beiden Deutschen
doch vorgestern auf die Korthaugen Skanse geführt. Bei der
Gelegenheit kamen wir auf die schwedische Invasion während
des Großen Nordischen Kriegs zu sprechen. Da Herr von Blankenburg-Marwitz sich sehr für dieses Kapitel unserer Geschichte interessiert, habe ich angeboten, ihm etwas Lektüre zu
dem Thema auszuleihen.«
    Ullmann nahm das Buch und nickte Sofie zu. »Wird umge-
hend erledigt. Meine Hochachtung! Sie haben Ihren Vater wirklich vorbildlich vertreten. Die Herren dürfen sich glücklich
schätzen, dass Sie sich ihrer angenommen haben.«
    Sofie sah verlegen zu Boden. Das Lob freute sie, war ihr zu-
gleich aber unangenehm. Wie würde Ullmann über sie denken,
wenn er wüsste, was sie eigentlich im Schilde führte? Heimliche

Rendezvous zählten gewiss nicht zu den Dingen, die in seinem von Korrektheit und den Regeln des Anstands bestimmten Weltbild Platz hatten. Sie wischte ihr schlechtes Gewissen beiseite, dankte dem Kammerdiener und ging nach oben auf ihr Zimmer.

Pünktlich um zwei Uhr öffnete Sofie die Tür zum Buchladen in der Kirkegata. Per Daniel Amnéus, ein rüstiger Mittsechziger mit ausladendem Backen- und Kinnbart, der das Geschäft seit dem Tod seines Onkels 1869 leitete, begrüßte sie mit einem freundlichen Lächeln.

»Ah, Fräulein Svartstein, womit kann ich Ihnen heute dienen?« Er rückte seine randlose Brille mit den kreisrunden Gläsern zurecht und sah Sofie mit einem Ausdruck des Bedauerns an. »Die Lieferung aus Christiania, mit der ich auch die von Ihnen bestellten Bücher erwarte, ist leider noch nicht ...«

»Machen Sie sich bitte keine Gedanken«, fiel ihm Sofie ins Wort. »Deswegen bin ich nicht gekommen. Ich wollte einfach nur ein bisschen stöbern.«

Herr Amnéus deutete eine Verbeugung an, machte eine einladende Handbewegung zu den Regalen hin und zog sich in den hinteren Teil seines Geschäfts zurück, in dem sich ein kleines Büro befand.

Kaum hatte sich Sofie vor den Bücherschrank mit den englischen und anderen ausländischen Romanen gestellt, ertönte die Türglocke, und Moritz betrat den Laden. Der Händler eilte herbei und erkundigte sich nach seinen Wünschen. Moritz zeigte ihm das Bändchen mit den historischen Anekdoten aus Røros und fragte nach weiteren Werken des Verfassers.

Herr Amnéus schüttelte den Kopf. »Ich fürchte, ich muss Sie enttäuschen. Soweit mir bekannt ist, ist dies die einzige Publikation unseres werten Heimatkundlers.«

»Schade«, sagte Moritz. »Ich habe wertvolle Informationen darin gefunden und hätte gern mehr erfahren.«

Sofie, die in einem Roman von Sir Walter Scott blätterte, spürte, wie sich ihr Herzschlag beschleunigte. Sie stellte das Buch zurück und ging zum Verkaufstisch, an dem Herr Amnéus und Moritz standen.

»Sind Sie fündig geworden, Fräulein Svartstein?«, fragte der Buchhändler.

»Nein, ich konnte mich nicht entscheiden. Ich schaue in den nächsten Tagen noch mal herein«, antwortete Sofie und verabschiedete sich von Herrn Amnéus, der ihr die Tür aufhielt. Als sie an Moritz vorbeiging, sah er ihr in die Augen und lenkte ihren Blick auf die Tasche ihres Mantels. Auf der Straße steckte sie ihre Hand hinein und zog einen mehrfach zusammengefalteten Zettel heraus.

Wenn Du es einrichten kannst, komm zum Hinterhaus des Proviantskrivergården. Es steht derzeit leer. Ich kann es kaum erwarten, Dich in meine Arme zu schließen. Bis hoffentlich gleich! M.

Sofie lief die Kirkegata hinauf zur Rau-Veta, bog nach rechts in die Gasse ab und stand wenige Augenblicke später gegenüber der Löwenapotheke vor dem lang gestreckten Gebäude am oberen Ende der Hyttegata, das einst dem Verwalter der Vorräte und Lebensmittel des Kupferwerks als Wohn-, Lager- und Arbeitshaus gedient hatte. Seit einigen Jahren wurde es von den auswärtigen Anteilseignern bei ihren Besuchen in Røros zum Übernachten genutzt und Gästen der Bergwerksgesellschaft als Unterkunft angeboten.

Sofie folgte der Rau-Veta noch ein Stück Richtung Hitterelva, der an der Rückseite des Grundstücks vorbeifloss, bis zu

einem Tor, durch das sie in den Innenhof des Anwesens gelangte. Er war menschenleer. Unschlüssig blieb sie stehen. In die
Vorfreude auf das Treffen mit Moritz mischte sich ein mulmiges
Gefühl. Wie sollte sie ihre Anwesenheit hier begründen, wenn
jemand auftauchte? Was, wenn man sie zusammen mit dem jungen Deutschen sah? Kehr um, bevor es zu spät ist, drängte die
Stimme der Vernunft. Sofie drehte sich zum Tor und prallte fast
mit Moritz zusammen, der in diesem Moment hereintrat. Sie
geriet ins Stolpern.

»Hoppla!« Mit einem Lachen streckte er eine Hand nach ihr
aus und hielt sie fest. »Ich kann dir gar nicht sagen, wie froh ich
bin«, sagte er leise.

Sofies Bedenken schmolzen dahin. Sie erwiderte sein Lächeln
und folgte ihm zu einem niedrigen Haus, das am Rand des
Hofs stand. Wie viele große Anwesen in der Stadt verfügte auch
der Proviantskrivergården über ein eigenes Gesindehaus. Im
Gegensatz zum Hauptgebäude waren seine rohen Holzbalken
nicht mit Paneelen verkleidet. Eine hölzerne Stiege führte ein
paar Stufen hinauf zum Eingang.

»Bist du sicher, dass niemand drin ist?«, flüsterte Sofie.

Moritz nickte. »Es steht anscheinend schon länger leer. Es
soll renoviert und innen neu gestaltet werden.«

Er öffnete die Tür und führte Sofie in eine Stube, die mit bunt
bemalten Möbeln eingerichtet war.

»Sieht aus wie in einem Puppenhaus«, sagte Sofie und deutete
auf die niedrige Decke und die kleinen Fenster mit den gewölbten mundgeblasenen Scheiben.

Moritz ließ sich auf einer gepolsterten Bank nieder und zog
Sofie auf seine Knie.

»Raum ist in der kleinsten Hütte, für ein glücklich liebend
Paar.«

»Ist das auch wieder von deinem Lieblingsdichter Goethe?«,
fragte Sofie.

334

»Du hast die Zitate also erkannt? Alle Achtung!«, sagte er und legte einen Arm um ihre Taille. »Nein, diese Zeile stammt von Schiller.«

»Wie auch immer, der Mann hat recht«, sagte Sofie. »Stell dir vor, das wäre unser Häuschen und wir könnten hier leben.«

»Meine kleine Träumerin«, erwiderte Moritz und küsste sie auf die Nasenspitze. »Auf Dauer wäre das denn doch etwas beengt.«

Sofie zuckte die Achseln. »Solange ich mit dir zusammen bin, ist es mir gleich, wo und wie ich wohne.« Mit einem spitzbübischen Lächeln fuhr sie fort: »Allerdings... wenn erst einmal so vier, fünf Kinder da sind, brauchen wir schon mehr Platz.«

Moritz zuckte kaum merklich zusammen. Sofie kicherte.

»Du solltest dein Gesicht sehen. Aber keine Sorge, ich will noch einiges erleben und von der Welt entdecken, bevor ich Mutter werde.«

Moritz nickte. »Das solltest du unbedingt. Du bist noch viel zu jung für ein gesetztes Dasein als Hausfrau.«

Sofie rückte ein wenig von ihm ab und suchte seine Augen. »Werden wir viel reisen? Und wo werden wir leben?«

Moritz lächelte. »Wie sähe denn dein Wunschleben mit mir aus?«

»Hm, so genau hab ich mir das noch gar nicht ausgemalt. Ich weiß so wenig über dich und deine Familie, wo du wohnst, was genau deine Arbeit ist, welche Vorlieben du hast und...« Sofie unterbrach sich und überlegte. »Ein eigenes Haus wäre schön, mit großem Garten. Nicht zu weit von einer Stadt entfernt, aber auch nicht mittendrin...« Sie stockte und zuckte mit den Achseln. »Aber wie gesagt, im Grunde ist es mir gleichgültig. Hauptsache, wir haben recht viel Zeit miteinander.«

»Sobald ich meinen Abschied vom Regiment genommen

habe, steht mir die Welt offen«, sagte Moritz. »Und ich werde Zeit in Hülle und Fülle haben.«

»Wann wird das sein?«

»Nächsten Frühling. Dann werde ich meine Hochzeit planen und alles regeln.«

Sofie nahm seine Hand. »Werden wir uns zwischendurch sehen?

»Ich fürchte, das kann ich nicht versprechen.«

Sofie verzog den Mund. »Verstehe, du hast natürlich viele Verpflichtungen und Aufgaben. Aber ich kann warten. Das muss ich ohnehin. Vor Ablauf des Trauerjahrs wird mir mein Vater eine Heirat nicht gestatten.« Sie runzelte die Stirn. »Was ist mit deinen Eltern? Werden sie einverstanden sein?«

»Sie freuen sich, wenn ich endlich heirate. Damit liegen sie mir schon länger in den Ohren«, antwortete Moritz.

»Aber ich bin nicht adlig«, sagte Sofie.

»Meine Eltern sind da liberal. Hauptsache ist für sie, dass meine Braut aus einer guten Familie kommt, gebildet ist und tadellose Manieren hat. Ich wüsste nicht, was sie gegen meine Wahl einwenden könnten.«

Sofie schmiegte sich an ihn. »Was gäbe ich darum, wenn ich jetzt schon mit dir nach Deutschland fahren könnte.«

Moritz nahm ihr ihren Hut ab, zog eine Haarsträhne aus ihrem Dutt und wickelte sie sich um den Finger. »Überlässt du sie mir?«

Sofie errötete und hauchte: »Nimm sie als Pfand meiner Liebe.«

Moritz holte ein Klappmesser aus seiner Hosentasche und schnitt die Strähne ab.

»Ist dir nicht zu warm?«, fragte er und machte Anstalten, ihr die Jacke aufzuknöpfen.

Sofie fuhr hoch, hielt seine Hände fest und schüttelte den Kopf. Er hob die Arme zu einer Geste der Ergebung.

»Ich will doch nur, dass du dich wohlfühlst. Ich werde nichts gegen deinen Willen tun, das verspreche ich dir.«

»Es ist alles so ungewohnt«, flüsterte Sofie. »Ich will dir ganz nahe sein, und gleichzeitig fürchte ich mich davor. Ist das nicht verrückt?«

»Ein bisschen«, sagte Moritz mit einem freundlichen Lächeln. »Aber du musst dich wirklich nicht fürchten. Ich bin nicht der böse schwarze Wolf, der unschuldige Lämmlein verschlingt.«

Sofie kicherte bei der Vorstellung und kuschelte sich wieder an ihn. Sie schloss die Augen und sog seinen Geruch tief in sich ein. Wie kann man nur gleichzeitig so glücklich und so traurig sein?, dachte sie. In seinen Armen fühle ich mich so unbeschreiblich wohl. Wie soll ich es nur aushalten ohne ihn?

»Ach Sofie, wenn ich doch nur die Zeit anhalten könnte ... ich mag gar nicht daran denken, dass ich schon morgen früh Abschied nehmen muss«, flüsterte Moritz und umarmte sie fester.

»Schon morgen?«

Sofie richtete sich auf und schaute in Moritz' Augen, in denen sich ihr eigenes Begehren spiegelte. Alles in ihr drängte sich zu ihm hin. Du darfst nicht!, rief die Stimme der Vernunft. Verspiele nicht leichtfertig deinen guten Ruf! Du darfst dich ihm nicht hingeben, noch nicht! Aber wir lieben uns, widersprach sie der Mahnerin. Und schon bald werde ich auch vor den Augen der Welt die Seine sein. Warum also warten? Sofie neigte sich zu Moritz hin und gab ihm einen Kuss, den er mit wachsender Intensität erwiderte. Nach einer Weile spürte sie, wie er eine Hand unter ihr Schnürmieder schob. Die Berührung seiner Finger auf ihrer bloßen Haut ließ sie erschauern. Wieder meldete sich die warnende Instanz, flehte sie an, sich zurückzuziehen, bevor es zu spät war. Sofie schenkte ihr keine Beachtung mehr. Zu aufregend waren die Eindrücke, die auf sie einströmten.

Moritz löste sich von ihr und fragte leise: »Darf ich dich ansehen?«

Sofies Pulsschlag beschleunigte sich. Ohne ihre Antwort abzuwarten, begann er, die Bänder ihres Korsetts zu lockern. Dabei bedeckte er ihren Hals und Nacken mit kleinen Küssen. Sofies Bauch zog sich zusammen. Moritz streifte ihr das Leibchen über den Kopf und fuhr mit seinen Lippen über ihre Brustbeine und die Kuhle dazwischen. Gleichzeitig streichelte er ihre Brüste. Sofie entfuhr ein Stöhnen. Sie wusste buchstäblich nicht, wie ihr geschah. Sie war überwältigt von der Flut neuer Empfindungen. Unter Moritz' Führung entdeckte sie ihren Körper, lernte Gebiete kennen, über die sie zuvor noch nicht einmal zu sprechen gewagt hätte. Ein letztes Mal schrie das mahnende Stimmchen in ihr auf. Es verhallte ungehört, übertönt vom Rauschen in Sofies Ohren. Alle Bedenken und Zweifel wurden vom Sturm der Leidenschaft hinweggefegt, die Moritz entfacht hatte. Selbst der spitze Schmerz, der sie unverhofft durchfuhr, konnte sie nicht aus ihrem Rausch reißen, als den sie die Vereinigung mit dem Geliebten erlebte.

»Jetzt bin ich deine Frau«, murmelte Sofie, als sich Moritz heftig atmend zurücksinken ließ und sie ihren Kopf auf seine Brust bettete.

»Du bist ein wahres Naturtalent«, sagte Moritz und fuhr mit einer Hand durch ihr Haar, das er ihr irgendwann aus dem Dutt befreit hatte.

»Wie meinst du das?«, fragte Sofie.

»Du bist so erfrischend neugierig und ohne diese falsche Scham, die man euch in den Pensionaten und Höhere-Töchter-Schulen anerzieht.«

Sofie stützte sich auf ihre Unterarme und musterte Moritz. »Wie viele Mädchen hattest du denn schon, dass du das so gut beurteilen kannst?«, fragte sie und schob die Unterlippe vor.

»Ich habe Schwestern und Cousinen«, antwortete er trocken.

»Sie alle gehen recht ahnungslos mit einer Mischung aus Angst und romantischem Schmus im Kopf in die Ehe. Letzterer wird den meisten in der Hochzeitsnacht gründlich ausgetrieben. Ich erinnere mich noch gut an das blanke Entsetzen in den Augen meiner älteren Schwester, als sie am ersten Morgen ihrer Ehe an den Frühstückstisch wankte.«

»Die Arme. Ich weiß, was du meinst. Bei uns wird nicht über so etwas gesprochen. Zumindest nicht vor den Ohren unschuldiger Mädchen«, sagte Sofie. »Wer weiß, wie es mir ergangen wäre, wenn ich dich nicht kennengelernt hätte.«

»Ich nehme das als Kompliment«, sagte Moritz.

»Das meine ich auch so. Ich hatte ehrlich gesagt auch keine Vorstellung davon, was mich erwartet«, antwortete Sofie. Sie zog mit einem Finger seine Augenbrauen nach und fuhr nach kurzem Schweigen fort: »Ich verstehe nicht, wie etwas so Schönes verderblich und sündhaft sein soll. Warum man es verteufelt und uns einredet, es sei nicht anständig. Warum sollte Gott uns die Fähigkeit für solche Gefühle verliehen haben, wenn er nicht wollte, dass wir sie empfinden?«

»Die Tugendwächter würden dir antworten, dass es eben keine Gabe Gottes, sondern eine des Teufels ist«, sagte Moritz. »Ich bin aber froh, dass du es nicht so siehst«, fügte er hinzu und zog sie an sich, um ihr einen langen Kuss zu geben.

Wieder versank Sofie in eine Seligkeit, die ihr die Sinne raubte. Ich werde die glücklichste Frau der Welt, dachte sie und schlang ihre Arme um Moritz.

31

Røros, August 1895 – Clara

Clara erzählte niemandem von ihrer Begegnung mit den garstigen Kindern. Sie wollte nicht, dass Paul sich ängstigte. Oder dass Frau Olsson aus Sorge um ihre Sicherheit versuchte, ihr auszureden, in das Haus am Hittersjøen einzuziehen. Nach der Frau, die die Kinder vertrieben hatte, erkundigte sie sich beiläufig bei Bergschreiber Dietz, als sie am Mittwoch ihre Arbeit in der Schreibstube wieder aufnahm.

»Können Sie mir sagen, was für Nachbarn ich draußen in der Bjørkvika haben werde?«, fragte Clara in der Kaffepause, die sie wie jeden Vormittag einlegten.

Herr Dietz kratzte sich am Kinn. »Hm, schwer zu sagen. Größere Anwesen gibt es eigentlich nur auf dem gegenüberliegenden Ufer.« Er warf ihr einen prüfenden Blick zu. »Ist es Ihnen zu einsam da draußen?«

»Nein, ich frage nur, weil ich gestern einer Hirtin begegnet bin und neugierig war, wo sie wohl wohnt.«

»Auf der anderen Seite des Svenskveien gibt ein paar *seter*, also Almhütten«, sagte der Bergschreiber. »Wahrscheinlich lebt sie in einer von ihnen, zumindest im Sommer. Einige werden aber auch das ganze Jahr genutzt.«

Clara nickte. »Sie hatten mir ja erzählt, dass viele Arbeiter hier nebenbei Landwirtschaft betreiben. Ich war nur etwas erstaunt, dass die Frau eine so große Herde hütet.«

»Manche Kleinbauern kümmern sich nicht selbst um ihr Vieh, sondern überlassen es fremden Schäfern, die dann oft die Tiere mehrerer Eigentümer betreuen.« Herr Dietz runzelte die Stirn. »Aber Sie haben schon recht. Es ist ungewöhnlich, dass es eine Frau war. Es arbeiten zwar häufig Frauen auf den Almen, aber als Hirten für große Herden werden in der Regel Männer angestellt. Mir persönlich ist in Røros keine Schäferin bekannt. Vermutlich stammt sie aus einer anderen Gegend.«

»Gut möglich. Sie hat so eine Bemerkung gemacht, die darauf hindeutete, dass sie keine Einheimische ist«, murmelte Clara und nippte an ihrer Kaffeetasse.

Der Bergschreiber legte den Kopf schief. »Sollte eine Detektivin an Ihnen verloren gegangen sein? Was veranlasst Sie zu Ihrer Annahme?«

Clara zuckte verlegen die Schultern. »Vielleicht liege ich ja auch falsch. Schließlich kann ich das doch kaum beurteilen.«

»Nun seien Sie nicht so bescheiden. Sie haben ein feines Gespür. Also, was für eine Bemerkung war das?«

»Es ging um einen Vogel, den *lavskrike*.«

»Den Unglückshäher?«, fragte der Bergschreiber.

»Genau. Hier hat er wohl einen schlechten Ruf«, antwortete Clara. »Die Frau dagegen hat gesagt: ›Bei uns weiß jedes Kind, dass diese Vögel Glück bringen.‹«

»Das ist in der Tat ein Indiz, dass Ihre Vermutung zutrifft. Ich denke, diese Hirtin ist eine Lappin.«

»Eine Lappin? So weit im Süden? Ich dachte immer, dass sie viel weiter nördlich leben«, sagte Clara.

Sie sah das Plakat einer Hagenbeck'schen Völkerschau vor sich, das sie ein Jahr zuvor mit Paul an einer Litfaßsäule betrachtet hatte. Es hatte für die Ausstellung einer großen Lappensippe geworben, die im Hamburger Zoo und später auch in Berlin und Leipzig zu bestaunen war. Paul hatte es sehr bedauert, dass sie nicht auch in Bonn Station machten. Zu gern hätte er diese exotischen Menschen mit eigenen Augen gesehen, deren Leben er sich herrlich frei und abenteuerlich ausmalte.

Auf dem Bild waren oben drei Porträts dieses nordischen Nomadenvolkes zu sehen gewesen. Sie hatten sonnengebräunte

Haut und blickten etwas grimmig drein. Sie trugen hohe Mützen, farbenfrohe Kittel und Fellschuhe mit aufgebogenen Spitzen. Darunter waren Szenen aus dem Lager abgebildet, in dem sie während der Schau lebten. Dort bauten sie Zelte auf und wieder ab, die Clara an Indianer-Tipis erinnerten, stillten ihre Säuglinge, kochten Speisen über offenen Feuern und fertigten Schnitzereien an. Ab und zu fingen sie Rentiere, von denen Carl Hagenbeck einige aus Lappland importiert hatte, mit dem Lasso ein, molken sie oder spannten sie vor Schlitten, um sich ein wenig hin- und herziehen zu lassen und den Zuschauern eine Anmutung der Wanderungen zu vermitteln, die sie mit den Tieren zwischen den Winter- und Sommerweiden unternahmen.

»Ja, viele Angehörige dieses Urvolks sind Rentierzüchter in der Finnmark und im äußersten Norden von Schweden und Finnland«, antwortete der Bergschreiber. »Es gibt aber auch zahlreiche sesshafte Lappen, die an den Küsten Fischfang und Ackerbau betreiben. Und bei uns in der Gegend leben seit Jahrhunderten einige Familienverbände von *sørsami,* wie sie sich selbst nennen, also Süd-Lappen. Früher waren sie hier ansässig und weideten ihre Rentiere auf den Almwiesen und in den lichten Wäldern der Rørosvidda. Das norwegisch-schwedische Lappengesetz von 1883 ermöglicht es den Staaten, den Lappen das Weiderecht zu entziehen beziehungsweise stark einzuschränken, wo die Rentierzucht als Hindernis für die Land- und Forstwirtschaft empfunden wird. Seither sind die Betroffenen gezwungen, mit ihren Herden nach Schweden hinüberzuziehen, damit die Tiere genug Futter finden. Manche sind aber auch verarmt und fristen ihr Dasein nun als Tagelöhner oder Bettler. Es ist ein Elend!«

»Wie furchtbar!«, rief Clara. »Die armen Leute. Wieso setzt sich niemand für sie ein?«

Herr Dietz sah Clara ernst an. Die Falte zwischen seinen Augenbrauen vertiefte sich. »Es ist ein großes Unrecht. Aber ich fürchte, mit dieser Sichtweise stehe ich ziemlich allein. Die hiesigen Bauern und Waldbesitzer haben nun mal sehr großen Einfluss und blicken zudem voller Verachtung auf die Lappen herab, die sie für primitiv und ungebildet halten.«

»An manchen Tagen habe ich den Eindruck, dass es kaum Menschen gibt, die anderen offen und ohne Vorurteile begegnen können«, murmelte Clara.

»Ich kann Sie gut verstehen«, sagte der Bergschreiber. »Ich verzweifle auch oft an der Kleingeisterei mancher Zeitgenossen. Und an der zügellosen Gier, über andere herzuziehen und sie ins Gerede zu bringen.«

»Wem sagen Sie das!«, entfuhr es Clara.

Herr Dietz warf ihr einen bekümmerten Blick zu. »Ich weiß, dass Sie es hier nicht leicht haben. Und glauben Sie mir, meine Frau und ich tun unser Möglichstes, um den Gerüchten entgegenzuwirken, die über Sie kursieren.«

Clara runzelte die Stirn. »Was für Gerüchte?«

»Ähm ... entschuldigen Sie, ich wollte Sie nicht damit ... es tut mir leid ...«, stotterte der Bergschreiber. Auf seinen Wangen bildeten sich rote Flecken.

»Das muss es nicht. Ich durfte eines davon bereits selbst hören. Ich bin eine Feuerhexe, weil ich das Mädchen unbeschadet aus den Flammen geholt habe.«

Herr Dietz schüttelte den Kopf. »Unfassbar! Wie unsäglich töricht! Aber, um es mit Ihrem Landsmann Theodor Fontane zu sagen: Gegen eine Dummheit, die gerade in Mode ist, kommt keine Klugheit auf.«

Clara kicherte.

Der Bergschreiber zwinkerte ihr zu und fuhr ernster fort: »Leider kann Dummheit viel Schaden anrichten. Momentan ist die Stadt voll von Spekulationen über die Ursache des Feuers im Sägewerk. Da gerät dann schnell ein Unschuldiger in Verdacht.«

Der bedeutungsvolle Blick, den er ihr bei diesen Worten zuwarf, ließ Clara erstarren.

»Soll das heißen, man hält mich für eine Brandstifterin?«

»Wie gesagt, es kursieren diverse Gerüchte«, sagte Herr Dietz, dem es sichtlich unangenehm war, Clara in Verlegenheit zu bringen. »Andere glauben, dass es Ihr Schwiegervater war.«

»Um Gottes willen, wie kommt man denn darauf?«, rief Clara.

»Sie denken, dass Sverre Ordal sich rächen wollte, weil er alles an Ivar Svartstein verloren hat«, antwortete er. »Ein ähnliches Motiv wird einem weiteren Verdächtigen unterstellt, einem ehemaligen Angestellten des Sägewerks, der durch den Bankrott seines Arbeitgebers ins Elend gestürzt wurde. Gundersen heißt er, glaube ich.«

Clara riss die Augen auf. »Nein, das ist nicht möglich! Nicht der alte Gundersen! Er würde niemals ...«, sie unterbrach sich und fuhr ruhiger fort: »Er kann es ja gar nicht sein, er ist ja schon seit Wochen nicht mehr in der Stadt.«

»Hm, dazu kann ich nichts sagen. Er wurde aber offenbar in den letzten Tagen von einigen Leuten gesehen«, meinte der Bergschreiber.

»Gibt es denn überhaupt Hinweise, dass es Brandstiftung war?«, fragte Clara.

»Nein, noch nicht. Der Feuerwehrhauptmann lässt die Ruine der Sägehalle aber untersuchen, um das herauszufinden. Ich hoffe sehr, dass er bald Ergebnisse hat und dem unseligen Getratsche ein Ende bereitet.«

»Das hoffe ich auch«, sagte Clara und dachte an den ominösen Rauchmann, den Bodil erwähnt hatte. Sollte sie Sverre Ordal in jener Nacht gesehen haben? Oder den alten Gundersen? War einer von ihnen tatsächlich der Täter? Allein die Vermutung ließ Claras Atem stocken.

Kurz bevor sie sich am späten Nachmittag auf den Weg zur Pension machte, trug sie eine Kiste mit fertig kopierten Bergbüchern ins Archiv des Bergskrivergårdens. Tief in Gedanken versunken lief sie die Treppen hinunter zu dem kleinen Raum im Erdgeschoss, der mit einer feuersicheren Tür ausgestattet war. Die Bemerkung von Herrn Dietz, dass der alte Gundersen wieder in Røros war, ließ ihr keine Ruhe. In den vergangenen Wochen hatte sie sich oft gefragt, wie es ihm ging und ob er eine gute Arbeit gefunden hatte. Vergeblich hatte sie auf ein Lebenszeichen von ihm gewartet und sich zunehmend Sorgen gemacht. Wenn er tatsächlich wieder zurück war, war seine Suche nach einer dauerhaften Anstellung wahrscheinlich vergebens gewesen. Wo er wohl untergekommen war? Verwandte hatte er keine in der Stadt.

Clara sortierte eben die Bücher in einen Aktenschrank ein, als zwei Männerstimmen sie aufhorchen ließen, die draußen auf dem Gang eine Unterhaltung auf Deutsch führten. Sie mussten den beiden militärischen Beratern gehören, von denen ihr der Bergschreiber erzählt hatte. Ivar Svartstein hatte ihn ein paar Tage zuvor gebeten, ihnen Pläne und Grundstücksverzeichnisse der Gegend zur Verfügung zu stellen. Offenbar hatten sie diese nun zurückgebracht. Clara ging zur angelehnten Tür, spähte hinaus und sah ihre Vermutung bestätigt. Die beiden Männer, die den Flur entlangschlenderten, trugen Uniformen und bekleideten, den Rangabzeichen auf den Schulterstücken nach zu urteilen, höhere Dienstgrade. Der Ältere, ein drahtiger Mann mit kurz geschorenen Haaren, war vermutlich ein Hauptmann. Er sah seinen Begleiter, einen jungen Offizier mit einem kleinen Oberlippenbart, braunen Haaren und schlankem Wuchs, mit mildem Tadel an.

»Es wird Zeit, dass wir Norwegen verlassen«, sagte er. »Bevor du noch mehr unschuldigen Mädchen den Kopf verdrehst. Wenn du nicht aufpasst, gerätst du noch in Teufels Küche!«

345

»Was kann ich dafür, dass in diesem Land so hübsche Blümlein wachsen«, erwiderte der Jüngere mit einem Zwinkern.

»Man muss sie dennoch nicht alle pflücken. Zumal du bald deinen Abschied nimmst und heiratest.«

»Gerade drum!«, sagte der Offizier. »Jetzt gilt es, die letzten Tage der Freiheit auszukosten.«

»Du tust ja gerade so, als würde das Gefängnis auf dich warten«, brummte der Hauptmann.

Der Jüngere grinste, setzte eine übertrieben feierliche Miene auf und hob eine Hand wie zum Schwur: »Ich gelobe, dass ich nicht mehr in der Fremde nasche, wenn ich erst einmal im Hafen der Ehe eingelaufen bin.«

»Heb dir das Gesülze für deine Verlobte auf«, sagte der Ältere. »Ich will nur, dass wir hier keine Scherereien bekommen. Muss es denn ausgerechnet Sofie Svartstein sein? Wir können es uns nicht erlauben, ihren Vater gegen uns aufzubringen.«

»Das Risiko verleiht dem Ganzen doch erst die rechte Würze«, antwortete der Offizier, hielt dem Älteren die Eingangstür auf und folgte ihm hinaus auf die Straße.

Clara, die dem Gespräch mit wachsender Empörung zugehört hatte, verließ den Archivraum und rieb sich die Stirn. Sie sah das sympathische junge Mädchen aus der Bibliothek vor sich, das keine Sekunde gezögert hatte, die unverschämte Frau in ihre Schranken zu weisen, die Paul beleidigt und sich vorgedrängt hatte. Beim Gedanken, dass Sofie Svartstein ein Opfer der Verführungskünste dieses gewissenlosen Schürzenjägers werden könnte, zog sich Claras Magen zusammen. Ich muss sie warnen!, dachte sie. Hoffentlich ist es noch nicht zu spät. Auf dem Weg zur Tür stockte sie. War ihr Vorhaben nicht übergriffig und vermessen? Sie kannte das Mädchen doch kaum. Aber Sofie ins offene Messer laufen lassen? Nein, das konnte sie nicht zulassen! Clara drückte die Klinke herunter und eilte auf die Straße.

Kurz darauf stand sie vor der Tür des großen Hauses, in dem Ivar Svartstein mit seiner Familie wohnte. Ein distinguiert aussehender Diener öffnete ihr und musterte sie mit unbeweglicher Miene von oben bis unten, bevor er sie in die Eingangshalle bat und ein junges Dienstmädchen nach Sofie Svartstein schickte. Clara atmete erleichtert aus, als diese wenige Augenblicke später die Treppe vom ersten Stock heruntersprang und sie freundlich begrüßte. Sie fühlte sich in dem mit Spiegeln und Ölgemälden in vergoldeten Rahmen, Teppichen und einer prachtvoll geschnitzten Garderobe ausstaffierten Raum fehl am Platze – wie eine graue Maus in einem farbenprächtigen Garten.

»Frau Ordal, das ist aber eine Überraschung!«, rief Sofie und schüttelte Claras Hand. »Was führt Sie zu mir?« Sie öffnete die Tür zu einer Wohnstube, machte eine einladende Geste, ihr zu folgen, und ging hinein.

»Möchten Sie nicht ablegen? Soll ich einen Tee bringen lassen?«

»Nein, danke, das ist sehr freundlich. Ich will gar nicht lange stören«, sagte Clara.

Sie schluckte und rang um Fassung. Der Zweifel, ob sie berechtigt war, Sofie vor dem deutschen Offizier zu warnen, meldete sich zurück. Sie sah ihr in die Augen. Sie leuchtet, dachte Clara. Sie wirkt so glücklich und ... ja, verliebt. Und ich werde dieses Leuchten gleich zum Erlöschen bringen. Ich wünschte so sehr, dass das nicht nötig wäre. Sie räusperte sich.

»Bitte halten Sie mich nicht für unverschämt. Ich möchte Ihnen gewiss nicht zu nahe treten. Und es steht mir selbstverständlich nicht zu, mich in Ihr Privatleben einzumischen ... aber ich ... ich ... finde, Sie sollten wissen ...«, stammelte Clara.

Sie ließ die Schultern sinken und knetete ihre Hände.

»Nur heraus damit«, sagte Sofie und deutete auf einen der Sessel, die um ein niedriges Tischchen vor einem gekachelten Kamin gruppiert waren.

Clara ließ sich auf die vorderste Kante nieder und wartete, bis Sofie ihr gegenüber Platz genommen hatte.

»Ich muss Ihnen etwas sehr Unangenehmes mitteilen. Es betrifft einen deutschen Offizier, mit dem Sie bekannt sind.«

Sofie zog die Augenbrauen hoch und hob eine Hand vor den Mund. »Moritz? Ist ihm etwas zugestoßen?«

Clara schüttelte den Kopf. »Nein, ihm nicht. Aber ich habe die berechtigte Befürchtung, dass Ihnen etwas durch ihn zustoßen wird.«

Sofie wurde rot. Das Leuchten verstärkte sich. Sie strahlte Clara an.

Oh nein, es ist bereits geschehen, dachte diese und biss sich auf die Unterlippe.

»Ich weiß nicht, woher Sie das von mir und ihm wissen«, sagte Sofie leise. »Aber es gibt nicht den geringsten Anlass zur Sorge. Moritz von Blankenburg-Marwitz ist ein Ehrenmann.«

Clara schluckte. »Aber … er … er wird heiraten!«

»Ja, genau! Mich!«, rief Sofie.

32

Røros, August 1895 – Sofie

Sofie sah, wie Frau Ordal erbleichte und den Blick abwandte. Sie tat ihr leid. Sie war sicher, dass sie in bester Absicht gekommen war – angetrieben von echten Befürchtungen um ihr Wohl. Sie gehörte sicher nicht zu denen, die sich als Tugendwächterinnen aufspielten und ungebeten Ratschläge verteilten. Sofie rutschte auf ihrem Sessel nach vorn und legte eine Hand auf Claras Arm. Bevor sie den Mund öffnen konnte, richtete sich Clara auf.

»Es tut mir leid, aber Sie täuschen sich«, sagte sie ruhig. »Er ist bereits einer anderen versprochen. Ich habe gerade unfreiwillig ein Gespräch belauscht, in dem er von der bevorstehenden Hochzeit mit seiner Verlobten sprach und keinen Hehl daraus machte, dass er sich in der Zwischenzeit noch nach Kräften amüsieren will.«

Sofie zog ihre Hand zurück, versteifte sich und schüttelte heftig den Kopf. »Sie müssen sich verhört haben! Vor wenigen Stunden noch hat Moritz mir seine Pläne dargelegt. Sobald er seinen Abschied vom Heer genommen hat, wird er offiziell bei meinem Vater um meine Hand anhalten und mich zu sich nach Deutschland holen.«

»Verzeihen Sie meine Impertinenz. Aber hat er das wörtlich so gesagt?«, fragte Clara.

»Natürlich! Wie kommen Sie dazu, meine Worte anzuzweifeln«, brauste Sofie auf.

In Claras Gesicht arbeitete es. »Dann ist er ein noch größerer Schuft, als ich dachte«, murmelte sie. Sie straffte sich und suchte Sofies Augen. »Ich wäre sehr erleichtert, wenn ich mich tatsächlich verhört hätte und mit meinem Verdacht falsch läge. Denn ich wünsche Ihnen von Herzen alles Glück dieser Welt. Aber die Äußerungen des jungen Mannes waren eindeutig.«

Sofie verschränkte die Arme vor der Brust und presste die Lippen zusammen.

Clara stand auf. »Ich gehe nun besser. Ich kann mir gut vorstellen, dass sich in Ihnen alles sträubt, mir Glauben zu schenken. Das ist mehr als verständlich.«

Sofie erhob sich ebenfalls. »Ich weiß Ihre Anteilnahme zu schätzen«, sagte sie kühl. »Auch wenn sie völlig überflüssig ist.«

Clara ging zur Tür und drehte sich noch einmal um. »Wenn Sie jemals ein offenes Ohr benötigen und sich aussprechen wollen ... Zögern Sie bitte nicht, mich aufzusuchen.«

Sie verließ das Zimmer und schloss leise die Tür hinter sich. Sofie starrte ihr nach, gebeutelt von den widersprüchlichsten Empfindungen. Zunächst überwog der Unmut über die in ihren Augen unberechtigte und böswillige Unterstellung, Moritz sei ein Hallodri, der sie schamlos angelogen hatte. Missgönnte ihr die junge Witwe ihr Liebesglück und versuchte deshalb, es ihr zu verleiden? Sei nicht albern, wies Sofie sich selbst zurecht. Was hätte sie davon? Abgesehen davon passt es überhaupt nicht zu ihr. Anderen wäre es zuzutrauen, aber nicht dieser sanftmütigen Frau. Nein, gewiss hat sie sich verhört oder eine Äußerung von Moritz falsch eingeordnet.

Sofies Verstimmung verflüchtigte sich. Wenn sie uns mit eigenen Augen gesehen hätte, wüsste sie, dass er es ernst mit mir meint, dachte sie und ließ sich auf der Armlehne eines Sessels nieder. Sie schloss die Augen und schwelgte in der Erinnerung an die Stunden, die sie am Tag zuvor mit Moritz verbracht hatte. Sie spürte wieder seine Hände auf ihrem Körper, hatte seinen Geruch in der Nase und den Geschmack seines Mundes auf ihrer Zunge, hörte die zärtlichen Worte, die er ihr ins Ohr flüsterte, und sah den Glanz seiner Augen, mit denen er sie ansah. Dieser Blick war keine Lüge gewesen! Er kam aus seinem Herzen und sagte ihr mehr, als Worte es je vermocht hätten, wie tief er für sie empfand.

Aus dem benachbarten Speisezimmer drang seit einigen Minuten das Klappern von Geschirr und Besteck, mit dem das Dienstmädchen den Tisch für die Hauptmahlzeit eindeckte. Höchste Zeit, sich umzuziehen! Sofie riss sich aus ihren Träumereien, stand auf und begab sich nach oben.

Am nächsten Morgen wachte sie früh auf. Silje war noch in tiefem Schlaf versunken, als Sofie leise aufstand, sich wusch und ihre Haare kräftig bürstete, bis sie glänzten. Anschließend stand sie vor ihrem Kleiderschrank und konnte zum ersten Mal ihre Schwester verstehen, die über das trostlose Schwarz klagte, das sie während der Trauerzeit tragen mussten. Es störte sie, dass Moritz sie als düstere Krähe in Erinnerung behalten würde, wenn er sich von ihr verabschiedete. Dass sie ihn noch einmal sehen würde, stand für Sofie außer Frage. Der Zug, mit dem er und Major von Rauch Richtung Christiania reisen würden, fuhr um neun Uhr ab. Der Weg zum Bahnhof führte sie direkt am Haus der Svartsteins vorbei. Dass ihr Vater früh auf den Beinen war, hatte Sofie mehrfach betont. Es war also geradezu ein Gebot der Höflichkeit, wenn Moritz ihm persönlich Lebewohl sagte – und dabei die Gelegenheit nutzte, Sofie zum Abschied wenigstens einen Blick zuzuwerfen.

Kurz vor acht Uhr setzte sich Sofie an den Frühstückstisch. Ihr Vater hatte sich hinter einer Zeitung verschanzt und nahm ihr Erscheinen mit einem gebrummten »Morgen« zur Kenntnis. Sofie war froh, dass er ihr keine Beachtung schenkte. Sie starrte wie hypnotisiert auf das Ziffernblatt der Penduluhr, die ihr gegenüber an der Wand hing, und verfolgte das Vorrücken des

Minutenzeigers. Der Kaffee in ihrer Tasse erkaltete, die Brotscheibe, die sie sich auf den Teller gelegt hatte, blieb unangetastet. Jedes Geräusch, das von außen hereindrang, versetzte sie in Alarmbereitschaft.

Jetzt muss die Türglocke läuten!, dachte sie alle paar Sekunden. Gleich ist es so weit! Jeden Moment wird Ullmann hereinkommen, Moritz ankündigen und ihn ins Zimmer führen. Ach, es wird schrecklich, ihn nicht küssen zu dürfen, mich nicht noch einmal in seine Arme werfen zu können und ihm nahe zu sein. Stattdessen wird ein förmlicher Gruß, vielleicht ein Handkuss das Letzte sein, wovon ich in den nächsten Monaten zehren muss.

Das Schlagen der Uhr zur dreiviertel Stunde traf Sofie wie ein Hieb. Sollte sie sich getäuscht haben? Hatte sich Moritz direkt zum Bahnhof begeben? Ihr Vater faltete die Zeitung zusammen, legte sie auf den Tisch, nickte Sofie zu und verließ den Speisesaal. Sie schaute ihm benommen nach und suchte nach Erklärungen für Moritz' Ausbleiben. Sicher ist ihm etwas Wichtiges dazwischengekommen, überlegte sie. Vielleicht hat er verschlafen und musste sich beeilen, um den Zug nicht zu verpassen. Oder er fürchtete, sich zu verraten, wenn er mir gegenüberstehen würde und seine Emotionen nicht länger verbergen könnte. Der Gedanke war tröstlich und gab Sofie die Kraft, aufzustehen und eine gelassene Miene aufzusetzen.

Um sich abzulenken, stürzte sie sich in die Vorbereitung der Theaterproben, die Anfang September beginnen sollten. Küster Blomsted hatte ihr mittlerweile die Noten für die Lieder und Melodien zukommen lassen, die zwischen den Szenen oder zur Untermalung derselben gespielt werden sollten. Sofie beschloss, die Stücke so lange einzuüben, bis sie sie auswendig konnte – in der Hoffnung, auf diese Weise ihr Lampenfieber auf ein erträgliches Ausmaß zu reduzieren. Auch wenn es laut Schuldirektor Ole Guldal, der die Regie übernahm, in erster Linie um den Spaß an der Sache gehen sollte – Sofies Nervosität ließ sich durch diese Versicherung kaum lindern. Seit je war es ihr ein Graus, sich vor Publikum zu produzieren. Doch wo sollte sie üben? In ihrem Elternhaus standen ihr zwei Möglichkeiten offen, die für sie jedoch zu diesem Zeitpunkt beide nicht in Frage kamen: ein modernes Pianoforte im Salon und das alte Klavichord ihrer Mutter, das in deren Boudoir stand. Es war ein Erbstück, das sich bereits seit knapp hundert Jahren im Besitz der Familie Hustad befand.

Seit Ragnhilds Tod hatte Sofie es nicht mehr angerührt. Als sie sechs Jahre alt war, hatte sie begonnen, darauf zu spielen. Zunächst war sie von ihrer Mutter, später von einer Klavierlehrerin an dem Instrument unterrichtet worden, das an einen schmalen Tisch erinnerte, wenn die Klappe über den Saiten geschlossen war. Diese verliefen quer zu den Tasten und wurden durch metallene Tangenten angeschlagen. Die derart erzeugten Töne waren sehr viel leiser als die eines Pianos oder gar eines Flügels, konnten aber stärker moduliert und zu einer Art Vibrato gebracht werden. Sofie gefielen der warme Braunton des Nussbaumholzes und die kunstvoll gearbeiteten Intarsien auf dem Deckel und den Seiten des Kastens. Vor allem aber liebte sie den verhaltenen Klang des Klavichords, der sie an die Stimme ihrer Mutter erinnerte.

Es wunderte sie nicht, dass Silje, die ebenfalls auf diesem Instrument ihre ersten Schritte ins musikalische Leben unternommen hatte, kurz nach ihrer Konfirmation darauf bestanden hatte, dass ein »echtes« Klavier angeschafft wurde, auf dem man kraftvollere und dynamischere Stücke zum Besten geben konnte. Ihr Vater, der sich selbst wenig aus dem Geklimpere machte, wie er es nannte, hatte ihr den Wunsch erfüllt und ein gediegenes Exemplar aus einem angesehenen Musikalienhandel in Christiania liefern lassen, das seither im Salon prangte. Er genoss es durchaus, die Künste seiner Ältesten bei Empfängen, Essenseinladungen und anderen geselligen Anlässen zu präsentieren und sich im Lob der Gäste zu sonnen.

Sofie hatte es selten nach unten ans Piano gezogen, sie war dem Klavichord ihrer Mutter treu geblieben. Es nun zum Einüben der Theatermusik zu verwenden kam ihr pietätlos vor. Abgesehen davon war es noch zu schmerzlich, sich den unzähligen Erinnerungen zu stellen, die dieses Instrument an die glücklichen Stunden mit der Verstorbenen hervorrief. Das Klavier war keine Alternative. Der heitere, ja stellenweise boulevardeske Charakter der ausgewählten Theater-Melodien vertrug sich nicht mit der Atmosphäre eines Trauerhauses. Außerdem wollte Sofie nicht unnötig viel Aufmerksamkeit auf ihr Engagement bei der Schauspielgruppe lenken.

Nachdem sie eine Weile hin und her überlegt hatte, wie sie das Problem lösen konnte, fiel ihr das Harmonium im Probenraum des Schulhauses ein. Sie beglückwünschte sich zu dieser Idee – bot sie ihr doch nicht nur willkommene Gelegenheiten, der beklemmenden Stimmung zu Hause zu entfliehen, sondern auch einen Ort, wo sie ungestört war und sich ihrer Sehnsucht nach Moritz hingeben konnte, ohne argwöhnische Blicke zu riskieren. Noch am Donnerstag suchte sie den Schuldirektor auf, der nichts gegen ihr Vorhaben einzuwenden hatte und ihr mit den Worten »Den Schlüssel zur Schule haben Sie ja bereits« sein Einverständnis gab.

In den folgenden Tagen stahl sie sich jeden Mittag aus dem Haus in der Hyttegata und zog sich in die Schule zurück, die noch im Ferienschlummer lag. Der Probenraum befand sich im Erdgeschoss zum Innenhof hin, was Sofie sehr begrüßte. So war sie sicher vor neugierigen Blicken von Passanten und konnte bei gutem Wetter die Fenster öffnen, wenn der Wind nicht gerade ungünstig stand und den Rauch der Schmelzöfen herüberwehte.

Die eingängigen Melodien der Gesangseinlagen und der Bühnenmusik beherrschte Sofie nach kurzer Zeit. Während sie sie einstudierte, wechselten ihre Finger nach einer Weile wie von selbst zu anderen Stücken, die sie auswendig konnte. Am häufigsten spielte sie *Solveigs Lied* aus dem Dramatischen Gedicht *Peer Gynt* von Henrik Ibsen, das der Komponist Edvard Grieg zwanzig Jahre zuvor vertont hatte. Sie sang die beiden Strophen halblaut mit, während ihre Gedanken zu Moritz schweiften:

»Der Winter mag scheiden, der Frühling vergehn,
der Sommer mag verwelken, das Jahr verwehn,
Du kehrst mir zurück, gewiß, du wirst mein,
ich hab es versprochen, ich harre treulich dein.

Gott helfe dir, wenn du die Sonne noch siehst.
Gott segne dich, wenn du zu Füßen ihm kniest.
Ich will deiner harren, bis du mir nah,
und harrest du dort oben, so treffen wir uns da!«

Die Melancholie, die dieser Musik innewohnte, rührte Sofie unmittelbar an und verlieh ihrem eigenen sehnsuchtsvollen Warten Ausdruck. Seit ihrem Abschied von Moritz war erst eine halbe Woche vergangen – für Sofie fühlte es sich an wie ein Monat. Sie versuchte, sich vorzustellen, wo er sich gerade aufhielt, was er tat, mit wem er sprach. Ob er an sie dachte, sich nach ihr sehnte und vielleicht gerade ihre Haarlocke betrachtete.

Ebbte die schwelgerische Stimmung ab, kamen pragmatischere Fragen auf: Wann würde er ihr schreiben? Und wohin würde er seine Briefe adressieren? Sie hoffte, dass er sie nicht zu ihr nach Hause schickte, sondern – zumindest, solange sie sich nicht offiziell zu ihm bekennen durfte, als postlagernde Sendungen. Dies war auf die Dauer jedoch auch nicht die beste Lösung. Wenn sie regelmäßig auf dem Postamt nach Briefen fragte, konnte sie schnell ins Gerede kommen.

Die Möglichkeit, dass Moritz sich überhaupt nicht meldete, schob Sofie nach Kräften beiseite. Es gelang ihr nicht immer. Je länger sie auf einen Brief von ihm wartete, umso vernehmlicher meldete sich die Stimme des Zweifels wieder zu Wort und flüsterte: Was, wenn Clara Ordal sich doch nicht verhört hat? Wenn du es bist, die sich täuscht?

Sofie rief sich die Szene im Gesindehaus des Proviantskrivergården in Erinnerung und zwang sich, sie so nüchtern wie möglich zu betrachten. Moritz hatte tatsächlich nicht direkt davon gesprochen, dass er um *ihre* Hand anhalten und *sie* heiraten wollte. »Sobald ich meinen Abschied vom Regiment genommen habe, steht mir die Welt offen«, hatte er gesagt. Und: »Dann werde ich meine Hochzeit planen und alles regeln.«

Sofie schlang fröstelnd die Arme um ihren Oberkörper. Hatte Moritz ihr seine ernsten Absichten nur vorgegaukelt und sie mit doppeldeutigen Bemerkungen in die Irre geführt? Nein, nein! Das kann nicht sein! Das darf nicht sein!, schrie es in ihr. Er liebt mich! Wenn er in Deutschland eine Verlobte haben sollte, wird er diese Verbindung lösen. Es ist nicht möglich, dass er mir seine Gefühle nur vorgespielt hat. Das hätte ich doch gemerkt!

Die Vorstellung, wie Solveig jahrelang ohne ein Lebenszeichen des Geliebten ausharren zu müssen, war furchtbar. Ebenso der Verdacht, Moritz könnte mehr Ähnlichkeit mit dem Helden des Schauspiels haben, als sie wahrhaben wollte.

Peer Gynt war ein charmanter und durchaus liebenswerter, aber notorischer Lügner, der seinen Platz in der Welt suchte und dabei höchste Ansprüche hatte. Zur Erreichung seiner Ziele scheute er keine moralische Verfehlung – während in der Heimat Solveig, seine einzige große Liebe, auf ihn wartete. Am

Ende versagte er auf ganzer Linie und musste erkennen, dass er nichts Sinnvolles erreicht hatte. Er hatte sich beim Durchlaufen der permanenten Spirale des Selbstbetruges weder entwickelt noch eine bemerkenswerte Persönlichkeit entfaltet. Vor der Verdammnis konnte ihn zum Schluss nur noch ein Mensch retten, der bereit war, für ihn zu bürgen: Solveig, die von Peer Gynt sitzengelassene Frau. Auf seine Frage: »So sag, wo Peer Gynt all die Zeit über war?«, antwortete Solveig: »In meinem Glauben, in meinem Hoffen und in meinem Lieben.«

Nein, so wollte Sofie nicht enden! Sie beschloss, noch ein paar Tage abzuwarten und Moritz selber einen Brief zu schreiben, falls er sich bis dahin nicht gemeldet hatte. Es konnte kein Hexenwerk sein, die Anschrift seines Regiments ausfindig zu machen. Dass sie seine private Adresse nicht kannte und nicht wusste, wo seine Familie wohnte, gab ihr einen Stich. Wir hatten ja kaum Zeit, miteinander zu sprechen, tröstete sie sich selbst. Und wahrscheinlich ist bereits ein Brief von ihm unterwegs. Ein bisschen Geduld musst du schon haben.

Mehrmals hatte Sofie den Eindruck, etwas knacken und wispern zu hören, wenn sie sich in dem Probenraum aufhielt. Doch jedes Mal, wenn sie ihr Spiel unterbrach und lauschte, waren die Geräusche verstummt. Warf sie einen Blick hinaus auf den Gang oder in den Innenhof, war keine Menschenseele zu sehen. Sofie nahm an, dass die alten Holzbalken und Dielen des Hauses, das 1799 erbaut worden war, ein Eigenleben führten und ab und zu ächzten und knarzten. Oder dass Mäuse in den Wänden raschelten und piepsten.

An einem Nachmittag stellte sie auf dem Nachhauseweg fest, dass sie ihre Handschuhe liegengelassen hatte, und machte kehrt. Als sie das Schulgebäude betrat, drangen wohlbekannte Klänge an ihr Ohr. Jemand spielte Solveigs Lied. Auf Zehenspitzen schlich Sofie zum Probenraum und öffnete behutsam die Tür. Auf dem Boden vor dem Harmonium kauerte ein kleines Mädchen. Es hatte die Augen geschlossen und wiegte sich sanft im Takt der Melodie, die ein Junge den Tasten des Instruments entlockte. Ohne Noten. Offenbar spürte er den Luftzug, der durch die offene Tür entstand. Er hielt inne, drehte sich um und starrte Sofie mit vor Schreck geweiteten Augen an.

»Paul!«, rief sie überrascht, als sie den Sohn von Clara Ordal erkannte. »Was machst du denn hier?«

Paul rutschte mit einem zerknirschten Gesichtsausdruck von seinem Stuhl. Das kleine Mädchen sprang auf, rannte zum Fenster, riss es auf und kletterte in Windeseile hinaus.

Sofie lächelte Paul an. »Sag deiner kleinen Freundin, dass sie keine Angst vor mir zu haben braucht.« Sie trat einen Schritt auf ihn zu. »Du spielst sehr gut für dein Alter. Hat dir das deine Mutter beigebracht?«

Paul schüttelte den Kopf. »Ich hab Ihnen zugehört und es dann selbst probiert«, sagte er leise.

Sofie zog die Augenbrauen hoch. »Du hattest nie Unterricht? Das ist ja unfassbar! Sag bloß, du hast vorher noch nie an einem Klavier oder anderem Instrument gesessen.«

Paul musterte sie prüfend, als sei er nicht sicher, ob sie nicht doch verärgert war. »Ich bin ganz vorsichtig gewesen«, sagte er leise. »Ich hab bestimmt nichts kaputt gemacht.«

»Das weiß ich doch!«, versicherte Sofie. »Ich bin nur erstaunt, wie begabt du bist. Andere müssen lange üben, bis sie so fehlerlos spielen.«

Pauls Miene entspannte sich. »Es ist ganz einfach. Meine Finger finden die richtigen Töne von selber, wenn ich im Kopf die Melodie summe.«

Sofie sah ihn nachdenklich an. Kein Zweifel, vor ihr stand ein Wunderkind. Und es sah ganz so aus, als habe sie dessen Begabung als Erste entdeckt. Eine aufregende und beglückende

Erfahrung – so mochte sich ein Schatzsucher fühlen, der unverhofft auf eine Goldader stieß.

»Würdest du gern Noten lesen können?«, fragte sie. »Dann bist du in der Lage, auch Stücke zu spielen, ohne sie zuvor gehört zu haben.«

»Noten?«, fragte Paul. »So wie Schulnoten?«

Sofie lachte auf. »Nein, keine *karakterer*. So heißen die Schulnoten nämlich auf Norwegisch. Solche Musiknoten meine ich.«

Sie schlug das Heft mit den Melodien für das Bühnenstück auf, hielt es Paul hin und zeigte auf die Notenlinien.

»Wenn du willst, kann ich es dir beibringen«, rutschte es ihr heraus.

Paul sah sie ungläubig an. »Das ... das ...« Seine Augen begannen zu strahlen. »Das wäre sooo nett!« Er klatschte in die Hände.

Sofie biss sich auf die Lippe. Was hatte sie bloß geritten, diesen Vorschlag zu machen? Sie konnte sich nicht vorstellen, dass Clara Ordal ihr Einverständnis geben würde. Nach der schroffen Abfuhr, die sie ihr erteilt hatte, war sie gewiss nicht gut auf sie zu sprechen. Abgesehen davon konnte sie es als dreiste Einmischung in ihr Privatleben empfinden. Als Vorwurf, dass sie selbst das Talent ihres Sohnes nicht förderte. Wenn sie es nicht erlaubte, wäre Pauls Enttäuschung groß. Sich hinter dem Rücken seiner Mutter zu treffen kam nicht infrage. Sofie wollte den Jungen nicht zum Lügen anstiften, zumal sie früher oder später ohnehin entdeckt würden. Es war unwahrscheinlich, dass niemand ihre heimlichen Unterrichtsstunden bemerkte.

»Wenn deine Mutter es erlaubt«, sagte sie zögernd.

»Oh, das tut sie bestimmt! Ich frag sie gleich nachher, wenn sie von der Arbeit zurückkommt«, rief Paul und hüpfte aufgeregt von einem Bein aufs andere. »Darf ich gleich morgen kommen?«, fragte er.

»Äh, ja … aber warte doch erst einmal ab, was …«

Ohne sie ausreden zu lassen, jauchzte Paul auf und rannte aus dem Zimmer. Sofie griff nach den Handschuhen, die sie liegengelassen hatte, und folgte ihm nach draußen. Er war bereits ein gutes Stück die Kirkegata hinuntergerannt – Hand in Hand mit dem kleinen Mädchen, das offenbar vor der Schule auf ihn gewartet hatte. Vermutlich war sie es, die Clara Ordal aus den Flammen gerettet hatte. Sofie sah den beiden Kindern nach. Pauls Juchzer klang ihr in den Ohren. Hoffentlich darf er morgen kommen, dachte sie. Es wäre wundervoll, wenn ich ihm etwas beibringen dürfte.

33

Røros, August 1895 – Clara

»Mama, Mama, darf ich Noten lernen?«

Clara war gerade vom Bergskrivergården in die Pension zurückgekehrt, als Paul ihr mit diesen Worten entgegensprang. Sie nahm ihre Haube ab, entledigte sich ihres Mantels und strubbelte Paul durchs Haar, dessen Gesicht vor Aufregung gerötet war.

»Was für Noten?«

»Musiknoten. Dann kann ich alles spielen, was ich will.«

Clara ließ sich auf einen Hocker sinken, der neben der Garderobe im Flur stand, massierte sich mit zwei Fingern die Schläfe und sah ihren Sohn verständnislos an. Der Tag war anstrengend gewesen – so wie seine Vorgänger. Seit sie gut eine Woche zuvor den Entschluss gefasst hatte, das Haus am Hittersjøen bewohnbar zu machen, fand Clara kaum eine ruhige Minute. Nach der Schreibarbeit in der Amtsstube machte sie sich daran, die Punkte auf ihrer Liste zu erledigen, die sie nach Dringlichkeit geordnet hatte – und nach der Belastbarkeit ihres Geldbeutels.

Als Erstes musste der Schaden am Dach repariert werden. Mit Herrn Dietz' Hilfe hatte Clara einen Zimmermann gefunden, der diese Aufgabe zuverlässig erledigte und einen moderaten Preis verlangte. Er nahm sich auch des kaputten Fensters an und richtete die Fensterläden. Ebenso unverzichtbar war die Inspektion des Kamins und der Öfen. Zu Claras Erleichterung war der Schornstein zwar sehr verrußt, aber intakt. Der Küchenherd war ebenfalls nach einer gründlichen Reinigung funktionstüchtig. Beim gemauerten Kamin in der Wohnstube war die Drosselklappe defekt, mit der die Zugluft reguliert wurde – was keiner aufwendigen Reparatur bedurfte. Der gusseiserne Ofen in der oberen Etage dagegen war arg ramponiert und wies mehrere Sprünge auf. Ihn instand zu setzen lohnte sich nicht, Clara würde einen neuen kaufen müssen. Diese Anschaffung konnte warten, fürs Erste mussten die beiden Wärmequellen im Erdgeschoss ausreichen. Auch die Ausbesserung der Wasserleitung und eine neue Pumpe konnte sich Clara nicht sofort leisten.

Für die Säuberung des Hauses, die sie am Wochenende zusammen mit den Kindern in Angriff genommen hatte, schöpften Paul und Bodil Wasser aus dem See und trugen es Eimer um Eimer hinein. Zu dritt hatten sie Böden und Kacheln geschrubbt, die Fensterscheiben blank gerieben und Simse und Türrahmen von jahrealtem Staub befreit. An den Abenden saßen Clara und Frau Olsson zusammen am Esstisch der Pension über Handarbeiten gebeugt. Die Wirtin nähte Vorhänge, Clara schneiderte Kleidung für Bodil, die bei ihrer Flucht aus dem Haus ihrer Cousine kaum etwas hatte mitnehmen können. Wenn Clara spätnachts zu Bett ging, sank sie wie ein Stein in einen tiefen Schlaf, aus dem sie morgens viel zu früh von ihrem Wecker gerissen wurde.

»Warum möchtest du Musiknoten lesen können? Wie kommst du auf einmal auf diese Idee?« Sie musterte Paul aufmerksam. Es kam selten vor, dass er so ausdrücklich einen Wunsch äußerte. »Möchtest du vielleicht ein Instrument lernen?«

Paul nickte und sah sie mit blitzenden Augen an. »Ja! Und ich kann auch schon ein bisschen spielen!«

Clara runzelte die Stirn. »Aber wir haben gar kein Instrument.«

Paul senkte die Augen und druckste herum: »In der Schule steht so eine kleine Orgel.«

»Du meinst vermutlich ein Harmonium«, sagte Clara und fuhr fort. »In der Schule, sagst du? Aber es sind doch noch Ferien.« Sie streckte eine Hand aus, fasste Paul unters Kinn und hob sein Gesicht an. »Wie bist du denn hineingekommen?«

»In einer Abstellkammer geht das Fenster nicht richtig zu«, sagte Paul. »Da klettern wir immer rein.«

»Wir? Also Bodil und du«, stellte Clara fest. »Du weißt schon, dass das verboten ist?«

Paul schlug die Augen nieder und murmelte leise »Ja. Aber wir haben nichts weggenommen oder kaputt gemacht, ehrlich!«

»Wieso wollt Ihr denn unbedingt ins Schulgebäude? Kann man da besonders gut spielen?«

Paul schüttelte den Kopf. »Wir haben die Musik gehört. Die ist sooo schön. Und weil sie Bodil so gut gefällt, spiele ich sie für sie.«

»Und wen habt ihr belauscht?«, fragte Clara. »Den Schuldirektor? Oder einen Lehrer?«

Paul schüttelte den Kopf. »Nein, Sofie Svartstein.«

Claras Verwirrung wuchs. Warum spielte die Tochter des Bergwerkdirektors in der Schule Harmonium? Im Salon der Svartsteins, in dem Sofie sie vor einigen Tagen empfangen hatte, stand ein Klavier.

»Sie will mir das Notenlesen beibringen«, sagte Paul. »Wenn du es erlaubst.«

Clara rieb sich die Stirn. »Notenlesen?«

»Du erlaubst es doch, Mama?«, fragte Paul und sah sie bittend an.

»Sofie Svartstein will dir also Unterricht geben?«

»Ja, gleich morgen Mittag. Bitte, Mama. Ich möchte so gerne!«

Clara stand von dem Hocker auf. »Gut. Ich werde morgen mit dir kommen und mit Fräulein Svartstein sprechen«, sagte sie. »Aber jetzt ab zum Händewaschen. Frau Olsson wartet sicher schon mit dem Essen.«

Paul stürmte mit einem Jubelschrei davon. Clara holte tief Luft und ging Richtung Küche, aus der verlockende Düfte nach frisch gebackenem Brot und aromatischen Kräutern wehten. Nach wie vor konnte sie sich keinen Reim auf Pauls Bericht machen. Was bewog Sofie Svartstein dazu, ihrem Sohn Musikstunden zu geben? Clara fand keine Erklärung dafür. Nun, am nächsten Tag würde sie es erfahren. Und wenn sich Paul nicht verhört hatte und Sofie ihm tatsächlich das Harmoniumspielen beibringen wollte, würde sie sich nicht querstellen.

Paul hatte schon immer gern und viel gesungen. Es war ihr und auch Olaf nie eingefallen, ihn ein Instrument lernen zu lassen. Wenn Paul es unbedingt wollte und es ihm Freude bereitete, gab es keinen Grund, es nicht zu erlauben. Es wunderte sie allerdings, dass ausgerechnet Sofie Svartstein sich als seine Lehrerin anbot. Nach ihrer letzten Begegnung hatte Clara damit gerechnet, dass sie ihr aus dem Weg gehen würde. Nun, sie wäre froh, die Missstimmung zwischen ihnen aus der Welt zu schaffen. Es war schmerzlich gewesen, als Sofie sich so kühl von ihr verabschiedet hatte.

Als Clara am folgenden Tag in ihrer Mittagspause Paul und Bodil zur Schule begleitete, hielt sie unwillkürlich Ausschau nach dem alten Gundersen. Seit sie erfahren hatte, dass er wieder in Røros war, suchte sie nach ihm. Bislang ohne Erfolg. Hatte er die Stadt wieder verlassen? Oder war es eine Verwechslung, und man hatte gar nicht ihn gesehen?

Vor der Raukassa, wie das Schulgebäude auch genannt wurde, stand Sofie Svartstein und wartete auf sie. Mit einem unsicheren Lächeln ging sie Clara entgegen und streckte die Hand aus. Clara drückte sie und begrüßte Sofie freundlich.

»Ich weiß nicht, ob ich meinen Sohn richtig verstanden habe«, sagte sie. »Er hat erzählt, dass Sie angeboten hätten, ihm Musikunterricht zu geben.«

Sofie nickte. »Ganz genau. Ich glaube, er hat ein besonderes Talent. Er hat ohne Vorkenntnisse eine komplexe Melodie aus dem Gedächtnis nachgespielt. Und das auf einem Instrument, das er vorher nicht kannte.«

In ihrer Stimme schwangen Staunen und Bewunderung. Clara sah zu Paul, der mit Bodil ein paar Schritte von ihnen entfernt stand und ihr Gespräch gebannt verfolgte. Es gab ihr einen Stich, nichts von dieser Gabe ihres Sohnes gewusst zu haben. Sofie Svartstein musste sie für eine ignorante Person halten. Oder glauben, dass sie Pauls Interesse für Musik mit Vorsatz boykottierte.

»Ich denke, er hat es selbst erst entdeckt, als er sich an das Harmonium gesetzt hat«, sagte Sofie leise. »Wie hätten Sie es da feststellen können?«

Clara schaute ihr in die Augen. Eine Welle der Zuneigung durchflutete sie. »Ich danke Ihnen. Ich kam mir schon vor wie eine Rabenmutter, die gar nicht bemerkt, was in ihrem Kind vorgeht und was es bewegt.«

Was im Übrigen zumindest in den letzten Tagen durchaus der Fall war, fügte sie für sich hinzu. Ich habe kaum wahrgenommen, was Paul und Bodil die ganze Zeit so anstellen. Aber ich kann mich nun einmal nicht zerteilen. Und wenn wir erst in das Haus am See eingezogen sind, habe ich hoffentlich wieder mehr Muße, mich um Paul zu kümmern.

»Oh nein, ich kann mir keine bessere Mutter als Sie vorstellen«, rief Sofie und schlug gleich darauf die Hand vor den Mund. »Entschuldigen Sie, jetzt denken Sie, dass ich mich mit plumpen Komplimenten anbiedern will.«

Clara setzte zu einer Entgegnung an. Sofie schüttelte den Kopf.

»Nein, Sagen Sie nichts. Ich habe mich Ihnen gegenüber abscheulich benommen. Und dafür möchte ich Sie aufrichtig um Verzeihung bitten!«

»Das müssen Sie nicht«, sagte Clara. »Ich habe Sie schließlich vollkommen überrumpelt.«

»Mag sein. Aber Sie waren sehr mutig. Die meisten Menschen hätten geschwiegen, aus Furcht, sich unbeliebt zu machen oder sich zu weit aus dem Fenster zu lehnen. Und nicht wenige hätten hinter meinem Rücken ausgiebig darüber getratscht«, sagte Sofie und verzog das Gesicht. »Zum Beispiel Frau Skanke, die Sie neulich in der Bibliothek kennenlernen durften. Sie und ihre Freundinnen würden keine Sekunde zögern, sich genüsslich das Maul über mich zu zerreißen, wenn sie über Ihre Informationen verfügen würden.«

Paul stellte sich neben Clara und zupfte an ihrem Ärmel. Sie legte einen Arm um seine Schulter und sagte zu Sofie: »Ich glaube, Sie würden meinen Sohn sehr glücklich machen, wenn Sie ihn unterrichten. Und ich wäre Ihnen sehr dankbar, dass Sie seinen Herzenswunsch erfüllen.«

»Ich freue mich, dass Sie ihn mir anvertrauen«, antwortete Sofie und lächelte Paul zu. »Wollen wir mit der ersten Stunde beginnen?«

»Au ja, gern!«, rief Paul. »Darf Bodil zuhören? Sie mag die Musik so gern.«

Clara sah sich zu Bodil um, die etwas abseits stand. Sie hatte die Hände zu Fäusten geballt und starrte Sofie mit finsterer Miene an. Sie ist eifersüchtig, dachte Clara.

»Aber natürlich«, antwortete Sofie und winkte Bodil herbei.

Diese schüttelte den Kopf, drehte sich um und lief davon. Paul sah ihr betroffen nach und zuckte hilflos mit den Schultern.

»Warum will sie nicht mitkommen?«, fragte er. »Vorhin hat sie noch gesagt, dass sie unbedingt zuhören will.«

Clara streichelte seine Wange. »Sie ist vielleicht ein bisschen traurig, weil du jetzt etwas ohne sie machst. Bisher wart ihr ja immer nur zu zweit unterwegs und habt alles gemeinsam unternommen.«

Paul biss sich auf die Lippe. »Soll ich lieber nicht Harmonium lernen? Ich will nicht, dass Bodil traurig ist.«

»Wenn du darauf verzichtest, bist *du* traurig. Und das will Bodil doch sicher auch nicht, oder?«

In Pauls Gesicht arbeitete es. Clara und Sofie wechselten einen Blick.

»Weißt du was«, sagte Sofie. »Du kannst eine Melodie für sie erfinden und sie ihr schenken. Dann weiß sie, dass du an sie denkst, auch wenn ihr eine Weile nicht miteinander spielen könnt.«

Clara formte ein lautloses Danke, das Sofie mit einem Zwinkern beantwortete. Paul verabschiedete sich mit einem glücklichen Lächeln von Clara, die sich eilig auf den Weg zum Bergskrivergården machte.

Als sie ihn fast erreicht hatte, erregte eine Gestalt ihre Aufmerksamkeit. Auf der anderen Straßenseite lief ein hagerer Mann, dem die zerschlissene Joppe und die ausgebeulten Hosen um die mageren Gliedmaßen schlotterten. Seine Wangen waren eingefallen, sein Teint blass, und seine Augen lagen tief in dunklen Höhlen. Clara erschrak, als sie den alten Gundersen erkannte. Er sah krank und bedrückt aus. Sie unterdrückte den Impuls, zu ihm zu gehen und ihn zu begrüßen – aus Scheu, ihn in Verlegenheit zu bringen. Sie konnte sich gut vorstellen, dass es ihm unangenehm war, wenn sie ihn in diesem Zustand sah. Stattdessen folgte sie ihm unauffällig zum Ende der Hyttegata, wo er abbog und ein paar Meter weiter an der Kreuzung zur Kirkegata, dem nach einem dort ansässigen Bäcker benannten Nilshjørnet, in einem einfachen Haus verschwand.

Das Schlagen der Kirchenglocke zur Viertelstunde erinnerte

Clara daran, dass sie ihre Mittagspause weit überzogen hatte. Hastig lief sie zur Hyttegata zurück und betrat wenige Minuten schwer atmend die Amtsstube. Der Bergschreiber schaute sie prüfend an.

»Entschuldigen Sie meine Verspätung ...«, begann Clara.

»Ist alles in Ordnung?«, unterbrach Herr Dietz sie. »Ich habe mir schon Sorgen gemacht. Sie sind sonst immer überpünktlich.«

»Es tut mir leid, mir ist etwas dazwischengekommen und ...«

Der Bergschreiber hob die Hand. »Hauptsache, es geht Ihnen gut. Sie sind immer so zuverlässig, da darf so ein Ausrutscher auch einmal sein.«

Clara dankte ihm mit einem Lächeln und setzte sich an ihren Tisch. Eine Weile arbeiteten sie schweigend vor sich hin. Während Clara Lehnschaften, also die Angaben zu Verleihungen von Schürfrechten, zur Beschaffenheit und zu den Ausmaßen von Fundgruben und Stollen und andere rechtlich relevante Einzelheiten kopierte, kreisten ihre Gedanken um den alten Gundersen. Ihre Vermutung, er würde sich in seinem Alter schwertun, eine neue Arbeit zu finden, traf offensichtlich zu. Wenigstens hatte er ein Dach über dem Kopf. Bei wem er da wohl untergekommen war?

»Darf ich Sie kurz stören?«, fragte Clara.

Der Bergschreiber sah von dem Protokoll auf, das er eben prüfte, und nickte.

»Können Sie mir sagen, wem das Eckhaus am Nilsenhjørnet gehört?«

»Das ist unser Armenhaus«, antwortete Herr Dietz und legte seine Stirn in Falten. »Warum fragen Sie?«

Clara schluckte trocken und bemühte sich um einen beiläufigen Ton. »Ach, aus keinem besonderen Grund. Ich versuche nur, meine Ortskenntnisse zu verbessern.«

Der Bergschreiber brummte zufrieden und beugte sich wie-

368

der über sein Schriftstück. Clara starrte auf die Seite des Bergbuchs vor ihr. Ihr Herz zog sich zusammen. Den alten Gundersen hatte es noch schlimmer getroffen, als sie befürchtet hatte. Welch furchtbares Schicksal, nach einem Leben voller Arbeit und Mühen im Armenhaus zu landen. Das durfte nicht sein! Clara richtete sich auf. Sie würde eine Möglichkeit finden, Gundersen zu helfen, ohne seinen Stolz zu verletzen.

34

Røros, August 1895 – Sofie

Es kam kein Brief aus Deutschland. Jeden Vormittag wartete Sofie mit vor Hoffnung und Angst klopfendem Herzen auf den Postboten, der auswärts abonnierte Zeitungen, Warenkataloge und private und geschäftliche Briefe brachte, die Kammerdiener Ullmann entgegennahm und verteilte. Eine Ansichtskarte von Großmutter Toril, die mit ihrem Mann einen Dampfer-Ausflug unternommen hatte, war die einzige Sendung, die für Sofie dabei war. Unter Aufbietung ihrer gesamten Selbstbeherrschung wartete sie über eine Woche, bis sie sich auf dem Postamt erkundigte, ob ein Brief für sie eingetroffen sei. Der Schalterbeamte verneinte ihre Frage mit einem befremdeten Blick. Offenbar passte es nicht in sein Weltbild, dass die Tochter des Bergwerkdirektors postlagernde Briefe erwartete und diese obendrein selber abholte, anstatt einen Dienstboten damit zu beauftragen. Sofie malte sich lieber nicht aus, was hinter seiner Stirn vorging, und verließ die Filiale mit hochrotem Kopf.

Zu der Enttäuschung über das Ausbleiben eines Lebenszeichens von Moritz gesellte sich die drängende Frage, wohin er Briefe an sie schicken konnte, ohne dass jemand Wind davon bekam. Sie brauchte einen Verbündeten! Den Gedanken, Großmutter Toril zu bitten, als Briefvermittlerin zu fungieren, verwarf sie schnell. Es wäre zu umständlich. Außerdem scheute Sofie davor zurück, sie in ihr Geheimnis einzuweihen. Sie war nicht sicher, ob ihre Großmutter ihre Liebe zu dem deutschen Adligen gutheißen würde. Falls sie Bedenken hatte, würde Sofies Anliegen sie in Verlegenheit bringen. Das wollte sie nicht riskieren.

Ob sie es wagen konnte, Clara Ordal um Hilfe zu bitten? Sie war die Einzige, die von Moritz wusste. Und hatte sie nicht selbst angeboten, dass sie sich an sie wenden durfte? Nach einer unruhigen Nacht, in der Sofie endlos das Für und Wider von allen Seiten betrachtet hatte, rang sie sich dazu durch, Pauls Mutter ins Vertrauen zu ziehen. Sie wollte nicht länger damit warten, Moritz zu schreiben. Gleich im Anschluss an die nächste Musikstunde, die sie dem Jungen gab, begleitete sie ihn zur Pension. Sie hatte ohnehin den Wunsch, Clara von den erstaunlichen Fortschritten zu erzählen, die Paul machte, und sie einzuladen, bei nächster Gelegenheit an einer Unterrichtsstunde teilzunehmen und sich selbst davon zu überzeugen. Sofie hatte den Schuldirektor überredet, Paul auf dem Harmonium üben zu lassen, was dieser mit Begeisterung stundenlang tat. Bodil mied Sofie nach wie vor, gesellte sich aber zu Paul, um ihm zu lauschen, sobald seine Lehrerin außer Sicht war.

Zu Sofies Erleichterung hatte Clara Ordal nichts dagegen, dass Moritz seine Briefe an sie und die Pension adressieren sollte. Sie ließ zwar durchblicken, dass sie nach wie vor die Befürchtung hegte, der junge Deutsche sei ein Luftikus, der mit Sofies Gefühlen spielte. Zugleich räumte sie aber die Möglichkeit ein, dass sie sich in ihm täuschte. Und das konnte man nur herausfinden, wenn er die Chance bekam, Sofie zu schreiben. Mit einem verschmitzten Lächeln schlug Clara vor, ihn als fernen Verwandten auszugeben, falls neugierige Fragen gestellt werden sollten. Sie machte auch keine Anstalten, Sofie davon abzuhalten, die Initiative zu ergreifen und als Erste zu schreiben – mit dem Argument, dass sich das für ein wohlerzogenes Mädchen nicht schickte. Für diese Zurückhaltung war Sofie ihr besonders dankbar. Sie hatte genug davon, sich Belehrungen über ziemliches Verhalten anzuhören.

Noch am selben Abend zog sich Sofie mit ihrem Briefpapier in das ehemalige Boudoir ihrer Mutter zurück, das seit deren

Tod unverändert in einer Art Dornröschenschlaf vor sich hin-
dämmerte – als warte es auf die Rückkehr seiner Bewohnerin,
die es wieder zum Leben erwecken würde. Sofie schlich sich
manchmal hinein, wenn die Sehnsucht nach ihrer Mutter sie zu
überwältigen drohte. Die Berührung der Kämme und Bürsten
auf dem Frisiertisch, der Anblick der Nippesfigürchen und der
zarte, vertraute Duft, der noch im Morgenmantel nistete, spen-
deten ihr ein wenig Trost. Zu ihrem Leidwesen würde ihr diese
Möglichkeit, sich der Verstorbenen nahe zu fühlen, nicht mehr
lange vergönnt sein. Silje lag ihrem Vater seit der Rückkehr vom
Femundsee in den Ohren, ihr die Räumlichkeiten ihrer Mutter
zu überlassen. Sich weiterhin ein – wenn auch geräumiges –
Zimmer mit ihrer kleinen Schwester teilen zu müssen erschien
ihr nun, da sie die Herrin des Hauses war, unwürdig. Es war nur
eine Frage der Zeit, bis ihr Vater ihrem Drängen nachgeben
würde.

Silje hatte sich mit einem Liebesroman, den sie in Fortsetzun-
gen in einer Frauenzeitschrift las, ins Bett gelegt, ihr Vater war
bei Geschäftsfreunden zum Essen eingeladen. Sofie setzte sich
an den Sekretär mit den gedrechselten Beinen, schob den Deckel
über der Schreibfläche zurück, zündete eine Petroleumlampe
an, die auf der oberen Ablage stand, und schraubte ihren Füllfederhalter auf.

Røros, den 23. August 1895

Lieber Moritz,

*in der Hoffnung, dass Du Dich auf dem Weg zu Deinem Regi-
ment befindest oder bereits dort eingetroffen bist, schreibe ich
Dir diese Zeilen an Deine Dienstadresse.*

*Erst als du Røros bereits verlassen hattest, wurde mir bewusst,
dass wir gar nicht besprochen haben, wie wir während unserer*

Trennung miteinander korrespondieren wollen. Vermutlich bist Du unsicher, ob Du es überhaupt wagen darfst, Briefe an mich zu richten, und fürchtest, mich zu kompromittieren. Ich weiß Deine Rücksichtnahme sehr zu schätzen, habe aber einen Weg gefunden, wie Du mir schreiben kannst, ohne mich, besser gesagt meinen »guten Ruf«, in Gefahr zu bringen.

Schicke die Post bitte an Clara Ordal, wohnhaft in der Pension von Madam Olsson. Sie genießt mein vollstes Vertrauen und wird Deine Briefe diskret an mich weiterleiten.

Ich hoffe, dass Du eine gute Reise hattest und wohlauf bist. Meine Gedanken fliegen oft zu Dir – ach, könnte ich doch mit ihnen fliegen und Dich in die Arme schließen! Ich vermisse Dich so sehr und freue mich, wenn ich bald ein paar Zeilen von Dir in meinen Händen halte.

Gib auf Dich acht und sei herzlich gegrüßt von Deiner Sofie

Sofie las das Geschriebene noch einmal aufmerksam durch. Waren ihre Worte zu kühl? Oder zu fordernd? Nein, sie waren ehrlich und unverstellt. Sie wollte gar nicht erst damit beginnen, ihre Äußerungen auf die Goldwaage zu legen. Sie faltete den Bogen zusammen und steckte ihn in ein Kuvert. Es fühlte sich gut an, endlich das tatenlose Warten beendet zu haben. Sie klebte den Umschlag zu, schloss kurz die Augen und beschwor das Gesicht von Moritz herauf.

»Bitte, schreib mir bald zurück!«, flüsterte sie.

Am einunddreißigsten August, einem Samstag, versammelte sich die Theatergruppe im Probenraum. Sofie, die zuvor die Bibliothek für zwei Stunden geöffnet hatte, gesellte sich mit vor Nervosität feuchten Händen dazu. Schuldirektor Ole Guldal hatte ein paar Stühle im Kreis aufgestellt, auf denen bereits zwei kichernde Mädchen in Sofies Alter, ein Bursche von Mitte zwanzig, und ein Paar um die vierzig Platz genommen hatten. Per Hauke machte sich im Hintergrund an einem Tisch zu schaffen. Sofie war froh, dass er ihr keine Beachtung schenkte, und vermied es, in seine Richtung zu schauen. Ole Guldal kam ihr mit einem herzlichen Lächeln entgegen und führte sie zu den anderen.

»Das ist Sofie Svartstein«, sagte er laut. »Sie wird an die Stelle unseres Küsters treten und uns musikalisch begleiten.«

Sofie lächelte verlegen in die Runde, übermannt von einer tiefen Verunsicherung. Erst in diesem Augenblick wurde ihr bewusst, dass die anderen sie, die Tochter eines der mächtigsten und reichsten Männer im Ort, als Fremdkörper empfinden konnten. Zwar gehörte auch der Schuldirektor nicht der Arbeiterschicht an, er engagierte sich aber seit Jahren für deren Rechte und bessere Lebensbedingungen der Kumpel und ihrer Familien.

»Nicht so schüchtern, junge Dame«, sagte der mittelalte Mann und klopfte mit seiner schwieligen Hand auf den freien Stuhl neben sich, während seine Frau ihr zulächelte. Er hatte einen Bergmannskittel mit zwei Knopfleisten an, sie trug ein schlichtes taubenblaues Kleid und eine gestärkte Haube. Sofie dankte ihnen mit einem Kopfnicken und setzte sich.

Ole Guldal stellte sich hinter seinen Stuhl und sagte: »Ich hoffe, Sie haben nichts dagegen, dass wir uns während der Proben mit Vornamen ansprechen – in guter, alter Theatertradition. Es erleichtert die Arbeit und stärkt das Gefühl der Zusammengehörigkeit.«

Sofies Aufregung verstärkte sich. Ihre Kenntnisse über an Theatern übliche Gebräuche und Umgangsformen waren überschaubar. In den Feuilletons der überregionalen *Aftenpostens ugeudgave* und dem *Berliner Tageblatt*, die ihr Vater abonniert hatte, wurden in der Regel Inszenierungen beschrieben und beurteilt, populäre Mimen oder Regisseure porträtiert und zeitgenössische Dichter und ihre Stücke vorgestellt. Über Leben und Arbeit der Menschen hinter den Kulissen hatte Sofie nur vage Vorstellungen, die sich in erster Linie aus getuschelten Bemerkungen über lotterhafte Darstellerinnen und Ballerinen speisten, die den »anständigen« Damen der Gesellschaft ein Dorn im Auge waren – standen sie bei ihnen doch im Verdacht, nichts anderes im Sinn zu haben, als ihre Ehemänner und Söhne zu verführen, auf den Weg des Lasters zu locken und wie Weihnachtsgänse auszunehmen.

Zwar herrschte zwischen einem festen Ensemble ausgebildeter Schauspieler und der hier versammelten Laiengruppe ein himmelweiter Unterschied. Die Tatsache, dass sich Letztere aus Angehörigen der Arbeiterklasse zusammensetzte, machte ihn jedoch wieder wett. Zumindest in den Augen von Frauen wie Berntine Skanke und ihren Freundinnen, die sogenannte einfache Leute grundsätzlich für einfältig und ungebildet und damit besonders anfällig für moralischen Verfall und umstürzlerisches Gedankengut hielten.

Sofie setzte sich aufrecht hin und sagte mit fester Stimme: »Sehr gern. Ich freue mich auf die Zusammenarbeit mit euch.«

Die beiden Kicherliesen, die Sofie wegen ihrer Ähnlichkeit für Schwestern, wenn nicht gar Zwillinge gehalten hatte, entpuppten sich als die Freundinnen Hilda und Tilda. Bei näherem Hinsehen waren sie recht unterschiedlich, legten es aber offenbar darauf an, möglichst gleich auszusehen: Ihre Zöpfe trugen sie zu Schnecken gedreht über den Ohren, ihre Jacken waren nach demselben Muster gestrickt, und ihre zum Verwechseln ähnlichen Gesten und Stimmen lenkten davon ab, dass Hilda brünett und drall war, während Tilda dunkelbraune Haare und eine knochige Statur hatte. Beide gaben sich alle Mühe, die Aufmerksamkeit des jungen Mannes zu erregen, der verlegen seine

Mütze knetete und auf seinem Stuhl hin- und herrutschte. Er hieß Jakob, war hoch gewachsen und muskulös, hatte kantige Gesichtszüge und die gleichen strahlend blauen Augen wie sein jüngerer Bruder Per, der sich auf den letzten freien Stuhl direkt gegenüber von Sofie setzte, während ihr der Schuldirektor die Anwesenden vorstellte. Die Namen des Ehepaars bekam sie nicht mit – nur dass die Frau die Kostüme nähen und Ole Guldal beim Abstimmen der Termine und anderer organisatorischer Aufgaben zur Seite stehen würde. Pers Blick, den er unverwandt auf sie richtete, machte Sofie nervös und lenkte sie ab. Sie senkte die Augen und starrte auf einen Fleck auf dem Boden. Das kann ja heiter werden, dachte sie. Du musst wirklich lernen, dich von ihm nicht aus der Fassung bringen zu lassen. Ignoriere ihn einfach und konzentriere dich auf Wichtigeres.

Sie schaute zu Ole Guldal, der in diesem Moment sagte: »Bevor ich ein wenig über unser Stück erzähle und wir einen Zeitplan machen, können wir schon mal einen Blick auf das Bühnenbild werfen.« Er deutete auf den Tisch. »Per hat sich die Mühe gemacht, uns ein kleines Modell anzufertigen.«

Alle standen auf und stellten sich um den Tisch, auf dem ein nach oben und vorne offener Kasten stand, in dem der Schauplatz der Komödie aus Holz, Pappe, Draht und Stoff gebaut war: eine gemütlich eingerichtete Stube, wie man sie in den Höfen der reichen Bauern der umliegenden Täler fand. Beeindruckt von der präzisen Handarbeit betrachtete Sofie die winzigen Möbel, Lampen und Teppiche. Sogar eine Standuhr, ein gemauerter Kamin und Vorhänge vor den Fenstern fehlten nicht. Per erläuterte, wo sich die Zu- und Abgänge für die Schauspieler befanden, wie die Beleuchtung eingerichtet werden sollte und dass er einen Bereich neben der Bühne mit Tüchern abhängen wollte, hinter denen sich die Schauspieler zwischen ihren Auftritten aufhalten konnten.

Nachdem sie sich wieder in den Kreis gesetzt hatten, verteilte

Ole Guldal die Texthefte, die er in der Druckerei des *Fjell-Ljom* hatte anfertigen lassen, und bat darum, sie bis zum nächsten Mal zu lesen, bei dem man das Stück dann gemeinsam durchgehen würde. Anschließend skizzierte er den Inhalt des Lustspiels, das eine freie Adaption von *Das Spiel von Liebe und Zufall* des französischen Dramatikers Pierre Carlet de Marivaux war, der die Verwechslungskomödie im Pariser Großbürgertum des frühen achtzehnten Jahrhunderts angesiedelt hatte. Der Schuldirektor hatte bei der Übersetzung einiges gestrafft und mit örtlichen Anspielungen versehen, die französischen Namen durch norwegische ersetzt, die Handlung ins Umland von Røros verlegt und eine Rolle geändert.

Der Kern des Originaltextes um die Liebe und ihre Konventionen innerhalb unterschiedlicher gesellschaftlicher Klassen war jedoch erhalten geblieben: Ein wohlhabender Vater möchte seine Tochter mit dem Sohn eines Geschäftsfreundes verheiraten. Da diese den Männern und der Ehe gegenüber skeptisch eingestellt ist, will sie ihre Rolle mit ihrer Zofe tauschen, um unerkannt den wahren Charakter des zugedachten Bräutigams prüfen zu können. Ihr Vater ist einverstanden und freut sich diebisch auf das bevorstehende Spektakel – weiß er doch als Einziger, dass der Heiratskandidat ebenfalls einen Rollentausch mit seinem Diener vornimmt, um die Zukünftige unauffällig zu beobachten. Aus dieser Situation entwickelt sich ein turbulentes Verwirrspiel, das vom Vater lustvoll und kräftig angeheizt wird.

Hilda und Tilda, die eigentlich Hiltrud und Matilde hießen, begleiteten Ole Guldals Ausführungen mit Gekicher, warfen Jakob und Per schelmische Blicke zu und ließen sich von den mahnenden Räusperlauten des Bergarbeiters nicht irritieren. Sofie biss sich auf die Lippe, um nicht loszuprusten. Während Per gelassen auf die schäkernden Mädchen reagierte, war sein Bruder mittlerweile hochrot angelaufen und sah so aus, als würde er am liebsten wegrennen. Ihm war die Rolle des Dieners zugedacht, der sich im Stück in die Zofe verliebte, die von Hilda gespielt werden sollte. Sofie schielte zu Ole Guldal. Auf ihn als Regisseur wartete ein hartes Stück Arbeit, um Jakob seine Befangenheit zu nehmen und den nötigen Ernst bei den beiden Kicherliesen herzustellen. Sie war froh, dass sie selbst nicht auf der Bühne stehen würde, sondern das Ganze aus sicherer Entfernung von ihrem Schemel vor dem Harmonium aus beobachten durfte.

Als hätte er ihre Gedanken gehört, wandte sich Ole Guldal an sie. »Wir haben ja in einigen Szenen Lieder eingeflochten. Könnten Sie sie bitte mit den Beteiligten einüben?«

»Gern«, antwortete Sofie. »Am liebsten vor oder nach den eigentlichen Proben, wenn das geht.«

»Ja, das ist ein vernünftiger Vorschlag«, sagte der Schuldirektor und wandte sich an die mittelalte Frau. »Astrid, würdest du uns bitte eine Liste schreiben, wer wann zur Gesangsprobe kommen kann.«

Astrid nickte. »Wir müssen auch noch besprechen, welche Kostüme wir brauchen. Damit ich frühzeitig mit dem Nähen anfangen kann.« Sie wandte sich an Hilda und Tilda. »Und ihr beide werdet mir dabei helfen.«

Die beiden Mädchen verzogen die Gesichter, wagten aber keinen Widerspruch. Sie wisperten kurz miteinander, strahlten Jakob und Per an und riefen gleichzeitig: »Wir schneidern euch eure Kleider!«

»Nichts da, ihr vorlauten Dinger«, sagte Astrid. »Ihr kümmert euch erst einmal um eure eigenen Kostüme.«

Sie stand auf und ging zu Ole Guldal, um sich die nächsten Probentermine zu notieren. Hilda und Tilda machten Schmollmünder. Jakob beugte sich zu seinem Bruder und flüsterte ihm etwas ins Ohr. Per schüttelte den Kopf und legte eine Hand auf Jakobs Oberarm, als wolle er ihn festhalten.

378

»Nein, bleib! Du wirst sehen, es macht dir Spaß«, sagte er leise. »Beachte die beiden einfach nicht.«

Sofie warf Jakob einen mitfühlenden und zugleich belustigten Blick zu. Die Situation entbehrte nicht einer gewissen Komik. Ausgerechnet Per, der sie selbst kaum aus den Augen ließ und sich nicht darum scherte, dass er sie damit in Verlegenheit brachte, gab seinem Bruder diesen Rat. Nun, ich für meinen Teil werde ihn beherzigen, dachte Sofie und verwickelte den Bergmann Gunvald, dessen Namen sie mittlerweile aufgeschnappt hatte, in ein Gespräch.

Bereitwillig beantwortete Gunvald ihre Fragen zu seinen Erfahrungen mit der Theatergruppe, der er und seine Frau seit deren Gründung angehörten. Mittlerweile konnte er sich ein Leben ohne Schauspielen gar nicht mehr vorstellen. Er lobte die kundige Regieführung Ole Guldals, der in ihm die Liebe zum Theater entfacht hatte. Die Möglichkeit, für ein paar Stunden zu einer anderen Person zu werden und den Alltag hinter sich zu lassen, begeisterte den Bergmann, dessen Leben ansonsten weitgehend aus harter Arbeit bestand. Zu Beginn der Adventszeit fand traditionell die Aufführung des jährlichen Stücks statt, das viele Zuschauer auch aus dem Umland nach Røros lockte. Der Stolz in Gunvalds Stimme rührte Sofie an. Wie konnte man nur so überheblich sein, den vermeintlich »einfachen« Arbeitern den Sinn für Poesie und Schönheit abzusprechen?

Beschämt gestand sie sich ein, dass sie selbst blind davon ausgegangen war, die Arbeitertheater, die überall aus dem Boden schossen, hätten vor allem derbe Schwänke und seichte Singspiele im Repertoire. Nie wäre es ihr in den Sinn gekommen, eine solche Vorführung zu besuchen. Im Grunde bist du genauso überheblich wie Silje und viele andere aus unseren Kreisen, dachte Sofie. Auch du hast dich viel zu selten gefragt, ob solche Vorurteile der Wirklichkeit standhalten.

Wie Moritz wohl zu diesem Thema steht?, schoss es ihr

unvermittelt durch den Kopf. Er als Adliger denkt vielleicht noch viel engstirniger. In Deutschland sollen die Standesunterschiede ja viel stärker ausgeprägt sein als bei uns. Nicht zum ersten Mal fragte sich Sofie, ob Moritz' Zuversicht, seine Eltern hätten nichts gegen eine bürgerliche Schwiegertochter einzuwenden, berechtigt war. Sie unterdrückte ein Seufzen. Darüber konnte sie sich später den Kopf zerbrechen. Viel wichtiger war, endlich ein Lebenszeichen von Moritz zu erhalten. Ihr Brief musste längst bei seinem Regiment eingetroffen sein. Ob seine Antwort vielleicht schon in Frau Olssons Pension auf sie wartete? Sofie beschloss, auf dem Nachhauseweg einen Abstecher zu Clara Ordal zu machen.

35

Røros, August 1895 – Clara

In den Tagen, nachdem Clara den alten Gundersen gesehen hatte, machte sie auf dem Hin- und Rückweg zur Arbeit jeweils einen Umweg zum Nilsenhjørnet in der Hoffnung, ihm erneut auf der Straße zu begegnen. Sie scheute davor zurück, ihn im Armenhaus aufzusuchen. Sie ahnte, dass es ihn sehr genieren würde, wenn sie seinen derzeitigen Aufenthaltsort kannte und wusste, dass er auf Almosen angewiesen war. Aus diesem Grund traute er sich wahrscheinlich auch nicht, Kontakt zu ihr und Paul aufzunehmen. Wie konnte sie ihm helfen, ohne ihn in Verlegenheit zu bringen?

Als sie nach einer Woche vergeblicher Ausschau Frau Olsson eines Abends nach dem Essen beim Abwasch in der Küche von ihrem Dilemma erzählte, schüttelte diese den Kopf und sagte mit mildem Tadel in der Stimme: »Meine Liebe, Ihre Feinfühligkeit ehrt Sie. Aber man kann es mit der Rücksichtnahme auch übertreiben.«

»Ja, aber ...«, setzte Clara an.

»Nein, wirklich. Sie machen sich zu viele Gedanken! Sie möchten Herrn Gundersen aus seiner misslichen Lage befreien? Nichts leichter als das! Geben Sie ihm Arbeit.«

Clara zog die Brauen hoch. »Ich? Wie könnte ich ... Was um alles in der Welt meinen Sie?«

»Nun, Sie haben ein Haus, in dem es einiges zu reparieren gibt«, antwortete Frau Olsson. »Und Herr Gundersen ist nach allem, was Sie mir von ihm erzählt haben, handwerklich geschickt. Was liegt also näher, als ...«

Clara schlug sich eine Hand vor die Stirn. »Dass ich da nicht von selber drauf gekommen bin! Das ist eine famose Idee!« Sie hielt inne. »Aber ich kann ihn ja gar nicht angemessen entlohnen. Nicht im Entferntesten. Die letzten Rechnungen haben meine Mittel auf einen kümmerlichen Rest zusammenschrumpfen lassen.«

»Mit Geld bezahlen können Sie seine Arbeit vielleicht nicht. Aber Sie werden ihm etwas viel Wertvolleres geben«, sagte Frau Olsson. »Eine sinnvolle Aufgabe und das Gefühl, gebraucht zu werden.«

Clara nickte. »Stimmt. Und natürlich werde ich ihn verköstigen und ihm anbieten, bei uns zu wohnen.«

»Wer wird bei uns wohnen?«

Von Clara und Frau Olsson unbemerkt war Paul in die Küche gekommen.

»Erinnerst du dich an den alten Gundersen?«

»Natürlich!«, sagte Paul. »Er hat mir Papas alte Spielzeugkiste gegeben.«

»Er ist wieder in Røros«, fuhr Clara fort. »Ich möchte ihm vorschlagen, mit uns in das Haus am See zu ziehen.«

Pauls Augen begannen zu strahlen. »Großartig! Dann kann er mir noch mehr von Papa erzählen, als er klein war. Ich sag's gleich Bodil«, rief er und rannte aus der Küche.

Frau Olsson sah ihm mit einem Schmunzeln nach. »Sein Einverständnis haben Sie also schon mal.«

»Ich hoffe, dass es mit Gundersen ebenso einfach wird«, sagte Clara.

Am folgenden Tag ließ sie ihre Mittagspause ausfallen und kehrte bereits gegen drei Uhr in die Pension zurück, wo sie Paul und Bodil abholte und mit ihnen zum Nilsenhjørnet lief. Kurz bevor sie die Kreuzung erreichten, hielt sie an und beugte sich zu den Kindern hinunter.

»Ich möchte euch um etwas bitten. Dem alten Gundersen geht es leider nicht so gut. Er hat keine Arbeit mehr und kein

Zuhause. Deshalb wohnt er jetzt in einem Heim für bedürftige Menschen.«

Bodils Gesicht verzog sich. »Der Arme! Mich wollten sie ja auch ins Heim stecken«, flüsterte sie und zog schaudernd die Schultern hoch.

»Es ist nicht ganz dasselbe«, sagte Clara. »Aber schlimm ist es auf jeden Fall. Deshalb ist es mir wichtig, dass ihr Gundersen nicht darüber ausfragt. Er schämt sich, dass er dort leben muss. Obwohl er gar nichts dafür kann.«

Bodil und Paul sahen sich betroffen an und nickten mit ernsten Gesichtern.

»Hat er denn keine Familie?«, fragte Bodil.

»Nein, ich glaube nicht«, antwortete Clara. »Und deshalb gehen wir jetzt zu ihm und holen ihn zu uns. Wenn er das will.«

»Ja, lasst uns schnell machen. Damit er nicht noch länger in dem schrecklichen Heim bleiben muss«, sagte Paul.

Bevor Clara es sich versah, hatten er und Bodil sich bei den Händen gefasst, rannten zum Eingang des Armenhauses und verschwanden darin. Clara folgte ihnen eilig. Als sie die zwei Stufen erreicht hatte, die zur Tür führten, wurde diese von innen aufgerissen, und die beiden Kinder stürmten heraus. Sie hatten den alten Gundersen rechts und links an den Ärmeln seiner Jacke gepackt und zogen ihn förmlich mit sich.

»Komm, gleich bist du frei!«, stieß Paul hervor, während Bodil gleichzeitig rief: »Jetzt musst du nie wieder ins Heim!«

Auf Gundersens Gesicht machte sich Verwirrung breit. Ratlos schaute er auf die Kinder hinunter. Clara schwankte zwischen Schimpfen und Lachen. Ihr Versuch, Paul und Bodil zu taktvoller Zurückhaltung anzuhalten, war gründlich gescheitert. *Mer muss et nemme, wie et kütt,* hörte sie Ottilie sagen, die sich köstlich über diese Situation amüsiert und Clara geraten hätte, das Beste daraus zu machen – nach dem Motto: Frisch gewagt ist halb gewonnen.

383

»Gundersen!«, rief Clara und trat vor ihn hin. »Sie schickt der Himmel!«

Gundersen trat unwillkürlich einen Schritt zurück und kniff die Augen zusammen.

»Erst gestern habe ich meiner Wirtin gesagt, wie dringend ich Ihre Unterstützung brauchen könnte und wie sehr ich es bedaure, dass Sie nicht mehr in Røros sind.« Sie ergriff seine rechte Hand und drückte sie. »Ich kann kaum glauben, dass Sie nun leibhaftig vor mir stehen.«

Vermutlich hält er mich für vollkommen übergeschnappt, dachte Clara, als sie Gundersens wachsende Irritation bemerkte. Aber das schadet nichts. Solange es ihn davon abhält, sich zu fragen, woher die Kinder wussten, dass er sich hier aufhält.

»Mama, zeigen wir ihm jetzt gleich unser Haus?«, fragte Paul.

Clara räusperte sich. »Entschuldigen Sie, dass ich Sie so überfalle, Gundersen. Aber hätten Sie vielleicht Zeit, uns zu begleiten? Ich, besser gesagt Olaf, hatte eine Tante, die ihm ein Haus am Hittersjøen vererbt hat. Wir wollen in den nächsten Tagen dort einziehen. Aber es gibt noch viel herzurichten, bis es richtig wohnlich wird, und da...«

Clara hielt inne und sah zu Boden. Sie brauchte die Verlegenheit, die sich auf ihrem Gesicht spiegelte, nicht vorzutäuschen. Ihr Plan erschien ihr mit einem Mal anmaßend. Wie kam sie dazu, sich so massiv in Gundersens Leben einzumischen? Was, wenn er einfach nur in Ruhe gelassen werden wollte? Das hättest du dir vorher überlegen müssen, meldete sich die strenge Stimme in ihr. Jetzt kannst du jedenfalls keinen Rückzieher mehr machen.

»Ich weiß, es ist viel verlangt...«, fuhr sie stockend fort, »aber, ich wüsste nicht, an wen ich mich sonst wenden könnte und...« Sie hob den Kopf und sah Gundersen in die Augen. »Wäre es sehr unverschämt, wenn ich Sie um Hilfe bitte?«

Durch Gundersen ging ein Ruck. Der trübe Schleier, der über seinen Augen gelegen hatte, verschwand.

»Frau Ordal, ich könnte mir nichts Schöneres vorstellen, als Ihnen und Paul zur Hand zu gehen! Für Olafs Familie würde ich alles tun!«

»Ich danke Ihnen!«, sagte Clara und spürte, wie ihr Hals eng wurde.

»Danken Sie mir nicht zu früh. Es muss sich ja erst noch zeigen, ob ich wirklich helfen kann.«

»Oh, auf jeden Fall! Da bin ich mir ganz sicher. Wollen wir gleich hingehen, damit Sie sich ein Bild machen können? Es ist nicht weit.«

Gundersen nickte.

»Juchu!«, rief Paul und sprang um sie herum.

Gundersen kehrte nicht mit Clara und den Kindern in die Stadt zurück. Er wollte auf dem Anwesen in der Bjørkvika bleiben und sich unverzüglich an die Arbeit machen. Er war glücklich, wieder vier – wenn auch bescheidene – Wände um sich zu haben, die nur ihm gehörten. Zunächst war es Clara unangenehm, dass er sich nicht in einem der Schlafzimmer im ersten Stock des Wohnhauses einquartieren wollte, sondern darauf bestand, die Kammer über dem Stall für sich herzurichten. Gundersen versicherte ihr jedoch glaubhaft, dass er sich nichts Besseres vorstellen konnte – erinnerte ihn diese Behausung doch an die Kammer im Ordal'schen Sägewerk, in der er so viele glückliche Jahre verbracht hatte.

Nachdem sie gemeinsam das Haus und die Nebengebäude besichtigt hatten, notierte sich Clara, welche Werkzeuge und Materialien Gundersen für die noch anstehenden Reparaturen und andere Arbeiten benötigte, und versprach, die Sachen so rasch wie möglich zu besorgen. Er rieb sich mit einem zufriedenen Lächeln die Hände und erklärte, dass einem Einzug von ihr und den Kindern bereits am folgenden Wochenende im Grunde nichts im Wege stand.

Clara war skeptischer. In ihren Augen fehlte es noch an allen Ecken und Enden, bevor man einigermaßen bequem in dem Anwesen wohnen konnte. Angefangen bei Matratzen und Bettdecken über Brennholz und einem Grundvorrat an Lebensmitteln bis hin zu ihrem Hausrat, auf dessen Lieferung aus Hamburg sie nach wie vor wartete. Sie behielt ihre Zweifel für sich. Sie wollte Gundersens neu erwachten Lebensmut nicht dämpfen. Außerdem waren die Kinder begeistert von dieser Aussicht. Vor allem Paul freute sich, dass er seinen siebten Geburtstag am zweiten September im neuen Zuhause feiern konnte.

In der Pension kam ihnen Frau Olsson mit besorgter Miene entgegen.

»In der Stube wartet der Hauptmann der Feuerwehr auf Sie«, begrüßte sie Clara. Sie senkte die Stimme. »Besser gesagt auf Bodil.«

Clara nickte. Sie hatte damit gerechnet, dass man das Mädchen früher oder später zu der Brandnacht befragen würde. Sie rief Bodil, die eben mit Paul die Treppe hinaufrennen wollte, zu sich.

»Bodil, du kannst gleich mit Paul spielen. Aber vorher müssen wir beide noch kurz mit einem Mann sprechen, der untersucht, warum das Sägewerk gebrannt hat.«

Bodil wich zurück und schüttelte heftig den Kopf. »Ein Polizist? Der will mich bestimmt ins Heim stecken!«

Die Panik in ihrem Gesicht erschütterte Clara. In den zurückliegenden Wochen war Bodil immer zutraulicher geworden und hatte einen gelösten Eindruck gemacht. Wie tief verwurzelt ihr Misstrauen und ihre Angst waren, wurde Clara erst in diesem Moment wieder bewusst. Sie ging in die Knie und sah ihr direkt in die Augen.

»Er ist nicht von der Polizei. Und er wird dich nicht wegbringen! Ich verspreche dir, dass ich das nicht zulassen werde!«

»Ich komme mit dir«, sagte Paul, der sich neben Bodil stellte und einen Arm um sie legte. »Wenn er dich mitnehmen will, bekommt er es mit mir zu tun.«

Clara unterdrückte ein Schmunzeln, das das Bild von Paul, der sich auf den Feuerwehrhauptmann stürzte, auslöste.

»Das ist sehr mutig von dir«, sagte sie. »Aber es wird sicher nicht nötig sein.«

Sie legte eine Hand auf Bodils Schulter und ging mit ihr in die Wohnstube. Der Hauptmann, der auf einem Sessel vor dem Kamin saß, sprang auf und verbeugte sich.

»Entschuldigen Sie die Störung. Aber es gibt noch einige Fragen und ...«

Clara nickte, deutete auf seinen Sessel und sagte: »Bitte, nehmen Sie doch wieder Platz.«

Sie selbst setzte sich mit Bodil ihm gegenüber auf ein Sofa. Paul stellte sich an Bodils Seite und musterte den Hauptmann mit zusammengezogenen Brauen. Dieser beugte sich zu dem Mädchen vor, das sich an Clara drückte.

»Hab keine Angst. Ich brauche deine Hilfe. Du bist vielleicht die Einzige, die uns sagen kann, warum es im Sägewerk gebrannt hat.«

»Ich war's nicht! Ich hab kein Feuer gemacht!«, rief Bodil.

»Das behauptet ja auch niemand«, sagte der Feuerwehrler. »Zumindest nicht mit Absicht. Aber vielleicht hattest du ja eine Kerze angezündet, bevor du eingeschlafen bist?«

»Ich dachte, das Feuer sei nicht im Bereich ausgebrochen, über dem die Kammern lagen, sondern in der Sägehalle«, sagte Clara.

»Nun, es wäre ja möglich, dass die Kleine dort gezündelt hat und dann nach oben in ihre ...«

»Nein, nein!«, schrie Bodil. »Das hab ich nicht getan. Ich hatte gar keine Kerze. Und auch keine Zündhölzer.«

»Ist ja gut, bitte beruhige dich!«, sagte der Hauptmann. »Aber vielleicht hast du etwas gesehen? Du hast ja eine Weile dort gewohnt. Ist dir mal jemand aufgefallen, der da herumgelaufen ist?«

Clara spürte, wie sich Bodil versteifte. Sie dachte an den ominösen Rauchmann, den die Kleine am Tag nach dem Brand erwähnt hatte und von dem Clara nicht wusste, ob er der Fantasie des Mädchens entsprungen oder real war. Offenbar erinnerte sich Bodil an ihr Versprechen, nichts über ihn zu sagen, denn sie schüttelte den Kopf.

»Ich hab nie wen gesehen. Außer Paul, wenn er mich besucht hat. Aber das war immer nur tagsüber.«

»Und ich hab auch nie mit Streichhölzern oder so gespielt. Das hat mir meine Mutter streng verboten!«, sagte Paul.

Der Hauptmann nickte und stand auf. »Ich danke euch.«

Clara erhob sich ebenfalls. »Es tut mir leid, dass wir Ihnen nicht weiterhelfen konnten.«

»Das hatte ich, ehrlich gesagt, auch kaum erwartet«, antwortete er. »Gehofft habe ich es natürlich«, fügte er mit einem Schulterzucken hinzu. »Aber wenn man keine Augenzeugen hat, sind solche Ermittlungen in der Regel schwierig und führen leider meist zu keinem eindeutigen Ergebnis.«

Clara begleitete ihn hinaus zur Tür. »Geht man weiterhin von Brandstiftung aus?«, erkundigte sie sich.

Der Feuerwehrhauptmann nickte. Wie sonst hätte ein Feuer ausbrechen können? Auf dem Gelände wurde ja schon lange nicht mehr gearbeitet. Es konnte sich also keine Maschine heißgelaufen haben. Auch Funkenflug von einem der benachbarten Kamine ist als Ursache so gut wie ausgeschlossen.«

»Aber warum sollte jemand mit Absicht ein Feuer gelegt haben?«, fragte Clara.

»Da gäbe es mehrere einleuchtende Gründe«, antwortete der Hauptmann. »Zum Beispiel Versicherungsbetrug. Oder persönliche Rache. Oder es war einfach nur ein Feuerteufel, dem es Vergnügen bereitet, Brände zu legen.«

»Alles keine erquicklichen Vorstellungen«, sagte Clara und verzog den Mund. »Zahlt die Versicherung denn?«

»Ich weiß es nicht. Wohl eher nicht. Nach meinem Stand der Dinge wurde nämlich noch gar keine Schadenersatzforderung eingereicht. Weder vom Vorbesitzer, der offiziell der Eigentümer war, da die entsprechenden Übertragungspapiere noch nicht unterschrieben waren. Noch vom jetzigen Besitzer.« Der Feuerwehrhauptmann öffnete die Eingangstür, setzte sich seine Dienstmütze auf und reichte Clara die Hand. »Falls dem Mädchen doch noch etwas einfallen sollte, geben Sie mir bitte Bescheid.«

»Selbstverständlich«, antwortete Clara.

Mit gemischten Gefühlen kehrte sie ins Wohnzimmer zurück, aus dem die Kinder verschwunden waren. Sie war davon ausgegangen, dass die Eigentumsverhältnisse längst geklärt waren und das Grundstück im Flanderborg Ivar Svartstein gehörte. Konnte es tatsächlich sein, dass ihr Schwiegervater das Versäumnis hatte ausnutzen wollen? Clara strich sich über die Stirn. Aber warum hatte er den Brandschaden dann nicht bei der Versicherung gemeldet? Weil er die Stadt vor dem Feuer verlassen hat und gar nichts davon wusste, überlegte sie weiter und atmete erleichtert aus. Die Unterstellung, er habe seinem alten Nebenbuhler Ivar Svartstein sein Lebenswerk nicht überlassen wollen und es deshalb den Flammen übergeben, hielt sie für unsinnig. Das passte einfach nicht zu seinem melancholischen Wesen. Es würde aber genug Leute geben, die Sverre Ordal eine solche Tat zutrauten.

Und was ist mit dem alten Gundersen? Zählt er nach wie vor zum Kreis der Verdächtigen?, fragte sie sich und beschloss herauszufinden, wo er sich in jener Nacht aufgehalten hatte.

Nicht, weil sie ernsthaft glaubte, er könne der Täter sein. Sie wollte alles tun, um seine Unschuld zu beweisen und bösen Zungen, die das Gegenteil behaupteten, den Wind aus den Segeln zu nehmen. Ob das bei Sverre Ordal gelingen konnte, bezweifelte sie. Solange sie nicht wusste, wo er und Trude sich aufhielten, gab es keine Möglichkeit, ihn zu befragen. Allmählich gab sie die Hoffnung auf, jemals wieder von den beiden zu hören. Ihrer Bitte, um Pauls willen Kontakt mit ihr zu halten, hatten sie bislang nicht entsprochen.

Clara zuckte mit den Achseln. Wenn es denn nicht sein sollte, dass sie Zugang zu Olafs Familie bekamen, musste sie das akzeptieren. Eigentlich brauchst du sie gar nicht so dringend, kam es ihr in den Sinn. Du scharst doch gerade eine eigene kleine Familie um dich. Gundersen ist ein wundervoller Großvater für Paul, in Bodil hat er eine Schwester, und Frau Olsson kann ich mir auch nicht mehr aus unserem Leben wegdenken. Beschwingt von diesem Gedanken eilte Clara in die Küche, wo die Wirtin mit der Zubereitung der Hauptmahlzeit des Tages beschäftigt war. Sie stand mit dem Rücken zur Tür am Herd und schob eben einen Bräter mit Fischauflauf ins Ofenrohr.

Noch in der Tür stehend platzte Clara heraus: »Haben Sie Lust und Zeit, am kommenden Montag Pauls Geburtstag mit uns zu feiern? Und zugleich die Einweihung unseres neuen Zuhauses?«

»Sehr gern, herzlichen Dank für diese nette Einladung«, antwortete eine männliche Stimme.

Clara machte einen Schritt in die Küche. Am Büfettschrank in der Ecke lehnte Mathis Hætta und lächelte sie an.

Clara entfuhr ein »Oh!«.

Frau Olsson drehte sich zu ihr. »Unser junger Ingenieur ist für ein paar Tage in der Stadt und hat wieder unter meinem bescheidenen Dach Logis genommen«, verkündete sie strahlend. »Obwohl man ihm eine sehr viel prunkvollere Bleibe angeboten hat.«

Mathis Hætta winkte ab. »Ich mache mir nichts aus Luxus. Nette Gesellschaft ist mir sehr viel wichtiger.«

Er suchte Claras Blick. Sie senkte rasch die Augen, murmelte etwas von »nach den Kindern sehen« und verließ fluchtartig den Raum. Am oberen Treppenabsatz machte sie schwer atmend Halt. Was ist nur los mit dir, dass er dich derart aus der Fassung bringen kann?, fragte sie sich. Vor ihr tauchte Ottilies Gesicht auf, das zu einem liebevoll-spöttischen Lächeln verzogen war.

Dat süht doch ene Blinde mem Krückstock: Du häss ding Hätz an en verlore.

36

Røros, August 1895 – Sofie

»Nein, tut mir leid, Fräulein Svartstein«, sagte die Wirtin, die vor Sofie in der Tür ihrer Pension stand. »Frau Ordal ist nicht hier. Sie ist heute Morgen in ihr Haus am Hittersjøen gezogen. Sie lässt Ihnen aber ausrichten, dass es keine Neuigkeiten gibt«, fügte sie hinzu und legte den Kopf schief. »Was immer das auch heißen mag.«

Sofie machte keine Anstalten, die Neugier von Frau Olsson zu befriedigen, und dankte Clara im Stillen für ihre Diskretion. Die Enttäuschung, wieder keinen Brief von Moritz erhalten zu haben, schnürte ihr die Kehle zu. Sie rang sich ein höfliches »Vielen Dank« ab und wandte sich zum Gehen.

»Warten Sie«, sagte Frau Olsson. »Fast hätte ich es vergessen. Paul hat Ihnen eine Botschaft dagelassen. Ich wollte sie nachher noch von meinem Knecht zu Ihnen bringen lassen. Aber jetzt kann ich sie Ihnen ja persönlich überreichen.«

Sie verschwand kurz im Haus und kehrte mit einem Umschlag zurück, den sie Sofie hinhielt.

»Der Junge hat regelrecht einen Narren an Ihnen gefressen«, sagte sie. »Er kann es jedes Mal kaum erwarten, zu Ihren Musikstunden zu gehen.«

Sofie lächelte. »Das freut mich sehr. Wobei wir wohl bald einen anderen Lehrer für ihn suchen müssen. Ich kann seinem Talent auf Dauer nicht gerecht werden. Paul braucht professionellen Unterricht.«

Frau Olsson sah sie freundlich an. »Er wird Ihnen aber auf ewig dankbar sein. Denn ohne Sie hätte er vielleicht nie erfahren, welche musikalische Gabe er hat.«

Sofie verabschiedete sich und lief langsam nach Hause. Das Lob der Wirtin versüßte die bittere Pille ein wenig, die Moritz' ausbleibender Brief ihr bereitete. Sie verbot sich, darüber nachzugrübeln, welche Gründe es dafür geben mochte, und öffnete den Umschlag, auf den Paul mit ungelenken Buchstaben ihren Namen geschrieben hatte. Darin befand sich ein zusammengefaltetes Blatt, auf das er mit Buntstiften ein Bild gemalt hatte. Es zeigte einen Tisch inmitten einer Blumenwiese, auf dem ein riesiger Kuchen stand, der mit einer 7 verziert war. Mehrere Personen saßen um den Tisch herum. Eine Sonne in der oberen rechten Ecke sandte ihre Strahlen über die Gesellschaft. Am unteren Bildrand stand:

Bite kom tsu meim Geburtsdak. Es gibd vil lekern Kuchen. Vile libe grüse von Paul

Auf die Rückseite hatte Clara Ordal geschrieben:

Liebe Sofie Svartstein,
*   ich schließe mich Pauls Bitte an und würde mich sehr freuen, wenn Sie am Montagnachmittag um drei Uhr zur Bjørkvika am Hittersjøen kommen und mit uns ein wenig seinen Geburtstag feiern. Herzliche Grüße,*
*   Clara Ordal*

P.S. Wenn Sie möchten, können Sie gern mit Frau Olsson mit der Kutsche fahren. Sie wird gegen halb drei Uhr aufbrechen.

Silje hätte über die Einladung eines Kindes und einer Frau, die als Außenseiterin betrachtet wurde, die Nase gerümpft und sie als Unverschämtheit empfunden. Sofie dagegen freute sich aufrichtig. Die Aussicht, Clara Ordal näher kennenzulernen und vielleicht eine Freundschaft mit dieser sympathischen Frau zu knüpfen, ließ sie ihre Schritte beschleunigen und vergnügt vor sich hinsummen.

In der Eingangshalle stieß sie auf ihren Vater, der kurz vor ihr nach Hause gekommen war. Sie grüßte ihn mit einem stummen Nicken und wollte nach oben in ihr Zimmer laufen. Zu ihrer Überraschung richtete er das Wort an sie. Seine Stimme klang aufgeräumt.

»Ah, Sofie! Hattest du einen schönen Tag?« Verdattert sah sie ihn an. Bevor sie antworten konnte, fuhr er fort: »Mein Kind, könntest du bitte deiner Schwester ausrichten, dass Mathis Hætta heute zum Essen zu uns kommt.«

»Gern«, antwortete Sofie. »Weiß die Köchin Bescheid?«

Ihr Vater zog die Augenbrauen hoch und warf ihr einen Blick zu, in dem etwas aufflackerte, das Sofie noch nie bemerkt hatte, wenn er sie ansah: Anerkennung.

»Du denkst mit. Das gefällt mir. Aber besondere Umstände sind nicht vonnöten. Herr Hætta hat ausdrücklich darum gebeten. Er macht sich nichts aus raffinierten Speisen und dem ganzen Schnickschnack. Es reicht also vollkommen aus, wenn ein ganz gewöhnliches Essen auf den Tisch kommt.«

Er nickte ihr zu und verschwand im Salon. Bereits in den vergangenen Tagen war Sofie die gute Laune ihres Vaters aufgefallen, die nach dem lang anhaltenden Stimmungstief, in das er seit Mitte August versunken war, wie eine laue Brise durchs Haus wehte und all seine Bewohner befreit durchatmen ließ. Für Sofie bestand kein Zweifel daran, dass sie diese Aufhellung Mathis Hætta zu verdanken hatten.

Der junge Ingenieur war in der Stadt, um mit Ivar Svartstein und anderen Partizipanten der Bergwerksgesellschaft weitere Projekte zu besprechen, die realisiert werden konnten, sobald das Wasserkraftwerk am Aursunden fertiggestellt war und

Energie lieferte. Geplant war neben der Ausstattung der wichtigsten Minen mit elektrischem Licht und der Beleuchtung der Hyttegata unter anderem eine Seilbahn. Mit ihr sollten die aus der Olavsgrube gewonnenen Erzbrocken zu einer Flotationsanlage auf dem Storwartzfeld befördert werden, wo man die kupferhaltigen Anteile mittels eines Schlämmverfahrens herauslöste, bevor sie zur Schmelzhütte in Røros weitertransportiert wurden.

Es war unübersehbar, dass ihr Vater Mathis Hætta nicht nur wegen seiner fachlichen Kompetenz schätzte, sondern ihm echte Zuneigung entgegenbrachte. Er hatte es ihm nicht einmal übel genommen, dass er seine Einladung ausgeschlagen hatte, ein komfortables Zimmer im Proviantskrivergården zu beziehen, und stattdessen einer einfachen Pension den Vorzug gab. Ihrem Vater gefielen diese Bodenständigkeit und ein Selbstbewusstsein, das den jungen Ingenieur davon abhielt, sein Fähnchen nach dem Wind zu hängen und mächtigeren Männern nach dem Mund zu reden. Als Silje sich bei ihrem Vater beschwerte, dass Mathis Hætta ihren Fragen nach seinem familiären Hintergrund auswich, gab er ihr unmissverständlich zu verstehen, dass sie ihn nicht weiter mit ihrer Neugier bedrängen solle. Mathis Hættas solide Ausbildung, das Studium im Ausland und seine tadellosen Umgangsformen sprachen dafür, dass er aus einer gut situierten Familie stammte – auch wenn sie vermutlich nicht alteingesessen war und er sie deshalb nicht erwähnte. Für Ivar Svartstein spielte Herkunft in diesem Fall keine Rolle – er hatte einen Narren an dem jungen Ingenieur gefressen.

Sofie fragte sich, ob das Wohlwollen ihres Vaters anhalten würde, wenn Mathis Hætta bei wichtigeren Dingen als der Frage der Unterbringung seinen eigenen Kopf hatte? Wenn er nicht gewillt war, als Schwiegersohn Teil der Familie Svartstein zu werden?

Während des Essens verfestigte sich Sofies Eindruck. Ihr

Vater unterhielt sich angeregt mit seinem Gast und befragte ihn zu seinen Ansichten zu den verschiedensten Themen: angefangen beim nach wie vor schwelenden Konflikt mit Schweden und der erstarkenden Unabhängigkeitsbewegung, der Mathis Hætta große Sympathie entgegenbrachte, über die norwegische Wirtschaftsentwicklung bis hin zu neuen technologischen Erfindungen wie Luftreifen für Automobile oder dem Kinematographen, der es ermöglichte, bewegte Bilder in Folge zu zeigen.

Dabei achtete Ivar Svartstein darauf, seine Älteste ins Gespräch einzubeziehen. Silje gab sich alle Mühe, den jungen Ingenieur mit ihren Kenntnissen zu beeindrucken und ihn gleichzeitig zu bezirzen. Sofie beobachtete fasziniert, wie beiläufig ihre Schwester Komplimente einfließen ließ und ebenso unaufdringlich ihre eigenen Vorzüge und Fähigkeiten erwähnte. Ihr Vater lieferte wie abgesprochen die passenden Stichwörter und sorgte dafür, dass Silje nach dem Dessert für eine musikalische Nachspeise sorgte. Während sich diese am Klavier zu einer Ballade aus der Sammlung norwegischer Volksweisen von Magnus Landsted begleitete, schielte Sofie unauffällig zu Mathis Hætta hinüber. Sie hätte eine Krone dafür gegeben, in seinen Kopf sehen zu können. Schmeichelten ihm das Interesse und die Aufmerksamkeit, die ihm entgegengebracht wurden? Die höfliche Miene, mit der er Siljes Darbietung verfolgte, verriet nichts darüber, was er für die Tochter seines Gastgebers empfand.

Als Ivar Svartstein später Kaffee und Gebäck im Salon servieren ließ, setzte sich Mathis neben Sofie. Während des Essens hatte er kaum ein Wort an sie gerichtet, zu sehr hatten ihn ihr Vater und Silje in Beschlag genommen. Diese zog unwillig die Brauen zusammen, als Mathis ihre einladende Geste übersah, neben ihr auf dem Sofa Platz zu nehmen. Sofie versteifte sich. Silje – und damit auch ihrem Vater – in die Quere zu kommen war das Letzte, was sie wollte.

»Ich habe gehört, dass Sie einen sehr begabten Schüler

haben«, sagte Mathis und sah sie mit seinen graublauen Augen aufmerksam an.

»Äh, woher … äh, ich meine … wen meinen Sie?«, stammelte sie und senkte den Blick.

»Was für einen Schüler?«, fragte Silje.

Sofie presste die Lippen zusammen und wünschte sich weit weg. Bislang wussten weder ihr Vater noch ihre Schwester von ihrem Kontakt zu Clara Ordal oder von dem Musikunterricht, den sie Paul gab.

Auch vom Besuch der jungen Witwe bei ihr ahnten sie nichts. Ullmann, der sie damals hereingelassen hatte, hatte es seinem Herrn gegenüber nie erwähnt, wofür ihm Sofie sehr dankbar war. Die Tatsache, dass sie sich ausgerechnet dem Sohn der Frau widmete, die – wenn auch gänzlich ohne Absicht – die Pläne Ivar Svartsteins für die Verheiratung seiner Ältesten zunichtegemacht hatte, würden die beiden als unerhörte Taktlosigkeit wenn nicht gar als Verrat empfinden.

Mathis Hætta schien ihr Unbehagen zu bemerken. Bevor Silje nachhaken konnte, schlug er sich mit einer Hand vor die Stirn und rief: »Verzeihung, ich habe da etwas durcheinandergebracht. Meine Wirtin erzählte mir, dass Sie eine Leihbücherei eingerichtet haben. Und da sie sich in der Schule befindet, dachte ich für einen Moment, Sie würden dort als Lehrerin arbeiten.«

Sofie biss sich auf die Zunge. Um sie aus der Bredouille zu holen, hatte er sich selbst in die Nesseln gesetzt. Silje warf Mathis einen befremdeten Blick zu. Auch ihr Vater, der sich in seinen Sessel zurückgelehnt hatte und eben die umständliche Prozedur des Auswählens, Anschneidens und Anrauchens einer Zigarre beendet hatte, zog die Augenbrauen hoch.

»Es ist durchaus löblich, dass sich heutzutage junge Frauen berufen fühlen, sich vor ihrer Ehe pädagogisch zu betätigen und sich der Bildung von Kindern anzunehmen«, sagte er und sog an seiner Havanna. »Zumal Mädchen aus weniger gut gestellten Familien, die so ihren eigenen Lebensunterhalt verdienen können und ihren Eltern nicht zur Last fallen. Aber meine Töchter haben das Privileg, sich nach ihren Neigungen richten und sich den Dingen widmen zu können, die ihnen am Herzen liegen – ohne die Notwendigkeit, damit Geld verdienen zu müssen.«

Mit angehaltenem Atem linste Sofie zu Mathis. Falls ihm bewusst war, dass er ins Fettnäpfchen getreten war, indem er die Tochter seines Gastgebers der Ausübung eines schnöden Geldberufs bezichtigt hatte, ließ er sich das nicht anmerken. Mit einem freundlichen Lächeln zuckte er die Schultern.

»Selbstverständlich ist es wunderbar, wenn man nicht aus Not heraus arbeiten muss, um sich irgendwie über Wasser zu halten. Ich persönlich bin aber der Ansicht, dass es nichts Beglückenderes gibt als die Möglichkeit, in seinem Beruf Erfüllung und Anerkennung zu finden.«

»Wieso das aber?«, fragte Ivar Svartstein. »Ich lehne mich gewiss nicht zu weit aus dem Fenster, wenn ich behaupte, dass das auch für die allermeisten Frauen zutrifft, die sich um die Erziehung ihrer Kinder und einen gut geführten Haushalt kümmern.«

Mathis verengte seine Augen. »Sie mögen recht haben. Ich hoffe es sogar, dennoch denke ich . . .«

Silje stellte ihr Mokkatässchen mit einem Klirren ab und sah Mathis empört an. »Ich bitte Sie! Wir Frauen tragen eine große Verantwortung. Ohne uns würde unsere Gesellschaft nicht funktionieren.«

Mathis deutete eine Verneigung in ihre Richtung an. »Da widerspreche ich Ihnen sicher nicht! Aber wir leben nun einmal in einer Welt, in der Anerkennung meistens in Form von finanzieller Entlohnung geschieht und . . .«

»Ein guter Ehemann wird wohl nicht zögern, seine Frau mit ausreichenden Mitteln zu versehen und ihr freie Hand bei der

Ausstattung ihrer Garderobe, der Gestaltung des gemeinsamen Heims und den Belangen der häuslichen Wirtschaft zu lassen.«

Sofie sah, wie sich Mathis' Mund zu einem winzigen Lächeln verzog. Vermutlich amüsierte ihn die Reihenfolge von Siljes Aufzählung.

»Ich stehe nicht an, allen Frauen dieser Erde solche Männer zu wünschen!«

Sofie entfuhr ein Kichern. Silje schob die Unterlippe ein wenig nach vorn.

Mathis hob beschwichtigend eine Hand und fuhr ernst fort: »Das Problem liegt doch tiefer. Geld sichert ja nicht nur die materielle Existenz, sondern bedeutet Einfluss und Macht. Denken Sie nur an das eingeschränkte Wahlrecht, das weniger Begüterten den Zugang zu politischen Abstimmungen und damit zur Gestaltung des gesellschaftlichen Lebens verweigert.«

Siljes Miene verschloss sich. Mathis rutschte auf seinem Sessel nach vorn.

»Und vergessen Sie nicht«, sagte er, »dass Geld unabhängig macht. Vermutlich ist das der Grund, weshalb man Frauen gemeinhin den freien Zugang dazu verwehrt.«

Silje schüttelte den Kopf.

Sofie räusperte sich und sagte leise: »Immerhin wurde vor sieben Jahren hierzulande das Ehegesetz geändert und den Frauen das Recht auf eigenen Besitz zugestanden.«

Mathis drehte sich zu ihr. »Das war ja wohl längst überfällig. Aber Sie haben recht, man sollte sich über jeden noch so kleinen Schritt freuen, der in die richtige Richtung geht.«

»Sie würden es also Ihrer Frau gestatten, einen Beruf auszuüben?«, fragte Sofie.

Mathis strich sich mit zwei Fingern über eine seiner geraden Augenbrauen.

»Gestatten? Mit Verlaub, aber allein diese Formulierung

spricht doch Bände. Warum soll ein vernunftbegabtes Wesen nicht selbst darüber entscheiden dürfen?«

Ivar Svartstein, der die Wendung, die das Gespräch in den vergangenen Minuten vollzogen hatte, mit Stirnrunzeln verfolgt hatte, streifte die Asche seiner Zigarre ab und beugte sich zu Mathis vor.

»Mein lieber junger Freund! Ihr Idealismus und ihre Großzügigkeit in allen Ehren. Aber glauben Sie einem alten Mann wie mir, der genug Erfahrungen gesammelt hat, um eines mit Sicherheit sagen zu können: Die Behauptung, Frauen und Männer wären gleich, wie uns einige Wirrköpfe neuerdings glauben machen wollen, ist Humbug. Ich gehe als aufgeklärter Mann nicht so weit, sie als Lästerung der göttlichen Weltordnung zu bezeichnen. Aber die Unterschiede zwischen den Geschlechtern leugnen zu wollen ist schlicht unsinnig.«

»Das hatte ich auch nie vor«, sagte Mathis.

Ivar Svartstein klopfte ihm aufs Knie und ließ sich wieder in seinen Sessel zurückfallen. »Vernünftiger Mann! Kommen Sie, lassen Sie uns den Port probieren. Ich habe gestern eine neue Lieferung erhalten.« Er nickte Silje zu, die beflissen aufstand und eine Karaffe mit einer dunkelroten Flüssigkeit von einem Serviertischchen holte, das etwas abseits stand.

Sofie war sicher, dass Mathis noch einiges zu dem Thema hätte sagen können. Zu ihrem Bedauern verzichtete er jedoch darauf. Sie hätte gern mehr von seinen Gedanken zu diesen Fragen erfahren.

»Wann kehren Sie denn zu Ihrer Baustelle zurück?«, fragte Silje und reichte ihm ein geschliffenes Kristallglas, das sie für ihn eingeschenkt hatte.

»Eigentlich wollte ich übermorgen fahren. Aber nun werde ich doch erst am Dienstag aufbrechen. Ich habe nämlich meiner Wirtin versprochen, sie am Montagnachmittag zu einer Geburtstagsfeier zu kutschieren.«

Der Keks, den Sofie sich eben genommen hatte, fiel ihr aus der Hand und landete auf dem Teppich zu ihren Füßen. Ihr wurde kalt. Das konnte kein Zufall sein.

»Tollpatsch«, zischte Silje.

Mathis zwinkerte Sofie zu, bückte sich und hob das Plätzchen auf. Sie sah ihn eindringlich an und beschwor ihn innerlich: Sag den Namen nicht! Erwähne Clara und ihren Sohn nicht! Mathis verzog fragend die Stirn.

»Sie sind wirklich ein Gentleman«, sagte Silje. »Ihre Wirtin kann sich glücklich schätzen, so einen zuvorkommenden Gast zu beherbergen.«

»Das ist doch keine große Sache«, antwortete Mathis. »Außerdem freue ich mich selbst auf diesen Ausflug.«

»Wo findet diese Feier denn statt?«, wollte Silje wissen.

»Sei doch nicht so neugierig«, sagte Sofie.

Silje blitzte sie wütend an. Mathis zuckte mit den Schultern.

»Es ist doch kein Staatsgeheimnis«, sagte er. »Wobei ich nicht glaube, dass Sie die Gastgeberin kennen. Sie ist erst vor knapp drei Monaten hierhergezogen. Clara Ordal heißt sie.«

Sofie unterdrückte ein Stöhnen. Silje zuckte zusammen und wechselte einen Blick mit ihrem Vater, der die Augenbrauen zusammenzog.

»Woher kennen Sie die Dame?«, fragte er.

»Sie hat auch in der Pension von Frau Olsson gewohnt. Dort sind wir uns begegnet«, antwortete Mathis.

Silje hatte ihre Fassung wiedererlangt. »Sie haben recht. Ich habe Frau Ordals Bekanntschaft noch nicht gemacht.«

»Das sollten Sie unbedingt nachholen«, sagte Mathis. »Sie ist eine sehr angenehme Person.«

Sofie sah, wie ihre Schwester sich versteifte. Es muss sie ungeheure Anstrengung kosten, ihre Selbstbeherrschung zu wahren, dachte sie. Merkt Mathis denn gar nicht, in welches Wespennest er da gestochen hat? Clara Ordal zu loben ist so

401

ziemlich das Unverzeihlichste, was er in Siljes Augen tun kann.

Diese ging über Mathis letzte Äußerung hinweg und hielt ihm mit einem zuckersüßen Lächeln eine Schale mit kandierten Blaubeeren hin. »Die habe ich selber gepflückt.«

Sofie konnte nicht umhin, ihre Schwester zu bewundern. *Sie* sollte eine Rolle in dem Theaterstück übernehmen, dachte sie. An ihr ist eine Schauspielerin verloren gegangen: Sie kann lügen wie gedruckt, ohne das geringste Anzeichen von Verlegenheit. Und sie kann sich ausgezeichnet verstellen. Wenn ich es nicht besser wüsste, würde ich nie auf den Gedanken kommen, dass sie sehr verärgert ist. Ich muss Clara warnen, schoss es ihr durch den Kopf. Sollte Mathis auch nur das geringste Interesse an der jungen Witwe bekunden, wird Silje sie das bitter büßen lassen.

37

Røros, September 1895 – Clara

Der zweite September versprach ein sonniger Tag zu werden. Als Clara frühmorgens die Fensterläden ihres Schlafzimmers öffnete, waberten noch Nebelschleier über dem See. Sie würden sich im Laufe des Vormittags auflösen und den Blick auf einen wolkenlosen Himmel freigeben, den sie bereits jetzt erahnen konnte. In der Luft lag eine frostige Note, die an den bevortehenden Winter gemahnte, und die Halme der Gräser waren weiß vom Raureif. Clara war dennoch zuversichtlich, dass sie den Kaffeeklatsch am Nachmittag auf der Wiese vor dem Haus abhalten konnten – so wie es Paul auf seinem Bild für Sofie Svartstein gemalt hatte. Die Sonne hatte noch genug Kraft und würde der kleinen Geburtstagsgesellschaft angenehme Wärme spenden.

Clara war froh, ihre Gäste nicht im Haus empfangen zu müssen. Seit sie und die Kinder zwei Tage zuvor eingezogen waren, hatte sich das Chaos zwar etwas gelichtet, aber von einem gemütlichen Daheim konnte noch keine Rede sein. Paul und Bodil fanden großen Gefallen daran, in Ermangelung von Stühlen auf Kisten am Tisch zu sitzen, von nicht zueinander passenden Tellern zu essen, die teilweise angeschlagen waren, auf Strohsäcken zu schlafen und Wasser mit Eimern in die Küche zu schleppen. Für sie war das alles ein großartiges Abenteuer, das ihre Fantasie anregte. Sie spielten Entdecker, die in einem fernen Land ein verwunschenes Schloss erkundeten, in dem es von gefährlichen Monstern und geheimnisvollen Kammern nur so wimmelte, und wuselten von früh bis spät im Haus und den Nebengebäuden herum. Zwischendurch halfen sie dem alten Gundersen. Sie rechten das Heu zusammen, als er die Wiese mit einer Sense mähte, ölten quietschende Scharniere und Türangeln, schmirgelten die Holzteile glatt, aus denen er Stühle und Schemel schreinerte, und schichteten an der Wand eines Schuppens das Brennholz auf, das er in handliche Scheite zerhackt hatte. Clara weißelte derweil die Zimmerwände, hängte die Vorhänge auf, die Frau Olsson für sie genäht hatte, und kümmerte sich um die Mahlzeiten und den Abwasch.

Am frühen Nachmittag rannten die Kinder immer häufiger hinauf zur Landstraße und hielten nach der Kutsche Ausschau, mit der Frau Olsson, Sofie Svartstein und Mathis Hætta aus der Stadt kommen wollten. Clara ertappte sich dabei, wie sie sich in einer Fensterscheibe spiegelte, ihre Frisur zurechtzupfte und sich in die Wangen kniff, um ihnen mehr Farbe zu geben. Rasch wandte sie sich ab und eilte mit einer Girlande aus Papierblumen hinaus, die sie zwischen zwei Büschen hinter dem Tisch aufspannen wollte. Der Gedanke, Mathis Hætta wiederzusehen, machte sie nervös und erfüllte sie gleichzeitig mit einer Freude, die sie am liebsten laut singend kundgetan hätte.

»Sie kommen, sie kommen!«

Mit diesem Ruf stürzten Paul und Bodil herbei und hüpften aufgeregt um Clara herum.

»Wascht euch bitte die Hände«, sagte sie und scheuchte die beiden ins Haus. Sie band sich die Schürze ab und winkte Gundersen zu, der eben einen fertiggestellten Stuhl aus seinem Werkschuppen trug.

»Genug gearbeitet. Jetzt wird gefeiert. Unsere Gäste sind gleich da.«

Oben an der Straße hielt ein Wagen, aus dem zwei Frauen stiegen. Clara runzelte die Stirn. Warum fuhr Mathis Hætta nicht bis zum Haus? Die Kutsche wendete und entfernte sich wieder Richtung Røros, während Frau Olsson und Sofie Svartstein das Tor in der Mauer öffneten und das Grundstück betraten. Clara lief ihnen entgegen.

»Herzlich willkommen!«, rief sie und nahm Frau Olsson einen Korb ab, in dem diese die Torte für Paul verstaut hatte. Die Wirtin und Sofie schleppten gemeinsam einen zweiten Korb mit Geschenken zu einem kleinen Tisch, den Clara neben der Geburtstagstafel aufgestellt hatte. Darauf lagen neben einem Einweckglas, in das sie einen bunten Wiesenblumenstrauß gesteckt hatte, die eingepackten Geschenke von ihr und Gundersen.

»Herr Hætta lässt Grüße ausrichten«, sagte Frau Olsson. »Er wollte uns ja eigentlich begleiten. Aber vor zwei Stunden kam ein Bote von der Baustelle und hat ihn dringend nach Glåmos zurückbeordert. Irgendetwas scheint da schiefgelaufen zu sein, was seine Anwesenheit erfordert.«

Kam es Clara nur so vor, oder warf ihr Sofie Svartstein einen prüfenden Blick zu, als wolle sie herausfinden, wie sie auf diese Nachricht reagierte?

»Oh, wie schade!«, rief Paul, der eben mit Bodil aus dem Haus gerannt war. »Er hat uns versprochen, uns Pfeil und Bogen zu basteln. Wir hatten uns sooo darauf gefreut, nicht wahr, Bodil?«

Er drehte sich zu dem Mädchen, das auf halbem Wege stehengeblieben war und Sofie Svartstein mit zusammengekniffenem Mund beäugte.

»Er wird sein Versprechen sicher irgendwann einlösen, wenn er Zeit hat«, sagte Clara und streichelte Pauls Wange.

»Auf jeden Fall!«, sagte Frau Olsson. »Er hätte dir wirklich gern persönlich gratuliert.« Sie kramte in dem Korb mit den Geschenken. »Das hier ist von ihm«, fuhr sie fort und hielt Paul eine längliche Schachtel hin, um die eine Schleife gebunden war.

Während sie die anderen Päckchen auf dem Gabentisch verteilte, öffnete Paul die Schachtel und wurde bleich. Seine Augen weiteten sich.

»Sieh nur, Mama«, hauchte er und hielt ihr das Geschenk von Mathis hin. Seine Hand zitterte. Selten hatte Clara ihn so ergriffen erlebt.

»Ein echtes Bowiemesser!«

In seiner Stimme schwang Ehrfurcht. Er zog den aus Hirschhorn gefertigten Griff aus der Lederscheide und präsentierte den anderen die breite, vorn wie ein Entenschnabel nach oben gebogene Klinge. Sein Name war darin eingraviert.

»Das ist wirklich ein großartiges Geschenk«, sagte Frau Olsson und zauste Pauls Haare.

»Er hat dir noch etwas geschrieben«, sagte Clara und deutete auf ein zusammengefaltetes Papier am Boden der Schachtel.

»Kannst du es mir vorlesen, Mama?«, fragte Paul.

Clara nickte und kam seiner Bitte nach: »Lieber Paul, dieses Messer habe ich auf meinen Reisen in Amerika einem alten Pelztierjäger abgekauft, als der sein Trapperleben an den Nagel hängte und in einer kleinen Stadt einen Laden eröffnete. Es hat mir gute Dienste erwiesen und könnte Dir so manches Abenteuer erzählen. Ich freue mich, wenn es jetzt Dir gehört und Dir nützlich ist. Alles Gute zum Geburtstag wünscht Dir Mathis.«

Clara legte den Brief auf den Gabentisch und bat ihre Gäste, sich zu setzen. Frau Olsson hatte eine prächtige Mandelbaisertorte ausgepackt und sieben Kerzen hineingesteckt. Sofie lief zu Bodil, ging vor ihr in die Hocke und redete leise auf sie ein. Clara schnappte ein paar Wortfetzen auf. Offenbar bat sie die Kleine darum, bei irgendetwas mitzuwirken. Bodil behielt ihre abweisende Miene bei, folgte Sofie aber an den Tisch und stellte sich zwischen die Stühle von ihr und Frau Olsson. Die drei nickten einander zu und begannen zu singen:

»Ja, må han leve,
Ja, må han leve,
Ja, må han uti hundrede år!

Javisst skal han leve,
Javisst skal han leve,
Javisst skal han leve uti hundrede år! HURRA!«

Clara kannte die Melodie. Es war die Gleiche wie von »Hoch soll er leben«. Als die Strophe wiederholt wurde, stimmte sie mit ein, Gundersen brummte den Bass dazu.

Nach dem letzten Hurra! klatschte Paul in die Hände, blies die Kerzen aus und schnitt die Torte mit seinem neuen Messer an.

Knapp drei Stunden später standen Clara, Paul, Bodil und Gundersen am Tor zur Straße und winkten der *stolkjærre* nach, die Frau Olsson und Sofie zurück nach Røros brachte. Die Wirtin hatte dem Mietkutscher auf dem Hinweg gesagt, dass seine Dienste später am Nachmittag erneut benötigt würden. Die Zeit bis dahin war im Nu verflogen. Nach dem Kaffeeklatsch und dem Auspacken der Geschenke hatten sie erst *Svarteper* (Schwarzer Peter) und später Scharade gespielt. Dabei hatten sie verschiedene Wortspiele oder Gestalten aus Märchen und Sagen pantomimisch dargestellt, was immer wieder in ausgelassenem Gelächter mündete. Anschließend versuchten sie sich an Zungenbrechern, die zu Pauls Erheiterung auf Norwegisch *tungekrøll*, also wörtlich Zungenglocke oder Zungengeschnörkel genannt wurden.

Es war Sofie zu verdanken, dass Bodil, die sich zunächst scheu im Hintergrund gehalten hatte, zunehmend auftaute. Sofie hatte sich von der offen zur Schau getragenen Ablehnung des Mädchens nicht beirren lassen. Sie bezog Bodil in die Spiele und Späße mit ein, indem sie sie um Rat fragte oder sie bat, mit ihr eine Scharadenmannschaft gegen Frau Olsson, die sich mit

Gundersen zusammentat, und Paul und Clara zu bilden. Dabei biederte sie sich weder an, noch behandelte sie das Kind gönnerhaft. Im Laufe des Nachmittags fiel es Bodil zusehends schwer, ihre abweisende Haltung beizubehalten. Als sich Sofie verabschiedete, hatte die Kleine verkündet, Paul künftig zu seinen Musikstunden begleiten zu wollen.

Während der alte Gundersen, der die fröhliche Gesellschaft sichtlich genossen und sich im Lauf des Nachmittags angeregt mit Frau Olsson unterhalten hatte, dieser half, ihre Körbe zur Straße zu tragen, war Clara zu Sofie getreten und hatte ihr für ihren einfühlsamen Umgang mit Bodil gedankt. Sie wusste, dass es Paul viel bedeutete, wenn zwischen seiner Lehrerin, die er sehr verehrte, und seiner Freundin Einvernehmen herrschte. Sofie hatte abgewunken und sich für die fröhlichen Stunden bedankt. Clara konnte sich des Eindrucks nicht erwehren, dass Sofie ihr noch etwas anderes sagen wollte, und hatte sie ermuntert, sich ihr anzuvertrauen und frei heraus zu sprechen. Sofie hatte den Kopf geschüttelt, gemurmelt: »Ich sehe gewiss Gespenster und mache mir ganz unnötig Sorgen«, und war zur Kutsche geeilt, die mittlerweile vor dem Grundstück eingetroffen war.

Beim Abräumen des Tisches fragte sich Clara, was Sofie auf dem Herzen lag. Hing es mit diesem deutschen Adligen zusammen, der sich in Schweigen hüllte und nicht auf Sofies Brief antwortete? Nein, dazu passte deren letzte Bemerkung nicht. Es hatte eher danach geklungen, als machte sie sich um Clara Gedanken. Aber warum? Clara zuckte die Achseln und faltete das Bettlaken, das sie als Tischtuch benutzt hatte, zusammen. Hoffentlich kommen bald unsere Sachen aus Hamburg, dachte sie. Dann haben wir endlich ausreichend Wäsche, Handtücher und Bettzeug, und ich kann die geliehenen Sachen an Frau Olsson zurückgeben.

Gegen acht Uhr abends schloss Clara die Tür zu dem Zimmer, das sich Paul und Bodil teilten. Die beiden waren ohne Bettelei, länger aufbleiben zu dürfen, ins Bett gegangen – erschöpft und erfüllt von den Eindrücken des Tages. Der alte Gundersen hatte sich schon früher in seine Kammer zurückgezogen, wo er für gewöhnlich noch eine Weile herumwerkelte, Löffel und andere nützliche Gegenstände schnitzte oder irgendetwas reparierte. Es fiel ihm schwer, untätig herumzusitzen und die Hände in den Schoß zu legen.

Clara ging nach unten in die Küche. Sie wollte an Ottilie schreiben, bevor sie sich schlafen legte. Ihre Freundin hatte Pauls Geburtstag nicht vergessen und ihm ein illustriertes Liederbuch und eine Hand voll Zuckerstangen an die Adresse der Pension geschickt. Frau Olsson hatte das Päckchen mitgebracht. Für Clara war ein dicker Brief darin gewesen, in dem Ottilie in ihrer launigen Art über die Neuigkeiten aus der Heimat berichtet und viele Fragen zum norwegischen Alltag ihrer Freundin gestellt hatte.

Clara legte Papier und Stift auf den Küchentisch und trat ans Fenster. Draußen wurde es langsam dunkel. Am Himmel zogen Wolken auf, die von der untergehenden Sonne rot-orange eingefärbt wurden. Ein Pärchen dunkelgraue Zwerggänse, deren weiße Blessen über den Schnäbeln leuchteten, landete mit schrillen Rufen auf dem See, und von der Straße schallte das Geklapper von Hufen herüber, die sich Richtung Stadt entfernten und leiser wurden, bis nur noch das Rauschen des Windes in den Blättern der Bäume auf der Wiese zu hören war. Und ein Muhen. Clara stutzte, hielt den Atem an und lauschte. Wieder drang der Laut an ihr Ohr. Vom Fenster aus konnte sie nichts sehen. Sie verließ die Küche und öffnete die Haustür. Direkt an der Wand stand eine zierliche weiße Kuh mit schwarzem Maul, Ohren und Flanken. Sie war mit einem Strick an der Bank angebunden, die Gundersen ein paar Tage zuvor dort aufgestellt hatte.

»Wo kommst du denn auf einmal her?«, fragte Clara und sah das Tier ratlos an. »Wer hat dich hergebracht?«

Die Kuh rieb sich die Stirn an der Banklehne und muhte. Clara spähte in die Dämmerung und entdeckte eine Gestalt, die zügig zum Tor in der Mauer lief. Clara rannte ihr hinterher.

»He, hallo, warten Sie!«

Die Gestalt blieb stehen und drehte sich um. Es war die Hirtin, der Clara einige Tage nach dem Brand begegnet war. Sie trug wieder den weiten Mantel und den Männerhut mit der breiten Krempe.

»Ah, bist doch wach. Dachte, ihr schlaft schon alle. Hab kein Licht gesehen.«

Clara rieb sich die Schläfe. »Aha. Aber wieso haben Sie die Kuh dort angebunden?«

»Kinder brauchen frische Milch.«

Clara starrte die Frau an. Sie wusste nicht, was sie von ihr halten sollte. Wie kam sie dazu, einer wildfremden Person spontan eine Kuh zu bringen? Hatte die Einsamkeit sie ein wenig verschroben gemacht?

»Keine Sorge, hab meine fünf Sinne noch beisammen«, sagte die Frau und hielt Clara ihre Rechte hin. »Ich heiße Siru.«

Clara nahm die Hand, die sich warm und fest um ihre schloss. »Ich bin Clara Ordal.«

»Ich weiß«, sagte Siru. »Wollte schon früher vorbeikommen und deinem Jungen gratulieren. Waren aber zu viel Leute aus der Stadt da. Stellen gern dumme Fragen. Kann ich nicht gebrauchen.«

»Woher wussten Sie, dass Paul ...«, begann Clara.

Siru winkte ab. »Weiß es eben. Und hör bitte auf, mich zu siezen. Ist mir unangenehm. Fühle mich dann so förmlich.«

»Wie Sie ... äh ... du möchtest«, sagte Clara.

Ihr war ein wenig schwindelig. Einen kurzen Moment lang spielte sie mit dem Gedanken, dass sie unter Halluzinationen litt. Vielleicht war Siru eine Einbildung – inspiriert von den Wesen aus den Sagen, die sie den Kindern jeden Abend vorlas? Ein menschenscheues Nisserweibchen oder eine Waldfee? Das Muhen der Kuh holte sie in die Wirklichkeit zurück. Das Tier war real.

»Ich kann die Kuh nicht annehmen«, sagte sie. »Das ist ein viel zu großes Geschenk.«

Siru zuckte mit den Schultern. »Dann nimm sie als Leihgabe. Ihr werdet sie brauchen.«

Ohne Claras Antwort abzuwarten, drehte sie sich um und tauchte in die Dunkelheit, die sich mittlerweile auf die Wiese herabgesenkt hatte.

»Aber ich kann gar nicht melken!«, rief Clara und streckte einen Arm aus, wie um Siru zurückzuholen. »Bitte, kommen Sie zurück!«

Sie verengte ihre Augen und spähte in die Richtung, in der Siru verschwunden war. Nichts rührte sich, keine Schritte waren zu hören. Nur ein leises Lachen, das sich mit dem Säuseln des Windes mischte. Clara ließ den Arm sinken und lief zum Haus. Hoffentlich weiß Gundersen, wie man mit einer Kuh umgeht, dachte sie. Sie schaute zum Fenster seiner Kammer hinüber. Hinter dem Laden, dessen Holz einige Risse aufwies, war es dunkel. Gundersen war bereits zu Bett gegangen. Sofie überlegte kurz, ob sie ihn wecken sollte. Nein, der Tag war für den alten Mann anstrengend genug gewesen.

Die Kuh stand mit gesenktem Kopf neben der Bank. Clara blieb einige Schritte von ihr entfernt stehen und schaute sie unsicher an.

»Was mach ich bloß mit dir?«, fragte Clara. »Ich hoffe, du bist nett und beißt nicht.«

»Nein, die ist ganz lieb«, sagte eine helle Stimme.

Erst jetzt sah Clara, dass Bodil halb verdeckt von der Bank vor der Kuh kauerte.

»Ich hab sie muhen hören und bin aufgewacht. Wo kommt sie her?«

»Jemand hat sie uns geschenkt. Damit wir immer frische Milch haben. Aber ich glaube nicht, dass wir sie behalten können.«

»Warum nicht?«

»Sie würde sich nicht wohlfühlen bei uns. Ich weiß nämlich gar nicht, was so eine Kuh alles braucht und wie man sie versorgt. Oder melkt.«

»Aber ich weiß das«, sagte Bodil. »Bei meiner Tante habe ich immer den Stall ausgemistet und die Kühe gemolken.«

Sie stand auf, stellte sich vor Clara und fasste nach ihrer Hand. »Bitte, darf ich mich um sie kümmern?«

Clara schluckte die zweifelnde Bemerkung herunter, die ihr auf der Zunge lag. Sie spürte, wie ernst es dem Mädchen war. Sollte sich herausstellen, dass es den Mund zu voll genommen hatte, konnten sie immer noch überlegen, was mit dem Tier geschehen sollte.

»Gut. Jetzt müssen wir aber einen Platz für sie finden. Im Stall steht noch alles mögliche Gerümpel, da kann sie nicht hinein.«

»Sie kann erst mal draußen bleiben«, sagte Bodil. »Diese Kühe frieren nicht so schnell, nicht wahr, *Svarthvit?*

»Svarthvit?«, fragte Clara.

»Ja, so hab ich sie genannt. Weil sie schwarz und weiß ist.«

»Das ist ein guter Name. Dann sag Svarthvit jetzt gute Nacht. Höchste Zeit, dass du wieder ins Bett kommst!«

»Paul hat recht. Du bist wirklich die Beste!«, sagte Bodil leise.

Sie streichelte die Kuh am Hals, flüsterte ihr etwas ins Ohr und sprang die Treppe hinauf zur Eingangstür.

Clara folgte ihr langsam. Der Brief an Ottilie würde länger als geplant. Es gab so vieles zu erzählen von diesem neuen Leben, in dem an jeder Ecke eine Überraschung zu warten schien. Hätte man Clara im Mai gesagt, dass sie keine vier Monate später die alleinige Besitzerin eines Hauses samt stattlichem Grundstück und einer Kuh wäre und sich für das Wohl nicht nur ihres eigenen Sohnes, sondern darüber hinaus für das eines kleinen Mädchens und eines einsamen alten Mannes verantwortlich fühlen würde, hätte sie vermutlich herzlich über diese absurde Vision gelacht. Unendlich fern schien ihr in diesem Moment ihr Bonner Leben. War sie wirklich noch dieselbe Clara? *Sischer dat, Schnüggelche*, hörte sie Ottilie sagen. Du brauchst doch immer wen zum *Betüddele*. Clara schmunzelte und beeilte sich, in die Küche zu kommen und der Freundin zu schreiben.

38

Røros, Oktober 1895 – Sofie

Der Herbst zog ins Land. Er färbte die Blätter der Birken gelb und die Torfmoose rot, ließ die Preiselbeeren reifen, füllte die Luft mit den Schreien der Graugänse, die sich auf den Weg in den Süden machten, und fegte erste Schneeschauer über die Hochebene. Die Arbeiter waren längst in ihre Gruben und Schmelzhütten zurückgekehrt und schufteten in langen Schichten unter Tage oder vor glühenden Öfen. In den Scheunen der Bauern lagerte nach Kräutern duftendes Heu, in den Vorratskammern stapelten sich Käse, Marmeladen, eingemachtes Gemüse, getrocknete Pilze und geräucherte Schinken und Würste, und aus den Flüssen und Seen brachten die Angler reiche Beute nach Hause.

Im fernen Christiania fand ein Regierungswechsel statt, nachdem sich die bestehende Koalition als nicht handlungsfähig erwiesen hatte. Mit Billigung des schwedischen Königs wurde der *Høyre*-Abgeordnete Francis Hagerup zum Ministerpräsidenten, der einem Bündnis aus Konservativen und gemäßigten Liberalen vorstand. Im Gegensatz zu seinem Vorgänger im Amt war er sehr königstreu und nicht an einer Loslösung aus der Union mit Schweden interessiert – was den Konflikt um eigene Auslandsvertretungen Norwegens entschärfte und die aufgeheizte Atmosphäre abkühlte.

Ivar Svartstein hatte das Wahlergebnis mit einem zufriedenen Brummen zur Kenntnis genommen. Er war Hagerup, der in Trondheim aufgewachsen war, in jungen Jahren im Haus seines Schwiegervaters Roald Hustad begegnet und schätzte den studierten Juristen als besonnenen und klugen Kopf. Seine Sorge, es könnte zu einer kriegerischen Auseinandersetzung mit

Schweden kommen, verflüchtigte sich. Dass die norwegische Regierung nach wie vor an ihrem massiven Aufrüstungsvorhaben festhielt, war für ihn kein Widerspruch. Eine selbstbewusste Nation sollte nach seinem Dafürhalten in der Lage sein, sich selbst zu verteidigen.

Ein anderes Thema, das im Oktober ausführlich in den Zeitungen besprochen wurde, entlockte Sofie und Siljes Vater dagegen ein abfälliges Schulterzucken: Erstmals waren Frauen zu einer Wahl aufgerufen. Bei lokalen Abstimmungen über das Verbot des Alkoholverkaufs durften sie – auf ausdrücklichen Wunsch der Behörden – ihre Stimme abgeben. Uneigennützig geschah das nicht, im Gegenteil, die Damen waren Stimmvieh für die gute Sache – in diesem Fall einer deutlichen Reduzierung des Alkoholkonsums. Da Frauen in dieser Frage ausnahmsweise als vernünftiger als die Herren der Schöpfung galten, sollten sie mitwählen und verhindern, dass ihre »versoffenen« Ehemänner, Väter und Brüder den ungehinderten Zugang zu Spirituosen und anderen geistigen Getränken durchsetzten.

Im Hause Svartstein wurde Für und Wider eines solchen Verbots, das andernorts die Gemüter erregte und zu hitzigen Debatten führte, kaum diskutiert. Sofie war mit ihren neunzehn Jahren zu jung für den Urnengang, der unabhängig vom Geschlecht erst ab dem fünfundzwanzigsten Lebensjahr erlaubt war. Silje, die zwar das Recht zum Wählen gehabt hätte, interessierte sich nicht für derartige Nichtigkeiten. Sie war vollauf damit beschäftigt, sich Strategien auszudenken, wie sie Mathis Hætta in den bevorstehenden Wintermonaten, in denen er sich überwiegend in Røros aufhalten würde, umgarnen und für sich gewinnen konnte.

Ihr Vater war kein Freund übermäßiger Einmischung seitens des Staates in die privaten Angelegenheiten seiner Bürger – führten derartige Bevormundungen seiner Meinung nach doch meistens dazu, dass sich die Leute illegal beschafften, was ihnen verwehrt wurde. Was wiederum die Behörden zwang, mehr Geld für Kontrollen, Ordnungshüter, Gerichtsverfahren und andere Maßnahmen aufzuwenden, um die Verbote wirksam umzusetzen.

Je länger der Sommer zurücklag, desto schwerer fiel es Sofie, sich das beharrliche Schweigen von Moritz schönzureden und Entschuldigungen für das Ausbleiben eines Briefes von ihm zu finden. Sie schwankte zwischen Verzweiflung und Hoffnung. Immer häufiger fragte sie sich, ob Clara Ordal nicht doch richtig gehört hatte und es eine andere Frau in seinem Leben gab. Und ob Claras Einschätzung von Moritz stimmte, die ihn als verantwortungslosen Luftikus sah, der nichts dabei fand, mit anderen Frauen anzubändeln, obwohl er bereits verlobt war. In solchen schwarzen Stunden malte sich Sofie aus, wie er sich mit seiner deutschen Verlobten über das norwegische Mauerblümchen lustig machte, das sich so bereitwillig von ihm hatte pflücken lassen.

Überwog dagegen die Zuversicht, sah sie den Geliebten todkrank darniederliegen, im Fieber nach ihr rufend, doch unfähig, ihr eine Nachricht zu schicken. Diese Fantasie endete damit, dass er sich nach seiner Gesundung umgehend bei ihr melden würde oder sich gleich auf den Weg in den Norden machte und sie zu sich holte.

Um sich Moritz nahe zu fühlen, las Sofie alle Gedichte seines Lieblingsschriftstellers, derer sie habhaft werden konnte. In Mignons Lied fand sie ihre Sehnsucht so treffend beschrieben, als hätte Goethe es für sie gedichtet:

»Nur wer die Sehnsucht kennt,
Weiß, was ich leide!
Allein und abgetrennt

Von aller Freude,
Seh ich ans Firmament
Nach jener Seite.
Ach! der mich liebt und kennt,
Ist in der Weite.
Es schwindelt mir, es brennt
Mein Eingeweide.
Nur wer die Sehnsucht kennt,
Weiß, was ich leide!«

Die einzigen Lichtblicke für Sofie waren der Unterricht, den sie Paul gab, und die Theaterproben. In diesen Stunden fand sie Ablenkung und fühlte sich nicht länger auf die Rolle der Wartenden reduziert. Die Theatergruppe traf sich ein- bis zweimal wöchentlich im Probenraum der Schule. Zu Beginn der Adventszeit sollte das Stück im Bekholdgården von Hüttenmeister Holmsen aufgeführt werden. Das Anwesen verfügte über einen geräumigen Saal, den der theaterbegeisterte Eigentümer gern zur Verfügung stellte.

Sofie hatte neben ihren musikalischen Aufgaben die Rolle der Souffleuse übernommen. Pers Bruder Jakob, der den Diener spielte, tat sich offenbar schwer mit seinem Text. Nach ein paar missglückten Proben bat der Regisseur Sofie, mit Jakob separat zu üben und ihn abzufragen. Sie stellte rasch fest, dass der junge Mann seine Passagen einwandfrei beherrschte und sie aufs Stichwort fehlerfrei zum Besten geben konnte. Stand er jedoch seiner Spielpartnerin gegenüber, mit der er die meisten Szenen zu bestreiten hatte, brachte er kaum einen geraden Satz zustande.

Sofie war überzeugt, dass Hilda ihn nervös bis zur Sprachlosigkeit machte und er sich Hals über Kopf in das hübsche Mädchen verliebt hatte. Der Umstand, dass er sie in seiner Rolle selbstbewusst umwerben sollte, machte die Sache nicht besser. Als Sofie Jakob behutsam darauf ansprach, errötete der stattliche Bursche, der es mit seinen fünfundzwanzig Jahren bereits zum Grubensteiger mit Verantwortung für mehrere Bergleute gebracht hatte, bis zu den Haarwurzeln und gestand flüsternd, dass sie ihn durchschaut hätte: Er hatte sein Herz an Hilda verloren und wähnte, nun bis ans Ende seiner Tage zu einem Dasein in Liebesschmerz und Einsamkeit verdammt zu sein. Für ihn war es undenkbar, dass seine Gefühle erwidert werden könnten. Sofie, die vom Gegenteil überzeugt war, ermunterte ihn, durch den Mund des draufgängerischen Dieners seine Gefühle für Hilda zu offenbaren und dessen Rolle auch zwischen den Proben zu verinnerlichen.

Ole Guldal staunte nicht schlecht, als Jakob wenig später seinen Auftritt mit Bravour meisterte und Sätze wie »Ihr erster Blick hat meine Liebe auf die Welt gebracht, der zweite hat ihr Kraft gegeben, und der dritte hat sie groß gemacht« oder »Vernunft! Ach, die ist mir abhandengekommen, Ihre schönen Augen sind die Schelme, die sie mir gestohlen haben« ohne Stocken und mit kräftiger Stimme vortrug.

Anschließend nahm der Regisseur Sofie beiseite und meinte: »Sie haben wirklich einen guten Blick für Menschen. Sie können sich hervorragend in sie einfühlen und sind in der Lage, ihre versteckten Stärken und Fähigkeiten zu mobilisieren. Denken Sie nur an den Jungen, den Sie unterrichten. Wenn ich mir erlauben darf, Ihnen das zu sagen: Machen Sie etwas aus dieser Gabe!«

Sofie spürte, wie ihr das Blut in die Wangen stieg.

»Aber das ist ja nichts Besonderes«, murmelte sie.

»Oh doch!«, widersprach Ole Guldal und kehrte zu den anderen zurück, um die nächste Szene zu proben.

Sofie nahm auf ihrem Stuhl am Rand der Bühne Platz, die mit Kreidestrichen auf dem Boden markiert war. Sie öffnete das Textbuch und versuchte, sich auf die anstehende Passage zu konzentrieren, während sie im Hinterkopf mit dem überraschenden Lob des Schuldirektors beschäftigt war. Tief in ihrem Inneren zehrte Sofie noch lang von seinen Worten. Es war ungewohnt und beglückend, als kompetent wahrgenommen zu werden. Wie erhebend musste es sich erst anfühlen, seine Fähigkeiten in einen Beruf einbringen zu können und damit seinen Lebensunterhalt zu bestreiten?

Etwa vier Wochen vor der Premiere eröffnete der Schuldirektor seiner Truppe, dass ihre Hauptdarstellerin ausfiel. Tilda war von ihren Eltern zu einer erkrankten Verwandten geschickt worden, die sie pflegen sollte. Da diese über vierzig Kilometer von Røros entfernt in einem Ort lebte, der nicht an der Eisenbahnlinie lag, war es Tilda verwehrt, weiterhin an den Proben und später an der Aufführung teilzunehmen – die damit auf der Kippe stand. Es schien unmöglich, in der Kürze der Zeit Ersatz zu finden. Viele der jungen Frauen, die in der Vergangenheit Rollen bei den Stücken des Arbeitertheaters übernommen hatten, waren fortgezogen, hatten geheiratet oder aus anderen Gründen keine Zeit oder Möglichkeit, für Tilda einzuspringen.

Per verfolgte die Diskussion, wie man auf die Schnelle Ersatz finden konnte, auf seinem Stuhl kippelnd und mit halb gesenkten Lidern. Nach einer Weile ließ er sich nach vorn fallen und sagte: »Ich weiß nicht, warum niemand auf das Naheliegende kommt. Die Lösung sitzt doch genau vor euren Nasen.«

Er nickte zu Sofie hin. Alle Blicke richteten sich auf sie. Abwehrend hob sie die Hände und schüttelte den Kopf.

»Oh nein! Kommt gar nicht infrage!«

»Warum denn nicht?«, fragte Per und sah ihr in die Augen. »Die Figur ist dir doch wie auf den Leib geschneidert. Und den Text kannst du längst auswendig. So wie alle unsere Texte. Du schaust beim Soufflieren schon lange nicht mehr ins Buch.«

Sofie wich seinem Blick aus und nestelte an einem Knopf ihrer Bluse.

Ole Guldal räusperte sich und sagte: »Ich muss gestehen, dass mir diese Idee auch schon gekommen ist. Ich spreche wohl im Namen aller, wenn ich Sie herzlich bitte, sich die Sache zu überlegen. Es wäre doch jammerschade, wenn die Premiere platzt und alle bisherigen Mühen umsonst waren.«

Die anderen klatschten Beifall und sahen Sofie erwartungsvoll an. Das ist Erpressung!, hätte sie am liebsten gerufen. Außerdem würde ihr Vater es nie erlauben.

»Ich kann das nicht!«, stieß sie hervor. »Ich habe nicht die Nerven dafür, es tut mir leid.« Sie verschränkte die Arme vor der Brust und schob nach: »Außerdem, wer soll dann die Lieder begleiten?«

»Der Junge, dem du das Harmoniumspielen beibringst«, antwortete Per. »Er scheint ja enorme Fortschritte zu machen, nach allem, was man so hört.«

Sofie ließ die Schultern sinken. Dieser Per hatte an alles gedacht, ließ ihr kein Schlupfloch. Sie ahnte, dass er Lampenfieber als Grund nicht gelten lassen würde. Und auch nicht den Ärger, den sie sich zu Hause einhandeln konnte, wenn sie sich als Schauspielerin betätigte. Für Per schien alles immer so einfach zu sein, nach dem Motto: Wenn man etwas will, finden sich Mittel und Wege. Konventionen und Anstandsregeln als Ausreden vorzuschieben, fand er lächerlich. Sofie biss sich auf die Lippe. War sie feige? Was machte sie so sicher, dass ihr Vater sich strikt gegen ihre Beteiligung an der Aufführung stellen würde? War es ihm nicht einerlei, womit sie ihre Zeit verbrachte, solange sie den guten Ruf der Familie nicht beschmutzte? Und davon konnte bei dieser harmlosen Veranstaltung ja nun wirklich keine Rede sein!

Flüchtig fragte sie sich, wie Moritz es finden würde, wenn sie Theater spielte. Würde er es gutheißen oder verdammen? Sie hatte keine Ahnung. Sie wusste so wenig über ihn. Und er über sie. Interessierte es ihn überhaupt, was sie dachte, was sie vom Leben erwartete, wie ihre Träume aussahen? Hör auf, darüber nachzugrübeln, befahl sie sich. Es hat doch keinen Sinn und macht dich nur traurig. Denk am besten gar nicht mehr an ihn. Sofie unterdrückte ein Seufzen. Wenn das doch nur so einfach wäre.

»Bitte, Sofie!«, sagte Jakob leise, der neben ihr saß. »Wenn ich es mit deiner Hilfe schaffe, nicht mehr so verlegen zu sein, gelingt dir das doch erst recht.«

Aber das ist doch nicht dasselbe, lag es Sofie auf der Zunge. Der Blick in Jakobs Gesicht ließ sie innehalten. Das Flehen darin stimmte sie um. Sie verstand, dass für ihn mehr als nur eine Theateraufführung auf dem Spiel stand. Ohne die Proben würde er sich nie getrauen, Hilda weiter den Hof zu machen. Die Vorstellung, dem Glück eines anderen Paares auf die Sprünge zu helfen, verschaffte ihr einen bittersüßen Trost. In einer Anwandlung von Aberglauben gab sie sich dem Traum hin, das Schicksal würde sich ihrer eigenen Liebe gnädig annehmen, wenn sie über ihren Schatten sprang, ihre Angst überwand und auf die Bühne trat. Und sich damit vielleicht den Unmut ihres Vaters zuzog. Sofie schob trotzig die Unterlippe vor. Ach, was soll's, dachte sie. Wenn ich es ihm nicht auf die Nase binde, wird er es gar nicht erfahren. Ich muss einfach vorsichtig sein.

»Also gut, an mir soll's nicht liegen, dass die Aufführung ausfällt«, sagte sie. »Aber schimpft nicht mit mir, wenn ich euch alle blamiere und schrecklich patze. Ich bin nun mal nicht fürs Rampenlicht geschaffen.«

Zehn Minuten später hätte sie sich liebend gern in Luft aufgelöst. Die aufrichtige Dankbarkeit, mit der die Gruppe auf ihren Entschluss reagierte, hatte Sofie beflügelt und voller Elan in ihre erste Szene getragen. Als sie nun Per gegenüberstand, war ihr Kopf wie leergeblasen. Er war nicht so hochgewachsen wie sein

Bruder, seine Gesichtszüge waren jungenhafter und seine Hände feingliedriger. Dennoch strahlte sein athletischer Körper etwas aus, das Sofie in Verwirrung stürzte – die sich noch steigerte, wenn sie in das intensive Blau seiner Augen sah. Sie fühlte sich gleichzeitig bedroht und auf eigentümliche Art angezogen. Pers pure Gegenwart löste etwas in ihr aus, das sie nicht erklären konnte und das sie verunsicherte. Mit einem Mal konnte sie verstehen, warum Ole Guldal den jungen Mann für die Sache der Arbeiter gewinnen wollte: Per verfügte über ein Charisma, das ihn befähigte, Menschen zu überzeugen und mitzureißen. So wie er sie dazu gebracht hatte, in ihrem Kopf Grenzen zu überwinden und unbekanntes Gebiet zu betreten.

Der Regisseur wollte die Probe an diesem Abend mit einem Dialog zwischen der Hauptfigur Silvia und dem von ihrem Vater für sie auserkorenen Heiratskandidaten beginnen, der in Ole Guldals Version des Stückes nicht Dorante, sondern Ingmar hieß. Die beiden hatten sich jeweils als ihre eigenen Dienstboten verkleidet. Während Ingmar sich auf Anhieb zu dem Mädchen von vermeintlich niedrigem Stande hingezogen fühlte und das freimütig zugab, versuchte Silvia mit allen Mitteln, die Erkenntnis zu verdrängen, sich in einen Untergebenen verliebt zu haben, und begegnete Ingmar anfangs kühl und abweisend.

Mehr schlecht als recht holperte Sofie durch ihren Text, vermied es, Per anzusehen, und verhielt sich nicht im Entferntesten so selbstbewusst wie die Figur der Silvia.

Gerade hatte Per alias Ingmar gesagt: »Das machst du gut, dieser Stolz steht dir wunderbar, und obwohl er sich gegen mich richtet, sehe ich ihn gern an dir.«

Sofie sollte als Silvia kontern: »Sag mal, wer bist du eigentlich, dass du so mit mir redest?« Sie würgte den Satz kaum hörbar hervor.

Ole Guldal, der hinter einem Tisch sitzend die Darbietung verfolgte, sprang auf und ging zu Sofie. »Meine Liebe, nur Mut!

Wir sind hier unter uns. Beherzigen Sie einfach die guten Ratschläge, die Sie Jakob gegeben haben.«

Sofie nickte und straffte sich.

Per grinste sie an und flüsterte: »Es dürfte dir doch nicht schwerfallen, mir den Kopf zu waschen. Jetzt hast du endlich die Gelegenheit, das ganz offen tun zu können.«

Sofie funkelte ihn an und zischte: »In deinen Kreisen mag das ja üblich sein.«

Pers Grinsen wurde breiter. »Na also, geht doch. Wie ich sagte: Die Rolle ist wie für dich geschaffen.«

Sofie schnaubte und sah zu Ole Guldal, der ihnen das Zeichen gab, die Szene von vorn zu beginnen. An der Stelle, wo Silvia dem balzenden Ingmar zu verstehen gab, warum er keine Chancen bei ihr hatte, musste Sofie an Moritz denken. Wie von selbst und mit dem Brustton der Überzeugung deklamierte sie: »Mir ist vorausgesagt worden, dass ich einen Mann von Stand heiraten werde, und daraufhin habe ich geschworen, nie einem anderen Gehör zu schenken.«

Als Ingmar daraufhin konterte, dass diese Wahrsagung nicht ausschloss, dass er sich in Silvia verlieben könnte, und später feststellte: »Es wäre mir lieber, ich dürfte dich um dein Herz bitten, als alle Reichtümer der Welt zu besitzen«, legte Per so viel Inbrunst in seine Stimme, dass Sofie errötete.

Ole Guldal war begeistert. Er klatschte Beifall und rief: »Ich kann mir nicht helfen, aber eine bessere Besetzung für Ingmar und Silvia kann ich mir nicht vorstellen.«

39

Røros, Oktober 1895 – Clara

Bodil hatte nicht zu viel versprochen. Sie kannte sich tatsächlich gut mit Kühen aus und nahm sich Svarthvits an, als habe sie nie etwas anderes getan. Jeden Morgen nach dem Aufstehen lief sie zum Stall, den die Kinder zusammen mit Gundersen hergerichtet hatten, molk die Kuh und mistete aus. Nach der Schule, die Anfang Oktober wieder begonnen hatte, rannte sie zurück zum Birkenhaus, wie Clara und die anderen ihr neues Heim nannten. Paul blieb meistens noch in der Raukassa, um auf dem Harmonium zu üben. Hatte er eine Musikstunde bei Sofie Svartstein, kehrte er erst mit Clara, die ihn nach ihrer Arbeit am frühen Nachmittag abholte, an den See zurück. Bodil führte derweil Svarthvit auf Wiesen in der Nähe des Hauses, um sie so lange wie möglich frisches Gras fressen zu lassen, bevor es zu kalt wurde und Schnee und Eis die Vorherrschaft übernahmen.

Frau Olsson, die nach den Sonntagsgottesdiensten regelmäßig zu Besuch kam, zeigte Clara, wie man butterte, Quark ansetzte und einfachen Käse herstellte. Sie riet ihr außerdem zur Einlagerung eines Zentners Kartoffeln und zur Anschaffung einiger Hühner.

»Je unabhängiger Sie sind und sich selbst versorgen können, umso besser«, hatte sie ihr erklärt. »Sie wohnen zwar nicht allzu weit draußen, aber wenn es hier im Winter richtig ungemütlich wird, ist es ein beruhigendes Gefühl, das Nötigste im Haus zu haben und ein paar Tage auszukommen, ohne auf Einkäufe im Ort angewiesen zu sein.«

Aus demselben Grund kam Siru mehrmals vorbei und zeigte Clara und den Kindern, wo sie die letzten Beeren und Pilze pflücken konnten, wo Flechten und Moose wuchsen, die sie als Winterfutter für Svarthvit trocknen sollten, welche Kräuter sich für Tees eigneten und wie man die Fische räucherte, die Gundersen angelte.

Eines Tages tauchte sie sogar mit einem frisch geschlachteten und gehäuteten Schaf auf. Während Paul beim Anblick des toten Tieres in Tränen ausbrach und fluchtartig die Küche verließ, ging Bodil der Hirtin und Clara geschickt zur Hand, als sie das Fleisch einpökelten, aus den Eingeweiden und dem Speck Würste herstellten und diese zusammen mit den Schinkenkeulen in den Kamin zum Räuchern hängten.

Vergeblich versuchte Clara, herauszufinden, was Siru zu ihrer Hilfsbereitschaft bewog. Diese überging Claras Fragen und machte keine Anstalten, sich zu erklären. Nach einer Weile hörte Clara auf, in sie zu dringen, und nahm die Unterstützung der geheimnisvollen Hirtin als Geschenk, das ihr ihre Schutzheilige Adelheid geschickt haben mochte.

Der Gedanke an höheren Beistand spendete Clara Trost. Es nagte an ihr, nach wie vor keine Möglichkeit zu haben, eine heilige Messe zu besuchen, die Beichte abzulegen und inmitten einer ihr wohlgesinnten Gemeinde das Abendmahl zu empfangen. Noch stärker belastete es sie, dass Paul in der Schule ihretwegen Schwierigkeiten bekam. Mit einem unbehaglichen Gefühl hatte sie ihn und Bodil nach den Ferien zum Unterricht geschickt und war darauf gefasst gewesen, dass er sich erneut wegen seiner kleinen Freundin mit den anderen Schülern in die Haare kriegen würde. Diese Sorge erwies sich als unbegründet. Offenbar hatte Schuldirektor Ole Guldal seinen Schülern klargemacht, dass er Hänseleien gegen Bodil wegen ihrer Herkunft nicht dulden würde, und andernfalls mit Strafen gedroht. Die meisten Kinder begegneten ihr und Paul freundlich. Ein paar Rabauken – angeführt von Morten, dem Vierzehnjährigen, der bereits nach dem Brand einige Kinder gegen Clara aufgewiegelt hatte – gaben jedoch keine Ruhe und verlegten sich darauf, Paul zu schikanieren.

Einige Tage nach Schulbeginn kam dieser verstört nach Hause. Zunächst wollte er Clara, die gerade in der Küche das Essen zubereitete, den Grund nicht nennen.

Als sie sanft in ihn drang, druckste er herum und fragte schließlich: »Mama, was ist ein *avgudsdyrker*?«

Clara, die das Wort noch nie gehört hatte, legte das Messer beiseite, mit dem sie Kartoffeln schälte, holte ihr Wörterbuch, schlug nach und runzelte die Stirn. Warum wollte Paul wissen, was ein Götzendiener war?

»Wo hast du denn diesen Ausdruck gehört?«

»In der Schule. Morten und seine Freunde sagen, dass du eine Ungläubige bist und mit dem Teufel im Bunde stehst.« Er schaute sie ängstlich an und fragte leise: »Warum gehst du hier nie in die Kirche zum Gottesdienst?«

Clara biss sich auf die Lippe. Wie konnte sie ihm einigermaßen kindgerecht verständlich machen, warum es verschiedene Arten von Christen gab? Und warum diese sich zum Teil unversöhnlich gegenüberstanden und sich gegenseitig bezichtigten, das Falsche zu glauben und kein gottgefälliges Leben zu führen? Sie selbst konnte ja nicht wirklich nachvollziehen, warum es diese tiefe Kluft gab – ausgerechnet in einer Religion, die sich auf einen Gründer berief, der Nächstenliebe, Vergebung und Mitleid gepredigt hatte.

Clara setzte sich auf einen Schemel, zog Paul auf ihre Knie.

»Du weißt doch, dass es Katholiken und Protestanten gibt«, begann sie.

Paul nickte und sah sie aufmerksam an.

»Hier in Norwegen sind fast alle Leute evangelisch. Ich bin katholisch. Aber alle sind wir Christen und glauben an denselben Gott. Und an Jesus, seinen Sohn und ...«

»Und an den Heiligen Geist«, ergänzte Paul. »Der sieht aus wie eine Taube.«

»Ja, so wird er auf Bildern oft dargestellt. Er ist ein Teil Gottes, der immer in uns ist und uns hilft, das Richtige zu tun.«

»Also gibt es drei Götter?«, fragte Paul und zog die Stirn kraus.

»Nein, nur einen. Es ist so ähnlich wie beim Wasser. Es begegnet uns in flüssiger Tropfenform, als festes Eis oder als luftiger Dampf – und bleibt doch stets Wasser.«

Paul legte den Kopf schief und dachte kurz nach. »Warum sagt Morten dann, dass du ganz viele Götter anbetest?«

»Er meint vermutlich die Heiligen.«

»Also die heilige Adelheid? Oder Sankt Martin?«

»Genau.«

»Glauben die Evangelischen denn nicht an sie?«

»Doch, sie verehren auch Heilige und sagen, dass man sich an deren guten Werken ein Beispiel nehmen soll. Aber in ihren Gebeten wenden sie sich nur direkt an Gott oder an Jesus Christus.«

»Du betest aber oft zur heiligen Adelheid, nicht wahr?«

»Ja, ich bitte sie, sich bei Gott für mich einzusetzen.«

»Daran ist doch nichts Schlechtes«, sagte Paul. »Ich verstehe nicht, warum Morten deswegen so böse ist.«

»Das kann ich dir leider auch nicht erklären, mein Liebling«, sagte Clara und streichelte Paul über den Scheitel. »Manche Menschen ertragen es einfach nicht, wenn jemand etwas anderes glaubt als sie selbst. Sie finden das bedrohlich.«

»Heißt das, Morten hat Angst vor dir?«, fragte Paul und riss die Augen auf.

Clara lächelte. »Komische Vorstellung, nicht wahr?«

Paul tippte sich an die Stirn und verkündete: »Morten ist sooo dumm.«

Es klang erleichtert. Er rutschte von Claras Schoß und rannte nach draußen zum Spielen.

Clara stand auf und griff wieder zum Schälmesser. Für dieses Mal hatte sie ihren Sohn beruhigen können. Sie ahnte, dass das Thema ein heißes Eisen bleiben würde. Solange sie davon ausgegangen war, bald nach Deutschland zurückzukehren, hatte sie sich kaum Gedanken über Pauls religiöse Erziehung gemacht. Nun wurde er täglich in der Schule damit konfrontiert, in einem Land zu leben, in dem seine Mutter wegen ihrer Konfession als Außenseiterin galt. Er selbst gehörte als Sohn seines norwegischen Vaters der evangelischen Kirche an, war aber von Claras Glaubensvorstellungen geprägt. Wie würde er auf Dauer mit diesem Spagat zurechtkommen? Und wie stand es mit ihr selbst? Würde sie dem Druck standhalten? Sollte sie konvertieren? Um des lieben Friedens willen?

Clara starrte in die Schüssel mit den Kartoffeln. Was hätte Schwester Gerlinde zu dieser Überlegung gesagt? Wäre sie entsetzt gewesen oder verständnisvoll? Hätte sie Clara aufgefordert, standhaft zu ihrem Glauben zu stehen, koste es, was es wolle? Nein, vermutlich hätte sie darauf hingewiesen, dass Gott in die Herzen der Menschen hineinsah und sich nicht um Äußerlichkeiten wie Religionszugehörigkeiten scherte. Dass für den Schöpfer allen Lebens nur zählte, wie man sich verhielt und ob man sein Werk voller Achtung und Liebe behandelte. Clara tat einen langen Atemzug und dachte: Wenn es doch nur mehr Menschen wie Schwester Gerlinde gäbe. Die Welt wäre ein so viel angenehmerer Ort.

Ende Oktober erhielt Clara zwei Nachrichten, die sie mit Erleichterung und Freude erfüllten. Zum einen wurde der alte Gundersen offiziell aus dem Kreis der Verdächtigen gestrichen, die als mögliche Brandstifter infrage kamen. In der Nacht, in der das Sägewerk von Sverre Ordal in Flammen aufgegangen war, hatte Gundersen laut einer verlässlichen Zeugenaussage bei einem Bauern geschlafen, dessen Gehöft in der Nähe von Orvos nördlich von Røros lag. Er hatte sich dort als Tagelöhner in der Erntezeit verdingt und war erst kurz nach dem Brand in die Bergstadt zurückgekehrt.

Zum zweiten waren endlich Claras Koffer und Kisten, die sie vor einigen Monaten mit Olaf von Hamburg in die Südsee vorausgeschickt hatte, in Røros eingetroffen. Wie sich herausstellte, hatten die Gepäckstücke eine wahre Odyssee hinter sich und waren weiter in der Welt herumgekommen, als Clara es jemals vergönnt sein würde. Nachdem sie vergleichsweise zügig nach Hamburg zurückgebracht worden waren, hatte ein entweder kurzsichtiger oder schludriger Angestellter der Schifffahrtsgesellschaft sie von dort nach Siebenbürgen im Königreich Rumänien geschickt, wo es ein Örtchen namens Romos gab. Wochenlang hatten die Sachen dort auf Abholung gewartet, bevor sie über Bukarest zunächst zurück nach Deutschland expediert wurden, wo man den Irrtum bemerkte und sie auf den Weg nach Norwegen brachte.

Clara war mit Paul, der sie unbedingt begleiten wollte, an einem Samstagnachmittag zum Bahnhof gelaufen. Ein Gepäckträger half dem Mietkutscher, die Schrankkoffer, Truhen und Kisten auf einen zweispännigen Pferdekarren zu wuchten, mit dem dieser sie hinaus zum Birkenhaus fahren sollte. Paul sprang aufgeregt um die beiden herum und konnte es kaum erwarten, bis alles aufgeladen war.

»Jetzt können Bodil und ich mit dem Anker-Baukasten, den Zinnsoldaten und der Ritterburg spielen«, verkündete er.

Clara sah dem Auspacken skeptischer entgegen und richtete sich darauf ein, ihr Geschirr und andere empfindliche Dinge nach dem umwegreichen Transport in desolater Verfassung vorzufinden.

»Sie verlassen uns doch nicht etwa?«, fragte eine bekannte Stimme.

Clara drehte sich um und sah sich Mathis Hætta gegenüber, der mit einem Koffer in der Hand aus dem Bahnhofsgebäude getreten war. Er lüftete seinen Hut und sah sie mit einer Mischung aus Freude und Enttäuschung an.

»Oh, Herr Hætta!«, rief Paul und strahlte ihn an. »Wir haben dich sooo lang nicht gesehen!«

Clara, der die unverhoffte Begegnung wie ein Schlag in die Glieder gefahren war, rang um Fassung. Sie legte eine Hand auf Pauls Schulter. Die Berührung beruhigte sie.

»Nein, wir reisen nicht ab«, beantwortete sie Mathis' Frage. »Im Gegenteil, gerade ist unser Hausrat aus Deutschland angekommen.«

Das Strahlen, das sich auf Mathis' Gesicht ausbreitete, verstärkte das Kribbeln in Claras Magengrube.

»Kommst du uns bald besuchen?«, fragte Paul.

Clara beugte sich zu ihm und sagte leise. »Du weißt doch, dass du Erwachsene nicht duzen sollst! Das ist unhöflich.«

»Nein, bitte, zu siezen braucht er mich wirklich nicht!«, sagte Mathis und zwinkerte Paul zu. »Unter Trappern und Abenteurern geht es nicht so förmlich zu.«

Paul zog das Bowiemesser hervor, das er an seinem Gürtel befestigt hatte. Zu seinem Leidwesen durfte er es nicht in die Schule mitnehmen, ansonsten begleitete es ihn auf Schritt und Tritt.

»Du musst mir noch die Geschichten erzählen, die du mit ihm erlebt hast.«

»Sehr gern«, sagte Mathis und suchte Claras Blick. »Ich bin jetzt länger in Røros. Vielleicht ergibt sich ja einmal eine Gelegenheit?«

Clara schluckte. »Gewiss. Nehmen Sie wieder bei Frau Olsson Quartier?«

»Das hatte ich eigentlich vor. Leider ist die Pension in den nächsten Wochen aber größtenteils schon ausgebucht«, antwortete er. »Die Bergwerksgesellschaft hat mir eines ihrer Gästezimmer im Proviantskrivergården angeboten.«

»Da wohnen Sie sicher sehr komfortabel«, sagte Clara. »Das Gebäude sieht zumindest von außen sehr schmuck aus.«

Mathis zuckte mit den Achseln. »Mag sein. Aber im Grunde ...«

»Mama, sieh mal, da ist Sofie«, sagte Paul und winkte zur gegenüberliegenden Straßenseite hin.

Clara folgte seinem Blick und sah Fräulein Svartstein auf sich zukommen. Neben ihr lief eine junge Frau, die sie auf Mitte zwanzig schätzte. Wie Sofie trug sie Trauerkleidung, die bei ihr jedoch aus kostbaren Stoffen geschneidert und mit viel Spitze und Rüschen verziert war. Ihr Hut war mit schwarzen Federn geschmückt, die in der Sonne schillerten.

»Ah, die Schwestern Svartstein«, sagte Mathis und trat auf die beiden zu. »Was für eine angenehme Überraschung. Ich bin eben angekommen.«

»Welch ein Zufall«, säuselte Sofies Schwester.

»Darf ich Ihnen Frau Ordal vorstellen?«, fuhr Mathis fort. »Ich hatte Ihnen ja erzählt, dass ...«

Sie überging seine Bemerkung, rauschte an Clara vorbei, hielt Mathis ihre rechte Hand hin und fügte mit einer vagen Bewegung der linken Richtung Zentrum hinzu. »Wir hatten gerade eine Besorgung in der Nähe zu erledigen.«

Clara bemerkte, wie Sofie den Mund verzog und errötete. Das Verhalten ihrer Schwester war ihr offenkundig peinlich. Diese gab dem Lastenträger, der sich von dem mittlerweile fertig beladenen Karren entfernen wollte, ein Zeichen.

»Guter Mann, bringen Sie doch bitte das Gepäck dieses Herrn zum Proviantskrivergården«, sagte sie und deutete auf den Koffer von Mathis. An diesen gewandt fuhr sie fort. »Sie haben doch sicher nichts dagegen, wenn wir Sie gleich mit zu uns nach Hause entführen? Mein Vater freut sich sehr, wenn Sie mit uns speisen.«

431

Mathis schien etwas einwenden zu wollen, kam aber nicht zu Wort.

»Er brennt förmlich darauf, mit Ihnen seine neuesten Ideen zu besprechen. Die Aussicht, dass wir dank Ihrer Hilfe im nächsten Jahr über Elektrizität verfügen, beflügelt seine Fantasie. Jeden Tag überrascht er uns mit Einfällen, nicht wahr, Sofie?«

Sofies Miene strafte diese Behauptung Lügen. Sie murmelte etwas, das als Zustimmung durchgehen konnte, und sah auf ihre Stiefelspitzen, die unter ihren Röcken hervorlugten.

»Lasst uns keine Zeit mehr verlieren. Es ist ohnehin schon spät. Sie wollen meinen Vater doch gewiss nicht enttäuschen«, sagte ihre Schwester.

Das Lächeln in ihrem Gesicht erreichte ihre Augen nicht. In ihrer Stimme schwang eine latente Drohung. Sie hakte sich bei Mathis unter, streifte Clara mit einem kalten Blick und stolzierte davon.

»Silje ist unmöglich. Entschuldigen Sie bitte vielmals«, flüsterte Sofie, bevor sie ihr folgte.

»Kann es jetzt losgehen?«, fragte der Mietkutscher und kam hinter den beiden Pferden hervor, deren Geschirr er überprüft hatte.

Clara nickte, ließ sich von ihm auf den Karren helfen und nahm neben Paul, der ihr hinterherkletterte, auf einem schmalen Brett Platz, das am Wagenrand festgeschraubt war.

»Die arme Sofie«, sagte Paul leise.

Clara legte einen Arm um ihn und zog ihn an sich. Der Kutscher deutete auf eine Decke, die zusammengefaltet unter der Bank lag.

»Packen Sie sich lieber warm ein.«

Clara befolgte seinen Rat, breitete die Decke über Pauls und ihre Beine aus und fragte ihren Sohn: »Wieso tut dir Fräulein Svartstein leid?«

»Wegen ihrer Schwester. Silje ist sehr hübsch. Aber ich glaube nicht, dass sie nett zu Sofie ist.« Er überlegte kurz. »Vielleicht ist Sofie gar nicht ihre echte Schwester. Silje passt gut zum Holländer-Michel. Sie hat auch ein kaltes Herz. Aber Sofie ist immer so lieb und lustig. Vielleicht ist sie so wie du ein Waisenkind und wurde von den Svartsteins aufgenommen?«

Er sah Clara hoffnungsvoll an.

»Das glaube ich nicht. Jedenfalls habe ich nie gehört, dass Sofie nicht die leibliche Tochter von Herrn Svartstein ist. Aber in einem hast du recht: Die beiden Schwestern sind wirklich sehr unterschiedlich.«

Clara fröstelte bei der Erinnerung an den eisigen Blick, mit dem Silje sie gemustert hatte. Es hatte eine Kampfansage darin gelegen. Um was es ging, war nicht schwer zu erraten: Sofies ältere Schwester hatte ein Auge auf Mathis Hætta geworfen. Die an Unverschämtheit grenzende Unhöflichkeit, mit der sie sich in sein Gespräch mit ihr gemischt und Paul und sie ignoriert hatte, ließ an Eindeutigkeit nichts zu wünschen übrig: Silje empfand sie als Konkurrenz, die sie mit allen ihr zur Verfügung stehenden Mitteln aus dem Weg räumen würde.

Die Waffen waren ungleich verteilt. Clara hatte der Tochter eines der mächtigsten Männer der Stadt nichts entgegenzusetzen. Wenn die Svartsteins es darauf anlegten, konnten sie ihre Existenz zerstören. Ein Wort von Siljes Vater würde genügen, ihre Arbeit bei Bergschreiber Dietz zu beenden. Clara wollte sich gar nicht ausmalen, was der Einfluss des Bergwerkdirektors außerdem bewirken konnte. Auch Mathis war von ihm abhängig. Das hatte Silje – wenn auch verblümt – sehr deutlich gemacht.

Nun, ein Grund mehr, dass du ihn dir aus dem Kopf schlägst, dachte Clara und hielt ihr Gesicht in den frostigen Wind, der vom Hittersjøen herüberwehte, an dessen Ufer sie mittlerweile entlangtrabten.

40

Røros, November 1895 – Sofie

Die Begegnung am Bahnhof hatte Sofies Vermutung bestärkt: Mathis Hætta empfand weitaus mehr für Clara Ordal, als ihrer Schwester Silje lieb sein konnte. Die Blicke, mit denen er die junge Witwe angesehen hatte, hatten ihn verraten. Ob seine Gefühle erwidert wurden, vermochte Sofie nicht zu beurteilen. Es war auch unerheblich, zumindest was Silje betraf. Für sie stellte Clara Ordal eine Bedrohung dar, auch wenn diese nicht die Absicht hatte, Mathis Hætta für sich einzunehmen und ihn ihr streitig zu machen. Silje würde es nicht zulassen, dass sie ein weiteres Mal ihre Heiratspläne durchkreuzte.

Dabei hegte Sofie Zweifel, dass es ihrer Schwester um Mathis Hætta als Person ging. Es hätte auch ein anderer Kandidat sein können, der ihrem Vater genehm war. Für Sofie deutete nichts darauf hin, dass Silje in den jungen Ingenieur verliebt war. Ja, sie hatte sie im Verdacht, nach wie vor dem Bankierssohn nachzutrauern, den ihr Vater kategorisch abgelehnt hatte. Sofie hatte mehrfach bemerkt, dass Silje aufhorchte, wenn ihr Vater seine Trondheimer Geschäftsfreunde erwähnte, und sich bei diesen Gelegenheiten bemühte, das Gespräch unauffällig auf die Familie von Fredrik Lund zu lenken. Und erst vor wenigen Tage hatte sie ihre Schwester dabei überrascht, wie diese versonnen das Programmheft aus dem Tivoli betrachtete und dabei sehnsüchtig seufzte.

Es fiel Sofie schwer, Siljes Haltung nachzuvollziehen. Sie selbst konnte sich nicht vorstellen, ihre Gefühle so weit zu verleugnen, dass sie die Ehe mit einem Mann eingehen würde, den sie gar nicht liebte. Auch auf die Gefahr hin, den Zorn ihres Vaters zu erregen, würde sie ein solches Arrangement ausschlagen.

Aber kann man das vergleichen?, fragte sie sich. Wenn Moritz um ihre Hand anhielte, würde niemand etwas dagegen einzuwenden haben. Bei ihr würde der Vater nicht unbedingt darauf bestehen, dass sie einen Mann heiratete, der sich von ihm vereinnahmen ließ und in seinen Wirkkreis eingliederte. Wenn sie Moritz nach Deutschland folgte, würde Ivar Svartstein sich nicht dagegenstellen. Silje befand sich da in einer ganz anderen Situation. Auf ihr lasteten viel größere Erwartungen. Sie war zwar der Liebling des Vaters, hatte aber auch viel mehr zu verlieren, wenn sie gegen seinen Willen handelte. Im Grunde kann ich froh sein, in Siljes Schatten zu stehen und kaum beachtet zu werden, dachte Sofie. Nur so war es ihr möglich, Paul zu unterrichten und Theater zu spielen, ohne dass zu Hause jemand merkte, was genau sie da trieb.

Die Gefahr, dass Silje oder ihr Vater das Bedürfnis haben würden, die Aufführung der Laiengruppe anzusehen, die noch dazu aus einfachen Arbeitern bestand, schätzte Sofie als gering ein. Das Gleiche galt für die meisten Leute aus »ihren Kreisen«. Allein der Gedanke, Berntine Skanke und ihre Freundinnen könnten sich dazu herablassen, eine solche Veranstaltung mit ihrer Gegenwart zu beehren, war absurd.

Als Paul ein paar Tage nach der Probe, in der Sofie zum ersten Mal auf der Bühne gestanden hatte, zum Harmoniumunterricht kam, fragte Sofie ihren Schüler, ob er Lust hätte, bei dem Theaterstück mitzuwirken und die musikalische Begleitung zu übernehmen. Er bekam große Augen und konnte es kaum fassen, dass er bei den Erwachsenen mitmachen durfte. Auch Clara, die Paul später abholte, hatte nichts dagegen einzuwenden und freute sich auf die Premiere. Mit einem verlegenen Lächeln gestand sie Sofie, dass sie in ihrem bisherigen Leben noch nie ein Theater besucht hatte. Ihr verstorbener Mann war für derartige kulturelle Ereignisse nicht zu gewinnen gewesen, er hatte seine spärlich bemessene Freizeit lieber in seinem Ruderklub verbracht oder einen Ausflug ins Grüne mit seiner Familie unternommen. Stundenlanges Stillsitzen in Konzerten oder Theatersälen war Olafs Sache nicht gewesen.

Sofie war unschlüssig, ob sie Siljes Auftritt am Bahnhof erwähnen und ihre Befürchtung äußern sollte, wozu ihre Schwester in der Lage war, falls ihr jemand in die Quere kam. Wenn Clara nichts für Mathis Hætta empfand und nur flüchtig mit ihm bekannt war, würde sie Sofie bestenfalls für überspannt halten oder aber für eine Wichtigtuerin, die anmaßende Unterstellungen in die Welt posaunte. Und was sollte sie tun, wenn Claras Herz tatsächlich für Mathis schlug? Ihr raten, die Finger von ihm zu lassen, weil Silje sie ihr sonst verbrennen würde? Wer war sie, solche Ratschläge zu erteilen? Ausgerechnet sie, die es sich mit Nachdruck verbeten hätte, wenn man sie von Moritz hätte fernhalten wollen? Sofie beschloss, keine schlafenden Hunde zu wecken und die Lage erst einmal vorsichtig zu sondieren. Sollte sie feststellen, dass sich zwischen Clara und Mathis Hætta etwas anbahnte, konnte sie immer noch eingreifen und sie vor Siljes Rachsucht warnen.

Der November stand für Sofie ganz im Zeichen der Vorbereitungen auf die Premiere. *Das Spiel von Liebe und Zufall* beherrschte auch zwischen den Proben ihre Tage und verfolgte sie bis in ihre Träume. Ihren Vorsatz, Moritz aus ihren Gedanken zu verbannen, konnte sie mit der Zeit zunehmend müheloser umsetzen. Immer wieder ging sie in Gedanken die Szenen durch, murmelte ihren Text vor sich hin und übte vor dem Spiegel der Frisierkommode ihres Zimmers, das sie nach Siljes Umzug in die ehemaligen Räume ihrer Mutter allein bewohnte, Gesten und Mimik ein. Dabei achtete sie peinlich darauf, nicht entdeckt zu werden und keinen Argwohn zu erregen.

Was Silje und ihren Vater betraf, war die Gefahr gering. Die beiden waren vollauf damit beschäftigt, Mathis Hætta zu umgarnen. Ivar Svartstein stellte ihn seinen Geschäftsfreunden und anderen wichtigen Personen des Städtchens vor, unternahm mit ihm kleine Inspektionsfahrten zu den diversen Kupferminen in der Umgebung, ließ ihn an Besprechungen der Partizipanten teilnehmen und lud ihn regelmäßig zu Mahlzeiten in seinem Hause ein. Dort übernahm Silje die Betreuung des Gastes, ließ ihn mit ausgefallenen Speisen verwöhnen, unterhielt ihn mit Liedern und Klavierstücken, die sie eigens für ihn einstudierte, und las sich Wissen auf Gebieten an, von denen sie annahm, dass sie ihn interessieren könnten. Sofie war wider Willen beeindruckt, wie geläufig und fachkundig ihre Schwester über Themen parlierte, bei denen sie einige Wochen zuvor gähnend das Zimmer verlassen hätte.

Mathis Hætta reagierte gelassen auf Siljes Charmeoffensive. Er behandelte sie zuvorkommend, ohne je die Regeln des Anstands zu verletzen. Sofie konnte sich des Eindrucks nicht erwehren, dass er darauf bedacht war, jede Äußerung oder Geste zu vermeiden, die man als Annäherung oder Bekundung einer besonderen Zuneigung hätte auslegen können. Er war – was die Kunst der Konversation, der Anspielungen und Ausweichmanöver betraf – Silje ebenbürtig, was diese in ihren Bemühungen nur noch mehr anspornte.

In der Gegenwart ihres Vaters wirkte Mathis dagegen entspannt. Das Zusammensein der beiden war von Harmonie und Vertrautheit geprägt, auch wenn sie in manchen Punkten unterschiedlicher Ansicht waren und lebhaft stritten – was beiden sichtliches Vergnügen bereitete. Man musste nicht besonders scharfsinnig sein, um zu erkennen, dass Mathis der Sohn war, den sich Ivar Svartstein immer gewünscht hatte.

Zu einem anderen Zeitpunkt hätte Sofie sich sehr viel intensiver der Beobachtung der drei hingegeben und sich den Kopf darüber zerbrochen, wie ihr Vater sich verhalten würde, wenn Mathis nicht um Siljes Hand anhielt, und wie diese eine Abfuhr verkraftete. In diesen Wochen kreisten Sofies Gedanken jedoch fast ausschließlich um die Theaterproben und – wenn sie ehrlich zu sich war – um einen ihrer Mitspieler: Per Hauke.

Seit ihrer ersten Begegnung auf dem Friedhof rieb sich Sofie an seinem selbstbewussten, fordernden Auftreten, das so gar nichts mit dem wohlerzogenen Verhalten gemein hatte, das man ihresgleichen von klein auf anerzog. Was sie zunächst als Dreistheit und Provokation gewertet hatte, entpuppte sich als eine Freiheit des Geistes, die den meisten Leuten in ihrem Umfeld ein Dorn im Auge war: Per begegnete anderen Menschen, ohne sich darum zu scheren, aus welchem Milieu sie stammten, ob sie mächtig und vermögend oder ungebildet und arm waren. Für ihn war entscheidend, ob man bereit war, sich ehrlich mit sich und anderen auseinanderzusetzen, bestehende Strukturen infrage zu stellen und sich selbst eine Meinung zu bilden.

Dabei schien er es sich zur Aufgabe gemacht zu haben, vor allem Sofie aus ihren gewohnten Denkmustern zu befreien – so kam es ihr zumindest vor. Per ließ keine Gelegenheit ungenutzt, sie mit stichelnden Bemerkungen aus der Reserve zu locken und in Diskussionen zu verwickeln. Anfangs hatte Sofie sich über seine Impertinenz geärgert und versucht, ihn zu ignorieren. Es gelang ihr nicht. Sie stellte fest, dass die Fragen und Behauptungen, die Per zu Themen wie Gerechtigkeit, gesellschaftlichen Normen und Mitbestimmung aller Bürger äußerte, ihr noch lange nach den Gesprächen nachgingen. Sie begann, sich ernsthaft damit auseinanderzusetzen.

Während sein Bruder Jakob damit zufrieden war, in die Fußstapfen seines Vaters und Großvaters zu treten und sein Dasein als Bergmann zu fristen, wollte Per sich für die Rechte der Arbeiter einsetzen und ihre Lebensbedingungen verbessern. Schuldirektor Ole Guldal, der dem Arbeiterverein von Røros vorstand, ermutigte den jungen Zimmermann, der in den Gruben die Schächte mit Baumstämmen sicherte und andere Holzarbeiten erledigte, sich fortzubilden und eine verantwortungsvolle Position in der Arbeiterbewegung einzunehmen. Seiner Meinung nach war es wichtig, kluge Köpfe aus deren eigenen Reihen zu gewinnen und für die Auseinandersetzungen mit den Fabrikbesitzern, Bergwerkseigentümern und anderen Industriellen vorzubereiten, die in einer Zeit sich zuspitzender Konflikte bevorstanden. Im Gegensatz zu Lehrern und anderen Akademikern, die so wie Ole Guldal selbst oft an der Spitze der Arbeitervereine standen, waren Männer wie Per vertrauter mit den Bedürfnissen und Denkweisen der Menschen, die sie vertraten.

Für Sofie öffnete sich der Blick in eine fremde Welt, die in unmittelbarer Nachbarschaft zu ihrem Zuhause existierte. Es beschämte sie, wie wenig sie über das Leben der anderen Mitglieder der Theatergruppe wusste. Als sie in einer Pause zwischen zwei Szenen Jakob über seine Tätigkeiten unter Tage befragte, mischte sich Per ins Gespräch ein.

»Sieh an, das Direktorentöchterlein will wissen, wie der Reichtum erarbeitet wird, in dem es lebt«, sagte er mit ironischem Unterton.

Jakob wurde rot und öffnete den Mund, um seinen Bruder zurechtzuweisen.

Sofie, der eine scharfe Entgegnung auf der Zunge gelegen hatte, berührte ihn am Oberarm. »Lass gut sein. Per hat ja recht. Zumindest in der Sache. Sein Ton lässt dagegen wie üblich zu wünschen übrig.« Sie funkelte Per an und fuhr an Jakob gewandt fort: »Ich kenne mich nicht damit aus, wie das Kupfer gewonnen wird, dem Røros seinen Wohlstand verdankt. Aber woher soll ich das auch wissen. Ich kann ja schlecht einfach in eine Grube gehen und mich dort umsehen. Und bisher hatte ich auch kaum eine Möglichkeit, jemanden zu fragen. Mein Vater würde mich schlichtweg für verrückt halten, wenn ich ihm mit so einem Thema käme. Ich mag zwar reich und privilegiert sein, zugleich bin ich aber auch an die engen Spielregeln gebunden, die bei unseresgleichen gelten.«

Sie streifte Per mit einem Blick und bemerkte mit Befriedigung, wie seine Miene ernst wurde.

»Willst du es wirklich wissen?«, fragte er nach kurzem Schweigen.

»Wie es in einem Bergwerk zugeht? Ja, das interessiert mich ehrlich.«

»Gut. Dann zeig ich es dir«, sagte Per.

»Aber du kannst sie doch nicht...«, wandte sein Bruder ein. »Das ist doch viel zu gefährlich!«

»Keine Sorge, ich werde vorsichtig...«, begann Per, während Sofie gleichzeitig sagte: »Ich bin doch nicht aus Porzellan!«

Per grinste sie an und hielt ihr seine Rechte hin.

»Also abgemacht. Übermorgen früh um halb fünf treffen wir uns am Bahnhof und fahren raus zum Nordgruvefeltet.«

Ohne nachzudenken, schlug Sofie ein und erwiderte seinen kräftigen Händedruck.

Am darauffolgenden Abend zog sie sich früh in ihr Zimmer zurück. Aus dem ehemaligen Boudoir ihrer Mutter hatte sie sich deren Wecker geholt. Silje, die die Zimmer der Verstorbenen mittlerweile bewohnte, störte sich an dem Ticken. Da sie ohnehin nie das Bedürfnis hatte, sich ohne Not früh aus dem Schlaf reißen zu lassen, hatte sie den Wecker vom Nachttisch in eine Truhe verbannt, wo er zusammen mit anderen Dingen, die einst Ragnhild Ordal gehört hatten, verstummt lag. Sofie zog ihn auf, stellte ihn auf vier Uhr, kuschelte sich unter die Bettdecke und wollte eben die Kerze löschen, als es leise an ihrer Tür klopfte. Eline, das halbwüchsige Dienstmädchen, steckte den Kopf herein.

»Entschuldigen Sie die Störung. Aber Per meinte, Sie sollten das morgen anziehen.«

Sie hielt Sofie ein in Packpapier eingeschlagenes Bündel hin. Sofie setzte sich auf und starrte Eline erschrocken an.

»Woher ... du kennst Per?«

Eline kam ins Zimmer und schloss die Tür.

»Ja, er und Jakob sind meine Cousins. Sie haben mir erzählt, dass Sie bei dem Theaterstück mitmachen.«

»Oh nein!«, rief Sofie. »Das weißt du?«

»Bitte, machen Sie sich keine Sorgen«, sagte Eline. »Wir verraten Sie auf keinen Fall. Wir finden es wunderbar und freuen uns schon auf die Aufführung.«

»Wir? Wer weiß denn noch davon?«

»Britt und die Köchin«, antwortete Eline. »Ullmann nicht, dem sagen wir auch nichts. Der ist so etepetete und achtet immer ganz genau darauf, was sich schickt.« Sie kicherte. »Dass eine Dame wie Sie beim Arbeitertheater mitmacht, würde er sicher nicht billigen.«

Sofie ließ die Schultern sinken. »Und ich habe mir eingebildet, unauffällig zu sein.«

Eline legte das Bündel auf einen Stuhl, stellte sich vor Sofie und sah sie treuherzig an.

»Das waren Sie auch. Ich hätte nichts bemerkt, wenn Per es nicht erzählt hätte.« Sie kam einen Schritt näher, senkte die Stimme und fuhr in verschwörerischem Ton fort: »Wollen Sie sich wirklich ein Bergwerk zeigen lassen?«

»Äh, ja«, sagte Sofie und rollte mit den Augen. »Das hat er also auch ausgeplaudert. Hoffentlich macht das nicht noch mehr die Runde.«

Eline schüttelte den Kopf. »Nein, sicher nicht. Per tratscht nicht.« Sie lächelte schüchtern und fuhr fort: »Übrigens finde ich Sie sehr mutig. Ich glaube nicht, dass ich mich in eine Grube hineingetrauen würde. Mir graust es schon, wenn ich in den Keller geschickt werde.«

Sie nickte Sofie zu und huschte aus dem Zimmer. Sofie entfernte das Packpapier von dem Bündel und förderte ein gestreiftes Baumwollhemd, eine Hose und eine Jacke aus dunkelgrauem

441

Drillich, mit Eisenkappen verstärkte Schuhe und eine randlose Mütze zu Tage. Ihr Mund wurde trocken. Per meinte es ernst. Er wollte sie tatsächlich in die Tiefe einer Kupfermine führen. Insgeheim hatte sie darauf spekuliert, dass er sie ein wenig in den oberirdischen Anlagen herumführte und sie allenfalls einen Blick in den Grubeneingang werfen würden.

Sie legte sich ins Bett und versuchte die Bilder von einstürzenden Stollenwänden, einbrechenden Wassermassen und finsteren Schächten mit mangelhafter Luftzufuhr, die sich ihr aufdrängten, zu verscheuchen.

Per verfügte über ein gutes Augenmaß. Die Bergmannskluft, die er Sofie hatte bringen lassen, passte ihr wie angegossen. Nur die Schuhe waren zu groß. Noch vor dem Schrillen des Weckers war Sofie aufgewacht, hatte sich ein Hauskleid übergestreift und war mit dem Bündel aus ihrem Zimmer zum Hinterausgang geschlichen. Auf den Fluren und unten im Küchentrakt hatte sich um diese frühe Stunde noch nichts gerührt, auch der Hof hinter dem Wohnhaus lag verlassen und dunkel da. In der Waschküche hatte Sofie sich umgezogen, die Haare unter die Mütze gestopft und ihre Frauenkleider versteckt, bevor sie durch ein Tor auf die Straße hinausschlüpfte. Die ersten Gehversuche mit den schweren, klobigen Schuhen, die sie vorn mit zusammengeknüllten Taschentüchern ausgestopft hatte, bereiteten ihr Mühe. Sie wäre fast über ihre eigenen Füße gestolpert und tat sich schwer, Unebenheiten und kleinen Hindernissen auf dem Boden auszuweichen. Als angenehm empfand sie dagegen die Beinfreiheit, die ihr die Hosen verschafften. Unwillkürlich machte sie größere Schritte und genoss das schnelle Gehen. In der kalten Luft bildeten sich weiße Wölkchen vor ihrem Mund. Sie steckte die Hände tief in die Taschen der Joppe und zog zum Schutz vor dem Wind, der die Hyttegata herunterfegte, die Schultern hoch.

442

Per wartete bereits vor dem Bahnhof. Als er sie sah, leuchteten seine Augen auf. Er winkte ihr zu. »Ich muss zugeben, ich hab gedacht, dass du nicht kommst.«

»Gedacht oder gehofft?«, antwortete Sofie schnippisch, um ihre Unsicherheit zu überspielen.

Per ging nicht auf ihren Ton ein. »Ich freue mich, dass du mitfährst«, sagte er und lächelte sie offen an.

Er drehte sich um und lief ihr voraus ins Stationsgebäude, wo er zwei Billetts löste. Wenige Minuten später kletterten sie in einen Wagen dritter Klasse der Rørosbahn. Sofie setzte sich ans Fenster und vermied den Blickkontakt mit den anderen Fahrgästen, die, ihren Kleidern nach zu urteilen, größtenteils Arbeiter waren. Die meisten dösten vor sich hin, manche unterhielten sich halblaut, keiner schenkte ihr Beachtung. Zu ihrer Erleichterung machte Per keine Anstalten, sich mit ihr zu unterhalten. Er holte die aktuelle Ausgabe der *Fjell-Ljom*-Zeitung aus seinem Rucksack und vertiefte sich in die Lektüre.

Eine Dampfpfeife ertönte, die Lokomotive setzte sich in Bewegung und verließ den Bahnhof. Zunächst ging es an der Wanderdüne Kvitsanden vorbei, die im Schein des Mondes hell schimmerte. Entlang des Flusslaufs der Glåma fuhren sie anschließend ungefähr zwölf Kilometer in nordwestlicher Richtung stetig bergan und passierten inmitten gewaltiger Schutthalden, die unter einer dünnen Schneedecke lagen, einen großen Stein, der den höchsten Punkt der Bahnstrecke auf sechshundertsiebzig Metern über dem Meeresspiegel markierte: die Wasserscheide von Glåma und Gaula, deren Verlauf sie nun zur Station Tyvold folgten, wo Per und Sofie nach einer etwa dreiviertelstündigen Fahrt zusammen mit vielen ihrer Mitreisenden ausstiegen.

»Sind hier die Gruben?«, fragte Sofie und sah sich um.

Von dem kleinen Stationshaus abgesehen standen nur einige schlichte Holzbauten neben den Gleisen, umtürmt von Kupfererzhaufen.

Per schüttelte den Kopf. »Nein, die befinden sich westlich von hier. Wir können mit der Arvedalbahn weiterfahren«, erklärte er und deutete auf eine Lokomotive, an die mehrere offene Güterwagen angekoppelt waren.

Sofie nickte und presste die Lippen zusammen. Fetzen eines Gesprächs, das ihr Vater mit Mathis Hætta geführt hatte, kamen ihr in den Sinn. Die beiden hatten Pläne gewälzt, in absehbarer Zukunft nach den Minen des Storvartsfeltet auch die des Nordgruvefeltet mit einer Seilbahn auszustatten. Dabei war es keine zehn Jahre her, dass die Bergwerksgesellschaft diese Gruben mit einer eigenen Schmalspurstrecke an die Rørosbahn angeschlossen hatte. Auf diese Weise wurde es endlich lukrativ, in großem Maßstab Schwefelkies abzubauen und zu transportieren. Pyrit oder Katzengold, wie das trügerisch golden glänzende Mineral auch genannt wurde, war – was den Kupfergehalt betraf – zwar bei Weitem nicht so ergiebig wie Erzgestein, als Grundstoff für Schwefelsäure aber sehr begehrt. Wenn Sofie sich richtig erinnerte, spielte diese unter anderem für die Herstellung von Sprengstoff eine wichtige Rolle.

Schon kurz nach der Inbetriebnahme der Arvedalbahn war es allerdings zu massiven Problemen gekommen, die den Eisenbahnern vor allem im Winter zu schaffen machten. Immer wieder mussten Gleise und Züge aus meterhohen Schneewehen freigeschaufelt werden. Und wenn die voll beladenen Wagen von der Hochebene zum Bahnhof von Tyvold hinunterfuhren, gelang es den Bremsern, die auf jedem Waggon mitfuhren, trotz Aufbietung all ihrer Kräfte oft genug nicht, den Zug zu stoppen und daran zu hindern, auf die Gleise der Rørosbahn zu donnern. Bei dem Gedanken, auf der Rückfahrt von der Grube auf solch einem Höllengefährt zu sitzen, zog sich Sofies Magen zusammen. Der Ausflug versprach ein Abenteuer zu werden, dessen Gefahren ihr erst allmählich bewusst wurden.

41

Røros, November 1895 – Clara

Mitte November wurden die Tage spürbar kürzer. Clara konnte sich nur schwer daran gewöhnen, dass in Røros die Sonne erst um halb neun Uhr aufging – eine Stunde später als in Bonn, wo sie bis gegen halb fünf am Nachmittag scheinen würde, während es hier nur sieben Stunden lang hell war. Die Aussicht, dass die Nächte bis Weihnachten noch deutlich länger wurden, bedrückte Clara. Die frühe Dunkelheit und das diffuse Grau des Nebels oder der Schneewolken, die den Himmel oft tagelang bedeckten, machten ihr zu schaffen. Sie beneidete das Eichhörnchen, das seinen Kobel in eine hohe Birke auf ihrem Grundstück baute, wo es den größten Teil des Winters verschlafen würde. Sie stellte es sich gemütlich vor, sich in das mit Moos ausgepolsterte kugelförmige Nest zu kuscheln und erst wieder zum Vorschein zu kommen, wenn es wärmer wurde.

Claras Tage begannen lange vor Sonnenaufgang. Nach dem Aufstehen schürte sie in der Küche den Herd an, in den sie abends dicke Holzscheite gelegt hatte. Wenn sie die Luftzufuhr drosselte, sobald diese ordentlich brannten, hielt die Glut unter der entstehenden Ascheschicht bis weit nach Mitternacht. So kühlte der Schornstein nicht aus, zog gut beim Anfeuern am nächsten Morgen und sorgte binnen kurzer Zeit für behagliche Wärme. Anschließend setzte Clara einen Topf mit Gersten- oder Hafergrütze auf, schmierte Pausenbrote für die Kinder und weckte diese, sobald sie den Tisch in der Küche gedeckt hatte. Mittels einer kleinen Glocke, die über der Haustür angebracht war, rief sie Gundersen zum Frühstück.

Nach dem Essen liefen die Kinder mit Gundersen in den Stall, wo sie ausmisteten, die Kuh molken, diese und die Hühner fütterten und die Eier einsammelten. Clara wusch in der Zwischenzeit ab und bereitete die Hauptmahlzeit vor, die sie am Nachmittag miteinander einnehmen würden.

Gegen halb acht verließ sie mit Paul und Bodil die Bjørkvika. Gundersen blieb dort und verbrachte die Zeit bis zu ihrer Rückkehr damit, die Asche aus den Öfen zu entfernen, bei Bedarf Schnee zu schippen, Holz zu holen und ihr Mobiliar zu vervollständigen. Mittlerweile hatten auch die Kinder dank seiner Schreinerkünste jedes ein eigenes Bett. Neben der Eingangstür hatte Gundersen mehrere Bretter für die Schuhe und eine Garderobe angebracht, Claras Geschirr, das den Transport zu zwei Dritteln unbeschadet überstanden hatte, fand in einem Regal Platz, das er in der Küche aufgehängt hatte, und die wachsende Zahl der Stühle und Hocker ermöglichte es Clara, nicht nur den Ihren, sondern auch Gästen eine anständige Sitzgelegenheit anbieten zu können.

Clara begleitete die Kinder zur Schule, die auf ihrem Weg zum Bergskrivergården lag. In der Amtsstube erwartete sie Herr Dietz mit einer Tasse heißen Kaffees, um die Lebensgeister seiner Lieblingsangestellten zu wecken, wie er Clara mit einem Augenzwinkern nannte. Nach dem flotten Fußmarsch durch die Kälte war sie dankbar für diese freundliche Geste. Im Gegenzug brachte sie dem Bergschreiber jeden Montag Rosinenstütchen mit, die sie sonntags zum Frühstück buk, nachdem sie seine Vorliebe für das weiche Hefegebäck ihrer rheinischen Heimat entdeckt hatte.

Die beschädigten Bergbücher, für deren Kopien Herr Dietz sie ursprünglich angestellt hatte, waren längst ersetzt. Arbeit gab es auch nach Erledigung dieser Aufgabe in Hülle und Fülle. Begeistert von der sauberen Schrift Claras ließ ihr Chef sie Beträge von Rechnungen, Bestellungen, Kostenvoranschlägen und anderen geschäftlichen Vorgängen in Aktenbücher übertragen, Protokolle von Sitzungen des Berggerichts ins Reine schreiben und Briefe aufsetzen.

Um drei Uhr machte sich Clara auf den Rückweg zum Hittersjøen, kaufte unterwegs Lebensmittel wie Kaffee, Gewürze, Rosinen, Zucker und Dinge wie Lampenöl, Seife, Schnürsenkel, Knöpfe oder Garn, die sie daheim nicht selbst herstellen konnte. An den meisten Tagen holte sie Paul in der Schule ab, wenn er bei Sofie Unterricht oder am Harmonium geübt hatte. Hand in Hand stapften sie mit gesenkten Köpfen auf der verschneiten Landstraße durch die beginnende Dämmerung, dick eingemummelt in Schals und tief über die Ohren gezogene Mützen. Der schönste Moment am Tag war der Anblick der erleuchteten Fenster des Birkenhauses, die ihnen schon von Weitem einen Willkommensgruß sendeten. Für gewöhnlich warteten Gundersen und Bodil in der Küche auf sie, halfen ihnen, sich aus ihren Mänteln und Stiefeln zu schälen, und schenkten ihnen heißen Tee ein, der ihnen die Kälte aus den Gliedern trieb.

Die Küche war rasch zum Mittelpunkt des Hauses geworden – und ihr Ofen das Herz. Je kälter und unwirtlicher es draußen wurde, um so häufiger versammelten sie sich an dem Tisch in der Ecke neben dem Herd. Dieser bot nach einer gründlichen Reinigung mit seinen kunstvoll gestalteten Außenplatten aus Gusseisen nicht nur einen schönen Anblick, sondern erwies sich als ebenso zuverlässig wie praktisch. Er hatte eine geräumige Backkammer, einen großen Wasserkasten und viel Platz für Töpfe und Pfannen. Die Kochplatten bestanden aus losen, einzeln abnehmbaren Stahlringen, die dicken Wände hielten die Wärme gleichmäßig, und die Aschekästen konnten auch geleert werden, während das Feuer brannte.

Gundersen hatte eine Eckbank geschreinert, auf der sie alle bequem Platz fanden. Nach dem Essen holte Clara oft ihren Handarbeitskorb und stopfte Strümpfe und andere schadhafte Kleidungsstücke, nähte Kissenbezüge für die Stühle, rührte

Sauerteig für die Brote an, die sie einmal in der Woche buk, und erledigte andere Hausarbeiten. Die Kinder machten ihre Schulaufgaben. Waren sie damit fertig, lagen sie dem alten Gundersen in den Ohren, ihnen eine Sage oder ein Märchen zu erzählen, während er Petroleumlampen säuberte und nachfüllte, Schuhe putzte oder die Kupferkessel polierte, die Clara für die Herstellung von Käse angeschafft hatte. Frau Olsson hatte ihr zu dieser Investition geraten. Kupfer verhinderte ein Nachgären und sorgte für eine schnelle Reifung des Käses und die volle Entfaltung des Aromas.

Auch Clara lauschte den Geschichten aus der Gegend um Røros gern, in denen es oft um die *jutuler* ging. Das waren Verwandte der Trolle, riesenhafte Wesen, die über tausend Jahre alt wurden und nachts ihr Unwesen trieben. Ein Nickerchen konnte bei ihnen ein Jahrhundert dauern, ihr Gelächter löste Lawinen aus, ihre Skier fertigten sie aus Dachbalken und ihre Hosenträger aus Eisenbahnschienen. Sie verfügten über enorme Körperkräfte und schaufelten fuderweise Essen in sich hinein, um ihren gewaltigen Appetit zu stillen. Sie gerieten leicht in Jähzorn, der sie wie ein Orkan ganze Landschaften verwüsten ließ. Da *jutuler* aber noch dümmer und begriffsstutziger als Trolle waren und sich durch eine grotesk anmutende Empfindungsarmut auszeichneten, konnte man sie leicht übertölpeln und außer Gefecht setzen. Viele seltsam geformte Felsen zeugten davon, dass ein unvorsichtiger *jutul* ins Licht der Sonne geraten und versteinert war.

Die Kinder konnten gar nicht genug von diesen tumben Riesen hören, die ihre Fantasie anregten und sie eigene Abenteuer erfinden ließen, in denen sie die boshaften Wesen überlisteten. Clara hatten es dagegen die Nisser angetan, von denen es mehrere Arten gab. Auch diese kleinen Wichtel bevölkerten die Geschichten, die Gundersen Abend für Abend aus seinem schier unerschöpflichen Märchenfundus zum Besten gab.

Die Waldnisser bauten ihre Häuschen in hohlen Bäumen oder unter Wurzeln, die Kirchennisser bewohnten die Glockentürme der Gotteshäuser, wo sie für Sauberkeit sorgten und die Mäuse verjagten, und die Hauswichtel richteten sich unter dem Dach ein und tollten nächtens durch die Zimmer der Menschen.

Am häufigsten aber waren die *fjøsnisser* – die Scheunennisser. Gundersen erzählte, dass sie als Beschützer der Bauernhöfe galten – ein Glaube, der noch aus heidnischen Tagen stammte. Damals war man überzeugt, dass der Gründer eines Hofes, der oft in dessen Nähe beerdigt wurde, in der dunklen Jahreszeit aus seinem Grab stieg und nachsah, ob auf seinem Besitz alles in Ordnung war. Um ihn milde zu stimmen, stellte man ihm Speis und Trank bereit. Als Dank dafür beschützte er den Hof und all seine Bewohner, Tiere wie Menschen. Im Lauf der Jahrhunderte wurde aus dem beängstigenden Wiedergänger der etwa katzengroße Nisse mit grauen Kleidern und roter Mütze, der im Stall lebte. Nach wie vor glaubten die Leute, dass ihm das Wohl des Viehs am Herzen lag und er Unglück über den Bauern bringen konnte, wenn dieser es nicht gut behandelte – eine willkommene Ausrede, wenn auf dem Hof etwas zu Bruch ging oder sich Unerklärliches ereignete. Bei den meisten Landwirten war es seit alters üblich, an Weihnachten eine Schüssel Grütze für den *fjøsnisse* in den Stall zu stellen. Clara beschloss, diesen freundlichen Brauch zu übernehmen. Insgeheim stellte sie sich vor, dass der Geist von Olafs Großtante Ernestine über dem Anwesen wachte und sich vielleicht als Wichtel in ihrem Stall niedergelassen hatte.

Wenn sie abends so friedlich beisammensaßen, empfand Clara beim Anblick ihres Sohnes tiefe Dankbarkeit. Seine Verzweiflung über den Tod des geliebten Vaters war einer stillen Trauer gewichen, die wohl nie ganz verschwinden würde, sein Gemüt aber nicht mehr zu verdunkeln vermochte. Die Freundschaft zu Bodil stärkte sein Selbstbewusstsein, die Harmoniumstunden bei Sofie eröffneten ihm eine neue Welt, in der er sich entfalten konnte, und der Umzug an den See in ein eigenes Zuhause gab ihm Sicherheit. Clara ging es ähnlich. Im Birkenhaus fühlte sie sich geborgen, und die Sorge, ohne Olaf den Anforderungen des Lebens nicht gewachsen zu sein, hatte sich verflüchtigt. Eine Zuversicht, die ihrem bisherigen Leben gefehlt hatte, wuchs in ihr heran: das Wissen, sehr viel mehr zustande zu bringen und aushalten zu können, als sie sich je zugetraut hätte.

An einem Nachmittag eine Stunde vor Dienstschluss legte der Bergschreiber eine flache Pappschachtel auf Claras Tisch und bat sie, die darin befindlichen Papiere zu sichten und in den entsprechenden Ordner abzulegen.

»Ich kann mir nicht erklären, wieso das nicht längst geschehen ist«, sagte er mit einem Kopfschütteln. »Die Dokumente sind schon viele Jahre alt und müssen irgendwie durchgerutscht sein. Ich bin in einer Abstellkammer gerade zufällig darüber gestolpert. Irgendjemand hat sie einfach in dieser unbeschrifteten Schachtel dort verstaut.«

Das »Irgendjemand« grollte er mit finsterer Miene. Clara lächelte mitfühlend. Es war nicht das erste Mal, dass Herr Dietz sich über die laxe Haltung seines Vorgängers erregte, was die Dokumentenpflege anging. Offenbar hatte dieser seinen Angestellten kaum auf die Finger gesehen und deren Nachlässigkeiten weder bemerkt noch beanstandet, wenn er nicht gar selbst der Übeltäter gewesen war.

Der Bergschreiber verabschiedete sich mit dem Hinweis, kurz außer Haus eine Besorgung tätigen zu müssen, und verließ die Amtsstube. Kaum hatte Clara begonnen, die Akten durchzusehen, stolperte sie über einen bekannten Namen: Sverre Ordal. Offenbar hatte ihr Schwiegervater bis vor einigen Jahren gute Geschäfte mit der Bergwerksgesellschaft gemacht und Bauholz für Renovierungsarbeiten an der Schmelzhütte, Stollenabsicherungen, die Errichtung von Arbeiterunterkünften und anderen Gebäuden geliefert. Auch in Trondheim hatte er Kunden gehabt, darunter die Papierfabrik Hustad, die ihm große Mengen Meterholz abgekauft hatte.

Bei den Dokumenten, die Clara durchlas, handelte es sich um interne Anfragen, ob die befristeten Verträge mit dem Ordal'schen Sägewerk verlängert werden sollten. Sie wusste von ihrem Chef, dass man solche Abmachungen gewöhnlich nach Verhandlungen um neue Konditionen verlängerte, wenn man mit dem Geschäftspartner, Zulieferer oder Handwerker zufrieden war – was in der Regel nach jahrelanger Zusammenarbeit der Fall war. Bei Sverre Ordal hatte man aus irgendeinem Grunde anders entschieden. Auf die Anfragen waren an den Rand handschriftliche Bemerkungen gekritzelt, die Clara nur mühsam entziffern konnte. Sie erkannte die Worte *oppsigelse,* was laut ihrem Wörterbuch Kündigung bedeutete, sowie *annullere* und *avbestille,* die eine ähnliche Bedeutung hatten. Wer diese Notizen verfasst hatte, war nicht ersichtlich. Sie waren nicht unterschrieben.

Claras Puls beschleunigte sich. War sie auf die Ursache für den Bankrott ihres Schwiegervaters gestoßen? Warum hatte er seine Aufträge verloren? Die harmloseste Erklärung war, dass es keinen Bedarf mehr an seinem Holz gegeben hatte. Es erschien Clara zwar unwahrscheinlich – bevor sie sich wilden Spekulationen hingab, wollte sie aber als Erstes nachprüfen, ob es eventuell tatsächlich daran gelegen hatte.

Sie öffnete die Schreibtischschublade, holte den Schlüssel fürs Archiv heraus und suchte dort in den Unterlagen zu den Zulieferern nach den Jahren, in denen Sverres Verträge ausgelaufen waren. Sie waren allesamt mit anderen Sägewerken neu verhandelt worden, die sich teilweise weit außerhalb von Røros befanden und sehr viel schwerer zu erreichen waren. Soweit Clara es

451

beurteilen konnte, waren die Preise nicht niedriger als die von Sverre – es gab in ihren Augen keinen nachvollziehbaren Grund für diese Wechsel. Besonders ungünstig waren die Konditionen bei einer Großbestellung 1888. In jenem Jahr war die Schmelzhütte niedergebrannt und musste von Grund auf neu gebaut werden. Was hätte im Sinne des Wortes nähergelegen, als das Holz von den Ordals liefern zu lassen? Stattdessen hatte man einen umständlichen Transport in Kauf genommen.

Clara stellte die Ordner zurück und rieb sich die Schläfe. Irgendjemand hatte jahrelang dafür gesorgt, dass dem Sägewerk von Sverre die Aufträge der Berggesellschaft entzogen wurden – auch wenn diese davon nicht profitierte. Clara schlug in älteren Akten nach und entdeckte, dass bereits Sverres Vater ein Hauptlieferant des Kupferwerks gewesen war. In einem Vertrag wurde er als Partizipant bezeichnet, bei dem ein anderer Kompagnon, der Papierfabrikant Roald Hustad aus Trondheim, Holz bestellt hatte. Auch diese Geschäftsbeziehung war gekappt worden. Clara runzelte die Stirn. Wenn sie es sich richtig gemerkt hatte, wurden die Teilhaber der Bergwerksgesellschaft Partizipanten genannt und besaßen eine Mine oder zumindest Beteiligungen an einer Grube. Was war aus den Ordal'schen Kuxen geworden? Hatte ihr Schwiegervater die Bodenrechte an dem Bergwerk geerbt, oder waren sie noch zu Lebzeiten seines Vaters veräußert worden? Und wenn ja, aus welchem Grund? Anstatt Antworten auf ihre Fragen zu finden, stieß sie in dem Archiv auf weitere Punkte, die der Klärung bedurften.

»Frau Ordal?«

Der Ruf des Bergschreibers drang vom Flur her an Claras Ohr. Sie verließ rasch das Archiv und schloss es ab.

»Hier sind Sie«, sagte Herr Dietz und ging auf sie zu. »Es ist schon weit nach drei Uhr. Ihr Eifer in allen Ehren. Aber Sie sollten jetzt nach Hause gehen. Es ist schon fast dunkel. Die Arbeit läuft Ihnen nicht davon.«

Clara kämpfte kurz mit sich, ob sie den Bergschreiber über ihre Vermutungen informieren sollte. Vielleicht wusste er mehr über die Angelegenheit und konnte Licht ins Dunkel bringen. Nein, das ist kaum anzunehmen, widersprach sie sich. Er ist doch erst ein Jahr im Amt. All diese Verträge mit anderen Sägewerken sind vor seiner Zeit geschlossen worden. Bevor ich jemanden einweihe, muss ich erst noch mehr über die Hintergründe in Erfahrung bringen.

»Vielen Dank, ich hab die Zeit völlig aus dem Blick verloren«, sagte Clara.

»Sie erstaunen mich immer wieder«, sagte Herr Dietz. »Dass sich eine junge Frau beim Einordnen von schnöden Akten selbst vergisst, hätte ich nun nicht für möglich gehalten. Oder sollte sich eine unerwartet spannende Lektüre in der Schachtel befinden?«, fügte er mit spitzbübischer Miene hinzu.

Clara schluckte und bemühte sich um ein unbefangenes Lächeln. Wenn er wüsste, wie sehr er ins Schwarze getroffen hat, dachte sie.

»Nein, nur das Übliche«, entgegnete sie. »Ich unterschätze gern, wie lange das Abheften dauern kann.«

Der Bergschreiber nickte. »Wie gesagt, die Arbeit läuft nicht davon. Wir sehen uns dann morgen früh in alter Frische.«

Er nickte ihr zu und ging hinüber in den Teil des Gebäudes, in dem er und seine Frau wohnten. Clara eilte in die Amtsstube, zog ihren Mantel an und stopfte nach kurzem Zögern die Akten aus der Schachtel in ihren Einkaufskorb. Sie wollte sie in Ruhe zu Hause zu Ende durchsehen und gründlich studieren. Sie nahm sich vor, dabei so unvoreingenommen wie möglich vorzugehen und nicht der Versuchung zu erliegen zu glauben, den Verantwortlichen für Sverres Niedergang bereits ausgemacht zu haben: Ivar Svartstein.

Als sich Clara der Bjørkvika näherte, sah sie schemenhaft die Umrisse eines Wagens und eines Pferdes vor dem Tor. In der Dunkelheit konnte sie nicht erkennen, ob es sich um eine Mietkutsche handelte. War Frau Olsson überraschend zu Besuch gekommen? Sie beschleunigte ihre Schritte und spähte zum Haus. Im erleuchteten Küchenfenster zeichnete sich die Silhouette eines stattlichen Mannes ab. Es war nicht die leicht gebeugte, hagere Statur des alten Gundersen. Ihr Magen zog sich zusammen. Stand dort Mathis Hætta? Seit der Begegnung am Bahnhof hatte sie ihn nicht mehr gesehen.

Sie hatte sich bemüht, ihn aus ihren Gedanken zu verbannen und sich keinen schwärmerischen Fantasien hinzugeben, die doch niemals Wirklichkeit werden konnten. Tagsüber gelang es ihr meistens gut, sich an ihren Vorsatz zu halten. Sobald die Vernunftstimme in der Phase kurz vor dem Einschlafen das Zepter aus der Hand gab, schlich sich der junge Ingenieur in Claras Kopf. Tauchte er gelegentlich in ihren Träumen auf, erwachte Clara mit einer Sehnsucht, die sie körperlich schmerzte. Gleichzeitig regte sich ihr schlechtes Gewissen. War es nicht pietätlos, kein halbes Jahr nach dem Tod ihres Ehemannes solche Gefühle für einen anderen zu hegen? Zumal es Empfindungen waren, die Olaf nie in ihr ausgelöst hatte?

Zu wissen, dass Mathis sich in ihrer Nähe aufhielt und sie ihm in Røros jederzeit über den Weg laufen konnte, hatte Clara in den vergangenen Wochen in einen Zustand unterschwelliger Nervosität versetzt, die nun vollends Besitz von ihr ergriff. Die Aussicht, Mathis in wenigen Minuten gegenüberzustehen, den Druck seiner Hand zu spüren, seine Stimme zu hören und seinen Geruch wahrzunehmen, schnürte ihr die Luft ab. Unwillkürlich verlangsamten sich ihre Schritte. Clara zwang sich, ruhig zu atmen, und löste den Schal, der mehrfach um ihren Hals geschlungen war.

Mittlerweile hatte sie den Wagen erreicht. Es war eine zweirädrige Gig mit gepolsterter Kutscherbank und hoch beladen mit Kisten und Ballen. Hinten baumelte eine Wasserwanne aus Zink. Das Pferd, über dessen Rücken eine Decke ausgebreitet war, döste mit gesenktem Kopf vor sich hin. Während Clara an dem Gefährt vorbei zum Eingang ihres Grundstücks lief, fragte sie sich, ob Mathis gekommen war, um sich zu verabschieden. Dem Gepäck auf der Kutsche nach zu urteilen, hatte er seinen gesamten Hausrat bei sich. Sie blieb stehen und runzelte die Stirn. Das letzte Mal, als sie Mathis gesehen hatte, war er mit einem einzigen Koffer unterwegs gewesen. Hatte er sich in der Zwischenzeit so viele Dinge angeschafft? Plante er, sich dauerhaft in der Gegend niederzulassen? Oder hatte er beschlossen, diese zu verlassen und anderswo sein Glück zu suchen?

Ihre Überlegungen wurden jäh unterbrochen. Ein Hund, der wie ein großer grauer Spitz aussah, schoss auf sie zu und stellte sich ihr laut bellend in den Weg. Clara schrie auf und taumelte einen Schritt zurück. Der Schreck lähmte sie. Unfähig, sich zu bewegen, starrte sie das Tier an, dessen Zähne im Dunkeln aufblitzten.

42

Røros, November 1895 – Sofie

Sofie hatte nicht damit gerechnet, auf der kargen Hochebene eine regelrechte Ortschaft vorzufinden. Neben den Funktionsgebäuden des Bergwerks – in denen unter anderem ein Pochwerk und eine Sortieranlage für die Gesteinsbrocken, eine Schmiede zur Fertigung und Reparatur von Werkzeug und anderen Metallgegenständen, ein großes Wasserrad, das Entwässerungspumpen und Aufzüge antrieb, und Lager für Sprengstoff und Heizmaterial untergebracht waren – gab es Gemeinschaftsbaracken und Wohnhäuser für die rund dreihundert Kumpel und deren Familien, eine kleine Schule, ein Postamt und eine Gemischtwarenhandlung.

Klamm gefroren vom eisigen Fahrtwind, dem sie auf dem offenen Wagen der Werksbahn ausgesetzt gewesen war, stolperte Sofie hinter Per her, der von den Gleisen über eine verschneite Geröllhalde zu den Häusern lief. Sie hätte viel um ihren Mantel mit dem breiten Pelzkragen und ihren gefütterten Muff gegeben, die sie besser vor der frostigen Luft geschützt hätten als die Bergmannskluft. Sie steckte ihre Hände unter die Achseln, stampfte beim Gehen kräftig auf und fragte sich, wie lange es dauerte, bis einem die Zehen erfroren. Ihre fühlten sich an wie Eisklötzchen.

Per, der die Fahrt über schweigend neben ihr gesessen hatte, schien ihre Gedanken zu lesen. Er drehte sich zu ihr. »Wollen wir uns ein wenig aufwärmen, bevor ich dir die Grube zeige?«

Sofie nickte und biss ihre Zähne aufeinander, die vor Kälte klapperten.

»Ah ja, noch etwas. Das wollte ich schon vorhin sagen«, fügte

Per hinzu. »Es wäre gut, wenn man dich für einen Mann hält. Bergleute sind abergläubisch. Viele von ihnen sind der Überzeugung, dass es Unglück bringt, wenn eine Frau unter Tage geht.«

Sofie sah an sich hinunter. »In dem Aufzug würden mich nicht einmal mein eigener Vater und meine Schwester erkennen. Geschweige denn für ein weibliches Wesen halten.«

Per grinste. »Stimmt. Wenn du möglichst wenig sagst, ist die Tarnung perfekt. Du könntest ohne Weiteres als *vaskarryss* durchgehen.«

»Du meinst diese armen Jungen, die bei jeden Wetter an den langen Trögen stehen und die Erzbrocken unter fließendem Wasser waschen und sortieren?«

»Genau. Einen Ehemaligen lernst du gleich kennen. Johan hat schon mit acht Jahren in den Gruben geschuftet. Jetzt hilft er seinem Vater im Geschäft, das dieser vor ein paar Jahren eröffnet hat, als er nicht länger als Bergmann arbeiten konnte.«

Er stieß die Tür zu dem Laden auf, den sie mittlerweile erreicht hatten, und ging voran ins Innere. Hinter dem Tresen saß ein junger Bursche von etwa sechzehn Jahren und las in einem Buch. Er war von schmaler Statur und hatte feine Gesichtszüge, die von buschigen Brauen dominiert wurden. Bei Pers Anblick sprang er auf und streckte ihm seine Rechte hin.

»Per! Wie schön! Lässt du dich auch mal wieder blicken.«

»Ja, ist lange her«, sagte Per und schüttelte seine Hand. »Ich hatte ein paar Aufträge in der Schmelzhütte. Und war viel in Sachen Arbeiterbewegung unterwegs. Und du? Wie geht's dir? Und deinen Eltern?«

»Sehr gut, danke. Wir sind alle wohlauf«, antwortete Johan. »Wen hast du denn da mitgebracht?«, fragte er und nickte zu Sofie hin, die sich an einen kleinen gusseisernen Ofen gestellt hatte, der in einer Ecke stand und vor sich hin bollerte.

»Einen entfernten Cousin. Er sucht Arbeit.«

»Hier findet er bestimmt welche. In den Minen stellen sie gerade viele neue Leute an«, antwortete Johan und lächelte Sofie zu.

»Ich soll dir schöne Grüße von Olsen Berg ausrichten«, sagte Per. »Er lässt fragen, ob du nicht mal eine deiner Geschichten im *Fjell-Ljom* veröffentlichen willst.«

Sofie sah, wie Johans Wangen sich röteten. Er hob abwehrend die Hände.

»Das ehrt mich sehr. Aber so weit bin ich noch nicht.«

Per zuckte mit den Schultern und wandte sich an Sofie. »Ich bin mir sicher, dass Johan mal ein großer Schriftsteller wird. Er schreibt bewegende Liebesbriefe für die Kumpel hier, die sich das selbst nicht zutrauen, und hat schon für manch einen das Herz seiner Angebeteten geöffnet. Vor allem aber erzählt er wunderbare Geschichten über das Leben der Bergleute, die einen tief ...«

»Ach, jetzt übertreib nicht so«, fiel Johan ihm ins Wort. »Ich beschreibe doch einfach nur, was ich erlebt und gesehen habe.«

»Mag sein. Aber so anschaulich und mitreißend, dass man sofort alles ganz deutlich vor sich sieht«, sagte Per. »Ich hoffe jedenfalls, dass wir bald was von dir zu lesen bekommen. Du könntest einen wichtigen Beitrag für unsere Sache leisten und gewissen Leuten die Augen darüber öffnen, was für ein hartes Leben die Arbeiter und ihre Familien führen. Und wie skrupellos man sie ausbeutet. Es wird Zeit, dass sich da grundlegend etwas ändert.«

Sofie senkte den Kopf. Hatte Per seine Worte an sie gerichtet? Oder bildete sie sich das nur ein? Weil sie ein schlechtes Gewissen hatte? Schließlich gehörte sie zu der privilegierten Schicht, die von der Schinderei der Bergleute profitierte.

Per zog einen Zettel aus seiner Jackentasche und reichte ihn Johan. »Vielleicht hast du ja Lust, dir unser Theaterstück anzusehen?«

Johan überflog das Blatt, auf das Ole Guldal die Ankündigung der Premiere und eine kurze Inhaltsangabe des Lustspiels hatte drucken lassen.

»Das klingt amüsant«, antwortete er. »Wenn ich Zeit hab, komme ich auf jeden Fall.«

Per tippte sich an seine Mütze und verabschiedete sich. Johan wünschte Sofie viel Glück bei der Arbeitssuche, setzte sich und vertiefte sich wieder in seine Lektüre.

»Woher kennst du ihn?«, fragte Sofie, als sie nebeneinander zur Kongensgruve liefen.

»Ich habe hier voriges Jahr ein paar Schuppen gebaut und neue Verladerampen. Da war ich häufig im Laden und hab mich viel mit Johan unterhalten. Wirklich ein aufgeweckter Bursche. Sehr belesen und interessiert.« Per warf Sofie einen Seitenblick zu. »Kaum zu glauben, oder? Wo er doch aus so einfachen Verhältnissen stammt.«

Sofie funkelte ihn an. »Warum unterstellst du mir dauernd, ich würde voller Vorurteile stecken?«

»Ist es denn nicht so?«, fragte Per.

»Mag sein. Aber du bist keinen Deut besser«, erwiderte Sofie. »Du tust so, als könntest du in meinen Kopf schauen und wüsstest genau, wie ich denke. Das finde ich sehr voreingenommen.«

Per grinste und knuffte sie auf den Oberarm. »Manchmal kann ich einfach der Versuchung nicht widerstehen, dich zu necken. Du regst dich so schön auf.«

Sofie verkniff sich den Hinweis, dass es sich nicht gehörte, eine Dame zu boxen. »Wie kommt es, dass Johan so gut schreiben kann?«, fragte sie stattdessen. »Schuldirektor Guldal hat mir erzählt, dass viele Arbeiterkinder oft nur ein paar Wochen im Jahr zum Unterricht kommen, weil sie auf den Höfen mithelfen müssen oder in die Gruben und Schmelzhütten geschickt werden. Deshalb können viele von ihnen auch nach sieben Jahren Volksschule kaum lesen und schreiben.«

Pers Miene wurde ernst. »Johan hatte Glück. Seine Eltern sind sehr aufgeschlossen und belesen. Sein Vater liebt die französische Literatur und ist ein glühender Anhänger der revolutionären Ideale von Gleichheit und Brüderlichkeit. Seine Mutter hat Johan von klein auf Geschichten und Sagen erzählt, und sein Onkel hat ihm Lesen und Schreiben beigebracht.«

»Und wie war das bei dir?«, rutschte es Sofie heraus. »Du bist ja auch … äh … ich meine … ich wollte sagen …«, stammelte sie und verfluchte sich innerlich. Nun hatte sie Per wieder Munition geliefert.

Pers Mundwinkel zuckten. Er verzichtete jedoch auf eine bissige Bemerkung. »Ich hatte auch Glück«, sagte er. »Bei mir war es Ole Guldal, der mich gefördert hat. Ich habe ihm viel zu verdanken, vor allem nachdem meine Eltern …« Ein Schatten flog über sein Gesicht. Er unterbrach sich und deutete auf ein riesiges Loch, das sich vor ihnen in einer Senke auftat. »So, da wären wir. Hier geht's hinunter in den Hauptstollen. Bist du bereit?«

Sofie nickte abwesend und blieb stehen. Was war mit Pers Eltern? Waren sie gestorben? Sie traute sich nicht, ihn zu fragen. Einen Moment lang hatte sie eine Traurigkeit bei ihm gespürt, die sie selbst so gut kannte. Das Gesicht ihrer Mutter tauchte vor ihrem geistigen Auge auf und mit ihm der Schmerz, den ihr Verlust nach wie vor auslöste. Ihr Hals wurde eng. Per, der bereits ein paar Schritte vorausgegangen war, drehte sich zu ihr und musterte sie aufmerksam. Offenbar hielt er Furcht und Scham für den Grund ihres Zögerns.

»Es muss dir nicht peinlich sein. Mir ist auch immer wieder mulmig, wenn ich in eine Grube steige«, sagte er. »Halte dich einfach dicht hinter mir.«

Sofie rang sich ein Lächeln ab und folgte ihm. Sie liefen an einem Schienenstrang entlang, der in das Bergwerk führte. Sie wurde nicht schlau aus diesem jungen Mann. Vor ein paar Minuten hatte er sie noch aufgezogen, im nächsten Moment zeigte er sich einfühlsam und darauf bedacht, ihr ihre Befangenheit zu nehmen.

»Den Eingang des Hauptstollens nennt man Mundloch«, sagte Per. »Der hier führt etwa zwei Kilometer waagrecht in den Berg rein.«

»Und wie tief geht es unter die Erde?«

»Momentan so um die vierzig Meter. Wir befinden uns ja oberhalb der alten Arvedalsgrube, die schon vor langer Zeit stillgelegt worden ist. Solange der Abbau über der Talsohle vonstattenging, ließ sich die neue Kongensgrube ohne Schwierigkeiten betreiben. Je tiefer man dem Erz aber in die Tiefe folgte, umso komplizierter wurde es, das Wasser nach oben zu pumpen und abzuleiten«, erklärte Per.

»Ja, ich weiß«, unterbrach Sofie ihn. »Mein Vater hat sich kürzlich mit einem Ingenieur über die Weiterentwicklung der Hebetechnik unterhalten und sich über neue Möglichkeiten informiert, wenn man Elektrizität zur Verfügung hätte.«

»Dann würde manches leichter«, sagte Per. »Aber alle Probleme sind damit nicht zu lösen. Die langen Wege bleiben. Auch beim Abtransport der Gesteinsbrocken. Deshalb haben sie schon 1849 angefangen, die beiden Minen durch einen Schacht zu verbinden und so die Zugänge der alten Arvedalsgrube zu nutzen. Wenn er in ein paar Jahren fertig ist, wird er einhundertzwanzig Meter in die Tiefe gehen.«

»Also nennt man Gänge, die senkrecht nach unten gehauen werden, Schächte, und die horizontalen Stollen?«, fragte Sofie.

»Ganz genau. Wobei Letztere Strecken oder Querschläge heißen, wenn sie nicht ans Tageslicht führen.«

Mittlerweile hatten sie die geräumige Eingangshöhle durchquert und standen vor einem schmalen, etwa mannshohen Loch, in dem die Schienen verschwanden. An mehreren Stellen sah Sofie kleinere Öffnungen. Eine Kakofonie von Hammerschlägen, dumpfen Rufen, Quietschen, Rattern und Rumpeln brauste in Sofies Ohren. Sie hätte nicht sagen können, woher die einzelnen Geräusche kamen. Auch die Gerüche, die die Luft erfüllten, konnte sie nicht alle zuordnen. Es war eine Mischung aus tranigem Schmieröl und dem Rauch der Lampen, in die sich die herbe Note von Vitriolöl und Schwefel mengte. Die Wände bestanden aus kleinporigem Gestein, dessen Farbe zwischen gelblichen und braunroten Tönen changierte.

Sofie atmete schwer. Beklommen schaute sie in den dunklen Gang. Was erwartete sie dort? Hoffentlich bekam sie keine Platzangst. Alte Sagen von verzauberten Bergen und den in ihnen hausenden Wesen kamen ihr in den Sinn. Stieg der arglose Wanderer kurz zu ihnen hinab, musste er nach seiner Rückkehr ans Tageslicht feststellen, dass in der Zwischenzeit mehrere Jahrzehnte verstrichen waren – wenn ihn die Unterirdischen nicht gleich ganz bei sich behielten. Sofie schlang ihre Arme um den Oberkörper und befahl ihren Beinen, die rückwärts weglaufen wollten, stehenzubleiben.

Per holte eine Lampe aus seinem Lederbeutel. Sie war aus Messing geschmiedet und erinnerte Sofie an ein kleines Bügeleisen. Aus der Spitze ragte der Docht, hinten am nach vorn gebogenen Griff befand sich ein Haken, an dem man sie aufhängen konnte.

»Ein Bergmann ohne Licht ist ein armer Wicht«, sagte Per und riss ein Streichholz an.

»Ist offenes Feuer nicht gefährlich?«, fragte Sofie.

»Du meinst wegen der explosiven Gase?«

Sie nickte. Per hob die Leuchte und ging ein paar Schritte in den Gang hinein.

»Keine Sorge, die kommen in Erzbergwerken selten vor. Wir haben hier eher Probleme mit dem Wasser«, sagte er und lenkte Sofies Blick auf eine Rinne, die am Rand des Stollenbodens verlief. »Hier in dieser Gegend gibt es ja viele Flüsse und Seen. Und überall in den Bergen liegen Wasseradern, von denen man oft nicht genau weiß, wie stark sie sind. Da passiert es immer wieder, dass die Gesteinsschicht durch den Abbau zu dünn wird und dem Wasserdruck nicht mehr standhält.«

Sofie warf einen misstrauischen Blick auf die hölzernen Stützen, die in unregelmäßigen Abständen wie Türrahmen in den Stollen eingefügt waren. »Das ist Fichte. Nicht gerade das stabilste Holz.«

»Dafür aber schön langfaserig«, sagte Per. »Wenn der Gebirgsdruck plötzlich ansteigt, fängt es an zu knistern und warnt so den Bergmann, bevor es bricht.«

»Ah, das beruhigt mich ungemein.«

Am liebsten wäre Sofie auf der Stelle umgekehrt. Von nun an würde sie ständig lauschen und auf das verräterische Ächzen der berstenden Fichtenstämme warten. Reiß dich zusammen!, ermahnte sie sich. Darauf legt er es doch an, dich als verzärteltes Dämchen bloßzustellen. Sofie ballte ihre Hände zu Fäusten. Nein, diese Genugtuung würde sie Per nicht verschaffen.

Nach einigen Minuten hielt er an und leuchtete in einen engen Gang, der vom Stollen seitlich wegführte.

»Das ist ein altes Ort ... äh ... die Stelle, wo der Querschlag vorgetrieben wurde«, fügte er hinzu, als er Sofies fragenden Blick sah. »Damals haben sie noch traditionell mit Schlägel und Eisen gearbeitet.«

Sofie sah sich im Schein der Lampe um. Die etwa drei Meter lange Kammer hatte einen eiförmigen Durchschnitt, der sie an die Bogenfenster von romanischen Kirchen denken ließ. Der Boden war feucht und schlammig.

»Warum ist der Fels hier drin so dunkel?«, fragte sie und strich mit den Fingern über einen Stein, der an den Bruchkanten blau schimmerte. Er fühlte sich rau an.

»Das ist Gabbro«, antwortete Per. »Es stammt tief aus dem Erdinneren und ist abgekühltes Magma von uralten Vulkanausbrüchen. Die bläuliche Farbe ist oxidiertes Kupfer.«

»Also sind die Erzadern im Grunde nichts anderes als ehemalige Lavaströme?«

»Das könnte man so sagen, ja«, sagte Per. »Verrückte Vorstellung. Dass dieses harte Material einmal flüssig war.« Er lächelte sie an. »Damit du eine Vorstellung davon bekommst, wie hart dieses Gestein ist: Früher haben es zwei Kumpel in einer Schicht von zwölf oder dreizehn Stunden gerade einmal geschafft, ein bis zwei Zentimeter wegzuhauen.«

»Du meine Güte!«, rief Sofie. »So wenig?«

Sie schüttelte den Kopf und sah sich erneut um. Wie unendlich vieler Schichten hatte es wohl bedurft, bis dieser Querschlag fertig gewesen war? Wie fühlte es sich an, tagein, tagaus im flackernden Licht zweier Lämpchen in diesem Loch zu stecken, in der klammen Feuchte mit den schweren Werkzeugen zu hantieren, dabei Staub zu schlucken, der einem langsam die Lunge zerfraß – und das alles für einen Lohn, der oftmals nicht ausreichte, die Familie einigermaßen über die Runden zu bringen?

»Heute geht es zum Glück etwas leichter«, sagte Per. »Das ist vor allem dem Dynamit zu verdanken, das vor knapp zwanzig Jahren erfunden worden ist.«

»Von diesem Schweden, Alfred Nobel, nicht wahr?«

Per nickte. »Damit zu sprengen oder besser gesagt zu schießen, wie es in der Bergmannssprache heißt, ist wesentlich ungefährlicher als mit Schwarzpulver. Das ist nämlich beim Befüllen der Bohrlöcher oft vorzeitig explodiert und hat schlimme Unfälle verursacht.«

Sofie schauderte bei der Vorstellung von den furchtbaren Verletzungen, die eine unkontrollierte Sprengung den Bergleuten zufügen konnte. Wenn sie überlebten, mussten die betroffenen Gliedmaßen meistens amputiert werden – was den Betroffenen oft genug ins Armenhaus brachte. Wenn er nicht doch noch vom Wundbrand dahingerafft wurde.

Wie aufs Stichwort ertönte ein helles Klingeln. Per horchte auf.

»Das ist die Triangel, die eine bevorstehende Sprengung ankündigt. Wir sollten besser umkehren. Wir wissen ja nicht, wie nah wir dran sind.«

Sofie folgte ihm zurück zum Stollen und prallte nach wenigen Schritten gegen Pers Rücken, als er am Eingang des Querschlags unvermittelt anhielt. Sie murmelte eine Entschuldigung und spähte an ihm vorbei in den Hauptgang. Eine Grubenkarre stand einige Meter von ihnen entfernt auf den Gleisen. Sie war hoch beladen mit Gesteinsbrocken.

»Nanu, wer hat die denn da stehenlassen?«, sagte Per. »Als wir hergekommen sind, hat sie noch nicht da gestanden.«

Ein unterdrückter Fluch war die Antwort. Hinter dem Wagen tauchte ein Mann auf. Sein Gesicht glänzte vor Schweiß, der sich mit dem Staub mischte und in dunklen Rinnsalen über seine Stirn und Wangen rann.

»Na, mein Freund, wo klemmt's denn?«, fragte Per.

»Weiß nicht«, knurrte der Mann. »Dachte, dass etwas die Räder blockiert. Ist aber wohl einfach nur verdammt schwer.« Er zwängte sich an der Lore vorbei und legte sich die ledernen Riemen über die Schultern, mit der sie gezogen wurde.

»Wollen wir ihm nicht helfen?«, flüsterte Sofie.

Pers Augen leuchteten auf. »Zwei Dumme, ein Gedanke.«

Sie stellten sich nebeneinander hinter den Karren. Per rief dem Mann zu, dass sie bereit seien, und auf dessen »Hauruck« hin stemmten sie sich dagegen. Der Wagen rührte sich nicht. Sofie biss die Zähne zusammen und drückte stärker. Sie hörte Pers Keuchen, das sich mit ihrem mischte. Mit einem Quietschen begannen sich die Räder zu drehen. Als die Lore ins Rollen kam, war es einfacher, sie in Bewegung zu halten.

»Warum muss er so eine schwere Last ganz allein schleppen?«, fragte Sofie im Schutz des Rumpelns leise.

»Vermutlich hat er schlampig gearbeitet oder sich sonst etwas zuschulden kommen lassen. Zur Strafe müssen Bergleute dann gern einmal vor die Hunte gehen und sie ziehen.«

»Hunte? Bedeutet das Karre?«

»Genau. Ist ein alter Ausdruck, der wie so viele in der Bergmannssprache aus Deutschland stammt.«

Ein lautes Donnern übertönte seine Antwort. Sofie zuckte zusammen und blieb stehen. Der Hall wurde von den Wänden mehrfach hin- und hergeworfen und vibrierte in ihrem Bauch. Sie schwankte. Ursache waren nicht ihre weichen Knie. Es war der Boden, der unter ihren Füßen bebte. Ihre Ohren wurden taub.

»Keine Angst, es ist gleich vorbei.«

Sofie las die Worte von Pers Lippen. Hören konnte sie sie nicht. Panik erfasste sie. Brach gerade der ganze Berg über ihr zusammen? Was, wenn ihre Trommelfelle geplatzt waren? Sie riss den Mund zu einem Gähnen auf. Mit einem Klacken schwand der Druck. Die Geräusche waren wieder da. Das Grollen der Sprengung verebbte.

»Puh, das war aufregend«, sagte Sofie. Ihre Stimme hörte sich piepsig an. Per zwinkerte ihr zu.

»Ich will mich ja nicht lumpen lassen. Und so eine Sprengung gehört nun mal dazu.«

Sofie grinste. »Eine perfekte Inszenierung! Ole Guldal hätte es nicht besser hingekriegt.«

»Können wir weiter?«, rief der Bergmann vor dem Karren.

»Ja«, antwortete Per und nahm seinen Platz zum Schieben ein.

Sofie stellte sich neben ihn und konzentrierte sich wieder darauf, auf dem unebenen Untergrund nicht zu stolpern und mit Per Schritt zu halten. Sie spürte die Wärme seines Körpers dicht neben ihrem und ging für ein paar Augenblicke ganz im Gleichklang ihrer Bewegungen auf. Das gemeinsam erlebte Abenteuer war eine Erfahrung, die neu und beglückend war. Alle Vorbehalte, Unsicherheiten und Unterschiede verblassten. Per war ihr in diesem Moment so vertraut und nah, wie niemand es je zuvor gewesen war. Auch Moritz nicht. Bei Per fühlte sie sich zum ersten Mal als Mensch wahrgenommen. Nicht als Tochter von jemandem, nicht als Angehörige einer bestimmten Schicht. Sondern als sie selbst.

43

Røros, November 1895 – Clara

»Guro! Zurück!«

Der Ruf einer kräftigen Männerstimme ließ den Hund verstummen. Er verharrte jedoch vor Clara, die sich an die Mauer gedrückt hatte, und sah sie wachsam an. Vom Haus her näherten sich Schritte. Clara drehte langsam den Kopf. Der Mann, dessen Umrisse sie durchs Fenster gesehen hatte, eilte im Schein einer Stalllaterne, die er vor sich hertrug, auf sie zu. Sie schätzte ihn auf ungefähr vierzig Jahre. Er trug einen ausgebeulten Anzug aus grobem Tuch und einen Schnauzbart. Sein gebräunter Teint zeugte von einem Leben im Freien.

»Entschuldigen Sie bitte!«, rief er, öffnete das Tor und trat auf die Straße. »Ich hoffe, Guro hat Sie nicht allzu sehr erschreckt.«

Clara schaute zu dem Hund, der sich zu dem Pferd trollte, atmete tief durch und ging dem Mann entgegen. Seine dunkelgrauen Augen, über denen sich die Brauen in feinen Bögen wölbten, kamen ihr vertraut vor.

»Sind Sie Fele ... äh ... Bodils Vater?«, fragte sie.

Der Mann nickte und hielt ihr mit einer Verneigung seine Rechte hin. »Nils Jakupson, auch bekannt als Fele-Nils.«

Clara schluckte. In den vergangenen Wochen hatte sie sich nur noch selten Gedanken darüber gemacht, was geschehen würde, wenn Bodils Vater wieder in Røros war. Je länger jener Tag im August zurücklag, an dem sie beschlossen hatte, das Mädchen bei sich aufzunehmen, desto unwahrscheinlicher war ihr die Rückkehr von Fele-Nils vorgekommen. Wenn sie ehrlich war, hatte sie sie verdrängt. Bodil war ihr ans Herz gewachsen und aus ihrem und vor allem aus Pauls Leben nicht mehr wegzudenken. Das Erscheinen von Fele-Nils hatte sie jäh auf den Boden der Wirklichkeit zurückgerissen.

Clara schüttelte seine Hand, die von Schwielen bedeckt war.

»Ich freue mich sehr, Sie kennenzulernen, Herr Jakupson«, sagte sie und schob etwas lahm nach: »Bodil ist sicher überglücklich, dass Sie wieder da sind.«

»Ich bin vor allem unsagbar erleichtert, dass es meiner Tochter gut geht«, antwortete er. »Ich hatte nicht zu hoffen gewagt, sie so gesund und munter vorzufinden.«

Gemeinsam liefen sie zum Haus.

»Ich wollte eigentlich schon viel früher wieder in Røros sein. Allein schon, um den Wagen endlich gegen den Schlitten zu tauschen, den ich hier untergestellt habe«, fuhr er fort. »Aber als ich auf der Rückfahrt von Schweden meine Tochter bei meiner Cousine oben in Tydal abholen wollte, war sie nicht dort. Keiner wusste, wo sie sein könnte. Ich war außer mir vor Sorge und habe die Gegend tagelang nach Bodil abgesucht.«

»Oh, ich kann mir denken, wie Ihnen zumute war«, sagte Clara. »Wenn mein Paul verschwinden würde ...« Sie zog die Schultern hoch und schüttelte den Kopf.

Bodils Vater fuhr fort: »Schließlich hab ich einen Fuhrmann getroffen, der meine Tochter im Sommer ein Stück Richtung Røros mitgenommen hatte, und mich, so schnell es ging, auf den Weg hierher gemacht. Ich hab sie schon verhungert und erfroren vor mir gesehen. Ich wusste ja nicht, dass jemand sie so liebevoll aufgenommen hat.«

Mittlerweile hatten sie die Haustür erreicht.

Fele-Nils blieb stehen und sah Clara in die Augen. »Worte können meine Dankbarkeit Ihnen gegenüber nicht ausdrücken.«

»Das war doch selbstverständlich«, begann Clara. »Jeder hätte ...«

»Nein, ganz gewiss nicht!«, fiel er ihr ins Wort. »Nicht bei unsereinem.«

Clara erwiderte seinen Blick. »Vielleicht sollten Sie wissen, dass ich hier auch nicht gerade das höchste Ansehen genieße. Ich bin katholisch und ...«

»Sie sind vor allem eines: eine gute Christin mit einem großen Herzen. Und Sie sind sehr mutig. Wenn Sie nicht gewesen wären, wäre Bodil verbrannt. Oder erstickt.«

Clara wandte verlegen den Kopf ab und ging ihm voran ins Haus. Paul und Bodil sprangen ihr entgegen.

»Da bist du ja, Mama«, rief Paul. »Wir haben sooo lange auf dich gewartet. Bodils Vater hat uns schon viel von seiner Reise erzählt. Einmal wäre sein Schlitten fast vom Sturm umgekippt worden«, sprudelte er hervor und hielt ihr eine Tüte mit Lakritze hin. »Willst du? Bodils Vater hat sie mitgebracht.«

»Nach dem Essen vielleicht«, sagte Clara, zauste ihrem Sohn die Haare und spähte in die Küche, wo der alte Gundersen am Herd stand und den Bohneneintopf umrührte, den Clara am Morgen vorbereitet hatte.

»Wo sind denn Ihre anderen Kinder?«, fragte sie, an Fele-Nils gewandt. »Wenn ich mich recht erinnere, hat Bodil doch zwei ältere Brüder.«

Bevor er antworten konnte, sagte Bodil: »Papa hat sie bei der Cousine gelassen. Sie sollen sie beschützen und aufpassen, dass ihr Mann sie nicht mehr schlägt.«

Das Gesicht von Fele-Nils verdüsterte sich. »Dieser Schurke. Ohne ihn wäre der ganze Schlamassel nie passiert. Ich mach mir große Vorwürfe, dass ich nicht gemerkt habe, was für ein Tunichtgut er ist.«

Clara hängte ihren Mantel an die Garderobe.

»Wie hätten Sie das denn merken können«, sagte sie. »Solche Menschen verstehen es meistens gut, sich vor Fremden zu verstellen. Zumal, wenn sie nur kurze Zeit die Fassade aufrechterhalten müssen. Sie hatten ja kaum Gelegenheit, ihn richtig kennenzulernen.«

»Sehen Sie, das meinte ich: Sie sind ein guter Mensch und verurteilen andere nicht gleich«, sagte Bodils Vater.

»Das Essen ist fertig!«, rief Gundersen, der in der Zwischenzeit den Tisch gedeckt hatte.

»Wunderbar«, sagte Clara, deren Magen nach dem langen Tag knurrte. Die Mittagspause, in der sie ein Käsebrot gegessen hatte, lag lange zurück.

Die Kinder liefen in die Küche. Fele-Nils verharrte im Flur.

»Bitte, kommen Sie. Es ist genug für alle da«, sagte Clara und machte eine einladende Handbewegung.

Sie ging ans Spülbecken und wusch sich die Hände. In ihrem Rücken hörte sie die vertrauten Geräusche: das Klappern der Teller, in die Gundersen nacheinander die Suppe aus dem Topf schöpfte, das Knistern der Holzscheite im Herd, das leise Klirren der Gläser und Bestecke, die die Kinder tuschelnd und kichernd voller Ungeduld hin- und herschoben. Clara versteifte sich. Die Vorstellung, dass Bodil nun ihr Haus verlassen würde, schlug ihr auf den Magen. Das Hungergefühl hatte sich verflüchtigt. Sie setzte sich auf die Eckbank und war drauf und dran, Gundersen daran zu hindern, ihren Teller zu füllen.

Stell dich nicht so an, rief sie sich zur Ordnung. Du darfst dir deine Gefühle nicht anmerken lassen. Was soll denn Bodils Vater denken? Dass du ihm seine Tochter wegnehmen willst? Dann wärest du keinen Deut besser als die Behörden, die den Fahrenden die Kinder entreißen und sie in Heime stecken, damit aus ihnen anständige und vor allem sesshafte kleine Norweger werden. Sie rang sich ein Lächeln ab und wünschte allen einen guten Appetit.

Auch Paul wirkte bedrückt. Clara bemerkte, dass er bleich in seinem Eintopf stocherte und Bodils Vater immer wieder verstohlen musterte. Dieser befragte seine Tochter über ihre Fortschritte in der Schule und unterhielt sich mit Gundersen über die Anzeichen, ob ihnen ein harter Winter bevorstand oder nicht. Nach einer Weile legte Paul seinen Löffel beiseite und beugte sich zu Clara.

»Mama, muss Bodil jetzt weg?«, fragte er leise.

Die Frage fiel in eine Gesprächspause. Bodil riss die Augen auf und starrte ihren Vater an. Clara hielt den Atem an. Gundersen verzog bekümmert sein Gesicht. Paul steckte seine Daumen in die Handflächen, presste sie fest zusammen und bewegte lautlos die Lippen zu dem Stoßgebet: »Mach, dass sie bleiben darf!«

Fele-Nils legte den Kopf schief und strich sich über den Schnurrbart. Nach einigen Sekunden, die sich für Clara hinzogen wie Minuten, wandte er sich an seine Tochter.

»Du fühlst dich hier sehr wohl.«

Es war eine Feststellung, keine Frage. Bodil richtete sich auf und sah ihm in die Augen. Zwischen den beiden fand ein stummer Austausch statt, den Fele-Nils mit den Worten beendete: »Gut. Wenn Frau Ordal damit einverstanden ist.«

Bodil und Paul wechselten einen Blick und strahlten.

»Oh, das ist sie bestimmt, nicht wahr, Mama?«, rief Paul.

Clara atmete aus und nickte. »Von Herzen gern!«

Fele-Nils drehte sich zu ihr. »Ich muss Ihnen gestehen, dass ich sehr froh wäre, wenn Bodil den Winter über bei Ihnen bleiben darf. Ich kann nur ab und zu in Røros sein, weil die Geschäfte in diesem Jahr nicht so gut gelaufen sind. Ich werd viel unterwegs sein, auf Festen aufspielen und versuchen, meine Waren doch noch zu verkaufen. Wenn es Ihnen also wirklich nichts ...«

»Ich würde es nicht anbieten, wenn es mir nicht ernst damit wäre«, unterbrach Clara ihn.

Fele-Nils nickte und sagte leise: »Ich hätte es nie für möglich gehalten, dass ich mein Kind freiwillig einer *buro*-Familie, äh... ich meine Sesshaften, überlassen würde. Aber bei Ihnen ist das was anderes. Sie haben Bodil aufgenommen wie eine Tochter und verhindert, dass sie ins Heim gesteckt wird. Seit dem Tod ihrer Mutter ist alles schwieriger ...« Seine Stimme brach.

»Ich weiß, dass es Ihnen nach der langen Trennung nicht leicht fällt, Bodil nicht mitzunehmen und bei sich zu haben«, sagte Clara. »Aber ich gebe Ihnen mein Wort, dass ich gut auf sie achtgebe. Und wenn Sie zwischendurch nach Røros kommen, sind Sie und natürlich auch Ihre Söhne jederzeit bei uns willkommen.«

Nach dem Essen stellte Fele-Nils seinen Wagen in einem Schuppen unter und brachte sein Pferd in den Stall. Guro, bei dem es sich laut Bodil um einen Elchhund handelte, trottete hinterher. Clara leuchtete ihnen den Weg, Gundersen räumte derweil zusammen mit den Kindern die Strohballen weg, die in der Nachbarbox von Svarthvit lagerten, die neugierig das Treiben verfolgte. Als Fele-Nils das Pferd hereinführte, stürzte Bodil mit einem freudigen Ausruf zu ihm, legte ihre Arme um seinen Hals und drückte es innig. Clara hielt Abstand. Der stämmige Kaltbluthengst flößte ihr Respekt ein. Er war ein Rappe mit lockiger Mähne, breiter Kuppe und kräftigen Beinen mit starkem Behang. Clara bewunderte seine Schönheit, war aber nicht dazu zu bewegen, sich ihm zu nähern oder ihn gar zu berühren. Paul dagegen überwand seine Scheu schnell und streichelte hingebungsvoll sein glänzendes Fell.

Clara bot Fele-Nils an, im Haus in einem leer stehenden Zimmer zu übernachten. Freundlich, aber bestimmt lehnte er ab. Ihm war es lieber, sein Lager im Heu über den Tieren aufzuschlagen, wo sein Hund Guro zu seinen Füßen liegen konnte. Paul bettelte so lange, bis Clara ihm erlaubte, zusammen mit Bodil ebenfalls im Stall zu schlafen. Begeistert schleppten die beiden ihre Bettdecken aus dem Haus herbei, fieberten darauf, sich gegenseitig mit Gespenstergeschichten zu gruseln, und schlossen Wetten ab, wer als Erster Angst bekommen würde.

Clara hatte sich vorgenommen, vor dem Schlafengehen die Dokumente aus der Schachtel, die der Bergschreiber ihr gegeben hatte, in Ruhe anzusehen. Bereits beim Aufräumen und Putzen der Küche fielen ihr jedoch fast die Augen zu. Sie beschloss, den Geheimnissen um den finanziellen Ruin ihres Schwiegervaters an einem anderen Tag auf den Grund zu gehen, und legte sich früh ins Bett. Bevor sie die Kerze auf ihrem Nachttisch löschte, schreckte sie hoch und griff nach der Schachtel. Seit sie die alten Verträge im Archiv gesichtet hatte, regte sich in ihrem Hinterkopf ein vager Verdacht. Sie zog eine der Anfragen zur Verlängerung eines Auftrags an Sverre Ordal heraus, betrachtete die Randnotiz und sog scharf die Luft ein. Es war dieselbe Schrift, mit denen der Vorgänger von Herrn Dietz die Verträge unterzeichnet hatte. Clara legte das Papier zurück. Was hatte den ehemaligen Bergschreiber dazu bewogen, gegen ihren Schwiegervater vorzugehen? Sie beschloss, seinen derzeitigen Aufenthaltsort ausfindig zu machen und ihn – falls er nicht zu weit von Røros entfernt wohnte – aufzusuchen und persönlich zu befragen.

Am nächsten Morgen verabschiedete sich Fele-Nils nach dem gemeinsamen Frühstück, kündigte seine Rückkehr für den Nachmittag an und brach noch vor Clara und den Kindern in Begleitung von Guro auf dem Rücken seines Rappen auf. Über sein Ziel hüllte er sich in Schweigen, lächelte nur verschmitzt und meinte, über geplante Geschäfte vor deren Abschluss zu sprechen brächte Unglück.

Nach der Arbeit machte Clara auf dem Heimweg einen Abstecher zur Pension von Frau Olsson.

»Ich will Sie gar nicht lang aufhalten«, sagte sie, als ihr die Wirtin mit erhitztem Gesicht und bemehlten Händen die Tür öffnete.

Der Duft panierter Schnitzel, die in Butterschmalz brutzelten, zog Clara in die Nase und bestätigte ihre Vermutung, dass sie Frau Olsson beim Kochen störte.

»Aber woher denn! Kommen Sie herein!«

»Das ist lieb, aber ich muss gleich weiter. Ich möchte nur mal wieder Ihr Wissen über die Rørosinger anzapfen«, sagte Clara. »Ich hoffe sehr, dass Sie mir weiterhelfen können und . . .«

»Bitte, spannen Sie mich nicht auf die Folter!«

»Wissen Sie, was aus dem ehemaligen Bergschreiber geworden ist?«, fragte Clara.

»Sie meinen Herrn Slokkmann, den Vorgänger von Herrn Dietz?«

Clara nickte. Die Wirtin kratzte sich am Kinn.

»Hm, gute Frage. Als er damals seinen Dienst quittiert hat, haben sich viele gewundert. Der Mann war ja noch weit vom Pensionsalter entfernt. Es wurde allgemein vermutet, dass er woanders einen besseren Posten angetreten hat. Genaues hab ich aber nie erfahren. Er ist bei Nacht und Nebel aus der Stadt, wie man so schön sagt.«

Clara ließ die Schultern hängen. Frau Olsson verengte ihre Augen.

»Vielleicht kann Ihnen seine Schwester mehr sagen. Die hat nach Tolga geheiratet. Den Bahnhofsvorsteher, wenn ich mich recht entsinne.«

»Ich danke Ihnen«, sagte Clara.

»Verraten Sie mir, warum Sie Herrn Slokkmann suchen?«, fragte Frau Olsson.

»Ich glaube, ich habe da etwas entdeckt, das den finanziellen Niedergang meiner Schwiegereltern erklärt. Es würde jetzt zu weit führen, und ich bin mir auch noch gar nicht . . .«

Frau Olsson hob eine Hand. »Schon gut. Erzählen Sie es mir nächsten Sonntag, da haben wir ohnehin mehr Ruhe als so zwischen Tür und Angel.«

»Sehr gern, ich freue mich schon auf Ihren Besuch«, antwortete Clara und verabschiedete sich.

Kurz bevor sie den Hittersjøen erreichte, kam ihr auf der Landstraße ein Schlitten entgegen, der schon von Weitem mit Glöckchengeklingel auf sich aufmerksam machte. In Gedanken versunken schenkte sie ihm keine Beachtung.

»Mama!«

Clara hob den Kopf und sah ihren Sohn auf der Kutscherbank neben dem alten Gundersen sitzen. Mit einem »Brrr!« brachte dieser das Pferd zum Stehen. Es war eine Stute mit rötlichbraunem Fell, die sich im Vergleich zu dem Rappen von Fele-Nils zierlich ausnahm.

»Steigen Sie ein!«, rief Gundersen ihr zu, während Paul gleichzeitig heraussprudelte: »Ist das nicht wunderbar, Mama? Wir haben jetzt ein Pferd und einen Schlitten. Und im Sommer können wir Räder dranschrauben, hat Gundersen gesagt. Dann ist es eine Kutsche.«

Clara zog die Augenbrauen hoch. »Ein Pferd? Wie kommen wir denn dazu?« Sie unterdrückte ein hysterisches Kichern. Wenn das so weiterging und man ihnen ständig Tiere schenkte, mussten sie demnächst neue Ställe bauen.

»Bodils Vater hat es uns gebracht«, antwortete Paul.

Gundersen nickte. »So ist es. Er lässt Ihnen schöne Grüße ausrichten und ...«

»Ist er denn schon wieder abgereist?«, fragte Clara und kletterte auf die hintere Bank des Schlittens.

Gundersen nickte. »Ja, er wollte keine Zeit verlieren und noch heute zurück nach Tydal fahren, um bei seiner Cousine nach dem Rechten zu sehen und seine Söhne abzuholen.«

»Oh weh, da ist Bodil sicher sehr traurig«, sagte Clara zu Paul. »Warum habt ihr sie nicht mitgenommen? Sie ist ja ganz allein zu Hause.«

»Sie wollte lieber bei Svarthvit bleiben«, antwortete er.

Clara nickte. Es war ihr schon einige Male aufgefallen, dass Bodil bei der Kuh Trost suchte, wenn sie bedrückt war.

»Außerdem wollte sie die Box für unser Pferd schön machen«, fuhr Paul fort.

Clara schaute nach vorn zu der Stute, die geduldig dastand und gelegentlich schnaubte. Unser Pferd. Was kam als Nächstes? Ziegen, Schafe? Sie war doch keine Bäuerin! Aber die Stute nicht zu behalten kam nicht in Frage. Abgesehen davon, dass Fele-Nils die Zurückweisung seines Geschenks als Beleidigung auffassen konnte, würden Paul und Bodil keine Ruhe geben, bis sie es sich anders überlegte. Die Blicke, mit denen ihr Sohn das Pferd betrachtete, ließen daran keinen Zweifel aufkommen: Ein Herzenswunsch war in Erfüllung gegangen. Clara holte tief Luft.

»Wisst ihr denn schon, wie es heißen soll?«, fragte sie.

»Myka«antwortete er.

»Die Sanfte?«

»Ja, sie ist nämlich ganz lieb.«

Gundersen drehte sich zu Clara. »Paul hat recht. Die Stute ist ein Nordlandpferd. Das ist eine uralte Rasse, die sehr ausgeglichen und umgänglich ist. Dabei ausdauernd, unempfindlich gegen Kälte und genügsam.«

»Ich bin froh, dass Sie sich mit Pferden auskennen«, sagte Clara. »Ich wusste gar nicht, dass Sie kutschieren können.«

Gundersen lachte auf. »Das lernen hier eigentlich alle Kinder, die auf einem Bauernhof aufwachsen. Ist keine große Sache. Ich bring's Ihnen gern bei.«

Clara verzog das Gesicht. »Oh, ich weiß nicht. Ich habe Angst vor Pferden.«

»Das musst du nicht, Mama«, sagte Paul. »Myka ist wirklich ganz brav. Auf der Hinfahrt durfte ich schon mal die Zügel halten.«

Gundersen lächelte ihr zu. »Sie werden dieses Geschenk noch

sehr zu schätzen lernen. Wenn es richtig Winter wird, ist es kein Spaß, zu Fuß in den Ort zu laufen.«

Richtig Winter? Clara schauderte. Für ihr Empfinden herrschte der bereits seit Wochen. In den Nächten sank die Temperatur deutlich unter Null, und auch tagsüber wurde es kaum wärmer. Der See war größtenteils zugefroren. Noch erlaubte Clara es den Kindern nicht, mit den geschliffenen Eisenkufen, die Gundersen ihnen zum Anschrauben unter die Stiefel gemacht hatte, darauf Schlittschuh zu laufen. Es war aber nur eine Frage von Tagen, bis die Eisschicht dick genug war und ihr Gewicht tragen konnte.

Gundersen setzte sich zurecht, straffte die Zügel, die locker auf dem Rücken des Pferdes lagen, schnalzte mit der Zunge und ließ Myka den Schlitten wenden. In beschwingter Fahrt ging es hinaus zur Bjørkvika.

44

Røros, November 1895 – Sofie

Die Tage nach dem Besuch der Kongensgruve eine Woche vor
der Premiere des Theaterstücks verflogen für Sofie im Nu. Viel
zu schnell rückte der erste Adventssonntag näher, der in diesem
Jahr auf den ersten Dezember fiel. Ihre Nervosität steigerte sich
und erschwerte es ihr, die Fassade einer wohlerzogenen Tochter
aus gutem Hause aufrechtzuerhalten, deren Dasein in be-
schaulicher Langeweile dahinfloss und allenfalls durch pikante
Klatschgeschichten in gelinde Wallung versetzt wurde oder
durch die Frage, ob eine hellgraue Schleife im Haar nach einem
halben Jahr in Trauer gegen den guten Ton verstieß oder nicht.

Es war dem Dienstmädchen Eline, der Zofe Britt und der
Köchin zu verdanken, dass Sofies Verfassung nicht über Gebühr
die Aufmerksamkeit ihrer Schwester und ihres Vaters erregte
und diese zu Fragen verleitete, die sie in Verlegenheit bringen
konnten. Die drei, die der Aufführung mindestens ebenso stark
entgegenfieberten wie Sofie selbst, hatten sich verschworen, das
schauspielerische Engagement des jüngeren Fräulein Svartstein
mit allen ihnen zur Verfügung stehenden Mitteln vor Entdeckung zu schützen. Sofie war gerührt, wie stolz diese treuen
Angestellten darauf waren, dass »ihre« Herrin eine Theaterrolle
übernommen hatte.

Mit einem Anflug von Scham wurde ihr bewusst, wie wenig
sie über die Ansichten, Wünsche und Träume der Dienerschaft
wusste. Wie mochte es sich anfühlen, sein Leben nahezu vollständig nach dem eines anderen auszurichten? Eigene Vorstellungen und Zukunftsvisionen hintanzustellen und damit rechnen zu müssen, sie niemals verwirklichen zu können? Die

Beschränkungen, die ihr selbst durch gesellschaftliche Konventionen und Normen auferlegt waren, erschienen ihr im Vergleich dazu harmlos, ihr Hadern damit lächerlich. Allein die Muße zu haben, darüber nachzudenken, war ein Privileg.

Eline hatte Sofie nach ihrer Rückkehr vom Nordgruvefeltet auf der Straße abgepasst, sie unauffällig ins Waschhaus gelotst und ihr bei ihrer Rückverwandlung von einem Arbeiterburschen in eine junge Dame geholfen. Dabei hatte sie ihr die Idee unterbreitet, die sie mit ihren Komplizinnen ersonnen hatte: Sofie sollte in den Tagen bis zur Premiere eine starke Erkältung vorschützen, die es ihr erlaubte, sich überwiegend in ihrem Zimmer aufzuhalten, gemeinsamen Mahlzeiten fernzubleiben und sich anderen Verpflichtungen zu entziehen. Sofie nahm das Angebot dankbar an und zog sich umgehend in ihr Zimmer zurück. Während Britt ihr Fehlen am Abendbrottisch bei Silje und ihrem Vater entschuldigte, brachte die Köchin ihr ein Tablett mit Leckereien hinauf, über die sich Sofie nach den ungewohnten Anstrengungen ihres kleinen Abenteuers mit Heißhunger hermachte.

Den darauffolgenden Tag verbrachte sie im Morgenmantel mit dem Einüben ihres Textes. Dabei schweiften ihre Gedanken immer wieder zu dem Ausflug in die fremde Welt der Bergleute, kreisten um ihre Eindrücke und Erlebnisse – und um Per, mit dem sie diese geteilt hatte. Sofie hätte nicht sagen können, was ihren Puls mehr beschleunigte: die Angst vor dem Publikum oder die Aussicht, Per wiederzusehen und mit ihm auf der Bühne zu stehen. Wobei Sofie sich nie eingestanden hätte, dass der junge Zimmermann zunehmend den Platz einnahm, der im Sommer noch Moritz gehört hatte. Dieser war in den zurückliegenden Wochen immer seltener durch ihren Kopf gegeistert. Nun war er zu einer schmerzlich-süßen Erinnerung verblasst, die keine Macht mehr über ihr Herz hatte.

Im Laufe des Herbstes hatte sie sich nicht länger einreden

können, dass er ihr gegenüber ernste Absichten hatte. Das demütigende Gefühl, ihre Unschuld ausgerechnet an diesen Schürzenjäger verschenkt zu haben, verdrängte sie, so gut es ging. Die Scham über ihre Leichtgläubigkeit trieb ihr nur noch selten die Röte ins Gesicht, zumal mit Ausnahme von Clara Ordal niemand von ihrem Fehltritt wusste und sie vergleichsweise glimpflich davongekommen war. In den seltenen Momenten des Haderns tröstete sie sich mit einem Aphorismus des deutschen Physikers Georg Christoph Lichtenberg, den ihr Großvater wegen seiner aufgeklärten, liberalen Gesinnung sehr schätzte: »Mach es dir zur Regel, nie etwas zu bedauern und nie zurückzuschauen. Bedauern ist entsetzliche Kräftevergeudung; darauf lässt sich nicht wieder aufbauen, man kann lediglich darin schwelgen.«

Das Verwirrspiel und die Liebesirrungen der Komödie beschäftigen Sofie weit über das Lernen des Textes und ihrer Stichwörter hinaus. Die Konflikte der Heldin Silvia berührten sie unmittelbar. Diese stellte mit Entsetzen fest, dass sie sich in den Diener Ingmar verliebt hatte und damit in einen Mann, der gesellschaftlich so weit unter ihr stand, dass er als Heiratskandidat nicht im Entferntesten angemessen war. Silvia verfiel in Selbstzweifel und fürchtete, ihr Wesen zu verlieren: Liebte sie einen Diener, konnte sie nicht länger die Tochter ihres Vaters, die Herrin ihrer Zofe sein – und damit auch nicht mehr die Silvia, die sie bisher gewesen war. Verleugnete sie aber ihre Liebe, war sie ebenfalls nicht mehr sie selbst – ihr Herz gehörte Ingmar, und die Gefühle für ihn bestimmten nun ihr Leben und hatten voll und ganz davon Besitz ergriffen. Zu Silvias Glück löste sich ihr Dilemma in Wohlgefallen auf, denn der Geliebte entpuppte sich als standesgemäß. Denken und Fühlen, Vernunft und Liebe konnten Frieden schließen.

Sofie haderte mit diesem Ausgang der Geschichte. Im Grunde hatte diese Silvia sich nicht geändert und war in ihrem Dünkel bestärkt worden: Instinktiv hatte sie sich in einen Mann ihres Standes verliebt und eben nicht in einen Untergebenen. Was aber hätte sie getan, wenn es nicht so gekommen wäre? Wenn Ingmar doch der gewesen wäre, der er vorgab zu sein: ein Diener? Sofie erkannte, dass die Antwort darauf mehr mit ihr selbst zu tun hatte, als ihr lieb war.

Als sie Moritz kennengelernt hatte, war sie verunsichert gewesen, ob sie als Bürgerliche den Ansprüchen seiner adligen Familie genügen konnte. Es mutete sie wie eine Ironie des Schicksals an, dass sie sich nun in der umgekehrten Situation befand. Auch wenn sie es nie zugegeben und vor anderen heftig abgestritten hätte: Wenn Per nicht aus einfachen Verhältnissen stammen würde, hätte sie sich längst eingestanden, dass sie mehr für ihn empfand, als sie wahrhaben wollte.

Am späten Nachmittag stand Sofie vor dem Spiegel ihrer Waschkommode und rezitierte eine Stelle, in der die Figur der Silvia – verstrickt in ein heilloses Gefühlschaos – mit ihrem Schicksal haderte. Sofie sprach die Sätze mit Inbrunst. Der Dichter des Theaterstücks schien sie für sie geschrieben zu haben:

»Ach, wie schwer mir das Herz ist! Ich weiß nicht, was sich in die Verwirrung mischt, die ich empfinde. Es handelt sich um einen Diener! Wie seltsam ... Das ganze Abenteuer macht mich traurig; ich misstraue allen Gesichtern und bin mit niemandem zufrieden, auch mit mir nicht.«

Ein Klopfen schreckte Sofie auf. Hastig schlüpfte sie unter ihre Bettdecke, hustete vernehmlich und rief mit matter Stimme: »Ja, bitte!«

Die Tür öffnete sich, und Doktor Pedersen kam herein. Sofie entfuhr ein entsetztes Gurgeln.

»Guten Tag, Fräulein Sofie. Ihr Vater hat nach mir schicken lassen. Er ist beunruhigt wegen Ihrer plötzlichen Erkrankung. Gemeinhin sind Sie ja gottlob mit einer robusten Gesundheit gesegnet.« Der Arzt trat näher und legte seine Stirn in Falten.

»Ich muss sagen, ich teile seine Sorge. Es ist alarmierend, wenn ausgerechnet Sie freiwillig das Bett hüten. Sie waren schon als Kind kaum dazu bereit, selbst wenn Sie Fieber hatten.«

Sofie spürte, wie ihr das Blut ins Gesicht stieg. Der Schuss war nach hinten losgegangen. Anstatt ihr den Rücken freizuhalten, hatte die Intrige ihrer Verbündeten genau das hervorgerufen, was sie hatte verhindern sollen: Aufmerksamkeit. Wer hätte aber auch ahnen können, dass ihr Vater sich ihr vermeintliches Unwohlsein derart zu Herzen nähme? Sofie war blind davon ausgegangen, dass er sich nicht weiter darum scheren würde. Sie schloss kurz die Augen und atmete tief durch. Es half alles nichts, sie musste die Maskerade beenden.

»Oder sollte es sich bei dem Fieber um Lampenfieber handeln?«

Sofie blinzelte und sah, dass es um Doktor Pedersens Mundwinkel zuckte.

»Ein Vöglein namens Eline hat mir da etwas in der Art zugeflüstert«, sagte er.

Sofie setzte sich auf. »Ähm, also ... es ist so ... ich wollte nicht, dass mein Vater ...«

»Keine Sorge, von mir erfährt niemand etwas«, sagte der Arzt und zwinkerte ihr zu. »Ich kann mir schon denken, wie Ihr Vater und auch Silje über Ihren Auftritt beim Arbeitertheater urteilen würden. Ganz im Gegensatz zu Ihrer lieben Mutter. Die hätte Sie unterstützt und sich über Ihr Engagement gefreut.«

»Sie halten also dicht ... und ... verraten mich nicht?«

»Ehrensache!«, sagte Doktor Pedersen und fuhr mit einem verschwörerischen Unterton fort: »Wir Thalia-Jünger müssen doch zusammenhalten. Ich bin nämlich ein ausgesprochener Liebhaber der Bühnenkunst. Und die Inszenierungen von meinem alten Freund Guldal bereiten mir jedes Jahr großes Vergnügen. Dieses Mal wird es noch gesteigert durch Ihren Auftritt.«

»Oh, erwarten Sie bitte nicht zu viel!«, rief Sofie. »Ich fürchte, ich werde vor Aufregung stottern und meinen Text vergessen.«

Der Arzt lächelte und zog einen Rezeptblock aus seiner Tasche. »Ich werde Eline nach der Apotheke schicken, damit sie *Passiflora incarnata* besorgt. Das sind Tropfen, die aus der Passionsblume gewonnen werden und Abhilfe bei Nervosität und Schlafstörungen schaffen. Wir wollen schließlich, dass Sie am Sonntag frisch und ausgeruht auf der Bühne erscheinen. Und mit der nötigen Gelassenheit.«

»Wenn Sie meinen, dass das hilft«, sagte Sofie und verzog zweifelnd den Mund. »Aber ich bin Ihnen wirklich sehr dankbar, dass Sie mich nicht verraten«, fuhr sie fort und streckte ihm die Hand hin.

Doktor Pedersen schüttelte sie und sah ihr in die Augen. Das Lächeln darin wich einem prüfenden Blick. Er setzte zu einer Bemerkung an, hielt inne, schüttelte den Kopf und murmelte etwas, das sich anhörte wie »Nein, das kann ja nicht sein«.

Sofie setzte sich auf und sah den Arzt alarmiert an. Hatte er Anzeichen einer ernsten Erkrankung an ihr entdeckt? Bevor sie nachfragen konnte, nickte er ihr freundlich zu und verließ das Zimmer. Sie ließ sich in die Kissen zurücksinken. Nein, wenn Doktor Pedersen Grund zu der Annahme hatte, dass ihr etwas fehlte, hätte er sie gründlich untersucht und nach Beschwerden befragt. Es gab keinen Grund zur Beunruhigung.

Am Nachmittag des ersten Advents schlich Sofie über die Dienstbotentreppe hinunter zum Hinterausgang, nachdem Eline sich vergewissert hatte, dass die Luft rein war. Silje war zum Kaffee bei einer ehemaligen Freundin aus dem Mädchenpensionat eingeladen, ihr Vater hatte sich in den Rauchersalon zurückgezogen und las Zeitung. Kammerdiener Ullmann widmete seinen freien Nachmittag seinem Steckenpferd: einer umfangreichen Sammlung von Münzen, die er seit Jahren kaufte oder eintauschte, in Setzkästen einsortierte, regelmäßig polierte und in einem in Leder eingebundenen Buch katalogisierte.

Wie am Vorabend, an dem die Generalprobe stattgefunden hatte und Eline ihr ebenso umsichtig beim Verlassen des Hauses geholfen hatte, trug Sofie einen einfachen Wollumhang, dessen Kapuze sie tief ins Gesicht zog. Der Bekholdtgården von Hüttenmeister Holmsen, der seinen großen Saal für die Aufführung zur Verfügung gestellt hatte, lag nur wenige Häuser entfernt. Sofie eilte die Hyttegata hinunter, auf der um diese Stunde kaum Leute unterwegs waren. Wer nicht unbedingt nach draußen musste, blieb in der warmen Stube, zündete die erste Adventskerze an und sang im Kreise der Familie vorweihnachtliche Lieder. Wenn er nicht Arbeiter war und Schichtdienst in der Schmelzhütte hatte.

Hinter der Tür des Bekholdtgården traf sie Paul, den seine Mutter eben vorbeigebracht hatte, bevor sie mit Bodil zur Pension von Frau Olsson weitergelaufen war, wo die beiden die Zeit bis zum Vorstellungsbeginn verbringen wollten. Der Junge stand in einer Ecke und lehnte blass und zittrig an der Wand.

»Paul, was machst du denn da? Warum gehst du nicht nach oben und ziehst dich um?«

»Ich glaube, ich muss mich übergeben«, flüsterte er und hielt sich den Bauch. »Ich kann nicht mehr Harmonium spielen. Ich hab alles vergessen.«

Der Anblick des Häufleins Elend, das sich vor Aufregung schier auflöste, drängte Sofies eigene Nervosität zurück.

»Nein, das hast du nicht«, sagte sie und nahm Paul an der Hand. »Ich bin mir ganz sicher, dass du wundervoll spielen wirst.«

Er schüttelte den Kopf.

»Ich weiß, wie du dich fühlst. Mir ist es früher ebenso gegangen«, fuhr Sofie fort.

»Ehrlich?« Paul schaute zweifelnd zu ihr hoch.

»Ehrlich!« Sie beugte sich zu ihm hinunter und sagte leise: »Und soll ich dir was verraten: Es ist noch immer so. Ich hab schreckliche Angst!«

»Du hast Angst?«

»Und wie!«, sagte Sofie. »Aber ich habe einen Glücksbringer. Der wird mir beistehen.« Sie zog ein ovales Pillendöschen aus ihrer Manteltasche. Der Porzellandeckel war mit einer Pfingstrose, der Lieblingsblume ihrer Mutter bemalt, der es einst gehört hatte. Sofie hatte es in einem Anfall von Aberglauben als Talisman eingesteckt – inspiriert von Doktor Pedersens Bemerkung, ihre Mutter hätte sich über ihre Schauspielerei gefreut. »Diese Dose hat immer auf dem Nachttisch meiner Mutter gestanden. Sie ist jetzt im Himmel, so wie dein Vater. Ich bin mir aber sicher, dass sie von da oben auf mich aufpasst.«

Paul nickte mit feierlichem Gesicht. »Das tut mein Vater auch.« Er kramte in seiner Hosentasche. »Ich hab auch einen Glücksbringer«, sagte er und hielt ihr einen daumendicken, länglichen Gegenstand hin.

Sofie stutzte. Es war ein Kerbschneider, mit dem Raucher ihre Zigarren V-förmig anschnitten. Die Seiten des aus Stahl gefertigten Werkzeugs waren mit Hirschhorn verschalt. Es kam ihr bekannt vor.

»Hat das deinem Vater gehört?«

»Nein. Bodil hat es mir gegeben.«

»Bodil? Das ist ja merkwürdig. Was macht ein kleines Mädchen mit einem Zigarrenschneider?«

»Ein Zigarrenschneider?«, fragte Paul und starrte verwundert auf das Gerät. »Wofür braucht man ...«

Sofie ließ ihn nicht ausreden. »Woher hat Bodil ihn denn?«

»Sie hat ihn gefunden. Im Sägewerk von meinem Großvater. Wir waren nach dem Feuer noch mal dort, weil Bodil gehofft hat, dass ihre Sachen nicht verbrannt sind. Leider war nichts mehr da«, erklärte Paul.

Sofie betrachtete den Kerbschneider mit gerunzelter Stirn. Sie war sich mittlerweile sicher, dass sie seinen Besitzer kannte: ihren Vater. Ein paar Tage nach dem Brand hatte er ihn vermisst und war sehr ärgerlich gewesen, als sein Kammerdiener, der das gesamte Haus danach abgesucht hatte, ihn nicht auftreiben konnte.

Paul warf ihr einen verunsicherten Blick zu. »Bodil hat ihn wirklich gefunden! Und nicht gestohlen!«

Sofie lächelte ihn an und bemühte sich um einen leichten Ton. »Das glaube ich dir doch! Ich habe nur gerade überlegt, ob es uns beiden vielleicht doppelt Glück bringt, wenn wir unsere Talismane tauschen. Dann wissen wir immer, dass es noch jemanden gibt, der Lampenfieber hat, und fühlen uns damit nicht so allein.«

Sie hielt den Atem an. Sie hatte das Erstbeste gesagt, das ihr in den Sinn kam, um unauffällig in den Besitz des Kerbschneiders zu gelangen. Ihr Vorschlag, der in ihren eigenen Ohren reichlich merkwürdig klang, schien dem Jungen einzuleuchten. Mit feierlichem Ernst hielt er ihr seinen Glücksbringer hin, nahm die Pillendose entgegen und verstaute sie in seiner Hosentasche.

Sofie hatte keine Zeit, darüber nachzugrübeln, wie und wann der Zigarrenschneider ihres Vaters in Sverre Ordals ehemaliges Sägewerk gelangt sein mochte. Hatte ihr Vater ihn dort verloren, als er das Anwesen inspizierte, nachdem es in seinen Besitz übergegangen war? Sie hatte weder von ihm noch von Ullmann oder Silje je eine Bemerkung über einen solchen Besuch gehört.

Während sie an Pauls Seite zu den beiden Zimmern lief, die den Schauspielern als Umkleideräume dienten, rumorte eine Erinnerung in ihr, die sie beunruhigte. Sie sah wieder Britt und Eline vor sich, die am Morgen nach der Brandnacht über den desolaten Zustand ihres Herrn getuschelt hatten, der sturzbetrunken nach Hause gekommen war und nur mit Hilfe seines Kammerdieners ins Bett gefunden hatte. Und an Ullmanns indignierte Miene, mit der er über die »Unpässlichkeit« ihres Vaters gesprochen hatte. Wo hatte sich dieser seinen Rausch angetrunken? Und warum? Den Verdacht, er könnte der Brandstifter sein, wagte Sofie kaum zu hegen.

Mit dem Vorsatz, bei nächster Gelegenheit Bodil zu befragen, schob sie Paul in die Männergarderobe und eilte zu dem Zimmer, in dem Astrid die Kostüme für sie und Hilda bereitgelegt hatte und ihnen behilflich sein würde, diese anzuziehen. Als sie die Tür öffnete und Hilda ihr mit geröteten Wangen und glänzenden Augen entgegenwinkte, übernahm das Lampenfieber wieder das Zepter und drängte alle anderen Gedanken beiseite.

45

Røros, November 1895 – Clara

Kurz vor dem ersten Advent nahm sich Clara einen Nachmittag frei und fuhr mit der Eisenbahn nach Tolga, das etwa dreißig Kilometer südlich von Røros entfernt an der Glåma lag. Auf halber Strecke durchquerte der Zug hinter Os das Hummelfjell mit seinen abgerundeten, spärlich bewaldeten Bergkuppen. Clara sah sie nur schemenhaft durch das dichte Schneegestöber, das kurz nach ihrer Abfahrt eingesetzt hatte. Als sie nach einer knappen Stunde die kleine Station von Tolga erreichten, war sie froh, nur wenige Schritte bis zum Bahnhofsgebäude laufen zu müssen. Die dicken Flocken wurden vom Wind hochgewirbelt und hüllten Clara von allen Seiten ein. Sie kam sich vor wie ein Schneemann.

Mit gesenktem Kopf umrundete sie das zweistöckige Haus mit dem steilen Giebeldach und klopfte an die Tür. Eine hochgewachsene, hagere Frau um die fünfzig Jahre öffnete ihr. Sie trug ein schlichtes dunkles Kleid, die Haare waren straff nach hinten gekämmt und zu einem Dutt hochgesteckt. Sie strahlte eine Strenge aus, die Clara befangen machte.

»Entschuldigen Sie bitte die Störung«, sagte sie. »Sind Sie die Frau des hiesigen Stationsvorstehers?«

»Ja, Ole Herstad ist mein Mann.«

»Dann sind sie auch die Schwester von Bergschreiber Slokkmann? Äh, ich meine, dem ehemaligen Berg ...«

Frau Herstad verengte ihre Augen und nickte knapp.

»Können Sie mir vielleicht sagen, wo ich ihn finden kann?«

»Was haben Sie mit ihm zu schaffen?« Ein misstrauischer Blick begleitete die Frage.

»Nichts. Ich möchte ihn nur etwas fragen«, antwortete Clara.

Frau Herstad kniff die Lippen zusammen. Clara rechnete damit, dass sie ihr die Tür vor der Nase zuschlagen würde. Nach kurzem Zögern trat sie jedoch einen Schritt zurück.

»Kommen Sie. Bevor noch der ganze Schnee hereingeweht wird.«

Clara folgte ihr in den Flur, der längs durchs Haus zu einer Tür mit Milchglasscheibe führte, hinter der sie die Amtsstube des Stationsvorstehers vermutete.

»Hier entlang bitte, da ist es am wärmsten«, sagte Frau Herstad und deutete in einen Raum neben dem Eingang. Clara folgte ihr und blieb unschlüssig in einer penibel aufgeräumten Küche stehen. Ein weiß lackierter Büfettschrank nahm eine Wand ein, gegenüber standen ein gemauerter Herd und ein Spülbecken aus Emaille. Darüber hingen nach Größe geordnete Pfannen und Töpfe. Der Backröhre entströmte ein Duft nach Zimt und Nelken, der Clara daran erinnerte, dass sie auf dem Heimweg Gewürze für die Weihnachtsbäckerei besorgen musste. Auf den blanken Arbeitsflächen war kein Mehlstäubchen zu sehen. Auch sonst verriet nichts, dass hier kürzlich Plätzchenteig geknetet und ausgerollt worden war.

»Legen Sie doch ab. Dann hänge ich den Mantel neben den Herd. Er ist ja ganz nass«, sagte Frau Herstad.

»Vielen Dank, das ist sehr freundlich«, antwortete Clara. Sie streckte ihr die Hand hin. »Ich habe mich noch gar nicht vorgestellt. Ich bin Clara Ordal.«

Frau Herstad zuckte zusammen. »Ordal? Aus Røros?«

Clara nickte. Frau Herstad ließ sich auf einen der beiden Stühle sinken, die an einem schmalen Tisch vor dem Fenster standen. Alles Blut war aus ihrem Gesicht gewichen. Sie legte eine Hand auf ihre Brust und rang nach Luft.

»Ist Ihnen nicht gut? Soll ich Ihnen ein Glas Wasser bringen?«, fragte Clara.

»Es geht schon wieder«, antwortete Frau Herstad gepresst und richtete sich auf. »Irgendwann musste es ja geschehen. Im Grunde bin ich froh, dass es nun so weit ist.«

Sie deutete auf den Stuhl ihr gegenüber. Clara setzte sich und sah sie fragend an.

»Ich habe meinem Bruder immer gesagt, dass er sich versündigt«, fuhr Frau Herstad fort. »Und dass unser Herrgott die Sache früher oder später ans Licht kommen lässt. Aber er wollte ja nicht hören. Und lange genießen konnte er das viele Geld auch nicht.«

»Wieso? Ist er etwa gesto...?«

»Anfang des Jahres hat ihn der Schlag getroffen.«

Clara wollte sich bekreuzigen, hielt jedoch im letzten Moment inne und stieß hervor: »Oh, wie furchtbar! Es tut mir sehr leid. Wenn ich das gewusst hätte ...«

Frau Herstad hob eine Hand. »Schon gut, machen Sie sich keine Vorwürfe. Er hat es sich selbst zuzuschreiben.«

Clara räusperte sich. »Was meinen Sie damit? Ich fürchte, ich weiß nicht ...«

»Sie sind doch wegen des Ordal'schen Sägewerks hier, oder nicht? Was wollten Sie meinen Bruder denn fragen?«

»Ob er mir sagen kann, warum die Verträge mit meinem Schwiegervater Sverre Ordal und der Kupfergesellschaft nicht verlängert worden sind«, antwortete Clara.

Frau Herstad zog die Stirn kraus. »Warum fragen Sie nicht Ihren Schwiegervater?«

»Das würde ich gern. Aber er und seine Frau haben Røros im August verlassen und sind nach Christiania gezogen. Seither habe ich nie wieder etwas von ihnen gehört.«

»Sie kommen also gar nicht in seinem Auftrag?«

Clara schüttelte den Kopf. »Ich arbeite bei Herrn Dietz, dem Nachfolger Ihres Bruders, in der Schreibstube. Vor Kurzem bin ich zufällig über Dokumente gestolpert, in denen es um Anfra-

491

gen zur Verlängerung dieser Verträge ging. Auf den Rand hatte Ihr Bruder jeweils notiert, dass die Ersuchen abschlägig beschieden werden sollten. Die Aufträge für Holzlieferungen wurden anschließend an andere Sägewerke vergeben, die teilweise sehr weite Wege für den Transport benötigen. Da mein Schwiegervater durch diese Entscheidungen in den Ruin getrieben wurde, will ich herausfinden, was es damit auf sich hat.«

»Verständlich«, murmelte Frau Herstad. Sie seufzte tief auf. »Es fällt mir nicht leicht, das zuzugeben. Und über Tote soll man ja nicht schlecht sprechen. Aber mein Bruder war ein schwacher Mensch. Er war habgierig und leicht zu verführen. Kurzum, er war dem Dämon des Mammons verfallen.« Sie hob die Stimme und zitierte aus dem Evangelium: »Niemand kann zwei Herren dienen. Ihr könnt nicht Gott dienen und dem Mammon.«

Unwillkürlich stellte sich Clara vor, wie der ehemalige Bergschreiber vor einem Götzenaltar einer goldenen Statue huldigte, indem er ihr Rauchopfer darbrachte und Tänze vollführte. Sie verscheuchte die Vision und sagte: »Er ist also dafür bezahlt worden, dass er die Verträge nicht verlängert hat?«

»So ist es. Wobei es wohl eher ein Schweigegeld war.«

»Und wer hat es ihm gegeben?«, fragte Clara.

»Das wollte er nicht sagen«, antwortete Frau Herstad. »Es muss jedenfalls ein sehr einflussreicher Mann gewesen sein.«

Clara nickte. Für sie bestand kaum noch ein Zweifel daran, dass es sich um Ivar Svartstein handelte.

»Eine letzte Frage habe ich noch: Warum hat Ihr Bruder seinen Posten aufgegeben und Røros verlassen? Wurde er dazu gedrängt?«

»Sie meinen von dem Mann, der ihn bestochen hat? Das hab ich zuerst auch gedacht. Der wäre sicher daran interessiert gewesen, einen unbequemen Mitwisser und Komplizen aus dem Weg zu haben. Aber so war's nicht. Mein Bruder ist freiwillig gegangen. Geradezu aus dem Häuschen war er und hat damit geprahlt, er würde bald eine sprudelnde Geldquelle besitzen und ein Leben ohne Arbeit in Saus und Braus führen.«

»Was für eine Geldquelle?«

Frau Herstad hob die Schultern. »Ich weiß es nicht. Er hat sehr geheimnisvoll getan.« Sie lachte bitter auf. »Nun, man sieht ja, was aus seinen Plänen geworden ist. Hochmut kommt vor dem Fall!«

Als Clara am Abend nach Røros zurückkam, wartete der alte Gundersen vor dem Bahnhof im Schlitten auf sie. Sie nahm neben ihm auf der Kutschbank Platz und wickelte sich in das zweite Plaid.

»Sie hatten recht. Ich bin Bodils Vater wirklich sehr dankbar, dass er uns Myka gebracht hat«, sagte sie. »Allein beim Gedanken, bei diesem Schneetreiben zu unserem Haus laufen zu müssen, bekomme ich Frostbeulen.«

Gundersen lächelte und lenkte die Fuchsstute in die Kirkegata. Seine neue Aufgabe als Kutscher bereitete ihm großes Vergnügen. Er brachte Clara und die Kinder jeden Morgen ins Städtchen und holte sie mittags oder nachmittags wieder ab. Clara war vor allem froh, die Einkäufe nicht mehr nach Hause schleppen zu müssen. An manchen Tagen war ihr der Weg doch sehr lang geworden, wenn ihr Korb mit Lampenöl, Zucker, Mehl und anderen schweren Dingen gefüllt war. Auf der verschneiten Straße wurde das Fortkommen noch mühevoller. Hielt man sich am Rand, sank man tief ein, benutzte man die Fahrbahn, lief man Gefahr, auf der vereisten Fläche auszugleiten.

»Waren Sie denn erfolgreich?«, fragte Gundersen. »Konnte Ihnen die Schwester weiterhelfen?«

Clara hatte ihn am Abend zuvor in ihren Verdacht einge-

493

weiht, dass man seinen ehemaligen Arbeitgeber vorsätzlich in den Bankrott getrieben hatte. Ihre Hoffnung, Gundersen könnte ihr mehr Informationen geben, war dabei enttäuscht worden. Sverre Ordal und seine Frau hatten nie ein Wort über die Gründe ihrer finanziellen Misere verloren. Auch ob Sverres Vater Besitzer oder Teilhaber einer Kupfermine gewesen war, hatte Gundersen nicht gewusst. Er war erst nach dessen Tod in Sverres Dienst getreten.

»Teilweise«, antwortete Clara. »Ein paar Antworten habe ich bekommen, dafür sind neue Fragen aufgetaucht. Eins steht auf jeden Fall fest: Meinem Schwiegervater wurde übel mitgespielt. Die Leute, die behaupten, er habe schlecht gewirtschaftet oder seine Frau habe sein Vermögen verprasst, liegen vollkommen falsch.«

»Alles andere hätte mich auch gewundert«, brummte Gundersen.

»Ich werde Licht in diese finstere Angelegenheit bringen«, sagte Clara. »Das bin ich Olaf und seinen Eltern schuldig.«

»Versprechen Sie mir, dass Sie vorsichtig sein werden.« Gundersen warf ihr einen besorgten Seitenblick zu. »Wenn das stimmt, was Sie vermuten, haben Sie es mit einem mächtigen Gegner zu tun.«

Am ersten Advent saß Clara am frühen Abend zwischen Bodil und Frau Olsson in einem Saal des Bekholdtgården, der sich im oberen Stockwerk über die gesamte Länge des Hauses erstreckte. In ihrem Magen rumorte es. Paul war so aufgeregt gewesen, als sie ihn zwei Stunden zuvor zum Eingang des Anwesens gebracht hatte. Ihr Angebot, ihm bis zur Aufführung Gesellschaft zu leisten, hatte er abgelehnt mit den Worten: »Ich bin doch kein kleines Kind«. Dabei hatte er so verzagt ausgesehen, dass Clara drauf und dran war, seinen Einwand zu ignorieren. »Wirklich Mama, ich schaffe das«, hatte Paul hinzugefügt und war schnell durch die Tür ins Innere geschlüpft. Wie ihm jetzt wohl zumute war? Sie selbst wäre an seiner Stelle vor Lampenfieber vermutlich vollkommen aufgelöst gewesen. Clara biss sich auf die Lippe und versuchte, sich abzulenken, indem sie ihre Umgebung studierte.

Vor der Bühne, die aus rohen Holzplanken gezimmert war, hatte man mehrere Stuhlreihen aufgestellt, die bis auf wenige Lücken besetzt waren. Neben Frau Olsson saß der alte Gundersen, in der Reihe vor ihnen entdeckte Clara Bergschreiber Dietz und seine Gattin. Doktor Pedersen hatte sie beim Hineingehen kurz zugenickt. Der Raum war erfüllt vom Stimmengewirr der Zuschauer, die sich mit ihren Nachbarn unterhielten oder weiter entfernt sitzenden Bekannten Grüße zuriefen.

»Da ist Paul!«, sagte Bodil und rutschte auf ihrem Stuhl nach vorn.

Clara sah zu dem Harmonium, das rechts neben der Bühne stand. Paul nahm eben auf dem Schemel davor Platz. Er war blass und wirkte verloren. Clara musste an sich halten. Am liebsten wäre sie zu ihm gerannt und hätte ihn in den Arm genommen. Seine Augen glitten über die Besucher. Bodil winkte ihm zu. Paul winkte zurück. Seine Züge entspannten sich ein wenig.

Es wurde dunkler. Ein Mann drückte mit einem Löschhütchen, das an einer langen Stange befestigt war, die Kerzen der beiden Kronleuchter aus, die über den Zuschauern hingen. Ole Guldal trat vor die Bühne, auf deren Rand mehrere Lampen standen und für Helligkeit sorgten. Die Gespräche verstummten.

»Willkommen zu unserer diesjährigen Theateraufführung«, sagte der Schuldirektor. »Ich freue mich, dass Sie so zahlreich erschienen sind. Ich wünsche uns allen einen vergnüglichen Abend und lade sie nach der Vorstellung recht herzlich zu einem Glas Punsch und Gebäck ein. Doch nun heißt es: Bühne frei für

Das Spiel von Liebe und Zufall von Pierre Carlet de Marivaux.«

Er nickte Paul zu und setzte sich auf einen Stuhl in der ersten Reihe. Paul hob seine Hände über die Tastatur. Clara sah, dass sie zitterten. Sie hielt den Atem an. Sie konnte seine Angst spüren, als säße er direkt neben ihr.

Frau Olsson tätschelte ihren Arm und flüsterte: »Nur die Ruhe! Er wird das ganz prima hinkriegen.«

Paul schlug die ersten Töne an. Ein Walzer erklang. Er schloss die Augen. Seine Finger flogen über die Tasten, denen er flüssig und scheinbar mühelos Variationen der Eingangsmelodie entlockte. In den beschwingten Auftakt mischten sich bald getragene Töne, die von heiteren Passagen abgelöst wurden. Nach einigen aufwühlenden Akkorden mündete das Stück wieder in den Walzer.

Clara lauschte ihrem Sohn und spürte, wie ihr Hals eng wurde. Er hatte ihr erzählt, dass er sich die Melodie selbst ausgedacht hatte. Clara hatte sich nicht viel darunter vorstellen können und angenommen, dass es sich um ein einfaches Stück handelte. Als der letzte Akkord verklang, brandete Applaus auf.

»Ihr Sohn ist ein wahres Wunderkind!«, rief Frau Olsson und packte sie am Arm.

Mit dieser Ansicht war sie nicht allein. Der Zwischenbeifall für Pauls Darbietung dauerte an, Clara hörte Rufe des Erstaunens über diesen kleinen Jungen, der spielte wie ein Meister seines Fachs.

»Ich bin so stolz auf dich«, flüsterte sie unter Tränen der Freude.

Bislang hatte sie Paul noch nie spielen hören. Er hatte sie mit seinem Können überraschen wollen. Clara fiel es schwer, zu glauben, dass da vorn ihr Sohn saß, entrückt in eine andere Welt. Er kam ihr fremd vor, gereift und souverän. In die Freude und den Stolz über seine Leistung mischte sich ein leiser Schmerz: die Ahnung von dem Abschied, der allen Eltern früher oder später bevorstand, wenn ihre Kinder flügge wurden.

Der Vorhang wurde beiseitegezogen und gab den Blick frei auf eine komfortabel eingerichtete Wohnstube und zwei junge Frauen. Die eine stellte mit Schürze und Häubchen eine Dienerin dar, die andere war deutlich vornehmer angezogen. Clara hätte Sofie Svartstein fast nicht erkannt. Sie hatte sie bislang nur in dunkler, hochgeschlossener Trauerkleidung gesehen. Jetzt trug sie ein mit Schleifen und Rüschen besetztes Kleid aus geblümtem Stoff mit weitem Ausschnitt, die Haare waren zu einer aufwendigen Frisur nach oben getürmt, und ihre Wangen und Lippen strahlten rosig.

Zwischen Zofe und Herrin entspann sich ein Disput über die Ehe. Während diese für die Dienerin das Ziel schlechthin im Leben jeder Frau darstellte, hatte Silvia, das Fräulein aus gutem Hause, Vorbehalte. Das Argument, als Verheiratete versorgt zu sein und gesellschaftlichen Normen zu genügen, reichte ihr nicht aus – zu groß war ihre Angst, an einen Mann mit schlechtem Charakter zu geraten.

Sofie sprach ihren Text mit Inbrunst. Clara war überzeugt, dass sie die Ansicht der Silvia teilte und nie in eine arrangierte Hochzeit einwilligen würde. Allerdings bezweifelte sie, dass Ivar Svartstein so nachsichtig sein würde wie der Vater im Theaterstück, der seine Tochter nicht zur Ehe zwingen wollte. Er gestattete es ihr sogar, dem Bräutigam in spe auf den Zahn zu fühlen und ihm zunächst als ihre eigene Zofe getarnt gegenüberzutreten.

Wieder war Clara erstaunt, wie gründlich Kleidung einen Menschen verändern konnte. Die Verwandlung Sofies in ein Dienstmädchen mit schlichtem Kittelkleid und Holzpantinen war überzeugend gelungen. Ihre dunkle Lockenpracht war zu einem Zopf gebändigt und das Gesicht von einer weißen Haube umrahmt. Mehr noch als von der äußeren Verwandlung war Clara beeindruckt von Sofies Talent. Sie war überzeugt, dass Sofie auch ohne Verkleidung die Rolle glaubwürdig verkörpert hätte. Ihre Befürchtung, einer dilettantischen Darbietung folgen zu müssen, verflüchtigte sich.

In den folgenden anderthalb Stunden wurde Clara in den Bann des Verwirrspiels gezogen, das durch die doppelte Maskerade und die daraus entstehenden Missverständnisse immer neue Wendungen nahm. Dabei konnte sie sich des Eindrucks nicht erwehren, dass die beiden Pärchen ihre Zuneigung nicht nur spielten. Der Bursche, der den Diener darstellte und mit seinem Herrn die Rolle tauschte, schmachtete das Mädchen, das sich als Silvia ausgab, hingebungsvoll an. Im Eifer des Gefechts nannte er sie sogar ein Mal bei ihrem echten Namen.

»Ach, Hilda. Mein Glück raubt mir den Verstand, Sie lieben mich! Das ist wundervoll!«

Was Hilda ein freudiges Erröten ins Gesicht zauberte, sie aus dem Konzept brachte und der Souffleuse, die neben dem Regisseur in der ersten Reihe saß, ihren ersten Einsatz bescherte.

Auch Sofie alias Silvia und ihrem Gegenpart Ingmar gelang es sehr überzeugend, die aufkeimende Liebe zwischen den vermeintlichen Dienstboten zu vermitteln. Als Ingmar gegen Ende des zweiten Aktes Silvia seine wahre Identität offenbarte und seine Gefühle für sie gestand, hatte Clara den Eindruck, dass den beiden die Worte aus dem Herzen kamen.

Auf Silvias Frage: »Sind Ihre Gefühle für mich so ernst? Lieben Sie mich so sehr?«, antwortete Ingmar: »So sehr, dass ich jeder anderen Bindung entsagen werde, da es mir nicht erlaubt ist, mein Schicksal mit deinem zu verbinden.«

Frau Olsson bestätigte Claras Wahrnehmung. Als die Schauspieler vor dem dritten Akt begleitet von Paul ein Lied anstimmten, beugte sie sich zu Clara und flüsterte: »Ich kann mir nicht helfen, aber Fräulein Svartstein spielt ihre Rolle überaus glaubhaft. Man könnte fast meinen, dass sie sie gar nicht spielt. Wenn Sie verstehen, was ich meine.«

Clara lächelte und sah zu Sofie. Das Wort »aufgeblüht« drängte sich ihr auf. Sie leuchtet vor Glück, dachte Clara. Ich würde es ihr so sehr wünschen. Hoffentlich ist der junge Mann ihrer Gefühle wert. Es wäre zu schrecklich, wenn sie nach der Enttäuschung, die ihr dieser adlige Hallodri bereitet hat, wieder verletzt würde.

Frau Olsson sah sie mit einem leichten Kopfschütteln an. »Sie scheinen sich darüber zu freuen?«

»Ja, warum denn nicht?«, fragte Clara.

»Nun, es ist natürlich immer schön, wenn sich zwei Herzen finden. Aber in diesem Fall würde es mich wundern, wenn die Geschichte ein gutes Ende nähme. Fräulein Svartsteins Vater wird es nicht zulassen.«

Bevor Clara sich über Sofies Spielpartner, den sie zum ersten Mal sah, erkundigen und nachfragen konnte, was Frau Olsson mit ihrer Bemerkung meinte, begann der letzte Akt.

46

Røros, Dezember 1895 – Sofie

In dem Augenblick, in dem Sofie ihren ersten Satz sagte, fiel die Nervosität von ihr ab. Die Zuschauer, die sie vor der Vorstellung durch einen Spalt des Vorhangs betrachtet und wie eine bedrohliche Masse empfunden hatte, die nur darauf wartete, ihr mit Buh-Rufen und hämischen Bemerkungen ihre Talentlosigkeit zu bescheinigen, nahm sie nicht wahr. Sie war vollkommen auf das Geschehen auf der Bühne konzentriert und erlebte das Stück im wahrsten Sinne des Wortes als Premiere. Als spräche und hörte sie das alles zum ersten Mal, lauschte sie ihren eigenen Texten und denen der anderen und wurde eins mit ihrer Rolle.

Nachdem Ingmar im zweiten Akt seine wirkliche Identität offenbart hatte, beschloss Silvia, ihn noch ein wenig länger auf die Probe zu stellen und herauszufinden, ob er trotz des vermeintlichen Standesunterschiedes zu seinen Gefühlen stehen und ihr weiterhin den Hof machen würde. Sofie ertappte sich dabei, dass sie mit Silvia enttäuscht war, als er seine Abreise ankündigte und innerlich jubelte, als er es doch nicht über sich brachte.

»Was kümmern Sie meine Gefühle?«, fragte sie mit bebender Stimme.

Per sah ihr tief in die Augen und antwortete: »Was sie mich kümmern? Können Sie noch daran zweifeln, dass ich Sie anbete?«

Sofie wurde schwindelig. Laut Inszenierung sollte Silvia an dieser Stelle ein wenig zurückweichen und dem ungestümen Ingmar vor Augen führen, was er aufs Spiel setzte. Dass er Gefahr lief, sich mit seiner Familie zu überwerfen, wenn er eine

Zofe zur Frau nahm. Schwarze Punkte tanzten vor Sofies Augen, ihre Beine knickten ein. Sie war nicht imstande, die nächste Passage zu sprechen. Per bemerkte ihren Zustand.

Er schob ihr einen Stuhl unter und improvisierte: »Ich ahne Ihre Entgegnung. Sie wollen mich vor den Konsequenzen warnen und mich vor Unbill bewahren. Sparen Sie Ihre Worte!« Er ließ sich – nun wieder gemäß den Regieanweisungen – auf ein Knie nieder und fuhr mit seinem Text fort: »Ihr Herz ist aufrichtig, Sie sind für meine Gefühle empfänglich. Diese Gewissheit können Sie mir nicht mehr nehmen. Willigen Sie ein, die Meinige zu werden!«

Sofie straffte sich und fand den Anschluss: »Sie wollen mich heiraten, trotz des Zorns Ihres Vaters? Trotz Ihres Standes?«

»Ja, denn Ihre Vorzüge sind durchaus so viel wert wie eine vornehme Geburt. Reden wir nicht mehr darüber, denn ich werde meine Einstellung nie ändern! Halten Sie also Ihre Liebe nicht mehr zurück, und erwidern Sie die meine.«

Nach dieser Erklärung gab sich nun auch Silvia als die Tochter des Gutsherrn zu erkennen, und das Stück mündete in ein großes Glücksfinale, da auch die beiden Dienstboten zueinandergefunden hatten.

Der Applaus des Publikums brandete auf und hüllte Sofie ein. Sie stand zwischen Per und Hilda am Bühnenrand, an dem sich die Schauspieler aufgestellt hatten. Ole Guldal sorgte dafür, dass sich auch ihre Kostümschneiderin und Souffleuse Astrid zu ihnen gesellte, und geleitete Paul persönlich vom Harmonium nach oben. Sie fassten sich alle an den Händen und verbeugten sich immer wieder. Die Zuschauer klatschten begeistert, riefen »Bravo« und »Hurra« und trampelten mit den Füßen.

Die Kerzen der Kronleuchter wurden wieder angezündet. Aus der wogenden Menge, die in den ersten Sekunden in Sofies Augen nur aus geöffneten Mündern und zusammenschlagenden Händen bestanden hatte, schälten sich bekannte Gesichter.

Sie erkannte Britt, Eline und die Köchin aus ihrem Haushalt, entdeckte Clara Ordal, Frau Olsson und den alten Gundersen, sah den Besitzer des Buchladens, den Apothekergehilfen, einige Stammkunden der Bibliothek und in der letzten Reihe Küster Blomsted, Doktor Pedersen und Olsen Berg, den Verleger der Zeitung *Fjell-Ljom*.

Der Ausdruck »trunken vor Glück« wurde für Sofie eine gelebte Erfahrung. Sie fühlte sich berauscht. Aufgedreht und voller Energie, genährt durch den Applaus, der mittlerweile aus dem Durcheinander in einen festen Rhythmus gewechselt hatte und in jeder Faser ihres Körpers vibrierte.

Mamma wäre stolz auf mich. Der Gedanke, der ihr unverhofft durch den Kopf schoss, versetzte Sofie einen winzigen Stich. Die Verstorbene auch in glücklichen Momenten zu vermissen war ungewohnt. Wie schön wäre es, wenn sie jetzt da unten säße. Sie hat das Theater so geliebt und würde sich mit mir freuen, dass ich die Vorstellung ohne Patzer gemeistert habe und nun so viel Anerkennung ernte.

Nachdem der Beifall verklungen war, erneuerte Ole Guldal seine Einladung, die Veranstaltung mit einem geselligen Beisammensein ausklingen zu lassen, und bat ein paar junge Männer, die Stühle an die Wände des Saals zu rücken. Die Schauspieler verließen derweil die Bühne. Sofie erspähte beim Hinausgehen Mathis Hætta, der sich einen Weg zu Clara bahnte und sie schon von Weitem anstrahlte.

Sofie wusste von Silje, dass diese den jungen Ingenieur mit dem Abendzug nach einer kurzen Inspektionsreise zurückerwartete und zum Essen einladen wollte. Sie hatte den Kutscher angewiesen, ihn vom Bahnhof abzuholen. Hatte Mathis ihn nicht bemerkt? Oder geflissentlich übersehen? Er musste direkt vom Zug zum Bekholdtgården gekommen sein. Er hatte einen Rucksack geschultert und trug seinen mit Rentierfell gefütterten Reisemantel über dem Arm. Sofie schaute zu Clara, deren Wangen sich mit einer zarten Röte überzogen. Sie sah Mathis mit einem Blick entgegen, in dem sich Scheu und Freude mischten. Zum Glück ist Silje nicht hier, schoss es Sofie durch den Kopf. Sie würde fuchsteufelswild.

Erst auf dem Flur wurde Sofie gewahr, dass Per nach wie vor ihre Hand hielt. Er drückte sie zärtlich, bevor er sie losließ und mit seinem Bruder in die Männergarderobe ging. Sofies Hand fühlte sich unvollständig an, als fehle ein Teil. Benommen folgte sie Hilda ins Umkleidezimmer der Frauen. Als sie es eine Viertelstunde später verließ und in den großen Saal zurückkehren wollte, sah sie im Flur Per und Ole Guldal stehen, die in ein Gespräch vertieft waren.

»Es ist also alles geklärt«, sagte der Schuldirektor. »Am besten, du fährst gleich morgen. Dann verpasst du nichts. Fürs Erste kannst du beim Vorsitzenden wohnen. Ich hatte ihn ja gebeten, dich für das Stipendium vorzuschlagen. Ich habe keinen Zweifel, dass du es bekommen wirst. Und danach kannst du dir eine eigene Bleibe suchen.«

»Ich weiß das sehr zu schätzen. Aber ich muss erst noch mal darüber nach…«, sagte Per leise.

Ole Guldal runzelte die Stirn und unterbrach ihn. »Entschuldige, aber was gibt es da groß zu überlegen? So eine Gelegenheit solltest du dir nicht entgehen lassen! Zumal du ja hier gerade keinen Auftrag hast.« Der Regisseur bemerkte Sofie und ging ihr mit einem Lächeln entgegen. »Ah, Sofie! Herzlichen Glückwunsch. Sie haben sich heute Abend selbst übertroffen! Und Paul war ebenfalls eine Wucht. Küster Blomsted konnte gar nicht fassen, wie musikalisch Ihr Schüler ist. Er war – wie wir alle – sehr beeindruckt von Pauls virtuosem Spiel. Blomsted wird demnächst auf Sie zukommen, um Pläne zu schmieden, wie man das Talent unseres Wunderkindes bestmöglich fördern kann.«

»Das würde mich sehr freuen«, sagte Sofie. »Ich bin schon

lange der Ansicht, dass Paul eine professionelle Ausbildung verdient.«

Ole Guldal nickte und sagte: »So, nun sollte ich mich wohl unters Volk mischen. Wir sehen uns ja sicher noch.« Er wandte sich Richtung Saal und sagte im Vorbeigehen leise zu Per: »Überleg nicht zu lang.«

»Was sollst du nicht zu lange überlegen?«, fragte Sofie, als der Regisseur außer Hörweite war.

»Es gibt die Möglichkeit, in Christiania eine viermonatige juristische Fortbildung zu machen, die von der dortigen Arbeiterbewegung angeboten wird. Damit man die Mitglieder in den Berufsvereinen besser in rechtlichen Fragen beraten kann.«

»Und du könntest daran teilnehmen? Sogar mit einem Stipendium, wenn ich das richtig verstanden habe? Das ist doch großartig, oder nicht?«, fragte Sofie.

»Bis vor wenigen Tagen hätte ich ohne Zögern zugesagt«, antwortete Per. »Aber jetzt will ein Teil von mir hierbleiben.«

Sofie versenkte ihre Augen in seine. Sie hätte es nicht für möglich gehalten, dass das Hochgefühl, das der Applaus des Publikums in ihr ausgelöst hatte, noch gesteigert werden konnte. Nein, nicht gesteigert. Vertieft. Der Rausch, der sie am Rand der Bühne erfasst hatte, war flüchtig gewesen. Das, was sich beim Blick in Pers Augen in ihr ausbreitete, war eine Gewissheit, die andauern würde – tief verwurzelt in ihrem Herzen.

Hast du das nicht auch bei Moritz gedacht?, flüsterte die Stimme des Zweifels. Warst du dir da nicht auch ganz sicher? Sofie spürte der Frage nach. Nein, das war etwas anderes, gab sie sich selbst zur Antwort. Ich war geblendet. Überwältigt von der Aufmerksamkeit, die Moritz mir entgegenbrachte. Dem Mann, der mich wahrgenommen und aus meinem Schattendasein geholt hat. Ich war verliebt in die Liebe, die er angeblich für mich empfand. Wenn ich ehrlich bin, hätte es ebenso gut ein anderer sein können. Bei Per ist das nicht so. Er ist einzigartig für mich. Und wird es immer bleiben, selbst wenn wir in diesem Moment voneinander getrennt würden und uns nie wiedersehen.

»Und ein Teil von mir wünscht sich nichts sehnlicher, als dass du bleibst«, antwortete sie. »Aber es wäre selbstsüchtig von mir. Du solltest unbedingt zu dieser Fortbildung fahren. Es sind doch nur vier Monate.«

Sie horchte in sich hinein und wurde ruhig. Die Stärke der Zuneigung, die sie für Per empfand, durchpulste sie, füllte sie aus und überwog alle Ängste und Bedenken.

»Ich gehöre zu dir«, sagte sie dann.

Per wurde blass. Sein Gesicht strahlte feierlichen Ernst aus. Er griff nach ihrer Hand und zog sie an sein Herz. Sie spürte es schnell pochen – im gleichen Rhythmus wie ihres. Die Welt bestand aus diesem zwiefachen Schlagen, das zu einem verschmolz.

»Und ich zu dir.«

»Hier seid ihr!«, rief eine helle Stimme.

Sofie und Per fuhren auseinander. Der Zauber zerstob. Eline kam aus dem Festsaal gerannt und japste nach Luft.

»Fräulein Sofie, ich fürchte, Sie sind aufgeflogen. Ihre Schwester ist gerade aufgetaucht.«

Sofie spürte Panik in sich aufsteigen. Was, wenn Silje sie hier mit Per sah? Oder bereits gesehen hatte? Sie würde umgehend ihren Vater darüber informieren. Sofie mochte sich gar nicht vorstellen, wie dieser darauf reagieren würde. Sie vermeinte bereits, seine grollende Stimme zu hören, mit der er ihr die Leviten las.

Willkommen in der Realität, meldete sich eine ironische Stimme in ihr zu Wort. Wie konntest du vergessen, woher du kommst? Bist du wirklich so mutig, dich gegen alles zu stellen, was dein bisheriges Leben ausmachte?

Eline öffnete die Tür zum Umkleidezimmer und winkte

Sofie zu. »Kommen Sie, verstecken Sie sich erst einmal hier drin. Dann sehen wir zu, wie wir Sie unbemerkt rauslotsen und nach Hause schaffen.«

Sofie biss sich auf die Lippe und sah unschlüssig zu Eline.

»Tu, was sie sagt«, sagte Per und fuhr leise fort: »Verlang nicht zu viel von dir. Mir ist doch klar, dass du dich nicht von heute auf morgen von allem lossagen kannst.«

Zögernd lief Sofie zu dem Dienstmädchen und schlüpfte in das Zimmer, während Eline wieder in den Saal eilte. Kaum hatte Sofie die Tür hinter sich geschlossen, riss sie sie wieder auf. Per stand direkt vor ihr, die Hand auf die Klinke gelegt.

»Nein, ich bin es leid«, sagte sie. »Ich ertrage dieses verlogene Getue nicht länger. Wir gehen jetzt zu den anderen und feiern mit ihnen. Soll Silje doch denken, was sie will!«

Per fasste sie am Arm und schob sie sanft zurück. »Überstürze nichts. Damit ist niemandem geholfen. Denk allein schon an Eline und Britt. Wenn herauskommt, dass sie dir geholfen haben, geraten sie womöglich in Teufels Küche.«

Er führte sie zu einem Stuhl und zog sich einen zweiten heran. Sofie setzte sich und ließ die Schultern hängen.

»Warum muss alles immer so kompliziert sein? Warum darf man nicht einfach leben, wie man will?«

»Das wirst du, da bin ich mir ganz sicher«, sagte Per. »Wenn du es wirklich willst.«

Sofie richtete sich auf. »Du hast recht. Es ist töricht zu jammern.«

Per nahm ihre Rechte in seine Hände. »Wir halten jetzt erst einmal die Füße still. Ich fahre zu der Fortbildung. Und du kannst in der Zwischenzeit in Ruhe in dich gehen und überlegen, ob du tatsächlich …«

»Das ist nicht nötig!«, rief Sofie. »Ich weiß selbst, dass ich alle Brücken hinter mir abbreche, wenn ich mich für dich entscheide. Und dass ich auf manches verzichten muss. Aber das schreckt mich nicht, und ich bin durchaus ...« Sie unterbrach sich und sah Per forschend an. »Aber vielleicht schreckt es dich? Bist du es vielleicht, der Bedenkzeit braucht? Befürchtest du, verantwortlich für mich zu sein? Glaubst du, ich erwarte von dir, dass du mir ein ...«

»Hör auf«, sagte Per und drückte ihre Hand. »Am liebsten würde ich dich vom Fleck weg heiraten und so schnell wie möglich mit dir ein gemeinsames Leben beginnen – auch wenn es sich zumindest am Anfang recht bescheiden gestalten würde. Ich weiß, dass du nichts auf den Firlefanz gibst, den andere Leute aus den gehobenen Kreisen unentbehrlich finden. Und dass du sehr wohl in der Lage bist, dein eigenes Geld zu verdienen.«

»Aber?«, hakte Sofie nach.

»Ich will, dass du glücklich bist. Das kannst du nur sein, wenn du mit dir im Reinen bist. Wenn du fortläufst, stößt du ja nicht nur deine Familie vor den Kopf. Wie würdest du mit einer gesellschaftlichen Ächtung zurechtkommen?«

Sofie setzte zu einer Erwiderung an, wollte erklären, dass ihr die Meinung von Leuten wie Berntine Skanke und ihren Freundinnen absolut gleichgültig war und sie keinen Wert darauf legte, von ihnen als ihresgleichen akzeptiert zu werden.

Per hob eine Hand und redete weiter: »Nimm das nicht auf die leichte Schulter. So einen Schritt sollte man mit Bedacht tun. Deshalb finde ich es wichtig, dass du dir Zeit nimmst.«

»Du bist so vernünftig«, sagte Sofie.

Per zog eine Augenbraue hoch. »Wäre es dir lieber, ich würde dich mit wilden Liebesschwüren überschütten und überreden, mit mir bei Nacht und Nebel durchzubrennen?«

»Nein, natürlich nicht«, murmelte Sofie und wich seinem Blick aus. Es war ihr peinlich, dass er mit seiner Vermutung genau ins Schwarze getroffen hatte.

»Ich gebe zu, dass ich diese Vorstellung auch sehr romantisch fände«, flüsterte er dicht an ihrem Ohr.

Sein Atem strich heiß über ihre Wange. Wieder wurde sie von einem Schwindel erfasst. Gleich küsst er mich, dachte sie. Sie schloss die Lider und hob ihm ihren Mund entgegen. Das Quietschen, mit dem er seinen Stuhl zurückschob, ließ sie die Augen wieder öffnen. Per war aufgestanden.

»Ich gehe jetzt«, stieß er mit heiserer Stimme hervor.

Sofie erhob sich ebenfalls und sah ihm in die Augen. Das Verlangen, das sie darin sah, versöhnte sie mit der Enttäuschung, die sie eine Sekunde zuvor noch übermannt hatte.

»Wenn ich dich jetzt küsse oder auch nur berühre, kann ich nicht fort«, sagte er. »Wirst du mir schreiben?«

Sofie nickte. »Jeden Tag.«

Über Pers Gesicht ging ein Leuchten. »Ich dir auch. An die Bibliotheksadresse.« Er ging zur Tür, öffnete sie und drehte sich noch einmal zu ihr um: »Mein Herz, pass auf dich auf!«

»Und du auf dich«, erwiderte Sofie.

Als sie einen Augenblick später auf den Flur trat, war Per bereits verschwunden. Sofie fiel es schwer, einen klaren Gedanken zu fassen. Durch ihren Kopf wirbelten Fetzen der eben geführten Unterhaltung. Sie wollte Per hinterherrufen und ihn bitten, sie nicht allein zu lassen, und war im selben Moment überzeugt, keinen Ton herauszubringen. Sie fühlte sich kraftlos und zittrig, sehnte sich nach ihrem Bett und fragte sich, wie sie es jemals ohne fremde Hilfe dorthin schaffen sollte. Wurde sie krank? Ihre Nase war seit einigen Tagen verstopft. Oder hatte sie sich die Blase verkühlt? Sie musste häufig das stille Örtchen aufsuchen, hatte allerdings keine Schmerzen. Auch andere Anzeichen für eine Erkältung fehlten. Litt sie vielleicht unter einer ernsten Krankheit – als Strafe dafür, dass sie sich in den vergangenen Tagen mit einer vorgetäuschten zurückgezogen hatte? Ach was, das glaubst du doch selber nicht, wies sie sich zurecht. Du bist nur übermüdet.

Langsam ging sie zum Festsaal, aus dem ihr die Klänge eines

Akkordeons, Gelächter und fröhliche Stimmen entgegenschall-
ten. In der Tür blieb sie stehen und sah sich um. Auf der Bühne
saß ein älterer Mann und spielte auf einer Ziehharmonika einen
rørospols, einen beliebten Volkstanz, zu dem sich mehrere Paare
im Dreivierteltakt auf der freigeräumten Fläche in der Mitte des
Raums drehten.

»Um Gottes willen, warum sind Sie denn noch hier?«

Sofie drehte den Kopf zur Seite und sah Eline an der Wand
neben der Tür lehnen.

»Wir dachten, dass Sie längst zu Hause sind.«

»Was ist denn mit Silje?«, frage Sofie. »Ist sie noch da?«

»Ja, dahinten«, antwortete Eline und deutete ans andere Ende
des Saals. »Ich hatte mich getäuscht, sie ist wohl gar nicht hergekommen, um nach Ihnen zu suchen. Aber Sie sollten Ihr Glück
lieber nicht auf die Probe stellen und jetzt gehen.«

Sofie nickte abwesend. Sie hatte ihre Schwester entdeckt. Siljes Gesichtsausdruck jagte ihr einen Schauer über den Rücken.
Mit verkniffenen Lippen und zusammengezogenen Brauen
starrte sie auf die Tanzfläche. In ihren Augen lag blanker Hass.
Sofie folgte ihrem Blick zu einem der Paare, das eben an ihr vor-
beiwirbelte: Mathis Hætta und Clara Ordal.

Sofie griff sich an den Hals. Ihre Schwester machte den Eindruck, als könne sie sich nur unter Aufbietung ihrer gesamten
Selbstbeherrschung davon abhalten, sich auf die beiden zu
stürzen. Wenn Blicke töten könnten, dachte Sofie. Das müssen
die doch merken, überlegte sie weiter und sah wieder zu Clara
und Mathis, die die Drehfiguren und Wendungen des an eine
Mazurka erinnernden Tanzes vollführten und eine innige Selbst-
vergessenheit ausstrahlten, die Sofie einen Stich versetzte. Sie
hätte viel darum gegeben, sich mit Per in den Reigen der Tanzenden einreihen zu können. Sie unterdrückte ein Seufzen, wandte
sich ab und machte sich auf den Heimweg.

47

Røros, Dezember 1895 – Clara

Clara drehte sich um Mathis oder wurde von ihm um sich selbst gewirbelt. Ihre Füße machten wie von selber die richtigen Schritte, die ihr vom Rand der Tanzfläche aus betrachtet kompliziert erschienen waren. Sie überließ sich seiner Führung, folgte dem leichten Druck seiner Hände, mit dem er sie dirigierte, und dem Takt der Melodie, die ihr buchstäblich in die Beine ging. Sie fühlte sich leicht und unbeschwert. Verflogen war die Frage, ob sich ein Tanz für sie als Witwe im ersten Trauerjahr schickte – noch dazu an der Seite eines ledigen Mannes.

Als Mathis sie aufforderte, hatte sie automatisch abgelehnt. Bevor er seine Bitte wiederholen konnte, hatte Frau Olsson ihr zugeraunt: »Ein Tänzchen in Ehren darf niemand verwehren. Gönnen Sie sich dieses unschuldige Vergnügen!«, und sie zu Mathis geschoben.

Claras Protest, dass sie ihn schrecklich blamieren würde, weil sie diesen *rørospols* gar nicht beherrschte, hatte er weggelächelt, nach ihrer Hand gegriffen und sie zur Mitte des Saals gezogen. Seitdem bestand die Welt nur aus den Tönen des Akkordeons und den Schrittfolgen, die sie und Mathis miteinander vollführten.

»Das war wunderbar«, sagte Clara, als die Musik endete und sie atemlos zum Stehen kamen.

»Es war mehr als das. Für mich waren es die glücklichsten Minuten seit Langem«, antwortete Mathis. »Genauer, seit dem Tag, als ich mich bei einer schüchternen, sehr sympathischen jungen Frau in Madam Olssons Pension nach einem Zimmer erkundigt habe.«

Clara stieg das Blut in die Wangen. Sie löste sich von ihm und stammelte verlegen: »Ich sollte jetzt aufbrechen. Die Kinder müssen dringend ins Bett. Morgen ist ja wieder Schule und wir ...«

Mathis nickte. »Ich kann warten. Dieses Trauerjahr dauert ja nicht ewig«, sagte er leise. »Mein Herz hat schon immer auf dich gewartet. Du füllst die Lücke, die bislang keine zu füllen vermochte.«

Clara stockte der Atem. Sie wagte es nicht, ihn anzusehen.

»Ich meine es ernst.«

Er drückte ihre Hand. Clara hob den Kopf und las im Graublau seiner Augen die Bestätigung seiner Worte.

Mathis ging zu dem Stuhl, auf dem er seinen Rucksack und den Mantel abgelegt hatte, nahm beides und verließ den Saal, ohne sich noch einmal umzudrehen.

Clara sah ihm nach und spürte dem Schwingen in ihr nach, das sein Bekenntnis ausgelöst hatte. Wie ein heller Glockenton ließ es ihr Innerstes vibrieren und füllte sie mit einer Freude aus, die kaum auszuhalten war. »Danke«, flüsterte Clara und sandte ein stummes Gebet an ihre Schutzheilige Adelheid.

Der Erdball blieb nicht stehen, er drehte sich weiter, und der Alltag ging seinen altbekannten Trott. Am folgenden Morgen saß Clara wie gewohnt in der Schreibstube. Es fiel ihr schwer, sich auf den Brief zu konzentrieren, den sie aufsetzen sollte. Sie war allein, Herr Dietz nahm an einer Sitzung des Berggerichts teil. Immer wieder wanderten Claras Gedanken zu dem Tanz mit Mathis und dessen Worte beim Abschied. Sie hatten so selbstverständlich geklungen, als verkünde er eine allgemein bekannte Tatsache. Zum ersten Mal, seit sie ihn kannte, gestattete Clara es sich, Mathis und sich als ein mögliches Wir zu fantasieren.

511

Und nicht nur sie beide. Paul war ein wichtiger Teil davon, kein Anhängsel. Von Anfang an war er Mathis mit Zuneigung und Vertrauen begegnet und hatte ihn am Abend zuvor nach der Theateraufführung mit einem Jubelschrei begrüßt. Frau Olsson hatte bereits bei Pauls Geburtstag ihrer Überzeugung Ausdruck verliehen, dass dieser in Mathis einen väterlichen Freund sah, der ihm den leiblichen Vater zwar nie ersetzen würde, als Vorbild jedoch von der ersten Begegnung an eine wichtige Rolle für ihn spielte.

Clara stützte einen Ellenbogen auf die Tischplatte, legte ihr Kinn in die Handfläche und schaute aus dem Fenster. Vor die Aussicht auf das verschneite Dach des Hauses auf der anderen Straßenseite und den von Wolken bedeckten Himmel schoben sich sommerliche Bilder: Sie sah sich mit Mathis, Paul und Bodil in einem Ruderboot auf dem Hittersjøen fahren, mit der Kutsche einen Ausflug in die Berge machen, durch die Straßen des Städtchens schlendern und gemeinsam mit dem alten Gundersen und Frau Olsson neben dem Birkenhaus im Schein der Mittsommersonne zu Abend essen.

Ein Klopfen unterbrach ihre Träumereien. Sie setzte sich aufrecht hin, rief »Herein!« und sah erwartungsvoll zur Tür. Ihr Herz machte einen Satz. Es war Silje Svartstein, die über die Schwelle trat. Sie blieb mitten im Raum stehen und sah sich mit einem herablassenden Gesichtsausdruck um. Sie trug einen anthrazitfarbenen Mantel, dessen breiter Kragen mit dem Pelz eines Schwarzfuchses besetzt war. Auch der Muff, die Lederhandschuhe und der mit einem kleinen Schleier und schwarzen Federn bestückte Hut waren aus kostbaren Materialien nach der neuesten Mode gefertigt. Clara zog unwillkürlich die Schultern ein. In den Augen von Sofies Schwester nahm sie sich mit ihrem schlichten schwarzen Kleid und den tintenverklecksten Fingern vermutlich wie Aschenputtel aus.

Aber genau das beabsichtigt sie doch, hörte sie ihre Freundin

Ottilie sagen. Sie erscheint doch nicht zufällig *opjedonnert* wie ein Pfau an einem Montagmorgen in einer Amtsstube. Lass dich von der doch nicht einschüchtern! *De Haupsaach es, et Hätz es jot!* Und damit kann diese Schnepfe wohl eher nicht aufwarten.

Gestärkt durch diesen inneren Dialog drückte Clara ihr Rückgrat durch und sagte: »Guten Tag, Fräulein Svartstein. Wenn Sie zu Herrn Dietz möchten – der ist gerade in einer Sitzung. Und ich weiß nicht, wie lange ...«

Silje hob eine Hand. »Ich bin nicht seinetwegen hier.«

»Ach so. Nun, was kann ich für Sie tun?«, fragte Clara und deutete auf einen Stuhl neben ihrem Tisch. »Möchten Sie nicht Platz nehmen?«

Silje schüttelte den Kopf, verschränkte ihre Arme und sah auf Clara herab. Die Feindseligkeit, die sie verströmte, veranlasste Clara, sich zu erheben. Sie wollte auf Augenhöhe mit dieser Frau sein, was immer sie auch gegen sie vorzubringen gedachte.

»Ich möchte Ihnen nur einen guten Rat geben«, sagte Silje. »Kommen Sie mir und meinem Vater nicht in die Quere!«

»Was meinen Sie? Wie könnte ich Ihnen in die ...«

»Stellen Sie sich nicht dümmer, als Sie zweifellos sind«, zischte Silje.

Clara sah sie ruhig an, atmete durch und sagte nach einer kleinen Pause: »Ich fürchte, Ihre Annahme trifft zu. Ich bin offenbar zu beschränkt, um Ihnen folgen zu können. Sie müssen mir schon ein wenig mehr auf die Sprünge helfen.«

Unter all der Anspannung und Furcht, die Clara empfand, regte sich ein winziges Flämmchen der Schadenfreude. Silje Svartstein die Stirn zu bieten und sie zu zwingen, klar und deutlich ihr Anliegen zu formulieren, erfüllte sie mit Genugtuung. Auch wenn die Waffen ungleich verteilt waren und sie keine Chance hatte, es mit der Tochter eines der mächtigsten Männer von Røros aufzunehmen – zumindest ihr Selbstwertgefühl würde sie nicht kampflos aufgeben.

»Lassen Sie die Finger von meinem Verlobten!«, sagte Silje.

Clara zog die Augenbrauen nach oben. »Ihrem Verlobten? Wollen Sie damit sagen, dass ...«

»... ich Herrn Hætta versprochen bin, jawohl!«, vollendete Silje den Satz mit Triumph in der Stimme.

Clara griff nach der Lehne ihres Stuhls. Nein, das kann nicht sein! Sie lügt, da bin ich mir ganz sicher, schoss es ihr in den Kopf. Sie blickte Silje geradewegs in die Augen. Diese blinzelte. Zwei rote Flecken bildeten sich auf ihren Wangen. Sie machte einen Schritt auf Clara zu und hielt ihr den ausgestreckten Zeigefinger ihrer rechten Hand vors Gesicht.

»Ich warne Sie. Sollten Sie sich erneut an eine Stelle drängen, auf der Sie nichts verloren haben, wird es Ihnen schlecht bekommen. Und nicht nur Ihnen.«

Der eisige Unterton ließ Clara frösteln. Paul lag gar nicht so falsch mit seinem Zweifel, ob Silje und Sofie tatsächlich Schwestern sind, dachte sie. Wenn ich es nicht wüsste, würde ich es niemals vermuten.

»Was erwarten Sie von mir?«, fragte sie.

»Wenn Sie Ihre Arbeit behalten und mit Ihrem Sohn und dem Gesindel, das Sie beherbergen, in Frieden hier weiterleben wollen, dann halten Sie sich von nun an fern von Herrn Hætta.«

»Ich habe mich ihm ja gar nicht genähert. Er war es doch, der ...«, rutschte es Clara heraus.

Sie würgte den Rest des Satzes herunter. Mach es nicht noch schlimmer, ermahnte sie sich. Darum geht es doch eigentlich: Silje hat herausgefunden, wie Mathis für mich empfindet. Und das macht sie so wütend.

»Überzeugen Sie ihn glaubhaft, dass er sich keine Hoffnungen auf Sie machen kann«, sagte Silje. »Ein für alle Mal! Andernfalls tragen Sie die Verantwortung für die Folgen. Und glauben Sie mir, für meinen Vater ist es ein Leichtes, Sie und Ihre Bagage zu vernichten.«

So wie Sverre Ordal und seine Frau?, lag es Clara auf der Zunge. Sie ballte ihre Hände zu Fäusten.

Silje warf einen Blick darauf und sagte leise: »Und falls Ihnen das Schicksal der anderen gleichgültig sein sollte, so seien Sie versichert, dass auch Mathis Hættas glückliche Tage gezählt sind, wenn er so töricht sein sollte, mich Ihretwegen zu verschmähen.« Mit diesen Worten drehte sie sich um und rauschte aus dem Zimmer.

Clara sackte auf ihren Stuhl und stöhnte auf. Die Empörung über Siljes Unverschämtheit wich einer lähmenden Angst. Sie zweifelte keine Sekunde daran, dass die Drohung ernst gemeint war. Ivar Svartstein und seine älteste Tochter gehörten zu den Menschen, die rücksichtslos ihre Interessen durchsetzten und schnell erkannten, wo sie ihre Gegner am empfindlichsten treffen konnten. Waren obendrein Gefühle im Spiel, wurden sie unberechenbar und gefährlich. Silje würde nicht zögern, an Claras Schwachpunkt anzusetzen und den Menschen, die sie liebte und für die sie sich verantwortlich fühlte, Schaden zuzufügen.

Clara wurde übel. Sie stürzte aus der Schreibstube, hielt sich eine Hand vor den Mund und schaffte es gerade noch rechtzeitig auf den Abort im Hof, bevor sie ihr Frühstück erbrach. Als sie ins Hauptgebäude zurückkehrte, begegnete sie dem Bergschreiber, der eben den Sitzungssaal verlassen hatte.

»Ach herrje, ist Ihnen nicht wohl?«, rief er und musterte sie besorgt. »Entschuldigen Sie, wenn ich das so offen sage, aber Sie sehen furchtbar aus.«

Clara rang sich ein Lächeln ab. »Ja, ich hab mir wohl den Magen verdorben.«

»Sie Ärmste! Soll ich einen Miet-Schlitten rufen, der Sie nach Hause bringt?«

»Danke, das ist sehr freundlich. Aber ich gehe zu Frau Olsson und fahre später mit den Kindern, wenn sie von Gundersen von der Schule abgeholt werden.«

»Wie Sie möchten. Hoffentlich geht es Ihnen bald wieder besser«, sagte Herr Dietz und verabschiedete sich von ihr.

Clara holte ihren Mantel und machte sich auf den Weg zur Pension. Frau Olsson zog sie nach einem Blick in ihr Gesicht wortlos in die gute Stube, drückte sie in einen Sessel, holte eine Flasche mit einer braunen Flüssigkeit aus dem Geschirrschrank und goss Clara ein Gläschen ein.

»Trinken Sie.«

Gehorsam nahm Clara einen Schluck und hustete. Der Kräuterschnaps brannte in ihrer Kehle. Wärme breitete sich in ihrem Magen aus. Das flaue Gefühl wurde schwächer.

»Danke, das war jetzt genau das Richtige«, sagte sie.

Frau Olsson lächelte zufrieden und nahm ihr gegenüber Platz. »Was ist passiert?«

Fünfzehn Minuten später griff sie erneut zu der Flasche und schenkte Clara und dieses Mal auch sich selbst ein. Sie hatte sich den Bericht von Siljes Auftritt im Bergskrivergården, Claras Vermutungen über Ivar Svartsteins Machenschaften gegen ihren Schwiegervater und ihre diesbezüglichen Nachforschungen, ohne sie zu unterbrechen, angehört. Ab und an hatte sie fassungslos den Kopf geschüttelt und war zunehmend blasser geworden. Nun leerte sie ihr Glas in einem Zug.

»Ich habe in meinem Leben schon viel Niedertracht gesehen und arglistige Menschen kennengelernt«, rief sie, »aber diese Silje und ihr Vater übertreffen alle um Längen.« Sie sah Clara ernst an. »Es tut mir unendlich leid, dass Sie sich – wenn auch gänzlich ohne Absicht – mit dieser Familie angelegt haben. Wenn die Gerüchte über den alten Svartstein auch nur zur Hälfte wahr sind ...« Sie verstummte und biss sich auf die Unterlippe.

Clara rieb sich die Stirn. Insgeheim hatte sie gehofft, Frau Olsson würde Siljes Einschüchterungsversuche als leere Drohungen abtun und sie ermutigen, sich davon nicht beirren zu lassen.

»Ich frage mich, warum Fräulein Svartstein überhaupt so sicher ist, dass Mathis Hætta mir zugetan ist«, sagte sie.

Frau Olsson sah sie überrascht an. »Haben Sie sie denn nicht gesehen? Sie ist gestern Abend nach der Theatervorführung im Bekholdtgården aufgetaucht. Ich dachte, Sie hätten sie bemerkt.«

»Nein, das habe ich nicht«, sagte Clara. »Dann hat sie vermutlich gesehen, wie Mathis und ich miteinander getanzt haben und daraus ihre Schlüsse gezogen.«

Frau Olsson nickte. »Und ich kann ihr nicht mal verdenken, dass sie eifersüchtig war. So wie der Sie angeschaut hat.«

Clara verzog den Mund. »Hätte ich doch nur seine Aufforderung ausgeschlagen.«

»Ach, meine Liebe, früher oder später hätte Fräulein Svartstein doch erfahren, dass sein Herz für eine andere schlägt. Wenn sie es nicht schon geahnt hat.«

»Was soll ich denn jetzt tun?«, fragte Clara.

»Wie wäre es, wenn Sie Herrn Hætta ins Vertrauen ziehen und ...«

Clara schüttelte heftig den Kopf. »Nein, auf gar keinen Fall! Er würde sich eine solche Einmischung in seine Angelegenheiten nicht bieten lassen und Fräulein Svartstein sehr wahrscheinlich zur Rede stellen.«

»Das wäre das Schlechteste nicht«, rief Frau Olsson. »Der jungen Dame gehört ordentlich der Marsch geblasen!«

»Mag sein. In dem Fall wäre es aber überhaupt nicht hilfreich. Zumal sie ja mit dem Einverständnis ihres Vaters handelt«, sagte Clara. »In den Augen der beiden hätte ich ihrer Anweisung nicht nur zuwidergehandelt, sondern Mathis sogar noch gegen sie aufgewiegelt. Ich mag mir ihre Rache nicht ausmalen.«

»Entschuldigen Sie, das war wirklich ein unüberlegter Vorschlag«, sagte Frau Olsson. »Sie würden natürlich ihre Wut an Ihnen auslassen.«

»Und nicht nur an mir, das hat Fräulein Svartstein ja sehr deutlich zum Ausdruck gebracht.«

Die beiden versanken in Nachdenken. Noch im Sommer hätte für Clara die Lösung auf der Hand gelegen: Sie wäre mit Paul nach Deutschland zurückgekehrt und hätte versucht, dort irgendwie ein Auskommen zu finden. Seither hatte sich ihr Leben grundlegend verändert. Sie besaß ein eigenes Dach über dem Kopf, hatte neue Freunde gefunden und eine Arbeit, die ihr ein unabhängiges Leben ermöglichte. Ihr Sohn hatte tiefe Wurzeln geschlagen und nicht nur sein musikalisches Talent entdeckt, sondern auch Menschen um sich, die es fördern wollten. Wenn Clara ihre Zelte in Røros abbrechen würde, wäre Paul all dessen und vor allem seines Zuhauses beraubt – was auch auf Gundersen und Bodil zutraf. Für das Mädchen trug sie zudem die Verantwortung, solange dessen Vater auf Reisen war. Silje Svartstein hatte genau erkannt, was für Clara auf dem Spiel stand: Sie würde alles riskieren, was sie sich in den vergangenen Monaten aufgebaut hatte – für eine ungewisse Zukunft.

»Ich werde Mathis Hætta einen Brief schicken und ihn bitten, sich von mir fernzuhalten«, beendete Clara das Schweigen. »Ich werde behaupten, dass ich mich gestern vom Augenblick habe hinreißen lassen, es aber nicht mit meinem Gewissen vereinbaren kann, so rasch nach dem Tod meines Mannes auch nur an eine Hochzeit zu denken und...« Sie hielt inne. »Nein, das reicht nicht aus. Ich schreibe ihm, dass ich gar nichts für ihn empfinde. Dass es mir leidtut, wenn er gestern Abend den Eindruck gewonnen haben sollte, ich würde seine Gefühle erwidern. Und daher so schnell wie möglich klarstellen will, dass dem nicht so ist. Dass ich es nicht über mich bringen würde, ihm dauerhaft etwas vorzugaukeln. Dass er das auch nicht verdient hätte und sich daher besser eine Frau sucht, die seiner Liebe würdig ist.« Sie sah Frau Olsson an. »Was meinen Sie? Wird ihn das überzeugen?«

»Ich weiß nicht. Ich denke, Herr Hætta lässt sich nicht so rasch entmutigen. Er wird es aus Ihrem Munde hören wollen. Und ob es Ihnen gelingt, ihm von Angesicht zu Angesicht etwas vorzumachen, wage ich zu bezweifeln. Dazu sind Sie viel zu ehrlich.«

Clara setzte sich aufrechter hin. »Dann muss ich es eben noch drastischer formulieren. Er muss meinen Worten einfach Glauben schenken. Denn Sie haben vollkommen recht: Ich könnte es ihm niemals persönlich sagen.«

»Meine Liebe, es ist Ihnen also wirklich ernst damit?«, fragte Frau Olsson. In ihren Augen schimmerten Tränen.

Clara nickte und schluckte. Frau Olssons Mitgefühl rüttelte an ihrer Selbstbeherrschung.

»Es ist die einzige Möglichkeit, die ich sehe«, sagte sie mit belegter Stimme. »Alles andere wäre unverantwortlich und vor allem sehr selbstsüchtig. Ich muss in erster Linie an das Wohl von Paul denken. Das habe ich seinem Vater auf dem Totenbett versprochen. Und mein Sohn ist ja nicht der Einzige, dem die Svartsteins Unheil zufügen könnten, wenn ich ihre Forderung nicht erfülle.«

Frau Olsson zog ein Taschentuch aus ihrer Schürzentasche und schnäuzte sich. »Sie sind so tapfer! Wenn ich doch nur einen anderen Ausweg wüsste!« Sie griff nach Claras Hand und drückte sie. »Aber ich weigere mich, die Hoffnung aufzugeben! Und das sollten Sie auch. Noch ist das letzte Wort nicht gesprochen in dieser Angelegenheit. Es sollte mich wundern, wenn dieses intrigante Fräulein das Herz von Herrn Hætta gewinnen kann.«

Clara ließ die Schultern hängen. »Sein Herz vielleicht nicht. Aber Ivar Svartstein kann ihm den Weg zu einer steilen Karriere ebnen und ihn zum Erben seines Lebenswerks machen. Oder das Gegenteil bewirken und ihn in den Abgrund stürzen, wenn Mathis seine Pläne durchkreuzt.« Sie sah Frau Olsson in die Augen und fuhr mit versagender Stimme fort: »Das kann ich nicht zulassen.«

»Sie lieben ihn wirklich«, stellte Frau Olsson fest.

Sie stand auf und zog Clara an ihre Brust. So wie eine Mutter es tun würde, dachte Clara. Eine Mutter, die ich nie hatte. Ein Wimmern entrang sich ihr. Sie presste ihre Stirn an Frau Olssons Schulter und ließ ihren Tränen freien Lauf.

48

Røros, Dezember 1895 – Sofie

»Ich will, dass dieses Weibsstück verschwindet!«

Sofie, die eben das Speisezimmer betreten wollte, wo in Kürze die Hauptmahlzeit des Tages serviert würde, verharrte an der Tür, die einen Spalt breit offen stand, und lauschte.

»Das wäre die einfachste Lösung. Und für dich ist das doch ein Kinderspiel«, fuhr Silje fort.

»Wenn man dich so hört, könnte einem direkt angst und bange werden«, antwortete die tiefe Stimme ihres Vaters. Es schwang ein amüsierter Unterton darin. »Wir sind doch hier nicht im Wilden Westen, wo man sich seiner Gegner mit einer Kugel entledigt. Oder soll ich vielleicht einen Mörder dingen?«

»Nein, natürlich nicht. Aber es würde dich nur ein Wort kosten, damit sie ihren Arbeitsplatz verliert. Schließlich ist der Bergschreiber dein Untergebener«, kam es schmeichelnd von Silje.

»Sieh mich nicht so an«, hörte Sofie ihren Vater in scharfem Ton sagen. »Das verfängt bei mir nicht. Du hast dich ohnehin schon sehr weit aus dem Fenster gelehnt, wenn ich dich richtig verstanden habe. Und das, ohne dich vorher mit mir abzustimmen.«

»Aber es ist doch auch in deinem Interesse«, begehrte Silje auf.

Offenbar war ein strenger Blick die Antwort. Kleinlaut schob sie nach: »Es tut mir leid. Ich hätte dich vorher fragen sollen. Aber du warst heute Morgen so früh aus dem Haus, und ich wollte keine Zeit verlieren und diese Schlange schnellstmöglich in ihre Schranken weisen.«

»Schon gut«, brummte ihr Vater.

»Also, was wirst du unternehmen? Wirst du Herrn Dietz anweisen, sie zu entlassen?«

»Nein, das werde ich schön bleiben lassen. Vor ein paar Monaten hätte das vielleicht noch gefruchtet. Aber jetzt kann man dieses Unkraut nicht mehr so einfach entfernen. Dazu ist es bereits zu fest verwurzelt.«

Sofie lief ein Schauer den Rücken hinab. Die beiden redeten zweifellos über Clara Ordal. Es erschreckte sie, wie kalt und unbarmherzig sie argumentierten. Als sei die junge Mutter kein Mensch, sondern nur ein Hindernis, das ihnen im Wege stand.

»Dann sorge dafür, dass dieses Zigeunerbalg ins Heim gesteckt wird – wo es meiner Meinung nach ohnehin hingehört. Oder besser noch, lass Frau Ordal das Sorgerecht für ihren eigenen Sohn entziehen. Als Papsthörige hat sie einen schlechten Einfluss auf ihn und erzieht ihn nicht im protestantischen Geist. Da lässt sich doch sicher etwas machen.«

»Nun mal langsam! Es bringt gar nichts, mit Kanonen auf Spatzen zu schießen«, antwortete ihr Vater. »Im Gegenteil! Wenn man manche Leute zu sehr bedrängt, kann der Schuss nach hinten losgehen. Ich kenne Frau Ordal kaum. Aber ich habe den Eindruck, dass sie bei aller Zurückhaltung und Sanftheit eine Kämpferin ist.«

»Du bewunderst sie doch nicht etwa?«, fragte Silje.

Sofie hatte keine Mühe, sich ihren empörten Gesichtsausdruck vorzustellen.

»Ich gebe zu, dass sie mir eine gewisse Achtung abnötigt«, sagte ihr Vater. »Abgesehen davon halte ich es für die falsche Taktik, sie von hier vertreiben zu wollen. Du hast ihr unsere Waffen gezeigt. Falls es nötig sein sollte, können wir später immer noch davon Gebrauch machen. Fürs Erste halte ich friedlichere Mittel für ausreichend.«

»Die da wären?«

»Ich werde dafür sorgen, dass Mathis in nächster Zeit keine Gelegenheit haben wird, Frau Ordal zu begegnen.«

»Wie willst du das denn bewerkstelligen?«, fragte Silje. »Hier läuft man sich doch ständig über den Weg.«

»Stimmt, deshalb wird er eine Weile an der Technischen Lehranstalt in Trondheim Gastvorlesungen halten.«

»Wie bitte? Davon weiß ich ja gar nichts!«

Ein Räuspern schreckte Sofie auf. Kammerdiener Ullmann stand mit einem Tablett hinter ihr, auf dem eine Suppenschüssel stand.

Sofie murmelte eine Entschuldigung, ging ihm voran ins Speisezimmer und musterte ihren Vater und Silje mit einem mulmigen Gefühl. Sie hatte die beiden an diesem Tag noch nicht gesehen und fragte sich bang, ob sie mittlerweile von ihrem Auftritt beim Arbeitertheater erfahren hatten. Silje mochte sie zwar selbst im Bekholdtgården nicht bemerkt haben, konnte aber doch von einem der Zuschauer auf sie aufmerksam gemacht worden sein. Oder ihr Vater hatte durch einen Bekannten oder Geschäftskollegen Wind davon bekommen.

Nachdem Sofie sich auf ihren Stuhl neben ihre Schwester gesetzt hatte, verteilte Ullmann eine kräftige Fleischbrühe, in der gewürfelte Karotten- und Selleriestückchen schwammen. Silje verfolgte seine gemessenen Bewegungen mit kaum kaschierter Ungeduld. Brannte sie darauf, die Eskapade ihrer jüngeren Schwester anzuprangern, sobald sie wieder unter sich waren? Fahrig griff Sofie nach ihrer Serviette und breitete sie auf ihrem Schoß aus. Dabei linste sie zu Silje und versuchte, deren Gesichtsausdruck zu deuten. Sie sah ungehalten, ja empört aus. Sofie schluckte und wappnete sich innerlich.

Kaum hatte Ullmann den Raum verlassen, wandte sich Silje an ihren Vater.

»Du willst Mathis wegschicken? Das verstehe ich nicht. Wie soll ich ihn denn dann je …«

Ivar Svartstein warf ihr einen strengen Blick zu.

»Wenn du erlaubst, würde ich gern erst einmal in Ruhe meine Suppe zu mir nehmen.«

Silje setzte zu einer Erwiderung an, senkte nach kurzem Zögern den Kopf und griff nach ihrem Löffel. Ein paar Minuten herrschte Schweigen, das nur vom leisen Klirren der Gläser, dem Rascheln der steif gebügelten Leinenservietten und dem Ticken der Standuhr gestört wurde. Sofie, die beim Betreten des Speisezimmers keinen Hunger verspürt hatte – aus Furcht vor Bloßstellung – aß die schmackhafte Brühe mit Appetit. Sie war nicht aufgeflogen! Ihr Geheimnis war nicht gelüftet worden. Silje hatte am Abend zuvor offenbar nur Augen für Clara Ordal und Mathis gehabt und war mit niemandem aus dem Publikum ins Gespräch gekommen.

Als Sofie ihren Teller geleert hatte, beugte sie sich zu Silje und flüsterte mit einer Miene, von der sie hoffte, dass sie überzeugend ahnungslos aussah: »Wohin soll Mathis geschickt werden? Und warum?«

»Vater sagt, dass er an der Technischen Lehranstalt in Trondheim Gastvorlesungen halten soll. Aber warum auf einmal, kann ich dir nicht sagen«, antwortete Silje und schielte zum Kopfende des Tisches, an dem sich Ivar gerade in seinem Stuhl zurücklehnte und einen Schluck aus seinem Weinglas nahm.

»Liegt das nicht auf der Hand?«, sagte er. »Ganz offensichtlich hat deine Charmeoffensive bislang nicht den erwünschten Effekt gehabt. Es wäre zum gegenwärtigen Zeitpunkt nicht sinnvoll, weiter in Mathis zu dringen. Es wäre aber auch leichtsinnig, ihn in der Nähe deiner Nebenbuhlerin zu belassen. Gelegenheit macht Diebe.«

»Pffft«, schnaubte Silje. »Nebenbuhlerin! Ich weiß überhaupt nicht, was er an diesem Mauerblümchen findet. Vermutlich appelliert sie an seinen Beschützerinstinkt und gibt sich als hilfloses Weibchen, das seiner Hilfe bedarf.«

Sofie wäre fast herausgerutscht, dass Silje einen Fehler machte, wenn sie immerzu von sich auf andere schloss und davon ausging, dass Clara ebenso skrupellos war wie sie. Sofie kannte niemanden, der weniger berechnend war als Pauls Mutter. Nicht im Traum würde Clara auf die Spielchen verfallen, die Silje so liebte. Diese wiederum konnte sich offenbar nicht vorstellen, dass es womöglich unter anderem gerade diese Eigenschaft war, die Mathis an der jungen Witwe schätzte.

Sofie wandte sich an ihren Vater und fragte: »Wie bist du denn auf die Idee gekommen, dass Mathis Vorlesungen halten soll? Will er das überhaupt?«

»Ja, er könnte sich das gut vorstellen. Im Übrigen ist das Ganze gar nicht auf meinem Mist gewachsen«, antwortete er. »Der Vorschlag kam von Amtmann Grundt in Trondheim. Er gehört dem Direktorat unserer Kupfergesellschaft an. Letztes Jahr hat er zudem den Vorsitz des Hochschulvorstands übernommen. Bei der letzten Versammlung der Partizipanten hier in Røros habe ich ihm Mathis vorgestellt. Da hat Grundt angefragt, ob er nicht Lust hätte, bei Gelegenheit den Studenten von seinen Erfahrungen zu berichten, die er beim Bau der Niagara-Kraftwerke gesammelt hat, und ihnen Einblicke in die neuesten technischen Entwicklungen zu gewähren.«

»Und jetzt wäre diese Gelegenheit«, sagte Sofie.

Ihr Vater nickte. »Es ist geradezu der perfekte Zeitpunkt. Hier wird Mathis im Grunde nicht gebraucht, die Projekte fürs nächste Jahr sind besprochen, und auf den Baustellen kann erst im Frühling weitergearbeitet werden. Es spricht also nichts dagegen, dass er einige Wochen an der Lehranstalt verbringt.« Er rieb sich mit einem zufriedenen Lächeln die Hände. »Und es ist auch nicht verkehrt, dass Amtmann Grundt mir einen Gefallen schuldig wäre, wenn ich ihm meinen Ingenieur ausborge.«

Das Erscheinen von Ullmann, der die leeren Teller abräumte und den Hauptgang servierte – gebackene Heilbuttfilets mit

Petersilienbutter und Salzkartoffeln –, unterbrach die Unterhaltung. Sofie betrachtete die Lichtreflexe, die sich in den geschliffenen Facetten der Wasserkaraffe vor ihr auf dem Tisch brachen, und dachte an Per.

Einen Moment lang stellte sie sich vor, wie sich dieses Gespräch aus seiner Perspektive angehört hätte. Sofie kniff ihre Lippen zusammen. Allein der Gedanke erfüllte sie mit Scham. Wie würde er Siljes Befürchtungen und Ränkeschmieden kommentieren? Oder die taktischen Überlegungen ihres Vaters, der jede Situation auf Vorteile für sich abklopfte und es als sentimentale Anwandlung verpönte, wenn man sich an der Vermischung von Gefühl und Geschäft störte? Per würde wohl spöttisch grinsen und sich in seiner Überzeugung bestätigt sehen, dass höhere Bildung und verfeinerte Erziehung, auf die sich Angehörige der Oberschicht so viel einbildeten, oft nur eine dünne Tünche war, unter der es genauso roh und grausam zuging, wie man es dem Verhalten der einfachen Menschen unterstellte. Vermutlich würde er außerdem bemerken, dass die Arbeiter aus seinem Umfeld sich liebend gern mit solchen Problemen herumschlagen würden – zumal in einer warmen Stube bei gutem Essen und der Aussicht auf eine komfortable Schlafstätte.

Der Gedanke an ihr eigenes Bett entlockte Sofie ein Gähnen, das sie rasch hinter ihrer Serviette verbarg. Seit Tagen kämpfte sie mit einer Müdigkeit, die sie auf die vielen schlaflosen Stunden zurückführte, die ihr die Aufregung vor der Theateraufführung beschert hatten. An diesem Morgen war sie nach einer langen Nachtruhe erst spät aufgewacht, fühlte sich aber einige Stunden später schon wieder schläfrig.

Nach dem Essen trennten sich die Wege der Familie: Silje traf sich mit einigen Damen zur Planung eines Wohltätigkeitsbanketts, das jedes Jahr in der Vorweihnachtszeit stattfand. Sofies Schwester war nach dem Tod ihrer Mutter aufgefordert worden, deren Part zu übernehmen und sich an den Vorbereitungen zu beteiligen. Ivar begab sich in den Rauchersalon, und Sofie wollte sich auf ihr Zimmer zurückziehen und lesen. Als sie an der Tür zum Herrenzimmer vorbeilief, hörte sie ihren Vater ihren Namen rufen. Sie hielt inne und ging zu ihm. Er hatte sich eben eine Havanna aus einem Kistchen genommen und kappte das eine Ende mit einer Zigarrenschere. Beim Anblick des schlichten Werkzeugs, das er sich im August nach dem Verlust seines Kerbschneiders zugelegt hatte, fiel Sofie wieder ein, dass sich dieser seit dem Vorabend in ihrem Besitz befand und sie herausfinden wollte, wie er auf das Grundstück von Sverre Ordals Sägewerk geraten war.

»Wie man hört, schlummern ungeahnte Talente in dir«, sagte ihr Vater. »Bergschreiber Dietz hat mir vorhin zu deinem Erfolg gratuliert und deinen Auftritt gestern Abend in den höchsten Tönen gewürdigt.«

Sofie erstarrte. Zu früh gefreut, dachte sie. Sie wagte nicht, ihn anzusehen.

»Äh, ich ... man hatte mich gebeten, einzuspringen ... und ...«, stotterte sie.

»Gefällt mir, dass du Eigeninitiative entwickelst und dich engagierst«, sagte ihr Vater.

Sofie schaute auf. Er lächelte ihr zu, strich ein Zündholz an, hielt es an seine Zigarre und lehnte sich mit einem zufriedenen Brummen in seinen Sessel zurück. Benommen verließ Sofie den Salon. Sie hatte mit einer Strafpredigt gerechnet – und war stattdessen mit einem Lob entlassen worden. Erleichtert rannte sie die Treppe ins obere Stockwerk hinauf.

Auf ihrem Zimmer tauschte sie ihr Kleid und das Schnürmieder gegen ein bequemes Hausgewand, kuschelte sich mit untergezogenen Beinen in ihren Lesesessel und schlug das Buch auf, das sie sich ein paar Tage zuvor gekauft hatte: *Die Zeitmaschine* des Engländers Herbert George Wells. Herr Amnéus hatte ihr durch die runden Gläser seiner randlosen Brille einen erstaunten Blick zugeworfen. Die Wahl ihrer Lektüre befremdete ihn sichtlich. Sofie konnte es ihm nicht verdenken – unterschied sie sich doch grundlegend von den Büchern, die sie gewöhnlich bei ihm erwarb.

Der Schuldirektor Ole Guldal hatte Per diesen erst kürzlich erschienenen Kurzroman empfohlen, der mit einem scharfen Blick für soziale Ungerechtigkeiten die Schattenseiten der Industrialisierung aufs Korn nahm. Der Autor stand dem allseits umjubelten Fortschritt kritisch gegenüber und fürchtete die Entstehung einer recht- und gesichtslosen Arbeiterklasse, die – in riesigen Fabriken schuftend – den Reichtum einer unersättlichen Oberschicht steigern musste.

Sofie überflog die Einleitung, in der ausgiebig über das Wesen der Zeit philosophiert wurde, und reiste mit dem namenlosen Helden der Geschichte ins Jahr 802701. Die Erde hatte sich in dieser fernen Zukunft in ein Idyll verwandelt, dessen menschliche Bewohner, die friedlichen Eloi, ein Leben ohne Krieg, Hunger, Arbeit oder ähnliche Plagen führten – von uralten Maschinen mit Nahrung und Kleidung versorgt.

Der Schein trog. Nach wenigen Seiten tauchte Sofie fasziniert und gleichzeitig von Grauen erfüllt ein in eine Welt, die alles andere als paradiesisch war: Unter der Erde hausten die Morlocks, affenähnliche Kreaturen, die nachts durch Schächte hinauf an die Oberfläche krochen und sich jagend ihre Nahrung beschafften – eben jene Eloi, die Nachkommen der früheren Oberschicht. Diese waren im Lauf ihres jahrtausendelangen Müßigganges derart degeneriert, dass sie jeden Antrieb verloren hatten und ihren Feinden hilflos ausgeliefert waren. Die Morlocks wurden keineswegs als pure Bösewichte charakterisiert, sondern als doppelt Verdammte: Von ihren ehemaligen Herren waren sie einst versklavt und zu einem Leben unter der Erde genötigt worden – und in diesem unfreiwilligen Exil mit der

Zeit zu primitiven, blutrünstigen Kannibalen heruntergekommen.

Sofie war gerade an die Stelle gelangt, an der die Morlocks Jagd auf den Zeitreisenden machten, als sie von einem Kribbeln im Bauch abgelenkt wurde. Sie hielt inne. Es kribbelte erneut. Was war das? Noch nie hatte sie etwas Ähnliches wahrgenommen. Es fühlte sich anders an als das, wofür sie es zunächst gehalten hatte: Winde, wie man Blähungen und andere Laute der Verdauungstätigkeit verschämt bezeichnete. Es war zarter, wie ein Flattern. Sofie legte eine Hand auf ihren Unterleib und versteifte sich. Bildete sie sich das nur ein, oder war er ein wenig gewölbt? Sie stand auf, stellte sich vor den Spiegel der Frisierkommode, zog das Hauskleid nach oben und sog scharf die Luft ein. Unter dem Leibchen zeichnete sich eine leichte Rundung ab. Sofie ließ den Stoff wieder fallen.

Nein, nein, das kann nicht sein!, schrie es in ihr. Das darf nicht sein!

Es ist aber sehr gut möglich, hielt eine andere Stimme dagegen. Das Monatliche ist schon länger ausgeblieben.

Na und? Nach Mutters Tod hatte ich auch wochenlang keine Blutungen. Außerdem: Leiden nicht die allermeisten Frauen zu Beginn einer Schwangerschaft an Übelkeit? Mir war nie das kleinste bisschen unwohl. Und ich hatte auch nie seltsame Gelüste nach Speisen, die ich sonst nicht mag.

Das bedeutet gar nichts! Nicht alle Frauen reagieren gleich, das weißt du ganz genau.

Sofie schlang ihre Arme um den Oberkörper und lief im Zimmer auf und ab. Doktor Pedersens prüfender Blick einige Tage zuvor kam ihr in den Sinn. Als er sie wegen ihrer angeblichen Erkältung aufgesucht hatte, war ihm beim Abschied irgendetwas an ihr aufgefallen, was er als unmöglich verworfen hatte. Und Eline, die sich um ihre Wäsche kümmerte, hatte einmal verlegen nach »stärker verschmutzten« Stücken gefragt und

529

gemeint, Sofie dürfe sie ihr gern überlassen, es gehöre schließlich zu ihrer Arbeit, sie zu reinigen.

Sofie blieb vor dem Fenster stehen und sah in die Dunkelheit hinaus, die sich gegen drei Uhr nachmittags über das Städtchen gesenkt hatte. Der Himmel war nach wie vor verhangen, seit vielen Tagen hatten sich weder die Sonne noch die Sterne blicken lassen. Denk nach, befahl sich Sofie. Seit wann bist du überfällig? Mitte August hatte sie ihr verhängnisvolles Rendezvous mit Moritz gehabt. Erleichtert atmete sie aus. Sie hatte sich getäuscht, sie war nicht schwanger. Im September und Oktober war sie von der monatlichen Unpässlichkeit geplagt worden, kürzer und schwächer zwar als üblich, aber das schwankte bei ihr ohnehin.

Wiege dich nicht zu sehr in Sicherheit, ließ sich erneut die Stimme des Zweifels vernehmen. Es soll Fälle geben, bei denen das kein eindeutiges Zeichen ist. Sie zwang sich, ruhig ein- und auszuatmen und in sich hineinzuspüren. Gewissheit konnte ihr nur die Untersuchung durch einen Arzt oder eine kundige Hebamme verschaffen. Tief in ihrem Inneren kannte Sofie jedoch die Wahrheit: Sie erwartete ein Kind!

Sie wandte sich vom Fenster ab, warf sich auf ihr Bett, krümmte sich zusammen und vergrub ihren Kopf in den Zierkissen, die auf der Tagesdecke lagen.

»Ach, *mamma*«, schluchzte sie. »Warum bist du nicht da und sagst mir, was ich tun soll. Ich habe so furchtbare Angst!«

49

Røros, Dezember 1895 – Clara

Als Clara vier Tage nach der Theateraufführung frühmorgens ins Kinderzimmer ging, um Paul und Bodil zu wecken, tönte ihr zweifaches Husten und Schniefen entgegen. Bereits am Vorabend hatte Paul über Halsschmerzen geklagt. Über Nacht war die Erkältung ausgebrochen. Zu Claras Erleichterung hatten die beiden kein hohes Fieber. Sie rang kurz mit sich, ob sie zu Hause bleiben und sie pflegen sollte. Der Anlass kam wie gerufen. Seit Siljes Auftauchen in der Amtsstube hätte sich Clara am liebsten verkrochen und niemanden gesehen.

Noch am Montagabend hatte sie nach dem Gespräch mit Frau Olsson den Brief an Mathis geschrieben. Gundersen hatte ihn am folgenden Tag im Proviantskrivergården abgegeben. Eine Antwort war bislang nicht bei Clara eingetroffen. Die besonnene Seite in ihr beglückwünschte sie zu der Überzeugungskraft, mit der sie ihre Worte offensichtlich gewählt und Mathis erklärt hatte, dass er sich in Zukunft aus ihrem Leben heraushalten solle. Ihr Herz war enttäuscht und sehnte sich wider alle Vernunft nach einem Zeichen von ihm. Einem Versuch, sie umzustimmen, der Versicherung, sich für den Augenblick den Svartsteins zu fügen, aber keineswegs für immer.

Clara fühlte sich innerlich wund und weinte sich nachts in den Schlaf. Tagsüber bemühte sie sich, eine heitere oder zumindest neutrale Miene zur Schau zu tragen und ihre Aufgaben gewissenhaft zu erledigen – was sie viel Kraft kostete. Der Gedanke, der Arbeit fernzubleiben, war verführerisch. Gleichzeitig ahnte sie, dass sie ohne diese ihrer Verzweiflung noch schutzloser ausgeliefert sein würde. Zu viel Zeit zum Nachdenken war das Letzte, was sie in ihrer momentanen Lage gebrauchen konnte. Wenn sie keine Ablenkung hatte, quälte sie sich mit der Frage, ob Gott sie strafte und ihr seinen Segen für ein glückliches Leben verweigerte. Zürnte er, weil sie so lange keine Beichte mehr abgelegt und am Abendmahl teilgenommen hatte?

»Kind, versündige dich nicht!«, hatte Schwester Gerlinde in solch schwarzen Momenten gemahnt. »Gott ist kein Erbsenzähler, der auf solche Rituale schaut und Vergehen dagegen mit kleinlicher Rachsucht ahndet. Nein, wenn du ihn in dein Herz lässt, wird er dir die Kraft geben, diese schwere Zeit zu meistern. Und bedenke, dass das Glück ein launiger Gesell ist.«

Sie hätte Clara über die Wange gestreichelt und mit einem Augenzwinkern ein Gedicht von Heinrich Heine zitiert:

»Das Glück ist eine leichte Dirne,
Und weilt nicht gern am selben Ort;
Sie streicht das Haar dir von der Stirne
Und küßt dich rasch und flattert fort.

Frau Unglück hat im Gegenteile
Dich liebefest ans Herz gedrückt;
Sie sagt, sie habe keine Eile,
Setzt sich zu dir ans Bett und strickt.«

Clara lächelte bei der Erinnerung an ihre ehemalige Mentorin und krempelte die Ärmel ihres Kleides hoch. Sie schürte den Ofen an, der in ihrem Schlafzimmer stand, schleppte die Matratzen aus dem Kinderzimmer herüber, das noch keine eigene Heizquelle hatte, und richtete ein Krankenlager ein. Während die morgendliche Hafergrütze köchelte, setzte sie einen Sud aus gehackten Zwiebeln und Kandiszucker an. Als sich dieser aufgelöst hatte, seihte sie den dickflüssigen Hustensaft ab und bat Gundersen, den Kindern im Lauf des Tages dreimal einen Esslöffel davon zu geben. Er versprach es gern und versicherte ihr, sich gut um die beiden zu kümmern.

Ihr Ansinnen, ausnahmsweise zu Fuß ins Städtchen zu gehen und die Kinder ununterbrochen seiner Obhut zu überlassen, wies er jedoch zurück. Mit einem Brummeln, er lasse niemanden allein durch die Gegend laufen, der aussah, als könne er jederzeit einen Schwächeanfall erleiden und ohnmächtig werden, beendete er die Diskussion und forderte Clara auf, sich besonders warm einzupacken. Er war überzeugt, dass es im Lauf des Tages aufklaren würde und starker Frost bevorstand. Angesichts der Wolken, die auch an diesem Morgen tief über der Landschaft lasteten, fragte sich Clara, woher Gundersen seine Gewissheit nahm. Für sie deutete nichts auf einen Wetterwechsel hin.

In der Mittagspause eilte sie zum Schulgebäude, um Sofie Svartstein Bescheid zu geben, dass Paul nicht zum Musikunterricht kommen würde. Nicht nur an diesem Tag wegen seiner Erkrankung. Bis auf Weiteres nicht. Clara hatte vor dieser Entscheidung lange mit sich gerungen. Es widerstrebte ihr, ihren Sohn dieser Stunden zu berauben, auf die er sich jedes Mal mit Ungeduld freute. Andererseits war ihr nach Siljes Auftritt klar geworden, dass es deren Schwester gegenüber unverantwortlich wäre, Pauls Unterricht fortzusetzen. Sofie lief Gefahr, sich deswegen mit ihrer Familie zu überwerfen – wenn das nicht längst geschehen war.

Clara fand Sofie auf dem Schemel vor dem Harmonium sitzend vor, das man nach der Theatervorstellung wieder in den Probenraum geschafft hatte. Sie war in sich zusammengesunken und bemerkte Claras Klopfen am Türrahmen mit Verzögerung. Als sie sich zu ihr umdrehte, erschrak Clara. Sofie war bleich, hatte tiefe Ringe unter den geröteten Augen und nichts mehr mit dem blühenden Geschöpf gemein, als das Clara sie auf der Bühne wahrgenommen hatte.

Sofie stand auf, steckte ein zusammengefaltetes Papier in die Tasche ihrer Jacke und ging ihr entgegen. Auf ihrem Gesicht breitete sich Betroffenheit aus.

»Frau Ordal! Was ist passiert?«, rief sie, während Clara gleichzeitig fragte: »Fräulein Svartstein, haben Sie Kummer?«

Sie verstummten, sahen sich an und mussten kichern.

»Ich glaube, wir brauchen heute keinen Spiegel, wenn wir unser Aussehen überprüfen wollen«, sagte Sofie.

»Stimmt. Dafür genügt ein Blick ins Gesicht der anderen«, antwortete Clara.

Sofie runzelte die Stirn und sah zur Tür. »Wo ist Paul? Die Schulglocke hat schon längst geläutet. Ihm ist doch hoffentlich nichts zugestoßen?«

»Nein, er hat sich nur erkältet und liegt zu Hause im Bett«, antwortete Clara.

»Wie freundlich von Ihnen, dass Sie extra hergekommen sind, um mir Bescheid zu sagen.«

»Das ist doch selbstverständlich. Aber ich wollte ohnehin mit Ihnen sprechen«, sagte Clara und zog sich einen Stuhl zu dem Schemel vor dem Harmonium. »Ich bin Ihnen unendlich dankbar, dass Sie Paul Ihre Zeit gewidmet und ihm so viel beigebracht haben.«

»Sie sprechen in der Vergangenheit«, stellte Sofie fest und nahm auf dem Schemel Platz.

»Ja. Denn ich möchte nicht, dass Sie meinetwegen in Schwierigkeiten geraten.«

Clara sah, wie Sofie schluckte.

»Es tut mir so leid«, murmelte sie. »Ich weiß auch nicht, was in meine Schwester gefahren ...« Sie senkte den Kopf.

»Machen Sie sich bitte keine Vorwürfe!«, rief Clara, beugte sich zu Sofie und legte eine Hand auf ihr Knie. »Ich werde gewiss nicht den Fehler begehen, Sie in Sippenhaft zu nehmen. Dazu kenne ich Sie mittlerweile viel zu gut. Sie und Ihre Freundschaft bedeuten mir sehr viel. Und gerade deswegen halte ich es für richtig, wenn Paul vorerst nicht mehr zu Ihnen kommt.« Sie stockte und fügte leise hinzu: »Er wird darüber sehr traurig sein. Und ich hoffe ja, dass sich die Situation bald entspannt. Sobald Herr Hætta um die Hand Ihrer Schwester …« Die Stimme versagte ihr.

Sofie sah auf. In ihren Augen schimmerten Tränen. »Sie sind so ein guter Mensch. Wenn ich Ihnen doch nur helfen könnte!«

»Allein dass Sie das sagen, ist mir sehr, sehr wertvoll«, antwortete Clara. »Aber seien Sie ehrlich: Haben Sie sich bereits unseretwegen Ärger eingehandelt? Ihre Schwester und auch Ihr Vater heißen es doch gewiss nicht gut, dass Sie meinem Sohn das Harmoniumspielen beibringen und …«

»Nein, keine Sorge, davon wissen die beiden nichts«, unterbrach Sofie sie.

»Was lastet Ihnen denn dann auf der Seele, wenn ich fragen darf?«

Sofie wandte den Blick ab und versteifte sich. In ihrem Gesicht arbeitete es. »Nein, ich kann es nicht«, flüsterte sie schließlich und sprang auf. »Verzeihen Sie«, stieß sie hervor und verließ hastig den Raum.

Clara schaute ihr nach. Was hatte Sofie so verstört? Ertrug sie ihre Gegenwart nicht, weil sie sie an das beschämende Verhalten ihrer Schwester erinnerte? Nein, sicher hat es gar nichts mit dir zu tun, widersprach sich Clara. Wahrscheinlich traf Frau Olssons Vermutung zu, und Sofies Vater war strikt gegen eine Verbindung mit Per Hauke. Was aus seiner Sicht ja kein Wunder wäre, schließlich war der junge Mann »nur« ein Arbeiter. Schon merkwürdig, dass sich Sofie immer in unpassende Kandidaten verliebte. Hoffentlich sind ihre Gefühle für Per nicht zu tief, dachte Clara. Vielleicht irre ich mich aber auch, und es war nur eine flüchtige Anwandlung, die durch das gemeinsame Theaterspiel hervorgerufen wurde.

Sie stand auf und machte sich auf den Weg zum Krämerladen, wo sie ein paar Einkäufe erledigen musste und mit Gundersen verabredet war, der sie mit dem Schlitten abholen wollte. Mit seiner Wettervorhersage hatte er richtig gelegen. Es herrschte klirrende Kälte, die Wolken hatten sich verzogen, und am Himmel leuchteten die ersten Sterne. Als sie die Bjørkvika erreichten, war Clara vom eisigen Fahrtwind durchgefroren und beeilte sich, ins Haus zu kommen, während Gundersen die Fuchsstute ausspannte und in den Stall brachte.

Paul und Bodil lagen brav auf ihren Matratzen und hatten laut Gundersen den Tag weitgehend schlafend verbracht. Zwischendurch hatte er ihnen die Hühnerbrühe aufgewärmt, die Clara vorbereitet hatte, und darauf geachtet, dass sie viel tranken. Clara beschloss, das Krankenlager der Kinder auch über Nacht in ihrem Zimmer zu belassen, wo sie ein Auge auf sie haben und für gleichmäßige Wärme sorgen konnte. In der Löwenapotheke hatte sie einen Tiegel mit Kampfersalbe besorgt, mit der sie ihnen die Brust einrieb. Die ätherischen Öle, die einen scharfen, an Eukalyptus erinnernden Duft verströmten, sollten die Atemwege befreien und den Hustenreiz lindern, unter dem beide Kinder litten. Als Bodil an der Reihe war, stellte Clara erschrocken fest, dass sie stark fieberte. Sie machte ihr kalte Wadenwickel und hoffte, dass sie die Temperatur senken würden.

Als sie Bodil zudeckte und ihr über die Stirn streichelte, griff diese nach ihrer Hand und murmelte: »Singst du mir das Sternenlied, *daj?*«

»*Daj?*« Clara sah Paul fragend an.

»Das bedeutet Mutter in ihrer Sprache«, flüsterte er.

Claras Kehle wurde eng. Die vertrauensvolle Geste des Mädchens schob den grauen Schleier ein wenig beiseite, der ihr

Gemüt seit Tagen verdunkelte. Sie kauerte sich neben Bodils Matratze und stimmte die erste Strophe des Liedes an, mit dem sie Paul schon als Säugling in den Schlaf gesungen hatte. Bodil verstand den deutschen Text zwar nicht Wort für Wort, liebte aber die Melodie und die tröstliche Botschaft:

»Weißt du, wie viel Sternlein stehen
an dem blauen Himmelszelt?
Weißt du, wie viel Wolken gehen
weithin über alle Welt?
Gott der Herr hat sie gezählet,
dass ihm auch nicht eines fehlet
an der ganzen großen Zahl.«

Als Clara später in der Küche aufräumte und den Teig für die Brote knetete, die sie am nächsten Morgen backen wollte, hörte sie ein Klopfen am Fensterladen. Sie wischte sich die bemehlten Hände an der Schürze ab und schaute nach, wer um diese späte Stunde zu Besuch kam.

»*Hei*, Clara«, sagte eine vertraute Stimme.

Clara beugte sich hinaus und erblickte Siru, die in ihrem weiten Mantel vor dem Fenster stand.

»Guten Abend«, antwortete sie. »Einen Augenblick bitte, ich lasse Sie … äh … dich gleich hinein.«

Clara kam das Du bei Siru nach wie vor schwer über die Lippen. Diese flößte ihr etwas ein, das sich am besten mit Ehrfurcht beschreiben ließ. Die Hirtin, die sich nicht um Anstandsregeln und Umgangsformen scherte, strahlte eine Selbstgewissheit aus, die sie in Claras Augen ein wenig unnahbar machte – was durch ihre Verschwiegenheit über ihr eigenes Leben verstärkt wurde. Gleichzeitig war sie zugewandt und fürsorglich.

»Nein, komm du raus«, sagte Siru. »Will dir was zeigen.«

Clara hatte es sich abgewöhnt, deren knappe Anweisungen infrage zu stellen. Sie nickte, schloss das Fenster und sah nach den *Flutschmoppen* im Ofen, die sie nach dem Abendbrot zubereitet hatte. Die flach gedrückten Bällchen – ein typisches Weihnachtsgebäck aus dem Rheinland – waren goldgelb und dufteten nach Nelken, Zimt und Kardamom. Clara zog das Blech aus dem Ofenrohr, stellte es auf die Ablagefläche des Spülsteins, eilte in den Flur, schlüpfte in ihre gefütterten Stiefel und warf sich ihren Mantel über. Siru wartete vor der Tür und lief ihr wortlos voraus auf die andere Seite des Hauses. Stumm deutete sie zum Horizont. Clara entfuhr ein »Oh!«. Ihr Herz begann, schneller zu schlagen.

Hoch über ihr spannte sich das Firmament, übersät von unzähligen Sternen. Darunter hing ein durchscheinender grüner Vorhang, der sich langsam bewegte, sich zu einer Spirale kräuselte und sich im Nichts auflöste, aus dem er gekommen war. Einen Atemzug später bildeten sich neue Streifen, zunächst nur zarte Dunstschleier, die binnen Bruchteilen von Minuten kräftiger wurden und farbige Bögen formten, die über den Himmel waberten und ihn entflammten. Zuweilen reichten diese Regenbögen der Nacht, wie Clara die Lichterscheinungen taufte, so tief auf die Erde hinab, dass sie versucht war, ihre Hand nach ihnen auszustrecken und sie zu berühren, bevor sie wieder in der Dunkelheit verschwanden.

Clara bekreuzigte sich. Nichts hatte ihr je zuvor ihre eigene Winzigkeit und die Nichtigkeit ihrer Existenz im Vergleich zum Universum so eindrucksvoll vor Augen geführt wie dieses Schauspiel. Seine Schönheit und Unerklärlichkeit erfüllten sie mit Demut.

»Das sind Nordlichter, nicht wahr?«, brach sie nach einer Weile das Schweigen.

Siru nickte. »In Lappland sagen sie, dass die Seelen von verstorbenen Jungfrauen dort oben tanzen. Wir hier im Süden glauben, dass es Schneekristalle sind, die die Füchse aus ihren Pelzen schütteln.« Sie lächelte verschmitzt und fuhr fort: »Mein Sohn könnte dir gewiss eine wissenschaftliche Erklärung geben.«

Clara sah sie überrascht an. Es war das erste Mal, dass Siru einen Sohn erwähnte. Clara hatte sie für eine Einzelgängerin ohne Familie gehalten.

»Geht's den Kindern besser?«, fragte Siru, bevor Clara nachhaken konnte.

»Woher weißt du . . .«

»Saßen heute früh nicht im Schlitten. Sind noch keine Schulferien. Also sind sie wohl krank.«

Bei den meisten anderen Menschen hätte es Clara gestört und beunruhigt, wenn sie sie beobachteten. Bei Siru hatte die Vorstellung nichts Bedrohliches. Im Gegenteil, sie fühlte sich behütet – so verrückt das auch klingen mochte.

»Ja, vor allem Bodil hat es böse erwischt«, antwortete sie. »Sie hat hohes Fieber.

Siru öffnete den Lederbeutel, den sie wie gewohnt umgehängt hatte, und entnahm ihm ein Stoffsäckchen. »Brüh ihr das auf.«

Clara öffnete es und nickte. Sie erkannte die ovalen getrockneten Blätter. Schwester Gerlinde hatte stets einen Vorrat davon in ihrer Hausapotheke gehabt. Es war Fieberklee, eine weißblühende Sumpfpflanze, der vielerlei Heilkräfte nachgesagt wurden. Die Nonne hatte einen Sud daraus gekocht, den sie ihren Zöglingen bei Verdauungsbeschwerden verabreichte. Bei der Erinnerung an den bitteren Geschmack verzog Clara das Gesicht. Die Bauchschmerzen hatte das Gebräu aber zuverlässig vertrieben.

»Vielen Dank«, sagte sie. »Du kümmerst dich immer so lieb um uns.«

Siru machte eine abwinkende Handbewegung und wandte

sich zum Gehen. Ohne nachzudenken, stellte sich Clara ihr in den Weg.

»Dein Sohn. Lebt er in der Nähe? Siehst du ihn manchmal?«

Siru sah ihr, ohne die Miene zu verziehen, in die Augen. Clara hielt dem Blick stand. Sie war fest entschlossen, endlich etwas mehr über ihre mysteriöse Besucherin zu erfahren.

»Ja, seit ein paar Monaten«, antwortete diese nach kurzem Schweigen. »Bin seinetwegen wieder in die Gegend gezogen.«

»Verrätst du mir, wie er heißt und was er macht? Hat er Frau und Kinder?«

»Noch nicht. Aber nächstes Jahr wird er heiraten.«

»Oh, wie schön«, sagte Clara. »Oder bist du nicht damit einverstanden?«, fügte sie hinzu, verunsichert von Sirus einsilbiger Art.

»Doch, bin ich. Sehr sogar.« Ein winziges Lächeln umspielte ihre Mundwinkel. »Steht ja vor mir, seine Braut.«

50

Røros, Dezember 1895 – Sofie

Nach der Begegnung mit Clara Ordal war Sofie aus dem Probenzimmer in die Bibliothek geflüchtet und hatte sich dort eingeschlossen. Sie brauchte einen Ort, an dem sie ungestört nachdenken konnte. Pauls Mutter hatte sie beim Lesen von Pers erstem Brief aus Christiania überrascht, der an diesem Morgen mit der Post für sie gekommen war. Davor hatte sie versucht, Per, so gut es ging, aus ihren Gedanken zu verbannen. Zu schmerzlich war die Erinnerung an die Leichtigkeit und jubelnde Freude, die seine Liebeserklärung in ihr ausgelöst hatte. Empfindungen, die sie nie wieder haben würde – davon war Sofie überzeugt.

Pers begeisterter Bericht von seinen ersten Eindrücken der Hauptstadt und sein Bedauern, diese nicht mit ihr gemeinsam erkunden zu können, vergrößerte Sofies Verzweiflung. Er schrieb aus einer Welt, in der sie nichts mehr verloren hatte. Einer Welt, in der Aufrichtigkeit und Offenheit herrschten, Zuneigung und Selbstachtung. Die Wärme von Pers Worten, mit der er sie seiner Verbundenheit versicherte und seiner Sehnsucht nach ihr Ausdruck verlieh, schnitten Sofie ins Herz. Sie musste sich ihm offenbaren – das war sie ihm schuldig, gerade ihm, der ihr immer ehrlich und ohne Falsch begegnet war. Gleichzeitig wusste sie, dass sie es nicht über sich bringen würde, ihren Fehltritt einzugestehen und die fatalen Folgen, mit denen sie nun konfrontiert war. Die Scham war zu groß. Sie war eine Gefallene. Ihre Annahme, ungeschoren davongekommen zu sein, hatte sich als naives Wunschdenken entpuppt.

Sofie setzte sich auf die Kante des Tisches, auf dem das Ausleihbuch lag. Was, wenn du es ungeschehen machst?, flüsterte es in ihr. Hinter vorgehaltener Hand getuschelte Bemerkungen über Frauen, die versuchten, sich ihrer unerwünschten Leibesfrucht durch absichtlich herbeigeführte Stürze, starke Abführmittel oder gar Stochern mit Stricknadeln zu entledigen, kamen ihr in den Sinn. Unwillkürlich umschlang sie ihren Leib. Nein, das Risiko war zu groß. Nicht auszudenken, wenn es ihr erging wie der Zofe eines Geschäftsfreundes ihres Vaters. Diese war vom Sohn ihres Dienstherrn geschwängert worden. Um ihre Arbeit nicht zu verlieren und mit Schimpf und Schande davongejagt zu werden, hatte sie sich ein Pulver aus getrockneten Trieben vom Sadebaum besorgt. Die ätherischen Öle dieses mit dem Wacholder verwandten Strauchs, der auch Stinkwacholder oder Sevenbom genannt wurde, verursachten starken Blutdrang und wurden seit der Antike als Abtreibungsmittel verwendet. Die Zofe hatte es offenbar zu hoch dosiert und war unter furchtbaren Krämpfen verblutet.

Zu dem Grauen vor einer Vergiftung oder anderen Schäden kam die Angst vor der Bloßstellung, die ein fehlgeschlagener Abtreibungsversuch zwangsläufig nach sich zog. Nicht nur vor der Familie und der Gesellschaft. Sie würde angeklagt und vor ein Gericht gestellt. Es war strengstens verboten, ein Kind abzutreiben. Vater würde mich umbringen, dachte Sofie. Und Silje würde ihm dabei helfen. Wenn ich die Familienehre besudele und einen Skandal auslöse, darf ich nicht mit ihrer Schonung oder gar Unterstützung rechnen.

Sie sackte in sich zusammen und starrte, ohne etwas zu sehen, auf den Fußboden. Nach einigen Atemzügen spürte sie das mittlerweile vertraute Blubbern in ihrem Bauch, mit dem sich das Kind in ihr rührte. Heiß schoss Sofie das Blut ins Gesicht. Wie hatte sie auch nur einen Moment lang darüber nachdenken können, dieses unschuldige Wesen loswerden und töten zu wollen? Es konnte doch nichts für die Umstände seiner Entstehung.

Sie musste es beschützen und alles tun, um es vor Unbill zu bewahren!

Sofie sprang auf. Denk nach!, befahl sie sich. Was für Möglichkeiten hast du? Was würde Mutter mir raten? Der Gedanke an die Verstorbene ließ Sofie aufstöhnen. »Ach, *mamma*, warum bist du nicht da?«, flüsterte sie und fuhr im Stillen fort: Ich brauche dich so sehr! Du bist die Einzige, die mir helfen würde. Du würdest es nicht zulassen, dass deinem Enkelkind ein Leid geschieht. Und mich würdest du auch nicht von dir stoßen.

Sofie lief zum Fenster, machte kehrt, ging zurück, drehte um – wieder und wieder. Schließlich blieb sie stehen und starrte auf die Buchrücken in dem Regal vor sich. Auf Augenhöhe standen einige Bände mit Reiseliteratur.

Ich könnte auswandern. Nach Amerika, so wie Onkel Lars.

Du könntest doch nicht einmal die Überfahrt bezahlen, hielt eine höhnische Stimme dagegen. Und wovon willst du dort leben? Es heißt zwar, dass man in der Neuen Welt leicht sein Glück machen und es zu Reichtum bringen kann. Aber das trifft sicher nicht auf eine ledige Mutter ohne Ausbildung zu. Oder willst du gleich noch ein paar Etagen tiefer fallen und dich prostituieren?

Nein, lieber sterbe ich! Ist das nicht überhaupt die beste Lösung? Für mich und das Kind, das Zeit seines Lebens unter dem Makel seiner unehelichen Geburt leiden müsste. Ist es nicht besser, ihm dieses Schicksal zu ersparen? Und mir die Demütigungen, die zweifellos auf mich als Entehrte warten?

Vor Sofies geistigem Auge tauchte ein tiefes, dunkles Gewässer auf, in dem ihr Körper reglos trieb. Befreit von allen Sorgen. Ein verführerisches Bild.

Tja, es gibt da nur ein winziges Problem, ätzte die sarkastische Stimme. Du müsstest bis weit ins nächste Frühjahr damit warten. Bis die Seen wieder eisfrei sind.

Dann vergifte ich mich eben. Oder ich erhänge mich. Es gibt viele Möglichkeiten, sich das Leben zu nehmen.

Sofie griff sich mit beiden Händen an den Kopf und presste sie fest gegen die Schläfen. So etwas darfst du gar nicht denken! Das ist Sünde! Du wärest auf ewig verdammt.

Na und? Bin ich das nicht schon jetzt? Du würdest in ungeweihter Erde bestattet, ohne Leichenpredigt und Fürbitten.

Es war die Erkenntnis, als Selbstmörderin nicht auf dem Familiengrab neben ihrer Mutter die letzte Ruhe zu finden, die Sofie zur Besinnung brachte. Sie rang nach Luft, riss das Fenster auf und hielt ihr Gesicht in den kalten Wind, der ihr entgegenblies. Nach ein paar Atemzügen wurde sie ruhiger. Sie sah das Gesicht ihrer Mutter vor sich und wusste, was zu tun war. Sie schloss das Fenster, setzte sich auf ihren Stuhl hinter dem Tisch und zog die Schublade auf, in der sie Stifte und einen Notizblock lagerte, auf dem sie Wünsche von Lesern für künftige Buchanschaffungen und Vorbestellungen notierte. Sie legte ihn vor sich hin, spitzte einen Bleistift an und begann zu schreiben:

Røros, Donnerstag, 5. Dezember 1895

Lieber Moritz!

Sie stockte. Es fühlte sich falsch an, den Mann, der sie verführt und sitzengelassen hatte, mit *lieber* anzureden. Sofie strich das Wort aus.

Guten Tag, Moritz!
Ich wende mich heute an Dich als Ehrenmann. Unser Rendezvous im Gesindehaus des Proviantskrivergården ist nicht ohne Folgen geblieben. Seit einigen Tagen habe ich darüber

Gewissheit. Noch ahnt niemand etwas von meiner Lage, doch allzu lange werde ich meinen Zustand nicht mehr verbergen können.

Du hast mir damals wortwörtlich versichert: Ich möchte auf keinen Fall, dass Ihr guter Ruf leidet, *und zu Recht angenommen, dass man in einem Städtchen wie dem unseren schnell ins Gerede kommt. Ich fordere Dich daher auf, Dich Deiner Verantwortung zu stellen und Dich zu mir und dem Kind, das ich von Dir erwarte, zu bekennen.*

Ich bestehe keineswegs auf einem ehelichen Zusammenleben, das ohnehin auf Heuchelei gegründet wäre. Ich will lediglich in den Augen meiner Familie als unbescholtene Frau dastehen und so verhindern, dass ein Makel deren Ansehen beschmutzt. Im Gegenzug hast Du mein Wort, dass ich Dich nach einer angemessenen Zeitspanne um die Scheidung ersuchen und keine weiteren Ansprüche an Dich stellen werde.

Sofie hielt inne und überflog die Zeilen. Sollte sie hinzufügen, wie sie sich die nächsten Schritte vorstellte? Abgesehen davon, dass sie damit überfordert war, konnte es zu viel des Guten sein. Wenn auch nur ein Quäntchen von einem Gentleman in Moritz steckte, würde er selber die Initiative ergreifen und das weitere Vorgehen planen. Konkrete Vorschläge konnte er als Bevormundung interpretieren, die seiner Hilfsbereitschaft den Todesstoß versetzte.

Wieder war es ihr, als hörte sie die Stimme ihrer Mutter, die ihr einmal mit einer Mischung aus Resignation und Belustigung erklärt hatte: »Die meisten Männer brauchen das Gefühl, die Zügel in der Hand zu halten und die Dinge nach ihrem Willen zu gestalten. Auch wenn die Wahrheit vielleicht ganz anders aussieht und sie ebenso äußeren Einflüssen und Beschränkungen unterliegen wie unsereins. Willst du einen Mann dazu brin-

gen, etwas zu tun, was ihm eigentlich widerstrebt, appelliere
möglichst an sein Ehrgefühl und vermeide tunlichst alles, was
ihm aufzeigen könnte, wie beeinflussbar er ist.«

Bei der Erinnerung an dieses Gespräch verflog die Verloren-
heit, in der Sofie gefangen war, seit sie ihre Schwangerschaft
bemerkt hatte. Der innere Dialog mit ihrer Mutter gab ihr Halt
und ließ sie ein wenig zuversichtlicher in die Zukunft schauen.
Es kam ihr vor, als führe ihre Mutter den Stift, den Sofie nun
wieder auf das Papier setzte.

»Du hast recht, *mamma*«, murmelte sie. »Ein kleiner Appell
an Moritz' Ritterlichkeit kann nicht schaden.«

Sofie verzog den Mund. Auch wenn es ihr unangenehm war,
sich als hilfloses Wesen zu präsentieren – falscher Stolz war jetzt
fehl am Platze.

*Ich bitte Dich inständig, mich nicht im Stich zu lassen! Und
denk vor allem an Dein Kind! Gib ihm die Chance auf einen
guten Start ins Leben. Lass nicht zu, dass es unter der Leichtgläubigkeit seiner Mutter leidet, die sich allzu vertrauensselig
den Liebesschwüren eines ...*

Erneut stockte Sofie. Nein, keine Vorwürfe. Das würde Moritz
nur einen Vorwand liefern, sich beleidigt abzuwenden. Sie strich
den letzten Satz durch.

*In der Hoffnung auf eine rasche Antwort (bitte schicke sie an die
Adresse der Bibliothek: Raukassa, Kirkegata 39) verbleibe ich
mit vielen Grüßen*
    Sofie

Sofie atmete tief durch, faltete das Blatt zusammen und steckte es in ihre Tasche. Zu Hause würde sie den Brief auf dem schweren Büttenpapier ihres Vaters ins Reine schreiben. Aber wohin sollte sie ihn schicken? Sie wusste nicht, ob Moritz noch bei seinem Regiment war oder wo er sich sonst aufhalten mochte. Sie verengte die Augen. Ich werde den Brief zu seinem Elternhaus senden, beschloss sie. Am besten ohne seinen Vornamen. Einfach an Familie von Blankenburg-Marwitz. Dann ist die Wahrscheinlichkeit größer, dass er nicht ungeöffnet weggeworfen oder retourniert wird. Und wenn Moritz kneifen will, sorgen seine Eltern vielleicht dafür, dass er zu seiner Verantwortung steht. Über Weihnachten wird er ziemlich sicher bei seiner Familie sein, der Zeitpunkt ist also geradezu perfekt. Die Anschrift werde ich in dem Kasten finden, in dem Vater alle Visitenkarten aufbewahrt. Moritz hat ihm seine gewiss gegeben.

Sofie stand auf, zog ihren Mantel an und überlegte weiter. Wenn ich noch heute zur Post gehe, trifft der Brief ungefähr Mitte nächster Woche in Deutschland ein. Spätestens bis zum Jahresende sollte ich eine Antwort erhalten. Sie biss sich auf die Lippe und nahm sich vor, sich bis dahin nicht mehr in schwarzen Fantasien zu verlieren, sondern der Hoffnung Raum zu geben. Sie schloss die Augen und beschwor Moritz innerlich:

Bitte, enttäusche mich nicht! Du *musst* uns einfach beistehen! Sie hielt den Atem an. Ihre Hand wanderte auf ihren Bauch. Zum ersten Mal hatte sie das, was dort heranwuchs, als einen Teil von sich empfunden, sich und das Kind als Wir gedacht.

»Keine Angst«, flüsterte sie. »Ich werde dir nichts antun. Ich werde dafür sorgen, dass du ein gutes Leben hast. Das verspreche ich dir.«

51

Røros, Dezember 1895 – Clara

Clara starrte Siru an. Das konnte nicht sein. Hatte sie sich verhört?

»Soll das heißen ... du bist die Mutter von ...«

»Máhtto«, sagte Siru. »Oder Mathis, wie Ihr ihn nennt.«

»Mathis Hætta ist dein Sohn?«, flüsterte Clara und fasste sich an den Hals.

Seinen Namen zu nennen riss die Wunde auf, die sie unter den Verrichtungen des Alltags zu begraben suchte. Der Schmerz loderte hell in ihr. Sie keuchte.

»Ist das so schlimm?«, fragte Siru und zog die Brauen hoch. »Hab mich wohl in dir getäuscht? Hätte nicht gedacht, dass ausgerechnet du ...«

»Nein, um Gottes willen! Es hat überhaupt nichts mit dir zu tun! Denk das bitte nicht!«, rief Clara und streckte eine Hand nach Siru aus. »Ich kannte deinen Nachnamen nicht. Ich bin nur erstaunt.«

Siru sah ihr in die Augen. »Und verzweifelt. Was ist los?«

Clara ließ die Schultern hängen. Die Kälte, die sie bei der Betrachtung der Nordlichter kaum wahrgenommen hatte, biss in ihre bloßen Hände, kroch ihre Beine hoch und ließ ihre Zähne aufeinanderschlagen. Von einem Moment auf den anderen fühlte sie sich ausgekühlt und steif.

»Kö... können wir drinnen weiterreden«, stammelte sie mühsam.

Siru nickte und folgte ihr ins Haus. Als sie sich am Küchentisch gegenübersaßen, nahm Siru Claras Hände in ihre, die sich warm und etwas rau anfühlten. »Was quält dich?«

Einen Moment lang zögerte Clara, ihr Herz zu öffnen und es dieser Fremden auszuschütten, über die sie so gut wie nichts wusste. Ist das denn wichtig?, fragte sie sich. Siru gehört doch schon längst zu unserem Leben und schenkt uns ihre Anteilnahme und Hilfe, auch wenn ich nicht begreife, warum sie uns erwählt hat. Aber Schutzengel sucht man sich auch nicht aus und ahnt nichts von ihren Gedanken und Empfindungen.

Clara atmete tief durch und antwortete mit einer Gegenfrage: »Warum denkst du, dass ich deinen Sohn heirate?«

»Hat's mir gesagt. Haben keine Geheimnisse voreinander.«

»Wann habt Ihr miteinander gesprochen?«

»Vor zwei Tagen. Kurz bevor er mit dem Frühzug weggefahren ist«, antwortete Siru. »Warum ist das wichtig?«

Clara zog ihre Hände zurück und hob sie vor ihren Mund. »Weggefahren?«

»Ja, kam überraschend. Soll nach Trondheim an die Hochschule. Irgendwelche Vorlesungen halten. Wird wohl eine Weile fortblei...«, antwortete Siru.

Clara unterbrach sie. »Vor zwei Tagen, sagst du. Also am Dienstag? Dann hat er ja den Brief gar nicht gelesen.«

»Welchen Brief?«

Clara sackte in sich zusammen. »In dem ich ihn gebeten habe... ach, ist nicht weiter wichtig. Jetzt, wo er ohnehin nicht mehr hier ist.«

Siru runzelte die Stirn. »Versteh dich nicht. Hat Mathis sich geirrt? Liebst du ihn doch nicht?«

»Doch, sehr!«, flüsterte Clara und schluchzte auf.

»Warum bist du dann traurig? Weil Ihr noch warten müsst? Pfeif doch auf das Trauerjahr. Oder bedeutet es dir wirklich etwas?«

Clara schüttelte den Kopf.

»Na, dann heiratet doch!«

»Aber das werden sie nicht zulassen! Niemals!«, rief Clara, sprang auf und rang verzweifelt die Hände.

»Nicht zulassen? Wer?«

»Silje Svartstein und ihr Vater.«

Sirus Miene verdüsterte sich. »Ivar Svartstein?«

»Ja, der Direktor der Bergwerksgesellschaft.«

»Was hat der denn mit dir und Mathis zu schaffen?«

»Er will, dass Mathis seine ältere Tochter heiratet. Und weil Silje gemerkt hat, dass Mathis mich liebt, hat sie mir damit gedroht, mich und alle, die mir etwas bedeuten, ins Verderben zu stürzen.«

Bei der Erinnerung an Siljes Auftritt in der Amtsstube begann Clara zu zittern. »Du denkst vielleicht, dass ich übertreibe und mir unnötig Sorgen mache. Aber wenn du sie gesehen hättest...« Sie schlang ihre Arme um den Oberkörper.

Siru stand auf. »Kann's mir vorstellen. Wenn sie nach ihrem Vater kommt.« Sie legte eine Hand auf Claras Schulter. »Silje wird meinen Mathis nicht heiraten.«

»Aber...«

»Kein Aber. Es wird nicht geschehen. Vertrau mir.«

Clara sah in Sirus Augen. Die Überzeugung, mit der sie gesprochen hatte, spiegelte sich darin.

»Wie willst du das bewerkstelligen?«, fragte sie.

Siru schüttelte den Kopf. »Wenn die Zeit gekommen ist, wirst du es erfahren.«

Clara nickte. Sie wusste, dass es keinen Sinn hatte, weiter in Siru zu dringen. Sie deutete auf den Wasserkessel, der auf dem Herd stand.

»Möchtest du einen Tee? Oder Kaffee, bevor du gehst?«

»Kaffee. Und von dem, was hier so gut riecht.«

Clara lächelte, ging zum Spülstein, auf den sie das Blech mit den frisch gebackenen *Flutschmoppen* zum Auskühlen abgestellt hatte, legte einige davon auf einen Teller und stellte diesen auf den Tisch. Siru setzte sich wieder und aß mit sichtlichem Behagen von den Plätzchen, während Clara Kaffee aufbrühte, Tassen aus dem Schrank holte und in der Speisekammer Milch aus einem bauchigen Krug in ein Kännchen goss.

»Darf ich fragen, was mit Mathis' Vater ist? Lebt er noch?«, fragte sie, als sie es Siru reichte.

»Hab Mathis allein großgezogen.«

Clara verzichtete auf weitere Fragen zum Erzeuger von Sirus Sohn. Vermutlich war Mathis ein uneheliches Kind.

»Das war sicher nicht leicht«, sagte sie, setzte sich und nahm einen Schluck aus ihrer Tasse. »Hat dich deine Familie unterstützt?«

Siru schüttelte den Kopf. »Hab mich geschämt. Bin davongelaufen. War noch sehr jung. Und dumm.«

Clara sah sie betroffen an. »Mathis kann sich sehr glücklich schätzen, dass du dich um ihn gekümmert hast. Meine Mutter hat es gar nicht erst versucht und mich kurz nach der Geburt vor ein Waisenhaus gelegt.« Sie zögerte, bevor sie fragte: »Hast du nie daran gedacht, ob du ihn weg …«

»Weggeben? Meinen Sohn?« Zwischen Sirus Brauen bildete sich eine steile Falte. »Würdest du Paul weggeben?«

Clara schluckte. »Nein, niemals.«

Sie verkniff sich die Bemerkung, dass sie sich in einer vollkommen anderen Situation befand. Paul war schließlich schon sieben Jahre alt und kein Neugeborenes, zu dem man noch kaum eine Bindung aufgebaut hatte … Nein, beendete sie ihren inneren Dialog. Das stimmt nicht. Du hast ihn von der ersten Sekunde seines Lebens an geliebt. Du hättest ihn unter keinen Umständen fremden Leuten überlassen.

Siru, die sie aufmerksam beobachtete, brummte: »Siehst du. Mathis kann ja nichts dafür, dass sein Vater mich …« Sie unterbrach sich und fuhr freundlicher fort: »Weißt du, was sein Name bedeutet?«

»Nein.«

»Mathias bedeutet auf Hebräisch Geschenk Gottes. Hab ihn so genannt, weil er genau das für mich war.« Sie stand auf. »So, muss jetzt wieder zu meinen Tieren.« Sie nickte Clara zu und verließ die Küche.

Bevor Clara reagieren konnte, hörte sie die Haustür ins Schloss fallen. Sie rieb sich die Stirn. Mathis war also Sirus Sohn. Es fiel ihr nach wie vor schwer, das zu glauben. Sie war immer davon ausgegangen, dass er aus einer bürgerlichen Familie stammte, die ihm seine gute Schulausbildung und später das Studium ermöglicht hatte. Wie hatte Siru das als einfache Hirtin bewerkstelligt, die noch dazu einer Volksgruppe angehörte, die als Außenseiter einen schweren Stand hatte? Wo hatte sie mit ihm gelebt? Und wie hatte sie ausreichend Geld verdient?

Erst jetzt wurde Clara gewahr, wie wenig sie von Mathis wusste. Er hatte nie von seiner Kindheit erzählt. War es ihm peinlich, eine Lappin als Mutter zu haben? Nein, das passte nicht zu ihm. Er stand über solchen Dingen. Vielleicht war es Siru nicht recht, und er hatte aus Rücksicht auf sie geschwiegen? Oder es hat sich einfach nie die Gelegenheit dazu ergeben, dachte Clara. Schließlich haben wir uns in den vergangenen Monaten nur sehr selten getroffen.

Sie schloss die Augen und sah sich wieder mit Mathis über den gewachsten Holzboden des Festsaals tanzen. Sirus Worte klangen in ihr nach: »Silje wird meinen Mathis nicht heiraten.« Was machte sie so sicher? Sie hatte es nicht nur so dahingesagt. Es war keine haltlose Behauptung – dessen war sich Clara gewiss. Sie schlug die Augen wieder auf. Ein winziger Trieb der Hoffnung keimte in ihr auf.

Sie holte frische Handtücher, füllte eine Schale mit Wasser und lief nach oben, um nach Bodil zu sehen und ihre Wadenwickel zu erneuern.

Vierzehn Tage später kniete Clara am Abend des dreiundzwanzigsten Dezembers auf dem Speicher des Birkenhauses vor einer Korbtruhe und kramte nach den Spanschachteln, in denen der Weihnachtsschmuck verpackt war. Als sie ihn im Mai in Bonn verstaut hatte, war sie davon ausgegangen, ihn in der Südsee wieder ans Tageslicht zu holen und in Ermangelung eines Nadelbaums an eine Palme zu hängen. Bei dem Gedanken hatte sie aufgelacht – und im nächsten Moment geseufzt. Weihnachten bei sommerlichen Temperaturen in einem Land zu feiern, in dem man dieses Fest nicht kannte, hatte sie wehmütig gestimmt. Olaf dagegen, dem die kirchlichen Feiertage nicht viel bedeuteten, hatte diese Aussicht gefallen. Er brannte darauf, fremde Gebräuche kennenzulernen und das Vertraute hinter sich zu lassen. Paul war in dieser Frage hin- und hergerissen gewesen. Einerseits wollte er in den Augen seines Vaters bestehen und nicht als Memme gelten, die rührseligen Ritualen nachtrauerte, andererseits liebte er wie seine Mutter die Adventszeit mit ihren Liedern, Düften und süßen Leckereien, dem Besuch festlich geschmückter Kirchen und der verheißungsvollen Geheimniskrämerei.

Wenn an Heiligabend das Klingeln des Glöckchens ertönte, mit dem die Zeit des Wartens beendet wurde, und Paul durch die Tür ins Wohnzimmer treten durfte, das vom Schein der Wachskerzen in ein warmes Licht getaucht war, hatte Clara diesen Moment als einen der schönsten im Jahr empfunden. Ein Blick in die Augen ihres Sohnes, die feierlichen Ernst und Glückseligkeit ausstrahlten, belohnte sie für alle vorangegangenen Mühen und erfüllte sie mit tiefer Dankbarkeit.

Clara hatte es bewusst vermieden, sich das bevorstehende Weihnachtsfest auszumalen. Es gab zu viele wunde Punkte und schmerzliche Erinnerungen. Allein die Tatsache, die Gottesdienste in einer Kirche besuchen zu müssen, deren irdischer Vertreter ihr gegenüber misstrauisch, wenn nicht gar feindlich gesinnt war, stimmte sie traurig. Wenn Paul und Bodil nicht gewesen wären, die sich beide zu Claras Erleichterung gut von ihrer Erkältung erholt hatten, hätte sie Heiligabend ausfallen lassen, still für sich gebetet und die Feiertage lesend und schlafend verbracht.

Clara schloss den Deckel der Truhe, stand auf und dehnte ihre verspannten Glieder. Den ganzen Tag hatte sie kaum eine Minute still gesessen. *Lille julaften*, das kleine Weihnachten, wie die Norweger den Tag vor Heiligabend nannten, stand ganz im Zeichen des Putzens und Waschens von Haus und Hof samt deren Bewohnern. Clara, die bis zum Vortag in der Amtsstube gearbeitet hatte, war dieser Tradition gefolgt, von der ihr Frau Olsson bei ihrem letzten Besuch erzählt hatte. Was das große Reinemachen allerdings mit Thorlak Thorhallson zu tun hatte, dessen Todestag an diesem Datum mit der sogenannten *Tollesmesse*, die hier im Trøndelag *Sjursmesse* hieß, gedacht wurde, wusste die Pensionswirtin nicht. Der Bischof hatte im zwölften Jahrhundert gelebt und wurde seither nicht nur in seiner isländischen Heimat sondern auch in Teilen Norwegens und Schwedens als Heiliger gefeiert.

Auf Claras verdutzte Frage, wie sich das mit der protestantischen Ablehnung von Heiligenverehrung vertrug, hatte Frau Olsson mit einem Schmunzeln erklärt, dass sich so manche Bräuche katholischen und vor allem heidnischen Ursprungs unverminderter Lebendigkeit erfreuten und aus den weihnachtlichen Abläufen nicht wegzudenken waren. Selbst aufgeklärte Zeitgenossen, die sich über den Aberglauben der einfachen Leute auf dem Lande erhaben fühlten, scheuten davor zurück, in den letzten Nächten des Jahres allein unterwegs zu sein oder gewisse Gebote zu missachten. So war man gehalten, vor dem Läuten der Glocken zur Christmesse alle Vogelschlingen und Tierfallen zu entfernen und zwischen den Jahren auf die Jagd zu verzichten. Die Weihnachtstage sollten alle Geschöpfe in Frieden verbringen können – eine Vorstellung, die vor allem Paul sehr zusagte.

Insbesondere die Christnacht galt als magisch, bevölkert von den Seelen der Verstorbenen und anderen Geistern, die es zu besänftigen galt. Die Träume in der *julnatt* hatten prophetischen Charakter – was ängstliche Gemüter, die den Blick in die Zukunft scheuten, veranlasste, gänzlich auf Schlaf zu verzichten. Gundersen hatte Frau Olsson zugestimmt und von Bauern berichtet, die nach alter Sitte Strohlager in ihren Wohnstuben herrichteten, auf denen die ganze Familie samt Gesinde schlief – streng getrennt nach Frauen und Männern. Ihre Betten wurden währenddessen den Verstorbenen überlassen, die in der Christnacht aus ihren Gräbern stiegen und zu ihren einstigen Höfen zurückkehrten. Auch den folgenden Tag verbrachten sie dort – unter dem Esstisch. Mit spielerisch erhobenem Zeigefinger hatte Gundersen die Kinder ermahnt, es beim Festmahl am ersten Weihnachtstag tunlichst zu vermeiden, sich nach heruntergefallenen Speisen zu bücken und so die Unsichtbaren zu stören. Clara, die sich die letzte Besitzerin des Hauses als gepflegte, etwas füllige Dame mit Spitzenhäubchen vorstellte, hatte dieses Verbot ein Kichern entlockt. Das Bild von Olafs Erbtante Ernestine Brun unter ihrem Tisch war zu komisch gewesen.

Die Erinnerung an das Gespräch heiterte Clara auf. Zum ersten Mal sah sie den kommenden Feiertagen mit einem freudigen Gefühl entgegen. Sie ging in die Hocke und stapelte die Schachteln aufeinander. Ein kalter Luftzug, der den Geruch nach Harz und frischen Nadeln durch die Bodenluke wehte, verriet ihr, dass Gundersen gerade die kleine Fichte ins Haus brachte, die er am Nachmittag auf ihrem Grundstück am Ufer des Hittersjøen geschlagen und von den Kindern unbemerkt in einem Schuppen versteckt hatte. Clara wollte sie auf einem Tischchen in der Wohnstube aufstellen und – dem Brauch ihrer neuen Heimat folgend – noch an diesem *lille julaften* schmücken. Das Zimmer würde sie anschließend verriegeln, um den Baum vor neugierigen Kinderaugen zu verbergen.

In den letzten Tagen hatte sich Pauls und Bodils Vorfreude zunehmend gesteigert. An diesem Abend waren sie lange aufgeblieben und hatten immer neue Gründe gefunden, warum es noch viel zu früh zum Schlafengehen war. Nach dem Essen hatten sie Svarthvit eine Extra-Portion Heu und der Stute Myka einige Hand voll Hafer gebracht und deren Festmahl mit dem Lied: *Fra himlen høyt, jeg kommer her* begleitet, bevor sie sich von Clara eine Schüssel mit Milchreis füllen ließen, die sie für den *fjøsnisse* in die Scheune stellten.

Bereits am Nachmittag hatten sie Gundersen geholfen, einen *julenek*, eine dicke Garbe aus Haferhalmen, für die Vögel an einer langen Stange neben dem Haus festzubinden. Anschließend hatten sie gemeinsam die Glöckchen poliert, die am Geschirr des Schlittens hingen, während Gundersen Zaumzeug und Zügel einfettete und den Kindern vom *julebukk* erzählte, der in Norwegen die Geschenke brachte. Paul hatte die Vorstellung von einem Ziegenbock als Gabenbringer in tiefe Verwirrung gestürzt. In der Schule hatte Ole Guldal gesagt, dass der *julenisse* dafür zuständig war. In Bonn hatte das Christkind die katholischen Familien beschert, während die Protestanten vom Weihnachtsmann beschenkt wurden.

In Claras Kindheit hatte diese Aufgabe noch der Nikolaus am sechsten Dezember übernommen, der zu den Familien nach Hause und auch zu den Waisenkindern ins Heim gekommen war. Weihnachten dagegen wurde im Rheinland bei den Katholiken überwiegend zusammen mit der Gemeinde in der Kirche gefeiert, gefolgt von üppigen Mahlzeiten zu Hause. Im Kloster hatten die Schwestern den Speisesaal mit Tannenzweigen geschmückt und in einer Ecke eine geschnitzte Krippe aufgestellt.

Ihren ersten Weihnachtsbaum in einem Privathaushalt hatte Clara bei Professor Dahlmann gesehen, der wie seine Ehefrau der evangelischen Kirche angehörte. Während ihrer Anstellung dort lernte Clara auch die Sitte kennen, sich erst am Heiligen

Abend zu beschenken. Olaf war es aus seiner norwegischen Heimat ebenso gewohnt gewesen – und so hatte Clara jedes Jahr am vierundzwanzigsten Dezember im Wohnzimmer eine Tanne aufgestellt und die Geschenke darunter gelegt. Den kleinen Stall aus Holz und die Krippenfiguren aufzubauen, die in ihrer Schulzeit in langen Handarbeitsstunden entstanden waren, hatte sie sich nicht getraut. Eine abfällige Bemerkung Olafs zu Beginn ihrer Ehe über diese in seinen Augen kitschige Sitte hatte Clara davon abgehalten.

Sie stellte die Schachteln ab, beugte sich erneut über die Korbtruhe und zog eine Holzkiste heraus, auf der mit Schönschrift auf einem Etikett *Claras Weihnachtskrippe* stand. Wie stolz war sie gewesen, als sie die Worte darauf geschrieben und sich vorgestellt hatte, wie ihr Werk später einmal zur Weihnachtszeit in ihren eigenen vier Wänden zur Geltung kommen würde. Zwölf Jahre waren seither vergangen. Clara öffnete die Kiste und schlug das Seidenpapier zurück, mit dem sie die Figuren umwickelt hatte. Nacheinander nahm sie Maria, Josef, das Jesuskind, zwei Hirten, die drei Könige, den Verkündigungsengel, Ochs und Esel, mehrere Schafe und ein Kamel in die Hand. Die Köpfe der Menschen waren aus Wachs geformt und mit echten Haaren bestückt. Die Körper und Gliedmaßen bestanden aus Drahtgestellen, die Clara mit ungesponnener Wolle gepolstert und anschließend mit selbst genähten Kleidern angezogen hatte.

Clara legte die Figuren vor sich hin und betrachtete sie.

»Ich weiß, wer ihr eigentlich seid«, murmelte sie nach einer Weile und fuhr in Gedanken fort: Joseph, leicht gebeugt und grauhaarig, ist der alte Gundersen. Der eine König mit dem wallenden roten Mantel und dem Turban hat mich immer schon mehr an eine Frau als an einen Mann denken lassen. Er ist Frau Olssons würdig, die mir mit ihrer Klugheit und Güte stets zur Seite steht. Der schmalere hier mit dem blauen Gewand ist

Bergschreiber Dietz. Und der Mohr gleicht Bodils Vater – ein wenig fremd und exotisch, aber mit einem freundlichen Gesicht. Clara griff nach einem der beiden Hirten und sagte: »Aus dir wird Siru. Den weiten Mantel hast du ja schon. Dazu bekommst du einen Zopf und einen Hut mit breiter Krempe. Wer weiß denn, ob nur männliche Hirten auf dem Felde waren, als der Engel die Frohe Botschaft verkündet hat?«

Ihr Blick wanderte zu dem zweiten Schäfer, der dunkle Haare hatte. »Mathis«, flüsterte sie und biss sich auf die Lippe.

Rasch wickelte sie die Figur wieder in das Seidenpapier und legte sie zurück in die Kiste.

»Was gäbe ich darum, wenn du mit uns feiern könntest.«

52

Røros, Dezember 1895 – Sofie

Am vierundzwanzigsten Dezember hatten die Glocken von Bergstadens Ziir um fünf Uhr den Weihnachtsabend eingeläutet und die Gemeinde zum Gottesdienst gerufen. Gut anderthalb Stunden später traten die Gläubigen unter den Klängen eines Orgelchorals aus der Kirche. Die meisten blieben trotz der Kälte für einige Minuten auf dem Vorplatz stehen, der vom aus dem Inneren des Gebäudes strömenden Licht erleuchtet wurde, und wünschten Freunden und Bekannten ein frohes Fest, bevor sie sich auf den Heimweg machten.

Sofie, die im Schlepptau ihres Vaters und Siljes aus dem Portal kam, trat ein paar Schritte zur Seite in den Schatten der Kirchenmauern, legte ihren Kopf in den Nacken und atmete tief ein. Die Luft war klar und rein – an einem hohen Feiertag wie diesem blieben die Öfen der nahen Schmelzhütte kalt und verschonten das Städtchen mit ihren Schwefelwolken. Am Himmel leuchteten Tausende Sterne und ließen die Eiskristalle der Schneedecke, die auf Gräbern, Mauern und Dächern lag, aufblitzen.

Während Silje sich zu einigen Damen gesellte, unter denen Sofie die Gattin von Schneidermeister Skanke und die Schwestern Gudrid Asmund und Ida Krogh ausmachte, stand ihr Vater mit zwei Gesellschaftern des Kupferwerks zusammen. Die drei Herren waren in den bläulichen Rauch der Zigarren gehüllt, die sie sich angesteckt hatten. Sofie trat von einem Fuß auf den anderen. Ihr Vater hatte offenbar keine Eile, zum Festessen nach Hause zu gehen. Ob er es übel nahm, wenn sie nicht auf ihn und Silje wartete? Ihr stand der Sinn nicht nach dem Austausch liebenswürdiger Floskeln und oberflächlicher Konversation. Sie wickelte ihren Schal bis unter die Nase, zog die Schultern hoch und umrundete die Grüppchen vor der Kirche in einem weiten Bogen. Als sie das Tor in der Friedhofsmauer erreicht hatte, lenkte ein unterdrückter Aufschrei ihre Aufmerksamkeit auf sich.

»Da … der … der Rauchmann!«, stammelte eine helle Stimme.

Sofie blickte auf. Ein paar Meter von ihr entfernt entdeckte sie Clara Ordal mit Paul und Bodil. Das Mädchen starrte mit geweiteten Augen zu Sofies Vater und den beiden Partizipanten hinüber. Clara runzelte die Stirn, beugte sich zu Bodil und stellte ihr leise eine Frage, die mit einem heftigen Nicken des Kopfes beantwortet wurde.

»Doch! Ich bin mir ganz sicher! Das ist der Mann, den ich bei den Sägen gesehen habe. Am Abend, an dem du mich aus dem Feuer geholt hast.«

Sofies Puls beschleunigte sich. Sie vergewisserte sich, dass weder Silje noch ihr Vater in ihre Richtung schauten, und ging zu Clara und den Kindern. Paul entdeckte sie als Erster. Er hob eine Hand, ließ sie wieder sinken und verzog seinen Mund zu einem unsicheren Lächeln, das Sofie einen Stich versetzte. Glaubte er, dass sie nichts mehr mit ihm zu tun haben wollte, weil sie den Unterricht mit ihm eingestellt hatte? Kinder waren so leicht einzuschüchtern und schnell bereit, die Schuld bei sich zu suchen. Sie strahlte ihn an und begrüßte die drei mit einem freundlichen »Fröhliche Weihnachten!«.

»Das wünsche ich Ihnen auch von ganzem Herzen«, antwortete Clara Ordal.

Sofie nickte zu Bodil hin und fragte leise: »Habe ich das gerade richtig verstanden? Hat die Kleine jemanden im Sägewerk Ihres Schwiegervaters gesehen, kurz bevor es dort brannte?«

Clara rieb sich die Stirn. »Ja, das glaubt sie zumindest.«

Sofie schluckte. »Meines Wissens hat man ja nie herausgefunden, wer das Feuer gelegt hat.«

»Das stimmt. Und es ist auch gar nicht gesagt, dass es die Person war, die Bodil bemerkt hat. Wenn sie sich nicht überhaupt im Tag irrt.«

»Ich irre mich aber nicht. Ich bin mir ganz sicher!«, sagte Bodil mit fester Stimme und stemmte ihre Fäuste in die Seiten. »Damals wusste ich nicht, wer es war. Aber jetzt hab ich ihn erkannt.« Sie zeigte auf Sofies Vater. »Er war es. Er war genauso in Rauch gehüllt wie jetzt.«

»Aber es könnte doch auch ein anderer Mann gewesen sein, der eine Zigarre oder Pfeife geraucht hat«, sagte Clara.

Bodil schüttelte den Kopf. »Nein, er war es!«

Bevor Clara ihr erneut widersprechen konnte, sagte Sofie: »Nun, es wäre durchaus denkbar. Schließlich gehört meinem Vater das Grundstück. Vielleicht hat er es an dem Tag besichtigt.«

Clara warf ihr einen prüfenden Blick zu. Sofie bemühte sich um einen neutralen Gesichtsausdruck und fuhr fort: »Wie dem auch sei. Was genau damals passiert ist, werden wir wohl nie erfahren.«

Clara zögerte kurz, bevor sie antwortete: »Sie haben recht. Und es ist ja gottlob niemand zu Schaden gekommen.«

Sofie bemerkte aus den Augenwinkeln, dass Silje sich von den Damen verabschiedete und sich suchend umsah.

»Ich muss jetzt gehen«, sagte sie, nickte Clara und den Kindern zu und eilte zu ihrer Schwester, die gerade ihren Vater aus seiner Unterhaltung holte und mit dem Hinweis auf das wartende Essen zum Gehen aufforderte.

Während Sofie den beiden die Storgata hinunterfolgte, tastete sie in ihrer Manteltasche nach dem Kerbschneider, den sie seit der Theateraufführung stets bei sich trug. Ein Verdacht, der ihren Atem stocken ließ, keimte in ihr auf: Hatte ihr Vater das Sägewerk von Sverre Ordal angezündet? Er war an jenem

Abend spätnachts in stark angetrunkenem Zustand nach Hause gekommen und hatte wenig später seinen Zigarrenschneider vermisst, den die kleine Bodil in den verkohlten Ruinen der Sägehalle gefunden hatte. Aber warum hätte er das Feuer legen sollen? Zu diesem Zeitpunkt war das Anwesen bereits in seinen Besitz übergegangen. Wenn er seinem Nebenbuhler Schaden zufügen wollte, hätte er viel früher zum Streichholz greifen müssen. Sofie runzelte die Stirn. Nein, das ergab alles keinen Sinn. Wenn ihr Vater der Verursacher des Brandes war, dann hatte er ihn ohne Absicht gelegt.

Ungewollt stiegen Bilder vor ihrem inneren Auge auf. Sofie sah die Szene vor sich, als habe sie sie vor Ort beobachtet: ihr Vater, außer sich vor Schmerz und Wut, dass sich ihm seine Jugendliebe durch ihren Umzug in eine andere Stadt erneut und dieses Mal unwiederbringlich entzogen hatte, ertränkte seinen Liebeskummer in Alkohol – vor dem Haus, in dem Trude Ordal jahrelang gelebt hatte. Während er, ihren Namen rufend, durch die Halle mit den Sägen torkelte, fiel ihm ein glimmender Zigarrenstumpen aus der Hand, der weiterschwelte und später das Feuer entfachte, nachdem Ivar das Grundstück längst verlassen hatte.

Offenbar hatte er so tief ins Glas geschaut, dass er sich nicht mehr an diesen Teil des Abends erinnern konnte. Dafür sprach die hartnäckige Suche nach dem Kerbschneider, die seinen Kammerdiener und den gesamten Haushalt mehrere Tage in Atem gehalten hatte. Dass er ihn außerhalb verloren haben könnte, war ihrem Vater überhaupt nicht in den Sinn gekommen.

Ihre Überlegungen beschäftigten Sofie noch, als sie eine halbe Stunde später am Esstisch Platz nahm. Zur Feier des Tages war er mit dem feinen, blaugemusterten Geschirr aus der Porzellanmanufaktur *Royal Copenhagen* eingedeckt, das ihre Eltern zur Hochzeit geschenkt bekommen hatten. Die beiden dreiarmigen Leuchter aus Silber waren auf Hochglanz poliert, das Licht ihrer Kerzen brach sich an den geschliffenen Kanten der Kristallgläser und Karaffen, und der frische Geruch der Bügelstärke in der Damasttischdecke und den Servietten mischte sich mit dem Duft der Bienenwachskerzen und der Birkenholzscheite, die neben dem Kamin in einem Korb bereitlagen und auf ihre Verfeuerung warteten.

Nachdem Ullmann als Vorspeise eine sämige Suppe mit Räucherlachsstreifen und Krabben serviert und den Raum verlassen hatte, platzte Sofie heraus: »Vater, was hast du eigentlich mit dem Anwesen im Flanderborg vor?«

Ivar Svartstein bedachte sie mit einem verständnislosen Blick.

»Ich meine das ehemalige Haus und Grundstück von Sverre Ordal«, erklärte Sofie.

Ihr Vater zog die Brauen zusammen. »Wie um alles in der Welt kommst du denn jetzt darauf?« Seine Stimme hatte einen grollenden Unterton.

»Äh, ich ... neulich wurde davon gesprochen ... äh ... und ...«, stotterte Sofie und verfluchte ihre unüberlegte Frage.

»Ich hatte es wohl gelegentlich erwähnt«, sagte Silje beiläufig und sah Sofie eindringlich an.

»Genau, jetzt fällt es mir wieder ein«, sagte Sofie, erleichtert über die goldene Brücke, die Silje ihr baute, und zugleich verdutzt über deren unverhoffte Unterstützung.

Silje wandte sich an ihren Vater. »Wenn du keine anderen Pläne damit hast, könnten Mathis und ich doch in das Wohnhaus ziehen, wenn wir verheiratet sind. Man müsste es natürlich gründlich renovieren. Aber die Substanz ist gut und ...«

»Du hast dir ja schon alles ganz genau ausgedacht«, knurrte ihr Vater.

Er umfasste den Kelch seines Weinglases so fest, dass seine Fingerknöchel weiß wurden und Sofie befürchtete, er würde es zerquetschen. Sie bemerkte, wie Silje erbleichte und an die Kante ihres Stuhls vorrutschte.

»Was spricht denn dagegen? Das Haus steht seit Monaten leer. Du willst es doch wohl kaum verfallen lassen.«

Genau das wäre ihm recht, dachte Sofie beim Blick in das Gesicht ihres Vaters, in dem Unmut und Trauer miteinander rangen. Sein Atem ging schwer. Er leerte sein Glas mit einem Zug und stellte es krachend auf den Tisch. Das Geräusch rief Ullmann auf den Plan, der wortlos Wein nachfüllte und sich nach weiteren Wünschen erkundigte. Das Erscheinen seines Kammerdieners brachte Ivar zu sich. Die Falten auf seiner Stirn glätteten sich.

»Ich halte nichts von neuem Wein in alten Schläuchen«, sagte er zu Silje und nahm einen großen Schluck aus seinem Glas. »Ich werde das Haus abreißen und euch ein viel schöneres bauen lassen.«

Silje sah ihn ungläubig an und begann zu strahlen. »Was für eine wundervolle Idee! Ich hätte nie gewagt, dich darum zu bitten.« Sie klatschte in die Hände. »Vielen, vielen Dank! Ich werde mein eigenes Haus gestalten! Ganz nach meinem Geschmack. Das wird herrlich!«

Und teuer, dachte Sofie. Sie warf ihrem Vater einen Blick zu, der eben etwas murmelte, das klang wie »auch ein Wörtchen mitreden«, bevor er sich seiner Suppe widmete, die er die ganze Zeit nicht angerührt hatte. Sofie betrachtete ihre Schwester, die ihrem entrückten Gesichtsausdruck nach zu schließen in Gedanken ihr künftiges Haus in allen Einzelheiten plante, ausstattete und einrichtete. Dass Mathis Hætta, der es mit ihr bewohnen sollte, dabei vielleicht auch den ein oder anderen Wunsch haben könnte, spielte für sie vermutlich keine Rolle. Auch dass er noch keine Anstalten gemacht hatte, sie um ihre Hand zu bitten, geschweige denn offiziell mit ihr verlobt war, focht sie nicht an. Sie war sich seiner offenbar absolut sicher.

Sofie senkte den Kopf, starrte auf die Haut, die sich auf der erkaltenden Cremesuppe in ihrem Teller bildete, und dachte:

Was gäbe ich darum, ebenso zuversichtlich und ohne Zweifel in die Zukunft gehen zu können wie Silje. Ihr Magen zog sich zusammen. Auf ihren Brief, den sie an den Stammsitz der Familie Blankenburg-Marwitz geschickt hatte, war noch keine Antwort eingetroffen. Was, wenn auch in den nächsten Tagen keine mehr kommt?, flüsterte es in ihr. Wenn du vergeblich an Moritz' Ehrgefühl appelliert hast und er sich seiner Verantwortung nicht stellen wird? Sofies Vorsatz, sich bis Ende des Jahres keinen düsteren Fantasien hinzugeben und optimistisch zu bleiben, geriet ins Schwanken.

Das Ausbleiben von Post aus Deutschland rief ihr die Briefe von Per in Erinnerung, die sie in einer Schatulle verwahrte und zu ihrem Tagebuch in das Versteck hinter den Büchern gelegt hatte, die auf einem schmalen Bord über ihrem Bett standen. Sie hatte Per nie geantwortet – was ihn nicht davon abgehalten hatte, ihr alle paar Tage zu schreiben. Zunehmend beunruhigt über ihr Schweigen, äußerte er seine Befürchtungen, sie wäre erkrankt oder in anderen Unannehmlichkeiten. Seine mitfühlenden Worte verstärkten Sofies Pein. Vorwürfe und beleidigte Anschuldigungen hätte sie besser ertragen – sie verdiente nichts anderes, auch wenn Per den wahren Grund für ihr Verhalten nicht kannte und denken mochte, sie hätte sich aus Feigheit oder Dünkelhaftigkeit von ihm abgewendet. Je besorgter und liebevoller er schrieb, umso größer wurde Sofies Scham.

Ihr Hals wurde eng. Sie würde keinen Bissen des Elchbratens in Rotweinsauce herunterbringen, den die Köchin als Hauptgang zubereitet hatte.

Silje hatte auf diesem Gericht bestanden. Wenn es nach ihrem Vater gegangen wäre, hätte es wie jedes Jahr *pinnekjøtt* gegeben, gesalzene und getrocknete Lammrippe, die über Birkenholz gegart und mit Stampfkartoffeln und Kohlrüben serviert wurde. Silje hatte ihren Änderungswunsch mit dem Argument durchgesetzt, dass die Lücke, die der Tod der Mutter in ihre kleine

Familie gerissen hatte, durch die Fortführung der eingefleischten Traditionen umso schmerzlicher spürbar würde. Zumindest in diesem Jahr sei ihr der Gedanke unerträglich. Aus dem gleichen Grund hatte sie verhindert, dass Eline den Christbaumschmuck vom Speicher holte, den Ragnhild so geliebt hatte: Dutzende Kugeln, Tannenzapfen und Tiere aus mundgeblasenem Glas.

Als Kind hatten es Sofie vor allem die Vögel angetan, die mittels kleiner Klammern auf die Zweige gesteckt wurden. Dank Ragnhilds Auswahl tummelten sich nur heimische Singvögel auf dem Svartstein'schen Weihnachtsbaum, die Anlass für ein jährlich wiederkehrendes Ritual gewesen waren: Die Mutter forderte die kleine Sofie auf, die naturgetreu bemalten Nachbildungen zu finden, indem sie fragte: »Wo hat sich der Seidenschwanz versteckt?«, »Über wem sitzt denn der Birkenzeisig?« oder »Kannst du mir die Sumpfmeise zeigen?«.

Auch als Sofie längst den Kinderschuhen entwachsen war, bereitete ihnen dieses Fragespiel großes Vergnügen. Silje hatte dem albernen Getue um die Piepmätze, wie sie es abfällig nannte, nichts abgewinnen können und von einem Christbaum mit viel Engelshaar, goldenen Stanniol-Girlanden und glitzernden Sternen aus Silberdraht und Perlen geschwärmt, der ihrer Meinung nach sehr viel geschmackvoller und einem gehobenen Hausstand angemessen war.

Sofies Augen wanderten zum anderen Tischende, an dem ihre Mutter früher dem Vater gegenübergesessen hatte. Silje beanspruchte diesen Platz nur bei Einladungen, bei denen sie als Dame des Hauses fungierte. Waren sie unter sich, zog sie es vor, zur Rechten ihres Vaters zu sitzen.

Sofie blinzelte die Tränen weg, die ihr in den Augen brannten. Bilder von vergangenen Heiligabenden stürmten auf sie ein und wühlten den Schmerz über den Tod ihrer Mutter auf. Wie hatte sie es geliebt, in deren Boudoir vor ihrem Sessel auf dem Fußschemel zu kauern und der Weihnachtsgeschichte zu lauschen, die Ragnhild ihr in der Wartezeit vor der Bescherung vorlas, oder neben dem Klavichord zu stehen und mit ihr Lieder wie *En rose er utsprungen* oder *Glade jul, hellige jul!* zu singen.

Was sie schon immer geahnt hatte, wurde ihr nun zur Gewissheit: Ihre Mutter war die Seele des Weihnachtsfestes in diesem Haus gewesen. Ohne sie war es ein aufwendiges Festmahl in einer prächtig herausgeputzten Umgebung – ohne jenen Zauber, den Ragnhild den Feiertagen verliehen hatte.

Sofie hatte darauf verzichtet, gegen Siljes Anordnungen aufzubegehren oder auf die offensichtliche Heuchelei hinzuweisen, mit der ihre Schwester sie begründete. Deren Behauptung, der Verlust ihrer Mutter sei so unerträglich für sie, dass er einen radikalen Bruch mit den alten Familientraditionen erfordere, hätte Sofie noch einen Monat zuvor zur Weißglut getrieben und ihr scharfe Widerworte auf die Zunge gelegt. Jetzt fehlte ihr die Kraft für solche Rangeleien, die sie in Anbetracht ihrer Lage als nichtig empfand.

Davon abgesehen war ihre Stimmung alles andere als weihnachtlich. Im Grunde war es ihr gleichgültig, ob und wie das Haus geschmückt war, welche Speisen aufgetischt wurden und was für sie auf dem Gabentisch liegen würde. Sie zog es vor, sich weitgehend unsichtbar zu machen und alles zu vermeiden, was die Aufmerksamkeit auf sie lenken konnte. Es kostete sie all ihre Selbstbeherrschung und Energie, sich nach außen gefasst und ausgeglichen zu geben. Auch an diesem Abend verabschiedete sie sich – sobald es der Anstand erlaubte – und ging nach der Verteilung der Geschenke, die nach dem Essen im Salon erfolgte, auf ihr Zimmer.

Nachdem sie ihr Nachthemd übergestreift hatte, ging sie zur Wäschekommode und holte eine aus Florentiner Spitze gefertigte Tüllstola ihrer Mutter heraus, die sie kurz nach deren Beerdigung an sich genommen hatte. Sie legte sich ins Bett, löschte die Kerze und breitete das feine Gespinst über ihren Kopf.

Der vertraute Duft – eine Mischung aus dem Gesichtspuder, dem Eau de Toilette und dem Eigengeruch Ragnhilds – spendete Sofie Trost und Zuversicht. Im Wegdämmern glaubte sie, die Hand ihrer Mutter auf ihrer Wange zu spüren und sie leise sagen zu hören: »Alles wird gut, mein Liebling, alles wird gut.«

Nach einer Nacht, in der Sofie seit Langem einmal wieder tief und traumlos geschlafen hatte, saß sie ausgeruht am Frühstückstisch und ließ sich *pjalt* mit Zimt und Zucker schmecken – handtellergroße Fladen, deren Teig die Köchin aus Dickmilch, Roggenmehl, Sirup und Sauerrahm zubereitet und anschließend in Butterschmalz ausgebacken hatte. Silje wirkte aufgekratzt und steckte voller Pläne für die Gestaltung ihres zukünftigen Hauses, die sie Sofie ausführlich darlegte. Ihr Vater war in seine Zeitungen vertieft, die Ullmann neben seinem Teller aufgestapelt hatte.

»Ach, sieh mal an, ein alter Bekannter!«, sagte er nach einer Weile mehr zu sich als zu seinen Töchtern.

Silje, die eben laut überlegte, ob sie für die Vorhänge ihres späteren Wohnzimmers einen Brokatstoff oder Samt wählen sollte, unterbrach sich und fragte: »Wen meinst du, Vater?«

»Diesen jungen Offizier, der im Sommer hier war«, antwortete er, ohne die Zeitung zu senken.

»Was ist mit ihm?«, fragte Silje.

»Er heiratet demnächst.«

»Aha«, sagte Silje, zuckte mit den Achseln und fuhr fort, Sofie ihr Dilemma darzulegen: »Was meinst du? Ist Brokat zu protzig? Vielleicht sollte ich doch Samt nehmen? Aber der kann einen Raum erdrücken und zu viel Licht schlucken.«

Sofie gab ihr eine Antwort, ohne sie selbst zu hören. Offensichtlich fiel sie zu Siljes Zufriedenheit aus. Ihre Miene erhellte sich.

»Gute Idee!«, rief sie. »Dass ich darauf nicht selbst gekommen bin!« Sie sprang auf. »Ich sehe gleich im Katalog nach, ob sie so etwas anbieten.«

Während Silje das Zimmer verließ, streckte Sofie die Hand nach der Zeitung aus, die ihr Vater gerade beiseitelegte. Es war das *Berliner Tageblatt*.

»Darf ich?«

Ivar, der die Börsenkurse in der *Financial Times* aufschlug, nickte mit einem abwesenden Gesichtsausdruck.

Sofie musste nicht lang blättern, um die Stelle zu finden, die die Aufmerksamkeit ihres Vaters erregt hatte. Unter der Rubrik *Familien-Nachrichten* stand eine große, gerahmte Anzeige:

Die Verlobung
unserer Tochter Karoline
mit dem Oberstleutnant des Husaren-Regiments No. 2,
Herrn Moritz Graf von Blankenburg-Marwitz,
beehren wir uns ergebenst anzuzeigen.

Breslau, im Dezember 1895

Kommerzienrat Ottokar Jauer,
Generaldirektor der Jauerwerke
und Frau Erna, geb. Bogen

Sofie las den kurzen Text wieder und wieder. Es war keine Verwechslung möglich. Es war »ihr« Moritz, der hier schwarz auf weiß als zukünftiger Ehemann annonciert wurde. Die Buchstaben tanzten vor ihren Augen. Sie ließ sich gegen die Lehne ihres Stuhls sinken. In ihr schrie es: Ich bin verloren! Jetzt gibt es keine Hoffnung mehr!

53

Røros, Dezember 1895 – Clara

Am ersten Weihnachtstag hatte Clara Frau Olsson zum Essen eingeladen. Gundersen holte die Wirtin am Mittag mit dem Schlitten ab, während Clara zusammen mit den Kindern den Tisch deckte und zwischendurch den Sauerbraten, der im Backrohr schmorte, mit Sauce übergoss. Zuvor hatte sie das Rindernackenstück vier Tage in einer Beize aus Essig, Rotwein, Salz, Pfeffer, Zwiebeln, Lorbeerblättern, Nelken und Wacholderbeeren mariniert. An diesem Morgen hatte sie das Fleisch in einer Kasserolle aus Gusseisen scharf angebraten und die abgeseihte Marinade hinzugefügt, in die sie später Apfelkraut und zerkleinerte Kräuterprinten rührte, die der Sauce eine sämige Konsistenz verliehen. Diese beiden Zutaten samt einem Säckchen *jedrüschte Prumme*, gedörrte Pflaumen, die ebenfalls in den Bräter wanderten, verdankte sie Ottilie. Eine Woche vor Weihnachten war deren Paket aus Bonn eingetroffen – gefüllt mit typischen Leckereien aus dem Rheinland. An das Glas mit dem Apfelsirup hatte Ottilie einen Zettel gebunden, auf dem stand:

Damit Ihr Weihnachten nicht auf einen anständigen Surbroode verzichten müsst.

Nachdem Clara die Kartoffelklöße in einen Topf mit kochendem Wasser gelegt und das Rotkraut mit Johannisbeergelee abgeschmeckt hatte, eilte sie in ihr Zimmer und zog sich um. Während sie ihre Haare kämmte und zu einem Dutt aufsteckte, fiel ihr Blick auf Ottilies Weihnachtsbrief, der auf ihrem Nachttisch lag.

Meine liebe Clara,

nun neigt sich dieses Jahr, das für Dich so viele Veränderungen, schmerzliche Verluste und unerwartete Entwicklungen gebracht hat, seinem Ende entgegen. Gewiss erinnerst Du Dich an den Spruch von Goethes Mutter, den Schwester Gerlinde immer zum Jahreswechsel zitiert hat. Ich wünsche Dir von Herzen, dass Du mit diesem Rezept das neue Jahr glücklich meistern wirst:

»Man nehme zwölf Monate, putze sie ganz sauber von Bitterkeit, Geiz, Pedanterie und Angst und zerlege jeden Monat in dreißig oder einunddreißig Teile, sodass der Vorrat genau für ein Jahr reicht. Es wird jeder Tag einzeln angerichtet: aus einem Teil Arbeit und zwei Teilen Frohsinn und Humor. Man füge drei gehäufte Esslöffel Optimismus hinzu, einen Teelöffel Toleranz, ein Körnchen Ironie und eine Prise Takt. Dann wird die Masse sehr reichlich mit Liebe übergossen. Das fertige Gericht schmücke man mit Sträußchen netter Aufmerksamkeiten und serviere es täglich mit Heiterkeit und einer guten erquickenden Tasse Tee.«

Grüße Paul bitte recht herzlich von mir und fühle Dich fest umarmt von Deiner treuen Freundin Ottilie.

Den letzten Absatz mit dem Rezept von Goethes Mutter hatte Clara seit dem Eintreffen des Briefes jeden Abend vor dem Einschlafen gelesen und Ermutigung und Kraft daraus gezogen.

Das Läuten der Türglocke riss sie aus ihren Gedanken, die im fernen Bonn weilten. Sie lief zum Fenster, das schräg über der Eingangstür lag, und sah hinaus. Vor dem Haus stand ein großer Schlitten.

»Pappa!«

Bodils helle Stimme hallte zu Clara hinauf. Im selben Moment sprang hinter dem Schlitten ein grauer Hund hervor, in dem sie Guro erkannte, den Elchhund von Fele-Nils.

Wird der Braten reichen?, war das Erste, das Clara durch den Kopf schoss, als sie ihr Zimmer verließ und zur Begrüßung von Bodils Vater die Treppe nach unten lief. Dieser stand in der offenen Tür, seine Tochter hing an seinem Hals, hinter ihm entdeckte Clara zwei halbwüchsige Jungen.

Fele-Nils stellte Bodil auf den Boden und streckte Clara seine Rechte entgegen.

»Guten Tag, Frau Ordal. Bitte entschuldigen Sie, dass wir hier einfach so hereinplatzen. Ich will mich nicht aufdrängen, aber unsere *stuggu* in Røros ist bereits von einer anderen Familie besetzt, und ich wusste nicht, wohin...«

Clara ergriff seine Hand und drückte sie. »Frohe Weihnachten, Herr Jakupson! Sie sind uns herzlich willkommen!«

Fele-Nils setzte zu einer Erwiderung an. Clara schüttelte den Kopf.

»Ich meine es ernst! Sie und die Ihren sind hier allzeit gern gesehene Gäste. Ich freue mich sehr, dass Sie da sind. Und Ihre Tochter hat ohnehin schon sehnlichst auf Sie gewartet.«

Bei der Vorstellung, Bodils Familie müsste die Feiertage in der drangvollen Enge einer der kleinen Katen am Ortsrand von Røros verbringen, in denen Tagelöhner, verarmte Witwen und im Winter fahrendes Volk wohnten, zog sich Claras Magen zusammen. Die windschiefen Hütten ohne jeglichen Komfort mussten in den dunklen Monaten besonders trostlos sein.

Sie lächelte den beiden Jungen zu, die sie auf vierzehn und sechzehn Jahre schätzte. »Und das sind also Bodils Brüder.«

Fele-Nils nickte. »Ja, Jon und Filip.«

Die beiden verbeugten sich ungelenk und kneteten ihre Mützen in den Händen.

»Bitte, legt doch ab und kommt herein«, sagte Clara.

»Vielen Dank«, antwortete Fele-Nils und wandte sich an seine Söhne: »Ihr bringt erst noch das Pferd in den Stall und bindet Guro an.«

Clara bat Bodil, ihren Vater ins Wohnzimmer zu führen, und eilte ins angrenzende Speisezimmer, wo sie drei weitere Gedecke auf den Tisch stellte und zusätzliche Stühle holte. Jetzt ist es eine richtige Festtafel, dachte sie, während sie die Servietten für die Neuankömmlinge wie die an den anderen Plätzen zu Sternen faltete und, mit einem Stechpalmenzweiglein dekoriert, auf die Teller legte.

Draußen schlug der Hund an, und wenige Augenblicke später nahm sie Frau Olsson in Empfang, die ihr einen großen Korb entgegenhielt. Die Pensionswirtin hatte darauf bestanden, die Vorspeise zum weihnachtlichen Menü beizusteuern.

»Wie ich sehe, haben Sie Überraschungsgäste.« Sie zwinkerte Clara zu und sagte: »Zum Glück habe ich reichlich *rakfisk* dabei. Als hätte ich geahnt, dass wir ein paar Portionen mehr davon gebrauchen könnten.«

Clara sah sie unsicher an. In ihrer Freude über das Erscheinen von Bodils Vater und seinen Söhnen hatte sie nicht darüber nachgedacht, ob Frau Olsson deren Gesellschaft gutheißen würde.

»Keine Sorge, meine Liebe«, sagte diese und wickelte das dicke Wolltuch ab, das sie um ihren Kopf geschlungen hatte. »Ich gehöre nicht zu den Zeitgenossen, die sich einbilden, etwas Besseres zu sein, nur weil sie ein festes Dach über dem Kopf haben. Außerdem ist es bei uns Tradition, an den Weihnachtstagen jedem die Tür zu öffnen, der daran klopft, und ihn an den Tisch zu bitten.«

Clara nahm ihr den Mantel ab. »Das ist aber mal ein schöner Brauch.«

Eine Stunde später stand Clara in der Küche, brühte Kaffee auf, den sie zum Dessert reichen wollte, und ließ das Essen Revue passieren. Während ihre Gäste dem *rakfisk* mit Behagen zugesprochen hatten, waren die fermentierten Forellen, die Frau Olsson mehrere Monate in einer Salz-Zucker-Lake eingelegt hatte, bevor sie sie mit roten Zwiebeln, einem Klacks saurer Sahne und knusprigem Fladenbrot servierte, für Clara eine exotische Erfahrung gewesen. Auch Paul hatte nach einem Höflichkeitsbissen, den er mit Mühe herunterschluckte, den Teller von sich geschoben und sich mit dem Knäckebrot begnügt. Die weiche Beschaffenheit und vor allem der strenge Geschmack des *rakfisk*, der sich für ihre Gaumen leicht faulig ausnahm, bedurften der Gewöhnung.

Claras Befürchtung, ihren norwegischen Gästen könnte es mit dem säuerlich-süßen Braten ähnlich ergehen, erwiesen sich als unbegründet. Voll des Lobes über das zarte Fleisch und die schmackhafte Sauce hatten sie ihm im Nu den Garaus gemacht. Paul, der sich wie gewöhnlich an die Beilagen hielt, hatte mit seligem Lächeln drei große Klöße und einen Berg Rotkraut vertilgt und damit den Söhnen von Fele-Nils imponiert, die dem Kleinen einen solchen Appetit nicht zugetraut hätten.

Beim Anblick der leeren Schüsseln, Servierplatten und Teller, die sich auf dem Spülstein stapelten, breitete sich eine tiefe Zufriedenheit in Clara aus. In ihrer Ehe mit Olaf hatte sie selten die Gelegenheit gehabt, Gäste zu bewirten. Abgesehen von gelegentlichen Besuchen von Frau Professor Dahlmann zum Tee und einem Umtrunk, den Clara anlässlich von Olafs Arbeitsantritt in der Kanzlei ausgerichtet hatte, hatten sie keine Einladungen gegeben. Zu begrenzt war der Platz in ihrer Wohnung, zu ausgeprägt Olafs Bedürfnis nach Ruhe und Ungestörtheit in seinen vier Wänden gewesen.

Umso mehr genoss Clara es nun, ihre Gäste zu verwöhnen und glücklich zu machen. Die Bemerkung von Frau Olsson, die sich nach dem letzten Bissen des Bratens mit einem wohligen Seufzen zurückgelehnt und gesagt hatte: »Meine Liebe, Sie sind die perfekte Gastgeberin und eine hervorragende Köchin. Sie sollten diesem Talent unbedingt mehr Raum geben!«, klang ihr noch in den Ohren und ließ sie erneut erröten.

Clara stellte die Kaffeekanne auf ein Tablett und ging in die Vorratskammer, um die Nachspeise zu holen, bei der die letzten Printen aus Ottilies Paket zum Einsatz gekommen waren. Clara hatte diese zerbröselt, abwechselnd mit einer Creme aus Quark, eingemachten Preiselbeeren und Zucker in eine Schale geschichtet und mit gerösteten Mandeln garniert.

Als Clara in die Küche zurückkehrte, zuckte sie zusammen. Um ein Haar glitt ihr die Schüssel mit dem Dessert aus den Händen. Eine Gestalt stand in der schmalen Tür, durch die man direkt vom Garten in die Küche gelangte. Clara atmete keuchend aus. Es war Siru.

»'tschuldige, wollte dich nicht erschrecken«, sagte die Hirtin und deutete auf ein Bündel, das sie auf den Tisch gelegt hatte. »Bin schon wieder weg. Hab nur schnell Käse vorbeigebracht. Und Wolle. Kannst euch damit Socken stricken. Halten die Füße gut warm.«

»Das ist aber lieb! Vielen Dank!«, sagte Clara.

Es war ihr bereits aufgefallen, dass die Schafe der Umgebung sehr dickes Fell hatten und eine besonders flauschige Wolle lieferten. Siru drehte sich zur Hintertür. Clara machte einen Schritt auf sie zu.

»Bitte, bleib doch. Wenigstens auf eine Tasse Kaffee und ein Schüsselchen Nachtisch.«

Siru schüttelte den Kopf und brummte: »Will nicht stören. Hast ja Besuch.«

Clara überging den Einwand und schob nach: »Es gibt auch noch von den *Flutschmoppen*.«

Siru lachte auf. »Na gut, überzeugt.«

Sie entledigte sich ihres Mantels, legte ihn zusammen mit ihrem Hut auf die Eckbank und folgte Clara ins Speisezimmer. Dort hatte Fele-Nils in der Zwischenzeit eine Flasche Aquavit auf den Tisch gestellt, den er bei einer Destille in Røros gekauft hatte. Clara bat Paul, einen weiteren Stuhl, und Bodil, Gläser aus dem Büfettschrank zu holen, und stellte Siru den anderen Gästen vor. Als alle wieder saßen, schenkte Fele-Nils ihnen den goldgelben Kartoffelschnaps ein, der mit Kümmel, Anis, Fenchel und Koriander gewürzt war und ein feines Aroma nach Zitrusfrüchten verströmte. Er machte eine Verbeugung in Claras Richtung und hob sein Glas:

»Auf Frau Ordal! Tausend Dank für das gute Essen und Ihre Großzügigkeit!«

Die anderen folgten seinem Beispiel, prosteten Clara zu und leerten ihre Gläser.

Clara spürte, wie ihr das Blut ins Gesicht stieg. Das Lob machte sie verlegen. Am liebsten hätte sie sich in Luft aufgelöst. Beim Blick in die Gesichter, die sie freundlich ansahen, gab sie sich einen Ruck. Sie stand von ihrem Stuhl am Kopfende des Tisches auf und räusperte sich.

»Nein, ich habe zu danken«, begann sie. »Ihr alle habt Paul und mir das Ankommen in dieser Stadt erleichtert und uns geholfen, Fuß zu fassen. Euch verdanken wir es, dass wir hier eine neue Heimat gefunden haben. Ein Zuhause, in dem wir uns wohlfühlen und in dem wir Freunde empfangen können. Denn als solche betrachte ich euch!« Sie nickte in die Runde und fuhr mit einem Lächeln fort: »So, und nun genug der Reden. Lasst euch das Dessert munden!«

Wenig später war das Zimmer von Gelächter und Gesprächen erfüllt. Paul und Bodil lauschten gebannt deren Brüdern, die neben ihnen an der einen Längsseite der Tafel saßen und ihnen ihre Reiseabenteuer diesseits und jenseits der schwedischen Grenze in den schillerndsten Farben ausmalten. Siru und Fele-

Nils, den Clara sich selbst gegenüber am anderen Tischende platziert hatte, fachsimpelten über Heilkräuter und ihre Anwendung bei Tieren. Der alte Gundersen unterhielt sich angeregt mit Frau Olsson, deren zart gerötete Wangen Claras Verdacht nährten, den sie seit einigen Wochen hegte. Ihr war aufgefallen, dass sich Gundersen stets besonders sorgfältig kämmte, seinen Bart stutzte und seine beste Joppe anzog, bevor er die Fuchsstute vor den Schlitten spannte und die Wirtin zu ihren sonntäglichen Besuchen im Birkenhaus abholte. Als sie einmal absagte, weil sie Logiergäste in Empfang nehmen musste, hatte Gundersen seine Enttäuschung nur schwer verbergen können. Frau Olsson wiederum hatte Clara gegenüber mehrfach erwähnt, wie angenehm sie die Gesellschaft des bescheidenen Mannes fand, und seine Hilfsbereitschaft und Feinfühligkeit gepriesen.

Nach einer Weile beugte sich Paul zu Clara und fragte leise: »Ob Papa uns wohl jetzt sieht?«

»Da bin ich mir ganz sicher«, antwortete sie und forschte in seinem Gesicht nach Anzeichen von Trauer.

Sie konnte nur schwer einschätzen, wie Paul den Tod seines Vaters mittlerweile verarbeitet hatte. Er besuchte nach wie vor regelmäßig sein Grab und erwähnte ihn ab und zu aus heiterem Himmel – so wie in diesem Moment. Ob und wie sehr er ihn täglich vermisste, wusste Clara nicht.

Während sie noch überlegte, ob Paul eine ausführlichere Antwort von ihr erwartete, fuhr dieser fort: »Wie schade, dass Oma und Opa nicht hier sind. Es wäre schön, wenn sie mit uns feiern würden.«

»Ja, das wäre es.« Clara streichelte ihm über den Kopf. »Wer weiß, vielleicht kommen sie uns ja irgendwann einmal besuchen«, fügte sie hinzu, mehr um ihren Sohn zu trösten, als aus Überzeugung. Für sie stand fest, dass ihre Schwiegereltern Røros für immer den Rücken gekehrt hatten. Paul nickte und drehte sich wieder zu Bodil und ihren Brüdern.

»Apropos«, sagte Frau Olsson. »Haben Sie eigentlich noch mehr über die Mauscheleien dieses korrupten Bergschreibers herausgefunden, dessen Schwester Sie aufgesucht hatten?«

Clara zuckte mit den Schultern. »Nicht wirklich. Ich bin die Akten und Verträge noch mal durchgegangen. Abgesehen von den Stornierungen der Aufträge für das Sägewerk meines Schwiegervaters hab ich aber nichts Auffälliges mehr entdeckt.«

Ihren Verdacht, dass Ivar Svartstein dahintersteckte, behielt sie für sich. Es gab dafür keine handfesten Beweise. Und Frau Olsson teilte ihre Vermutung ohnehin.

»Und was hatte es mit der Kupfermine auf sich, an der die Familie Anteile besessen hat?«, fragte die Wirtin.

»Zur Zeit von Sverres Vater wurde dort wohl viel Erz gefördert. Nachdem das Kupfer der Hauptader abgebaut war, wurde der Betrieb aber eingestellt. Sein Sohn hat dann vor einigen Jahren prüfen lassen, ob es dort vielleicht noch weitere Erzvorkommen gibt. Seine Hoffnung wurde jedoch enttäuscht.«

»Der arme Mann. Er wurde wirklich vom Unglück verfolgt«, sagte Frau Olsson.

»Das kann man wohl sagen. Eine ergiebige Ader hätte seinen Ruin höchstwahrscheinlich abwenden können«, antwortete Clara.

»Wo liegt denn dieser Schacht?«, fragte Siru, die offenbar zugehört hatte.

»Ein paar Kilometer südwestlich von der alten Storwartz-Grube, in der Nähe eines kleinen Weihers«, antwortete Clara. »Die genaue Stelle müsste ich in den Unterlagen nachsehen.«

Siru hob die Hand. »Nicht nötig. Weiß schon genug.«

Sie beachtete Claras fragenden Blick nicht und wandte sich wieder Fele-Nils zu, mit dem sie zuvor die Frage diskutiert hatte, ob bei Geschwüren eine Salbe mit Ringelblumenextrakt wirksamer sei oder Wacholderöl mit Schweinefett vermischt.

»Mama, wann wird es denn Frühling?«

578

Pauls Frage lenkte Claras Aufmerksamkeit erneut auf ihren Sohn. Bevor sie antworten konnte, sagte Frau Olsson: »Oh, da musst du noch viele Monate warten. Hier oben bleibt es nämlich sehr, sehr lange kalt.«

Paul verzog den Mund und tauschte einen Blick mit Bodil, auf deren Gesicht sich seine eigene Enttäuschung spiegelte.

»Warum wollt ihr denn, dass der Frühling kommt?«, fragte Clara. »Ihr habt euch doch so auf den Schnee gefreut und das Eis auf dem See zum Schlittschuhlaufen.«

»Ja, aber jetzt kann man nicht Boot fahren. Und Mathis hat versprochen, dass er uns im Frühling zum Segeln mitnimmt. Das ist fast wie Fliegen, wenn genug Wind weht.« In Pauls Stimme schwang Sehnsucht. Er runzelte die Stirn. »Wann kommt Mathis denn endlich mal wieder zu uns? Wir haben ihn schon sooo lange nicht mehr gesehen.«

Clara schluckte. Ihr Blick traf sich mit Sirus, die ihr kaum merklich zunickte und an ihrer Stelle antwortete: »Er kommt, bevor es hier Frühling wird. Er vermisst euch alle nämlich sehr.«

Paul klatschte in die Hände und strahlte Clara an. »Fein! Dann kann ich ihm die neuen Bausteine zeigen, die mir das Christkind gebracht hat.«

Clara erwiderte sein Lächeln und drückte ihn kurz an sich. Sie hatte Ottilie gebeten, ihr den nächsten Erweiterungsbaukasten von Anker zu schicken. Die Möglichkeiten des Grundbaukastens, den ihm sein Vater ein Jahr zuvor geschenkt hatte, waren längst erschöpft. Der Schwung weiterer Steine, die entsprechend den drei Baumaterialien – Ziegelstein, Sandstein und Schiefer – rotbraun, ockergelb und dunkelblau gefärbt waren, und die dazugehörigen Pläne für die verschiedensten Gebäude hatten Paul bei der Bescherung ein glückliches Jauchzen entlockt.

Er und Bodil steckten die Köpfe zusammen und besprachen

die Bauvorhaben, die sie mit Mathis' Hilfe verwirklichen würden. Die Worte, die Clara aufschnappte, ließen auf ehrgeizige Ziele schließen. Offenbar hatte Mathis den Kindern in Aussicht gestellt, ein Modell der Seilbahn zu basteln, die er im kommenden Jahr für die Bergwerksgesellschaft konstruieren sollte.

Frau Olsson, die Paul gegenüber zu Claras Linken saß, drückte ihre Hand und sagte mit Blick auf Paul leise: »Seinetwegen brauchen Sie keine Bedenken zu haben. Für Ihren Sohn gehört Herr Hætta jetzt schon zur Familie. Er wäre ihm ein guter Vater.«

Clara schlug die Augen nieder. Frau Olsson hatte ihre eigenen Überlegungen auf den Punkt gebracht.

»Und Sie haben ja gehört, was seine Mutter gesagt hat: Er vermisst Sie alle sehr«, fuhr Frau Olsson fort. »Sie beide gehören zusammen. Daran wird auch eine Silje Svartstein auf Dauer nichts ändern können.«

Clara hob den Kopf. »Ach, ich würde Ihnen ja so gern glauben.«

54

Røros, Dezember 1895 – Sofie

Ein leises Klopfen drang an Sofies Ohr. Sie wusste nicht, wie lange sie bereits in dem Sessel in ihrem Zimmer saß, in das sie sich nach dem Frühstück geschleppt hatte. Die Verlobungsanzeige von Moritz hatte ihr buchstäblich die Kraft aus den Gliedern gesaugt. Es hätte sie nicht gewundert, wenn sie in sich zusammengefallen wäre wie ein Soufflé, das einem Luftzug ausgesetzt war. Apathisch blinzelte sie zur Tür, unfähig, den Störenfried abzuweisen oder hereinzubitten. Die Klinke wurde heruntergedrückt, die Tür öffnete sich einen Spaltbreit, und Eline schlüpfte ins Zimmer.

In Sofie blitzte die Erinnerung an eine ähnliche Szene auf. War es wirklich erst ein paar Wochen her, dass das Dienstmädchen ebenso verstohlen zu ihr gekommen war, um ihr in Pers Auftrag die Bergmannskluft zu bringen, die sie bei ihrem gemeinsamen Ausflug zur Kongensgruve tragen sollte? Damals war ihre Welt noch in Ordnung gewesen – das hatte sie zumindest gedacht. Dabei war das Unglück schon längst geschehen, wuchs jeden Tag in ihr heran und würde sie bald vor aller Augen als das bloßstellen, was sie war: ein gefallenes Mädchen, das sein höchstes Gut verschleudert und sich unwiederbringlich der Schande preisgegeben hatte.

Eline stand vor ihrem Sessel, holte tief Luft und platzte heraus: »Kann ich Ihnen irgendwie helfen?«

»Du? Mir helfen?«, fragte Sofie. Ihre Stimme klang tonlos.

»Ja, es ist ... ich hab halt das Gefühl, dass etwas Sie quält und ...«

Sofie richtete sich ein wenig auf und schüttelte den Kopf. Sie wollte Eline bitten, zu gehen und ihre Zeit nicht mit ihr zu verschwenden. Sie öffnete den Mund, brachte aber keinen Ton heraus.

»Ich weiß, dass es sich nicht schickt«, fuhr Eline stockend fort. »Ich meine, dass eine wie ich sich in die Angelegenheiten der Herrschaft mischt. Aber Sie sind immer so nett zu mir. Und es tut mir von Herzen leid, Sie so unglücklich zu sehen.«

Sofie sah Eline an, die mit hochrotem Kopf vor ihr stand. Als hätte sie einen Fehler begangen, für den sie sich entschuldigen musste. Sofie streckte einen Arm nach ihr aus und fasste ihre Hand. Die Berührung weckte ihre Lebensgeister.

»Das ist sehr lieb von dir. Aber mir kann niemand helfen«, sagte sie mit einem traurigen Lächeln.

Eline erwiderte zart ihren Händedruck. »Ist es wegen Per? Weil Sie nicht mit ihm zusammen sein dürfen?«

Sofie zog ihre Hand zurück und presste die Lippen zusammen. Eline deutete das offenbar als Zeichen des Unmuts. Sie knüllte mit beiden Händen ihre Schürze zusammen.

»Bitte, nicht böse sein! Schon gar nicht auf Per. Der hat nichts gesagt. Ich dachte nur, an dem Abend nach der Theateraufführung ... da sahen Sie beide so verliebt aus, und ... dann war SPer plötzlich weg ... und ... Sie waren so traurig ... und da hab ich mich gefragt, ob vielleicht Ihr Vater dafür gesorgt hat, dass Sie und Per sich nicht mehr sehen können und ...«

Eline verstummte und schlug die Augen nieder. Sofie zwang sich aufzustehen. Sie musste das Mädchen daran hindern, weiter über sie zu spekulieren. Zumal es mit seiner Vermutung durchaus ins Schwarze getroffen hatte – wenn auch nicht den wichtigsten Punkt. Die Erwähnung von Per und der Aussichtslosigkeit ihrer Liebe tat weh. Sofie berührte Eline am Oberarm.

»Du hast recht«, sagte sie. »Mein Vater würde es niemals zulassen, dass Per und ich zusammenkommen.«

Erleichterung machte sich auf Elines Gesicht breit. »Sie sind mir also nicht böse, dass ich Sie deswegen angesprochen habe?«

»Aber nein! Im Gegenteil, es gibt hier nicht viele Menschen, die so aufmerksam und vor allem so mitfühlend sind. Allein dafür bin ich dir sehr dankbar!«

Eline sah sie mit einem treuherzigen Lächeln an. »Ich weiß schon, dass ich nichts ausrichten kann. Aber ... ich ... ich hab mir überlegt, dass Ihre Großeltern Ihnen vielleicht helfen können.«

Sofie zog die Augenbrauen hoch. Eline sprach schnell weiter: »Sie stehen sich doch sehr nah. Und es sind so liebe Menschen, das hab ich sofort gespürt, als sie zur Beerdigung hier waren. Denken Sie nur, Ihre Großmutter hat sich gleich gemerkt, wie ich heiße. Sie hat sich erkundigt, ob ich arges Heimweh nach meiner Familie habe und mich nach meinen Geschwistern gefragt. Und beim Abschied hat sie mir eine *ganze* Krone geschenkt! Obwohl ich doch kaum was für sie getan hatte.«

Bei einem Jahreslohn von ungefähr achtzig Kronen, den ein Dienstmädchen bekam, war das in der Tat ein reichlich bemessenes Trinkgeld. Noch ungewöhnlicher war aber die persönliche Anteilnahme, die Toril Hustad gezeigt hatte. Sofie gestand sich ein, dass sie sich kaum einmal die Frage stellte, wie die halbwüchsige Eline es aushielt, bei fremden Leuten leben und arbeiten zu müssen und nur alle paar Wochen die Gelegenheit zu haben, die eigene Familie zu sehen. Die Erkenntnis der Ignoranz, die sie selbst oft genug an den Tag legte, beschämte Sofie.

Gleichzeitig riss Elines Erwähnung ihrer Großeltern ein Loch in den Nebel der Verzweiflung, der sie eingehüllt hatte. Wenn es jemanden gab, der sie nicht verdammen würde, dann diese beiden!

»Ich bin dir unendlich dankbar!«, sagte sie und lächelte Eline zu. »Ohne dich wäre ich wohl gar nicht auf diesen Gedanken gekommen. Ich werde meiner Großmutter schreiben.«

Eline nickte eifrig. »Tun Sie das auf jeden Fall. Ich bin mir sicher, dass sie sich für Sie einsetzen wird.«

Sie eilte zur Tür. Bevor sie sie öffnete, drehte sie sich noch einmal zu Sofie, verschränkte Zeige- und Mittelfinger der rechten Hand und sagte: »Alles Gute! *Jeg krysser fingrene!*«

Sobald Eline das Zimmer verlassen hatte, setzte sich Sofie an ihren Tisch und begann einen Brief an ihre Großmutter. Der anfängliche Schwung kam bald zum Erliegen – zu langatmig und weinerlich gerieten für ihren Geschmack die Darstellung der Ereignisse im Sommer und die Selbstvorwürfe, mit denen sie sich zerfleischte. Nachdem ein halbes Dutzend Papierbögen zerknüllt im Feuer ihres Ofens gelandet war, biss sich Sofie auf die Lippe und warf wenige Zeilen aufs Papier, das sie umgehend in ein Kuvert steckte, adressierte und in die Schale in der Eingangshalle legte, in der sich bereits mehrere Dankesbriefe und Postkarten mit Neujahrswünschen an Freunde und Verwandte stapelten, die nach den Feiertagen zur Post gebracht werden sollten.

Røros, 1. Weihnachtstag 1895

Liebste Mormor,
   verzeih, wenn ich Dich so überfalle, aber ich weiß mir keinen anderen Rat. In tiefster Verzweiflung wende ich mich an Dich und lege mein Schicksal in Deine Hände.
   Ich erwarte ein Kind von einem Mann, dem ich fälschlich ernste Absichten unterstellt hatte. Seine Versprechen waren nichtig. Meine Hoffnung, er würde sich wenigstens seiner Verantwortung als Vater stellen, sind zerschlagen. Noch weiß hier niemand von meinem Fehltritt – sehr lange werde ich ihn aber nicht mehr verbergen können.
   Ich wage kaum, Dich zu fragen: Kannst du mir helfen? Mir

sagen, was ich tun soll? Du und Großvater, Ihr seid meine letzte Hoffnung.

In Liebe, Deine unglückliche Enkelin Sofie

Nach drei endlosen Tagen bangen Wartens kam ein Brief von Großvater Roald aus Trondheim. Er war an Ivar Svartstein gerichtet, der ihn in der Morgenpost am Samstag, dem achtundzwanzigsten Dezember, vorfand und seinen Töchtern am Frühstückstisch vorlas. Nachdem sich Roald für die Geschenke und Grüße zu Weihnachten bedankt und seiner Hoffnung Ausdruck verliehen hatte, Ivar und seine Töchter hätten die Feiertage angenehm verbracht, schlug er einen ernsten Ton an:

Ich möchte Euch nicht beunruhigen, doch Torils Gesundheitszustand gibt mir Anlass zu großer Sorge. Der Tod ihrer geliebten Tochter setzt ihr unvermindert zu. Das Leid ihrer Seele greift zunehmend auf ihren Körper über – sie schwindet dahin und wird immer anfälliger. Ich weiß mir kaum noch Rat. Unser geschätzter Hausarzt tut alles, was in seiner Macht steht, doch gegen Kummer und Trübsal hat er kein Mittel.

Da Toril oft von Sofie spricht, die der Verstorbenen in Vielem sehr ähnelt, habe ich nun eine große Bitte an Dich, lieber Ivar: Kannst Du Deine Jüngste für ein paar Monate entbehren, damit sie hier bei uns auf dem Solsikkegård ihrer Großmutter Gesellschaft leistet? Ich bin mir sicher, dass das meiner Frau sehr helfen würde, endlich über den Verlust hinwegzukommen und neuen Lebensmut zu finden.

Ivar unterbrach die Lektüre und runzelte die Stirn. Sofie, die ihm mit klopfendem Herzen gelauscht hatte, wischte sich ihre feuchten Handflächen an ihrer Serviette ab und hielt den Atem an. Silje zischte etwas, das sich anhörte wie: »*Mormor* sollte nun wirklich alt genug sein, um sich zusammenzunehmen. Wie kann man sich nur so gehen lassen!«

Ivar warf ihr einen strengen Blick zu. »Es gehört sich nicht, über die Gefühle anderer zu urteilen, nur weil man sie selbst nicht teilt.«

Sofie bemerkte, wie Silje zusammenzuckte und ihren Vater erstaunt ansah. Es war eine Zurechtweisung, die sie aus seinem Munde wohl nicht erwartet hatte. Er wandte sich an Sofie und sagte: »Von meiner Seite aus spricht nichts dagegen, wenn du der Bitte deines Großvaters folgst und nach Trondheim fährst.«

Sofie wäre um ein Haar aufgesprungen und hätte ihn umarmt. Tränen der Erleichterung schossen ihr in die Augen. Die Anspannung und Angst der letzten Tage fielen von ihr ab. So mochte sich ein Ertrinkender fühlen, dem in letzter Minute ein Rettungsring zugeworfen wurde. Sie rang um Fassung und bemühte sich um einen angemessen betroffenen Gesichtsausdruck.

»Das werde ich gern tun«, entgegnete sie. »Ich hoffe sehr, dass ich Großvaters Erwartungen nicht enttäusche und *mormo*r ein bisschen aufheitern kann.«

»Gut, dann lasse ich Roald telegrafieren, dass du kommst. Am besten fährst du noch vor Silvester, gleich am Montag. Ich könnte mir vorstellen, dass es deine Großmutter freut, wenn sie mit dir ins neue Jahr geht.«

Er stand auf und verließ das Speisezimmer. Silje erhob sich ebenfalls.

»Ich finde es gelinde ausgedrückt ungebührlich, um nicht zu sagen dreist, dass Großvater so hemmungslos über deine Zeit verfügt«, sagte sie mit Blick auf Roalds Brief. »Und dich überdies dazu verdammt, monatelang auf einem abgeschiedenen Landsitz zu vermodern, wo rein gar nichts passiert. Kein Wunder, dass Großmutter dort schwermütig wird. Sie sollten wieder in die Stadt ziehen und unter Leute gehen. Oder eine Reise unternehmen.«

Sofie verzichtete auf eine Entgegnung. Silje verzog verächtlich den Mund.

»Aber für dich ist das ja wohl genau das Richtige. Auf dem Solsikkegård kannst du nach Herzenslust vor dich hinträumen und dich in dein Schneckenhaus verziehen«, schnaubte sie und rauschte hinaus.

Sofie sah ihr nach und murmelte: »Wenn du wüsstest!«

Der Gedanke an das Gesicht ihrer Schwester, das sich unweigerlich vor Abscheu, Empörung und Fassungslosigkeit verzerren würde, wenn sie von ihrer Schwangerschaft erfuhr, jagte Sofie einen Schauer über den Körper. Sie griff nach dem Brief ihres Großvaters und las die Zeilen, die ihre Rettung verkündeten, nochmals durch. Unter seine abschließenden Grüße hatte er ein Postskriptum an Sofie geschrieben:

P.S. *Liebe Sofie, bitte komm bald zu uns. Dann wird alles gut. In Liebe, Dein* morfar.

Sofies Hals wurde eng. Nein, es war kein Traum. Ihre Großeltern waren tatsächlich bereit, sie mit offenen Armen zu empfangen und ihr in ihrer Not beizustehen. Sie hatten nicht gezögert, umgehend geantwortet und sogar eine Lügengeschichte erfunden, um ihr einen plausiblen Grund für eine monatelange Abwesenheit zu liefern. Sofie presste den Brief an ihre Brust und flüsterte mit tränenerstickter Stimme: »Danke!« Sie neigte ihren Kopf über ihren Bauch und fuhr fort: »Du wirst sehen, jetzt wird alles gut!«

Der kurzfristig angesetzte Abreisetermin sorgte für zwei Tage voller Betriebsamkeit, in denen Sofies Wintergarderobe in einen Schrankkoffer wanderte und ein zweiter mit Wäsche, Nachthemden, Hauskleidern und Miedern gefüllt wurde. Während Eline und Britt bügelten, Schuhe auf Hochglanz polierten, Flecken entfernten, aufgegangene Nähte flickten und fehlende Knöpfe annähten, absolvierte Sofie eine Reihe von kurzen Abschiedsbesuchen bei befreundeten Familien und machte sich auf die Suche nach einer Vertretung für die Bibliothek.

Küster Blomsted, den sie in dieser Angelegenheit als Erstes befragte, schüttelte ein ums andere Mal mit bekümmerter Miene den Kopf und beteuerte, dass niemand Sofies Platz einnehmen könne, man in ganz Røros keinen geeigneten Ersatz finden würde und die Bücherausleihe bis zu ihrer Rückkehr geschlossen bleiben müsse. Sein Freund, der Schuldirektor, bedauerte Sofies lange Abwesenheit zwar ebenso, teilte jedoch ihre Meinung, dass die Bibliothek währenddessen unbedingt regelmäßig geöffnet werden sollte. Sofies Vorschlag, die Enkelin von Herrn Hagstrøm zu fragen, einem alten Geschäftsfreund ihres Vaters, fand Ole Guldals Zustimmung. Er hatte das Mädchen aus dessen Schulzeit als zuverlässig und gewissenhaft in Erinnerung. Die Siebzehnjährige, die von Beginn an zu Sofies Stammkunden gehörte, fühlte sich geehrt, dass man ihr diese verantwortungsvolle Aufgabe übertragen wollte, und versprach, sich Sofies Vorbild als würdig zu erweisen.

Die letzte Fahrt am Sonntagnachmittag, die Sofie mit dem Schlitten ihres Vaters unternahm, den er ihr samt Kutscher für ihre Verabschiedungsrunde zur Verfügung gestellt hatte, führte sie zur *skyds*-Station am Bahnhof. Neben ihr lag der in eine Decke eingeschlagene Saitenkasten des Klavichords ihrer Mutter. Sofie hatte es in ihr Zimmer bringen lassen, als ihre Schwester im Herbst das Boudoir und das Schlafgemach der Verstorbenen für sich beanspruchte und dort eingezogen war. Nun wollte

Sofie das Instrument ihrem ehemaligen Schüler Paul ausleihen. So konnte er jederzeit üben und war nicht länger auf das Harmonium im Probenraum der Schule angewiesen. Kurz war Sofie versucht gewesen, das Klavichord persönlich hinaus zum Birkenhaus zu bringen und Clara Ordal Lebewohl zu sagen. Ihre Vernunftstimme hielt sie davon ab. Das Risiko, dass der Kutscher tratschte oder jemand anderes mitbekam, dass die jüngere Svartstein-Tochter ein freundschaftliches Verhältnis zu der jungen Witwe unterhielt, und ihr gut gehütetes Geheimnis Silje zu Ohren kam, war zu hoch. Sofie musste sich damit begnügen, sich schriftlich von Clara und ihrem Sohn zu verabschieden und ihre Leihgabe von einem Mietschlitten zum Hittersjøen transportieren zu lassen.

Eline hatte Sofie geholfen, die Beine abzuschrauben und das Instrument unbemerkt aus dem Haus zu schmuggeln. Sofie war zwar sicher, dass niemand sein Verschwinden bemerken würde, wollte aber nicht in Erklärungsnot geraten. Falls doch jemand in den kommenden Wochen danach fragte, sollte das Dienstmädchen behaupten, es befände sich wegen eines Risses im Deckel in Reparatur.

Eline war Sofie in den vergangenen Tagen zu einer Verbündeten geworden, deren Hilfe sie mit Gewissensbissen in Anspruch nahm. Nicht nur, weil sie sie kompromittieren konnte, sondern vor allem wegen der Dankbarkeit, die das Mädchen angesichts des Vertrauens bekundete, das seine Herrin ihm entgegenbrachte. Eline ging nach wie vor davon aus, dass die Trennung von Per die einzige Ursache von Sofies Kummer war. Sie vermutete hinter der Einladung der Großeltern die Absicht, zusammen mit ihr in Ruhe zu überlegen, wie man Ivar Svartstein davon überzeugen konnte, dass Per trotz seiner »niedrigen« Herkunft ein guter Ehemann für Sofie war. Das Gefühl, Teil dieser Verschwörung zu sein, machte Eline stolz.

Ob sie Sofie ebenso bereitwillig zur Seite gestanden hätte,

wenn sie den wahren Grund erfuhr? War es recht, die Gutgläubigkeit des Mädchens auszunutzen? Sofie schob diese Fragen beiseite. Moralische Skrupel konnte sie sich in ihrer Situation nicht leisten. Um ihre Schuldgefühle ein wenig zu dämpfen, schenkte sie Eline zum Abschied einen feinen Stoff aus blauem Kammgarn, aus dem sie sich ein Kleid nähen konnte, und eine dazu passende Emaillebrosche mit Kornblumenmuster. Ihre ursprüngliche Idee, sich für die Unterstützung des Mädchens mit Geld erkenntlich zu zeigen, verwarf Sofie. Sie ahnte, dass Eline das als Bezahlung ihrer Hilfsbereitschaft verstehen und verletzt darauf reagieren würde. Über das Schmuckstück und den Stoff freute sie sich dagegen sehr und nahm mit vor Tränen rauer Stimme Abschied von Sofie.

Als Sofie am Montagmorgen in den Salonwagen der Rørosbahn einstieg und ihren Platz auf einer mit rotem Samt gepolsterten Bank am Fenster einnahm, war es noch dunkel. Die Sonne würde erst gegen halb zehn aufgehen, wenn der Zug die kleine Bergstadt bereits viele Kilometer hinter sich gelassen hatte. Während Sofie die Spiegelung ihres bleichen Gesichts in der Scheibe betrachtete, hinter der sie die verschneite Landschaft mehr ahnte als sah, zogen Bilder vergangener Reisen auf dieser Strecke vor ihrem geistigen Auge vorüber: als Kind mit ihrer Mutter auf dem Weg in die Sommerferien oder zu Familienfesten nach Trondheim, zusammen mit Silje und den Großeltern nach Ragnhilds Beerdigung und zuletzt mit Per in einem Wagen der dritten Klasse das Teilstück bis Tyvold.

Bei all diesen Fahrten hatte es nie einen Grund gegeben, daran zu zweifeln, dass sie nach einer bestimmten Zeit den Zug in umgekehrter Richtung nehmen und nach Røros zurückkehren würde. An diesem Wintermorgen trat Sofie jedoch eine Reise ins Ungewisse an. Der Bahnhof von Trondheim war nur die erste Etappe auf dem Weg in eine Zukunft, von der Sofie keine Vorstellung hatte. Was erwartete sie und das Ungeborene? Welche Pläne würden die Großeltern ihr unterbreiten? Sollte sie das Kind zu Adoptiveltern geben oder schlimmer noch in ein Waisenhaus? Oder wollte man einen Ehemann für Sofie suchen, der gewillt war, das Kleine als seines anzuerkennen? Sofie presste die Lippen aufeinander. Keine dieser Optionen war erfreulich.

Hinter den Bergrücken im Osten wurde der Himmel hell. Ein paar Wölkchen am Horizont leuchteten lachsfarben auf. Die aufgehende Sonne erfüllte Sofie mit Zuversicht. Sie legte eine Hand auf ihren Bauch und sagte im Stillen: Mein Kleines! Ich werde dich auf keinen Fall weggeben! Egal, was passiert! Das verspreche ich dir!

Mit einem Hupsignal fuhr der Zug in die Station von Tyvold ein und kam quietschend zum Stehen. Sofies Blick fiel auf einen Wagen der Arvedalbahn und hohe Kupfererzhaufen aus den Gruben des Nordgruvefeltet, die neben den Bahngleisen auf ihren Weitertransport nach Trondheim warteten. Sie seufzte. Was Per wohl gerade machte? Vergiss ihn, mahnte die Vernunftstimme. Du trägst bald die Verantwortung für ein Kind. Das ist das Einzige, was für dich zählt. Per musst du dir aus dem Kopf schlagen. Ja, das muss ich wohl, dachte Sofie. Aber aus meinem Herzen kann ich ihn nie verbannen.

55

Røros, Frühjahr 1896 – Clara

Laut Kalender war seit vielen Wochen Frühling. Die Tage wurden spürbar länger, zu Ostern, Anfang April, war die Sonne um halb sieben aufgegangen und erst gegen acht Uhr abends wieder hinterm Horizont verschwunden. Die Kraft, das Eis auf dem See oder die Schneedecke, unter der die Landschaft um Røros lag, zum Schmelzen zu bringen, hatte sie jedoch noch nicht. Auch am Ende des Monats stiegen die Temperaturen tagsüber kaum über den Gefrierpunkt, und in den Nächten herrschte nach wie vor strenger Frost.

Die gepressten Veilchen und Buschwindröschen, die Ottilie ihrem Geburtstagsbrief an Clara beigelegt hatte, und ihre Beschreibung der bunten Pracht, die die Tulpen, Narzissen und Stiefmütterchen im Dahlmann'schen Garten entfalteten, ließen sie ungläubig den Kopf schütteln. Nach sieben Monaten Schnee und Eis befielen Clara zuweilen Zweifel, ob sie jemals wieder Blumen und frisches Grün zu Gesicht bekommen würde. Der endlose Winter machte ihr zu schaffen – zumal an trüben Tagen, wenn Wolken oder Nebel das Licht dämpften und mit ihm Claras Stimmung. Sie vermisste das milde Klima des Rheinlands und sehnte sich nach Wärme, Vogelgezwitscher und dem Geruch frisch gepflügter Erde.

Am Morgen des achtundzwanzigsten April, eines Dienstags, hatten Paul und Bodil ihr zu Ehren den Frühstückstisch mit ausgeschnittenen Herzen bestreut und ihren Stuhl mit selbst gebastelten Papierblumen geschmückt. Nachdem sie ihre morgendliche Hafergrütze gelöffelt hatten, überreichte Bodil Clara einen zusammengerollten und mit einer Schleife zusammengebundenen Briefbogen. Darauf hatte sie in Schönschrift das Gedicht *Mein Monat* von Bjørnstjerne Bjørnson geschrieben: links das norwegische Original und rechts eine deutsche Übersetzung, um die sie ihren Lehrer gebeten hatte.

Jeg velger meg april	*Ich wähl' mir den April,*
i den det gamle faller,	*in dem das Alte fällt,*
i den det ny får feste;	*das Neue Kraft erhält;*
det volder litt rabalder, –	*das sorgt für etwas Aufruhr, –*
dog fred er ei det beste,	*doch Frieden ist nicht das Beste,*
men at man noe vil.	*sondern, dass man etwas will.*
Jeg velger meg april,	*Ich wähl' mir den April,*
fordi den stormer, feier,	*weil er stürmt und fegt,*
fordi den smiler, smelter,	*weil er lächelt und schmilzt*
fordi den evner eier,	*weil er Stärke hat,*
fordi den krefter velter, –	*weil er Kräfte erweckt, –*
i den blir somren til!	*weil in ihm der Sommer entsteht.*

Clara las es und sah die Kleine erstaunt an. »Das ist ein sehr schönes Gedicht. Wer hat dir das denn gezeigt?«

»Niemand. Ich hab es selbst gefunden. In einem Lesebuch der Siebtklässler«, antwortete Bodil. »Jemand hat es liegenlassen, und ich hab drin gelesen, als ich auf Paul gewartet habe, als er letzte Woche beim Küster Unterricht hatte.«

»Für Siebtklässler? Ich wusste gar nicht, dass du schon so schwierige Texte lesen kannst«, sagte Clara.

Bodil zuckte mit den Schultern. »Die langen Geschichten in dem Buch verstehe ich nicht. Aber das Gedicht gefällt mir. Weil es darin um den April geht, wo du Geburtstag hast. Und weil du dir doch so sehr wünschst, dass es endlich Sommer wird, hab ich es für dich ausgesucht.«

Clara beugte sich zu ihr hinunter und umarmte sie. »Vielen Dank! Ich freue mich wirklich sehr darüber!«

»Ich habe auch ein Geschenk für dich«, sagte Paul und setzte sich an das Klavichord, das an einer Wand im Speisezimmer seinen Platz gefunden hatte. Seit Sofie Svartstein es ihm vor ihrer Abreise zu ihren Großeltern hatte bringen lassen, war es zum Mittelpunkt in Pauls Leben geworden. Sofies Leihgabe hatte ihn sprachlos gemacht und ihm seinen Herzenswunsch erfüllt – verschaffte es ihm doch die Möglichkeit, nach Lust und Laune üben zu können. Viele Stunden verbrachte er jeden Tag an den Tasten – zumal wenn es draußen zu stürmisch und kalt zum Schlittschuhlaufen, Schneemann bauen oder Toben war.

Clara liebte es, seinem Spiel zu lauschen, und war beeindruckt von seiner Hingabe, die sie zugleich ein wenig beunruhigte. Pauls Leidenschaft entrückte ihn in eine Welt, in die sie ihm nicht folgen konnte, deren Gesetzmäßigkeiten und Regeln ihr fremd waren und in der er eine Seite von sich auslebte, zu der sie als Mutter keinen Zugang hatte.

»Das Stück heißt: Meiner liebsten Mama«, verkündete Paul, nachdem sich Bodil und Clara gesetzt hatten, und begann zu spielen.

Wieder einmal war Clara überrascht, welche Klänge ihr Sohn dem Instrument entlockte. Sie kannte die Melodie nicht. Paul musste sie nachmittags komponiert haben, als sie noch bei der Arbeit gewesen war.

Während sie ihrem Sohn zuhörte, schweiften Claras Gedanken voller Dankbarkeit zu Elmer Blomsted, ohne den Paul auf eine kundige Anleitung seiner musikalischen Fortentwicklung hätte verzichten müssen. Nachdem er einige Wochen ohne Lehrer hatte auskommen müssen, war der Küster zu Beginn des neuen Jahres in die Bresche gesprungen und hatte Pauls Weiterbildung höchstpersönlich in die Hand genommen. Begeistert schwärmte er von den Fortschritten seines Schülers, die zu den allerschönsten Hoffnungen berechtigten, wie sich der Küster in seiner umständlichen Art ausdrückte. Zu Pauls großer Freude unterrichtete er ihn an der Orgel in der Kirche und hatte ihn während des Gottesdienstes am Ostersonntag die Präludien zu den Kantaten *Christ lag in Todes Banden* und *Christ ist erstanden* aus dem Orgelbüchlein von Johann Sebastian Bach spielen lassen.

Clara hatte für jenen Kirchenbesuch wie gewöhnlich einen Platz am Rand einer der hinteren Bänke gewählt. Die Teilnahme an den Gottesdiensten in Bergstadens Ziir lösten nach wie vor starke Befangenheit in ihr aus. Ihr Bedürfnis, die Lesung aus der Bibel zu hören, sich durch eine Predigt zum Nachdenken anregen zu lassen und gemeinsam mit anderen Gebete und Fürbitten zu sprechen und erbauliche Lieder zu singen, stand im Widerstreit mit dem Unbehagen, das sie empfand. Als Katholikin war und blieb sie eine Außenseiterin, an deren Gegenwart man sich zwar in der Zwischenzeit gewöhnt hatte, die aber dennoch von vielen als Fremdkörper wahrgenommen wurde.

Als sie am Ostersonntag mit Bodil vor der Kirche auf Paul wartete, der von der Orgelempore zu ihnen stoßen sollte, sah Clara in mehrere Gesichter, die ihr freundlich zunickten. Einige Gemeindemitglieder blieben für einen Moment bei ihr stehen und lobten das Talent ihres Sohnes, der dem Gottesdienst mit seinem seelenvollen Spiel eine besonders feierliche Note verliehen hätte. Damals hatte Clara zum ersten Mal eine Ahnung davon bekommen, wie es sich anfühlte, ein akzeptierter Teil der Gesellschaft von Røros zu sein.

Gleichzeitig gab sie sich keinen Illusionen hin. Der Weg, als vollwertige Bürgerin anerkannt zu werden und ihren Platz in dem Städtchen zu finden, war lang und in ihrem Fall besonders steinig. Sosehr Clara das Ende des Winters herbeiwünschte, so sehr fürchtete sie es auch. Bodils Gedicht brachte es trefflich auf den Punkt: Der beginnende Frühling konnte für Aufruhr sorgen, weckte schlafende Kräfte und ließ Neues entstehen.

Was wird er für mich und uns bereithalten?, fragte sich Clara, als Paul sein Geburtstagsständchen mit einer schwungvollen Kadenz beendete und sich mit einem strahlenden Lächeln zu ihr und Bodil umdrehte.

Claras sechsundzwanzigster Geburtstag verlief nach dem Frühstück wie ein gewöhnlicher Werktag. Gundersen kutschierte die Kinder in die Schule und Clara zum Bergskrivergården und holte sie später wieder ab. Da Frau Olsson mit einer fiebrigen Erkältung das Bett hütete, Sofie Svartstein in Trondheim weilte, Siru ihre Schafherde in diesen Wochen, in denen die Lämmer geboren wurden, ungern aus den Augen ließ, und Bodils Vater mit seinen Söhnen nach einem kurzen Besuch über die Osterfeiertage wieder auf Fahrt war, gab es niemanden, den Clara hätte einladen können.

Als sie nach ihrer Rückkehr von der Arbeit zum Kochen in die Küche gehen wollte, stellte sich ihr Gundersen in den Weg.

»Nein, heute legen Sie einmal die Beine hoch«, sagte er und dirigierte sie in die Wohnstube. Nebenan verrieten leises Klirren und Getuschel, dass Paul und Bodil den Tisch deckten. Clara setzte sich in einen Sessel vor dem Kamin, betrachtete die Flammen und genoss das Nichtstun. Nach einer Weile nahm sie den Duft von Gebratenem wahr.

Paul öffnete die Tür zum Speisezimmer, und Bodil, die sich eine von Claras weißen Schürzen umgebunden und ein Spitzenhäubchen aufgesetzt hatte, trat vor sie hin, knickste und sagte betont geziert: »Gnädige Frau, es wäre dann serviert.«

Clara kicherte und folgte ihr an den Esstisch, wo Paul ihr mit einem formvollendeten Diener den Stuhl zurechtrückte und Gundersen eben eine Platte mit Barschen abstellte, die er einem Eisfischer abgekauft und in Rosmarinbutter gebraten hatte. Dazu gab es Salzkartoffeln und gedünstete Karotten. Zum Nachtisch servierte Gundersen einen Käsekuchen. Als Clara ihn zu seinen Backkünsten beglückwünschte und sich fragte, welche ungeahnten Talente sich wohl noch in Gundersen verbargen, errötete er.

»Aber nein, das ist nicht mein Werk. Ich bin nur der Überbringer.«

Es stellte sich heraus, dass Frau Olsson es sich trotz ihrer Erkrankung nicht hatte nehmen lassen, für Clara zu backen, und Gundersen gebeten hatte, den Kuchen samt einem von ihr gehäkelten Schultertuch dem Geburtstagskind zu überreichen. Clara schmunzelte und schüttelte innerlich den Kopf. Wann würde sich Gundersen endlich ein Herz fassen und sich Frau Olsson erklären? Es gab Momente, da hätte sie ihn am liebsten angestupst und ihm die Worte souffliert, die die Wirtin mit einem Ja beantworten würde – dafür hätte sie sich mittlerweile, ohne zu zögern, verbürgt.

Vergeblich zerbrach Clara sich den Kopf über die Gründe für Gundersens Zurückhaltung. Mangelnde Zuneigung konnte sie ausschließen, zu eindeutig waren die Zeichen, die dagegen sprachen. Fühlte er sich der Wirtin nicht ebenbürtig und glaubte, ihr nicht genug bieten zu können? War er zu sehr eingefleischter Eigenbrötler und bangte um seine Unabhängigkeit? Oder fürchtete er gar, Clara zu brüskieren, die ihm in seiner schwärzesten Stunde beigestanden und ein Leben im Armenhaus erspart hatte?

Um Letzteres auszuschließen, hatte Clara in den vergangenen Wochen ab und zu beiläufig erwähnt, wie dankbar sie Gundersen für seine Hilfe im Birkenhaus war und wie sehr sie und die Kinder seine Anwesenheit genossen – und gleichzeitig betont, dass sie seine Hilfsbereitschaft nicht über Gebühr beanspruchen und Plänen, die er haben mochte, keinesfalls im Wege stehen wollte. Sein Glück wäre ihr vor allem anderen wichtig – unabhängig davon, wo und mit wem er es finden würde. Gundersen nahm solche Bemerkungen mit sichtlicher Verlegenheit zur Kenntnis und wechselte rasch das Thema. Für Clara ein weiterer Beweis, dass sie mit ihrem Verdacht richtig lag. *Wat nit es, dat kann noch wäde*, hätte Ottilie die Angelegenheit kommentiert und sich über Claras Interesse am glücklichen Ausgang der Romanze zwischen der Wirtin und Gundersen amüsiert.

Nach dem Geburtstagsessen räumten Gundersen und Bodil den Tisch ab, während Paul seine Spielekiste holte. Zunächst kamen *Die Bergkraxler* zum Einsatz, ein Brettspiel des Münchner Humoristen Lothar Meggendorfer, von dem Paul auch einige Bilderbücher besaß. Nachdem Bodils Spielfigur, ein zünftiger Bayer mit Lederhose und Wadenstrümpfen, den Parcours mit klarem Vorsprung vor den anderen gemeistert hatte, übten sie ihre Fingerfertigkeit bei ein paar Runden Mikado, das auf Norwegisch *plukkepinn*, also Stäbchen pflücken hieß. Bevor Gundersen sich in seine Kammer über dem Stall zurückzog und Clara die Kinder ins Bett schickte, erzählte er ihnen noch das Märchen von der *Mühle auf dem Meeresgrund*, das es ihnen besonders angetan hatte. Die Erklärung, wie das Salz ins Meerwasser gelangt war, leuchtete ihnen ein, ebenso wie die Botschaft, dass übermäßige Gier segensreichen Wohlstand in lebensbedrohliches Übermaß verwandeln konnte.

Gegen halb elf Uhr kehrte Ruhe ins Birkenhaus ein. Paul und Bodil waren nach dem langen Tag sofort eingeschlafen. Clara begann im Schein ihrer Nachttischlampe mit der Lektüre des frisch erschienenen Romans *Aus guter Familie* von Gabriele Reuter, den ihr Ottilie zum Geburtstag geschenkt hatte. Sie hatte kaum die ersten beiden Seiten gelesen, in denen Agathe, die jugendliche Heldin, in einer Dorfkirche konfirmiert wurde, als sie bei dem Satz *Das Licht der hohen Wachskerzen flackerte unruhig* stutzte. Auch ihr Zimmer wurde von einem unregelmäßig zuckenden Schein erhellt.

Claras Herzschlag beschleunigte sich. War ein Feuer ausgebrochen? Sie sprang aus dem Bett, stürzte zum Fenster, riss es auf und stieß die Läden davor zur Seite. Weder aus Stall, Scheune oder einem der Schuppen drangen Rauch oder Flammen. Das Licht kam vom See. Claras Atem stockte erneut. Das Eis, das ihn bedeckte, brannte. An mehreren Stellen schossen teilweise meterhohe Flammen in den nachtblauen Himmel. Manche erloschen nach wenigen Augenblicken, andere blieben von einer unsichtbaren Quelle genährt lange sichtbar.

Clara beschloss, sich das Schauspiel aus der Nähe zu betrachten, zog sich rasch an und eilte aus dem Haus zum Ufer des Hittersjøen. Im Schein der Feuer entdeckte sie auf einem Stein eine Holzkiste, auf deren Deckel jemand mit schwarzer Farbe *Für Clara* geschrieben hatte. Darin befand sich in einer dicken Schicht Holzwolle eine Tonschale mit Hyazinthenzwiebeln und ein zusammengefaltetes Blatt Papier mit der Aufschrift:

Ein Frühlingsgruß zum Geburtstag aus Trondheim.

Clara hielt den Atem an und las den Text auf der Rückseite.

Liebe Clara,
nun neigt sich die Zeit des Wartens ihrem Ende zu. Ich zähle die Tage, die die Regeln des Anstands noch zwischen uns und unser gemeinsames Glück gelegt haben, bis ich endlich meine Liebe zu Dir vor aller Augen bekunden darf – so wie das Feuer das Gas sichtbar macht, das der Winter im Eis eingeschlossen hat.
Wenn Du es ebenso willst, kann nichts und niemand uns mehr trennen.
In Liebe, Dein Mathis

Clara runzelte die Stirn. Hatte er ihren Brief nicht gelesen, den sie ihm vor seiner Abreise nach Trondheim geschrieben hatte? Zwar hatte Gundersen ihn zu spät beim Proviantskrivergården abgegeben, doch nach seiner Rückkehr musste Mathis ihn doch dort vorgefunden haben. Hatte er beschlossen, Claras Bitte, sich aus ihrem Leben fernzuhalten, einfach zu übergehen? Nein, eine solche Respektlosigkeit sah ihm nicht ähnlich. Er hätte zumindest ein klärendes Gespräch mit ihr gesucht.

Vielleicht wohnt er ja dieses Mal woanders, hat den Brief deshalb nicht bekommen und wird ihn auch in Zukunft nie lesen, überlegte sie weiter und merkte, dass sie das insgeheim hoffte. Vielleicht soll er eben nie erfahren, dass ich ihn aus meinem Herzen reißen wollte, um Schaden von ihm und uns allen abzuwenden. Vielleicht ist es ein Wink des Schicksals.

Clara schaute auf und spähte hinaus auf den See, der nun wieder im diffusen Dämmer vor ihr lag. Weit draußen verglühte ein letztes Flämmchen, um das ein dunkler Schatten in einem weiten Bogen glitt. Er verharrte kurz, hob einen Arm, winkte ihr zu und entfernte sich mit hoher Geschwindigkeit Richtung Røros zum westlichen Ende des Hittersjøen. Das sirrende Geräusch von Kufen auf Eis drang an ihr Ohr. Claras Herz machte einen Sprung. Es war kein Spuk. Mathis war tatsächlich zurück.

Sie nahm die Kiste mit den Hyazinthen und lief zum Haus. Von einem leichten Schwindel erfasst, kam sie ins Schlingern. Sie fühlte sich beschwipst und zugleich ermattet. Erst in diesem Augenblick wurde sie gewahr, welche Kraft es sie gekostet hatte, Mathis monatelang aus ihren Gedanken zu verdrängen, sich zu verbieten, von einer gemeinsamen Zukunft mit ihm zu träumen, oder in der Erinnerung an die wenigen Begegnungen zu schwelgen, die ihr mit ihm vergönnt gewesen waren.

Clara stellte den Blumentopf in der Wohnstube vor die Tischuhr aus Nussbaumholz auf den niedrigen Bücherschrank. Versonnen strich sie über die fest geschlossenen Knospen, die noch nicht erahnen ließen, ob sie weiß, blau oder rosa erblühen würden.

»Was gibt eurem Schenker nur seinen unerschütterlichen Glauben?«, murmelte sie leise. »Was macht ihn so sicher, dass wir uns bald zueinander bekennen können?« Clara atmete tief durch. »Ach, wenn ich doch nur ebenso zuversichtlich und furchtlos wäre!«

Na ja, Mathis tut sich da leichter, meldete sich ihre kritische Stimme zu Wort. Er trägt ja nur für sich selbst die Verantwortung. Wenn ihm die Svartsteins hier das Leben schwer machen, weil er sich ihrem Willen nicht beugt, kann er anderswo sein Glück suchen.

Mag sein, hielt Clara dagegen. Aber Mathis ist kein leichtfertiger Egoist, der nur auf seinen Vorteil bedacht ist und sich nicht um das Befinden anderer schert. Er würde nie versuchen, mich dazu zu überreden, hier alle Zelte abzubrechen, Paul erneut zu entwurzeln und Bodil im Stich zu lassen.

Clara rieb sich die Stirn. Unterschätzte Mathis die Svartsteins? War er deshalb so optimistisch? Sie sah wieder Siljes vor Wut verzerrtes Gesicht vor sich, mit dem sie ihr in der Amtsstube gedroht hatte. Vielleicht würde Mathis ein wenig skeptischer sein, wenn er sie selbst einmal so erlebt hätte, dachte Clara. Einfach zu hoffen, dass Silje ihre Hochzeitspläne mit ihm mittlerweile verworfen hat, wäre jedenfalls sträflicher Leichtsinn.

56

Buvika, Frühling 1896 – Sofie

Die ersten Monate des neuen Jahres erlebte Sofie wie die Rückkehr in ihre Kindheit. Auf dem Anwesen ihrer Großeltern verfiel sie in eine Sorglosigkeit, in der sie sich um nichts kümmern und keine Entscheidungen treffen musste. Dankbar gab sie sich diesem Schwebezustand hin – wohl wissend, dass er mit der Geburt des Kindes enden würde.

Ihre Großeltern hatten sie in ihre Obhut genommen, ohne sie mit Fragen zu löchern oder ihr Vorhaltungen zu machen. Sie behandelten ihren Fehltritt wie einen Steinschlag oder Wassereinbruch, dessen Schaden es zu beheben galt. Umsichtig planten sie die Schritte, die zu einer diskreten Lösung der Causa, wie Roald die Schwangerschaft seiner Enkelin nannte, nötig waren.

Sofies Befürchtung, man würde sie dazu drängen, das Kind wegzugeben, bewahrheitete sich nicht. Im Gegenteil, ihre Großeltern wollten es als Waise einer ehemaligen Angestellten ausgeben, die angeblich zusammen mit ihrem Mann kurz nach der Geburt tödlich verunglückt war, und es selber großziehen. Sofie sollte als Patentante fungieren, es häufig besuchen und so ein wichtiger Bestandteil in seinem Leben sein.

Toril Hustad hatte diesem Plan die Worte hinzugefügt: »Und wer weiß, Sofie, vielleicht findet sich ja ein guter Mann für dich, der bereit ist, es als sein eigenes Kind anzuerkennen oder es zumindest als Mündel aufzunehmen.«

Sofie hatte diese Zukunftsvision mit einem vagen Schulterzucken kommentiert und sich nicht anmerken lassen, dass sie diese Hoffnung nicht teilte. Niemand konnte an Pers Stelle treten. Für sie stand fest, dass es in ihrem Leben keine andere Liebe mehr geben würde – und ohne tiefe Zuneigung wollte sie keine Ehe schließen. Ihr Ziel war es, einen Beruf zu ergreifen, ihr eigenes Geld zu verdienen und sich mittelfristig in die Lage zu versetzen, den Lebensunterhalt für das Kind und sich selbst zu bestreiten. Dass dieses Dasein kein Zuckerschlecken würde, schreckte sie nicht. Die Aussicht, ihre Geschicke selbst in die Hand zu nehmen, hatte etwas Befreiendes und wog die Härten auf.

Als es im Laufe des Februars zunehmend schwierig wurde, Sofies Bauch mit Miedern und weiten Mänteln zu kaschieren, verließ sie kurz nach ihrem zwanzigsten Geburtstag in Begleitung ihrer Großmutter den Solsikkegård – offiziell, um dieser Gesellschaft in einem Sanatorium zu leisten, das ungefähr fünfundzwanzig Kilometer südwestlich von der Halbinsel Lade am Ufer des Gaulosen lag, einem Seitenarm des Trondheimfjords. In den vorangegangenen Wochen hatte Roald Hustad mehrfach in Hörweite von Angestellten und Dienstboten seiner Sorge über die angegriffenen Nerven und die schwache Konstitution seiner Frau Ausdruck verliehen und schließlich darauf bestanden, dass sie sich einer Kur unterzog.

Die Heilanstalt am Rande von Buvika, einem beschaulichen Weiler inmitten von Feldern, Wiesen und kleinen Wäldern, war Anfang des neunzehnten Jahrhunderts auf dem Grundstück eines Gehöfts entstanden und diente betuchten Bürgern als Rückzugsort, an dem sie sich nach schweren Krankheiten erholen und mithilfe spezieller Diäten und und diverser Anwendungen wie Massagen oder Moorbädern regenerieren konnten. Im ehemaligen Wohnhaus waren nach einer aufwendigen Renovierung die Untersuchungs- und Behandlungsräume, ein Speisesaal, eine Bibliothek und ein Musikzimmer untergebracht. Die Patienten wohnten in – über das weitläufige Gelände verstreuten – kleineren Gebäuden, zu denen kiesbestreute Wege führten.

Im Jahr 1892 hatte der Arzt Gunnar Tåke die Leitung übernommen und das Spektrum erweitert: In einer nach modernsten Erkenntnissen der Medizin eingerichteten Entbindungsstation hatten Damen der gehobenen Gesellschaft die Möglichkeit, sich zur Niederkunft in die Hände von gut geschulten Hebammen und Geburtshelfern zu begeben, die Mutter und Kind auch in den Tagen und Wochen nach der Geburt bestens betreuen und bei Komplikationen und Infektionen unmittelbar eingreifen konnten.

Obwohl Doktor Tåkes Ruf als erfahrener Mediziner tadellos war, lockte das neue Angebot nur wenige verheiratete Damen nach Buvika. Zu eingefleischt war die Tradition der Hausgeburt, zu groß das Bedürfnis der meisten, im Kreise vertrauter Menschen zu gebären. Für junge Frauen, die sich in einer ähnlich pikanten Lage wie Sofie befanden und über die nötigen Mittel verfügten, war das Tåke-Sanatorium mit der neuen Entbindungsstation jedoch ein idealer Ort, an dem sie mit Vertraulichkeit und hoher Professionalität in gediegenem Ambiente rechnen konnten.

Sofie fühlte sich auf Anhieb wohl in der Suite, die sie mit ihrer Großmutter bezog. Sie machte von der Möglichkeit Gebrauch, sich die Mahlzeiten dorthin bringen zu lassen – dankbar, diese nicht in der Gesellschaft anderer im Speisesaal einnehmen zu müssen. Die drei Zimmer wurden ihr zum Refugium, das sie nur zu den ärztlichen Untersuchungen und zu ausgedehnten Spaziergängen verließ. Der Ausblick auf den Park, der sich vor ihrem Haus bis zum Ufer des Fjords erstreckte, und die Stunden an der frischen Luft in einer Natur, die im milden Klima der Trondheimer Ebene bereits im März erwachte, besänftigten Sofies Gemüt und richteten ihren Blick nach innen auf das Leben, das in ihr heranwuchs. Sie liebte es, auf dem Balkon vor ihrem Zimmer in der Sonne zu sitzen, ihren Bauch zu streicheln und die Melodien der Lieder zu summen, die ihre Mutter ihr einst vorgesungen hatte. In diesen Momenten fühlte sie sich eins mit dem Kind, stellte sich vor, wie es sein würde, es im Arm zu halten oder später seine kleine Hand in ihrer zu spüren, wenn es die ersten Schritte machte.

Welcher Name wird wohl am besten zu dir passen?, fragte sie das Kleine dann wohl in Gedanken. Wirst du ein kleiner Draufgänger, laut und selbstbewusst? Oder eher zurückhaltend und schüchtern? Ich kann es kaum noch erwarten, dich endlich kennenzulernen.

Ende April spürte Sofie ein Ziehen im Rücken, das in unregelmäßigen Abständen auftrat. In der Annahme, die Geburt stünde unmittelbar bevor, rief ihre Großmutter eine Hebamme herbei. Diese wies Sofie an, ein warmes Bad zu nehmen, und erklärte: »Geburtswehen verstärken sich im warmen Wasser, Übungswehen dagegen lassen nach kurzer Zeit nach.«

Ihre Vermutung, dass es sich bei Sofie lediglich um Senkwehen handelte, bestätigte sich. Nachdem sie sie behutsam abgetastet hatte, verabschiedete sie sich mit dem Hinweis, dass alles in bester Ordnung sei und das Ungeborene nun langsam ins Becken hinuntergleiten und die richtige Position mit dem Kopf nach unten einnehmen würde. Sie rechnete damit, dass die Niederkunft im Laufe der kommenden vier, fünf Tage erfolgen würde.

Sofie, die sich bis zu diesem Zeitpunkt dank fehlender Beschwerden in ihrer Schwangerschaft wie in einem schützenden Nest eingekugelt hatte, wurde von Panik erfasst. Bilder ihrer Mutter und deren Qualen im Wochenbett drängten in ihr hoch. Jedes Ziehen im Rücken, jeder Tritt und jeder Stoß des Ungeborenen, das durch seine neue Lage im Becken weniger Bewegungsfreiheit hatte, gemahnten sie an die Schmerzen, die ihr bevorstanden. Ihren Bauch empfand sie nun als Last, ihre Beine schwollen an, und nachts fiel es ihr schwer, eine geeignete Liegeposition und damit Schlaf zu finden – was den schwarzen

Gedanken noch mehr Raum gab. Ohne ihre Großmutter, die ihr Mut zusprach, den Juckreiz auf ihrer überdehnten Haut mittels eines mit Apfelessig getränkten Waschlappens linderte und sie mit kurzweiligen Anekdoten aus ihrer Jugend unterhielt, hätte Sofie diese Tage des Wartens noch unerträglicher gefunden.

Als sich am Morgen des zweiten Mai, eines Samstags, die Wehen verstärkten und in immer kürzeren Intervallen auftraten, war Sofie fast erleichtert. Gestützt von einem Krankenpfleger lief sie zum Haupthaus, wo sie von der Hebamme in Empfang genommen und ins Entbindungszimmer geleitet wurde, in dem neben einem Bett ein Geburtsstuhl stand, dessen Sitz vorne eine runde Aussparung hatte. In den ersten Stunden lief Sofie am Arm ihrer Großmutter umher, setzte sich in den Pausen zwischen den Wehen aufs Bett und versuchte, die Anweisungen der Hebamme zu befolgen, die ihr sagte, wie sie atmen sollte.

Als sich schließlich der Muttermund stark zu öffnen begann, konnte Sofie sich nicht länger beherrschen. Sie stieß Schreie aus, die sie selbst erschreckten. Nie zuvor hatte sie eine vergleichbare körperliche Pein erdulden müssen. Sie sank auf das Bett und krallte ihre Hände in die Kissen. Tiefste Verzweiflung übermannte sie. Wieder sah sie ihre Mutter im Todeskampf vor sich, war überzeugt, das gleiche Schicksal zu erleiden. Ihre Großmutter streichelte sie und sprach beruhigend auf sie ein. Die Kontraktionen traten nun minütlich auf, Sofie kam jegliches Gefühl für Raum und Zeit abhanden, ein einziger Gedanke kreiste in ihr: Helft mir! Ich kann nicht mehr! Macht, dass es aufhört!

Eine hektische Bewegung, die sie aus den Augenwinkeln wahrnahm, lenkte sie ab. Die Hebamme stürzte aus dem Raum und kehrte gleich darauf mit Doktor Tåke zurück, auf den sie aufgeregt einsprach. Er wirkte alarmiert, beugte sich über Sofies Bauch, hörte ihn mit seinem Stethoskop ab und sog mit einem Zischen die Luft ein. Eine Wehe riss Sofie zurück in den

Schmerz, der ihr die Sinne vernebelte. Als er abebbte, war ihre Großmutter nicht länger an ihrer Seite.

»*Mormor*«, rief sie. »Wo bist du?«

Die Hebamme beugte sich über sie. »Sie ist nebenan. Es ist besser so.«

»Warum? Was ist los? Muss ich sterben?«, schluchzte Sofie.

»Beruhigen Sie sich bitte. Wir tun unser Möglichstes«, sagte Doktor Tåke. »Gleich ist es vorbei.«

Bevor Sofie fragen konnte, was er damit meinte, hielt er ihr einen weißen Bausch vors Gesicht. Ein beißender Geruch drang in ihre Nase und raubte ihr den Atem. Ihre Lider flatterten. Dunkelheit und Stille umgaben sie. Sie fiel in einen tiefen Schacht.

Sofie blinzelte. Die Finsternis war gleißender Helligkeit gewichen. Geblendet schloss sie die Augen. Ihr war heiß. Ihr Mund war ausgedörrt. Wie um alles in der Welt war sie in eine Wüste geraten?

»Mein Liebes! Gott sei Dank! Du wurdest mir nicht auch noch genommen!«

Die vertraute Stimme ihrer Großmutter drang an Sofies Ohren. Es kostete sie Mühe, die Bedeutung ihrer Worte zu erfassen.

»*Mormor?* Wo sind wir?«, murmelte sie und zwang sich, die Lider zu öffnen.

Es dauerte einen Atemzug lang, bis sie erkannte, wo sie sich befand. Sie lag in ihrem Zimmer in der Suite des Sanatoriums. Ihre Großmutter saß neben ihrem Bett. Sie sah übernächtigt aus, ihre Augen waren gerötet, und ihr Teint war bleich.

»Was ist geschehen?«, fragte Sofie verwirrt. Kaum hatte sie die Worte ausgesprochen, kam die Erinnerung. Sie tastete unter der Bettdecke nach ihrem Bauch. Er fühlte sich weich und schlaff an. Sie erstarrte. »Wo ist mein Kind?«

Toril streichelte ihre andere Hand. Tränen liefen über ihre Wangen. »Es ist bei Gott. Er hat es zu sich geholt.«

»Nein! Das kann nicht sein!«, schrie Sofie. »Ich hab es doch die ganze Zeit in mir gespürt!«

»Es tut mir so leid«, schluchzte ihre Großmutter. »Aber sein Herz hat einfach aufgehört zu schlagen. Doktor Tåke vermutet, dass es einen schweren Herzfehler hatte und deshalb die Anstrengung der Geburt nicht überstanden hat.«

Sofie stöhnte auf. Der besorgte Blick des Arztes nach dem Abhören fiel ihr wieder ein. »Aber warum hat er mich betäubt? Vielleicht hätte man es doch wiederbeleben können?«

Toril schüttelte den Kopf. »Es war zu spät. Sie waren froh, wenigstens dich retten zu können. Dein Leben stand auf Messers Schneide.«

Es klopfte, die Tür öffnete sich, und Doktor Tåke kam herein.

»Guten Morgen! Wie ich sehe, sind Sie schon wieder munter«, sagte er mit einem jovialen Lächeln, trat an Sofies Bett und griff nach ihrem Handgelenk. »Der Puls ist noch ein wenig schwach, aber ...«

»Wo ist mein Kind?«, rief Sofie und entzog ihm ihre Hand.

Der Arzt wechselte einen Blick mit ihrer Großmutter.

»Haben Sie ihr denn nicht gesagt, dass ...«

»Ich will es sehen!«, fuhr Sofie fort. »Es ist *mein* Kind! Ich will es wenigstens einmal im Arm halten, ihm einen Namen geben. Ich weiß ja noch nicht einmal, ob es ein Mädchen oder ein Junge ist. Wo ist es? Ich will sofort zu ihm!« Sofie schlug die Bettdecke zurück und wollte aufstehen.

»Das wäre das Verkehrteste, was Sie jetzt tun könnten!« Der Arzt fasste sie an der Schulter und drückte sie sanft, aber bestimmt zurück.

»Was kann verkehrt daran sein, mein Kind sehen zu wollen?«

»Sie sind durcheinander, das ist ganz natürlich in Ihrer Situation. Aber glauben Sie mir bitte, es ist besser für Sie, sich das nicht anzutun. Wir haben Erfahrung mit tragischen Fällen wie dem Ihren. Der Anblick würde Ihren Seelenfrieden gefährden. So schwer es auch sein mag, Sie müssen loslassen und in die Zukunft blicken.

Ihre Großmutter beugte sich zu ihr. »Hör auf ihn, Liebes. Er will dir doch nur helfen.«

»Schlafen Sie sich jetzt erst einmal ordentlich aus«, sagte Doktor Tåke. »Danach sieht die Welt schon wieder ganz anders aus. Ich werde eine Schwester bitten, Ihnen ein Schlafmittel zu bringen.«

Er verbeugte sich vor ihrer Großmutter und verließ das Zimmer.

Sofie krümmte sich zusammen. Sie fühlte sich hohl, wie eine leere Hülle, aus der das Kostbarste gerissen worden war, das sie je besessen hatte.

»Wäre ich doch nur mit ihm gestorben«, wimmerte sie und drehte sich zur Wand.

57

Røros, Mai 1896 – Clara

In der ersten Maiwoche wollten sich die Partizipanten der Bergwerksgesellschaft und einige Honoratioren des Städtchens im großen Sitzungssaal des Bergskrivergårdens zu einem abendlichen Umtrunk versammeln und auf den glücklichen Ausgang einer langwierigen Vertragsverhandlung mit einem deutschen Unternehmen anstoßen, das ein großes Kontingent Schwefelkies geordert und weitere Bestellungen in Aussicht gestellt hatte. Der beträchtliche Umfang des Geschäfts würde nicht nur dem Kupferwerk hohe Gewinne bescheren, sondern auch ein erkleckliches Sümmchen ins Gemeindesäckel spülen.

Herr Dietz bestand darauf, dass Clara als seine wichtigste Mitarbeiterin an der Feier teilnahm. Ihr Argument, sie passe nicht zu dieser erlauchten Gesellschaft und sei dort vollkommen fehl am Platze, wischte er beiseite.

»Ihre Bescheidenheit in allen Ehren, meine liebe Frau Ordal, aber Sie haben sich einen Schluck Champagner redlich verdient«, erklärte er. »Schließlich haben Sie wesentlich zum Zustandekommen dieses Vertrags beigetragen. Ohne Ihre Hilfe hätte sich das Prozedere mit Sicherheit noch länger hingezogen.«

»Aber ich habe doch nur meine Arbeit getan und Briefe aufgesetzt«, sagte Clara.

Der Bergschreiber schüttelte den Kopf. »Oh nein, Sie haben sehr viel mehr geleistet. Sie haben ein feines Gespür dafür bewiesen, wie man den richtigen Ton bei etwas heikleren Verhandlungspartnern findet. Ich hätte diese Korrespondenz um keinen Deut besser führen können.«

Clara öffnete den Mund zu einer Entgegnung. Herr Dietz hob eine Hand.

»Bitte, keine Widerrede, Sie kommen mit.«

Am späten Nachmittag, kurz vor Dienstschluss, stand Mathis in der Tür zur Amtsstube. Clara, die den Bergschreiber erwartet hatte, der sie zu dem Umtrunk abholen wollte, fiel der Füllfederhalter aus der Hand. Seit dem feurigen Geburtstagsgruß auf dem See hatte sie nichts von Mathis gehört oder gesehen.

»Wie schön, dass ich dich noch hier antreffe«, sagte er und kam herein. »Ich hatte schon befürchtet, dass du schon nach Hause gegangen bist.«

Die Freude auf seinen Zügen ließ Claras Herz schneller schlagen. Sie stand auf. »Ich hatte noch gar keine Gelegenheit, dir für die Blumen zu danken«, sagte sie und streckte ihm ihre Rechte entgegen.

Mathis ergriff sie und umschloss sie mit beiden Händen. Claras Unterleib zog sich zusammen. Seine Berührung ging ihr durch Mark und Bein.

»Es tut mir leid, dass ich mich nicht eher gemeldet habe. Aber die letzten Tage war ich draußen am Kuråfossen. Die Bauarbeiten am Kraftwerk können jetzt wieder aufgenommen werden. Da gab es einiges zu regeln.« Er sah ihr in die Augen. »Ich weiß gar nicht, wie ich es all die Monate ausgehalten habe ohne dich.«

Clara erwiderte seinen Blick und hauchte: »Mir ging es genauso.«

Mathis zog sie an sich. »Mein Herz, ich kann es kaum erwarten, dich endlich zu meiner Frau zu machen.«

»Aber was ist mit Silje Svartstein und ihrem Vater?«, fragte Clara und löste sich von ihm.

»Ich werde das klären. Gleich morgen werde ich bei ihnen vorsprechen«, sagte Mathis. »Ich habe Siljes Avancen nie erwidert. Wenn sie sich etwas anderes einbildet, dann ist das nicht unser Problem.«

Bevor Clara ihre Befürchtung äußern konnte, dass Silje es vermutlich nicht so sehen würde, trat Bergschreiber Dietz in die Schreibstube und sah Mathis fragend an. Dieser verbeugte sich vor ihm.

»Herr Dietz, darf ich Ihnen Herrn Hætta vorstellen«, sagte Clara.

Die Miene ihres Vorgesetzten erhellte sich. Er schüttelte Mathis' Hand. »Ah, der Ingenieur! Endlich lerne ich Sie persönlich kennen. Ich habe schon viel von Ihnen gehört. Unser Bergwerksdirektor singt Ihr Lob in den höchsten Tönen. Was können wir für Sie tun? Oder hat Ihnen Frau Ordal schon weitergeholfen?«

»In der Tat bin ich auch hier, weil ich einige Unterlagen von Ihnen benötige«, antwortete Mathis. »Vor allem aber wollte ich kurz bei meiner zukünftigen Frau vorbeischauen.« Er strahlte Clara an.

Herr Dietz zog die Augenbrauen hoch. »Nein, das sind ja mal wunderbare Neuigkeiten! Meine liebe Frau Ordal, ich gratuliere Ihnen von ganzem Herzen!« Er wandte sich an Mathis. »Sie müssen wissen, dass ich Frau Ordal außerordentlich schätze. Sie hätten keine bessere Wahl treffen können.«

»Vielen Dank«, sagte Mathis.

Die aufrichtige Freude, mit der der Bergschreiber Mathis' Ankündigung aufnahm, drängte Claras Ängste vor den Svartsteins in den Hintergrund. Sie gab sich dem Hochgefühl hin, das sie beim Gedanken erfasste, bald Frau Hætta zu sein.

»So, nun lassen Sie uns rasch die Dokumente aus der Aktenkammer holen, die Sie brauchen«, sagte Herr Dietz und nickte Mathis zu.

»Frau Ordal, gehen Sie doch schon mal vor zu der Feier, wir kommen in wenigen Minuten nach.«

Nachdem die beiden das Zimmer verlassen hatten, ordnete Clara die Papiere auf ihrem Schreibtisch und machte sich auf den Weg zum Saal im ersten Stock, aus dem ihr vielfältiges Stimmengewirr entgegenhallte. Sie trat ein und stellte sich unweit der Tür an den Rand des Raums, auf dessen poliertem Parkettboden sich ungefähr drei Dutzend Menschen in mehreren Grüppchen verteilt hatten. Das Dunkelgrau und Schwarz der Fräcke und Gehröcke der Herren dominierte – hie und da aufgelockert durch helle Farbtupfer, die die Garderoben der wenigen anwesenden Frauen beisteuerten. Clara erkannte die Gattin des Bergschreibers, die ihr freundlich zunickte, und einige Damen, denen sie zuweilen bei Gottesdiensten oder in der Bücherei begegnete. Zwei Diener machten mit Tabletts die Runde und boten Getränke und winzige Brotscheiben an, auf denen Schinkenröllchen, Käsescheibchen und geräucherter Fisch appetitlich drapiert waren.

Das Zentrum der Gesellschaft bildete die massige Gestalt von Ivar Svartstein. Clara musste unwillkürlich an die Sonne denken, um die alle anderen Sterne des Universums kreisten. An seiner Seite entdeckte sie seine ältere Tochter Silje, die ein nach der neuesten Mode geschneidertes Kostüm aus auberginefarbenem Taft trug. Im breiten Ausschnitt des auf Taille geschnittenen Jäckchens mit leicht gepufften Ärmeln kamen die gefältelten Spitzen der in hellerem Ton gehaltenen Bluse gut zur Geltung. Der geschwungene Rock reichte bis zum Boden und raschelte, wenn Silje sich bewegte. Ein kleiner Hut mit eingedrehten schwarzen Federn komplettierte das Ensemble. Claras Gedanken flogen zu Siljes jüngerer Schwester. Wie es Sofie wohl bei ihren Großeltern ging? Und wie lange würde sie wohl noch in Trondheim verweilen?

»Was für eine Überraschung! Ich hatte heute noch gar nicht mit Ihnen gerechnet!«

Der tönende Bass lenkte Claras Aufmerksamkeit erneut auf

Ivar Svartstein, der jemandem zuwinkte. Sie folgte seinem Blick und drehte sich zur Tür, durch die Mathis und Herr Dietz eben hereinkamen.

Mathis zwinkerte ihr zu, formulierte lautlos »bis gleich« und trat zu der Gruppe um Ivar Svartstein.

»Lassen Sie uns die Gläser auf unseren jungen Ingenieur erheben«, sagte dieser und legte Mathis eine Hand auf seine Schulter. »Ihm ist es zu verdanken, dass wir dem deutschen Unternehmen ein Geschäft dieses Umfangs anbieten konnten und …«

»Wie darf ich das verstehen?«, fiel ihm ein älterer Herr ins Wort.

Er zog ein Monokel aus seiner Westentasche und unterzog Mathis einer eingehenden Musterung, die dieser mit gelassener Miene über sich ergehen ließ. Ein leichtes Zucken um seine Mundwinkel verriet Clara, dass er sich köstlich amüsierte. Zwischen Ivar Svartsteins Brauen dagegen bildete sich eine Falte. Er sah den Herrn unwillig an.

»Es dürfte Ihnen ja wohl kaum entgangen sein, dass gerade eine Seilbahn auf dem Storwartzfeltet gebaut wird. Sie ist Herrn Hættas Werk! Seine kühne Konstruktion versetzt uns in die Lage, Erzbrocken rund um die Uhr in großen Mengen zu transportieren – unabhängig von den Witterungsverhältnissen, die uns heute noch oft genug einen Strich durch die Rechnung machen.« In seiner Stimme schwang Stolz. Besitzerstolz.

Der ältere Herr steckte sein Augenglas weg, murmelte etwas Unverständliches und deutete eine beflissene Verbeugung gegen Mathis an. Ivar Svartsteins Miene glättete sich. Er prostete Mathis zu.

»Auf die Ingenieurskunst!«

Die Umstehenden folgten seinem Toast und hoben die Gläser. Herr Dietz lächelte Mathis zu und sagte: »Wenn wir schon beim Anstoßen sind: Sollten wir nicht auch ein bevorstehendes freudiges Ereignis würdigen?«

Ivar Svartstein stutzte. »Worauf spielen Sie an?«

»Herr Hætta hat mir gerade erzählt, dass er demnächst in den Hafen der Ehe einläuft.«

Herr Dietz neigte mit beflissener Miene den Kopf vor Ivar Svartstein.

»Es wird Sie sicher freuen, dass er sich mit der Wahl seiner Braut unserer Gesellschaft noch enger verbindet, denn sie ist ...«

Ivar Svartstein lachte auf und drehte sich von ihm weg zu Mathis. »Sie sind mir ja einer! Monatelang kein Zeichen, und dann in die Vollen. Es stimmt also: Stille Wasser sind tief.«

Bevor Mathis reagieren konnte, legte Ivar einen Arm um seine Schultern und fuhr mit lauter Stimme fort: »Trinken Sie mit mir auf Mathis Hætta, der mir und unserem Haus längst nicht mehr nur geschäftlich verbunden ist. Ja, ich verhehle es nicht, er ist mir ans Herz gewachsen! Umso mehr freut es mich, dass er uns bald noch näherstehen wird.«

Mittlerweile waren die Gespräche im Raum verstummt. Alle Anwesenden hatten sich Ivar Svartstein zugewendet und lauschten seiner Ansprache. Clara sah in Gesichter, auf denen sich Überraschung und ungläubiges Staunen spiegelten. Vom mächtigsten Mann der Stadt solch gefühlvolle Worte zu hören war offensichtlich ein Ereignis mit Seltenheitswert.

Ivar Svartstein räusperte sich. »Mein lieber Freund, ist dies nicht eine wunderbare Gelegenheit, eure Verlobung offiziell bekannt zu geben?«

Clara zuckte zusammen. Silje, die bislang einen halben Schritt hinter ihrem Vater gestanden hatte, trat vor, die Lider sittsam gesenkt, die Wangen von zarter Röte überhaucht. Das siegessichere Lächeln, das ihre Lippen umspielte, strafte den Eindruck der ahnungslosen Unschuld Lügen, den sie zweifellos zu vermitteln suchte.

Mathis straffte sich kaum merklich. Seine Augen bekamen

einen stählernen Glanz, den Clara noch nie in ihnen wahrgenommen hatte. Sie kannte ihn von einem anderen Augenpaar, das in diesem Moment jedoch einen weichen Ausdruck hatte und sich erwartungsvoll auf Mathis heftete. Dieser sah Ivar Svartstein eine Sekunde lang an.

»Nun«, sagte er dann, »wenn Sie meinen, dass dies der richtige Zeitpunkt ist. Ich für meinen Teil brenne schon seit Langem darauf.«

Er verneigte sich kurz vor Silje, drehte sich um und ging durch den Saal zu Clara. Sie hob eine Hand vor den Mund und erstickte einen Aufschrei. Ihre Füße bewegten sich wie von selbst Richtung Tür. Mathis fasste sie an einer Hand und zog sie neben sich. Die Wärme seines Körpers und die Berührung seiner Finger, die sich fest um ihre schlossen, gaben Clara Halt. Sie richtete sich auf und hob den Kopf.

»Ich freue mich, Ihnen allen Clara Ordal, meine zukünftige Frau, vorstellen zu dürfen«, sagte Mathis mit lauter Stimme.

Als habe er sie verzaubert oder eingefroren, standen alle stumm und bewegungslos da. Herrn Dietz' Gesichtszüge waren zu einer Maske des Entsetzens geronnen. So stellte Clara sich den Moment im Märchen von Dornröschen vor, als sich die Prinzessin an der Spindel stach und zusammen mit dem gesamten Hofstaat in den hundertjährigen Schlaf verfiel. *Da schliefen auch die Pferde im Stall, die Hunde im Hof, die Tauben auf dem Dache, die Fliegen an der Wand, ja, das Feuer, das auf dem Herde flackerte, wurde still und schlief ein, und der Braten hörte auf zu brutzeln, und der Koch, der den Küchenjungen, weil er etwas versehen hatte, an den Haaren ziehen wollte, ließ ihn los und schlief. Und der Wind legte sich, und auf den Bäumen vor dem Schloß regte sich kein Blättchen mehr* – diese Szene hatte sie immer besonders fasziniert. Unwillkürlich wanderten ihre Augen zu den Kerzen der Kronleuchter. Entgegen ihrer Erwartung flackerten die Flammen im Luftstrom, der durch die offene Tür vom Flur hereindrang.

»Nein! Das wagen Sie nicht!«

Siljes Aufschrei brach den Bann. Clara schaute zu ihr und erschrak. Der Ruf hatte ihr gegolten. Silje war totenblass und starrte sie voller Hass an. Ihr Vater wirkte benommen. Er suchte Mathis' Blick, nach Erklärung heischend, verwirrt und enttäuscht. Genauso hat er damals geschaut, als er mich an Stelle von Trude im Haus meiner Schwiegereltern vorgefunden hat, dachte Clara. Zu ihrer eigenen Überraschung verspürte sie Mitleid mit Ivar Svartstein, dessen Einsamkeit und Trauer sie so deutlich wahrnahm wie ihre eigene Angst, die ihr den Hals zuschnürte.

Mathis machte einen Schritt auf ihn zu. »Es tut mir aufrichtig leid, denn Sie bedeuten mir ebenfalls sehr viel. Ich habe Ihr Wohlwollen mir gegenüber immer sehr zu schätzen gewusst und setze es gewiss nicht leichtfertig aufs Spiel. Aber mein Herz gehört nun einmal Clara. Und nichts und niemand wird mich zwingen, mich gegen sie zu entscheiden.«

Ivar Svartsteins Züge versteinerten. »Das werden wir ja sehen«, grollte er. »Überlegen Sie sich, was Sie tun. Ich gewähre Ihnen eine Woche Bedenkzeit.«

Einen Atemzug lang maßen sie sich mit Blicken.

»Komm, Liebes«, sagte Mathis, legte einen Arm um Claras Schultern und führte sie aus dem Saal.

Zehn Minuten später verfrachtete Frau Olsson, bei der Mathis Quartier genommen hatte, Clara in einen Sessel in ihrer Wohnstube, legte ihr eine Wolldecke um die Schultern und flößte ihr ein Gläschen von dem Kräuterschnaps ein, der schon nach Siljes Auftritt in der Schreibstube Anfang Dezember zum Einsatz gekommen war.

»Was haben Sie nur mit ihr angestellt?«, fragte die Wirtin. »Die Arme sieht ja aus, als hätte sie den Leibhaftigen gesehen.«

Mathis kniete sich neben Clara und nahm ihre Hände in seine. Nachdem sie den Bergskrivergården verlassen hatten, waren ihre Beine eingeknickt. Der Schock hatte sich ihres Körpers bemächtigt, ihr alle Kraft aus den Gliedern gezogen und ihr die Sprache geraubt. Mathis hatte sie kurzerhand auf die Arme genommen und die kurze Strecke zur Pension getragen. Das beseligende Glück, dem geliebten Mann so nahe zu sein, war überschattet worden von dem Zustand der Hilflosigkeit, in dem sie sich nicht nur körperlich befand. Sie war sich wie eine Puppe vorgekommen, die man nach Belieben hin- und herschob und über deren Wohl und Wehe andere entschieden. Es war eine demütigende Erfahrung.

Die Empörung darüber wallte erneut in ihr auf und regte ihren Kreislauf an. Sie setzte sich aufrecht hin, zog ihre Hände weg und funkelte Mathis an.

»Wie konntest du nur?«

»Entschuldige, dass ich dich überrumpelt habe. Aber wer konnte ahnen, dass Svartstein den armen Bergschreiber so gründlich missverstehen würde und spontan eine Erklärung von mir ver…«

»Entschuldigt, aber könntet ihr mir bitte endlich verraten, was passiert ist?«, unterbrach ihn Frau Olsson.

»Mathis hat gerade unsere Verlobung verkündet – im Beisein von Ivar Svartstein, dessen Tochter und allem, was in Røros Rang und Namen hat.«

Frau Olsson zog die Brauen nach oben. »Oh weh, mir schwant nichts Gutes.«

»Und das zu Recht«, sagte Clara. »Herr Svartstein hat Mathis offen gedroht und ihm ein Ultimatum gestellt.«

Die Erinnerung an den schneidenden Ton, der ihr durch

Mark und Bein gefahren war, und an die Angst, die er ihr eingeflößt hatte, fachte ihre Wut weiter an.

Sie sprang auf, stellte sich vor Mathis und stieß hervor: »Warum musstest du die Svartsteins derart provozieren? Warum hast du nicht darauf bestanden, zuvor allein mit ihnen zu reden?«

»Das hätte die Situation nicht gerettet«, antwortete Mathis. Er erhob sich vom Boden, stand aber nicht auf, sondern setzte sich auf die Lehne des Sessels und war nun auf Augenhöhe mit Clara. »Es schien mir sinnvoller, die Flucht nach vorn anzutreten. Außerdem brennt es mir schon lange auf der Seele, mich endlich vor aller Welt zu dir bekennen zu dürfen.« Er nahm ihre beiden Hände in seine. »Weil ich dich liebe. Weil wir zusammengehören. Weil ich mir ohne dich ein Leben nicht vorstellen kann.«

Frau Olsson seufzte leise und wischte sich eine Träne weg. Clara biss die Zähne zusammen. Alles in ihr drängte danach, sich in Mathis' Arme zu werfen und nicht länger gegen die Gefühle für ihn anzukämpfen, die seit ihrer ersten Begegnung immer stärker von ihr Besitz ergriffen hatten.

Sie zwang sich, ruhig zu atmen, und sagte leise: »Ich bin aber nicht allein. Was ist mit Paul und Bodil? Hast du bedacht, was es für sie bedeutet, wenn Ivar Svartstein uns den Kampf ansagt? Wie sollen wir denn jetzt hier weiterleben?«

»Er wird sich wieder beruhigen und ...«, begann Mathis.

Clara schüttelte den Kopf. »Wie kannst du dir da sicher sein? Du hast ihn in aller Öffentlichkeit brüskiert. Und seiner Tochter einen Korb gegeben. So springt man nicht mit einem Ivar Svartstein um.«

Bevor Mathis antworten konnte, sagte Frau Olsson zu ihm: »Ich fürchte, Frau Ordal liegt mit ihrer Einschätzung richtig. Ich weiß, dass Sie die Dinge in der Regel zuversichtlich auf sich zukommen lassen. Aber in diesem Fall ist allzu viel Optimismus leichtfertig.«

Mathis nickte ihr zu. »Gar so unbedarft habe ich unser Glück nun auch wieder nicht in die Waagschale geworfen. Mir ist durchaus bewusst, dass die Svartsteins ihren Einfluss spielen lassen und dafür sorgen könnten, dass Clara und ich arbeitslos werden. Für diesen Fall gäbe es aber ...«

»Und gesellschaftlich keinen Fuß mehr auf den Boden bekommen«, ergänzte Clara.

Mathis legte seinen Kopf zur Seite. Ein schalkhaftes Fünkchen blitzte in seinen Augen auf.

»Du meinst bei so angenehmen Zeitgenossen wie der Gattin des Bankdirektors und ihren Freundinnen? Ich hatte ja keine Ahnung, dass du solchen Wert auf die Gunst dieser Damen legst.«

Clara verzog das Gesicht. »Du weißt genau, was ich meine. Ich kann es im Übrigen aushalten, wenn die Leute mit dem Finger auf mich zeigen und absurde Gerüchte über mich verbreiten. Aber den Kindern will ich das nach Möglichkeit ersparen. Sie haben beide schon genug durchgemacht.«

»Verzeih meine Albernheit. Aber eines solltest du nicht vergessen: Es gibt viele Menschen hier, die sich nicht von dir abwenden werden, nur weil Ivar Svartstein oder sein verzogenes Töchterlein glauben, ein Hühnchen mit uns rupfen zu müssen.«

»Das stimmt, meine Liebe«, rief Frau Olsson. »Von meiner Wenigkeit will ich ja gar nicht reden. Aber denken Sie nur an Sofie Svartstein, Küster Blomsted, den Schuldirektor oder ihren Vorgesetzten Herrn Dietz und seine Frau. Die stehen auf jeden Fall an Ihrer Seite.«

Clara ließ sich neben Frau Olsson auf dem Sofa nieder.

»Ich gebe zu, dass ich manchmal ein großer Angsthase bin. Vielleicht sehe ich tatsächlich zu schwarz. Aber was kann Herr Dietz schon ausrichten, wenn Ivar Svartstein ihm nahelegt, mich zu entlassen? Oder wie soll der Küster reagieren, wenn er ihm zu verstehen gibt, dass er Paul in seinem eigenen Interesse nicht länger unterrichtet? Ich möchte nicht, dass unseretwegen jemand unter Druck gesetzt wird oder Unannehmlichkeiten erdulden muss. Und dass Ivar Svartstein nicht zögert, seine Macht einzusetzen, wissen wir spätestens seit der Sache mit den Verträgen zwischen meinem ehemaligen Schwiegervater und der Kupfergesellschaft ...« Sie unterbrach sich und sagte zu Mathis: »Entschuldige, davon hast du ja gar nichts gewusst.«

»Von der Mauschelei bei der Stornierung der Aufträge für das Ordal'sche Sägewerk? Doch, meine Mutter hat es erwähnt. Ihr hattet wohl an Weihnachten darüber gesprochen. Und da wäre ich auch schon bei dem Punkt, auf den ich vorhin hinauswollte. Selbst wenn wir unsere Anstellungen verlieren, mittellos werden wir deshalb nicht sein. Ich habe nämlich ...«

»Nein, auf keinen Fall«, rief Frau Olsson und legte eine Hand auf Claras Knie. »Ich bin ja schon länger der Überzeugung, dass Sie Ihr Talent als Gastgeberin nutzen sollten. Sie könnten Leuten, die sich nach guter Luft, Ruhe und Natur sehnen, eine behagliche Bleibe bieten. Fürs Erste könnten Sie die beiden überzähligen Zimmer im Birkenhaus herrichten. Aber Sie sollten unbedingt über einen Anbau nachdenken, um Platz für weitere Unterkünfte zu schaffen.«

Clara sah Frau Olsson verblüfft an. »Ich soll eine Pension eröffnen? Dann würde ich Ihnen doch Konkurrenz machen.«

»Mir? Aber woher denn!«, sagte Frau Olsson. »Bei mir steigen in erster Linie Kaufleute und andere Herren ab, die geschäftlich unterwegs sind. Erst neulich sagte mir ein Händler aus Molde, dass seine Frau ihn gern einmal in die Bergwelt hier oben begleiten würde, ihr aber vor dem schwefligen Gestank der Schmelzhütte und dem ständigen Lärm der Hämmer graust. Bei Ihnen draußen am Hittersjøen wäre sie bestens aufgehoben und trotzdem nicht allzu weit vom Städtchen entfernt.«

»Das ist eine hervorragende Idee«, sagte Mathis, rutschte von der Armlehne in den Sitz des Sessels und drehte sich zu Clara:

621

»Und bevor du jetzt einwendest, dass du gar nicht das Kapital hast, um einen Ausbau deines Hauses zu finanzieren – es gäbe da wohl eine vielversprechende Geldquelle. Es ist zugegebenermaßen nicht ganz einfach, sie zum Sprudeln zu bringen und es...«

Frau Olsson beugte sich zu Mathis vor. »Nun machen Sie es doch nicht so spannend. Was für eine Geldquelle?«

»Ich will ja schon die ganze Zeit davon erzählen«, sagte Mathis und verzog das Gesicht zu einer Grimasse gespielter Verzweiflung. »Aber ihr lasst mich ja nicht ausreden. Also, meine Mutter hat mir von der Kupfermine erzählt, die Sverre Ordals Vater früher betrieben hat.«

»Ja, sie war dann aber ausgebeutet, und Sverres Hoffnung, auf eine neue Erzader zu stoßen, hat sich zerschlagen«, sagte Clara. »Er hatte das Bergamt mir einer Prüfung beauftragt.«

»Das ist eben der Punkt. Das Gutachten, das die angebliche Wertlosigkeit feststellte, war falsch.«

»Du meinst, man hat Sverre in die Irre geführt? Und so verhindert, dass er seinen Ruin abwenden konnte?«, fragte Clara.

Frau Olsson rief gleichzeitig: »So viel Boshaftigkeit hätte ich Ivar Svartstein nun doch nicht zugetraut!«

»Er steckte nicht hinter dieser Gemeinheit«, sagte Mathis. »Das Gutachten wurde von einem gewissen Slokkmann in Auftrag gegeben.«

»Das war der Vorgänger von Bergschreiber Dietz«, sagte Clara und runzelte die Stirn. »Jetzt erinnere ich mich wieder. Seine Schwester, die ich besuchte, um mehr über die Machenschaften gegen Sverre zu erfahren, meinte, dass ihr Bruder von einer Einkunftsmöglichkeit schwärmte, die ihm ein sorgloses Leben bescheren würde. Was er damit meinte, wusste sie nicht.«

»Nun, dann ist dieses Geheimnis nun gelüftet«, sagte Mathis. »Es gibt nämlich durchaus mindestens eine weitere Kupferader in dem Stollen. Davon habe ich mich persönlich überzeugt. Dieser Slokkmann hat dafür gesorgt, dass man sie nicht auf Anhieb findet. Vermutlich wollte er ein wenig Gras über die Sache wachsen lassen und sich dann die Schürfrechte sichern.«

»Wie kann man denn ein Erzvorkommen verstecken«, fragte Clara.

»Besagte Kupferader verläuft ganz dicht unter dem alten Schacht. Slokkmann musste nur eine kleine Sprengung vornehmen, um sie durch das dabei anfallende Geröll zu verbergen. Der Gutachter, den er dann hineinschickte, hat nach bestem Wissen und Gewissen festgestellt, dass die Stelle, die er prüfen sollte, kein wertvolles Erz enthielt.«

»Was für ein Schuft!«, rief Frau Olsson.

»Ja, das ist wirklich perfide«, sagte Mathis.

»Aber wie bist du ihm auf die Schliche gekommen?«, fragte Clara.

»Meine Mutter hat mich auf die Idee gebracht, mir die alte Mine mal genauer anzusehen. Vor knapp zwei Jahren, als der Betrieb schon lange eingestellt war, soll es dort gespukt haben. Das hat ihr ein alter Hirte erzählt, der in der Gegend seine Schafe weidet. Eines Nachts hörte er lautes Donnern, und die Erde hat gebebt. Er hat sich fast zu Tode erschreckt und geglaubt, dass sich das Tor zur Hölle öffnet.«

»Das war wohl die Sprengung«, stellte Frau Olsson fest.

Mathis nickte. »Seitdem gilt der Ort als verflucht und wird gemieden.«

»Was dem betrügerischen Slokkmann nur recht sein konnte«, sagte Clara.

»Wenn ich Sie richtig verstanden habe, könnte man die Schürfrechte beantragen und das Erz fördern?«, fragte Frau Olsson.

»Genau«, antwortete Mathis. »Aber das ist natürlich mit hohen Kosten verbunden. Deshalb könnte man sich entweder ein paar Mitstreiter ins Boot holen oder das Wissen um das

Kupfervorkommen teuer verkaufen. Wie auch immer, es ist eine gute Absicherung.«

»Das stimmt«, sagte Frau Olsson und tätschelte Claras Arm, die sich die Stirn rieb und zweifelnd die Lippen zusammenpresste. »Meine Liebe, schauen Sie nicht so verzagt. Sie sind nicht allein, das sollten Sie nie vergessen!«

Clara drückte ihre Hand. »Ich weiß. Und dafür bin ich sehr dankbar.« Sie stand auf. »Jetzt ist es aber höchste Zeit für mich, nach Hause zu gehen. Sonst machen sich Paul, Bodil und Gundersen noch Sorgen, wo ich so lange bleibe.«

»Warte, ich hole dir einen Mietschlitten«, sagte Mathis und verließ eilig das Zimmer.

Frau Olsson sah ihm nach und lächelte. »Ach, ich wünsche Ihnen beiden so sehr, dass sich alles zum Guten wendet. Sie hätten ein wenig Glück wahrhaftig verdient.«

»Ich fürchte, Ivar Svartstein sieht das anders«, sagte Clara. »Große Hoffnungen, dass er die Sache auf sich beruhen lässt, mache ich mir ehrlich gesagt nicht.«

58

Trondheim, Mai 1896 – Sofie

Körperlich erholte sich Sofie rasch von der Geburt und fuhr in der ersten Maiwoche mit ihrer Großmutter nach Trondheim zurück. Toril hatte darauf bestanden, dass das totgeborene Kind nicht nach herrschender Sitte in das Grab eines kürzlich verstorbenen Erwachsenen gelegt wurde und dort ohne eigenen Gedenkstein seine letzte Ruhe fand – in diesem Fall auf dem Friedhof von Buvika. Sie ließ den kleinen Sarg, in den man den Leichnam unmittelbar nach der Geburt gebettet hatte, mit ihrem Gepäck zum Solsikkegård transportieren. Noch am Abend ihrer Rückkehr trug sie ihn mit ihrem Mann zu einem abgelegenen Eckchen im Park hinter einer Weißdornhecke, wohin sich selten ein Angestellter oder Besucher verirrte. Roald Hustad hob mit eigenen Händen eine Grube aus. Seine Frau hatte zuvor den Garten und die Gewächshäuser geplündert und bedeckte den weiß lackierten Sarg mit Federnelken, Vergissmeinnicht, Schlüsselblumen, Traubenhyazinthen, Tränenden Herzen und Anemonen.

Sofie folgte ihren Großeltern stumm und wie von unsichtbaren Fäden bewegt. In ihr herrschte nach wie vor die Leere, die alles andere verschluckt hatte: die Trauer um ihr Kind, die Sehnsucht nach Per und die Hoffnung auf einen Ausweg aus dieser trostlosen Düsternis. Alles, bis auf eine Gewissheit: verdammt zu sein auf ewig. Nach endlosen zergrübelten Stunden und schlaflosen Nächten war Sofie zutiefst davon überzeugt, dass sie für den Tod des Kindes verantwortlich war. Sie hatte es zu Anfang nicht haben wollen und über Wege nachgedacht, sich seiner zu entledigen. Sie hatte sich versündigt und war nun gestraft worden. Mit der schlimmsten aller Strafen: Ein unschuldiges

Wesen hatte ihretwegen sein Leben lassen müssen. Niemals würde sie diese Schuld tilgen können.

Sofie behielt diese schwarzen Gedanken für sich. Sie wusste, dass ihre Großeltern alles tun würden, um sie davon abzubringen und sie zu trösten. Sie hatte ihr Mitleid nicht verdient. Sie musste die Strafe erdulden. Allein. Das zumindest war sie dem Kind schuldig. Sie hätte es nicht ertragen, Sätze zu hören wie: »Du bist doch jung und gesund und kannst noch viele Kinder bekommen« oder »Die Zeit heilt alle Wunden«.

Am schlimmsten aber war die kalte Stimme in ihr selbst, die zuweilen flüsterte: Ist es nicht sogar gut so? Jetzt bist du wieder frei und aller Sorgen ledig. Du kannst ohne Weiteres dein altes Leben fortführen, als sei das Ganze nie geschehen. Eines solchen Gedankens überhaupt fähig zu sein bestätigte Sofie darin, dass sie ein verworfenes Geschöpf war.

Die friedliche Atmosphäre des Solsikkegård bot ihr nicht länger Geborgenheit und Ruhe. Sie empfand sich als Störenfried in diesem Hort der Harmonie, in dem sie alles an die letzten Wochen ihrer Schwangerschaft erinnerte, in denen sie mit sich im Reinen gewesen war. Noch unerträglicher war die Vorstellung an eine Rückkehr nach Røros.

Der einzige Ort, an dem Sofie sich selbst aushielt, war die Grabstätte des Kindes. In den Tagen nach seiner Beerdigung harrte sie stundenlang vor dem kleinen Erdhügel aus, auf dem die Blumen langsam welkten. Ihre Großeltern ließen sie gewähren. Roald stellte ihr eine Bank hin, über die er eine Zeltplane spannte zum Schutz gegen die Regenschauer, die ab und an niedergingen. Toril brachte ihr belegte Brote und heißen Tee in einer Kanne, die in einem mit Kork ausgekleideten Behälter steckte, um die Wärme zu speichern. Sofie nahm die beiden als verschwommene Schemen war, kaum sichtbar im Nebel, der ihre Sinne betäubte. Nichts drang zu ihr durch. Inmitten der erwachenden Natur war sie erstarrt.

An einem Dienstagnachmittag, ungefähr eine Woche nach der Beerdigung, saß Sofie wie gewöhnlich auf ihrer Bank hinter der Hecke, den Blick auf das Grab geheftet. Das Geräusch sich nähernder Schritte ließ sie aufhorchen. Sie gehörten weder zu Großmutter Torils leichtem Gang noch zu Roalds festem Auftreten. In der Hoffnung, unentdeckt zu bleiben, kauerte sie sich zusammen und hielt den Atem an. Vergebens.

Eine Stimme, von der sie nicht geglaubt hatte, sie je wieder zu vernehmen, sagte: »Guten Tag, Sofie.«

Sofie machte sich steif und hielt den Kopf gesenkt. Sie spürte, dass Per seitlich von ihr stehenblieb, knapp außerhalb ihres Gesichtsfeldes. Er machte keine Anstalten, sie zu berühren oder sich neben sie zu setzen.

»Deine Großmutter hat mir gesagt, dass ich dich hier finde.«

»Warum bist du gekommen?«, fragte sie leise.

»Ich hab gespürt, dass es dir schlecht geht.«

»Was kümmert's dich? Und warum glaubst du, dass ich dich sehen will? Ich habe dir nie auf deine Briefe geantwortet.«

»Aber dein Herz war bei mir.«

Sofie schloss die Augen. Sie hielt es kaum aus, den Klang seiner Stimme zu hören, nach der sie sich monatelang gesehnt hatte. Die Gewissheit, mit der er seine Worte aussprach, verstärkten ihre Pein.

»Bitte, geh weg!«, stieß sie hervor. »Ich bin es nicht wert, dass du mich auch nur ansiehst.«

»Weil du dich von diesem Deutschen hast verführen lassen? Ich gebe zu, dass es mich rasend eifersüchtig gemacht hat, als ich dich letzten Sommer mit ihm gesehen habe. Aber das ist doch lang vorbei. Zwischen uns beiden ist etwas entstanden, von dem dieser Schnösel nicht einmal weiß, dass es existiert.«

»Hör auf!«, stöhnte Sofie und verbarg ihr Gesicht hinter ihren Händen. »Ich habe entsetzliche Schuld auf mich geladen.

Ich habe mein Kind auf dem Gewissen. Du kannst mich nicht lieben. Ich bin ein Ungeheuer.«

Sofie hörte, wie Per scharf einatmete und sich bewegte. Gleich ist er weg, und ich habe wieder meine Ruhe, dachte sie und verharrte reglos. Ihr Herz schlug hart gegen ihre Rippen. Per blieb.

»Ich werde nicht behaupten zu wissen oder auch nur zu ahnen, was du gerade durchmachst und wie es in dir aussieht«, sagte er leise. »Das wäre anmaßend. Aber eines möchte ich dir sagen: Mit Schuldgefühlen kenne ich mich aus. Meine haben mich über Jahre hinweg begleitet. Ich habe das noch nie jemandem erzählt. Aber ich war sehr lang davon überzeugt, dass meine Eltern gestorben sind, weil ich mich nicht beherrschen konnte.«

Sofie hob den Kopf und sah Per zum ersten Mal an. Seine schlichte Kleidung – eine dunkle Hose und graue Weste über weißem Hemd – brachte seinen athletischen Körper gut zur Geltung. Er war glatt rasiert, die Haare kurz geschnitten, sein Teint frisch und leicht gebräunt. Alles an ihm strahlte Energie und Lebendigkeit aus – bis auf die Augen, über die sich ein Schatten gelegt hatte.

»Nicht beherrschen?«, fragte Sofie. »Was meinst du damit?«

»Ich hatte so furchtbaren Hunger«, begann Per. Sein Tonfall war gedämpft. »Ich hab den ganzen Topf mit Graupensuppe allein aufgegessen, den eine Nachbarin uns geschenkt hatte. Es war im Winter. Meine Eltern waren seit Tagen krank, lagen mit hohem Fieber im Bett und konnten nicht zur Arbeit gehen. Mein Bruder war der Einzige, der ein wenig Geld nach Hause brachte. Es langte hinten und vorne nicht.«

Sofie rückte auf der Bank zur Seite und lud Per mit einer Handbewegung ein, Platz zu nehmen. »Wie alt warst du da?«

Per setzte sich. »Jakob war neun. Ich war knapp sieben, noch zu klein für die Arbeit am Sortierband in der Schmelzhütte.«

»Deine Eltern sind damals gestorben?«

»Ja, kurz hintereinander.«

»Und warum hast du dir die Schuld dafür gegeben?«

»Weil der Arzt, der ihren Tod feststellte, gesagt hat: Diese vermaledeite Auszehrung. Wenn sie anständig zu essen gehabt hätten, würden sie noch leben«, antwortete Per. Er stockte und fuhr mit rauer Stimme fort: »Diese Worte haben sich mir eingebrannt. Für mich stand fest, dass meine Gier sie das Leben gekostet hat. Hätte ich die Suppe nicht verschlungen ... seither kann ich keine Graupen mehr sehen.«

»Wie furchtbar«, stammelte Sofie. »Gab es denn niemanden, der dir gesagt hat ... ich meine, es ist doch vollkommen absurd ...«

»Natürlich ist es das«, antwortete Per. »Jahre später habe ich begriffen, dass meine Eltern auch ohne die Suppe dem Tode geweiht waren. Die ununterbrochene Knochenarbeit bei mangelhafter Ernährung hatte sie so geschwächt, dass sie der Grippe nichts entgegenzusetzen hatten. Aber als Kind habe ich das nicht gewusst. Und das mit der Suppe habe ich niemandem erzählt. Ich habe mich so entsetzlich geschämt. Manchmal tue ich das heute noch.«

»Du Armer. Du musst dich schrecklich allein gefühlt haben.«

Per nickte. »Vermutlich so wie du jetzt.«

Sofie zuckte zurück. »Das kann man nicht vergleichen.«

»Doch, finde ich schon. Ich weiß nicht, warum du glaubst, dein Kind auf dem Gewissen zu haben. Wenn ich deine Großmutter richtig verstanden habe, hatte es einen schweren Herzfehler. Dafür kannst du dich unmöglich verantwortlich machen.«

Sofie runzelte die Stirn. Wieso hat *mormor* ihm das gesagt?, fragte sie sich. Wie kommt sie dazu, mein Geheimnis einfach auszuplaudern? An einen Fremden? Ich habe Per ihr gegenüber nie erwähnt.

Als hätte er ihre Gedanken gelesen, sagte Per: »Deine Großmutter ist eine sehr sensible, warmherzige Frau. Sie hat wohl gemerkt, was du mir bedeutest. Und da sie sich ebenfalls große Sorgen um dich macht, hat sie offen mit mir gesprochen. Wobei sie mir gar nicht viel erklären musste. Im Grunde hat sie mir nur bestätigt, was ich ohnehin schon wusste.«

»Wie könntest du etwas von meiner ... davon ... gewusst haben?«, fragte Sofie und sah ihn argwöhnisch an.

»Wie gesagt, ich habe gespürt, dass etwas dich sehr belastet. Ich war mir ganz sicher, dass du dich nicht in Schweigen hüllst, weil du plötzlich nichts mehr für mich empfindest. Also musste etwas anderes dahinterstecken. Als ich vor ein paar Tagen nach Røros zurückkam, habe ich mich bei eurem Hausmädchen Eline, meiner Cousine, nach dir erkundigt. Sie hat mir von deiner Reise nach Trondheim und dem Grund dafür berichtet. Da habe ich meine Vermutung geäußert, dass die Krankheit deiner Großmutter vielleicht nur ein Vorwand war und es in Wahrheit um etwas ganz anderes ging. Etwas, das deinen Zustand betraf.« Per verzog kurz den Mund zu einem Lächeln. »Es hat ein wenig gedauert, bis das Gänschen begriffen hat, worauf ich hinauswollte. Aber dann fielen ihr doch einige auffällige Dinge ein, die meinen Verdacht bestätigten.«

»Aber wenn du geahnt hast, dass ich ... ich verstehe nicht, warum du dann überhaupt noch ... wieso ...«

»Wieso ich mich nicht mit Verachtung von dir abgewendet und über deinen tiefen Fall die Nase gerümpft habe?«, sprach Per für sie weiter und suchte ihren Blick. »Weil es keine Bedeutung für mich hat. Weil es nichts an meinen Gefühlen für dich ändert.«

Sofie presste die Lippen aufeinander und schüttelte den Kopf.

»Nur weil du dich gerade nicht lieben kannst, heißt das nicht, dass es anderen ebenso geht«, fuhr Per fort. »Es tut mir weh, dass du dich selbst so mit Selbstvorwürfen zerfleischst. Zumal ich nicht ganz verstehe, warum du das tust.«

»Weil ich das Kind zuerst gehasst habe«, rief Sofie. »Weil ich es nicht wollte. Weil ich bereit war, es zu töten!«

Sie drehte sich von Per weg und schluchzte auf. Zum ersten Mal, seitdem sie vom Tod ihres Kindes erfahren hatte, spürte sie Tränen in sich aufsteigen. Sie hatte bislang nicht weinen können, weder bei der Beerdigung noch in all den Stunden, in denen sie am Grab wachte. Nun brach der Damm. Die Tränen strömten aus ihren Augen und schienen zugleich ihr Inneres zu fluten, wo sie den Nebel fortschwemmten und scharf in der Wunde brannten, die der Verlust des Kindes in ihr aufgerissen hatte.

Per drehte sie sanft zu sich und schloss sie fest in seine Arme. Sofie legte ihren Kopf an seine Schulter und weinte, wie sie noch nie in ihrem Leben geweint hatte.

Im Nachhinein hätte Sofie nicht sagen können, wann ihre Tränen versiegten und wie lange Per sie gehalten und sanft hin- und hergewiegt hatte. Es kam ihr wie eine Ewigkeit vor. Seine Weste und das Hemd darunter waren dunkel vor Nässe, als sie sich schließlich von ihm löste.

»Wie hast du es geschafft, damit fertig zu werden?«, fragte sie heiser.

»Ich habe am Grab meiner Eltern geschworen, gegen diese Missstände zu kämpfen. Mich für gerechte Arbeitsbedingungen einzusetzen. Dafür zu sorgen, dass niemand, der sein Leben lang schuftet, elendiglich verhungert und zugrunde geht.«

Sofie sah, wie Pers Augen zu funkeln begannen. Sah die Leidenschaft darin und zugleich den Kummer des kleinen Jungen, der seine Eltern viel zu früh verloren hatte. Sie schaute zu dem Hügel, unter dem ihr Kind lag.

Per hat recht, dachte sie. Es sind die unerträglichen Umstände, die das meiste Leid verursachen. In meinem Fall und dem so vieler anderer Frauen ist es die verlogene Moral einer

Gesellschaft, die Mädchen und Frauen als Huren abstempelt, wenn sie sich dem Falschen hingeben, also nicht ausschließlich ihrem Ehemann. Und die gleichzeitig Männern das Verführen eben dieser Frauen und Mädchen als Kavaliersdelikt durchgehen lässt und sie nicht zur Verantwortung zieht.

Sofie stand auf und ging zum Grab.

»Ich werde alles tun, um gegen diese Ungerechtigkeit zu kämpfen«, sagte sie leise. »Ich will, dass die Welt, die du nicht sehen durftest, zu einem Ort wird, an dem man sich auf Kinder freut – gleichgültig unter welchen Umständen sie gezeugt und geboren werden. Das verspreche ich dir!«

Per trat neben sie. »Lass uns hier einen Baum pflanzen. Zum Andenken an dein Kind. Und zum Zeichen, dass sein Tod nicht das Ende deines Lebens bedeutet. Sondern für den Beginn deines neuen Lebens steht.«

Sofie drehte sich zu ihm. »Unseres gemeinsamen Lebens!«

Ein Leuchten ging über Pers Gesicht. Er legte seine Arme um ihre Taille. »Ich lass dich nie wieder los!«

Sofie schmiegte sich an ihn. »Danke, dass du mich nicht aufgegeben hast. Ich hatte es bereits getan.«

»Ich weiß. Aber das konnte ich nicht zulassen. Denn dann hätte ich das Wertvollste verloren, das mir je geschenkt wurde.«

Sofie erschauerte. Scheu bot sie ihm ihren Mund dar. Per nahm ihr Gesicht zwischen seine Hände und drückte seine Lippen zärtlich auf ihre.

59

Røros, Mai 1896 – Clara

An Christi Himmelfahrt Mitte Mai lief Ivar Svartsteins Ultimatum aus. Wenn es nach Clara gegangen wäre, hätte sie sich auch an diesem Tag zu Hause verkrochen und abgewartet, ob er seiner Drohung Taten folgen ließ. Seit dem Umtrunk im Bergskrivergården hatte sie das Städtchen gemieden und Herrn Dietz vorgeschlagen, bis auf Weiteres von zu Hause aus Schriftliches für ihn zu erledigen. Der Bergschreiber war einverstanden gewesen, auch wenn Clara ihre Arbeit fern des Büros nicht in vollem Umfang leisten konnte. Er war froh, nicht gänzlich auf sie verzichten zu müssen, und gern zu diesem Zugeständnis bereit – zumal er sich selbst eine Mitschuld an Claras Situation gab: Sein Fauxpas hatte sie in Ivar Svartsteins Schusslinie manövriert und ins Gerede der Leute gebracht.

Am Himmelfahrtstag konnte Clara sich nicht länger verstecken. Paul sollte dem Gottesdienst zum Gedenken an Jesu Eintritt in die göttliche Herrlichkeit mit einigen Zwischenspielen auf der Orgel eine besonders festliche Note verleihen. Um sich wenigstens vor dem Kirchgang neugierigen Blicken und Fragen zu entziehen, betrat Clara Bergstadens Ziir erst mit dem Verklingen des Geläuts, das die Gemeinde zusammenrief, und quetschte sich mit Bodil an den Rand der hintersten Reihe auf der Frauenseite.

Nach den einleitenden Gebeten und Liedern, Segensformeln und der Verlesung der themagebenden Bibelstelle aus dem Lukasevangelium, stieg der Pfarrer auf die Kanzel und begann seine Predigt. Zunächst ging er der Frage nach, wie wörtlich man die Auffahrt Christi zu verstehen habe und wo der Himmel zu verorten sei. War Clara ihm zu Beginn nur mit halbem Ohr gefolgt, hatte er mit einem Mal ihre volle Aufmerksamkeit.

»Liebe Gemeinde, im Brief an die Epheser schreibt Paulus: Gott hat durch die Macht seiner Stärke Christus von den Toten auferweckt und eingesetzt zu seiner Rechten im Himmel über alle Reiche, Gewalt, Macht, Herrschaft und alles, was sonst einen Namen hat – nicht allein in dieser Welt, sondern auch in der zukünftigen.«

Der Pfarrer sah von seinem Predigttext auf, stützte sich mit beiden Händen auf die Brüstung der Kanzel, schaute auf die Gläubigen hinab und fragte: »Welche Bedeutung hat das für uns? Es bedeutet: Der Mensch Jesus wirkt an Gottes Seite und mit diesem vereint in unsere Welt hinein. Dieser Herrschaftsanspruch mahnt gerade auch die Herrschenden auf Erden, sich gewahr zu werden, dass ihre Macht begrenzt ist.«

Claras Blick wanderte über die dicht besetzten Bänke im Kirchenschiff nach vorn zu den Logen im Altarraum. Das Abteil der Familie Svartstein war leer, weder Silje noch ihr Vater waren zu dem Gottesdienst erschienen. Schade, dass sie diese Worte nicht hören, dachte Clara. Sie sind wie auf sie gemünzt. Aber würden sie sich überhaupt darum scheren? Vermutlich nicht. Sie seufzte innerlich und konzentrierte sich wieder auf den Pfarrer.

»Es geht aber nicht nur um den Herrschaftsanspruch«, beendete er seine Ansprache. »Dass der Gekreuzigte zum Gebieter über die Welt wird – er, der ohne Sünde war und der um unserer Schuld willen das Kreuz aushielt –, ist ein Sieg der Gerechtigkeit.« Er machte eine kleine Pause, bevor er laut verkündete: »Liebe Gemeinde, am Himmelfahrtstag feiern wir nichts Geringeres als die Gerechtigkeit Gottes!«

Während die Klänge der Orgel den Raum erfüllten, faltete Clara ihre Hände und betete still: Lass uns diese Gerechtigkeit zuteilwerden. Lass nicht zu, dass Ivar Svartstein unser Glück zerstört!

Als sie später mit Paul und Bodil die Kirche verließ, stand Mathis auf der Straße vor der Pforte zum Friedhof.

»Meine Mutter will uns treffen«, sagte er, nachdem er Clara und die Kinder, die ihn begeistert umsprangen, begrüßt hatte.

»Jetzt? Hier?«, fragte Clara und zog erstaunt die Brauen hoch. Siru ließ sich so gut wie nie im Städtchen blicken, schon gar nicht an einem Feiertag wie diesem, an dem das sonnige Wetter fast alle Bewohner nach draußen lockte.

»Wir sollen zur alten Schanze kommen.«

»Das ist ja ein merkwürdiger Treffpunkt. Hast du eine Ahnung, warum sie uns ausgerechnet dort sehen will?«

Mathis zuckte mit den Schultern und lächelte schief. »Nein, sie hat sich wie immer in Schweigen gehüllt. Du kennst sie ja.«

Clara nickte. »Stimmt. Nun, sie wird ihre Gründe haben«, sagte sie und rief die Kinder zu sich, die auf der Straße mit zwei Schulkameraden ein Hüpfspiel machten.

»Ihr beiden geht mit Gundersen zu Frau Olsson und wartet dort auf mich. Richtet ihr bitte aus, dass wir heute etwas später zum Birkenhaus aufbrechen.«

Clara hakte sich bei Mathis unter und lief mit ihm zur Rau-Veta, der Gasse, die zur oberen Brücke führte. Auf der anderen Seite des Hitterelva lag auf einer kleinen Anhöhe die ehemalige Befestigungsanlage Korthaugen Skanse. Schon von Weitem bemerkte sie zwei Gestalten neben dem Pulverhaus. Es waren Silje Svartstein und ihr Vater. Als er Clara und Mathis entdeckte, verfinsterte sich sein Gesicht.

»*Sie* stecken also dahinter! Warum haben Sie uns hierherbestellt? Was soll die Geheimniskrämerei?«

Er warf ihnen einen Zettel vor die Füße. Clara bückte sich und hob ihn auf. Darauf stand:

Ivar und Silje Svartstein:
Kommt nach der Kirche zur Schanze. Es ist Zeit, die Dinge klarzustellen.

»Ich weiß nicht, was Sie mit diesem theatralischen Getue bezwecken«, fuhr Ivar Svartstein an Mathis gewandt fort, der den Zettel, den Clara ihm hinhielt, mit gerunzelter Stirn betrachtete.

»Das kommt nicht von ihm.«

Unbemerkt von ihnen allen war Siru auf der abgeflachten Kuppe erschienen. Wie gewöhnlich trug sie ihren weiten Ledermantel, das Haar zu einem Zopf geflochten und den Hut mit der breiten Krempe. Während Silje die Hirtin verständnislos ansah, griff sich ihr Vater an den Hals, stierte Siru aus weit aufgerissenen Augen an und taumelte einen Schritt zurück.

»Du erkennst mich also«, stellte Siru fest. Ihre Stimme klang ruhig.

»Vater, wer ist diese Person?«, fragte Silje. »Warum behauptet sie, dass du sie kennst?«

Ivar Svartstein antwortete nicht. Auf seiner Stirn standen Schweißperlen, er war bleich und rang nach Luft. Siru musterte Silje.

»Du kannst ihn«, sie zeigte mit dem Kinn auf Mathis, »nicht heiraten.«

Silje schürzte ihre Lippen. »Was erlauben Sie sich! Wer sind Sie, dass sie sich hier ungefragt einmischen?«

»Seine Mutter«, antwortete Siru.

Siljes blasierter Gesichtsausdruck wich Fassungslosigkeit. Sie suchte Mathis' Blick und stieß hervor: »Die da? Ihre Mutter? Das glaube ich nicht!«

Ivar Svartstein entfuhr ein entsetztes Gurgeln. Schwer atmend lehnte er an der Wand des Pulverdepots.

Gleich trifft ihn der Schlag, dachte Clara.

Mathis sog scharf die Luft ein und presste ihren Arm so fest, dass sie vor Schmerz zusammenzuckte. Er ließ sie los und ging zu Siru.

»Ist er etwa mein . . . Hat er dich damals . . . ?«, stammelte er.

Siru nickte. »Tut mir leid, wollte es dir ersparen. Aber jetzt . . .«

»Was meint sie?«, rief Silje. Ihre Stimme hatte eine hysterische Note.

Mathis drehte sich zu ihr. »Dass wir Geschwister sind. Halbgeschwister.«

Gleichzeitig sagte Siru: »Frag deinen Vater, was in der Mittsommernacht vor neunundzwanzig Jahren geschah. Hier an dieser Stelle.«

»Nein, nein, das kann nicht sein«, stöhnte Ivar Svartstein.

Siru öffnete ihren Lederbeutel und zog eine Kette hervor, an der ein runder Anhänger aus getriebenem Kupfer baumelte.

»Kommt dir das bekannt vor?«

»Mein Medaillon für Trude«, flüsterte Ivar Svartstein. »Wieso hast du es?«

»Hab's dir abgerissen im Kampf.«

»Im Kampf?«, fragte Mathis. »Soll das heißen, er hat dir Gewalt angetan?«

Siru sah ihn an. »Drum hab ich dir nie gesagt, wer dein Vater ist. Wollte nicht, dass es dich belastet. Dass du denkst, du könntest werden wie er.«

»Sie hat es sicher gestohlen«, kreischte Silje. »Gesindel wie sie lügt doch, wo sie das Hemd anrührt.«

Siru zuckte mit den Achseln und sagte zu Ivar Svartstein: »Mathis hat unterm linken Schlüsselbein das gleiche Muttermal wie du. Erinnert an ein Birkenblatt.«

Silje sackte in sich zusammen. »Wie konntest du nur?«, flüsterte sie und starrte ihren Vater voller Abscheu, Angst und Zorn an.

Ivar Svartstein schenkte ihr keine Beachtung. Er streckte eine

Hand nach der Kette aus. Seine Finger zitterten. Wie in Trance begann er zu sprechen.

»An jenem Abend wollte ich Trude bitten, meine Frau zu werden. Beim Feuer unten am Flussufer. Da hatten sich die jungen Leute zum Tanz versammelt. Sie war nicht unter ihnen. Ich habe sie überall gesucht. Endlich fand ich sie. Sie stand im Licht des Mondes auf der oberen Brücke. Sie war so schön.« Seine Stimme versagte. Er räusperte sich. »Gerade als ich zu ihr gehen wollte, kam Sverre von der anderen Seite. Sie flog in seine Arme und ging mit ihm fort.«

Der Schmerz in seiner Stimme versetzte Clara einen Stich. Er hat es nie verwunden, dachte sie. Nach all den Jahren liebt er sie noch genauso wie damals.

»Was ist dann passiert?«, fragte Mathis.

»Dann hat er sich betrunken. Als er mir begegnete, war er kaum noch bei Sinnen«, antwortete seine Mutter.

»Ich wusste nicht, dass du damals hier …«

»Woher auch. Hab ja nie von früher erzählt«, fiel Siru ihrem Sohn ins Wort. »Meine Familie hatte ihr Lager nicht weit von hier aufgeschlagen. Sie besaß Weidegründe für ihre Rentiere auf der Rørosvidda. Ich dummes Ding bin in der Mittsommernacht allein rumgestromert. War gerade mal achtzehn. Hatte keine Chance gegen ihn. Er war zwar betrunken, aber immer noch stark wie ein Stier. Und verrückt vor Liebesschmerz. Hat immerzu nach dieser Trude geschrien.«

Clara schlang ihre Arme um den Oberkörper. Sirus trockener Bericht ließ Bilder jener Nacht in ihr entstehen, die ihr kalte Schauer über den Rücken jagten. Sie sah eine um dreißig Jahre jüngere Siru, die sich verzweifelt gegen den kräftigen Mann wehrte, dem in seinem Rausch vermutlich kaum bewusst war, an wem er sich da verging. Der nur seine geliebte Trude vor sich sah, die ihn verschmäht und einem anderen den Vorzug gegeben hatte.

Ivar Svartstein wirkte nach wie vor benommen. Er starrte Mathis an und murmelte immer wieder tonlos: »Ich habe einen Sohn, ich habe einen Sohn.«

Von einem Moment auf den anderen brach er in Gelächter aus. Es klang gequält. Wahnsinnig.

Verliert er jetzt den Verstand?, fragte sich Clara und beobachtete mit angehaltenem Atem, wie Siljes Vater auf die Knie fiel und seinen Kopf gegen den Boden schlug.

»Ich habe einen Sohn!«, schrie er.

Das Lachen ging in wilde Schluchzer über, die Claras Grausen verstärkten. Auch Silje und Mathis beobachteten ihn mit verstörten Gesichtern.

Es war Siru, die zu ihm ging, ihm eine Hand auf die Schulter legte und sagte: »Komm. Geh nach Hause. Braucht dich niemand so zu sehen.«

Claras Hals wurde eng. Sirus Großmut, die sie mit dieser Geste bewies, rührte sie an und befremdete sie zugleich. Sie bezweifelte, dass sie an ihrer Stelle dem Mann hätte verzeihen können, der ihr so etwas Schreckliches angetan hatte. Sie hat wahrhaftig ein großes Herz, dachte Clara und lief zu ihr. Gemeinsam hievten sie Ivar Svartstein auf die Beine, fassten ihn rechts und links unter und führten ihn von der Anhöhe weg.

Gegen zehn Uhr, kurz vor Einbruch der Nacht, setzten sich Clara und Mathis in der Bjørkvika auf die Bank vor dem Haus. Paul und Bodil lagen in ihren Betten, der alte Gundersen war noch unterwegs und brachte Frau Olsson, die mit ihnen zu Abend gegessen hatte, zurück zu ihrer Pension.

Die Sonne stand tief über dem westlichen Horizont und vergoldete die Wellen des Sees, über den eine leichte Brise strich. Das Grauschnäpperpärchen, das im August zu seinem Winterquartier in Afrika aufgebrochen war, hatte nach seiner Rückkehr Anfang Mai umgehend mit dem Nestbau in einer breiten Ritze in der Wand des Holzschuppens begonnen und machte gerade Jagd auf die Mücken, die in den letzten Sonnenstrahlen tanzten. In den Ästen der Birken, an denen sich erstes Grün zeigte, turnte das Eichhörnchen nach seiner langen Winterruhe, hoch über ihnen kreiste ein Habicht, und Svarthvit, die Kuh, lag auf der Wiese und käute wieder.

»Was für ein Tag«, sagte Mathis und lehnte seinen Kopf gegen die Hauswand.

Clara drehte sich zu ihm. Er sah erschöpft aus. Er hatte die Lider halb geschlossen, seine Haare waren zerstrubbelt, und die durchscheinende Haut unter seinen Augen erinnerte Clara an Pergament. Mathis war erst einige Minuten zuvor gekommen, hatte sie wortlos in die Arme geschlossen und sich auf die Bank fallen lassen. Clara brannte darauf, zu erfahren, wie es ihm ging, was ihn in den letzten Stunden umgetrieben hatte. Seit Siru und sie Ivar Svartstein nach Hause gebracht hatten – auf Umwegen, das Zentrum des Städtchens weiträumig meidend –, hatte sie Mathis nicht mehr gesehen.

»Hat er noch etwas gesagt?«, fragte er.

»Du meinst deinen … Ivar Svartstein? Nein, hat er nicht. Ich glaube, er stand regelrecht unter Schock.«

»Kein Wunder. Mir ging es nicht viel anders.«

Clara streichelte seinen Arm. »Hat deine Mutter dich gefunden? Sie wollte dich suchen.«

»Nein, ich hab mir ein Pferd gemietet und bin ausgeritten. Musste eine Weile allein sein und das alles ein wenig verdauen.«

Clara nickte. »Das kann ich gut verstehen.« Sie zögerte und fuhr unsicher fort: »Darf ich dich etwas fragen?«

Mathis zog sie an sich. »Alles, was du willst. Du brauchst keine Angst zu haben, dass du mir zu nahe treten könntest.«

Clara sah ihm in die Augen und fragte: »Bist du ihr sehr böse?«

»Weil sie mir nie gesagt hat, wer mein Vater ist?«

»Weil sie nicht gesagt hat, dass es Ivar Svartstein ist. Hätte sie ihr Geheimnis nicht spätestens dann lüften müssen, als du ihm persönlich begegnet und in seinem Haus ein- und ausgegangen bist?«

Mathis kratzte sich am Kinn. »Ich gebe zu, dass ich damit im ersten Moment auch gehadert habe.«

»Aber jetzt nicht mehr?«

»Nein. Ich glaube zu wissen, warum meine Mutter so lange geschwiegen hat. Sie wollte mir die Gelegenheit geben, Ivar unbefangen kennenzulernen.«

»Es hat ihr also nichts ausgemacht, dass ihr euch so gut versteht«, sagte Clara. »Es muss für sie doch sehr eigentümlich sein.«

»Sollte man denken. Aber sie steht über solchen Dingen.«

Clara legte ihren Kopf an seine Brust. »Deine Mutter ist eine bemerkenswerte Frau. So eine Größe wie sie besitzen nicht viele.«

»Ja, bei aller Verschrobenheit, die sie zuweilen an den Tag legt: Sie war und ist mir die beste Mutter, die ich mir vorstellen kann. Sie hat alles getan, um mir eine gute Ausbildung zu ermöglichen. Und sie hat dafür gesorgt, dass ich nie das Gefühl hatte, wegen meiner zweifelhaften Herkunft minderwertig zu sein.«

»Wie hat sie das geschafft? Ich meine, als Hirtin und ganz auf sich allein gestellt, hatte sie doch kaum die nötigen Mittel?«, fragte Clara.

»Meine Mutter braucht nicht viel zum Leben. Sie hat alles für mich gespart. Und als mein Lehrer in der Volksschule meinte, ich hätte das Zeug fürs Gymnasium, stand es für sie außer Frage, mir einen Platz in einem Internat zu finanzieren. Es war ihr wichtig, meine Begabungen zu fördern und mir so die Chance zu geben, selbstbewusst einen guten Platz inmitten der norwegischen Gesellschaft einzunehmen.«

»Das muss ihr sehr schwergefallen sein. Dich wegzugeben, noch dazu in eine Welt, in der man dich dazu erziehen würde, auf Minderheiten wie die Lappen herabzublicken. Hatte sie keine Angst, dass du dich ihr entfremden würdest?«

»Ob sie das befürchtet hat, weiß ich nicht. Sie hatte aber keinen Grund dazu. Ich war immer stolz auf sie, auf ihre Unabhängigkeit, ihre Geradlinigkeit. Sie war immer mein größtes Vorbild«, antwortete Mathis.

»Dann war die Trennung von ihr sicher besonders schmerzlich für dich, oder?«

»Ja, ich hatte großes Heimweh. Aber die Schule lag in einem kleinen Ort in der Hedmark, also in einer ähnlichen Landschaft wie hier. Meine Mutter zog in die Nähe, weidete dort ihre Ziegen und Schafe und konnte mich an den Wochenenden sehen.«

»Geschenk Gottes«, murmelte Clara.

»Wie bitte?«

»Das bedeutet dein Name auf Hebräisch«, antwortete Clara. »Deine Mutter hat es mir erzählt, als ich mich mal nach deinem Vater erkundigt habe. Sie hat dich nie als Ergebnis jener schrecklichen Mittsommernacht gesehen. Sondern als Geschenk.« Clara legte einen Arm um Mathis' Oberkörper. »Und genau das bist du auch für mich.«

Mathis küsste sie auf ihren Scheitel. »Ich habe die beiden wundervollsten Frauen, die man sich nur wünschen kann. Kann es einen glücklicheren Menschen geben als mich?«

»Ja, mich«, flüsterte Clara und schmiegte sich an ihn.

Umhüllt von seinem Geruch und der Wärme seines Körpers fühlte sie eine Geborgenheit, die sie das Wort »Zuhause« denken ließ. Gleichzeitig kündete das Prickeln, das ihren Körper durchlief, von den geheimnisvollen, verlockenden Gefilden, die sie mit Mathis erkunden würde.

Heilige Adelheid, betete sie im Stillen. Ich danke dir aus tiefster Seele!

60

Røros, Frühling 1896 – Sofie

Das Herz pochte Sofie im Hals, als sie in der dritten Maiwoche mit einer Reisetasche vor ihrem Elternhaus stand. Der vertraute Anblick stand in scharfem Gegensatz zu dem Fremdheitsgefühl, das sich ihrer bemächtigt hatte, als sie aus dem Zug, mit dem sie und Per am Vormittag in Trondheim losgefahren waren, im Bahnhof von Røros ausgestiegen war. Es mutete sie seltsam an, das Städtchen nach knapp fünf Monaten unverändert vorzufinden – während ihr Leben in dieser Zeit auf den Kopf gestellt worden war.

Auf ihr Telegramm, mit dem sie drei Tage zuvor ihre Rückkehr angekündigt hatte, war keine Antwort erfolgt. Sofie hatte sich keine Gedanken darüber gemacht, sie war es gewohnt, dass ihr Kommen und Gehen weitgehend unbemerkt vonstattenging und sich ihr Vater und Silje selten für ihr Tun und Lassen interessierten. Mit diesem Argument hatte sie sich auch für das Gespräch gewappnet, das ihr mit den beiden bevorstand.

In den vergangenen Tagen hatte sie es in Gedanken unzählige Male geführt und sich vorzustellen versucht, wie die beiden auf ihre Verlobung mit Per reagieren würden. Würde ihr Vater sie enterben, aus der Familie ausstoßen und mit Schimpf und Schande davonjagen? Oder würde er versuchen, sie einzusperren und zur Vernunft zu bringen? Vielleicht war es ihm aber auch gleichgültig – so wie es ihm offenbar nicht viel bedeutete, seine jüngere Tochter nach monatelanger Abwesenheit wiederzusehen. Für Silje hätte er die Kutsche zum Bahnhof geschickt, dachte Sofie. Sie zuckte die Schultern, holte tief Luft und betätigte die Türglocke.

Während sie darauf wartete, dass man ihr öffnete, flogen ihre Gedanken zu Per. Sein Angebot, sie in die Höhle des Löwen zu begleiten und ihr zur Seite zu stehen, hatte sie nach kurzem Nachdenken abgelehnt. Sie war ihm dankbar, wusste jedoch, dass sie die Konfrontation mit ihrem Vater allein durchstehen musste. Den Aufbruch in ihr neues Lebens wollte sie sich selbst erkämpfen – nur so konnte sie ihr altes mit erhobenem Kopf hinter sich lassen.

»Fräulein Sofie! Was für eine Freude, Sie zu sehen!«

Der Ruf des Dienstmädchens riss Sofie aus ihren Gedanken. Sie hatte damit gerechnet, dass Kammerdiener Ullmann die Tür öffnete. Eline war zum Ausgehen angezogen und trug einen Korb über dem Arm.

»Guten Tag, Eline«, sagte sie. »Ich freue mich auch. Wie geht es dir?«

»Gut, danke.« Eline stellte ihren Korb ab, griff nach Sofies Reisetasche und sah sich suchend um.

»Wo ist Ihr großes Gepäck? Soll ich jemanden zum Bahnhof schicken, um es abzuholen?«

»Später«, antwortete Sofie. »Das hat Zeit.«

Sie folgte Eline ins Haus und legte ihren Mantel ab.

»Ich bin so froh, dass Sie wieder da sind«, sagte das Mädchen und fuhr mit gesenkter Stimme fort. »Hier herrscht dicke Luft. Der Herr und Fräulein Silje sprechen nicht mehr miteinander.«

»Was ist passiert?«

»Das wissen wir nicht. Bis zum Morgen des Himmelfahrtstages war noch alles in Ordnung. Nach dem Frühstück sind sie gemeinsam aus dem Haus gegangen. Zurück kamen sie getrennt. Seither schmollt Fräulein Silje und verbringt die meiste Zeit in ihrem Boudoir. Und der Herr lässt sich auch kaum blicken. Die beiden müssen sich furchtbar gezankt haben.«

»Hm, das ist ja seltsam«, sagte Sofie. »Aber jetzt will ich dich nicht länger aufhalten, du wolltest doch gerade Besorgungen machen.« Sie deutete auf Elines Korb.

Elines Augen weiteten sich. Sie griff in den Korb, holte einen

Briefumschlag heraus, vergewisserte sich, dass sie nach wie vor allein in der Eingangshalle waren, und flüsterte: »Vielleicht ist das ja der Grund für den Streit? Fräulein Silje hat mir aufgetragen, ihn sofort auf dem Postamt per Express zu verschicken.«

Der Brief duftete nach dem Maiglöckchenparfum, das Silje benutzte, und war an Fredrik Lund in Trondheim adressiert.

»Gestern kam mit der Abendpost ein Brief von diesem Herrn. Britt hat mir erzählt, dass Fräulein Silje ganz rot wurde, als sie ihn ihr gebracht hat.«

Sofie zog die Augenbrauen hoch. Warum hatte ihre Schwester den Kontakt zu dem jungen Bankierssohn wieder aufgenommen?

»Ist Herr Hætta eigentlich schon aus Trondheim zurück?«, fragte sie.

»Wieso, was hat das damit ... Nein, sagen Sie bloß! Wissen Sie denn noch gar nicht, dass ...?«

»Nein, was denn?«

»Es gab einen Riesenskandal«, sagte Eline mit vor Aufregung geröteten Wangen. »Ihr Vater hatte zu einem Umtrunk im Bergskrivergården eingeladen und Herrn Hætta aufgefordert, seine Verlobung bekannt zu geben. Und das hat er auch gemacht. Aber als Braut hat er nicht Fräulein Silje vorgestellt, sondern die junge Witwe Ordal.«

Sofie hob eine Hand vor ihren Mund. »Du meine Güte, das hat er sich getraut?«

»Ihr Vater wurde fuchsteufelswild und hat ihm gedroht, dass er es sich besser noch mal überlegen soll. Eine Woche hat er ihm Zeit dafür gegeben.« Eline stutzte. »Also bis zum Himmelfahrtstag. Da ist Herr Hætta aber nicht hier aufgetaucht. Was ist da nur geschehen?«

Bevor sich das Hausmädchen in weiteren Spekulationen ergehen konnte, sagte Sofie: »Du solltest jetzt besser zum Postamt laufen. Sonst bekommst du noch Ärger.«

Eline verzog den Mund. »Oh ja, Fräulein Silje versteht keinen Spaß in solchen Dingen.«

»Mein Vater ist noch im Kontor, nehme ich an?«, fragte Sofie.

»Ja, wir erwarten ihn in einer halben Stunde zum Essen«, antwortete Eline, nickte ihr zu und verließ das Haus.

Sofie lief nach oben in die erste Etage, klopfte an die Tür zu Siljes beiden Zimmern, die einst ihrer Mutter gehört hatten, und trat ohne eine Antwort abzuwarten ein. Das Boudoir war leer. Sie durchquerte es und ging ins angrenzende Schlafgemach, in dem ihre Schwester vor der Frisierkommode saß und sich die Augenbrauen zupfte.

»Sofie! Wo kommst du denn auf einmal her?«, rief sie, als sie ihre Schwester im Spiegel erblickte.

»Ich hatte vor drei Tagen ein Telegramm geschickt, dass ich heute eintreffe.«

Silje drehte sich zu ihr um. »Davon weiß ich nichts. Wobei mich das nicht wundert. In diesem Hause ist alles aus den Fugen geraten.«

»Aus den Fugen?«, fragte Sofie. »Was ist denn geschehen?«

Sie beschloss, sich unwissend zu stellen. Sie war neugierig, wie Silje ihr die Ereignisse darstellen würde. Diese wandte sich wieder ihrem Spiegelbild zu und überging die Frage. Sofie setzte sich auf den Rand des Bettes, das neben der Kommode stand. Silje verzog unwillig das Gesicht. Sofie legte den Kopf schief.

»Also? Verrätst du mir nun, was ich verpasst habe?«

Silje schnaubte. »Verpasst! Du kannst dich glücklich schätzen, dass du nicht hier warst. Nie in meinem Leben bin ich so gedemütigt worden. Und dann noch zu erfahren, dass unser Vater …« Sie brach ab und schüttelte den Kopf. »Nein, ich bringe es nicht über die Lippen. Sei einfach froh, dass es dir erspart geblieben ist.«

Sofie stand auf und ging zur Tür. »Nun, wenn du meinst. Dann will ich dich nicht länger stören.«

Silje musterte sie erstaunt. Mit dieser Reaktion hatte sie offensichtlich nicht gerechnet. Sie selbst hätte keine Ruhe gegeben, bis man ihr alles haarklein erzählt hatte.

Sofie lächelte sie freundlich an und dachte: Ich weiß, wie sehr du es genießen würdest, wenn ich dich jetzt anbettele und dir die Informationen einzeln aus der Nase ziehe. Aber den Gefallen tue ich dir nicht. Ich werde es auch so herausfinden.

Sie lief wieder nach unten und setzte sich in den Salon. Sie wollte ihren Vater vor dem Essen abpassen und die Aussprache mit ihm so bald wie möglich hinter sich bringen. Nach einer Viertelstunde hörte sie die Haustür gehen und schwere Schritte in der Halle. Sie trat hinaus. Kammerdiener Ullmann, der ihrem Vater eben den Mantel abnahm, bemerkte sie als Erster.

»Fräulein Sofie! Was für eine Überraschung!«

»Guten Tag, Ullmann. Hat denn niemand mein Telegramm gelesen?«

Der Kammerdiener runzelte die Stirn. »Tut mir leid, das ist wohl untergegangen. In dem Trubel, der hier...«

Sofie winkte ab. »Ist ja nicht weiter wichtig.« Sie wandte sich an ihren Vater, der mit abwesendem Gesichtsausdruck dastand, als habe er ihre Gegenwart nicht wahrgenommen. »Guten Tag, Vater. Kann ich kurz mit dir sprechen?«

Bildete sie sich das ein, oder trat tatsächlich ein schuldbewusster Ausdruck in seine Augen? Als erwarte er eine Rüge.

»Selbstverständlich«, sagte ihr Vater mit matter Stimme, ließ ihr den Vortritt zum Salon und forderte sie mit einer Geste auf, seinem Sessel gegenüber auf dem Sofa Platz zu nehmen. »Also, bringen wir es hinter uns.«

Sofie schluckte. »Nun, äh... zunächst einmal... ich soll dich ganz herzlich von den Großeltern grüßen.«

Ihr Vater sah sie forschend an und entspannte sich ein wenig. Was hatte er erwartet? Offenbar war er davon ausgegangen, dass sie bereits von dem Unaussprechlichen Kenntnis hatte, das Silje ihr nicht hatte verraten wollen.

»Ich hoffe, deine Großmutter ist wieder wohlauf? Hat sie sich erholt?«

»Ja, die Kur hat ihr gutgetan.«

»Das freut mich. Und wie geht es dir?«

Sofie gab sich einen Ruck und platzte heraus: »Mir geht es ausgezeichnet. Ich habe mich verlobt.«

»Verlobt? Ohne mich vorher zu fragen und mir deinen Bräutigam vorzustellen?«

»Du wirst meine Wahl nicht gutheißen.«

Ihr Vater hob die Brauen. »Aha, und deshalb...«

»Welche Wahl?«

Silje stand in der Tür zum Salon. Sofie drehte sich zu ihr.

»Die Wahl meines zukünftigen Ehemannes. Ich werde Per Hauke heiraten.«

Silje kam herein und schob die Unterlippe vor. »Hauke? Nie gehört. Kommt er aus dem Freundeskreis von Großvater? Oder ist er ein Trondheimer Geschäftsmann?«

»Weder noch. Er stammt aus Røros, ist Zimmermann und engagiert sich in der Arbeiterbewegung.«

»Ich hatte wohl ganz vergessen, welch merkwürdigen Sinn für Humor du hast«, sagte Silje nach einer kurzen Schrecksekunde. »Es ist aber der falsche Zeitpunkt für solche albernen Späße.«

»Ich spaße nicht«, sagte Sofie.

»Per Hauke?«, wiederholte ihr Vater. »Ich glaube, Schuldirektor Guldal erwähnte diesen Namen neulich im Zusammenhang mit seinem Arbeiterverein. Er hat wohl dafür gesorgt, dass der junge Mann eine juristische Fortbildung erhält. Er scheint große Stücke auf ihn zu halten.«

»Ein Sozialist und Unruhestifter ist er also auch noch!«, rief Silje. »Darf man erfahren, wie du ausgerechnet an den geraten bist?«

Ihr Tonfall hätte nicht angewiderter sein können, wenn Sofie ihr eröffnet hätte, sich in eine schleimige Kröte verliebt zu haben, die sich von Maden ernährte und in einem Schlammtümpel hauste.

»Das ist eine längere Geschichte, die dich gewiss nicht interessiert«, antwortete Sofie.

»Stimmt. Es wird banal genug sein. Dieser Per ist scharf auf deine Mitgift, Geld ist für solche Leute das stärkste Argument. Und du nimmst den Erstbesten, der dir schöne Augen macht. Das dürfte dir ja eher selten passieren. Schon gar nicht in unseren Kreisen. Wer holt sich schon ohne Not einen Blaustrumpf wie dich ins Haus?«

»Den Blaustrumpf nehme ich als Kompliment. Ich sehe mich gern als gebildete Frau, die sich politisch interessiert. Eine Mitgift brauchen wir nicht. Wir können auch ohne fremde Hilfe für unseren Lebensunterhalt sorgen. Wir lieben uns, das ist alles, was zählt.«

Sie sah zu ihrem Vater in der Erwartung, dass er Silje beispringen würde. Seine Augen ruhten nachdenklich auf ihr. Ernst, aber nicht wütend oder empört.

»Vater! Du kannst nicht zulassen, dass Sofie uns zum Gespött der Leute macht. Ist denn nicht schon genug Unheil geschehen?«

»Doch, und genau aus dem Grund werde ich nicht zulassen, dass noch jemand unglücklich wird.« Er sah Sofie in die Augen. »Es wäre eine Lüge, wenn ich behauptete, mir für dich nicht einen standesgemäßen Mann zu wünschen. Aber letzten Endes zählt doch nur, was ein Mensch aus sich macht. Ich schlage also vor, dass du ihn mir recht bald vorstellst. Dann sehen wir weiter.«

»Fühlt sich denn hier niemand außer mir berufen, die Ehre der Svartsteins zu verteidigen?«, zischte Silje. Sie warf ihren Kopf in den Nacken. »Ich bin froh, diesen Namen in Kürze ablegen zu können.«

»Weil du bald Lund heißt?«, fragte Sofie.

Silje schleuderte ihr einen giftigen Blick zu.

Jetzt habe ich ihr die theatralische Szene vermasselt, die sie zweifellos für die Verkündung dieser Neuigkeit im Sinn hatte, dachte Sofie und fuhr fort:

»Oh, hätte ich das nicht verraten dürfen? Tut mir leid«, sagte sie. »Aber bei all der Geheimniskrämerei hier ist es schwer, den Überblick zu behalten, wer was weiß, noch nicht wissen darf oder niemals erfahren soll.«

Ihr Vater räusperte sich. Silje sah ihm direkt in die Augen. Ihre Miene war so eisig wie ihr Tonfall.

»Du wirst Fredrik Lund mit offenen Armen empfangen, sein Anliegen, um meine Hand anzuhalten, ohne Wenn und Aber billigen, und ihm eine großzügige Morgengabe in Aussicht stellen. Im Gegenzug werde ich schweigen.«

Ivar Svartstein senkte den Blick und nickte. Die Drohung, die in Siljes Worten schwang, legte sich wie ein Stein auf Sofies Brust. Was hatte ihre Schwester gegen ihren Vater in der Hand? Es war ihr unangenehm, ihn so unterwürfig zu erleben. Er brummte etwas und ging hinaus. Silje sah ihm mit einem Ausdruck des Triumphs nach und begab sich ins Speisezimmer. Sofie blieb auf dem Sofa sitzen. Die Anspannung wich aus ihren Gliedern. Der erwartete Kampf war ausgeblieben. Sie lehnte sich zurück und spürte der Erleichterung nach, die sie durchflutete.

Zwei Tage später lief Sofie hinaus an den Hittersjøen. Ein frischer Wind jagte kleine Wolken über den blauen Himmel, ließ das Wasser gegen die Steine am Ufer klatschen und zerrte an Sofies Hut, den sie mit einer Hand festhielt. Auf den mit niedrigen Birken und Büschen bestandenen Wiesenflächen neben der Landstraße graste eine Herde Schafe, und auf dem See schwammen mehrere Graugänse und Enten, in deren Geschnatter sich das Trillern einer Lerche mischte. Bald sah sie das Ziel ihres Spaziergangs vor sich liegen: die kleine Halbinsel, auf der das Birkenhaus stand. Als sie das Tor in der Feldsteinmauer aufstieß, liefen ihr Paul und Bodil entgegen, die im Garten spielten. Ihre Freudenrufe lockten Clara herbei, die aus dem Haus eilte und ihr fröhlich zuwinkte.

»Willkommen, willkommen, ich freue mich sehr, Sie endlich wiederzusehen!«

Paul und Bodil fassten Sofie an den Händen und zogen sie mit sich.

»Ich muss dir gleich vorspielen«, rief Paul.

»Nein, erst zeigen wir ihr die Seilbahn«, widersprach Bodil.

»Zuerst trinken wir Kaffee«, sagte Clara. »Und zerrt nicht so an unserem Gast. Ihr reißt sie noch entzwei.«

Bodil und Paul ließen Sofie los und stürmten Richtung Haus.

»Wir decken schon mal den Tisch«, rief Paul.

»Ja, mit dem guten Geschirr!«, rief Bodil.

Clara lächelte Sofie an und hakte sie unter. »Wie Sie sehen, wurden Sie hier sehr vermisst. Es ist schön, dass Sie wieder da sind.«

»Ich freue mich auch, Sie und die Kinder zu sehen. Ich bin allerdings gekommen, um mich zu verabschieden«, sagte Sofie.

»Oh, wie schade! Fahren Sie wieder nach Trondheim zu Ihren Großeltern?«

»Nein, nach Christiania. Mit meinem Verlobten. Sie kennen ihn. Es ist...«

»Doch nicht etwa Per Hauke?«, sagte Clara und blieb stehen.

Sofie nickte.

»Ach, meine Liebe, wie wunderbar! Ich gratuliere Ihnen ganz herzlich! Ich hatte schon damals bei der Theatervorführung den Eindruck, dass Sie beide einander sehr zugetan sind. Allerdings habe ich befürchtet, dass ... nun, ehrlich gesagt, dachte ich, dass Ihre Familie ...«

»... es nicht zulassen würde?«, beendete Sofie den Satz. »Ich war ebenfalls felsenfest davon überzeugt, dass mein Vater nie im Leben sein Einverständnis geben würde. Aber als ich weg war, ist irgendetwas vorgefallen, das ihn verändert hat.«

Sofie merkte, wie sich Clara an ihrer Seite versteifte. Bevor sie fragen konnte, ob sie etwas darüber wusste, sagte Clara schnell: »Ich bin froh, dass er Ihnen seinen Segen gibt.«

Mittlerweile hatten sie das Haus erreicht. Clara stieg die Stufen zum Eingang hoch und fragte: »Aber warum gehen Sie von Røros weg? Müssen Sie ... ich meine, war das die Bedingung?«

»Nein. Obwohl ... unrecht ist es meinem Vater vermutlich nicht. Aber Per hat in der Hauptstadt ganz andere Möglichkeiten, sich beruflich und politisch weiterzuentwickeln. Und ich möchte mir eine Arbeit suchen und mich für die Frauenrechte engagieren«, antwortete Sofie und folgte Clara ins Esszimmer, wo die Kinder Kuchenteller und Tassen auf dem Tisch verteilt hatten. Ihre Stimmen schallten aus der Küche herüber.

»Das klingt aufregend«, sagte Clara und bot ihr einen Stuhl an. »Ich vermute, dass es leichter ist, in einer anderen und vor allem großen Stadt so ein modernes Leben zu beginnen, das hier doch auf viel Unverständnis und Naserümpfen stoßen dürfte.«

Sofie rollte mit den Augen. »Ja, manchmal ist unser kleines Røros doch recht spießig. Sie können ja ein Lied davon singen.«

Clara nickte. »Trotzdem finde ich es sehr bedauerlich, Sie zu verlieren.«

»Ich bin ja nicht aus der Welt. Wenn Sie möchten, können wir uns schreiben.«

»Das ist eine schöne Idee!«, sagte Clara und setzte sich über Eck zu Sofie. »Wollen wir uns nicht endlich duzen?«

»Sehr gern!«, antwortete Sofie und gab ihr die Hand. »Wie ich hörte, kann ich Ihnen ... dir ebenfalls gratulieren«, fuhr sie fort. »Auch das hätten wir doch vor einem halben Jahr nicht für möglich gehalten.«

Clara strahlte sie an. »Ja, nicht wahr. Ich kann es immer noch nicht so ganz fassen. Aber Mathis und ich sind nun offiziell verlobt.«

»Wann heiratet ihr denn?«

»In drei Wochen. Und ihr? Eigentlich könnten wir doch eine Doppelhochzeit feiern.«

»Ich fürchte, daraus wird nichts. Per und ich reisen schon übermorgen ab. Wir werden uns in Christiania das Jawort geben. Ohne große Feier. Nur wir beiden. Und Eline.«

»Eline?«

»Ein Dienstmädchen im Haushalt meines Vaters. Und Pers Cousine. Sie träumt schon lange davon, von hier wegzugehen, und hat mich bekniet, sie als Bedienstete mitzunehmen. Ich verdanke ihr viel und möchte dafür sorgen, dass sie eine anständige Ausbildung und damit bessere Arbeitsmöglichkeiten bekommt.«

Paul und Bodil, die eine Platte mit einem Gugelhupf und eine Kaffeekanne hereintrugen, unterbrachen das Gespräch. Sofie beobachtete Clara und die Kinder. Voller Wehmut dachte sie an ihr eigenes Kind, das nicht hatte leben dürfen.

Was würde die Zukunft bringen? Würden Per und sie Nachwuchs haben? Wie würden sie leben? Und wo? Die Aussicht, Røros für immer den Rücken zu kehren, bekam eine bittere Note. Der Abschied würde ihr schwerer fallen, als sie noch vor einer Stunde geglaubt hatte. Sie ließ Menschen zurück, die ihr viel bedeuteten: Clara und ihren Sohn. Auch die kleine Bodil war ihr ans Herz gewachsen.

Nun, du hast es ja vorhin selbst gesagt: Du bist nicht aus der Welt. Während sie das dachte, entstand vor Sofies geistigem Auge eine Szenerie, die sie heiter stimmte: Das Speisezimmer des Birkenhauses bevölkerte sich mit blonden, brünetten und rothaarigen Jungen und Mädchen, die um den Tisch herum Fangen spielten, an dem Clara, Mathis, Per und sie saßen und lebhaft über irgendetwas diskutierten.

»Lass uns auf die Zukunft trinken«, sagte Clara, als habe sie ihre Gedanken gelesen, und hob ihre Kaffeetasse.

»Auf die Zukunft!«, erwiderte Sofie. »Und auf uns.«

Clara stieß mit ihr an. »Es macht mich sehr glücklich, dich kennengelernt zu haben.«

»Und mich erst!«, sagte Sofie. »Wie sehr habe ich mir immer eine große Schwester gewünscht, die so liebevoll ist wie du. Stattdessen habe ich Silje ... Es klingt vielleicht seltsam, aber ich hatte noch nie eine echte Freundin.«

Clara errötete. »Das kann ich kaum glauben. Du bist so ein wunderbarer Mensch.« Sie legte eine Hand auf Sofies Unterarm und drückte ihn leicht. »Du und Per, ihr seid immer bei uns willkommen.«

»Ich danke dir«, sagte Sofie und wischte sich mit einer Hand eine Träne von der Wange.

Auch Claras Augen waren feucht.

»Warum weint ihr und lächelt zugleich?«, fragte Paul.

»Weil wir sehr froh und traurig zugleich sind«, antwortete Clara.

»Ihr habt also ein lachendes und ein weinendes Auge«, stellte Paul fest und musterte sie neugierig.

Med en latter og en grätende øye, das trifft es haargenau, dachte Sofie.

»Das lachende Auge freut sich darüber, dass deine Mutter und ich uns so gut verstehen«, sagte sie zu Paul. »Das andere weint, weil bald viele hundert Kilometer zwischen uns liegen werden.«

Aber das wird meinen Gefühlen für Clara keinen Abbruch tun, fügte Sofie im Stillen hinzu und erwiderte deren Blick, in dem sie ihre eigene Zuneigung gespiegelt sah.

»Ich bin reich beschenkt«, sagte sie. »Mit der Liebe meines Lebens und mit deiner Freundschaft.«

ENDE

Vielen Dank!

Wieder ist es mir ein großes Bedürfnis, die Arbeit an meinem Buch mit einem herzlichen Dankeschön abzuschließen, das all denen gilt, die mich beim Schreiben mit Ratschlägen, Zuhören und inspirierenden Hinweisen begleitet, unterstützt und angespornt haben!

In einer Zeit der Umbrüche und raschen Veränderungen bin ich besonders dankbar für die Beständigkeit des Zusammenspiels mit einigen Menschen, das sich in den vergangenen Jahren etabliert und bewährt hat. Es ist ein wundervolles Gefühl, darauf zählen zu dürfen!

So möchte ich auch dieses Mal meiner Verlagslektorin Gerke Haffner für die reibungslose Kooperation danken und meiner Außenlektorin Dr. Ulrike Brandt-Schwarze für die fruchtbare Teamarbeit, die meinen Manuskripten den letzten Schliff verleiht.

Unvermindert dankbar bin ich auch für das Engagement meiner Agentin Lianne Kolf und ihres Teams, die mir den Rücken stärken und bei Fragen stets ein offenes Ohr für mich haben.

Liebe Lilian Thoma, Du weißt, wie glücklich ich mich schätze, auf Deine anhaltende Bereitschaft zählen zu dürfen, mit der Du Dich auf meine Geschichten einlässt und ihre Entstehung mit konstruktiver Kritik und aufrichtiger Empathie begleitest. Dafür danke ich Dir von ganzem Herzen!

Nicht oft genug kann ich Stefan danken! Der nicht müde wird, mich zu ermutigen, an mich zu glauben und sich mit mir zu freuen. Das ist ein Geschenk, dessen Kostbarkeit mir von Jahr zu Jahr bewusster wird.

Die Community für alle, die Bücher lieben

Das Gefühl, wenn man ein Buch in einer einzigen Nacht verschlingt – teile es mit der Community

In der Lesejury kannst du

- ★ Bücher lesen und rezensieren, die noch nicht erschienen sind
- ★ Gemeinsam mit anderen buchbegeisterten Menschen in Leserunden diskutieren
- ★ Autoren persönlich kennenlernen
- ★ An exklusiven Gewinnspielen und Aktionen teilnehmen
- ★ Bonuspunkte sammeln und diese gegen tolle Prämien eintauschen

Jetzt kostenlos registrieren: www.lesejury.de
Folge uns auf Facebook:
www.facebook.com/lesejury